Gertrud Fussenegger:
Die Pulvermühle
Eine Kriminalgeschichte

Alles Gute zum Geburtstag von Eva

Wien, 1988

Deutscher
Taschenbuch
Verlag

dtv

Von Gertrud Fussenegger
ist im Deutschen Taschenbuch Verlag erschienen:
Das verschüttete Antlitz (10029)

Ungekürzte Ausgabe
1. Auflage Januar 1980
5. Auflage April 1986: 29. bis 36. Tausend
Deutscher Taschenbuch Verlag GmbH & Co. KG,
München

ISBN 3-421-01469-8
Umschlaggestaltung: Celestino Piatti
Gesamtherstellung: C. H. Beck'sche Buchdruckerei,
Nördlingen
Printed in Germany · ISBN 3-423-01507-1

Inhalt

Die in diesem Buch geschilderten Personen und Ereignisse und auch ein Teil der topographische Daten beruhen auf freier Erfindung.

Das Buch

Äußerst fesselnd beschreibt Gertrud Fussenegger die erregende Geschichte einer Frau, die in ihrer Jugend in eine unglückselige Liebesaffäre verstrickt war, die mit dem mysteriösen Mord an ihrem Schwager, einem rüden, unbeliebten Steinbruchbesitzer, endete. Nach Jahr und Tag an den Schauplatz des Verbrechens, die Pulvermühle, zurückgekehrt, versucht sie, mit diesem noch immer unbewältigten Problem, an dem ihre Ehe zu scheitern droht, fertig zu werden und mit sich selbst ins reine zu kommen. Ihr Ehemann macht sich unterdessen daran, Licht in das Dunkel zu bringen, das jenen alten Mordfall noch immer umgibt, in der Hoffnung, sich auf diese Weise Klarheit über die Persönlichkeit seiner Frau zu verschaffen. Ihm zur Seite steht der alte kauzige Professor Federspiel, eine Art südländischer Skalde, Chronist und Geschichtenerzähler Südtirols, der mit seiner kombinatorischen Phantasie gleichfalls der Kausalität dieser längst vergangenen Ereignisse auf die Sprünge kommen will. – Gertrud Fussenegger gelingt es, über die spannende Kriminalgeschichte und die subtile psychologische Personencharakterisierung hinaus, ein plastisches, mit Leben erfülltes Bild Südtirols zu entwerfen und auch die politische und geistige Atmosphäre von der Zeit des Faschismus bis zur Gegenwart souverän einzufangen.

Die Autorin

Gertrud Fussenegger, geboren am 8. Mai 1912 in Pilsen, verlebte ihre Kindheits- und Jugendjahre in Galizien, Böhmen, Tirol und München. Sie studierte Geschichte und Philosophie und promovierte zum Dr. phil. Schon früh begann sie zu schreiben und veröffentlichte ihren ersten Roman mit vierundzwanzig Jahren. Für ›Die Brüder von Lasawa‹ (1948) wurde sie mit dem Adalbert-Stifter-Preis ausgezeichnet. Ihre wichtigsten Werke: ›Mohrenlegende‹ (1937), ›Das Haus der dunklen Krüge‹ (1951), ›Das verschüttete Antlitz‹ (1957), die Doppelbiographie Léon Bloys und der Madame Curie ›Zeit des Raben – Zeit der Taube‹ (1960).

Der erste Abend

»Falsch!« sagte Julia. »Wir sind falsch gefahren. Das ist nicht der Weg, das kann er nicht sein. Wir hätten vorher fragen sollen, unten im Tal. Aber du willst ja nie fragen, bist einfach abgebogen – und hier kannst du nicht einmal umkehren.«

Jürgen gab keine Antwort. Er saß, vor Ärger schwitzend, über das Lenkrad gebeugt und bemühte sich verbissen, seinen Wagen den steilen, engen und sich immer mehr verengenden Hohlweg hinaufzusteuern. Der Motor surrte überanstrengt, die Räder holperten im Geröll, unaufhörlich bumsten Steine gegen das Chassis. Der Weg führte geradeaus ohne Kehre, ohne Ausweiche schräg durch den Bergwald aufwärts und in die Nacht hinein. Immer näher rückten die Böschungen zusammen, immer dichter drängte sich das Akaziengestrüpp heran, grellgrün leuchtende Laubkulisse, wirr gefiedert. Schon zischelten die Blätter über das Wagendach, jetzt scharrte ein Ast ...

Verdammt, dachte Jürgen, verdammt dieser elende Weg, verdammt diese Reise, warum habe ich Julia mitgenommen? Der Teufel hat mich geritten, sie aufzufordern, wir hätten uns doch schon in Frankfurt trennen können, jawohl, in Frankfurt – wie vorgehabt, aber nein, mein Fehler, um ihr die Bahnfahrt zu ersparen, ich war verrückt. Den ganzen Tag schon hat sie stumm neben mir gesessen und weiß doch, daß ich dieses Stummsein nicht vertrage, diese Wand aus Schweigen, Vorwurf, Widerstand. Vier Stunden bis München, drei weitere bis Innsbruck, die Straßen überfüllt, dann noch die lange Kurvenstrecke bis zum Brenner; ich war fertig, noch ehe die Dunkelheit kam, und vor Brixen, plötzlich, die schwüle Luft, Backofenwind aus dem Süden, schwer, süßlich und fad. Und jetzt noch dies hier: Irrfahrt und Holperweg, der Geier hole dieses Nest, wie heißt es nur? Lajon. Lajon, das irgendwo da oben liegen soll, Julia will dahin, nicht ich, Julia, Julia ... wenn sie wenigstens aufhörte, mit der Karte zu rascheln!

Wohl schon zum zehntenmal versuchte die Frau im schwachen Licht des Armaturenbrettes eine bestimmte Stelle auf dem schon ganz zerknitterten Faltbogen auszumachen. Mit dem Nagel ihres Zeigefingers fuhr sie die roten und blauen Schlängellinien der Straßen entlang, die sich aus dem unteren Eisacktal verzweigten, als hoffte sie, auch diesen Weg eingezeichnet zu finden, vergebliche Liebesmüh, einen Weg dieser Art gab es nicht auf der Karte, den gab es überhaupt nicht, der war nicht vorgesehen.

Allmählich lichtete sich das Akaziengebüsch, dafür traten Felstrümmer an den Hohlweg heran, schwere übereinandergestürzte Platten, aufgekantete Klötze. Die Fahrrinne verengte sich noch einmal, der Wagen scheuerte knirschend ...

Da beugte sich Julia vor und rief: »Ein Haus!«

»Wo?«

»Siehst du nicht? Da – vor uns!«

Jürgen stieg auf die Bremse, der Wagen stand. Richtig: hinter dem grünen Gitter eines Busches blinkte etwas Weißes, eine gekalkte Wand mit einem einzigen kleinen vergitterten Fenster unter dem flachen Schindeldach. Die Wand war hoch und schmal, nach oben verjüngt, eine krumme Kante schnitt ihre hellbestrahlte Fläche bergwärts vor dem schwarzen Schattenraum ab.

»Ein Haus – tatsächlich!« sagte Jürgen. »Gott sei Dank. Ist das nun Lajon?«

Julia schüttelte den Kopf.

Der Motor war abgestorben, Jürgen Bojan ließ ihn wieder an und fuhr noch einige Meter weiter. Dann hielt er und drückte auf den Hupenknopf. Erst kurz, dann länger. Der heulende Laut prallte gegen die Wand und erstarb. Die kaltflammende Helligkeit der Reflektoren strahlte von der weißen Fläche zurück. Im Haus rührte sich nichts.

Der Mann dachte daran auszusteigen und die Haustür zu suchen. Aber irgend etwas bannte ihn auf seinen Sitz. War es Müdigkeit oder die stereotype Trägheit des Autofahrers, der seinen Wagen ungern vor dem Ziel verläßt –? Er wartete; wartete darauf, daß sich etwas im Haus regen, daß jemand, durch die Hupe geweckt, Licht schlagen, das Fenster öffnen, daß eine verschlafen-mürrische Stimme fragen werde, was denn los sei.

Julia rührte sich nicht.

Jürgen hupte zum drittenmal. Er begann leise vor sich hin zu wettern und etwas über taube Ohren zu murmeln.

»Vielleicht«, sagte Julia, »ist das Haus gar nicht mehr bewohnt.«

Jürgen blickte rasch zu ihr hinüber. Ihr Tonfall hatte ihn merkwürdig berührt, als habe sie mehr zu sich selbst als zu ihm gesprochen. Es sah ihr auch gar nicht ähnlich, daß sie jetzt, wo sie hielten, auf ihrem Platz blieb, nicht einmal das Fenster kurbelte sie herunter, sondern saß steif nach hinten in die Polsterung gepreßt und starrte durch die Windschutzscheibe das fremde schweigende Weiß der Mauer an.

»Na, dann muß ich mal selbst nachsehen.« Jürgen zog seine Pfeife aus der Tasche (er rauchte immer nur Pfeifen, kurze, englische, seit er vor ein paar Jahren einige Zeit in London gewesen war), klinkte die Wagentür auf und schritt, noch ungelenk vom langen Sitzen, auf das Haus zu.

Nun folgte auch Julia. Ihre beiden Schatten wanderten vor ihnen her, leckten die Wand hinauf, verschmolzen miteinander und trennten sich wieder. Jürgen war plötzlich stehen geblieben, dann tat er drei lange Schritte aus dem Scheinwerferkegel hangaufwärts. »Ist wer hier?« rief er ins Dunkle hinein. Und nach ein paar Sekunden noch einmal, aber lauter als zuvor und in schärferem Ton: »Ist jemand da?«

Julia stand und blickte zu ihm hinüber. Hinter seiner, von den Scheinwerfern nur noch schwach bestrahlten Gestalt lösten sich große schattenhafte Körper aus dem Dunkeldickicht Felsenrudel, die das Haus hinten umlagerten, übereinandergestürzte Blöcke, ein gigantischer Wall, der sich vom Berg herab, schräg heran und talwärts zog, und die Frau dachte: Die Raschötz – das muß der Bergsturz von der Raschötz sein, aber wie kommt er bis hierher? Haben wir uns so weit verirrt?

Der Mann stand noch immer drüben, hielt seine Pfeife und äugte hinauf. Dann aber lief er zu ihr zurück, faßte sie am Arm und drehte sie in die Richtung, in die er gerufen hatte: »Schau dorthin, Julia. Da ist doch ein Mensch!«

»Wo?« flüsterte sie. Doch nun sah sie es auch.

Etwas Bleiches bewegte sich zwischen den Blöcken, bewegte sich hin und her, gebückt, als suchte es etwas auf dem Boden. Dann hielt es still, duckte sich noch tiefer, schob wieder an ... Es schien ein Mann zu sein, der, hemdsärmelig, eine schwere Last rückte. Über seinem Rücken kreuzten sich schwärzliche Bänder, um seine Beine flappte etwas Dunkles. Die Frau erinnerte sich: hierzulande trugen die Bauern blaue Schürzen zur Arbeit; diese Erinnerung ermutigte sie, ein paar Schritte vorwärts zu gehen. Aber sofort zog sich die Gestalt zurück und war dann so gut wie verschwunden.

Jürgen stieß einen Fluch aus, lief zum Wagen und sprang mit den Worten: »Das werden wir gleich haben!« hinein. Er ließ den Motor an, stieß zwei Meter zurück und wieder vor, dabei lenkte er nach links, daß sich die Scheinwerfer auf die Felshalde richteten und den Mann dort faßten.

Der wollte flüchten, doch nach einem einzigen gestreckten Satz gab er auf und verhoffte, abgewandt, das Gesicht in der Armbeuge, als wollte er es gegen die Blendung schützen. Der Wagen fuhr noch näher heran.

»He, Sie!« rief Jürgen aus der geöffneten Tür. »Wir wollen nach Lajon. Können Sie uns nicht sagen, wo der Weg geht? – Lajon!« wiederholte er beinahe schreiend, er glaubte wohl einen Tauben oder – noch eher – einen Idioten vor sich zu haben, darum schrie er, als könnte ein Idiot Geschrienes besser verstehen. »Lajon!«

Der Name schien schließlich auch zu wirken. Der Mann kehrte sich um, das heißt, er drehte sich nur in den Hüften nach dem Frager hin, sehr langsam und ohne das Gesicht aus der Armbeuge zu nehmen. Dennoch wurde es für einen Moment sichtbar: die große starre Kugel des einen Auges blinkte auf. Der andere Arm begann zu schwingen, erst leicht, dann stärker, wie ein mechanisch bewegtes Pendel, und zeigte schließlich die Richtung: Schräg aufwärts nach hinten!

»Na, endlich!« murmelte Jürgen, schlug die Tür auf seiner Seite zu und rief Julia, sie möge kommen. In der Tat bog hier der Weg in einer Kurve bergwärts ein, er setzte sogar breiter an als der, den sie heraufgekommen waren.

Julia war hinter dem Wagen stehen geblieben. Sie hatte keinen Blick von dem fremden Mann gelassen, der nun breitbeinig schlurfend auf wiegenden Knien beiseite zog. Jürgen öffnete ihr die Tür und wiederholte seine Aufforderung einzusteigen. Seine Stimme klang nun weniger barsch als zuvor: er war wohl froh, nicht ganz in die Irre gefahren zu sein.

Julia dachte: Ich muß mich beeilen; aber dann beeilte sie sich doch nicht. Auf bleiernen Füßen tappte sie voran, noch immer hielt sie den Blick auf die fremde Gestalt geheftet. Endlich stieg sie ein. Aber die winzige Zeitspanne, die sie dazu brauchte, hatte der Gestalt genügt zu verschwinden. Die Schattenhöhlen des Trümmerfeldes hatten sie verschluckt.

Jürgen schaltete um, gab Gas und lenkte in die Kehre ein.

Der Pfarrer, der Lehrer, der Wirt und der alte Herr Federspiel saßen im Wirtshaus zum Grünen Baum um den runden Erkertisch der Gaststube. Jeder von ihnen hatte ein Glas und ein halbgeleertes Krüglein Magdalener vor sich stehen. Sie tranken mäßig und unterhielten sich halblaut. Der alte Herr Federspiel erzählte Geschichten: er wußte deren eine Unmenge.

Er hatte einen Großteil seines Lebens damit zugebracht, die Sagen und Märchen des Landes zu sammeln, zu ordnen und neu zu formulieren. Vor einigen Jahren hatte er die Ergebnisse dieser Arbeit in einem umfangreichen Buch herausgegeben. Das Buch trug ihm eine gewisse Berühmtheit ein; es wurde – wie die meisten seiner Art – zwar nur in wenigen Exemplaren verkauft, aber als bedeutende Tyrolensie in allen Zeitungen diesseits und jenseits des Brenners lobend besprochen. Doch Herr Federspiel sammelte nicht nur Sagen und Märchen; er sammelte auch andere Geschichten, um sie wiederzuerzählen. Er gehörte zu der heute selten gewordenen Spezies jener, die die Unterhaltung einer ganzen Gesellschaft nicht nur einen, sondern viele Abende lang mühelos allein bestreiten können. Sein Vorrat an Anekdoten, Schnurren, Räuber-, Gespenster- und anderen Geschichten schien unerschöpflich. Immer wieder überraschte er mit neuen Themen und geistreichen Pointen. Auch unbedeutende Ereignisse nahmen in seiner Wiedergabe Glanz und Farbe und etwas vom zarten Hintersinn kleiner Kunstwerke an. Herr Federspiel wußte das und tat sich nicht wenig darauf zugute, daß er in seinem beträchtlichen Freundeskreis oft genug als »Erzähler von Gottes Gnaden« bezeichnet wurde.

Auch heute hatte er seiner kleinen Runde mit einem ganzen Sortiment hübscher Geschichten aufgewartet. So waren die Stunden, man merkte nicht wie, verflogen. Jetzt schlug die Uhr – es war schon elf.

Der Pfarrer warf einen unruhigen Blick auf den Wirt und griff nach seiner Börse. Er müsse nun doch endlich gehen –, da begann Herr Federspiel eine neue Anekdote, und der Pfarrer ließ die Börse ungeöffnet vor sich liegen. Einmal ging der Wirt hinaus, leise ging er, um nicht zu stören. Als er wieder hereinkam, drehten die Männer die Köpfe nach ihm.

»Kommens mal raus«, sagte der Wirt, »und schauens Ihnen das an! Man tät's nicht für möglich halten. Fährt da nicht so ein närrischer Hund den alten Weg aus der Raschötz herunter.«

»Im Auto?« rief der Lehrer, ein junger Mann, der sich erst neulich mittels einer Vespa motorisiert hatte. »Ist doch nicht wahr!«

Der Pfarrer und der Lehrer sprangen auf und liefen aus der Stube auf die vor der Haustür gelegene Treppe. Auch der alte Herr Federspiel erhob sich, wenn auch in gemessener Eile.

Dann standen sie zu viert unter dem Vordach und schauten zu dem steilen Berghang hinauf, der sich dunkel vor ihnen auftürmte und über den sich weit oben die Lichtspur eines Wagens von rechts nach links zog.

»Da haben Sie's!« rief der Wirt. »Der Mensch muß ganz von Gott verlassen sein.«

»Wenn ihm nur nichts passiert!« sagte der Pfarrer und faltete die Hände über der Geländerbrüstung.

»Tät ihm nur recht geschehen«, erwiderte der Wirt. »Was fallt dem auch ein?« fügte er dann zahmer hinzu – er wollte seinem Pfarrer keinen Grund zum Mißfallen geben – und vollendete schließlich scheinheilig: »Das heißt doch Gott versuchen, Hochwürden, oder?«

Der Pfarrer antwortete nicht.

Die Männer blickten hinauf und verfolgten das wandernde Licht. Es kroch langsam dahin, erlosch für Augenblicke, tauchte wieder auf. »Das Brückl!« sagte der junge Lehrer, »jetzt wird er zum Brückl kommen –. Wenn er das macht!« Die Männer hielten den Atem an. Der Lichtschein drehte sich talwärts, eine Sekunde lang stach er scharf herab, schien zu schwanken, zu kippen, die Männer vor dem Wirtshaus schnappten nach Luft – dann aber fing sich der Lichtpunkt wieder, schob sich vorwärts und zog ruhig weiter.

»Donnerwetter!« rief der junge Lehrer anerkennend.

Der Pfarrer hielt weiterhin seine Hände gefaltet.

»Ich glaub, er wird es packen!« Plötzlich wurde der Wirt geschäftig: Der Wagen da oben konnte neue Gäste bringen, Gäste, die vielleicht im Grünen Baum – wo denn sonst, »das beste Haus am Platz« – da gab es zu tun; er trabte ins Haus und begann drinnen zu rumoren.

Der Lehrer, der Pfarrer und der alte Herr Federspiel blieben vor dem Tor. Der Wagen näherte sich nun schon dem Dorf. Die Nacht war still wie alle Nächte hier in Lajon, so still, daß man hätte meinen können, den Tau fallen und in den Bäumen wispern zu hören, nur ganz fern zog sich das Rauschen eines Baches durch den Grund dieser Stille. So war jetzt das Summen des gedrosselten Motors bereits deutlich zu vernehmen, der Lehrer dachte: Es muß ein schwerer Wagen sein, weiß der Himmel, wie der das geschafft hat –

Als Bojans Opel Kapitän vor dem Gasthaus hielt, hatten sich die drei Männer von der Treppe zurückgezogen. Nur der Wirt erwartete die Ankömmlinge. Der linke Wagenschlag öffnete sich sofort, ein Mann stieg aus, ging nach hinten und klappte den Kofferraum auf. Seinen Bewegungen nach zu schließen war er ein elastisch-kräftiger Mensch um die vierzig, wie man so sagt: in den besten Jahren. Er hatte schon zwei oder drei Gepäckstücke auf die Straße gesetzt, als sich nun auch die rechte Tür öffnete, zögernd, als würde sie nur mit Mühe aufgestoßen. Eine helle Gestalt schob sich heraus, eine Frau in weißem oder sandfarbenem Kostüm. Sie stand da, untätig, und schien sich erst einmal umsehen zu wollen. Es dauerte eine Weile, ehe sie dem Mann in das Haus folgte. Der Wirt, der mit dem Gepäck beschäftigt war, bemerkte nur, daß sie sehr langsam ging und sich, als sie die Treppe hinaufstieg, am Geländer emporzog. Die ist krank, dachte er, oder sonstwie dermacht, kein Wunder, nach *der* Fahrt.

Der fremde Mann hatte zwei Zimmer verlangt. »Zwei?« fragte der Wirt verwundert. – »Zwei, jawoll.« – »Hab aber keine Einzelzimmer mehr, muß Sie in Doppelzimmer legen.« – »Egal.« – »Ich rechne eh nur die Betten.« – »Schon gut.« Der Gast stapfte dem Wirt in den Oberstock nach.

Während der Wirt die Fenster öffnete und mit den leeren Waschkrügen zur Leitung lief (es gab hier kein Fließwasser in den Zimmern), hörte er die Stimme der Frau draußen auf dem Gang: »Du hast Quartier bekommen, Jürgen?«

»Alles in Ordnung.«

»Ich will mich sofort niederlegen.«

»Nichts mehr essen?«

»Nein.«

»Wäre aber besser, du nähmest noch etwas. Ich jedenfalls will noch ein Abendbrot.«

Darauf keine Antwort. Die Frau war in das ihr angewiesene Zimmer – Nr. 3 – eingetreten. Sie tat ein paar taumelnde Schritte in den Raum und setzte sich auf das eine der Betten, es war hoch und mit dicken Federkissen überladen, ließ den Kopf hängen und die Beine baumeln und saß so, nach hinten auf die Hände gestützt, in der Haltung eines kleinen übermüdeten Mädchens, das kaum noch die Augen offenhalten kann. Der Wirt musterte sie rasch. Sie sah nach Geld aus, stellte er mit Befriedigung fest. Ihr Alter? Schwer zu schätzen. Alle diese fremden städtischen Damen waren in dieser Hinsicht schwer zu schätzen, hielten sich jung mit Schmirben und Salben, trugen alle dieselben kurzen Röcke, dieselben kurzen Haare –. Diese da freilich trug sie in einem Knoten aufgesteckt, sie war sehr blaß und sah ziemlich elend aus –, wartete wohl nur darauf, daß er, der Wirt, das Zimmer verließe, um in die Polster zu kippen und sich der Länge nach hinzustrecken.

Da war ihr Mann ein anderer Kerl, munter, energisch und von der wilden Fahrt aus der Raschötz offenbar nicht im geringsten mitgenommen. Er hatte davon gesprochen, noch essen zu wollen, und nun hörte ihn der Wirt auch schon die Treppe hinab und zur Gaststube gehen, so wünschte er eilig gute Nacht und lief jenem nach.

Der Wirt hatte die einzige Kellnerin, die er beschäftigte (auch hier war Mangel an Personal), schon zu Bett geschickt, und seine Frau war krank. So mußte er selbst die Bestellungen des neuen Gastes entgegennehmen und ausführen: Zum Glück verlangte der Herr nichts Warmes – eine Platte Räucherspeck – Gurken – Brot – Bier. Der Wirt stellte in der Küche alles auf ein Brett und ging damit in die Stube hinüber.

Der Pfarrer, der Lehrer und der alte Herr Federspiel saßen noch immer da –, ach ja, sie warteten wohl aufs Zahlen – saßen da um ihren runden Erkertisch und redeten mit dem neuen Gast, der in ihrer Nähe Platz genommen hatte. Wahrscheinlich hatte der Lehrer das Gespräch begonnen – etwa so: »Sie sind aus der Raschötz gekommen, wir haben Sie beobachtet; den Weg fährt kein Mensch mehr, er ist ja ganz verfallen, wie konnten Sie? Daß das nicht schiefgegangen ist!«

Der Fremde – nicht mundfaul oder mufflig – stand Rede und Antwort. So war, als der Wirt das Brett vor ihm aufsetzte, das Gespräch schon munter im Gang. Der Wirt hatte zuerst keine Zeit, darauf zu achten, er öffnete die Flasche und legte dem Gast Besteck auf.

Da sagte der Lehrer: »Hör mal, Wirt! Der Herr sagt, er hat sich verfahren und ist durch den Bergsturz gekommen, und er sagt, da sei ein Haus gewesen, und dort habe er nach dem Weg gefragt. Aber in der Raschötz ist doch gar kein Haus – wie?«

»Kein Haus«, sagte der Wirt, »in der Raschötz ist kein Haus.«

»Aber natürlich«, sagte der Fremde, »natürlich ist da eins, ich bin ja davor ausgestiegen, so eine uralte Keusche mit krummen Mauern, dahinter ein Haufen Steine – sonst nichts.«

Die anderen schwiegen, als überlegten sie. Da nahm der Lehrer wieder das Wort. »Es ist aber kein Haus dort, bestimmt nicht. Oder wissen Sie eins, Hochwürden?«

Der Pfarrer schüttelte den Kopf. Der Wirt stand da und blickte auf den Gast hin. Der steckte ein Stück Räucherspeck in den Mund und sagte, kauend: »Ich kann Ihnen nicht helfen, da ist ein Haus gewesen, ich habe doch keine Halluzinationen.« Und indem er ein Stück Gurke auf die Gabel spießte: »Die Dame kann es bestätigen.«

Die Männer antworteten nicht. Der Wirt stand noch immer da, und der Pfarrer saß am Tisch und bewegte die Flächen seiner Hände langsam mit ausgespreizten Fingern gegeneinander – wie ein Mensch, der nachdenkt und sich anstrengt, mit einer ihm unverständlichen und übrigens auch peinlichen Tatsache ins reine zu kommen. Dann – nach einer Weile – sagte er sehr leise: »Vielleicht haben Sie einen Felsblock für ein Haus gehalten.«

»Ausgeschlossen!« sagte der Fremde. »Ich hab's genau gesehen, ein Haus mit Schindeldach und einem Gitterfenster, das war kein Felsblock.«

Die anderen sahen einander an und zuckten die Achseln. Der Lehrer – er war der Jüngste – verbiß ein Lachen, in seinen Augen blitzte es, als wollte er sagen: »Hört euch den mal an, kommt hereingeschneit und will uns was über unsere Gegend erzählen!« – Der alte Herr Federspiel äugte unablässig aus scharffunkelnden Brillengläsern nach dem Fremden.

»Wenn ich mich recht erinnere«, ließ er sich vernehmen, »stand einmal ein Haus in der Raschötz. Die alte Pulvermühle – ging doch durch den letzten Bergsturz zugrunde? Wie war das, Herr Wirt, Sie wissen doch sicherlich, in welchem Jahr –?«

Der Wirt zuckte die Achseln. Er ließ sich nicht gern über Vergangenes befragen, er hatte kein Gedächtnis dafür und andere Sorgen im Kopf. So war's ihm nur recht, daß der Pfarrer jetzt mit einer Münze auf den Tisch klopfte und nach der Rechnung verlangte. Der Wirt zog seinen Block und begann zu schreiben.

Aber auch nachdem die drei Gäste bezahlt hatten, blieben sie noch einen Augenblick sitzen. Der Wirt bemerkte, daß sie immer noch zu dem Fremden hinblickten, der alte Federspiel mit hellwachsamen, forschenden Zwickerblicken, Lehrer Frischmann mit neugierig erheiterter Miene, der Pfarrer mit einem halb scheu verstörten, halb kummervollen Ausdruck, der seine großen blauen, von Knitterfalten ringartig umgebenen Augen noch größer und blauer hervortreten ließ.

»Und dort – bei jenem Haus«, sagte er nun, »haben Sie also Auskunft über den Weg erhalten?«

Der Fremde stellte das Bierglas zurück und blies ein Lachen durch die Nase. »Auskunft ist gut. – Nicht, was *ich* unter Auskunft verstünde. Da war so ein Kerl, ein Blöder oder Stummer, der kroch dort hinten zwischen den Felsen rum. Weiß Gott, was er da trieb. Ich mußte ihn anschreien, bevor er sich herbeiließ, da machte er auch nur: so – und weg war er.« Der Fremde setzte das Bierglas wieder an. »Und da bin ich denn in den verdammten Weg eingebogen, von dem Sie selbst sagen, daß er schon ganz verfallen ist. Na, Hauptsache, daß nichts passierte und daß wir doch noch angekommen sind.«

Damit war das Gespräch beendet. Der Pfarrer und der Lehrer verabschiedeten sich, auch Herr Federspiel begab sich auf sein Zimmer. Jetzt blieb nur noch der Fremde, der noch die letzte Scheibe Speck zu verzehren hatte. Der Wirt bat ihn, den Meldezettel auszufüllen. »Sie müssen schon entschuldigen – aber hierzulande – die Carabinieri verstehen keinen Spaß.« Zahlung nahm er keine an. »Das hat Zeit bis morgen.« Der Fremde leerte noch sein Glas, dann ging auch er. Der Wirt räumte den abgegessenen Teller und die Gläser in die Küche, sperrte das Haustor zu und löschte die Lichter.

Jürgen Bojan ging an Julias Zimmer vorbei, sie hatte Nr. 3, er Nr. 5, auf derselben Seite des Korridors. Mit Stirnrunzeln bemerkte er, daß sie die Schuhe nicht hinausgestellt hatte – wieder einmal vergessen? Da sah er, daß über der Schwelle ein Faden gelblicher Helligkeit lag. Also hatte sie noch Licht, war noch wach. Er hielt inne – er konnte doch nicht nur so vorbeigehen, trotz allem nicht – und klopfte an.

»Ja«, sagte Julias Stimme. »Bist du's Jürgen?«

Er klinkte auf. Sie lehnte hinten am Fenster, zwischen Jürgen und ihr erhob sich der breite Doppelkatafalk der Ehebetten unter einem Berg aus Federkissen. Auf dem Tisch stand der Koffer aufgeklappt, sonst aber unberührt. Julia selbst, wie sie angekommen war, im sandgelben Kostüm, den Schal um den Hals gelegt – sie hatte offenbar die ganze Zeit aus dem Fenster geschaut.

»Ich dachte, du wolltest sofort schlafen gehen.«

Jürgen blieb unter der Tür stehen. Er wollte nicht eintreten, nur gute Nacht wünschen, das gehörte sich schließlich; er haßte es, unhöflich zu sein, er stellte sich seine Trennung von Julia nach allen stattgehabten Zerwürfnissen nun, da sie endlich beschlossene Sache war, nicht als feindseligen Akt, sondern als eine Art Gentlemen's Agreement vor (das Wort gefiel ihm und bildete einen wichtigen Bestandteil seines Sprachschatzes), als eine vernunftgemäße Regelung, die in tadellosen Formen durchgeführt werden sollte. Zu diesen Formen gehörte auch, daß er ihr wie einer guten Bekannten angenehme Ruhe wünschte. Nicht gehörte dazu, daß er noch ein Gespräch begann, und er ärgerte sich über sich selbst, als er jetzt sogar die Tür hinter sich schloß und fortfuhr: »Da hab ich jetzt unten in der Gaststube eine komische Sache erlebt. Ich erzählte von unserer Fahrt und von dem Haus, an dem wir vorbeikamen, und da sagten die Leute, es gäbe da gar kein Haus.«

Julia hatte sich schon wieder zum Fenster hingewendet, jetzt drehte sie sich heftig um, griff nach ihrem Schal und zog ihn unter dem Kinn zusammen: »Wieso – kein Haus?«

»Kein Haus!« wiederholte der Mann in einer höheren Tonlage, als kitzelte ihn ein Gelächter in der Kehle. »Einfach kein Haus – behaupteten sie. Was sagst du dazu?«

Julia rührte sich nicht.

»Der Wirt, der Pfarrer, der Lehrer, sie alle waren sich darin einig; sie glaubten mir nicht und schauten mich an wie einen, der von Gespenstern erzählt.«

Julia rührte sich noch immer nicht.

Dem Mann wurde es unbehaglich. »Na, dann gute Nacht. Schade, daß du nicht mit unten warst, du hättest dich amüsiert. Wie die guckten! Merkwürdiges Volk, kennen sich in der eigenen Gegend nicht aus. Übrigens: Du hättest gut daran getan, noch einen kleinen Imbiß zu nehmen. Ich hab mir eine Platte Räucherfleisch bestellt, es war vorzüglich.«

Als Pfarrer Perwög den Dorfplatz überquerte, trat der Mond zum erstenmal in dieser Nacht aus dem bedeckten Himmel hervor. Er stand schon hoch, es mußte gleich Mitternacht sein. Und richtig holte auch die Kirchturmuhr mit dem heiser knarrenden Gerassel, das ihren Schlägen jeweils vorausging, zur vollen Stunde aus: erst vier hellere, dann zwölf dunklere Klänge, eine lange Folge mächtiger Schallwellen, die die Stille der Bergnacht erschütterten, den Raum durchdrangen, um dann irgendwo weit draußen über den Schluchten, den Wäldern, den schrägen, vom Mondlicht jetzt leicht versilberten Matten zu ersterben. So urvertraut dem Pfarrer diese Schläge waren, so regte sich in ihm doch etwas wie ein Widerwillen gegen sie. Es war erst etwa hundert Jahre her, daß man begonnen hatte, in die Kirchtürme des Landes Uhren einzubauen, früher hatten die Türme nur Glocken beherbergt, und dem alten Geistlichen schien das besser gewesen zu sein. Glocken riefen Gotteszeit aus, riefen am Morgen zur Messe und dreimal des Tags zum Englischen Gruß, schlummerten mit den Menschen und wachten mit ihnen auf, verwandelten Menschenzeit in Gotteszeit, Gotteszeit in Menschenzeit. Die Uhren aber, sie schlugen zu jeder Stunde unbekümmert um Tag und Nacht, Knechte eines mechanischen Ablaufs, der gleichgültig über alles dahinstreicht, maßlos-fühllos, endlos ungeschiedenes Einerlei. – Ungeduldig wartete der Pfarrer darauf, daß der letzte Schlag verhallte, daß wieder Stille wurde, über dem Tal, dem Dorf, den weißen Häusern ringsum, die den Platz umstanden, als schliefen sie selbst mit den Menschen, die in ihnen schliefen. Kein Licht, kein Laut, nur der Dorfbrunnen plätscherte fort, und seine, Perwögs, Schritte hasteten vorwärts.

Es war ja wahrhaftig eine Schande, daß er sich heute abend so lange im Wirtshaus versessen hatte, ein feiner Pfarrer, der erst nach Mitternacht vom Wein nach Hause kommt. Schwester Anna würde morgen wieder einmal zu brummen haben. Aber Herr Federspiel hatte gut erzählt –, und zuletzt war noch dieses fremde Paar gekommen über den verfallenen Weg aus der Raschötz, lieber Gott, was hätte ihnen da zustoßen können auf dieser mörderischen Fahrt?

Kopfschüttelnd eilte der Pfarrer weiter. Doch plötzlich blieb er stehen: Ihm fiel wieder ein, was der Fremde erzählt hatte: ein Haus in der Raschötz – »so eine krumme Keusche« – was hatte er damit gemeint? Da war kein Haus mehr, schon lange nicht mehr, und Herr Federspiel, der alte Geschichtenerzähler, hatte ganz recht gehabt: Die Pulvermühle war vom letzten Bergsturz begraben worden, ganz und gar begraben, spurlos verschwunden wie nie gewesen. Was also hatte der Mann dort gesehen und offenbar auch die Frau – ›Die Dame kann es bestätigen‹?

Der Pfarrer begann den Kirchenhügel hinaufzusteigen. Er fühlte etwas wie ein leichtes Frösteln seinen Rücken hinablaufen: Empfindung des Gruselns und einer schaudernden Neugier. Diese Empfindung kannte er noch aus seiner Kindheit, aber er hatte ihr lange nicht mehr erlaubt, sich seiner zu bemächtigen, auch wenn ihm dann und wann – und eigentlich gar nicht so selten – Dinge unterliefen, die rätselhaft und unbegreiflich waren. So geschah es ihm manchmal, daß er Dinge vorausträumte, die später eintrafen; daß ihn plötzlich die Sorge um einen Menschen packte, der bald darauf in eine besondere Not geriet, daß er Gefährdungen spürte, ehe sie offenkundig waren.

Aber – war das eigentlich so rätselhaft? Nein, es waren Fügungen, Gottes Fügungen, die ihm nichts anderes bestätigten, als daß er zur Wachsamkeit über jede einzelne ihm anvertraute Seele verpflichtet war. Ach, diese Wachsamkeit, um die er, Perwög, sich unablässig bemühte, sie war trotz allem immer noch zu gering, immer wieder unterlief es ihm, daß er ahnungslos blieb, daß er keine Warnung fühlte, daß er sich überraschen ließ. Wie schwach ist doch die menschliche Natur!

Wie schwach – ein Rohr im Wind – und biegt sich schaudernd, wenn das Unbegreifliche sie mit seinem Atem berührt, das Unbegreifliche ist ihr dann auch gleich das Unheimliche: Wie viele von Perwögs Pfarrkindern wurden noch von ihrem Aberglauben geplagt, von törichten Ängstlichkeiten, der Furcht vor Gespenstern, Vorzeichen, ja, sogar vor dem bösen Blick. Es gab noch immer Mütter dahier in Lajon, die, wenn ihre Kinder erkrankten, allen Ernstes glaubten, die neidische Nachbarin habe ihnen die Krankheit angewünscht; es gab noch Leute, die sich des Nachts nicht über den Friedhof getrauten, und andere, die aus dem Aberglauben ihrer Mitmenschen Nutzen zogen. Pfarrer Perwög hatte immer versucht, die Verängstigten zu beruhigen, die Mißtrauischen zu belehren und denen, die das Unwesen schürten, energisch entgegenzutreten. Ihn erbarmten die Eingeschüchterten, und er konnte, wo er böswilligen Lügen, Phantastereien oder gar grobem Schabernack auf die Spur kam, geradezu wütend werden. Freilich: Es gab auch andere Dinge, schlimme Dinge, gegen die kein Zorn und keine Belehrung aufkamen und von denen doch Unruhe ausgeht und die weithin Verwirrung stiften konnten: beginnender Wahnsinn, der sich in Trugbildern ankündigte, fixe Ideen, die den Befallenen zerrütteten – Jammer, aus dem es keine Rettung gab (daß Du solches zulässest, mein Gott?) –, da war die Hölle offen und tobte.

Was nun den Mann betraf, der behauptet hatte, heute nacht die alte Pulvermühle in der Raschötz gesehen zu haben: Er sah nicht wie ein Lügner oder Witzbold aus, geschweige denn wie einer, der seine Groschen nicht beisammen hat, viel eher wie ein nüchtern-tüchtiger Mensch, ein Tatsachenmensch, der seine Umwelt genau zur Kenntnis nimmt. Warum behauptete er dann, ein Haus in der Raschötz gesehen zu haben, wo doch längst keines mehr stand?

Als Julia am nächsten Morgen zum Frühstück kam – es wurde nicht in der Wirtsstube, sondern in der südseitig gelegenen Veranda serviert –, fand sie auf einem der Tische zwei Gedecke vor. Das eine – sie sah es sofort – war schon benützt, von Jürgen benützt: Sie erkannte das an den Weichbrotkrumen, die, aus der Semmel geschält, auf dem Teller lagen, an den Spuren des Pulverkaffees in der leergetrunkenen Tasse (Jürgen pflegte auf Reisen immer eine Dose Nes mit sich zu führen) und auch an der Aschenschale: über ihr war eine Pfeife ausgeklopft worden.

Eine Sekunde lang fühlte Julia ihre Knie weich werden: Sollte Jürgen ohne Abschied davongefahren sein? Doch nein, das sah ihm nicht ähnlich, und übrigens hatte sie nicht eben noch die graue Motorhaube des geparkten Wagens aus dem Flurfenster erspäht? Jürgen hatte nur vorgezogen, allein zu frühstücken; er war doch sonst kein passionierter Frühaufsteher, so mußte er schlecht geschlafen und das Bett aus ärgerlicher Langeweile verlassen haben – oder was hatte ihn sonst so früh auf die Beine gebracht?

Julia schämte sich, die Kellnerin nach ihrem Mann zu fragen, so setzte sie sich an den verlassenen Tisch, bestellte und sah zu, wie das Mädchen Jürgens Gedeck abtrug.

Es war ein heller Tag, die Sonne überflutete die verglaste Veranda. Das blendende Licht wurde Julia lästig, sie sah sich nach einem geschützten Winkel um. Da erst bemerkte sie, daß sie nicht allein, daß noch ein zweiter Gast zugegen war, er saß schräg hinter ihr, an einem größeren Tisch, im Schatten. Julia stöberte in ihrem Handtäschchen nach ihrer dunklen Brille, vergebens. So wandte sie sich schließlich an den fremden Gast: »Hier ist es so hell, ich vertrage das nicht, dürfte ich vielleicht zu Ihnen hinüberrücken?«

»Selbstverständlich!« Herr Federspiel war aufgesprungen und verbeugte sich beflissen. »Ich bitte sogar darum, meine Gnädigste!« Und dann – mit steifer, doch nicht anmutsloser Kavaliersgrandezza alter Schule: »Gestatten! Mein Name ist Federspiel, Professor Martin Theodor Federspiel.«

Julia zögerte. So hatte sie es nicht gemeint: Sie wollte keine Bekanntschaft und kein Gespräch. Darum begnügte sie sich, am äußersten Ende des Tisches Platz zu nehmen. Der alte Herr lud sie näher zu sich. Julia lehnte ab und beteuerte, daß sie hier schon genügend Schutz vor der Sonne habe, obwohl das nicht ganz der Wahrheit entsprach. Die Kellnerin kam und brachte ihr das Frühstück. Der Herr fuhr fort, sich mit dem seinen zu beschäftigen. Doch immer wieder blickte er zu ihr her, nicht gerade zudringlich auf unangenehme Weise, eher forschend und jedenfalls auf eine Gelegenheit lauernd, sich mit ihr zu unterhalten.

Julia trank ihren Kaffee, sie fand ihn abscheulich, lustlos nahm sie ein paar Bissen Brot. Sollte sie nun gehen oder bleiben? Was trieb sie zur Hast? Unwillkürlich sah sie Federspiel zu, wie er sein Frühstück als feierliche Zeremonie vollzog, behaglich sein weiches Ei köpfte, vorsichtig ein paar Körnchen Salz auf den Dotter stippte ... ein Hagestolz, urteilte Julia, einer von der fossilen Art, verwöhnt und tüftelig, aber nicht unsympathisch; ein Dauergast wahrscheinlich, der seinen Urlaub hier verbringt, vielleicht schon manchen Sommer lang, und das ganze Dorf kennt ...

Dieser Gedanke veranlaßte Julia, sich Federspiel zum erstenmal voll zuzuwenden. Diese Zuwendung erwiderte er sofort, als habe er nur auf sie gewartet. Mit einer angedeuteten Verbeugung führte er den Zipfel seiner Serviette an die Lippen: Diskrete Entschuldigung dafür, daß er – vollen Mundes – nicht sogleich sprechen könnte. Doch gleich darauf stellte er seine Frage:

»Darf ich die Vermutung äußern, daß gnädige Frau mit dem Auto ankam, das gestern zu später Stunde aus der Raschötz herunterfuhr?«

»Allerdings.«

»Ein gefährlicher Weg. Man muß es einen besonderen Glücksfall nennen, daß Ihnen dabei nichts zustieß. Der Weg wird kaum noch benützt, er gilt als unbefahrbar. Nur im Winter wird er noch zum Blockführen gebraucht, wenn gnädige Frau wissen, was darunter zu verstehen ist: die Bauern bringen ihr Holz auf Schlitten zu Tal.«

»Ich weiß«, sagte Julia. »Ich kenne das, ich habe lang genug hier gelebt.«

»In Lajon?!« Hinter Federspiels Zwicker blinkte hellwache Überraschung. »Ist das die Möglichkeit?«

»Es ist schon lange her – ich war noch ein Kind, soviel wie ein Kind – bin inzwischen ganz fremd hier geworden. Und nun«, sie lachte plötzlich und anscheinend grundlos auf, ein nervöses und freudloses Lachen, »nun, nachdem ich schon gedacht hatte, ich würde nie mehr hierher zurückkommen, ergab sich auf einmal die Gelegenheit – eine Fahrt nach Italien – das heißt, nur mein Mann fährt, ich werde bleiben –.« Sie verstummte, als hätte sie schon zuviel gesagt. Ihre hellen, blaugrün gesprenkelten Augen irrten verfinstert zur Seite. »Jetzt muß ich gehen – guten Morgen.« Sie stieß ihren Stuhl heftig zurück und stand auf, »guten Morgen«, und war, das Täschchen unter den Arm klemmend, den grünen Schal mit hastigen Griffen ordnend, schon zur Tür und aus der Veranda gelaufen.

Ihr erster Weg war in den Oberstock zu Jürgens Zimmer, Nr. 5. Julia zögerte, die Hand auf die Klinke zu legen, sie wollte klopfen, anklopfen wie eine Fremde oder irgendwer vom Personal: Diese Komödie konnte Jürgen haben (dabei wußte sie, daß er gar nicht im Zimmer war, sie spielte sich selbst diese Komödie vor), sie fühlte sich krank vor Elend, vor zitternder Erbitterung, und die Erbitterung führte auch ihre Hand, als sie nun mit dem Knöchel ziemlich hart gegen das Holz schlug. Niemand antwortete. Trotzdem klopfte sie zum zweiten Mal, schon etwas leiser (die Erbitterung gab nach, die Komödie war ausgespielt) und öffnete die Tür.

Ein kleines Zimmer, schummrig-dunkel, denn noch lagen die Läden vor. Auch hier zwei Betten, von denen das eine benutzt und zerrüttet war, die zurückgeschlagene Decke hing herunter, die Jacke des Schlafanzugs lag auf dem schäbigen Teppich. Julia bückte sich und hob sie auf. In ihren Händen zuckte es, die Jacke auszustreifen, zusammenzufalten und mit der Hose zu einem Bündel zu rollen, eine alte Gewohnheit, tausendmal geübt, aus der dünnen Satinwebe stieg ihr der altvertraute Geruch von Juchten Lavendel in die Nase, das Jürgen zu benützen pflegte. Julia unterdrückte eine Regung, ihr Gesicht in die Jacke zu drücken, das war vorbei, verboten, stand ihr nicht mehr zu. Sie ließ das Ding fallen und bewegte sich auf den Waschtisch zu. Da lagen andere Dinge, ebenso vertraute: Zahnbürste, Kamm, Feile, die grüne Kunststoffhülse für die Seife, der schwarz-grün gemusterte Toilettenbeutel. Auf einem Stuhl daneben der Koffer, sie hatten ihn im vergangenen Herbst zusammen in Straßburg gekauft, als ihnen der andere alte schon zu schäbig erschienen war, um mit ihm in einem guten Hotel abzusteigen.

Unter dem Deckel quoll graue Shetlandwolle hervor, Jürgens Pullover, ihr vorletztes Weihnachtsgeschenk; und auf dem Fensterbrett lag ein Stoß Reiselektüre, Taschenbücher und der

Große Grieben: mit ihm waren sie vor vier Jahren durch Italien gereist; jetzt würde Jürgen allein mit ihm reisen, allein nach den kleinen und immer viel zu ungenauen Stadtplänen wandern, allein nach den einmal oder zweimal besternten Sehenswürdigkeiten suchen, allein oder wer weiß? – bald zu zweien ... Aber das wollte sich Julia noch nicht vorstellen.

Aus und zu Ende. Es schwindelte der Frau. Sie setzte sich auf die Bettkante und vergrub ihr Gesicht in den Händen.

Er hatte heute nacht schon vorgezogen, hier allein zu schlafen, als gehörte es sich nicht mehr, das Zimmer mit ihr zu teilen. Er hatte recht, und sie hätte es auch nicht mehr anders gewollt und noch weniger zugegeben, daß ihr diese Maßnahme übertrieben erschien und damit lächerlich und – damit auch verletzend; aber Lächerlichkeit und Verletzung gehörten wohl zu dem Zustand, in dem sie sich befanden, ein Ehepaar, das auseinandergehen will, das seine Scheidung demnächst einzureichen entschlossen ist, zwei Menschen, die nicht mehr zusammengehören und auch noch nicht getrennt sind, zwielichtig-zwittrigen Standes, an den sie sich erst noch zu gewöhnen hatten wie viele andere in derselben Lage: Wie viele ihrer gemeinsamen Freunde hatten dasselbe mitgemacht und waren offenbar ganz unbeschädigt aus diesem Zustand hervorgegangen ... Aber es war doch wohl noch ein Unterschied, ob er nur andere betraf oder ob man selbst dabei im Spiel war, und dieses Spiel kam Julia jetzt, wo es begonnen hatte, seltsam unwirklich, künstlich und einfach widerlich vor.

Wo steckte Jürgen? Julia warf einen Blick auf ihre Armbanduhr, neun vorbei. Wohin konnte er nur gegangen sein? Sein Wagen – stand er noch auf dem alten Platz?

Um sich zu vergewissern, ging Julia ans Fenster und schlug den Laden zurück. Ja, das Auto war noch da. Und da war die Straße vom Dorfplatz herüber, das Dorf selbst und dahinter der Berghang, sanft wellig und lichtgrün in seinem unteren Teil, nach oben steiler, von Waldstücken durchsetzt und dann nur mehr Wald, Wald, der sich bis gegen den felsigen Kamm zog, unter dessen höchstem Punkt der Bergsturz hinabging bis tief ins Tal hinein, der Bergsturz der Raschötz. Julia spähte hinauf. Sie erinnerte sich: Ja, das war die Leite von Lajon, nichts hatte sich verändert, so gut wie nichts, noch standen die alten Höfe da, die größeren an der Dorfstraße, die kleineren weiter oben, die höchsten wie Schwalbennester an den Berghang geklebt, Julia erkannte sie, erkannte sie alle, nichts schien sich verwandelt zu haben, nur daß vielleicht ein altes Lärchenschindeldach dem neuen roten Eternit gewichen, daß irgendwo ein Weidengehölz ausgeschlägert worden, ein junger Aufschlag zu einem dunklen Fichtenschopf aufgewachsen war. Das war Lajon, wie sie es in der Erinnerung getragen hatte, zwanzig Jahre lang dasselbe, während sich draußen in der Welt, aus der sie kam alles bis zur Unkenntlichkeit veränderte: die Städte, die Menschen, auch sie selbst.

Julia setzte sich auf das Fensterbrett. Sie hatte einen Augenblick lang ihren Zustand vergessen. Ihre Blicke liefen die Pfade hinauf und hinab, die sie so oft als Kind gegangen war, und suchten schließlich auch den Weg, den sie gestern abend mit Jürgen heruntergefahren: Er führte als Zickzacklinie hinauf, querte den felsigen Riß des Tanürzer Baches ... aber dort, was war das? dort bewegte sich, schon fern und doch noch genau erkennbar, eine kleine menschliche Figur, sie bewegte sich aufwärts, die Serpentinen entlang und zwischen ihnen hindurch, ein Mann in maisgelbem Hemd und lichtgrauer Hose: Jürgen.

Er hatte, noch vor dem Frühstück, seinen Wagen in Augenschein genommen und nach Schäden abgesucht, die gestern auf dieser verdammten Irrfahrt entstanden sein mochten, und richtig! hier war eine Schürfstelle im Lack und dort eine Delle, das Auspuffrohr war verbogen. Im ganzen halb so schlimm. Das Auto mußte ohnehin neu gespritzt werden, und was das Auspuffrohr betraf, das konnte jeder Mechaniker wieder in Ordnung bringen.

Jürgen steckte sich die erste Pfeife an und ging zum Frühstück. Julia schlief noch, war jedenfalls noch nicht erschienen. Jürgen beeilte sich: Er wollte einen Spaziergang machen, wohin? nun vielleicht die Strecke entlang, die er gestern nacht heruntergekommen – die Leute hatten ja getan, als wäre sie Gott weiß wie doll –. Es konnte nicht schaden nachzusehen, was man seiner Mühle und vor allem sich selbst zutrauen durfte. Jürgen Bojan war kein Wagehals (dazu war er nicht mehr jung genug), aber er hatte – als Autofahrer – auch seinen kleinen sportlichen Tick: ein glücklich überstandenes Abenteuer stärkte sein Selbstgefühl, hob seine Laune.

Der Morgen war schön und noch kühl. Man befand sich ja hier immerhin auf 800 Meter über Meereshöhe, ein leichter, kernig riechender Wind fächelte angenehm. Jürgen schritt tüchtig aus und begann, in den Serpentinen aufwärts zu wandern.

Aber nach einer Weile wurde ihm das zu langweilig, er entdeckte einen Trampelpfad, der, sich durch Gebüsch und über Felsplatten emporwindend, die Kehren abschnitt. Auf ihm gewann er schnell an Höhe, er freute sich, daß das Dorf bald tief unter ihm lag, er fand, er sei in gutem Zug. So leicht und schnell war er schon lange nicht mehr gestiegen, die Luft wurde immer köstlicher, und nun belebte sich auch das Panorama jenseits des Grödentales mit allerlei neuauftauchenden Bergzügen, felsigen Zacken, langgestreckten Domen, und schließlich rückte ein schneebedeckter Gipfel über den Horizont, er glänzte sämig weiß wie eine Haube aus frischer Sahne.

Jedesmal, wenn der Pfad den Karrenweg kreuzte, blieb Jürgen stehen und nahm dessen Verlauf in Augenschein. Zweifellos, der Weg war miserabel, schmal und steil, an den Rändern brüchig, da und dort meterlang abgerutscht. Unter ihm fuhr der Hang jäh hinab, manchmal mit Gebüsch bewachsen, manchmal nur nackter Fels, sogar senkrechte Abstürze, eine ganz schöne Szenerie für einen Salto mortale in das bessere Jenseits. Jürgen lachte leise in sich hinein: er war nun einmal nicht schreckhaft im nachhinein, gehörte nicht zum Typus Reiter über den Bodensee, der sich nach glücklich überstandener Gefahr noch aufregt, vielmehr fand er die Sache eigentlich recht spaßhaft, und einmal kehrte er sogar noch um, um eine Stelle zu suchen, die ihm von gestern als ganz besonders mulmig in Erinnerung war: über dem Gespenst einer alten, schlohweiß gebleichten Wetterfichte war der Hang abgerissen, eine Brücke querte die Kluft, ein Dutzend lockerer Bretter über zwei Fichtenstämmen – Jürgen hatte noch ihr hohles Aufdonnern im Ohr. Doch als er sich jetzt bückte, sah er eine frische Bruchstelle in dem morschen Holz.

Das war nun scheußlich. Jürgen spürte plötzlich einen Druck in der Magengegend und ein Sausen im Kopf – und hatte durchaus keine Lust mehr, auf den schwingenden Brettern zu wippen.

Es war auf einmal heiß geworden, der Wind war weg, und der Himmel, der noch vor kurzem taufrisch kristallen und durchsichtig klar gewesen war, begann sich weißlich zu beschlagen. Jürgen wischte sich den Schweiß von Stirn und Hals, aber er wollte nicht aufgeben, noch hatte er keine Lust umzukehren. Unten wartete Julia, Julia wartete auf ihn.

Gestern waren sie hier miteinander gefahren, zum letztenmal. Und um ein Haar hätte diese Fahrt ihrer beider allerletzte Fahrt sein können. Um ein Haar wäre dieser Nacht kein Morgen mehr gefolgt, kein Morgen für sie beide in alle Ewigkeit. Da unten lägen sie jetzt in einem wüsten Knäuel Blech, zusammen abgekratzt, weil man zusammen zu leben nicht fähig und endlich auch nicht mehr willens war. Eine Lösung, gewiß, *auch* eine Lösung. Vielleicht wäre sie Julia gar nicht so unwillkommen gewesen.

Julia. Julia war schwierig, war wohl immer schwierig gewesen, auch in den ersten Jahren ihrer Ehe, ja, sicher auch damals schon. Aber jene ersten Jahre waren zu hart, zu turbulent, zu dramatisch, um persönliche Differenzen aufkommen zu lassen. Da ging es um das tägliche Brot (sprich: Pellkartoffeln und Rübensuppe), da ging es um das Dach über dem Kopf (eine elende Kammer oder gar nur eine Kuhle im Stroh), da ging es um ein Paar ganzer Stiefel, um weiterzuwandern, und um eine alte zerrissene Decke, unter die man sich nachts verkriechen konnte. Damals war es leicht gewesen, mit Julia zu leben – und schön. Eine Wohltat, ein Geschenk, Neubeginn eines nicht mehr für möglich gehaltenen Daseins, nach alldem, was der Krieg gebracht hatte, und nach dem blutigen Wirbel, in dem ihre erste Begegnung stattgefunden. Himmel, sie war außer sich, wie von Sinnen vor Jammer, sie wäre sicher sitzen geblieben dort jenseits der Elbe bei dem toten Jungen und hätte sich von den Russen überrollen lassen, wenn er, Jürgen, sie nicht fast mit Gewalt auf den letzten Lastwagen gezerrt und sich nicht noch dazu bereit erklärt hätte, auch die Leiche mitzunehmen – etwas durchaus Ungewöhnliches damals, und seine Leute meuterten auch deshalb, aber er gab einfach den dienstlichen Befehl, seinen letzten dienstlichen Befehl übrigens, und bei einem Halt konnten sie den Jungen dann auch begraben. Julia warf die erste Handvoll Erde auf ihn und ließ sich dann wegführen, er, Jürgen, führte sie, und daß sie das zuließ, gab ihm Sicherheit: sie ahnte nichts ... Es war am letzten Kriegstag, die Truppe lief auseinander, er ließ sie laufen, wohin sie wollte, er blieb mit Julia allein.

Und dann begann ihre gemeinsame Wanderschaft von der Elbe an die Saale, von der Saale an den Main. Ja, damals war es gut gewesen, einen Menschen neben sich zu haben und zu fühlen: er nimmt dich an, gegen alle Erwartung nimmt er dich an, und wenn er dich erst einmal ganz angenommen hat, dann wird Verlaß auf ihn sein.

Ja, auf Julia war Verlaß; es streifte ans Fabelhafte, welch ein

Verlaß auf sie war. Sie kannten einander doch erst ein paar Tage, aber wenn es darum ging, den Amiposten auszuweichen, die überall herumpatrouillierten, ging Julia voraus, um zu erkunden. Sie wartete stundenlang geduldig mit ihm im Gebüsch, bis die weißbekleckster Helme verschwanden und die Luft wieder rein war; sie kroch mit ihm über Dämme und Gartenzäune, watete durch Sümpfe ...

Und als sie dann zusammen in Franken in einer Dachkammer hausten, da war es – mitten im Elend – etwas Wundervolles zu wissen: Wenn du abends von der Arbeit kommst, hundemüde und hungrig, wird sie es fertiggebracht haben, mit einer Mahlzeit auf dich zu warten, sie wird dir, zum Nachtisch, noch ein Stück Brot von der eigenen Ration hinschieben, eine gestohlene Handvoll Kirschen oder ein Häufchen selbstgepflückter Beeren aus dem Wald. Und sie wird, ohne mit der Wimper zu zucken, ihr letztes eigenes Hemd in Streifen zerreißen, um dir die wundgeschundenen Füße zu verbinden.

Und doch, wenn er's genau nahm, tauchten schon damals die ersten Schatten auf. Immer wenn er mit ihr geschlafen hatte (kaum glaublich, daß es das in jener Zeit noch gab: Umarmung und Liebe), bemerkte er etwas wie eine Verfinsterung an ihr, so als reute sie es, so als habe sie es eigentlich widerwillig getan.

Müdigkeit, dachte Jürgen, Folgen der nicht endenwollenden Überforderung. Darin aber irrte er gründlich.

Denn Julia wurde immer schwieriger, je besser es ging, und es ging besser; schon nach den ersten höllischen Monaten fand er – welch ein Glücksfall! – eine Stellung. Nun, sie war freilich bescheiden genug in Anbetracht dessen, was später kam. Immerhin brachte sie das Notwendigste ein: ein Mietzimmer mit unbeschädigten Wänden und ganzen Fenstern, eine Kochstelle und halbwegs satt zu essen. Jürgen arbeitete bei den Amerikanern. Julia schien das nicht recht zu passen – ein deutscher Offizier, der sich bei den Siegern verdingt. Aber sie aß doch mit aus den Dosen, Steak und Ham and Eggs, rauchte Lucky Strikes und zog auch die Nylonstrümpfe an, die er ihr brachte.

Auch sie ging zur Arbeit, vier oder fünf Jahre lang, bis Jürgen fand, nun hätten sie es nicht mehr nötig. Gut, sagte Julia, dann will ich ein Kind, wenn du findest, daß ich nicht mehr arbeiten muß, dann will ich doch noch ein Kind.

Die Ärzte widerrieten: Julia war Mitte dreißig und sie hatte einmal – im Krieg – einen Unfall gehabt. Aber sie wollte, und dann konnte sie das Kind doch nicht haben. In der Klinik nahmen sie es weg, nachdem sie schon halb ausgeblutet war.

Und seither ging es schlecht mit ihnen beiden. Schade. Schade um die guten Jahre, die sie sich mit Zank und Beleidigungen vergällt hatten. Zank? Vielleicht nicht das rechte Wort dafür. Aber Julia liebte es, immer anderer Meinung zu sein; wenn ihn das Geschäft freute, wenn er es mit Energie und Lust und Spaß am wachsenden Erfolg betrieb – sie fand immer ein Haar in der Suppe. Sie glaubte wohl, er habe nichts im Kopf als Geld machen, sie fand die Leute, mit denen er umging, lächerlich und unangenehm. Ich möchte wissen, wozu wir leben? fragte sie. Wozu? Ja, wozu lebte der Mensch wohl?

Jürgen war nicht so geartet, daß ihn diese Frage kalt ließ. Auch er machte sich Gedanken ... Doch er fand, daß es keinen Zweck habe, in dieser Weise zu fragen, als habe der Mensch ein verbrieftes Recht auf eine glatte, runde Antwort, die ihm vom Himmel fallen sollte – bums, da ist sie –; das kam ihm überheblich vor. Sinn und Zweck des Lebens, *wenn* es das überhaupt gab, lagen wohl im Leben selbst verborgen und waren für jeden etwas anderes. Metaphysische Patentlösungen – Jürgen lehnte so etwas ab. Darum mochten sich Leute kümmern, die klüger waren als er, Philosophen, Theologen, ihm genügte es, wenn er eine Arbeit hatte, die ihn freute, wenn er Anerkennung fand, nicht nur bei der Kundschaft, die ja zumeist hilf- und urteilslos war, sondern bei Kollegen, in der Fachwelt.

Sein Laden in Frankfurt, sein kleiner exquisiter Laden, Promenade 17 – »Das Haus des Kenners« – Jürgen wurde es warm ums Herz, wenn er daran dachte. Modisches Kunstgewerbe erlesener Art, so stand es im Werbeprospekt und so war es auch ... Kleinmöbel aus Hofmanns Werkstätten, Weben von Hillebrant, dänisches, schwedisches, finnisches Glas und Rivierakeramik nach der Art, wie sie Picasso kreiert hatte. »Das Haus des Kenners« führte keinen Povel, nur Klasse. Da hieß es freilich auf Draht sein und einen Riecher haben für das Neue und Kommende, das sich auch durchsetzen konnte, und hieß doch zugleich, rasch genug wieder abbauen, was einmal – nach oben gespielt – den Markt in minderwertigen Nachahmungen zu überfluten begann. Ah! wenn Jürgen nur an die Teakholzmode dachte, sie brachte ein Riesengeschäft, alles, was auf sich hielt, war auf Teakholz versessen, Teakholzmöbel füllten die deutschen Wirtschaftswunderwohnungen, kein Bonze, der sich nicht sein Frühstück auf Teakholztabletts servieren, der seine

Anzüge nicht mit Teakholzbürsten striegeln ließ. Auch Jürgen Bojan führte Teakholz, bis er es eines Tages im Warenhaus entdeckte. Schluß damit, sagte er sich damals, weg mit dem Ramsch. »Das Haus des Kenners« stellte sich um. Und er reiste wieder einmal nach Paris, nach Stockholm und Helsinki, um sich nach einem neuen Schlager umzusehen.

Ein schöner Beruf, interessant und mobil, manchmal auch enervierend, denn exquisite Ware kostet Geld, die guten Werkstätten wissen sich zu verkaufen, und jeder neue Artikel löst bei der Kundschaft zunächst einen Schock aus. Aber dann erwacht die Neugier und das Verlangen, sich gerade das Ausgefallene zu leisten, man kann damit imponieren, kann zeigen, daß man ganz up-to-date ist, kann seinem sozialen Prestige zu einem Zuwachs verhelfen ... und wenn es um diesen Zuwachs geht, ist nichts zu teuer, dann flattern die Geldscheine ganz von selbst auf den Ladentisch.

So ist das in Jürgen Bojans Betrieb: Hier wird das Neue und Exklusive geboten, der dekorative Schick, das modische Accessoir. Der Mensch von heute ist eben darauf versessen, sich selbst und seiner Behausung diesen Pfiff zu verschaffen, das Bunte, Hübsche, Leichte, Freundliche ist letzter Schrei. Dazwischen – gleichsam hineingetupft – ein Element der Romantik, altväterischer oder sogar archetypischer Solidität: darum die schweinsledergebundene Bibel, der barocke Leuchter, die östliche Ikone (alles zu haben im »Haus des Kenners«).

So staffieren sie sich aus in ihren neuen Häusern mit den riesigen, fernblickfangenden Fenstern oder in den großen Büros, Abteilung Direktion, neun Zehntel modern, ein Zehntel alt, bewährtes Rezept, man kann immer wieder dazu raten. Denn man wird um Rat gefragt und berät auch gern, selbst wenn die Leute, die da manchmal angetrudelt kommen, ein etwas seltsames Volk sind: Neureiche, die nicht wissen, daß man Geschmack und Kultur in keinem Laden zu kaufen bekommt und daß es manchmal schwerer ist, in einem schönen Haus zu wohnen, als dieses Haus zu bezahlen.

Aber schließlich ist das ihre Sache – und warum auch nicht? Die Menschen haben so lange in einer wüsten Welt gelebt, zwischen Tod und Trümmern; jetzt wollen sie glücklich sein oder doch tun, als wären sie's und die Welt nahe daran, ein hübsches komfortables Paradies zu werden.

Julia aber hielt nichts von alledem; nichts von dieser Art Paradies, nichts von Mode und Gefälligkeit. Ihr war das alles Trug und Schein und – ganz offenbar – ein immer tiefer bohrendes Unbehagen, daß er, Jürgen, sich mit derlei abgab. Wenn sie ins »Haus des Kenners« kam und die neuesten Warenposten in Augenschein nahm – Himmel! – ihre Miene! Das kleinste Ladenmädchen zeigte mehr Verständnis. Sie stand herum, drehte die Dinge hin und her, zupfte da an einer Webe, tippte dort an eine Vase, lächelte vage, als wollte sie sagen: Damit also willst du die Menschheit beglücken?

Jürgen konnte sich nicht getrauen, sie an die Kundschaft heranzulassen, ja, es war so weit gekommen, daß er sie, sobald Kundschaft eintrat, entfernen mußte. Ihre lustlose Art wirkte ansteckend und zerstörte die Atmosphäre, in der Geschäfte gemacht werden können. Und schließlich war Jürgen froh, wenn sie den Laden verließ und nach Hause ging.

Da saß sie dann und las Dostojewskij.

Nichts bezeichnender, als daß Julias Lieblingsschriftsteller Dostojewskij war. Ein großer Künstler, gewiß, Jürgen hatte ihn auch gelesen, aber er konnte nichts mit ihm anfangen. Was war das für eine Welt, die dieser Mann schilderte, sie bestand aus Narren, Verbrechern und Heiligen, und das Leben aus einem einzigen riesigen Schuldkonto, das sich nie und nimmer begleichen ließ. Auch für Julia schien es aus einem solchen unheimlichen Schuldkonto zu bestehen, warum denn nur?

Sicherlich: jeder hatte irgend etwas auf dem Buckel. Er, Jürgen, war sechs Jahre lang Soldat gewesen, Jahre, die ihm jetzt wie ein wüster Traum erschienen; aber er hatte überlebt. Überlebt. Hieß das nicht, daß er irgendwie auch freigesprochen war?

Das Leben war kurz, und darum sollte man es genießen, das war seine Ansicht. Aber Julia war anderer Ansicht; sie fand wohl, er, Jürgen, sei zu billig davongekommen und nicht er allein, sondern alle, denen es jetzt gut ging, Gott im Himmel, es ging ihnen doch nur gut, weil sie gearbeitet, sich geplagt und geschunden hatten. Niemandem waren die gebratenen Tauben ins Maul geflogen.

Aber Julia sah das nicht ein. Irgend etwas saß in ihr, zutiefst in ihr, was Jürgen immer fremd geblieben war, eine Art Eigensinn, eine Verbohrtheit, tierischer Ernst, etwas Unaufhellbares. Das hatte ihn verbittert.

Was Wunder, daß er, der zu Hause keinen Anklang fand, nichts dagegen hatte, wenn das anderswo der Fall war. Ida, die immer muntere, die perfekte Sekretärin, die sich so vorzüglich eignete, unbeschwerte Laune zu verbreiten – ihrer hatte er sich gerade noch mit Mühe erwehrt. Aber Maud, die in Wirklichkeit Minna hieß, Maud war ein liebes Mädchen, hochbegabt in jeder Hinsicht – mit ihr hätte es ernst werden können, wenn sie nicht plötzlich den Einfall gehabt hätte, diesen amerikanischen Bierkönig zu heiraten und mit ihm auf sein Schloß in Kalifornien zu ziehen. Ja, Maud war wirklich in jeder Hinsicht hochbegabt.

Übrigens: Julia hatte nie viel von diesen Affären mitgekriegt. Sie war nicht so, daß sie nachschnüffelte. Möglich, daß sie einiges ahnte, sie sagte jedenfalls nichts und vergrub sich nur tiefer in ihren Dostojewskij.

Summa summarum: ihre Ehe war ein Irrtum. Und Irrtümer sind dazu da, erkannt und, wenn erkannt, auch bereinigt zu werden. Selbst Julia schien zu dieser Erkenntnis gekommen zu sein, nach ihrem letzten Streit (weshalb war er eigentlich ausgebrochen, Jürgen erinnerte sich nicht mehr), nach dieser letzten schrecklichen Zänkerei um nichts und wieder nichts (ach, es waren bittere Worte gefallen!), da sie beide müde, beide wie nach einer langen Krankheit erschöpft, zerschlagen und nicht mehr fähig waren, auch nur noch die geringste Erbitterung gegeneinander zu empfinden, nur noch traurig dasaßen und die Trümmer besahen, die von ihrer Ehe übriggeblieben waren, da fiel das Wort Scheidung wie ein heller Klang in das dumpfe Schweigen. Jürgen hatte es ausgesprochen – zufällig als erster –, aber auch Julia hätte die erste sein können, denn sie nickte sofort und sagte: »Ja, du hast recht. Das beste – Scheidung.« – Und dann, nach einer Weile, begannen sie wieder zu sprechen und besprachen das Wann und Wie und sprachen lange und gut und so einmütig wie schon lange nicht mehr. Jürgen stand vor seinem Urlaub, er wollte nach Venedig, und Julia sagte, sie wolle nach Lajon. – »Lajon, was ist denn das?« – »Aber das weißt du doch, Jürgen, ein Dorf in Südtirol.« – »Ja, richtig! Warst du nicht schon einmal in dieser Gegend?« – Und so wollten sie sich in aller Ruhe in Frankfurt trennen (Gentlemen's Agreement). Aber am letzten Abend beging er, Jürgen, den Fehler und bot Julia an, mit ihm zu reisen, und so fuhren sie zusammen los und hatten diese Irrfahrt gestern nacht durch die Raschötz.

Raschötz – da stand ja dieses Haus, von dem die Leute behaupteten, es sei nicht mehr da. Plötzlich kam Jürgen der Einfall, das Haus zu suchen. Es konnte ja nicht mehr weit sein. Er hatte jetzt den höchsten Punkt der Straße erreicht, sie lief nun fast eben dem nahen Wald zu. Die Sonne brannte, und der

Schatten lockte ihn an. Warum sollte er nicht noch ein Stück weiterwandern? Er kam noch früh genug zurück, um seine Klamotten zu packen und abzufahren.

Julia saß noch immer in Jürgens Zimmer, als das Mädchen hereinpolterte, um aufzuräumen. Die Frau erschrak, und es hätte nicht viel gefehlt, daß sie sich entschuldigt und eine Erklärung gemurmelt hätte, warum sie hier in ihres Mannes Zimmer war. Sie tat, als habe sie sich an Jürgens Gepäck zu schaffen gemacht, klappte den Koffer auf und griff darin herum. Dann – im Hinausgehen: »Das Zimmer wird noch heute frei. Der Herr fährt ab. Ich bleibe.«

Ich bleibe, dachte Julia, als sie drüben bei sich auf Nr. 3 war. Habe ich nicht gesagt, daß ich bleibe? Sie blickte um sich, der Raum gefiel ihr nicht, noch weniger als gestern. Die grüngefärbelten Wände schienen Kälte auszustrahlen, die Möbel waren von armseliger Häßlichkeit, die Sessel wackelten, der Bodenläufer war verwetzt und grau. Julia hatte sich von dem Lajoner Gasthaus nichts Großartiges erwartet, sie kannte diese Sorte ländlicher Beherbergungsstätten, und sie hatte sich eingebildet, es würde ihr nichts ausmachen. Aber jetzt stachen ihr die Dinge doch gar zu widrig in die Augen. Wie heikel sie schon geworden war! Jürgens Schule hatte gewirkt. Hochmut und Ungeduld stiegen in ihr auf (nicht einmal Fließwasser!), und zugleich dachte sie: Ich bin auch schon verdorben, eine Sklavin des Komforts: Komfort – »das ist des Deutschen Vaterland ...«

So kostete es sie einige Selbstüberwindung, ihre Koffer auszupacken, sie hängte die Kleider in den Schrank und legte die Wäsche in die Fächer, auch das Strickzeug, das sie sich mitgebracht hatte, da aber zögerte sie schon. Ihr graute vor den öden Stunden, die sie damit vertreiben sollte. Auch Bücher hatte sie mit, einen ganzen Stoß. Doch sie konnte sich nicht vorstellen, daß irgendeines davon ihr Interesse erregen würde. Es war vielleicht überhaupt eine Narrheit von ihr gewesen, hierher nach Lajon zu gehen. Wie war sie denn nur auf die Idee verfallen, sich für Wochen hier einzunisten?

Die Zeit lag ohne Inhalt vor ihr, trostlos leer. Was sollte sie mit ihr anfangen? Sie konnte nach Mayregg hinübergehen, es sollte nach Hedwigs Tod und dem totalen Ruin des Infeldschen Vermögens von der Gemeinde als Greisenasyl übernommen worden sein. (Diese Vorstellung erweckte in Julia Widerwillen.) Sie konnte auch zum Steinbruch wandern und Nachschau halten, was sich jetzt dort tat. Die Pulvermühle hatte sie gestern schon gesehen. Ja, und die Gräber: Hedwigs Grab und das der alten Infeld ... vielleicht stand nun auch Bertrams Name darauf: in memoriam ... denn er selbst lag ja nicht hier, lag draußen in einem ostdeutschen Dorf jenseits der Elbe, vor sechs Jahren war sie zum letzten Mal dagewesen –

Julia öffnete ihre Tasche und nahm eine flache schwarzlederne Hülse heraus: Sie enthielt ein Bild, eine blasse Photographie, ein zwölfjähriger Junge hockte auf einem Baumstumpf, im Pimpfenhemd und kurzer Hose. Ein kleines Feuer schwelte zu seinen Füßen und rauchte zu ihm hinauf, er stocherte mit einem Ast darin herum. Das Bild war unterbelichtet, und die Rauchschwaden machten es noch undeutlicher. Trotzdem – es war Bertram – das letzte Bild, das sie selbst noch von ihm aufgenommen hatte, das einzige, das ihr geblieben war. Alle anderen waren in Berlin verbrannt, dieses winzige blasse, von Rauchschwaden vernebelte Foto war vielleicht der letzte Gegenstand auf Erden, der an ihn erinnerte, das letzte Zeichen, daß es ihn überhaupt gegeben hatte.

Julia klappte die Hülse zu und legte sie in die Lade ihres Nachtkästchens. Sie dachte: Hätte ich Bertram damals in Lajon gelassen, vielleicht lebte er noch, sicher lebte er noch, wäre jetzt ein junger Mann, fünfundzwanzig; Ebenbild seines Vaters, nur blond, rötlich-blond wie Hedwig, Hans' und Hedwigs Sohn, mein Sohn. Ich habe nie ein anderes Kind als ihn gehabt.

Nie ein anderes Kind – aber ihn von Anfang an. Von Anfang an versuchte ich ihn Hedwig wegzunehmen – schon als er ganz klein war. Aus Eifersucht. Die Eifersucht fraß mich. Aus Eifersucht fand ich, sie habe ihn nicht lieb genug. Aus Eifersucht lief ich zu ihm, wenn er nachts schrie, ehe *sie* kommen konnte, und trug ihn auf mein Zimmer. Aus Eifersucht lehrte ich ihn Laufen, wenn *sie* fand, er bliebe besser noch in seinem Ställchen sitzen.

Sie lebte mit Hans (*wie*, konnte ich damals noch nicht wissen), sie war seine Frau; so wollte ich wenigstens ihr Kind haben.

Und dann, als *es* geschah, als Hans geholt und Hedwig zerstört und am Ende war, da hatte ich dann Bertram ganz für mich. Das war mir – in all der Verwirrung und Verzweiflung – etwas wie ein Triumph: Jetzt hatte ich den Sohn, *seinen* Sohn – Faustpfand?

Was kümmerte es mich, daß ich Hedwig mit Bertram den letzten Halt nahm, daß ich sie damit ganz in die Nacht stieß, sagten nicht sogar die Ärzte: Das Kind kann nicht bleiben ...? Und die Leute lobten mich für meinen selbstlosen Entschluß und für meine schwesterliche Treue.

Dann: Bertram bei mir in Berlin. Kriegszeit und Plage. Fünf Tage der Woche saß ich im Büro und zitterte, was unterdessen mit dem Jungen war. Abends heimgehetzt, gekocht, gefegt, Bertrams Aufgaben durchgesehen. Am Sonntag Spaziergang an die Krumme Lanke.

Da saß ich dann auf einer Bank und sah Bertram zu, wie er sein Schiffchen fahren ließ oder mit nackten Füßen durch das Wasser patschte oder auch nur verdrossen im märkischen Sand wühlte, und dachte: Hans. So hat er ausgesehen mit zehn, mit elf, mit zwölf ... Nur der blonde Schopf störte mich, weil er mich an Hedwig erinnerte.

Immer störte es mich, wenn das Infeldsche in ihm aufblitzte. Es störte meine Illusion, daß Bertram mein Kind sei. Es machte mich ungeduldig, wenn er nach seiner Mutter fragte. »*Ich* bin jetzt deine Mutter.« Erst als ich von Hedwigs Tod erfuhr, gefror mir die Lüge im Munde. Jetzt war Hans frei; im Gefängnis, aber frei – frei für mich? Seine Briefe waren voll davon: »Für dich zu leben, will ich das Leben ertragen ...« Aber dazwischen, immer wieder: »Rechne nicht allzu sicher auf mich. Ein Mensch, der das Anrecht auf Glück verspielt hat, wie ich ... ich werde nie ein guter Vater sein ... ich wünschte manchmal, du fändest dir einen anderen Weg.«

Mir klang das wie Irrsinn.

Ein anderer Weg –? sollte das heißen: ein anderer Mann, für Bertram ein anderer Vater? Ich hätte nur lachen mögen, wäre die Angst nicht gewesen, Angst, Liebe, Erbarmen, alles zusammengebacken in dem verzweifelten Trotz: Bertram, dein Sohn – mein Faustpfand.

Inzwischen kamen die Bomben.

Auf einmal schien es unmöglich, ein Kind bei sich zu behalten, unmöglich und verantwortungslos. Das Haus, in dem wir wohnten: eine dieser billigen wilhelminischen Zigarrenkisten, kein Bunker in der Nähe, der Keller eine Mausefalle.

Also fort mit dem Jungen in eine Schule – aufs Land – will heißen: in diese kleine Stadt, putziges Häuserhäufchen mitten im Grünen. Hier war er sicher.

Sicher? Mir war es klar, von welcher Art diese Schule war, Staatsschule, von der Partei beschattet und mit Leuten durchsetzt, die nur den einen Ehrgeiz hatten, die Jungs zu drillen und so lange mit Phrasen zu stopfen, drohenden und schmeichelnden Phrasen, bis sie genormt und gestanzt als völlig gefügiger Nachwuchs zu gebrauchen waren. Aber ich fand mich ab, bildete mir ein, ich müßte mich damit abfinden, wenn Bertram nur in Sicherheit war.

Indessen zerfiel Berlin allmählich in Trümmer.

Und schließlich rückte die Front heran.

Die Russen an der Oder. Jetzt war keine Zeit mehr zu verlieren. Ich packte meinen Rucksack (viel mehr hätte ich nicht mehr zu packen gehabt, alles übrige schon verbrannt). Ich wollte mit Bertram über die Elbe.

Als ich bei seiner Schule ankam, blieb mir der Atem weg. Rund um die Schule Gräben ausgehoben, Panzersperren auf der Zufahrt. Die ganze Umgebung ein Heerlager, und die Jungen dazwischen mit Stahlhelmen und Sturmgewehren.

So stimmte es, das Gemunkel überall: man jagte die Kinder von der Schulbank in den Tod.

Aber sie ließen sich ja selbst nur zu gerne jagen. Waren ganz versessen darauf, zum Einsatz zu kommen für Führer, Volk und Reich, ganz versessen auf Heldentod in letzter Minute. Auch Bertram.

Als ich ihn endlich fand und sagte: Du kommst mit mir! sah er mich an, als wäre ich wahnsinnig geworden. Und als ich ihn anschrie: Du kommst –! riß er sich los und rannte davon.

Er wollte seine Kameraden nicht verlassen, wollte nicht um seine Bewährung kommen, wollte – »seine Ehre nicht verlieren«, ach.

Mein Glück, daß der Leiter der Schule vernünftiger war als zu vermuten gewesen. Er war wohl froh, wenigstens einen der Burschen los zu sein, für einen weniger Verantwortung zu tragen.

Er gab Bertram den Befehl. So mußte Bertram gehorchen. Aber wie haßte er mich dafür!

Am nächsten Morgen war der ganze Ort schon ein Tohuwabohu. Alle Straßen verstopft. Tiefflieger und Bomben. Auf dem Bahnhof stand gerade noch ein Zug unter Dampf. Mit Gewalt stieß ich den Jungen über das Trittbrett hinauf.

Endlich fuhren wir los. Eine ganze Nacht brauchten wir für zwanzig Kilometer, und jedesmal, wenn der Zug hielt, hatte ich Angst, Bertram würde abspringen.

Blaß und stumm stand er in seinen Winkel gepreßt; wenn ich ihn anrührte, zuckte er zusammen.

Schließlich mußten wir zu Fuß weiter.

Es schüttete wie aus Kannen, er trabte verdrossen neben mir her. Erst gegen Abend begann er zu sprechen, nahm auch etwas zu essen von mir an und tröstete mich sogar, als man uns aus einer Scheune jagte, wo wir ein bißchen rasten wollten.

So marschierten wir weiter, bis es dunkelte. Da kamen wir an jenes Haus.

Was zog mich hin, daß ich am Zaun stehenblieb?

Das Haus war leer, verlassen wie so viele Häuser damals; die Haustür erbrochen, der Unterstock geplündert, aber im Oberstock war alles noch unberührt und in Hülle und Fülle da, was wir nur wünschen konnten: Kartoffeln, Fett, Eingemachtes, trockene Kleider, zwei weißbezogene Betten.

Ich schürte Feuer an und hängte unser nasses Zeug über den Herd. Bertram fand es auf einmal herrlich, ein Abenteuer, er sprang herum und machte Dummheiten, probierte ein Damenkleid an, setzte sich einen Strohhut auf, einen großen, gelben Strohhut mit Blumen.

Da merkte ich, was für ein Kind er noch war.

Dann lagen wir in den fremden Betten, Ehebetten in dem fremden Haus. Noch immer gab Bertram keine Ruhe. Ich hörte, wie er sich herumwarf, sich aufsetzte, seine Kissen knuffte; einmal spürte ich seine Hand, rauhe hagere Bubenhand, tastend auf meiner Wange. Und dann fragte er nach seinem Vater.

»Er kommt jetzt frei, nicht wahr?«

»Ja, er kommt frei.«

Eine Weile lag er still. Dann: »Wohin gehen wir eigentlich, Julia? Gehen wir zu ihm?«

Mein Gott, diese Frage. Was sollte ich antworten? Ja, wir gehen, obwohl ich nicht weiß, ob er uns haben will, dich, mich und damit ein neues Leben? Oder sollte ich antworten: Nein, wir gehen nicht, es sei denn, er riefe uns, aber wie und wo soll uns dieser Ruf erreichen? Und selbst wenn er uns erreichte, es könnte sein, daß, wenn wir ankommen, alles wieder anders wäre und so, als hätte er nicht gerufen. Zwischen deinem Vater und uns, Bertram, kämpfen drei Armeen oder vielleicht noch mehr, aber nicht diese Armeen fürchte ich am meisten; halb Deutschland brennt, aber nicht diese Brände sind's, die mich erschrecken. Wenn ich wüßte, er will – so sicher, wie ich's von mir weiß –, wenn alles, was er mir schrieb oft und oft, wahr wäre, wahr – nicht im Sinne einer flüchtig aufleuchtenden und wieder verlöschenden Wahrheit, sondern gegründet, unumstößlich, unaustilgbar, dann, ja Bertram, dann ...

Aber wie sollte ich ihm das sagen? So antwortet man sich selbst, vielleicht nicht einmal sich selbst, niemals einem Kind. So sagte ich nur: »Du mußt jetzt schlafen.« Und richtig – er schlief ein.

Trotzdem habe ich ihn eine Stunde später wieder geweckt. (Weckt man ein Kind, nur weil einem das eigene Herz vor Angst vereist?) Schüsse draußen in der Nacht, erst fern, dann näher, Schüsse und Geschrei, näher, immer näher – und dann die Schritte im Garten. Ich hielt es nicht mehr aus, ich rüttelte Bertram. »Hörst du? – hörst du's denn nicht? Da ist wer!« Er muß sofort hellwach gewesen sein. (Da kam ihm doch die Bewährung nach – die langersehnte.) Leise schiebt er sich neben mir aus dem Bett, und ehe ich begreife – mit einem Sprung an der Tür – hinaus – treppab – ich schreie: »Bleib!«

Julia stieß die Lade des Nachtkästchens zu. So ist's gewesen. Meine Schuld. Meine Schuld: Daß ich ihn weggab. Daß ich ihn holte. Daß ich ihn weckte. Und meine Grundschuld: Daß ich hoffte, in ihm ein Faustpfand zu haben gegen seinen Vater ... es hätte mir doch nichts genützt.

Ich habe alles falsch gemacht. Auch, daß ich hierherkam nach Lajon.

Aber wer zwingt mich hierzubleiben? Dieser Gedanke durchzuckte Julia wie ein elektrischer Schlag, sofort bemächtigte sich ihrer eine zitternde Unruhe: Wenn Jürgen erst einmal fort ist, bin ich ja frei, dann kann auch ich fort. Wohin? Ich fahre einfach über den Brenner zurück nach Innsbruck, nach Salzburg zu den Festspielen, ach nein, die beginnen erst später, aber nach Wien, dort gibt es im Juni immer die großen Konzerte, oder Zürich, wo sie das neue Stück von Frisch spielen, es soll gut sein – wie heißt es bloß? Aber nein, ich mag Zürich nicht, Lausanne wäre besser, ja, Lausanne, diese verrückte kleine Großstadt, ich könnte drunten in Ouchy wohnen. Und schließlich, wer könnte es mir verbieten, auch nach Italien hinunterzufahren wie Jürgen, er will nach Venedig, ich könnte nach Fiesole oder Volterra, Italien wird doch wohl genug Platz bieten für uns beide. So dachte Julia hin und her, und ihre Gedanken zuckten wie eine gestörte Magnetnadel von Himmelsrichtung zu Himmelsrichtung. Immer neue Orte leuchteten in ihr auf, freilich nur, um gleich wieder zu erlöschen. Entschlußlos faßte sie binnen zehn Minuten ein Dutzend Entschlüsse, sie brauchte nur noch einen Fahrplan, ihr kam vor, sie sei schon viel zu lange hier in Lajon, wenn nur schon Jürgen käme, was hat er dort oben auf der alten Straße gesucht, es ist bald Mittag – und er ist immer noch nicht zurück.

Sorge regte sich in der Frau, und zugleich sagte sie sich, daß diese Sorge lächerlich sei. Was sollte Jürgen schon zugestoßen sein – und überhaupt: Es stand ihr nicht mehr zu, sich Sorgen um ihn zu machen, von nun an und nie mehr, nie mehr. Sie wollten sich trennen, und sie, Julia, regte sich auf, wenn Jürgen nur ein paar Stunden ausblieb.

Du mußt umlernen, mein Kind, gründlich umlernen, es wird dir nichts anderes übrigbleiben. Bis jetzt hast du – trotz allem – einen Schwerpunkt gehabt: Jürgen. Von nun an gibt es diesen Schwerpunkt nicht mehr, du bist frei, du kannst mit deinem Leben anfangen, was du willst, alles was dir einfällt: hierbleiben, wegfahren, wiederkommen. Niemand wird dir mehr dreinreden, niemand wird dich warnen, etwas Unvernünftiges zu tun, Jürgen wird dich finanziell sicherstellen, so ist er, anders tut er es nicht, er käme sich sonst schäbig vor, er nimmt dir damit den letzten Halt, den letzten Halt, der darin bestünde, daß du gezwungen wärest, dir selbst dein Brot zu verdienen.

Und wieder begann Julia Reisepläne zu schmieden: Hätte ich nur einen diario – vielleicht hat der Wirt –, aber ich will noch nicht darum fragen, nicht vor Jürgens Abreise, er könnte mich beim Fahrplanlesen ertappen, er soll nicht wissen, daß ich Lajon aufgebe. »Dieses Nest«, sagte er, »was willst du dort eigentlich? Du wirst es bald satt haben, auch wenn du einmal ein paar Jahre dort verbracht hast, romantische Erinnerungsfahrten lohnen nie.« Und später: »Du solltest dich nicht in einer solchen Einsamkeit vergraben, solltest lieber irgendwo hingehen, wo du dich amüsieren kannst, nein, ich weiß, du magst diesen Ausdruck nicht, aber mir wäre es lieber, tatsächlich.« O ja, das wußte Julia. Einem Mann, der seine Frau verläßt, ist die Vorstellung, sie könnte nun einsam herumsitzen und grübeln, nie besonders angenehm. Es beruhigt sein Gewissen, wenn er denken kann, sie amüsiere sich. Und Jürgens Gewissen war in dieser Hinsicht besonders zart, oh, sein Gewissen war empfindsam, nur immer an der falschen Stelle.

Nun war es bald zwölf. Julia hielt es nicht mehr aus, sie wollte nun doch einen Fahrplan holen, doch als sie die Tür aufriß, um hinunterzulaufen, hörte sie ihren Mann drunten im Flur.

»Wissen Sie, wo meine Frau ist?«

Im ersten Augenblick wollte Julia in ihr Zimmer zurück; so unsinnig es war, sie kam sich ertappt vor. Aber Jürgen konnte doch nichts von ihren Plänen erraten, solange sie ihm selbst nichts davon verriet.

Sie hörte ihn unten noch einmal fragen: »Ist sie auf ihrem Zimmer?« Und da antwortete sie selbst: »Ja, ich bin da.«

Er kam, zwei Staffeln auf einmal nehmend, zu ihr heraufgelaufen.

»Herrjeh, wie siehst du aus! Ganz verschwitzt – und einen Sonnenbrand hast du auch. Wo bist du denn so lange gewesen?«

Jürgen war noch ganz atemlos. Er trat bei ihr ein, goß aus der Wasserflasche auf sein Taschentuch und begann seine Stirn zu wischen.

»Nimm doch lieber das Öl.« Julia hielt ihm das Fläschchen hin.

Er übersah es, übersah auch den Stuhl, den sie ihm hinschob, und begann, in dem engen Raum zwischen Betten und Waschtisch herumzuwandern. »Ist das eine Hitze – und wie ich gerannt bin! Die Sonne brennt wie verrückt.«

Julia betrachtete ihn kopfschüttelnd.

»Und wo, meinst du, daß ich gewesen bin? Nein, das errätst du nicht: – in der Raschötz!«

»Ach«, tat Julia, obgleich sie es ja wußte. Aber sie wollte es ihm nicht gestehen, daß sie ihn beim Aufstieg beobachtet hatte, es wäre ihr wie ein Versuch erschienen, sich ihm anzubiedern, so schwieg sie und ließ ihn reden.

»Ich wollte mir die Straße ansehen, die wir gestern herunterkamen. Ein toller Weg. Und die Brücke da oben, erinnerst du dich, ganz morsch. Wir haben Schwein gehabt, Julia.«

Nun setzte er sich doch auf den hingeschobenen Stuhl, freilich nur um sofort wieder aufzuspringen. Er schien auf eine merkwürdige Weise aufgekratzt und irgendwie außer sich. Julia dachte: Was hat er nur?

Und schon kam er darauf: »Als ich droben war, dort, weißt du, wo der Wald beginnt, da fiel mir ein: Jetzt könnte ich doch ebensogut noch ein Stück weitergehen und mir das Haus ansehen, wo wir gestern hielten, dieses Haus, von dem die Leute behaupteten, es sei nicht mehr da.«

Julia hob jäh den Kopf und blickte Jürgen an.

»Ich habe sie ausgelacht und ihnen gesagt: ›Hab's doch mit

eigenen Augen gesehen, und es war auch wer da, der uns die Richtung wies.‹ Das hab ich dir doch gestern noch erzählt, nicht wahr, als ich um Mitternacht in dein Zimmer hereinkam, du kannst dich doch erinnern. Wie?«

Julia nickte. Seltsamerweise begann ihr Herz heftig zu klopfen, sie verschlang die Hände ineinander, um sie nicht gegen die Brust zu drücken, so stand sie da, mit zusammengepreßten Lippen, und wartete.

Der Mann schwieg eine Minute oder auch zwei. Er hatte sich nun doch endgültig niedergelassen, aber nicht auf den wackligen Stuhl, sondern auf das kleine, mit rotem Plüsch ausgeschlagene Sofa hinter dem Tisch, sein Gesicht sah plötzlich ratlos aus und so, als fühlte er sich irgendwie benommen, auch wenn er diese Benommenheit nicht wahrhaben wollte und mit gelegentlichem Auflachen dagegen ankämpfte. Von unten heraufblikkend suchte er Julias Augen.

»Und nun kommt etwas Merkwürdiges. Bitte, halte dich fest. Ich war dort an der Stelle – und es war wirklich kein Haus da.«

Julia machte eine Bewegung, als hätte sie jemand mit etwas Eiskaltem zwischen den Schulterblättern berührt. Dann sagte sie: »Wie bitte?«

»Kein Haus«, wiederholte Jürgen und biß sich auf die Lippen, als fürchtete er, daß sie zu zittern beginnen könnten. »Was sagst du dazu?«

Julia glaubte, ihr Herz stünde still, dennoch murmelte sie: »Das gibt es nicht.«

»Gibt es nicht«, wiederholte Jürgen. »Ich weiß – Aber, bitte, geh hinauf und such es!«

Julia empfand eine Sekunde lang Lust, laut aufzulachen. Dann war dieses Frieren wieder da, zwischen den Schulterblättern und den Rücken hinab, sie schüttelte sich und sagte: »Du hast es eben nicht gefunden.«

»Das, liebes Kind, hab ich mir selbst gesagt und ich habe mich genau umgesehen, das darfst du mir glauben. Alles war da, die Kurve, die Steinblöcke, auch die Wagenspuren.« (Julia fuhr zusammen.) »Nur kein Haus. Und jetzt, Julia muß ich dich etwas fragen. Vermißt du einen Handschuh?«

Julia schüttelte den Kopf. Dann aber lief sie an das Fußende ihres Bettes, wo sie ihr Täschchen abgestellt hatte. Sie öffnete es, kramte darin herum und förderte einen Handschuh zutage, den zweiten fand sie nicht.

»Da ist er«, sagte Jürgen und legte ihn behutsam auf den

Tisch. »Er lag dort. Du mußt ihn beim Aussteigen verloren haben.«

Julia griff danach, ohne ihn zu ergreifen: Es war derselbe haselnußbraune Wildlederhandschuh mit weißer Steppnaht wie der, den sie in der anderen Hand hielt, *ihr* Handschuh. »Ach«, sagte sie, »tatsächlich.«

Der Mann lehnte sich zurück in das häßliche kleine rotplüschen überzogene Sofa, abgenutzte Dutzendware aus der Vorweltkriegszeit; vor ihm der wacklige Tisch mit den gedrechselten Beinen, hinter ihm die grüngrau gesprenkelte Kalkwand des armseligen Wirtshauszimmers. Aber sie schien jetzt nicht mehr so kalt und leblos und beinah feindselig wie noch eine Stunde zuvor. Die Sonne war weitergerückt und warf ihr Licht durch den Kastanienbaum herein. Es kreiselte regsam und zitterte, wie sich das Laub draußen regte, kein voller Strahl, sondern eher nur der Widerschein von den gefächerten Blattflächen, blaßgrünlichgolden, ein Licht-Gewisper, mehr nicht.

»Tatsächlich«, sagte die Frau noch einmal und dann: »Und der Handschuh lag dort?«

»Ja«, sagte der Mann.

Dann schwiegen beide.

Herr Federspiel löffelte soeben seinen Mittagsnachtisch, wäßriges Apfelkompott, als das fremde Paar in die Stube hereinkam. Vergeblich versuchte er, sich der Dame mit einer Verbeugung bemerkbar zu machen. Zu seinem größten Bedauern nahmen die beiden weitab von seinem Tisch Platz. Die Kellnerin legte ihnen ein frisches Tuch auf, nahm ihre Bestellungen entgegen. Nun warteten sie auf ihr Essen.

Der alte Herr behielt die beiden scharf im Auge. Er tat zwar, als läse er in einem Buch (er hatte immer ein Buch bei sich), in Wirklichkeit registrierte er jede ihrer Bewegungen. Der Mann beschäftigte sich mit seiner Pfeife, die Frau spielte nervös mit ihrer Serviette. Sie sprachen nicht.

Der alte Herr dachte: Merkwürdige Leute, scheinen Schwierigkeiten miteinander zu haben – und erinnerte sich plötzlich, heute morgen eine Bemerkung des Wirtes aufgefangen zu haben, die beiden hätten sich zwar als Eheleute gemeldet, dann aber doch in zwei Zimmer einquartiert. Der anzügliche Ton dieser Bemerkung hatte Herrn Federspiel peinlich berührt, er haßte Indiskretionen dieser Art und war doch selbst mit nichts anderem beschäftigt, als zudringliche Vermutungen anzustellen.

Seit dem Morgen schon kreisten seine Gedanken unaufhörlich um das fremde Paar, vor allem um die Dame. Die Dame gefiel ihm, sie hatte Rasse und war apart, mußte in ihrer Jugend eine Beauté gewesen sein. Der Mann gefiel ihm dafür um so weniger. Ein Geschäftsmann wahrscheinlich, ein kalter Koofmich – oder ein Techniker, ja, sicher ein Techniker (für Herrn Federspiel waren alle Techniker des Teufels), einer von diesen Wunderlanddeutschen, die jetzt in Scharen nach Italien einströmten. Wie kam der ausgerechnet nach Lajon? Durch die Frau, natürlich durch die Frau, die ja – laut eigener Aussage – ihre Kindheit hier verbracht hatte; und sah doch nicht wie eine Tirolerin aus, sprach auch nicht wie eine Tirolerin, sondern eher mit östlichem Anklang. Herr Federspiel gelangte dahin, Julia für eine Beamten- oder Offizierstochter aus dem Raum der alten Monarchie zu halten, seine Sympathie legte ihm diese Annahme nahe, fühlte er sich doch selbst als Altösterreicher – immer noch – mit Leib und Seele.

Jetzt wurde den beiden die Mahlzeit serviert. Der Mann schien den Umfang der Portionen genau in Augenschein zu nehmen – dieser Materialist! Die Frau schenkte ihnen sehr wenig Aufmerksamkeit. Einmal langte sie über den Tisch, um nach einem Glas zu greifen, dabei rutschte ihr die lose umgehängte Kostümjacke von den Schultern. Ein nackter bräunlicher Arm kam zum Vorschein, samtig glatt, rundlich-schlank mit grazilen Gelenken.

Herrn Federspiels sympathisierendes Interesse befestigte sich immer mehr. Doch so scharf er die beiden im Auge behielt, vergaß er doch nicht, an seinen Kombinationen weiterzuspinnen. Er dachte an das Haus in der Raschötz, die alte Pulvermühle, die die beiden gesehen haben wollten – wie gab es das? – ein nicht mehr existentes Objekt – unmöglich – es sei denn – es sei denn – da steckte etwas dahinter: Lebensverwicklung, Schicksalsverknüpfung, kurz: eine *Geschichte*.

Diese Gedankenwendung versetzte den alten Mann augenblicklich in eine zarte inspirative Erregung. Der Grundwasserspiegel seiner Seele begann zu pulsieren, zu steigen: quellender Andrang aus unterirdischen Adern. In Herrn Federspiel war das kreative Element erwacht.

Sofort gewann der Gegenstand seiner Beobachtungen noch einmal an Farbe und Plastizität. Denn jetzt war alles wichtig an dem fremden Paar: jede Bewegung, jeder Wimpernschlag; wie sie – in fast gehetzter Eile (warum nur?) und nahezu wortlos ihre Mahlzeit verzehrten. Jetzt zahlte der Mann, hastig und – übrigens – ohne die Herausgabe nachzuzählen, wie es doch von einem waschechten Materialisten zu erwarten gewesen wäre ... Nach dem letzten Bissen standen die beiden wie auf Kommando zugleich auf und verließen das Wirtshaus.

Auch Herr Federspiel erhob sich sofort und stakte, so hurtig es seine steifen Glieder erlauben wollten, hinterdrein. Als er ins Freie trat, sah er die beiden taleinwärts wandern. Herr Federspiel begriff: sie eilten in die Raschötz, sie suchten die Pulvermühle.

Er unternahm einen hilflosen Versuch, ihnen zu folgen, doch bei der ersten größeren Steigung gab er auf. Sein Herz! Sein Herz! Er war ein kranker Mann.

Lehrer Frischmann saß in seiner Klasse hinter dem Pult und blätterte die Schularbeiten des letzten Halbjahres durch. Das Schuljahr ging nun zu Ende, es war an der Zeit, daß er sich über die Noten schlüssig wurde. Peter Frischmann seufzte tief: Die Arbeit wurde ihm sauer; er mußte zugeben, daß die Früchte seiner Bemühungen nicht gerade glänzend waren. Dabei liebte er seine Kinder und wollte sie nicht kränken. Andernteils –

Jedesmal, wenn er ein neues Heft aufschlug, blickte er in die Klasse hinab, nach dem Platz, wo das betreffende Kind zu sitzen pflegte. Der Platz war jetzt leer, aber Lehrer Frischmann glaubte, das kleine Wesen leibhaftig vor sich zu sehen, die Anni, die Midi, den Seppl, noch einen Seppl, den Franzl, die Resi. Die Buben in ihren blauen Schürzen, mager, schlacksig, braunverbrannt, mit kurzgeschorenem oder filzig verwildertem Haar, mit dem Ausdruck tumben Widerstandes in den starr geradeaus gerichteten Augen, wenn er, der Lehrer, sie aufrief, voll Ablehnung – nicht gegen seine Person, sondern nur gegen die Zumutung, auf seine Frage zu antworten, die ungelenke Zunge zu einem quasi hochdeutschen Satz zu zwingen und über Dinge Auskunft zu geben, die zu wissen zwar Pflicht, aber im übrigen völlig unsinnig waren. Die Mädchen daneben, äußerlich schwerfälliger in ihren langen Faltenkitteln, mit den straff geflochtenen und aufgesteckten Zöpfen (fertige Miniaturbäuerinnen), sie waren zugänglicher, manche sogar ganz munter und ehrgeizig bereit, dem Lehrer zu zeigen, daß sie etwas wußten. Sie liefen puterrot an und drehten die Schürzenbänder um ihre Finger, bis diese blau anschwollen, aber sie taten doch mit, schnauften wichtig und grinsten beglückt, wenn er sie lobte.

Die Schule von Lajon führte nur eine einzige Klasse; Lehrer Frischmann hatte sie, laut Vorschrift, in drei Abteilungen zu führen: Da waren die Kleinsten, denen er das Einmaleins und Abc beibringen sollte, die Mittleren, die schon in Hefte schrieben und über deren armen Häuptern das Geheimnis der Dezimalzahlen schwebte; die Fortgeschrittenen schließlich –, ach, ihrer waren nicht viele, nur zwei Drittel erreichten diese Stufe – sie hatte Herr Lehrer Frischmann in Zinsrechnung und den Pythagoreischen Lehrsatz einzuweihen. Dazu Deutscher Aufsatz ›Mein schönster Ferientag‹ und ›Was will ich werden‹. – Es war harte Arbeit, drei Schulstufen auf einmal zu unterrichten, das heißt, so abzuwechseln, daß, während er der einen vortrug, die andere schriftlich arbeitete und die dritte auch nicht ganz untätig blieb. Bei allen mußte er die Augen haben, Allotria und Schwindel unterbinden, dabei quälte ihn das Griffelquietschen auf den Schiefertafeln, die Luft war zum Schneiden dick und stank nach geschmiertem Leder und Stall.

Trotzdem: Lehrer Frischmann liebte seinen Beruf – und nahm ihn ernst, bitterernst. Er konnte es sich nicht erlauben, seiner angeborenen Gutmütigkeit nachzugeben, beide Augen zuzudrücken und allzu große Nachsicht walten zu lassen – nein, er durfte nicht weich werden, auch wenn es ihm selbst manchmal sinnlos erschien, die Kinder mit all dem Kram zu quälen; diese Kinder, die sich in Haus und Hof so gut auskannten, die genau wußten, wann der Hafer gesät, die Kartoffel gelegt und wann die Kuh zum Stier gebracht werden mußte, die selbst oft genug schon hart arbeiteten und von denen nicht wenige einen stundenlangen Schulweg hatten, so daß sie dann in ihren Bänkchen einnickten – er, der Lehrer, mußte sie wecken, anfahren, dann und wann sogar mit einer Dachtel nachhelfen. Doch heutzutage ging es nicht anders. Überall wurden Zeugnisse verlangt, in jedem Beruf Kenntnisse gefordert, und was die Jugend in aller Welt betraf, betraf die deutsche Jugend in diesem Lande ganz besonders. Denn alle diese Buben und Mädel, die Franzln, Seppln und Midis, würden, sofern sie nicht selbst einen Hof erbten, schon in kurzer Zeit aus ihren Elternhäusern fortgehen und in den Lebenskampf eintreten; und sie würden in diesem Lebenskampf nicht nur gegen andere Franzln, Seppln und Midis bestehen müssen, sondern auch und vor allem gegen eine Unzahl von Beppos, Giulios und Ginas, die von Süden heraufgeschleust wurden, unaufhörlich heraufgeschleust aus Neapel, Kalabrien und Apulien, ein fixes wendiges Völkchen, anpassungsfähig und vital. Gegen sie aufzukommen war nicht leicht: *sie* hatten ja den Staat hinter sich; *ihnen* winkten die neue Wohnung, der bessere Arbeitsplatz, die vielen kleinen Winkelzüge behördlicher Protektion.

Und doch war so vieles besser geworden hier im Lande, und die Kinder, die jetzt zur Schule gingen, waren glücklich zu preisen neben ihren Eltern, die damals in der faschistischen Ära von Italienern unterrichtet werden sollten, Leuten, die kein Wort deutsch verstanden oder jedenfalls vorgaben, keins zu verstehen.

Das war ein Jammer und schrie zum Himmel: eine ganze Generation hatte so viel wie nichts gelernt, hatte sieben Jahre lang vergeblich die Bänke gedrückt und war schließlich als eine Schar Analphabeten ins Leben entlassen worden.

Alle Proteste vergebens. Der Diktator mit dem großen Kinn hatte es sich einmal in den Kopf gesetzt, jeden Widerstand zu zerreiben und einzustampfen. Sein schwarzes Nußknackergesicht starrte von allen Mauern: finster drohende Allgegenwart.

Trotzdem gab man nicht klein bei. Man versuchte, heimlichen Unterricht zu geben; abends, hinter verschlossenen Fensterläden und verriegelten Türen setzten Männer und Frauen, Geistliche und Weltliche ihre Freiheit und ihre Existenz aufs Spiel, um ein paar Kindern Lesen und Schreiben in ihrer Muttersprache beizubringen. Doch die Carabiniere paßten wie die Schießhunde auf –, oder fanden sich etwa doch Verräter? – Schwarzhemden donnerten gegen das Haustor, stürmten herein, verhafteten, rissen Bücher und Hefte in Fetzen oder nahmen sie mit als Corpora delicti höchst strafbarer landesverräterischer Umtriebe.

Peter Frischmann schlug die Hefte zu und schraubte seinen Füller auf: Jetzt mußte er endlich die Noten schreiben.

In diesem Augenblick klopfte es leise an der Tür. »Ja?« Herr Federspiel stand auf der Schwelle.

»Ich muß sehr um Entschuldigung bitten, daß ich störe.« Der alte Herr säuselte umständlich herein. »Ich kam ganz zufällig vorüber, sah Sie durch das Fenster am Katheder sitzen. Fleißig, immer fleißig. Wie geht es Ihnen?«

»Gut und schlecht, je nachdem.« Lehrer Frischmann bot dem Besucher seinen Stuhl an. »Gut, weil die Ferien vor der Türe stehen, schlecht, weil ich Zeugnisse schreiben muß. Werden traurig aussehen, leider.«

»Darüber sollten Sie sich keine Sorgen machen. Was sind schon Zeugnisse? Sie wissen, ich halte wenig von den Segnungen, die die Schule über die Menschheit gebracht hat. Die allgemeine Schulpflicht war der erste Schritt zur Zerstörung der Kultur.«

Lehrer Frischmann lächelte. Er kannte die Theorie des alten Federspiel. Kultur bestand – *seinem* Begriff nach – in Sagen- und Märchengut, Volkslied und Brauchtum; alles andere – nur von Übel. Seit Lesen und Schreiben – und damit Kalender und Zeitung – bis in das hinterste Tal gedrungen waren, wohin waren die ehrwürdigen mündlichen Traditionen verschwunden, wohin die Spinnstubenmärchen und Hirtengesänge, wohin die holde Phantastik der Volkspoesie? Seit gar das Radio seinen Siegeszug antrat, die Illustrierten hinterdrein – »Nackter Rationalismus frißt um sich. Jetzt muß nur noch das Fernsehen ins Bauernhaus kommen, dann hat Tirol aufgehört zu bestehen.«

Lehrer Frischmann war geneigt, Herrn Federspiel bis zu einem gewissen Grad zuzustimmen. Ansonsten ließ er ihn reden: ein drolliger alter Kauz, dem zu widersprechen nicht lohnte.

»Ich bin«, begann der Professor nach einigen Präliminarien, »das muß ich Ihnen gleich gestehen, nicht so ganz zufällig an der Schule vorbeigekommen. Ich *hoffte* Sie hier zu treffen. Ich habe nämlich – hm – hm – ein Anliegen an Sie, Herr Lehrer, ein merkwürdiges Anliegen, das – hm – hm – auf noch Merkwürdigeres hinzielt. Sagen Sie mir, mein lieber Frischmann, wie lange sind Sie schon in Lajon? Und kannten Sie Ihre Vorgänger?«

»Ich bin seit zwei Jahren da, und meine Vorgängerin war ein Fräulein Rabeder. Sie trat ihre Stelle 44 an, damals als nach Mussolinis Sturz das Land unter deutscher Verwaltung stand. Vorher war ein gewisser Morini da, ein Sizilianer. Das muß Ihnen ein komischer Bursche gewesen sein.« Lehrer Frischmann lachte. »Die Rabeder hat mir von ihm erzählt. Das ganze Jahr ist er im Schafspelz herumgelaufen, ihn hat immer gefroren, und er war ganz krank vor Sehnsucht nach seinem sonnigen Süden. Zum Schluß hat er die Schule gar nicht mehr verlassen, hat im Klassenzimmer auf einer Matratze geschlafen und alles verheizt, was nicht niet- und nagelfest war, nur um sich ein bißchen zu erwärmen: Stühle und Tafelzirkel und Meterstäbe, sogar die Bänke hat er zu zerhacken angefangen – haha – hat aber alles nichts genützt, am Ende ist er doch zusammengeklappt, hat Blut gespuckt, so mußte er weg.«

Herr Federspiel lächelte dünn. »Und Morinis Vorgänger?«

»War eine Lehrerin. Auch von ihr hat mir die Rabeder erzählt: tüchtige kleine Person, sagte sie, aber eine Faschistin reinsten Wassers. Aus Mailand. Auch sie ist gescheitert – und, was meinen Sie, woran? Hat sich das Unglücksmädchen einfallen lassen, in kurzen Röcken hier herumzulaufen, dekolletiert, sogar angestrichen. Na, Sie können sich denken, was das für einen Eindruck auf die Lajoner gemacht hat. Sie hielten sie für ein grundverdorbenes Weib, eine Hure, und natürlich für angesteckt. Die Eltern warnten die Kinder vor ihr, als hätte sie die Pest, nicht einmal den Abort sollten sie nach ihr benutzen. Und eines Tages ließ sich's die arme Person einfallen, ein Kind auf der Straße zu küssen, da ist die Mutter wie eine Megäre auf sie losgestürzt und ihr in die Haare gefahren. Da hat sie einen Nervenzusammenbruch gekriegt, die Arme, und mußte weggeschafft werden. Du lieber Himmel, was haben die Menschen damals einander angetan?«

»Ja, ja«, nickte Herr Federspiel. »Ein trauriges Kapitel! Und wer unterrichtete hier noch früher, ich meine, vor der faschistischen Zeit?«

»Keine Ahnung. Ich könnte nachsehen.«

»Tun Sie das, ja, tun Sie das, mein Bester!« Federspiel wurde ganz lebhaft. »Der Mann muß Wagrainer oder Wagstätter geheißen haben oder so ähnlich – mein Gedächtnis verläßt mich – jaja, man tritt nicht ungestraft ins patriarchalische Alter.«

Zwei Minuten später hatte Frischmann eine kleine Bodenkammer aufgesperrt: Hier lagen in einem uralten zerschrammten Schrank die verjährten Klassenbücher der Lajoner Schule, davor ein Wust verstaubten Schulgerümpels. Frischmann hatte noch nie den Mut gehabt, hier einmal Ordnung zu machen. Da war ein Globus, von dem Asien und Afrika in Fetzen herunterhingen, ein junger ausgestopfter Fuchs, in dessen fahlen Balg, sich die Motten eingenistet hatten, eine zerbrochene Waage und das fragmentarische Skelett eines Wiesels: alles, was der frierende Sizilianer vor dem Feuer verschont, weil für nicht geeignet gehalten hatte, ihn zu erwärmen.

Lehrer Frischmann begann das Gerümpel wegzuräumen. Er war sofort in eine Staubwolke gehüllt.

Herr Federspiel verfolgte begierig, was geschah. Endlich hatte der Lehrer einen Riesenstoß schwarzer Scharteken aus dem Schrank hervorgezogen.

»Schuljahr 24/25«, las er von einem aufgeklebten Schildchen ab.

»Das muß es sein!« Federspiel schlug das Buch auf. »Hans Wagenseil – Hans Wagenseil – natürlich!« Er tippte sich an die Stirn. »Lag mir doch auf der Zunge!«

Frischmann glaubte, nun werde sich der Professor zufrieden geben. Keineswegs. Er wollte nun auch noch die Liste der Schüler studieren. »Hätten Sie die Güte, mich für ein kleines Weilchen allein zu lassen?«

Natürlich hatte Frischmann die Güte, obwohl er sich wunderte, was Federspiel aus den vergilbten Scharteken auszukramen hoffte. Er war ihm noch behilflich, den Staub von einem Sessel zu putzen und auf dem Tisch Platz zu schaffen. Dann empfahl er sich, nicht ohne Federspiel ans Herz gelegt zu haben, er möge rufen, wenn er fertig sei, und ja nicht versuchen, die steile Bodentreppe allein herabzuklettern.

Nun saß Herr Federspiel über dem alten Klassenbuch und ging die Namen der Schüler durch. Die Knaben interessierten ihn nicht, nur die Mädchen, ihre Geburtsorte, die Personalien ihrer Eltern. »Demetz Maria, geboren in Lajon, Vater Joseph, Bauer, Mutter Anna, Hofname Klöckl. – Gufler Anna, Fraktion St. Peter, Vater Anton, Mutter Theresia. – Klausner Kreszenz, Mutter Frieda, Vater unbekannt.« – Vater unbekannt ... Hm, das gab es auch damals schon, hat es wohl immer schon gegeben, schlimme Dinge ... Nun ja, ihm, Federspiel, schwante, daß er noch schlimmeren auf der Spur war ...

Und endlich, in einem spät im Schuljahr vorgenommenen Nachtrag: »Basalla, Christine Julia Valerie, geboren zu Salzburg, Vater Norbert, k. u. k. Major, gefallen, Mutter Sabine, gestorben; wohnhaft Lajon, Ansitz Mayregg bei Hedwig von Infeld.« – Und dahinter noch einmal ein Nachtrag: »Neuerlich bei Hedwig Lebandowski, Steinbruchbesitzersgattin in der Raschötz.«

Das war's: Basalla Christine Julia Valerie – das mußte sie sein, die fremde Dame aus Deutschland, die, wie sie sagte, ihre Kindheit hier in Lajon verbracht hatte, bei Verwandten offenbar, die das verwaiste Mädchen aufgenommen hatten, zuerst in Mayregg, dann in der Raschötz. Lebandowski, natürlich, das war der Name, dem Herr Federspiel heute schon den ganzen Tag nachgegrübelt hatte, Lebandowski, der Steinbruchbesitzer, und Hans Wagenseil, der Lehrer. Jetzt, da er der Namen habhaft war, dämmerte ihm auch, was damals – es lag weit zurück, sicher an zwanzig Jahre – so viel Staub aufgewirbelt hatte, eine weitläufige und verwickelte Affäre, eine *Mordgeschichte*.

Für solche Affären hatte Herr Federspiel schon immer eine gewisse Schwäche gehabt. Nicht zufällig waren unter seinen engsten Freunden Richter und Rechtsanwälte. Er hörte sie gern aus ihrer Praxis erzählen und versäumte selten, in der Zeitung nach Polizei- und Prozeßberichten zu sehen.

Aus dem Erinnerungswust von Tausenden von Fällen schälte sich ihm jetzt ganz allmählich jener *eine* hervor – aber wie zögernd, wie mühsam! Augenblicklich stand nur eines fest: Lebandowski war der Ermordete. Doch von wem ermordet, – wie – und warum? –

Federspiel grübelte in sich hinein. Ein Raubmord? Nein. – Ein politisches Verbrechen? Ebensowenig. Eher war höchst Persönliches im Spiel: Liebe, Treulosigkeit, Eifersucht. Ehebruch. *Ehebruch* – das war's! Verbotene Leidenschaft, verletzte Moralität: wohin kommt unser Volk, wenn der Skandal sogar in unserem Patriziat um sich greift?

Und dann, der Lehrer – Hans Wagenseil. Auch er spielte eine Rolle, nicht die des Täters, nein, obwohl auch er vor Gericht stand und verurteilt wurde – warum verurteilt, wenn er nicht der Täter war?

Federspiel beugte sich über Wagenseils Schrift, als könnte sie ihm Auskunft geben ...

Sonderbar! Dieses Gekrakel sollte die Hand eines Pädagogen sein? Das pure Gegenteil einer zierlich-zügigen Lehrerschrift, schmucklos nüchtern, jeder Buchstabe stand vereinzelt, die Zeilen schräg nach unten fliehend – worauf wies das hin? Auf Empfindlichkeit und Labilität, aber auch auf Eigensinn und Verachtung jeder äußeren Form. Wenn ein Lehrer sein Klassenbuch so zu führen wagte, konnte ihm am Wohlwollen seiner Vorgesetzten wenig gelegen sein, er ließ sich treiben – oder wollte herausfordern – oder beides zugleich.

Herr Federspiel ließ die Lupe sinken und drückte mit Daumen und Zeigefinger die Lider ein. Er dachte nach, vielmehr: er wollte nachdenken, wollte sich weiter erinnern, aber sein Gedächtnis versagte den Dienst, als wären die zarten Tentakel der inneren Wahrnehmung ermüdet oder gelähmt. – Mattscheibe, dachte er verzweifelt, Mattscheibe (ein von ihm erst vor kurzer Zeit angelesener Ausdruck, der ihm aber außerordentlich treffend erschien). Ach, das Alter!

Doch während er das Buch schon resignierend zuschlug und sich erhob, um nach Lehrer Frischmann zu rufen, denn er getraute sich tatsächlich nicht mehr, die Treppe allein hinabzuklettern, da zuckte es in ihm auf: daktylischer Rhythmus – und plötzlich in voller Klarheit ein Name: Neilbeg Dragenowitsch – vulgo Utan, der Bosniak, der Mohammedaner.

Der Kirchenhügel von Lajon ist ein besonderer Platz: Eine Felsnase, die aus der Bergflanke hervortritt, steil, mit einer dünnen Grasnarbe übersponnen. Zuoberst die Kirche, ringsum der kleine Friedhof, von Stützmauern unterfangen; einer der vielen Plätze in diesem Land, deren erster Anblick die Vermutung nahelegt, daß sie bereits in Urzeiten besiedelt worden seien. Man denkt an primitive Wallringe und Feuerstätten, unter deren Brandflözen frühes Eisengerät, Scherben, ja, vielleicht Faustkeile und Steinschaber gefunden werden könnten.

Hier nichts dergleichen. Die ältesten noch feststellbaren Reste stammen aus der romanischen Epoche, also an den Zeitmaßen der Vorgeschichte gemessen, gerade noch von vorgestern. Der schmale Sattel zwischen Friedhof und Dorfplatz ist verbaut; da steht das Widum, das Küsterhaus, ein zweites Kirchlein, dann fällt der Hang zu einer flachen Schale zurück, dem Dorfplatz. Ein Dutzend Häuser umgibt ihn, in der Mitte der große Brunnen. Von hier gehen die Straßen aus, die Lajon mit den Fraktionen Tannürz, St. Peter und Albions verbinden, hier mündet auch die neue Straße aus dem Eisacktal und der verfallene Karrenweg aus der Raschötz.

Die Gemeinde ist weit verstreut, ihr Gebiet reicht tief hinab in die Zone der Reben und Kastanien und hoch hinauf bis zu den dürftigen Einzelhöfen nahe der Waldgrenze, wo kaum noch Kartoffeln und Hafer gedeihen.

Schön ist Lajon, wenn auch längst nicht so schön wie die vielen Dörfer drüben über Klausen, auf dem Ritten, die ganze Stufe entlang, die sich westlich des Eisack auf halber Höhe dahinzieht. Dort reiht sich Siedlung an Siedlung, sind prächtige Ansitze wie Perlen aufgefädelt; dort zog einst die Römerstraße durch – der berühmte Kunterweg des Mittelalters, den die deutschen Kaiser hinauf und hinunter zogen. Dort blieb viel hängen an weltlicher und auch geistlicher Herrlichkeit, ein Maltheser Ordenshaus und die ziselierte Kultur bischöflicher Sommersitze zeugen davon. Dagegen liegt Lajon im Schatten, Lajon und die ganze östliche Talseite, hier spülte die Geschichte in trägeren Wellen nach.

Auch die neue Zeit verfährt nicht anders: Drüben auf dem Ritten blüht der Fremdenverkehr, hierher nach Lajon kommen nur wenige Gäste. Hier gibt es keine Hotelpaläste mit Aussichtsterrassen. Wer sich die Gegend besehen will, ersteigt den Kirchenhügel und blickt über die Friedhofsmauer.

Da ist ein riesiger Umkreis freien Raumes, von den nordwestlichen Firngipfeln der Zentralalpen südwärts, über langgestreckte Waldrücken, den mächtigen Felsriegel des Schlern, den Zacken des Langkofels bis zum gedrungenen Felsturm der Sella im Osten.

Pfarrer Perwög liebt diesen Blick, und er liebt es, sein Brevier hier auf dem Kirchhof zu beten. Das aufgeschlagene Buch in den Händen, wandert er zwischen den Gräbern auf und ab. Er ist schon lange Seelsorger in Lajon, wie viele seiner Gemeindekinder hat er hier begraben, er kennt jedes Kreuz und kennt jeden Namen: *Seine* Verstorbenen unter den winzigen Hügeln, Sarg an Sarg, Bein an Bein, dicht beisammen (denn der Tiroler muß mit seiner Erde sparen und kann seinen Toten nicht viel Raum gönnen). Der Pfarrer denkt: Eine Pilgerschar, die sich, vom langen Marsch ermüdet, hier noch einmal zur Ruhe ausgestreckt hat, zur letzten Ruhe vor dem letzten endgültigen Aufbruch zur Höhe. Dieser Aufbruch am Jüngsten Tag, wenn diese Welt für immer Gottes Welt wird, wenn die Drommeten zum Großen Gericht erschallen, dann steht auf, Kinder, ich stehe dann mit euch, und Gottes Barmherzigkeit sei uns gnädig.

Gottes Barmherzigkeit – Pfarrer Perwög ist von der unerschütterlichen Überzeugung durchdrungen, daß Gottes Barmherzigkeit maßlos ist. Freilich – arme Sünder sind sie alle, die hier liegen, und als armer Sünder wird auch er, Perwög, einst und vielleicht schon bald zwischen ihnen liegen. Und seine Sünden werden um so schwerer wiegen, als er ja als Hirte und Priester für die anderen Verantwortung trug. Jede einzelne Seele, deren irdischer Name hier auf Kreuzen und Steinen steht, deren irdische Hülle hier zu seinen, Perwögs Füßen zu Staub zerfällt, kann für, kann aber auch gegen ihn zeugen, für jede zittert er und hofft aus Herzensgrund, nicht, weil er so sehr für seine eigene Rechtfertigung bangte, sondern weil ihn das nackte Entsetzen packt, wenn er denkt, es könnte eine unter ihnen sein, für die das Blut Christi vergeblich geflossen ist.

Die meisten, das glaubt der alte Pfarrer zuversichtlich, sind in der Gnade Gottes sicher geborgen: All die Mühseligen und Beladenen, Männer und Frauen, die sich zeitlebens geschunden haben, ihren ererbten Höfen und Feldern das tägliche Brot für sich und ihre Kinder abzuringen, so viel entbehrend, ohne je recht zu wissen, *wieviel* sie entbehrten. Ihre Gedanken: beim Vieh, beim Holz, bei Saat und Ernte, dumpfe Gedanken, die vielleicht nur an den höchsten Festtagen des Lebens etwas wie einen Aufschwung wagten, unter denen aber unerschütterlich, von Kindheit her eingeprägt die Gewißheit lag: Wer glaubt, wird selig.

Und sie glaubten. Pfarrer Perwög hat sich oft gewundert, wie mächtig dieser Glaube in diesen einfachen Menschen war, ein Urstoff, der noch keiner Wandlung unterlag, den kein Einfluß von außen anzugreifen vermochte, der andererseits freilich schwer und unbeweglich und beinahe tot auf dem Grund ihrer Seelen ruhte. Sie hörten ihre Sonntagsmesse, sprachen ihr Tischgebet, rückten den Hut vor dem Kruzifix am Feldrain, nicht weniger, aber auch nichts darüber hinaus, vor allem nicht bei den Männern. Bei den Frauen eher, in ihnen glimmt oft ein Funke, der im Alter manchmal sogar zur hellen Flamme auflodert. Dann, der tägliche Rosenkranz, die tägliche Messe und Kommunion ... Aber wie schnell erstarrt das in Selbstgerechtigkeit und unduldsamem Sich-für-besser-Halten – das Frommsein als Versicherung für die Ewigkeit. Arme Menschen, die Gottes Liebeoffenbarung mit solchen Versicherungen aufzufangen meinen; ihr Erwachen drüben wird maßlose Beschämung sein, dennoch selige Beschämung, erste Stufe zur Einverwandlung in ewiges Licht.

Andere Gräber, andere Namen: Jung Verstorbene, die zu früh abberufen worden waren, um mehr zu wissen, als die eigene gärende Jugend, auch sie, der Pfarrer hofft und glaubt es: in Gott geborgen.

Denn das Schlimme im Menschenleben kommt erst später, viel später; dann erst kriecht die Macht des Bösen heran, gewinnt das Laster Gewalt, Trunksucht und Geldgier, das narbige Gesicht der Niedertracht, das Schlangenhaupt der Verleumdung. Es gibt Gräber auf dem kleinen Friedhof von Lajon, die Pfarrer Perwög nicht gerne ansieht, er fürchtet sich vor ihnen. Es sind ihrer nicht viele – genau genommen nur ein einziges, das er wirklich scheut. Aber gerade dieses eine ist schwer zu übersehen, in weißem Marmor bleckt sein Stein hell aus dem Gewimmel schmiedeeiserner Kreuze. Der Mann, der unter ihm begraben liegt, als Fremder hierher gekommen, als Fremder auf schreckliche Weise gestorben, niemand hat ihn gemocht, kein Mensch ihn liebgehabt, verhaßt war er allen, auch mir, hilf Himmel! auch mir, wenn er durch die Gegend ritt, dürr und rötlich auf seinem raschen Pferd, die Peitsche in der Hand, die Hunde hinterher. Und ist durchs Dorf gerast im Galopp, daß die Kinder aufschreiend flüchteten und die erbosten Mütter hinter ihm herdrohten.

Ja, böse hat er gehaust und am schlimmsten im Herzen der Guten, Schönen, die seine Frau war, seine Frau. Warum gerade sie, die einem anderen bestimmt war von Gott – oder nicht bestimmt – ach, wer es wüßte?

Sie liegt drüben, nicht bei ihm unter dem weißbleckenden Grabstein, liegt bei ihren Ahnen und Großeltern und doch allein, abgeschieden von jenen, durch den Namen, den sie trug, durch die Schande, die sich an diesen Namen geheftet hatte.

Wenn Pfarrer Perwög, in seinem Brevier lesend, bei diesem Grab ankommt, bleibt er meist davor stehen und blickt über den Rand seines Buches darauf nieder. Lange Jahre hat er sich, wenn er so stand, überwinden müssen, daß er sich nicht bückte und die Hand auf den Hügel legte: »Ruhe in Frieden!«

Manchmal vermag er dann nicht mehr mit seinem Brevier weiterzuwandern. Er wirft einen scheuen Blick auf das weiße Grab im Hintergrund, klappt sein Buch zusammen, läuft in die Kirche. Dort kniet er dann in der letzten Bank – das Gesicht in den Händen vergraben.

So fand ihn Julia, als sie gegen Abend kam, um sich hier umzusehen.

Indessen ist es noch früher Nachmittag: Herr Federspiel hat sich von Frischmann verabschiedet und das Schulgebäude mit seiner Ausbeute an Informationen verlassen; er könnte eigentlich zufrieden sein. Er ist es nicht. Zuviel ist ihm noch dunkel an dem Muster, dem er nachspürt und von dessen Klärung er sich eine Menge, nämlich ein exquisites ästhetisches Vergnügen verspricht.

Ästhetisches Vergnügen an einer Kriminalaffäre – kann es das geben? Ja, das gibt es; Herr Federspiel ist davon überzeugt. Die Kunst hat nun einmal mit dem Dämonischen zu tun, ist auf das Dämonische angewiesen. Faust *muß* sich mit dem Teufel verbünden, um Faust zu sein; durch Shakespeares Dramen rasen die Furien, und was haben sich erst die edlen Griechen geleistet mit Ödipus und der Atridensage? Und wenn – in bezug auf letztere – ein gewisser Geheimrat in reiferen Jahren, den Jahren seiner höchsten Klassizität, aus dem gräßlich brodelnden Krater dieser Familiengeschichte die helle Gestalt unbefleckter

Menschlichkeit aufsteigen ließ, ha, so wäre diese doch nur ein blasser Schemen, unglaubhafter, ja, geradezu abgeschmackter Ausbund aller Tugenden, wenn ihre Figur nicht bis zuletzt von der Aureole des Höllenabgrunds umflossen bliebe. Nein, wahrhaftig in den Bereichen der Kunst war nichts Beträchtliches zu gewinnen außerhalb bestimmter Bezirke, was durchaus nicht heißt, daß man selbst, in eigener Person, mit diesen Bezirken in Berührung zu kommen wünschte. I, Gott bewahre. Herr Federspiel hätte sich vor einer solchen Zumutung dreimal bekreuzigt. Die eigene Person hatte sich nie auch nur einen Schritt weit aus dem gutumfriedeten Gärtchen bürgerlicher Ehrbarkeit gewagt.

Aber draußen hinter dem Zaun: die Wildnis, ein bewegender hochinteressanter Anblick, das Unwegsam-Ungeheure ...

Doch nun – wohin, die Aussicht zu klären, neue Informationen zu erlangen? Das Ehepaar aus Deutschland war in die Raschötz verschwunden und würde so bald nicht zurückkehren. Der Lehrer war ahnungslos, der Wirt ein Dummkopf.

Aber halt! der Pfarrer! Richtig, der Pfarrer, er sollte ja schon etliche Dezennien hier in Lajon ... er mußte wissen ... er konnte Bescheid geben ... und er tat es auch sicher, freundlich, willig, war doch die Harmlosigkeit selbst, der kleine Mann.

Herr Federspiel nahm seine Beine auf den Rücken: Auf zum Widum.

Leider war Perwög nicht zu Hause. Das weibliche Wesen, das dem Besucher öffnete teilte mit: der Herr Pfarrer sei in der Kirche, er erteile soeben Fronleichnamsunterricht.

»Fronleichnamsunterricht« – was war das wieder? Herr Federspiel begriff sofort, als er den Friedhof betrat. Ein Rudel Kinder, sieben- bis achtjährige, trieb sich herum ... aha, sie sollten wohl für die Prozession einexerziert werden. Zu dumm! Herr Federspiel ärgerte sich. Kinder! Wo Kinder waren, gab es Unruhe, Geschrei, in ihrer Nähe ließ sich kein ruhiger Gedanke fassen, geschweige denn ein gezieltes Gespräch führen. Der Kinderlose verwünschte das lästige Gesindel.

Der Pfarrer trat aus der Kirchentür. Herrn Federspiels beflissenen Gruß beantwortete er nur mit freundlichem Winken. Dann klatschte er in die Hände: das galt den Kleinen. Und schon, Federspiel staunte, stellte sich etwas wie Ruhe und Ordnung unter ihnen her. Die Knaben traten nach links, die Mädchen nach rechts, der Pfarrer führte sie in die Kirche, die Belehrung begann.

Herr Federspiel versuchte sich mit Geduld zu wappnen. Er begann zwischen den Gräbern herumzuspazieren; den anderen in die Kirche zu folgen, wagte er nicht. Die Kirche war kalt, als Siebziger mußte man auf seine Gesundheit achten.

So schlenderte er herum und las Inschriften und Namen – gute alte Tiroler Namen – von Steinen und Kreuzen, hölzernen Kreuzen, eisernen Kreuzen, manche noch geschmiedet, andere nur noch gegossen, billige Dutzendware.

Aber dort – was war das für ein protziges Ding, Marmorklotz, weiß und blankpoliert? – Francesco Giuseppe Lebandowski, 1886–1929. Ah, hier also lag er, der meuchlings Ermordete, christlich bestattet, mit Aufwand unter den Rasen gebracht, nachdem er so lange – »ein Gerippe samt der Mützen aufrecht an der Kellerwand« – vermißt, verschwunden, wie von der Erde verschluckt, eingemauert gewesen war, jawohl, *eingemauert* in der *Pulvermühle*.

Herr Federspiel atmete auf. Triumphierend stellte er fest: er hat die Mattscheibe durchstoßen.

Und gleich darauf gerät er an ein zweites Nobelgrab – freilich ganz anderer Art, älter, solide und unauffällig. Es liegt von Tujen bestanden, von einer Weide halb verhängt an der Friedhofsmauer. Ein kleines Schindeldach neigt sich über die lange schmale, eng beschriftete Tafel; oben ein Wappen, Falke und Rose, und in gotischen Lettern: Familienruhestätte derer von Infeld.

Federspiel beugt sich vor, kneift die Lider zusammen, dann steigt er entschlossen über die Kette, die das Grabfeld umschließt. Endlich kann er entziffern: Georg von Infeld, Landmann von Tyrol ... dessen Gattin Eugenia, geborene Gräfin von Eckberg ... deren Sohn Carl, k.u.k. Oberstleutnant ... unsere geliebte Tante ... unsere unvergeßliche Tochter ...

Und in der letzten Zeile, nicht mehr in Marmor gemeißelt, sondern nur noch mit schwarzer Farbe an die nackte Mauer gepinselt:

Hedwig Wagenseil, 1906–42.

Hedwig von Infeld, Hedwig Lebandowski, Hedwig Wagenseil – ein und dieselbe Person, zweifellos. So hatte die Witwe des Opfers den Lehrer geheiratet, eine schöne Bescherung, eine verteufelte Sache, denn der Lehrer hatte ja seine Finger im Spiel gehabt, im Spiel, das ihn zum Erben des Ermordeten machte, das roch nach Plan, Komplott und Anstiftung – nach einer tollen Geschichte.

Jetzt hielt es Herrn Federspiel nicht mehr auf dem Friedhof. Er betrat die Kirche. Hier war es kalt, doch er dachte nicht mehr an seine fragile Gesundheit, die er sonst so sorgsam zu hüten wußte. Der Pfarrer mußte doch endlich mit seinen Kindern fertig sein?

Keineswegs. Er stand vorn beim Altar und hatte die ganze Bande um sich versammelt. Hinter ihm war der Baldachin aufgestellt: der Traghimmel, wie er in Tirol heißt, ein Dachzelt aus weißer Seide, zwischen vier Stangen aufgehängt. Herr Federspiel verstand zuerst nur mühsam, was der Pfarrer sprach. Trotzdem wurde ihm schnell klar: die hier versammelten Kinder waren die Erstkommunikanten dieses Jahres und damit, nach alter Gepflogenheit, ausersehen, den Baldachin auf der Prozession zu begleiten; rechts und links sollten sie ihn flankieren und gleichsam die Garde bilden, den innersten Kern der Garde, sie, die Kleinen, Schuldlosen, nahezu Engelgleichen. Ob sie wohl die Ehre begriffen, die ihnen damit zuteil wurde?

Der Pfarrer sprach in beweglichen Worten, herzlich und einfach. Unwillkürlich hörte Herr Federspiel mit wachsender Aufmerksamkeit zu. Der Pfarrer machte seine Sache gut, fand er, hudelte sie nicht auf billige Weise ab, sondern suchte in den Kindern wirklich etwas wie Verständnis für die Bedeutung des Umzugs zu wecken (»Wir zeigen unserem Herrn und König unser Dorf, unsere Häuser und Felder, alles, was wir haben. Vier Altäre werden wir an seinem Weg aufbauen, warum gerade vier? Woran erinnert euch das? – An die vier Weltgegenden, Osten, Westen, Süden, Norden. Vier Flüsse gab es auch im Paradies, die machten Adams Garten schön und fruchtbar. Adam hat seinen Garten verloren, aber wenn wir übermorgen vor unseren vier Altären beten, wird sich Gottes Segen gleichsam in vier Strömen über unser Land ergießen, über uns und die ganze Welt ...«) Herr Federspiel saß in einer Bank, stützte das Kinn in die Hand und nickte nachdenklich vor sich hin. In ihm bewegte sich etwas wie Rührung: Ja, da waren die alten Formen noch im Spiel, die sich aus der Tiefe der Zeiten heraufspannen wie goldene Fäden, an denen sich die Menschheit vorwärts tastete durch Chaos und Vergänglichkeit; Kosmologien, die die Jahrtausende überstanden hatten, mittelalterliche und spätantike Traditionen und immer noch Älteres, Älteres, Älteres; Griechenland, Kreta, Babylon. Fronleichnamsprozession – Abkömmling römischer Triumphzüge, eleusinischer Pilgerfahrten, minoischer Fruchtbarkeitsfeste, und immer war das Bild des

Gottes mitgewandert, von Priestern behütet, von Wimpeln umweht, in Zelten geborgen – und diese Zelte von den Besten und Würdigsten getragen, den Würdigsten ... Würdigsten ... Ah!

Herrn Federspiel gab es einen Riß. Er hob den Kopf, sein Mund stand offen, seine Augen starrten. Er sah, blicklos und blind und nichts, was außen war, sah nach innen, wo sich in seinem Kopf, dicht unter seiner Schädeldecke, im Zentrum der bilderproduzierenden Windungen etwas ereignet hatte. Wie eine unsichtbar und lautlos arbeitende Maschine hatte sein Gedächtnis eine Erscheinung ausgeworfen: Ein Zeitungsblatt kleinen Formats, gelblichgrau, drei Spalten in schlechtem, patzig verschmiertem Druck. Oben in Balkenlettern: »Lajoner Mordfall aufgeklärt?« – Darunter: »Mitschuldiger trug Baldachin.«

Endlich hat der Pfarrer das Exercitium der Kinder beendet, sie sind entlassen; er nimmt nur noch ein kleines Mädchen beiseite. Es hat kein weißes Kleid wie die anderen, schon zur Erstkommunion ist sie im Werktagskittel erschienen, armes Kind. »Du darfst deshalb doch mitgehen, Fany, ja, auch neben dem Himmel, was hast du denn gedacht? Sieht Gott auf unser Herz oder auf unsere Kleider?« Dabei weiß Perwög, man wird im Dorf Anstoß daran nehmen, daß er eine »Bunte« unter die »Weißen« reiht, wird ihm vorwerfen, er sei zu schwach, habe keinen Sinn für das decorum. Aber er will sich schon verteidigen, sogar gegen die Jungfrauenkongregation.

Da stakt Herr Federspiel heran.

»Da schau! der Herr Professor. – Haben Sie etwa auf mich gewartet? Das täte mir leid.«

»Keine Ursache. Es war mir ein Vergnügen zuzuhören.«

»Na, das wohl nicht –«

»Doch. Doch. – Ich fand es ganz bemerkenswert, was Sie den Kindern erzählten, vor allem die Analogie zwischen den vier Altären und vier Paradiesesströmen – ganz bemerkenswert.« Und sofort öffnet Herr Federspiel die Schleusen seiner Gelehrsamkeit: Vierzahl, heilige Zahl – deutet zurück auf Matriarchat, Teilbarkeit – weiblich, während die Eins und Drei – männlich, unteilbar – unitarisch und schließlich trinitarisch ... Federspiel redet und redet, obwohl er doch fragen wollte und fragen will, zu fragen ist er doch hergekommen, hat gewartet, gelauert, hat dann sogar in der kalten Kirche gesessen, warum fragt er jetzt nicht?

Es gehört zu den zarteren Zügen seines Wesens, daß ihm der

direkte Vorstoß nicht liegt; daß er die Finte wählt, den Umweg, das Täuschungsmanöver; eigene Geschwätzigkeit heuchelt (oder auch nicht heuchelt, denn Herr Federspiel *ist* geschwätzig), um den anderen zur Mitteilsamkeit zu verlocken, ein Ritual der Umständlichkeit, voll kniffliger Winkelzüge und posierter Demutsgebärden. So beginnt er, sich in theologischen Spekulationen zu ergehen, dem Pfarrer zuliebe und, wie er meint, diesem zu Gefallen – und ist verblüfft, da sich dieser, wider Erwarten, gar nicht so besonders erbaut zeigt.

»Jaja«, sagt der kleine alte Pfarrer, »die Gelehrten wollen halt alles wissen. Auf alles machen sie sich ihren Vers. Am Ende wäre unser heiliger christkatholischer Glaube nur ein Ableger des Heidentums. Das kennt man doch. Ich möchte sagen: Nein. Es ist gerade umgekehrt. Ja, umgekehrt!« wiederholt er und schaut Herrn Federspiel von unten her gerade ins Gesicht. In seinen blauen Augen, deren eines durch eine leichte Quellung der Hornhaut immer so aussieht, als stünde eine Träne darin, fängt es zu leuchten an. »Die anima naturaliter christiana hat manche Wahrheit vorausgeahnt, weil sie sich sehnte, erlöst zu werden, so war's.«

»Gewiß, gewiß!« Herr Federspiel steckt rasch zurück. Der begeisterte Blick des kleinen Mannes ist ihm nicht geheuer. Er verläßt mit dem Pfarrer die Kirche, nicht ohne, diesem wohl bemerklich, vom Weihbrunn genommen und sich damit feierlich bekreuzigt zu haben. Die Herren beginnen die Kirche plaudernd zu umkreisen. Herr Federspiel hat andere Saiten aufgezogen. Er preist das Fronleichnamsfest als unvergleichlichen eindrucksvollen Aufzug, vor allem hierzulande, wo die alten Trachten, die dörflichen Musiken, Hausschmuck und Böllerschießen, Geläut und Weihrauchwolken ... nirgends auf der Welt so fromm und herzlich ... unser Tirol –

Der Pfarrer nickt, aber viel zu zerstreut und vage für Federspiels Geschmack, was hat er nur?

Und langsam tastet er sich an das Thema heran: Ob es hier in Lajon bei diesem Fest besondere Bräuche gebe?

Nein.

Wer etwa dazu ausersehen sei, den Baldachin zu tragen? Eine hohe Ehre, dieser Dienst, nicht wahr?

Gewiß.

Und wer vergibt sie?

Der Kirchenrat.

Soso, der Kirchenrat.

Das Gespräch stockt für einen Moment. Das Grab derer von Infeld kommt in Sicht.

Sitze nicht auch ein Herr von Infeld im Kirchenrat?

Pfarrer Perwög zögert mit der Antwort. Dann sagt er leise: »Die Familie ist ausgestorben.«

»Ausgestorben? – Tatsächlich? – Auch in der weiblichen Linie?«

»Ja.«

»Ach!« Herr Federspiel seufzt um eine Spur zu gefühlvoll. »Wann war denn das?«

Der Pfarrer wirft ihm einen raschen Blick zu. Statt einer Antwort beginnt er dem Ausgang des Friedhofs entgegenzustreben.

Herr Federspiel wird nervös. Da sei doch wohl dieses alte Haus Mayregg ... habe nicht einmal eine Verbindung zum Steinbruch in der Raschötz bestanden?

Hm ja –

»Da stand ja wohl auch die Pulvermühle – diese Pulvermühle, die im Bergsturz anno – anno –«

»Vierzig«, ergänzt der Pfarrer unwillkürlich.

»Ganz richtig – anno vierzig zugrunde ging?«

»Ja.«

»Ein verrufener Ort, wie?«

»Hm, verrufen? – Das Haus war baufällig und unbewohnt.«

»Ganz unbewohnt?«

»Sozusagen. Gelegentlich übernachteten Steinbrucharbeiter darin. Aber – zum Glück – als der Berg kam, war es leer.«

Pfarrer Perwög steuert zielstrebig dem Widum zu.

Herr Federspiel merkt, er muß sich beeilen, wenn er noch an irgendein Ziel gelangen will. So wagt er den Sprung in medias res. »Sagen Sie, Hochwürden, falls Sie es wissen – und Sie wissen es sicher – wer war diese ... Hedwig Wagenseil?«

Der Pfarrer hält mit einem Ruck inne. Herrn Federspiel ist dieses jähe Innehalten alles andere als angenehm, darum beeilt er sich hinzuzufügen: »Ich las ihren Namen zufällig auf dem Infeldschen Grabstein.«

»Sie fragen mich, wer Hedwig war. Warum fragen Sie gerade nach ihr, Herr Professor?«

Der Alte erschrak. Diesen Gegenschlag hatte er nicht erwartet. Er fühlt des Pfarrers Augen mit unangenehmer Intensität auf sich gerichtet (diese Augen, deren eines immer aussieht, als wenn eine Träne darin stünde).

»Sie fragen mich schon die ganze Zeit«, fährt der kleine Mannin der Soutane mit kaum merklich erhobener Simme fort, »Sie stellen sich unwissender, als Sie sind – warum tun Sie das?«

Herr Federspiel spürt, daß er errötet, und ärgert sich darüber – eine neue Blöße! Verwirrt sucht er nach einer passenden Antwort. Doch Pfarrer Perwög kommt ihm vorerst selbst zu Hilfe.

»Hedwig Wagenseil«, sagt er leise, in einem seltsamen Ton der Trostlosigkeit, »war die letzte Infeld, das heißt, sie war nicht einmal eine Infeld. Sie war eine geborene Basalla, ihre Mutter starb im Wochenbett, und als ihr Vater fiel, wurde sie von den Großeltern adoptiert. Hedwig war ihr einziges Enkelkind.«

In Herrn Federspiels Kopf beginnt es fieberhaft zu arbeiten: Basalla, Infeld, Wagenseil –, da mußte ja jene im Lajoner Klassenbuch vermerkte Christina Julia (die Dame aus Deutschland) Hedwigs Halbschwester, die Schwägerin des Ermordeten und auch des Verurteilten gewesen sein, ein aufregender Aspekt ... »Und wer war dieser Wagenseil?«

Pfarrer Perwög antwortet nicht. Er greift in die Tasche seiner Soutane, wühlt darin herum, murmelt: »Nun hab ich meinen Schlüssel in der Sakristei vergessen – verzeihen Sie!« und eilt hastig zur Kirche zurück.

Unter gerunzelten Brauen starrt ihm Herr Federspiel nach. Das ist eine Flucht, ganz klar! und der vergessene Schlüssel eine Ausrede und nicht einmal eine gute, denn Herr Federspiel hat genau gesehen, daß Perwög den Schlüssel in der Hand hielt, als er die Kirche verließ. In Herrn Federspiel wogen widerstreitende Empfindungen. Soll er gehen oder bleiben? Soll er die offenbar verletzten Gefühle des Pfarrers – warum und wieso verletzt? – schonen oder dickfellig auf ihn warten, hier, wo er ihm über kurz oder lang doch wieder in die Arme laufen muß? In Herrn Federspiel schämt sich etwas, zugleich aber rüttelt die Neugier an ihm, Neugier auf ein neues Geheimnis, das jener verwahrt und keinesfalls preiszugeben bereit ist ...

Doch Herr Federspiel braucht nicht lange mit sich zu kämpfen, denn schon kommt der Pfarrer zurück. Schwenkt er etwa den »gefundenen« Schlüssel in der Hand? Nein, das tut er nicht, nur sein etwas künstlich munteres Lächeln scheint zu bedeuten: alles in Ordnung. Dann verschwindet dieses Lächeln und der blaue Kummerblick tritt abermals in Perwögs Augen.

»Lieber Herr Federspiel«, beginnt er gefaßt und entschieden, »Sie wollen etwas erfahren über Dinge, die sich hier in meiner Pfarre vor vielen Jahren begeben haben. – Sie werden es mir nicht übelnehmen, aber ich spreche nicht gern davon. Darf ich Ihnen nun selbst eine Frage stellen? Warum forschen Sie einer Sache nach, die doch so gut wie in Vergessenheit geraten ist? Wollen Sie eine Geschichte haben, eine Geschichte zum Wiedererzählen? Ja? Ich dachte es mir.« Herr Federspiel duckt sich unwillkürlich. Der kleine Schwarzrock ist klüger, als er dachte.

»Sie wissen«, fährt der Pfarrer verbindlicher fort, »daß ich Ihre Geschichten schätze. Sie haben die Gabe zu erzählen, eine schöne Gabe, ich habe schon davon gehört, ehe Sie hierher nach Lajon kamen, und hatte selbst Gelegenheit in den letzten Tagen – auch gestern wieder – bis Mitternacht – Sie wissen es ja. Ich glaube, man könnte Ihnen immer nur zuhören. Aber –« Und nun wird seine Stimme wieder leise und traurig, die Stimme eines Menschen, der eigensinnig auf einer ganz bestimmten Haltung beharrt und der sich diese Haltung durch nichts abkaufen läßt. »Aber ich bezweifle doch, ob es im Grunde recht ist, aus den Schicksalen der Menschen Geschichten zu machen. Möglicherweise haben Sie nie darüber nachgedacht, doch mir kommt vor, daß es Dinge gibt im menschlichen Leben – jetzt rede ich als Seelsorger, ich kann auch nicht anders –, Dinge, die nicht dazu taugen, daß aus ihnen Geschichten gemacht werden, mit denen man sich und andere unterhält. Ich will Sie nicht kränken, Herr Federspiel, aber was ist Ihnen im Grunde von den Dingen bekannt, die Sie erzählen? Wissen Sie denn, wie sie sich wirklich abgespielt haben? – Es gibt«, der Pfarrer versucht sich abermals in einem verbindlicheren Ton, »es gibt ja gewiß eine Menge Vorkommnisse, die lustig und heiter sind und die weitererzählt werden sollen, um Freude zu machen, ja, Herr Federspiel, *die* sollen Sie auch erzählen, Spaß muß doch sein.« Und nun legt sich das Gesicht des kleinen Mannes wieder in todernste Falten, es scheint vor Kummer geradezu einzuschrumpfen und ganz klein und uralt zu werden. »Aber es gibt andere, die so schwer, so verworren, so dunkel sind, daß jedes menschliche Verständnis vor ihnen versagt, und die niemand durchschauen, niemand begreifen kann. Nur Gott allein kann da noch wissen und erkennen.«

Roter Stein, brauner Stein, rot und braun gerösteter Stein, dazwischen das Fiedergrün der Akazienbüsche, Krüppelbüsche, die zwischen Blöcken und Platten siedeln, weiter droben die nackte Halde, Trümmerhalde, den Berg hinauf, den Berg hinab, weglose Wildnis, Zerstörungswerk der Natur, die sich selbst entformt, die Gebirge abträgt, Wände spaltet, Gipfel stürzt. Auch hier stürzte ein Gipfel zu Tal, vor tausend Jahren und mehr, eine Bergflanke abgekippt, in Brocken zerbrochen, ausgesät ins Tal, bis an den Bach hinab in riesiger Streuung. Und später wieder: kleinere Stürze, Nachholarbeit, längst nicht vollendet, immer im Gang, nur scheinbar pausierend, ein, zwei oder auch fünf Jahrhunderte lang, bis die Regenwasser wieder genug untergewaschen, das Eis tief genug gesprengt, weichere Schichten gründlich genug zermorscht sind – dann schlägt die Stunde.

Julia sitzt am Wegrand auf einer Porphyrplatte: Hier war es, gestern, hier stand das Haus, weiße Wand, eingelaibtes Gitterfenster, löchriges Sparrendach; da – vor ihr hielt der Wagen, die Hupe brüllte, brüllte die Wand an, die weiße Wand, die schwieg – die alte Pulvermühle.

Heute: Nichts mehr. Nur Trümmer, Porphyrtrümmer, rot gerösteter, braun gerösteter Stein, Blutfarbe, die ihm die Sonne gab, der Wind, der Regen, der schmelzende Schnee. Kein Haus.

Jürgen versteht es nicht. Er geht herum, den Weg hinab, den Weg hinauf, er klettert über Blöcke und redet von optischer Täuschung. Dieser Felskopf müßte in der Nacht einem Haus geglichen haben, er ist dunkelrot, daß er gestern weiß schien, vielleicht eine Wirkung der auf Fernlicht gestellten Reflektoren? Das kleine Fenster – irgendein Schattennest, das Dach – irgendein Schattengitter? Hat man's nicht schon oft erlebt, daß man sich täuschen ließ, nachts, im Auto, wenn man – durchgedreht – kaum noch die Augen offenhalten kann, ein Randstein wird zur menschlichen Gestalt, ein Schneefleck zur Ausfahrt, ein springendes Reh zum Elefanten. Und erst im Krieg, beim Postenschieben in Rußland: Feindpanzer, wenn ein Krüppelkieferschopf im Nebel auftauchte, Schleichgeräusche, wenn der Wind im Mais raschelte, dann gab es womöglich Alarm und wilde Ballerei für nichts und wieder nichts. Trugbilder.

So muß es auch gestern nacht gewesen sein: nur Trugbild, dieses Haus. Optische Täuschung. Seltsam freilich, daß Julia derselben Täuschung erlag und daß hier früher wirklich ein Haus gestanden hat, die Pulvermühle, und daß Julia sie auch wiedererkannt haben will.

Jürgen bezweifelt das. Wie kann sich ein Mensch nach zwanzig Jahren – so lange ist es wohl her – noch eines einzelnen abgelegenen Hauses erinnern, das ihn nichts weiter anging? Julia hat fast nie über ihre Lajoner Zeit geprochen, hat nur beiläufig erwähnt, daß sie hier von Verwandten aufgenommen war, als ihre Mutter starb, sie war ein Kind, was kann sie von jenen Jahren behalten haben? Höchstens ein paar verschwommene Bilder. Und warum hat sie ihm, Jürgen, nie von Lajon erzählt, wenn nicht aus dem einfachen Grunde, weil sie es selber fast vergessen hat?

Nein, Jürgen glaubt Julia nicht, wenn sie behauptet, die alte Pulvermühle sofort wiedererkannt zu haben. Sie mag derselben Täuschung erlegen sein wie er, alles andere: Einbildung, Wichtigtuerei, Hysterie.

Jürgen ärgert sich. Er ärgert sich über Julia, die ihm gestern diesen Irrweg eingebrockt hat und nun dasitzt am Wegrand, auf einem dieser verdammten Trümmer, und sich nicht rührt. Er ärgert sich, daß sie ihm nicht zu Hilfe kommt, wenn er hier herumkriecht und Anhaltspunkte sucht, Anhaltspunkte dafür, daß die Erscheinung des Hauses – wie es doch gar nicht anders sein kann! – auf einer optischen Täuschung beruhte. Es reizt ihn, daß sie kein Interesse an seinen Bemühungen zeigte, er ist wütend – ja, wütend ist er, daß ihm selbst die Sache immer unbegreiflicher wird; denn je länger er sich hier abplagt, eine Erklärung zu finden, desto unmöglicher kommt ihm eine Erklärung vor, und er muß sich sagen:

»Gib es auf!« Julia hat das Wort gesprochen, hinter seinem Rücken. »Gib es auf, Jürgen, es hat keinen Zweck.«

Sie ist jetzt aufgestanden und kommt langsam auf ihn zu, mit eigentümlich schwankenden, haltsuchenden Bewegungen, sie ist sehr blaß, nahezu grau im Gesicht, und ihre Augen liegen in tiefen schwärzlich umschatteten Höhlen. »Du wirst nicht dahinterkommen, Jürgen, nicht auf diese Weise. Warum gibst du es dir nicht zu: Es ist uns eben geschehen. Uns beiden: Unbegreifliches.«

Jürgen will heftig erwidern, es gäbe nichts absolut Unbegreifliches, nicht für einen vernunftbegabten Menschen.

Aber Julia kommt ganz nahe auf ihn zu, legt jetzt die Hand auf seinen Arm, lehnt das Gesicht gegen seine Schultern und flüstert: »Ach, wenn du wüßtest ...«

Er steht betroffen. Was soll das wieder heißen: Wenn du wüßtest ... In ihm sträubt sich der Mann, der nach einer seinem Wesen gemäßen vernünftigen Lösung sucht, sträubt sich gegen die Zumutung der Frau, auf eine solche zu verzichten, und auch der Mann, der sich von dieser Frau zu trennen erst vorgestern ein für allemal entschlossen hat und sich nun plötzlich, unvermutet – gleichsam aus dem Hinterhalt überfallen – in ein gemeinsames geheimnisvolles Geschehen mit eben dieser Frau verwickelt sieht. Er will sich nicht mehr mit ihr einlassen, sie soll die Hand von seinem Arm und ihr Gesicht von seiner Schulter nehmen, es steht ihm nicht mehr zu, sie so nah zu fühlen und diese Worte zu hören: Ach, wenn du wüßtest ...

Aber es ist auch schon vorbei. Julia hat sich abgewendet, ist zurückgetreten und entfernt sich noch mehr, hangaufwärts, sie lehnt sich an einen Stein, immer noch grau im Gesicht, doch offenbar wieder gefaßt und nicht mehr gesonnen, sich Jürgen zu nähern. Sie wühlt in ihrer Tasche nach einer Zigarette; ehe ihr Jürgen mit seinem Feuerzeug beispringen kann, hat sie schon selbst angezündet, nimmt einen Lungenzug und bläst ihn aus breitgezogenen Lippen von sich.

»Du bist natürlich leicht erbittert über ...« Sie weist mit dem Kinn auf die Trümmerhalde links, wo ihnen gestern das Gespenst des Hauses erschienen war. »Aber ich – ich, siehst du, Jürgen, habe immer gewußt, daß es mich einmal einholen wird. Im Grunde habe ich es täglich gefühlt ... manchmal dachte ich, ich kann entkommen. Schon am nächsten Tag hatte es mich wieder am Wickel. Und nun – nun habe ich ja meine Lektion abgekriegt. Aber daß auch du, daß auch du, Jürgen – wie soll ich sagen? – mitbetroffen bist, das ist ...« Julia stockt, sie bringt den Satz nicht zu Ende.

Jürgen wartet. Dann fragt er und bemüht sich, seiner Stimme einen möglichst trockenen Ton zu geben: »Nun, was ist das?«

Julia zuckt die Achseln, dann, mit einem leisen, tief in ihr zitternden wilden Gelächter: »Eine Überraschung«, sagt sie und schleudert die Zigarette im Bogen weg, »eine *große* Überraschung.«

»Du bist dir wohl klar darüber, meine Liebe, daß du jetzt in Rätseln sprichst.«

»In Rätseln – das ist es ja: Ich habe dir nie von mir erzählt, nichts jedenfalls von dem, was zu erzählen wirklich wert gewesen wäre; nur Lappalien. Du hast mit einer Unbekannten gelebt. So ging es schlecht mit uns und immer schlechter. Dann und wann nahm ich mir vor: Einmal soll reiner Tisch gemacht werden zwischen uns, vielleicht kann uns das weiterhelfen ... Aber da war es schon zu spät – oder du hörtest mir gar nicht zu, wenn ich anfing, du hattest eben andere Sachen im Kopf. Und schließlich war es soweit: Scheidung und Auseinandergehen.« Julia schwieg einen Augenblick. Dann warf sie den Kopf zurück, sie stand gegen einen senkrechten Felsblock gepreßt wie angenagelt, und Jürgen sah, wie ihre Hände die Bruchkanten des Steines umklammerten. So fuhr sie fort: »Jetzt aber, Jürgen – seit gestern abend weiß ich: es war doch ganz anders. Wir haben doch aneinander teilgehabt. Wir haben doch nicht zwölf Jahre lang ganz vergeblich nebeneinander gelebt. Irgend etwas war zwischen uns, wovon wir selbst nichts wußten. – Nichts! – Nichts!« wiederholt Julia, sie schreit es beinahe, sie hat immer lauter, immer heftiger gesprochen, jetzt wirft sie sich herum und gegen den Felsen und hämmert mit Fäusten auf ihn ein. »Und hier – hier – hier mußten wir es erfahren.«

Ein Schluchzen schüttelt sie, sie stampft mit den Füßen, mit Kopf und Schultern schlägt sie an den Stein.

Herrgott, denkt Jürgen, was ist das? was hat sie bloß? so habe ich sie noch nie gesehen, doch einmal, einmal, als der Junge vor ihr lag und sie über ihm – und alles schwarz von Blut. Ich habe nicht gewagt, sie aufzuheben, ich ließ das meine Leute tun, meine Leute zerrten sie von der Leiche weg und schleppten sie in die Küche und lehnten sie dort an die Wand wie ein Stück Holz, ein Stück Holz, das dann umkippte und mir in die Arme fiel.

Jetzt ist niemand da, dem ich Weisung geben könnte: Faßt sie an, nehmt sie weg, sie bringt sich sonst noch um.

So muß ich selbst es tun – er rennt hin und faßt sie an, reißt sie weg, sucht ihre Hände festzuhalten und ihren Nacken in den Griff zu bekommen und ihr Weinen und Schreien, dieses schreckliche Schreien, an seiner Brust zu ersticken. Der Kampf dauert nur ein paar Sekunden, dann hält sie still, knickt zusammen, nur ihr Atem geht in furchtbar ringenden Stößen. Sie läßt sich führen, mit schleifenden Füßen, willenlos – aber wohin?

Jürgen fühlt plötzlich, daß er selbst in Schweiß gebadet ist. Kochende Hitze ringsum, die Sonne wie eine Millionenwattbirne am Himmel, wahnsinnig, dieses Licht, es bringt einen um den Verstand. Wenn nur wenigstens Wasser – aber keine Spur; wenigstens Schatten, ja, Schatten dort unten bei den Akazien, bei den Fichten, ein paar Schritte, noch ein paar – so – so –. Wenn sie erst liegt, wird ihr besser, wenn ich sie erst auf eines dieser Moospolster niedergelegt habe.

Herr Federspiel stakt mühsam und äußerst erregt vom Widum herab zum Dorfplatz. Der Pfarrer hat sich verabschiedet, und der alte Professor wünscht ihn nie mehr wiederzusehen, nie mehr! O dieser Pfarrer – ein un-, un-, unmöglicher Mensch! (Federspiels sonst so wohlgespickter Wortschatz reicht nicht aus, um den kleinen Schwarzrock genügend zu apostrophieren.) Sieht aus, als könnte er kein Wässerchen trüben – und dann: »Ich zweifle daran, ob es recht ist, aus den Schicksalen der Menschen Geschichten zu machen!«

So sanft Herr Federspiel sonst durchs Leben säuselt – seine Geschichten läßt er sich nicht schelten. Sie sind's, die ihm das Dasein süß und köstlich machen, sind sein Herz, das Herz seines Herzens, und wer sie angreift – ah!

In Herrn Federspiels Innerem erhebt sich etwas, ein kleines Raubtier, ein schwarzer, aus grünen Lichtern funkelnder Mäusekater – zuckender Schweif, ausgefahrene Krallen – sprungbereit, wütend, mordlustig (die reißende Bestie künstlerischer Besessenheit).

Niemand hat es bis jetzt gewagt, das kleine Raubtier so zu reizen wie Pfarrer Perwög. Nie in seinem langen Leben ist es Federspiel bis jetzt untergekommen, daß ihm jemand das Recht abgestritten hätte, Geschichten zu erzählen. Im Gegenteil, ganz im Gegenteil: Beifall hat er mit ihnen geerntet, enthusiastischen Beifall ...

Es ist wahr: er ist kein Mann des geschriebenen Wortes. Er ist (abgesehen von dem einen Buch) ein Erzähler im Sinn der alten Skalden, ein fahrender Sänger – o gute alte Zeit ehrwürdiger Vätersitte, als jene mit der Harfe auf dem Rücken von Burg zu Burg zogen und ihre Lieder zum besten gaben – »die Ritter blickten mutig drein / und in den Schoß die Schönen ...«

Nun, Herr Federspiel hat keine Harfe, und er wandert auch nicht von Burg zu Burg (obwohl auch das vorkommt im burgenreichen Südtirol), aber auch er wandert – im Winter, wenn er in Bozen lebt – vom Roten Adler zum Batzenhäusel, vom Batzenhäusel zum Mondschein; im Sommer dahin und dorthin, in wechselnde Urlaubsorte, und überall findet er Zuhörer, Bekannte, Freunde, Fremde, und immer heißt es dann: »Herr Federspiel, erzählen Sie! – Still, still, Herr Federspiel erzählt eine Geschichte!«

Und wirklich: die Schwätzer verstummen. Erwartungsvolles Schweigen. Kreuzfeuer der Blicke. Süßer (doch auch immer mit ein klein wenig Bangnis gewürzter) Augenblick, ehe er, Federspiel, auszupacken beginnt – Ja *auszupacken*, das ist's, im genauen Wortsinn, denn schon hat er aus seinem Vorrat, aus seinem Riesensack von Geschichten eine hervorgefingert, wählerisch weise, denn nicht jede paßt jederorts, jederzeit, vor jeder Art von Zuhörern, da heißt's ein Menschenkenner sein und ein Gespür haben, wer wird auch seine Perlen vor die Säue werfen?

Perlen ... dieses Bild trifft auf Herrn Federspiels Erzählungen nicht ganz zu; Perlen kommen aus der Tiefe des Meeres, aus der Werkstatt der unbewußt schaffenden Natur. Aber der Professor ist nicht einfach ein Naturtalent, sondern ein kluger bedachtsamer Mann, und dementsprechend sind seine Erzählungen fein geschliffen, bedachtsam gedrechselt.

Schon der Anfang ist heikel und eine Leistung für sich, leise wird er vorgebracht, fast beiläufig und bescheiden, Bescheidenheit steht dem Erzähler an, nimmt die Hörer für ihn ein, captatio benevolentiae. Aber schon fährt das Häkchen Spannung aus, Spannung darauf: Wie geht es weiter? – Nur gemach, meine Lieben, nur keine Hast, noch ist der Aufmarsch der Motive nicht vollzogen, wer Herrn Federspiel erzählen hören will, muß Geduld üben ... und wieder rückt das Häkchen an, gleich der Angel des Fischers, und langsam geht die Geschichte weiter, andante und piano, mit eingestreuten Passagen allegro con moto, ahnungsreiche Vorbereitungen kommender Dramatik. Fermate nicht vergessen! Fermate sind wichtig, die Pausen heizen die Zuhörer auf, daß sie die Ohren spitzen, noch spitzer, als sie schon ohnehin gespitzt sind. Nun treten wir in die eigentliche Verwicklung ein, die Spannung steigt, Furcht und Hoffnung wechseln, erstaunliche Aspekte kommen in Sicht. Noch ist die Lösung fern, ihr könnt sie nicht erraten, was wäre das für ein Erzähler, der sich vorweg erraten ließe, der Reiz der Wahrheit liegt im Irrtum, die Kunst im Widerspruch, der Sinn in der Verkehrung. Gut wird zu Böse und Böse zu Gut, das Unglück kommt mit dem Glück, das Glück mit dem Unglück, wer schuldlos scheint, hat schuld, der schwarze Bösewicht rutscht glimpflich weg. Jetzt sind wir bald so weit, noch eine kleine Arabeske, ein hinzögernder Umweg, wie gut, daß ich kein Bücherschreiber bin, der sich's gefallen lassen muß, daß ihm der Schluß vorweggelesen, vorwitzig weggestohlen wird von der letzten Seite. Sehr leise darf ich werden, immer leiser und fast wie aus Versehen losgelassen, springt endlich meine Katze aus dem Sack.

Und dann: Gelächter oder – je nachdem – Stille, die Stille der Überraschung, der Betroffenheit, in die, nach ein paar Sekunden vielleicht, ein Faustschlag auf den Tisch dröhnt: »Da legst dich nieder!« Oder: »Ist so was möglich?!« – Musik in den Ohren des Erzählers, weit besser als händeklatschender Applaus. Und dann geht der große Diskurs an, die Geschichte wird erörtert, bewundert, zerpflückt, Herr Federspiel schweigt, etwas erschöpft, doch von Wonne durchzittert, hört zu und schweigt: ein Künstler verschmäht es, sich selbst zu kommentieren.

So ist es um Herrn Federspiels Talent bestellt. Nicht, daß einer glaube, er habe es ohne alle Mühe damit so weit gebracht – noch heute kommt es vor, daß er sich an ein paar Seiten Kleist, Hebel oder Poe in Form bringt, eh er zum Erzählen in Gesellschaft geht. Sogar zu einem modernen Amerikaner, Steinbeck, hat er schon gegriffen: nicht übel, nicht übel! Auch jenseits des großen Wassers haben die Leute erzählen gelernt.

Freilich – was die neue Literatur so im allgemeinen angeht, hat Herr Federspiel seinen Kummer mit ihr (sie ist dazu angetan, sogar den Mäusekater in seinem Herzen ein wenig einzuschüchtern). Herr Federspiel ist zeit seines Lebens ein eifriger Leser gewesen. Abonnent der deutschen Leihbibliotheken. Diese füllen sich aber hierzulande nur äußerst zögernd mit neuen Titeln auf. Und Bücher kaufen? Die Preise sind horrend, bleibt nichts übrig, als sich – so gut das geht – aus Zeitungen zu informieren. Die einheimischen Blätter geben in dieser Hinsicht wenig her, dafür ist die im Caféhaus aufliegende ›Frankfurter Allgemeine‹ um so ergiebiger. Doch, ach, Herr Federspiel ist nicht sehr glücklich, wenn er sich in deren Literaturteil vertieft, er fühlt sich vielmehr heimtückisch beunruhigt, ja, geradezu vor den Kopf gestoßen. Da kommen Leute mit den allerseltsamsten Theorien zu Wort, junge Leute zweifellos (Herr Federspiel stellt sie sich *sehr* jung, in Blue jeans und Buschhemden vor) – und diese Leute behaupten allen Ernstes, man könne heute nicht mehr erzählen wie früher, man *dürfe* es sogar nicht mehr, die Zeit der schönen alten Romane sei vorbei, weg damit und in die Mottenkiste! Der Künstler habe heute anderes zu leisten, das Surreale, das Irreale, den Sieg über Zeit, Raum und Kausalität.

Heiliger Bimbam, was sollte denn das bedeuten? Jedesmal, wenn Herr Federspiel solche Artikel las, ärgerte er sich entsetzlich, ärgerte sich so sehr, daß ihn seine Brust zu schmerzen begann, hier unter dem Schwertfortsatz brannte und bohrte es – fast wie vor einem Herzanfall. Seine Augen trübten sich, er mußte die Zeitung weglegen und saß hilf- und willenlos da, belämmerten Gemüts; ein alter kranker Mann, der nichts begriff.

Solange es ihm glückte, besagte Artikel als baren Unsinn abzutun, ging es noch an. Aber mit der Zeit beschlich ihn das qualvolle Gefühl, daß da vielleicht doch nicht nur Unfug verzapft wurde. Man mußte zugeben, sie schrieben gut, diese jungen Leute, sie verstanden ihr Handwerk und waren ganz offenbar rasend gescheit. Hätten sie ihm, Herrn Federspiel, nur erklärt, was sie an einer spannenden Fabel ärgerte, was sie gegen bestimmte Bücher, von ihm selbst hochgeschätzte, einzuwenden hatten? und vor allem, wie man sich denn eine Erzählung vorstellen sollte, in der es irreal, akausal, kurz: drunter und drüber zuging?! Er zerbrach sich den Kopf darüber, was die Leute unter dem Inneren Monolog verstanden, durch den Raum und Zeit aufgehoben wurden, vor allem die Zeit ... mein Gott, der alte Professor rang innerlich die Hände: er wollte ja zulernen, umlernen sogar, aber die Begriffe versagten ihm.

Er mußte sein Stammcafé verlassen. Traurig trollte er sich nach Hause. Zwischen seinen vier Wänden wurde ihm wohler. Da stand sein Schreibtisch, das alte treue Möbel, standen seine Bücher, unter ihnen das eigene Buch: ›Sagen und Märchen aus Südtirol‹. Er konnte danach greifen, ein paar Seiten lesen: »Es war einmal« – »Es war einmal«. Das beruhigte. Einmal ist nicht keinmal und ist auch wieder nicht allemal. Alles, was geschieht, hat Anfang und Ende, hat seine Ordnung in der Zeit, die Zeit selbst ihre Ordnung in der Ewigkeit. An die Ewigkeit dachte Herr Federspiel nur sehr flüchtig. Über sie Bescheid zu wissen, gaben die Theologen vor, aber Herr Federspiel war kein Theologe. Er war Künstler, der nichts wollte als seine Kunst zu betreiben. So ist er jedesmal froh, wenn ihm die Stunde zum abendlichen Ausgang schlägt, er ist eingeladen und darf wieder Geschichten erzählen.

Herr Federspiel kehrt in sein Wirtshaus zurück. Es ist heiß, die Hitze brütet. Heuduft weht von den Wiesen und schlägt beinahe betäubend aus offenen Scheunentoren. Das Zirpen der Grillen steht als eintönig sirrendes Geräusch in der flimmernden Luft. Was tun? Am besten: Man legt sich aufs Ohr.

Doch ist die Empörung noch nicht verebbt (sie wird so bald auch nicht zur Ruhe kommen). Herr Federspiel zerrt sich die schnürende Krawatte vom Hals, reißt den steifen Kragen auf und sogar das Hemd. Er ist in der Laune, etwas ganz Ungebührliches zu tun. Also legt er sich mit Schuhen aufs Bett. So rächt er sich für die Unbill, die man ihm heute zugefügt ... o dieser Pfarrer!

Voll Groll und Hohn geht Herr Federspiel sein Rencontre mit Perwög noch einmal durch. Am meisten erbittert ihn, daß ihm der kleine Schwarzrock – gleichsam als Trostpreis – das Heiter-Unbeschwerte, Harmlos-Vergnügliche zugestanden hat. »Das sollen Sie erzählen, Spaß muß doch sein ...« *Spaß!* Spaß oder Erbauung, das ist – nach weitverbreiteter Ansicht – die Aufgabe der Kunst, ihr ganzer Sinn und Zweck. Es ist, weiß Gott, zum Rasendwerden! Herrn Federspiels Augen sind nahe daran, sich mit Tränen zu füllen.

Aber irgendwo, irgendwie hat es doch ein Körnchen Richtigkeit mit Perwögs Argwohn und warnendem Zeigefinger, Federspiel weiß das (in einem Winkel seines Herzens wispert dieses Wissen mit einem winzigen tonlosen Stimmchen), und er tut dem Pfarrer Unrecht, wenn er ihn einen simplen Banausen nennt. Wer Leben und Welt nur sub specie aeternitatis betrachtet wie dieser Perwög, der hat's freilich immer mit blutigem Ernst zu tun, Seelenheil und -verderben, und will nichts wissen vom Spiel, Spiel, das die Kunst ist, Spiel um des Spieles willen, farbiger Abglanz des Vergänglichen, irdisch, zeitlich und in das Fleischliche verliebt. Darum kennt die Kunst keine Scheu, keine Rücksicht und zartbesaitete Bedenklichkeiten, das Werk ist ihr alles – und: Nach dem Werk die Sintflut!

Herr Federspiel weiß das, obwohl er sich, Tiroler und konservativ, davor hütet, es allzu genau zu wissen. Er hält sich noch immer für einen – cum grano salis – treuen Sohn der Kirche und ist durchaus nicht darauf erpicht, Konflikte in sich auszutragen. Auf unbequeme Grundsatzfragen läßt er sich nicht ein.

Herr Federspiel hatte sich sein Lebtag lang auf nichts eingelassen, was seinen Neigungen zuwiderlief und wovon er hätte befürchten müssen, daß es seine Lebenskreise störte. Welt, Menschen und Schicksale hielt er sich vom Halse, sofern Gefahr bestand, daß sie ihm allzu nahe kamen. Wo Bindungen drohten, zog er sich aus der Schlinge. So war er Junggeselle geblieben, Freiherr und Hagestolz, unabhängig, unbelastet. Der einzige Lebensgefährte, dem er die Treue hielt, unverbrüchliche Treue und passionierte Neigung: der kleine schwarze Mäusekater in seinem Herzen, der, das hoffte Herr Federspiel mit aller ihm verfügbaren Inbrunst, bis zum letzten Augenblick seines Daseins nicht aufhören würde, schöne Geschichten zu spinnen.

Herr Federspiel mußte nun doch – trotz der in ihm kreisenden Erregung – auf seinem Bett eingeschlummert sein. Als er die Augen öffnete – etwas verblüfft, denn er hatte ja nur nachdenken, nicht schlafen wollen –, war das gründurchsonnte Dämmerlicht in seinem Zimmer unverkennbar schwächer geworden. Die dünnen Strahlen, die durch die Ritzen der Fensterbalken drangen, standen beinahe waagerecht. Es mußte, sapperment, schon gegen Abend sein.

Herr Federspiel schwang seine Beine aus der Waagerechten. Jetzt schämte er sich, daß er sich hatte hinreißen lassen, mit Schuhen zu Bett zu gehen wie ein Barbar. Er mußte sich beeilen: Das fremde Paar aus Deutschland mochte ja schon von seinem Ausflug in die Raschötz zurückgekommen sein. Hatte er sie am Ende schon verpaßt? Hastig machte er Toilette. Noch an seiner Krawatte fingernd, stürzte er aus dem Zimmer.

Er hatte Glück. Als er unten ankam, traten die beiden gerade durch das Haustor. Vor freudigem Schreck vergaß er, sie in Augenschein zu nehmen. Er merkte nur, daß sich die Frau in den Oberstock begab, der Mann blieb unten und rief nach Bedienung. Er habe Durst, sagte er, und wolle mindestens einen Liter Limonade. »Haben Sie denn hier keinen Garten, wo man sitzen kann?«

Doch, doch, hinter dem Haus, ein schattiger Platz. Die Limonade werde sofort gebracht.

Herr Federspiel saß schon auf Posten unter den Kastanien, als Jürgen Bojan in den Garten trat. Es gab hier nur zwei Tische, einen unter den Bäumen, einen vorne am Zaun. Herr Federspiel hatte diesen bezogen und tat, als betrachte er als naturbegeisterter Sommerfrischler die sich langsam in gelbes Abendlicht tauchende Landschaft.

Der fremde Deutsche ließ sich nieder, leise aufächzend, wie ein Mensch, der, von einer ungewohnten Anstrengung ermüdet, nur den Wunsch hat, seinen Rücken anzulehnen und seine Beine auszustrecken. Eine Minute lang sitzt Bojan ganz still, dann beginnt er in seinen Rocktaschen zu wühlen. Aha, die Pfeife! Er stopft die Pfeife und zündet sie an.

Der Wirt bringt das verlangte Glas Zitrone. Nach ein paar einleitenden Sätzen über das Wetter stellt er die Frage, ob der Herr noch bleibe? Es handle sich um das Zimmer, die Dame habe gesagt, der Herr reise heute noch ab.

Der Gast fühlt sich durch die Frage des Wirtes ganz augenscheinlich irritiert. Er weicht in eine Gegenfrage aus: Ob denn das Zimmer schon vergeben sei?

Das nicht, durchaus nicht, aber –

»Ich gebe Ihnen später Bescheid. Vielleicht fahre ich auch erst morgen.«

»Schon gut.« Der Wirt will sich zurückziehen. Da sagt der Gast sehr leise, aber Herrn Federspiels scharfen Ohren wohl vernehmlich: »Meine Frau und ich waren soeben in der Raschötz. Wir haben das Haus gesucht, das wir gestern dort sahen. Aber Sie hatten recht: Es ist tatsächlich keines mehr da.«

Herr Federspiel dreht sich jäh herum, besser gesagt: *Es* dreht ihn um und läßt ihn aus aufgerissenen Augen hinüberspähn. Der Fremde sitzt da und zeigt sein Profil: hohe gewölbte Stirn, starke vorspringende Nase, auf der eine dunkel geränderte Hornbrille sitzt; nicht das kleinste Lächeln in den energischen Mundfalten. Kein Zweifel: Der Mann nimmt die Tatsache ernst, daß das Haus verschwunden ist, nimmt sie ernst wie irgendeine Ungehörigkeit, über die man sich zu beklagen hat, und er bringt diese Klage gegen den Wirt vor, als sei er verantwortlich für solche Possen.

Der Wirt lächelt, dümmlich-servil und weiß nichts anderes zu sagen als: »Freilich – freilich – kein Haus.«

Der Gast schweigt. Er mag wohl spüren, daß er mit seiner Bemerkung an den Falschen geraten ist, zuckt die Achseln, läßt ein lautes tadelndes: »Na also!« vernehmen und greift nach seinem Glas. Der Wirt ist entlassen. Herr Federspiel fühlt seinen Augenblick gekommen. Er nimmt das Wort: »Sie sprechen von der alten Pulvermühle, nicht wahr?«

Der Fremde setzt das Glas ab und runzelt die Stirne. Er hat zum Wirt gesprochen, jetzt redet ihn jemand vom Nebentisch an. Dieser Jemand ist anscheinend äußerst erpicht darauf, das abgerissene Gespräch fortzuführen, denn er hat sich halb von seinem Platz erhoben und ist drauf und dran zu ihm, Jürgen Bojan, überzusiedeln. Ein alter Herr, Zwicker im schmalen, blassen Gesicht, graues Bartbürstchen auf der Oberlippe – jetzt geht Jürgen Bojan ein Licht auf: einer von den Vieren, die gestern in der Wirtsstube …

»Richtig«, sagt Bojan. »Die alte Pulvermühle. Meine Frau behauptet, sie gestern wiedererkannt zu haben.«

Herr Federspiel lächelt ein wenig: der Mann sieht so ratlos aus. »Ein mysteriöser Fall.«

»Scheinbar. Leider halte ich nichts von Mysterien.«

»Auch nicht, wenn sie Ihnen zustoßen?«

»Wollen Sie mir zumuten, an Gespenster zu glauben?«

»Keineswegs, Herr ... mein Name ist Federspiel, Professor Federspiel.«

»Bojan.«

»Keineswegs, Herr Bojan. Nur möchte ich zu bedenken geben, daß ›Gespenster‹ als volkstümlicher Sammelname für Phänomene sehr verschiedener Art gebraucht werden.«

»Das ist wohl richtig –.«

»Sehen Sie!« Herr Federspiel verbucht seinen ersten Erfolg. »Es könnte sich zum Beispiel bei der – hm – Sichtung des Gebäudes um eine Art optischer Täuschung gehandelt haben.«

»Hab ich auch vermutet.« Nun beginnt Bojan, die Situation zu beschreiben. Er kommt in Eifer, so sehr, daß er Notizbuch und Füller zückt, um für Herrn Federspiel eine genaue Lageskizze anzufertigen. Er zeichnet einen Grundriß, dann einen Aufriß, strichelt das gestern wahrgenommene Haus in die Konturen der Blöcke, es ergibt sich keinerlei Übereinstimmung. Er zeichnet geschickt wie ein Mann, der gewöhnt ist, genaue Skizzen anzufertigen, sein Strich ist sicher, der Überblick vollkommen. Herr Federspiel ist angenehm beeindruckt. Sollte dieser Bojan etwa Architekt sein? Aber jetzt wirft der Mann seinen Füller ärgerlich auf das Blatt: »Da haben Sie's! Von optischer Täuschung kann keine Rede sein. Es war – es war – wie eine Fata Morgana. Aber – zum Kuckuck – wir sind doch hier nicht in Afrika.«

Nein, in Afrika sind wir hier nicht. Herr Federspiel simuliert gebührendes Erstaunen. Doch da er selbst längst anderen Kombinationen auf der Spur ist, will er Bojan auch nicht immer wieder gegen dieselbe Mauer rennen lassen und holt aus: »Wenn der Ort keinen Anhaltspunkt für eine Erklärung bietet, müßte man vielleicht die Zeit in Betracht ziehen. Das Gewesene muß nicht immer auch schon völlig vorbei sein – und da uns heute die Zeit als Funktion des Raumes definiert wird ...«

Bojan stutzt. Dann lacht er: »Ach, Sie spielen wohl auf die Relativitätstheorie an? Nein, wissen Sie, da geht es aber nicht so faustdick zu, wie die populären Darstellungen glauben machen.«

Federspiel beißt sich auf die Lippen, der Hieb hat gesessen. Doch er gibt nicht auf: »Und was sagt Ihre Gattin zu der Sache?«

Bojan schiebt die Unterlippe vor und schlägt die Augen hinter den Brillengläsern nieder. »Frauen, hm, Frauen haben meist romantische Ideen.«

Der Professor verbirgt ein rasches Lächeln. »Auch in romantischen Ideen kann ein Körnchen Wahrheit stecken. Das psychologische Moment spielt in solchen Fällen häufig eine Rolle. Es sollte« (und nun rächt sich Herr Federspiel für die »populären Darstellungen der Relativitätstheorie«),»sollte, so unbequem es auch sein mag, nicht ganz vernachlässigt werden.«

Darauf Schweigen. Herr Bojan sitzt noch immer mit gesenktem Blick, in sich verkrochen da. Nur seine Rechte ist in Bewegung, spielt mit dem Füller, sehr nervös.

»Die Frau Gemahlin wird Ihnen doch sicher erzählt haben, was es mit dieser Pulvermühle auf sich hatte, ehe der letzte Bergsturz kam und sie erledigte? Ich könnte mir vorstellen, daß man sich hier in Lajon sogar erleichtert fühlte, als das verrufene Haus ein für allemal verschwand.«

Jetzt blickt Jürgen Bojan auf. Er weiß von nichts, denkt Federspiel, von gar nichts – und ist erschrocken. Herr Federspiel fühlt sich peinlich berührt: Das war nicht seine Absicht. Er ist kein Kriminalkommissar, der mit Schockwirkungen arbeitet. Aber gesagt ist gesagt, und nun muß er, da die Spur einmal gelegt ist, auch auf der Spur bleiben. Er fährt fort: »Ihre Frau Gemahlin dürfte die Geschichte dieser Pulvermühle kennen, sie hat doch früher hier gelebt.«

»Wer hat Ihnen das gesagt?«

»Sie selbst, heute morgen. Wir kamen beim Frühstück kurz ins Gespräch.«

»So, so.« Jürgen Bojan nimmt mit einem kleinen bitteren Grinsen einen Schluck Limonade. »Meine Frau ist sonst nicht sehr redselig.«

Scheint mir auch nicht, denkt Federspiel, erstaunlich wenig redselig und besonders gegen dich. – Er liest in Bojans Miene, der trotzig-verlegenen Miene eines großen Jungen, der auf eine Auskunft wartet und doch nicht zeigen will, daß er wartet. – Auskunft? Kann denn Herr Federspiel Auskunft geben? Er kann, wenn auch nur mit Stückwerk. Aber schon juckt's ihn zu erzählen (ein schlechter Erzähler, der nicht auch aus Stückwerk etwas halbwegs Ganzes zuwege bringt – kombinatorisch verfährt die Phantasie – und ein Beckmesser, wer ihr dabei zu genau auf die Finger schaut). So holt Herr Federspiel Atem, disponiert seinen Stoff, blitzschnell (das kann er!), setzt sich zurecht – sein Gesicht nimmt den Ausdruck sowohl der Sammlung als auch einer gewissen feierlichen Milde an – und beginnt:

»Wenn ich Ihnen etwas über die besonderen Bewandtnisse mitteilen soll, die es mit dieser Pulvermühle auf sich hat, muß ich freilich etwas ausholen und Ihnen ein Bild von den Umständen geben, die hier im Lande nach dem ersten Weltkrieg herrschten.

Die Italiener hatten das Land über Nacht besetzt. Die Brennergrenze war ihr erklärtes Kriegsziel gewesen: sie hatten es erreicht. Nach der ersten Betäubung brach eine Art Panik aus: wer wollte schon unter Fremdherrschaft fallen? Die Bauern hatten keine Wahl, sie mußten bleiben. Aber wie überall in den Ländern der alten österreichischen Monarchie lebten hier zahlreiche Offiziere, Beamte und Pensionisten aus anderen Teilen des Reiches. Sie brachen ihre Zelte ab. Der Exodus begann. Auch alteingesessene Bürger zogen es vor, sich über die Grenze abzusetzen; desgleichen ein Teil des Adels. Liegenschaften, die vielleicht schon Jahrhunderte im Besitz ein und derselben Familie gewesen waren, wurden Hals über Kopf abgestoßen. In solchen Augenblicken schwärmten Spekulanten wie die sattsam bekannten Aasgeier herbei.

Auch hier in Lajon tauchte ein Mann auf, der sich die Lage zunutze machte. Er hatte im Krieg als Offizier gedient und war, wenn ich nicht irre, Hauptmann. Er muß – seinem Namen nach zu schließen – polnisches Blut gehabt haben. Kein Jude, nein, kein Jude. Ich könnte mir denken, daß er zum Schluß an der Südfront gestanden hat und bei Kriegsende hier einfach hängenblieb. Nehmen wir an, so war es. Offenbar hatte er Geld. Jedenfalls kaufte er sich hier ein, er erwarb unter anderem den Steinbruch in der Raschötz.

Sie haben ja den gewaltigen Bergsturz gesehen, der sich vom Gipfel des Raschötzberges bis in das Tal hinabzieht. Seit jeher hat man diesen natürlichen Steinbruch ausgebeutet. Das Material – Porphyr – ist hoch geschätzt. Im Krieg hat die Ausbeutung zugenommen, besonders als man begann, die Bahn ins Grödental zu bauen. Sie transportierte den Nachschub an die Dolomitenfront – ein technisches Meisterwerk. Jetzt spricht man davon, daß sie aufgelassen werden soll ...

Nun, da der Krieg zu Ende war, dürfte der Bruch lahmgelegen sein, vermutlich hat ihn Herr Lebandowski um einen Pappenstiel erworben.«

Zum erstenmal war in Herrn Federspiels Erzählung ein Name gefallen, aber Bojan reagierte nicht auf ihn, er schien ihm keinerlei Erinnerung zu wecken. Hm. Herr Federspiel nahm das zur Kenntnis. Frau Bojan schien ihren Gatten in bezug auf ihre Vergangenheit tatsächlich äußerst knapp gehalten zu haben.

Federspiel fuhr fort: »Der Tiroler sieht es nicht gerne, wenn sich ein Fremder bei ihm ansässig macht. Er nimmt es in gewissen Orten hin, in den größeren Städten, etwa in Meran, wo sich ja schon längst durch den Kurbetrieb eine Art Internationalismus eingenistet hat. Doch sonst will er allein Herr im Hause bleiben. In dieser Hinsicht muß er heute überall zurückstecken, aber im geheimen praktiziert er immer noch den Boykott des Fremden, übrigens mit gutem Recht: Tirol den Tirolern ist ein altbewährter Kernspruch. – Sie finden ihn wohl engherzig, wie?«

»Allerdings –.«

Herr Federspiel lächelte dünn. »Der Fremde versteht das nicht. Er begreift nicht, warum er durchaus kein Tiroler werden soll. Man kann nicht Tiroler werden, wie man etwa Berliner wird, mein Herr. Es genügt nicht einmal, hier geboren zu sein, ja, nicht einmal, von hier Geborenen abzustammen. Das alte Tirol war ein so besonderes Gebilde, daß es seine Menschen unverwechselbar prägte. Man kann diese Prägung nicht nachholen, sie muß mit dem Blut vererbt werden wie alter Adel.«

Federspiel hielt inne: Bojan hatte ein Zeichen der Ungeduld von sich gegeben. So war es recht: Wer eine Geschichte hören will, soll sich nebenbei auch eine kleine Belehrung gefallen lassen.

»Wie gesagt: Lebandowski brachte den Steinbruch in der Raschötz an sich, sehr zum Mißbehagen der Eingesessenen. Was dieses Mißbehagen noch um ein Beträchtliches erhöhte, war das gute Verhältnis, das Lebandowski von allem Anfang mit den Italienern herzustellen wußte. Denn unterdessen war ja das Unglück geschehen, Tirol in zwei Teile zerrissen. Sie können sich die Erbitterung nicht vorstellen, das ganze Volk ging sofort in entschiedene Abwehrstellung. Wer auch nur ein einziges Wort von Verständigung mit den neuen Machthabern verlauten ließ, war als Judas gebrandmarkt und unmöglich geworden. Herr Lebandowski scheint sich wenig daran gekehrt zu haben. Er wollte vor allem seinen Steinbruch in Schwung bringen, er suchte Aufträge. Diese konnte er nur vom Staat erhalten, für Straßenbauten, Brückenbauten, Festungsbauten. Anderenteils suchte er Anschluß auch an die Deutschen ... Darum, so vermute ich, heiratete er ein Mädchen aus alteingesessener, hochachtbarer Familie, eine von Infeld.«

Zum zweiten Mal hatte Herr Federspiel einen Namen genannt, und dieser verfehlte seine Wirkung nicht. Bojan hob das Kinn, und hinter seinen Brillengläsern funkelte es zum erstenmal lebhafter auf. Aber er sagte nichts, und so spann Herr Federspiel seine Geschichte fort:

»Die Infelds gehörten zum kleinen Adel, einer war Landsmann von Tirol gewesen, etliche dienten im Heer, andere wohl in der Verwaltung. Ihr Ansitz Mayregg hier in Lajon – haben Sie ihn schon besichtigt? – nein? – läßt allerdings vermuten, daß es um das Infeldsche Vermögen schon seit längerer Zeit nicht mehr gerade glänzend bestellt war – kurzum, Herr Lebandowski dürfte seiner sonst geübten Geschäftstüchtigkeit untreu geworden sein, als er gerade dieses Mädchen wählte – Hedwig von Infeld.«

Endlich war Bojan einigermaßen im Bilde. »Hedwig? Ja, richtig – Hedwig –«

»Eine Halbschwester Ihrer Frau Gemahlin, nicht wahr? – einer geborenen Basalla?«

Über Bojans Gesicht flog ein neuer Schatten. »Sie wissen ja glänzend Bescheid –« Er griff nach seiner Pfeife und stopfte sie, die Art, wie er danach die Tabakkrümel vom Tisch fegte und die ersten Rauchwolken hervorpaffte, verriet wachsende Reizbarkeit. »Und weiter?«

»Wo war ich stehengeblieben? – ach so – die beiden wurden also ein Paar. Ihre Ehe – Sie wissen wohl selbst, Herr Bojan, wie schwer es für die Umwelt ist, sich authentische Vorstellungen von einer Ehe zu machen. Doch wenn man späteren Zeitungsberichten glauben darf, war diese nicht gerade übermäßig glücklich. Trotzdem möchte ich annehmen, daß Hedwig von Infeld Herrn Lebandowski nicht nur aus – hm – finanziellen Gründen geheiratet hat. Lebandowski war viel älter als sie, tüchtig, welterfahren, hatte wohl auch manches hinter sich. Solche Eigenschaften können imponieren ...

Lebandowski baute ein Haus in der Raschötz und widmete sich seinen Geschäften. Er dürfte gut und rasch verdient haben. Nach den Jahren des Niederganges kamen etwas bessere Zeiten. Die Italiener begannen nach ihrer alten Gepflogenheit Straßen zu bauen; sie legten auch neue Viertel rings um Bozen an – für ihre Leute natürlich, die in die neugewonnene Provinz einströmten –, dieser Strom ist bis heute nicht abgerissen. Lebandowski lieferte Porphyr. Er beutete nicht nur den Bergsturz aus, sondern begann auch den Abbau des gewachsenen Felsens. In seinem Betrieb beschäftigte er einen gewissen Neilbeg Dragenowitsch.

Dieser Dragenowitsch muß eine äußerst merkwürdige Figur gewesen sein: ein Riesenkerl mit Bärenkräften, ein Bosniak, den sich Lebandowski aus dem Krieg mitgebracht hatte und auf den er offenbar große Stücke hielt. Dragenowitsch war Vorarbeiter, geschickt und fleißig und seinem Herrn in hündischer Treue ergeben. Ansonsten hatte er einen schlechten Ruf, galt für rüde und gewalttätig, unnachsichtig gegen seine Untergebenen. Es soll sogar zu regelrechten Mißhandlungen gekommen sein.

Doch Lebandowski hielt ihm die Stange, ließ wohl auch Geld springen, wenn eine Anzeige erfolgte, kurzum, man hielt die beiden für ein Herz und eine Seele. Als Quartier hatte Lebandowski dem Dragenowitsch die Pulvermühle angewiesen, dieselbe, die Sie gestern – hm – sagen wir: erblickten.«

Über Bojans Gesicht zuckte eine kleine Grimasse, so als habe er auf etwas sehr Bitteres gebissen. Er schwenkte kurz die Hand: Lassen wir das!

Herr Federspiel legte eine Pause ein. Er hatte, fand er, bis jetzt gut erzählt (die kombinatorische Phantasie funktionierte). Trotzdem wurde ihm allmählich unbehaglich zumute. Denn nun war er mit seiner Geschichte so weit gelangt, daß er wohl oder übel auf Hedwigs Verhältnis zu Wagenseil kommen mußte, und Hedwig war Frau Bojans Schwester. Unwillkürlich suchte Federspiel nach einem neuen Aufschub. Ach ja, die Pulvermühle ...

»Ich weiß nicht, ob die Pulvermühle ursprünglich zu Mayregg, das heißt zum Infeldschen Besitz gehörte, oder ob sie Lebandowski zusammen mit dem Steinbruch erworben hat. Was den Namen betrifft, möchte ich die Vermutung aussprechen, daß er auf den Krieg von 1809 zurückgeht ... Auch bei Ridnaun unter dem Jaufenpaß gibt oder gab es eine Pulvermühle, und von ihr ist bekannt, daß die Bauern dort ihr Schwarzpulver rieben, ehe sie sich mit ihren Hinterladern, doch auch mit Äxten, Morgensternen und Sensen bewaffnet auf die Soldaten der Bayern und Franzosen stürzten. Das war Tirols große Zeit, damals haben wir unseren Beitrag zur Weltgeschichte geliefert. Europa hat sich ein Beispiel an uns nehmen können und hat sich's auch genommen, nur ein wenig später, nach dem Untergang der Grande armée, als es nicht mehr so riskant war, Napoleon anzugreifen. Unsere Bauernheere griffen an, als er auf dem Höhepunkt seiner Macht stand, wogegen Preußen zum Beispiel –«

»Ich bin kein Preuße«, ließ sich Bojan vernehmen.

»Na schön. Wie dem auch sei – da war also dieses alte Gemäuer. Es diente, wie gesagt, Dragenowitsch als Unterkunft. Aber Lebandowski wies es noch einem zweiten Mann als Quartier an; der Mann war ebenfalls in seinen Diensten, ein ehemaliger deutscher Lehrer –.« Herr Federspiel zögerte, aber dann sprach er es doch, wenn auch in schonend ungewisser Formulierung, aus: »Ihre Gattin dürfte als kleines Mädchen noch bei ihm zur Schule gegangen sein.«

Wieder zuckte etwas in Bojans Miene auf, ein Ausdruck von Unruhe, von Belästigung. War es ihm peinlich, daß er Federspiels letzte Bemerkung weder bestätigen noch bestreiten konnte? – er wußte ja nichts aus diesen Jahren seiner Frau. Oder gehörte er zu *der* Sorte Ehemänner, die in bezug auf ihre Frauen von beinahe pathologischer Keuschheit sind? (Sie betrachten diese so sehr als ihr Eigentum, daß sie nicht nur vermeiden, zu dritten Personen über sie zu sprechen, sondern daß sie sich schon in einer Falte ihres Gemütes verletzt fühlen, wenn andere ihre Gattinnen – und sei es in der harmlosesten Weise – erwähnen.) Herr Federspiel begann das zu befürchten. Und dabei hatte er seine Geschichte nun schon so weit getrieben, daß er sich nicht mehr bei allerlei Abschweifungen und Exkursen aufhalten konnte: jetzt mußte der nervus rerum zur Sprache kommen, die Mordgeschichte.

»Eines Tages verschwand Herr Lebandowski spurlos. Man glaubte zuerst an einen Unfall und suchte die ganze Gegend ab, doch da sich nichts entdecken ließ, tauchte der Verdacht auf, Lebandowski sei einem Verbrechen zum Opfer gefallen. Er hatte viele Feinde, und die Italiener vermuteten einen politischen Racheakt – der Mann hatte mit ihnen – man würde heute sagen – kollaboriert. Andere munkelten wieder von sehr viel persönlicheren Motiven. Es war nämlich ruchbar geworden, daß Lebandowskis Frau zu jenem entlassenen Lehrer, demselben, der mit Dragenowitsch in der Pulvermühle hauste, gewisse Beziehungen unterhielt. Was lag näher, als diesem Wagenseil auf den Zahn zu fühlen?«

»Wagenseil?« Herr Federspiel sah Bojans Augen weit geöffnet, grau und gleichsam glanzlos vor Schreck, auf sich gerichtet. »Sagten Sie – Wagenseil?«

»Wagenseil – ja. Ich glaube mich nicht zu irren.« Federspiels Unsicherheit artete in Verwirrung aus. Er nahm zu einer Komödie Zuflucht. »So ähnlich jedenfalls. Zwar mein Gedächtnis, vor allem für Namen – der Mann könnte auch Wagstätter oder Wagreiner geheißen haben.«

Aber Bojan ließ sich nicht mehr irremachen. Er knirschte mehr als er sprach: »Weiter! Was war also mit diesem – Wagenseil?«

»Er hatte ein Alibi, ein vollkommenes Alibi!« beeilte sich Herr Federspiel zu antworten. »So schied er als Täter aus. Auch Dragenowitsch wurde einvernommen in einem – wie man sagt – Routineverfahren. Denn niemandem kam der Einfall, *er* könnte sich an Lebandowski vergriffen haben. Warum auch? Hier fehlte jedes Motiv. Cui bono? ist die erste Frage des Kriminalisten.«

Bojan rückte auf seiner Bank herum, starrte ins Leere und trommelte mit den Fingern auf den Tisch. In seinen Schläfen- und Backenmuskeln arbeitete es. Er schien die letzten Sätze kaum gehört zu haben, und doch bedrängte er den Erzähler mit einem neuerlichen und ziemlich barsch hervorgestoßenen: »Und dann –?«

»Ja – dann – die Untersuchungen verliefen im Sande. Jahre vergingen. Die Witwe beantragte die Todeserklärung ihres Gatten. Sie war durch Lebandowskis Verschwinden in den Alleinbesitz eines beträchtlichen Vermögens gelangt. Dieses Vermögen mußte verwaltet, der Betrieb im Steinbruch aufrechterhalten werden. Keine leichte Aufgabe für eine immer noch junge Frau. Und darum, nehme ich an, entschloß sie sich, ihren alten Freund Wagenseil – zu heiraten.« Der alte Herr war nahe daran, seine Schwatzhaftigkeit zu verwünschen. Hatte ihn der Teufel geritten, als er diesem Bojan eine Geschichte aufzutischen begann, die geeignet war, die Familie seiner Frau in ein höchst fatales Licht zu rücken? Julia hatte sie ihrem Mann verschwiegen. Um so schlimmer –. Um so schlimmer! Lustlos und mühselig brachte Herr Federspiel noch hervor: »Eines Tages wurde Lebandowskis Leiche doch gefunden.«

»Tatsächlich? Und wo?«

»In der Pulvermühle.«

»Ach –!«

»Im Keller«, murmelte Herr Federspiel mit versagender Stimme. »Eingemauert. Dragenowitsch hatte ihn erschlagen.«

»Dragenowitsch.« Bojan war sichtlich erleichtert.

Jetzt wollte Herr Federspiel keinesfalls weitererzählen. Er suchte nach einem Fluchtweg: konnte er sich nicht unter einem Vorwand zurückziehen, plötzliche Übelkeit mimen oder –?

Doch Bojan war unerbittlich: »Aber aus welchem Grunde –? Sagten Sie nicht, er stand mit seinem Dienstherrn auf bestem Fuß –?«

Federspiel hatte kaum Zeit, mit einer vagen Geste zu antworten, da bohrte Bojan schon weiter: »Und wie kam die Sache ans Licht?«

»Dragenowitsch stellte sich selbst.«

»Selbst? Und warum?«

Federspiel zog die Schultern hoch. »Komplexe –«

»Und was hatte dieser Wagenseil mit der Sache zu schaffen? Sie sagten doch: er habe auch in der Pulvermühle gewohnt. War er vielleicht – eingeweiht?« Bojans Stimme schappte um. Er war nahe daran aufzuspringen und Federspiel am Rock zu fassen, ihn hin- und herzuschütteln, anzuschreien: Und Hedwig, was war mit ihr?

Der Professor fühlte eine Katastrophe auf sich zurollen. Nein, er wollte um keinen Preis mehr weitererzählen. Zugleich war er sich klar, daß es zu spät war, unter einem billigen Vorwand zu kneifen. Verzweifelt suchte er nach einer halbwegs passenden Rückzugsroute. Da kam ihm ein Einfall – von einer Seite, von der Hilfe zu erhoffen er zuletzt erwartet hätte: die Worte des Pfarrers fielen ihm ein, und in der Not entschloß er sich zu einem Plagiat:

»Sie fragen viel, Herr Bojan« – unwillkürlich ahmte er Perwögs kummervollen Tonfall nach. »Aber glauben Sie mir, es gibt Dinge im menschlichen Leben, die so schwer, so dunkel, so verworren sind, daß man sie besser auf sich beruhen läßt. Sie entziehen sich unserem Verständnis. Da weiß und versteht nur noch Gott allein –«

Unter diesen Worten erhob er sich mit steifer und, wie er selbst empfand, schlecht gekünstelter Würde, brachte vor Bojan eine knappe Verbeugung an, wandte sich von dem Verblüfften weg und marschierte aus dem Garten.

Dabei klang ihm die eigene Stimme in den Ohren nach: »Da weiß und versteht nur noch Gott allein ...« ein guter Schluß für einen frommen Mann, ein schlechter für einen Erzähler ...

Julia trat in die Kirche und erkannte ihn sofort. Er kniete in der vorletzten Bank auf der Männerseite, eine kleine, schon etwas gebeugte Gestalt in schwarzer Soutane. Sie erkannte ihn, obwohl er das Gesicht in den Händen verbarg und sich nicht rührte, dabei mußte er ihr gehauchtes: »Ach –« doch vernommen haben. Sie stand gleich neben der Tür, knapp hinter seinem Platz und sah auf ihn hin, freilich nur eine kleine Weile, dann wurde es ihr peinlich, den Still-Betenden zu beschatten. Sie schlug ein Kreuz, beugte flüchtig das Knie (alte, unausrottbare Gewohnheit) und drückte sich hinaus.

Vor der Kirchentür stellte sie fest, daß ihr Herz schnell und hart schlug, daß sogar ihre Knie zitterten. So also war es, wenn man wiederkam und erkannte ..., dabei hatte sie gewußt, daß Perwög noch immer hier Pfarrer war, hatte gehofft, ihn zu treffen, war – sie wußte das nicht so genau – vielleicht seinetwegen überhaupt gekommen. Lächerlich, er wird mich bestimmt längst vergessen haben, wer erinnert sich an ein Kind, das unterdessen beinah eine alte Frau – – es ist ja alles so sinnlos.

Und trotzdem stand sie da und wartete auf ihn.

Die Sonne war hinunter. Es begann zu dämmern. Auf dem Schlern lag noch ein schwacher rötlicher Schein, jetzt auch er abgeblichen, nur noch die Wolken oben rosig behaucht, Flokken, Spiralen, Schleier. – Aus dem Dorf surrte eine Häckselmaschine.

Da öffnete sich die Kirchentür, Pfarrer Perwög trat heraus. Er blickte kurz zu ihr hin, da sprach sie ihn an: »Hochwürden!«

Er blieb stehen, sein Gesicht nahm den Ausdruck jovialen Wohlwollens an, den stereotypen Ausdruck des ländlichen Seelsorgers, der sich dazu erzogen hat, jedermann mit Freundlichkeit zu begegnen. »Da ist mal jemand, den ich nicht kenne –«

»Doch, Herr Pfarrer«, sagte Julia, sie hörte ihre eigene, leise vibrierende Stimme wie die eines anderen Menschen, überdeutlich, bedeutungsvoll. »Sie kennen mich. Vor achtzehn Jahren –«

»July«, rief der Pfarrer, »Sie sind die July?«

»Ja, die bin ich.«

Nun standen sie da und schüttelten einander die Hände.

»Daß ich Sie nicht gleich erkannt habe!« Der Pfarrer ist außer sich vor freudiger Überraschung.

Julia widerspricht: »Aber Sie *haben* mich ja gleich erkannt.«

»Die July!« wiederholt er kopfschüttelnd, immer noch fassungslos. »Die July ist wiedergekommen.«

»Es hat lange genug gedauert.«

»Sind Sie allein? Sie müssen gleich mit mir ins Widum. Die Anna wird sich freuen, meine Schwester. Wissen Sie noch?«

Julia antwortete nicht. Sie lief neben dem Pfarrer her, der sich – von Freude beflügelt – beeilte, sie ins Pfarrhaus zu führen. »Und was ist inzwischen aus Ihnen geworden? – eine große Dame, wie ich sehe. Das war zu erwarten. Und verheiratet natürlich? – glücklich will ich hoffen. Kinder –? Da sind wir schon. Sie müssen mir viel erzählen, July – ich darf doch July sagen? oder muß ich etwa: Gnädige Frau –? Nein, das bringt ein alter Dorfpfarrer nicht zuwege. Anna, Anna, wo bist du? Komm rasch und rate, wer zu uns nach Lajon gekommen ist!«

Sie waren in den Flur des Pfarrhofs getreten: ein langer gewölbter weißgekalkter Raum, auf den eine Reihe dunkelgebeizter Türen mündete; es roch nach kühlen Fliesen und Sauberkeit. Julia dachte: genau wie damals, wie oft bin ich hier gewesen, Messen bestellen, Einladungen überbringen, im Auftrag von Ömchen, von Hedwig, im Auftrag von Hans ...

Aus der Küche kam eine Frau, groß und dick, eine weiße Schürze vor den Bauch gebunden, einen Muslöffel in der Hand.

Sie erkannte Julia nicht, erst als ihr geistlicher Bruder Julias Namen wiederholte, fiel bei Schwester Anna der Groschen. Große Begrüßung auch ihrerseits. »Ja, was nicht gar – ist es die Möglichkeit –« Julia kam kaum zu Wort, der Pfarrer schob sie vor sich her in die Stube, bot ihr Platz an, gab dazwischen Anweisung für das Abendessen.

»Du bist beim Muskochen? Stell die Pfanne weg, es muß was Besseres sein. Wir können unserem Gast doch kein Bauernessen –. Hol Speck, schlag ein paar Eier ein, das ist das Mindeste. Ja, und einen Wein, bring den roten – nein, den weißen, der ist feiner. Ein Terlaner, July, der wird doch recht sein?«

Julia nahm Platz und blickte um sich. Sie war gerührt über diesen unerwartet überschwenglichen Empfang, die Kehle war ihr wie zugeschnürt.

»Ja, hier hat sich auch allerhand verändert.« Der Pfarrer rückte sich einen Stuhl heran. »In den letzten Jahren haben wir umgebaut. In allen Häusern wird jetzt umgebaut und verschönert, da darf der Pfarrer auch nicht ganz hintenbleiben, sonst sagen die Bauern: Wir müssen uns für unsern geistlichen Herrn genieren, der lebt noch wie das liebe Vieh.«

»Es war doch immer schön bei Ihnen –«

»Das sagen Sie nicht! Noch im Krieg hatten wir eine Schwarze Küche mit offenem Feuer – und hier in der Stube so ein altes Trumm von einem Kachelofen, der mußte raus, der hat ja Körbe Holz gefressen, ehe er nur ein bißchen warm gab, heutzutage geht das nicht mehr. Die Bauern bringen das Holz nimmer von selbst und für Gotteslohn wie früher, o nein, die wollen jetzt auch ihre Geschäfte machen – und sie haben auch recht. Jede Arbeit will ihren Lohn. – Aber jetzt reden Sie, July, verzeihen Sie, daß ich so schwatzhaft bin, aber wissen Sie: Ich freue mich so!«

Julia schwieg. Sie hatte keine Lust, von sich zu sprechen, genauer, sie hatte nicht den Mut dazu. Die kindliche Zuversicht des Pfarrers in bezug auf ihr Leben war ihr wie eine entsetzliche Last aufs Herz gefallen und verschlug ihr die Sprache.

Doch Pfarrer Perwög verstand schnell; obwohl ihr gequältes Zögern nur ein paar Sekunden dauerte, deutete er es sofort. Seine Miene wurde ernst. »Sie sehen aber gar nicht gut aus, July, haben Sie Sorgen?«

»Sorgen hat jeder.«

»Das ist wahr. Nur – es gibt solche und solche.« Dann, leise ihre Hand berührend: »Sie erzählen mir später, wenn Sie mögen. Wann sind Sie denn hier angekommen?«

»Gestern, spätnachts, mit dem Wagen.«

»Mit dem Wagen?« Pfarrer Perwög stockt, sein Gesicht verändert sich. »Doch nicht am Ende durch die Raschötz?«

»Genau«, flüstert Julia. »Durch die Raschötz.«

»Da saßen Sie drin. – Ach, du mein Gott, hätt' ich das geahnt. Und der Herr, der den Wagen fuhr –?

»Mein Mann.«

»So.« Stille. Durch die angelehnte Tür hört man das Rumoren in der Küche, das Klackern der aufgeschlagenen Eier, das zischende Fett.

»Und Sie waren auch in der Wirtsstube, nicht wahr, Hochwürden, waren mit dabei, als mein Mann erzählte?«

»Ja.«

»Die Pulvermühle, Hochwürden. Wir haben sie gestern beide gesehen.«

»Ach, July.«

»Aber sie ist nicht mehr da.«

»Nein.«

»Wir wollten es nicht glauben, waren droben heute nachmittag, mein Mann schon am Morgen.« Sie bedeckt das Gesicht mit der Hand. »Und es war nicht das Haus allein.«

»Sondern?«

»Utan.«

»U –?«

»Neilbeg Dragenowitsch. Sie wissen ja, wir nannten ihn immer nur Utan. Und heute nacht war er dort.«

»Er ist doch tot.«

»Ich weiß. Aber er war dort, kroch auf der Erde herum und wälzte Steine.«

»Nein, July, so etwas darf man nicht einmal sagen.«

»Darf nicht?«

»Nein. Oder doch. Sagen Sie es! Sagen Sie, was Sie denken! Es quält Sie.«

»Und wie.«

»July, das gibt es nicht.«

»Ich verstehe. Sie müssen so sagen. Sie dürfen mir gar nicht glauben.«

»Hm, lassen wir mal beiseite, was ich darf oder nicht. – Aber –«

»Er war es. Ich habe ihn erkannt, nicht so, daß ich sofort gewußt hätte, er ist's. Wir riefen ihn an. Er wollte sich nicht zeigen. Er hat uns den Rücken gedreht.«

»Eben.«

»Ich habe gestern noch nicht gewußt, daß die Pulvermühle nicht mehr da ist. Aber heute, als wir oben waren und sahen, nein, sie ist wirklich verschwunden, da war es mir klar: Der Mensch war Utan.«

»Sie irren sich.«

»Und das Haus? Irre ich mich da auch? Hat sich mein Mann auch geirrt?«

»Ich weiß es nicht.«

»Kann es sein, Hochwürden, daß man etwas wiedersieht, was es nicht mehr gibt, nur weil man alle Tage, alle Tage, jahrelang daran gedacht hat?«

»Das wäre möglich.«

»Ich habe alle Tage an Lajon gedacht. Im Grunde verstehe ich nicht, daß ich jetzt wirklich hier bin. Ich bin nie darüber hinweggekommen –, über – Sie wissen ja.«

»Das ist begreiflich. – Aber – haben Sie nie versucht, all das Schreckliche in Gottes Hand zu legen? Es wäre das einzige, was Ihnen hülfe.«

Julia antwortete nur mit einer Gebärde.

Schon hatte der Pfarrer verstanden. Sein kleines zerfurchtes Gesicht schrumpelte ein, wurde uralt, in seine Augen trat der Ausdruck wilden Kummers. »Also – auch Sie –«

»Ja, auch ich, Hochwürden.«

»Die Welt – die böse Welt. Ich hätte gehofft, gerade Sie, July – Sie waren ein so frommes Kind.«

»Lieb von Ihnen, daß Sie sich noch daran erinnern.« Julia flüsterte es mit trockenen Lippen.

»Ich habe für Sie gebetet, aber wohl nicht oft, nicht inständig genug, ich glaubte Sie behütet.«

Julia stieß einen Laut aus. »Wovor? Etwa vor mir selbst?«

Er begann noch einmal: »Sie waren ein so liebes, frommes Kind. Wissen Sie noch: Ich habe Sie für die erste Kommunion vorbereitet. Nie mehr ist mir ein Kind untergekommen, das so war wie Sie, July. Ich war damals noch ein junger Cooperator, ich habe seither immer darauf gewartet, wieder ein Kind zu finden, wie Sie eins waren. Aber es war nie mehr eins wie Sie.«

Julia schlug die Augen nieder: »Wirklich?« Dann, den Kopf in den Nacken werfend, mit bitterer Entschlossenheit: »Nun, dann kann ich es Ihnen ja gleich sagen: Mein Leben – pah! ganz schön verpfuscht. Bertram ist tot. Eigene Kinder konnte ich nicht haben. Und jetzt wollen wir uns trennen, mein Mann und ich. Ich weiß, daß ich ohne ihn nur ein halber Mensch sein werde, weiß es ganz genau, seit heute. Trotzdem werden wir auseinandergehen, weil wir nicht miteinander leben können. Sie werden fragen: Um Gottes willen, warum? Ja, warum? – Es begann damals, als ich das liebe gute Kind war, das fromme Kind, das Sie zur ersten Kommunion vorbereiteten. In Wirklichkeit, Hochwürden, saß der Wurm schon in mir. Ich habe das Unglück eingefädelt, das später zwischen Hedwig und Hans geschah, ich – *ich* habe sie zusammengebracht, und wissen Sie, warum? Weil ich ihn geliebt habe, Hans Wagenseil.«

»Geliebt?« flüsterte Perwög.

»Vom ersten Augenblick an – damals war ich elf – wie ein Kind nur lieben kann, ein Kind, das schon ein Mädchen ist, was sag ich: ein Mädchen? Eine fertige Frau. In aller Unschuld einesteils und doch: krankhaft, manisch – jahrzehntelang.«

In diesem Augenblick kam die Schwester des Pfarrers herein; sie trug ein Brett mit Tellern, Gläsern und einer bauchigen Flasche, in der der goldgelbe Wein schwappte, dickflüssig und träg wie Öl.

Lange, nachdem Herr Federspiel Jürgen Bojan verlassen hatte, saß dieser immer noch auf seinem Platz im Wirtshausgarten, betäubt, wie vor den Kopf geschlagen und starrte vor sich hin.

Der Name Wagenseil summte in seinem Kopf, Wagenseil, Wagenseil: er sah die Buchstaben vor sich, in denen er ihn zum erstenmal gelesen hatte, ungefüg-wacklige Buchstaben auf einem spänigen Brett: Bertram Wagenseil 1931–1945.

Es lag an der Hitze, an dieser verrückten Maisommer-Hitze, wütendem Licht, höhnisch-wütendem Licht, ausgestreckt über dem Land und der über das ganze Land ausrollenden Bescherung: Eine Szenerie, wie sie nur alle tausend Jahre vorkommt, nein, nicht mal alle tausend Jahre: größter Tag der bisher stattgehabten Weltgeschichte – 5. Mai des Jahres Null.

Es lag an der Hitze und an den Fliegen, Gott sei Dank, daß sie kamen, kleine schwarze surrende Punkte, angelockt von der schon schwarz verfärbten Blutkruste auf dem zerfetzten Hemd, auf der durchlöcherten Hose, ich hab nicht genau hingesehen, wo es den Jungen überall erwischt hat.

Julia (wo bleibt sie? Ist sie auf ihrem Zimmer? Sie weiß doch, daß ich abfahren will –) Julia hockte neben dem Toten an der Bordwand, sie hat sein Gesicht mit einem Taschentuch zugedeckt, das Haar hängt ihr aufgelöst vom Kopf, der Wagen rüttelt und schwankt, und sie schwankt mit, wie sie da kauert, das Gesicht auf die angezogenen Knie gepreßt. Sie schaut nicht auf, ob der Wagen fährt oder hält, sie will den Toten nicht hergeben, den blutigen Toten, der die Fliegen schon anlockt. Ich sehe es, auch meine Leute. Sie fluchen. Sie verstehen nicht, daß ich das erlaube; eine Leiche auf einem LKW.

Einer hinter mir sagt: Schmeißt doch das Aas raus! Ich drehe mich um, will sehen wer? Böse Augen funkeln mich an, tückische Augen, die ich nicht kenne, die ich noch nie gesehen habe, seit heute morgen haben sie diese Augen in ihren dreckverschmierten lehmgrauen Gesichtern. Du Narr, sagen diese Augen, wie lange noch?

Ich beiße die Zähne zusammen. Ich bin nicht mehr ihr Hauptmann, meine Achselklappen sind nichts mehr wert. Nichts mehr wert ist's, daß ich diese Männer seit Monaten führe, nichts mehr wert, daß ich ihnen hundertmal voranging, wenn wir westwärts durchbrachen und die Stalinorgeln hinter uns dröhnten, und daß sie noch gestern fanden, ich hätte sie nie im Stich gelassen. Es ist aus, das Jahr Null hat begonnen.

Ich kann mich nur noch taub stellen und hoffen.

Hoffen, worauf?

Die Fliegen haben es dann vollbracht – und der kleine Schärer. Der kleine Schärer war imstande, wozu ich nicht imstande war, er drängelte sich hin zu der Frau, stieß sie an und zeigte auf den Toten: »Sie! Sehen Sie!«

Der kleine Schärer konnte das tun. Ich nicht. Er war ja gestern auch nicht hinter der Tür gestanden, im Winkel, als die Schüsse fielen. Nicht Schärer war der Feuerstoß vermeint, der den Jungen traf, darum konnte er Julia jetzt anfassen und sagen: Sehen Sie!

Die schwarzen kriechenden Punkte auf dem blutigen Hemd und auf und unter dem Taschentuch: der Beginn der Verwesung. Das machte sie fertig, das konnte sie nicht aushalten.

Kurz darauf: Halt. Halt gab es immer wieder, den ganzen Tag. Die ganze endlose Kolonne, die zerfahrene Straße hinauf und hinab. Was gab es wieder da vorn? Eine gesprengte Brücke, eine eigene Panzersperre, einen umgestürzten Wagen oder einfach: kein Sprit mehr?

Der kleine Schärer klappte die Bordwand hinunter. Er war es auch, der die Schaufel brachte. Julia zeigte selbst auf die Stelle. Die Schaufel stach in das Gras, es sproßte schon kräftig in saftigen Büscheln.

Dann war es Gradulke, den ich mit ihr reden sah, Gradulke, der Schreiber, der immer auf Ordnung hielt. Ich sah ihn mit ihr flüstern ... Er nickte, sie nickte. Der Junge lag schon drunten in der Grube.

Gradulke organisierte ein Brett, mit einem Stümpfchen Blei schrieb er darauf: Bertram Wagenseil 1931–1945.

Am nächsten, auch am übernächsten Tag nannte ich sie Frau Wagenseil, bis sie endlich sagte: »Ich heiße nicht Wagenseil, ich heiße Basalla.«

»Ja, war er denn nicht –?«

»Nein, er war nicht mein Sohn.«

Gott sei Dank, dachte ich, wenigstens das nicht.

... und später noch einmal: Wagenseil.

Unser Mietzimmer in Frankfurt, unser zweites oder drittes Mietzimmer, ich weiß es nicht mehr, ein Schluff wie alle diese Mietzimmer in allen diesen mit Aftermietparteien vollgestopften viertel- oder halb- oder dreiviertelbombenbeschädigten Häusern, jeder Raum eine Familie, jeder Raum Schlafzimmer, Wohnzimmer, Küche – alles in einem. Kampf um die Kochstellen, Kampf um den Wasserhahn, Geschrei, Gezeter, Türenschlagen. Nirgends Platz: jeder Winkel vollgestopft mit Schränken, fremden Schränken, abgesperrten Mammutmöbeln, kantigen Ungeheuern. Die Vermieterin: Was fällt Ihnen ein – hinausstellen? unmöglich. Wenn's Ihnen nicht paßt, Sie können ja gehen. – Also paßt es, muß passen, alles muß passen: die eigenen Kleider in Schachteln, die Wäsche unter dem Bett, das Geschirr auf einem Küchenhocker, man kann sich nicht umdrehen, Julia kämpft um Ordnung, sie bringt es zuwege, etwas wie Ordnung zu halten in der verschachtelten übereinandergetürmten nackten bedrohlichen Häßlichkeit.

Julia kommt vom Einholen zurück, stellt den Korb ab, hängt den schäbigen Mantel an den Haken. Es klopft an der Tür, die Nachbarin: »Frau Bojan, kommen Sie mal raus!« Julia geht.

Der Korb auf dem Tisch, ein paar Tüten darin, ich denke: Was hat's gegeben? habe plötzlich die Vorstellung von Kirschen, großen gelbroten Herzkirschen, vielleicht hat Julia solche Kirschen bekommen –?

Ich öffne die Tüten, nur Grieß und Erbsen, keine Kirschen, aber unter den Tüten, zuunterst im Korb, ein Brief:

Frau Julia Bojan, Frankfurt am Main, Hauptpostlagernd.

Ah –.

Der Absender: Wagenseil, irgendein unbekannter Ort, Alto Adige, Italien.

Ich lege den Brief gerade noch rechtzeitig zurück: Julia kommt herein, ich drehe mich um, zum Fenster, frage: »Na, was ist los –?«

Meine Stimme ist dünn, schwankend –.

Julia: »Gar nichts ist los, nur der Ausguß ist wieder verstopft, und niemand will es gewesen sein – wie immer.«

Und nun zum dritten Mal: Wagenseil.

Wagenseil – in einer dunklen Affäre, von der ich nichts verstehe, Mord, eine eingemauerte Leiche, Julias Schwester, Frau Lebandowski, Julia hat den Namen nie genannt, ein Mann ermordet, scheußliche Sache, warum hat Julia nie davon gesprochen, nie gesprochen, zwölf Jahre lang? Zwölf Jahre gemeinsamen Lebens, und diese Sache immer unter Verschluß, hat sie sich etwa dafür geniert, warum, wieso? Hat sie selbst vergessen oder vergessen wollen? Sieht ihr nicht ähnlich. Darum ›Raskolnikoff‹ und ›Die Dämonen‹, immer wieder ›Raskolnikoff‹ und ›Die Dämonen‹ –.

Und von einem Fremden muß ich jetzt erfahren –

Wo ist der Alte hin, so plötzlich, hat sich erst angewanzt und geschwatzt, dann ist er abgeschwirrt: Nur Gott allein kann wissen –?

Verdammter Blödsinn. Was heißt: Gott allein –?

Julia, Julia – ich müßte doch noch einmal mit ihr reden, wie außer sich sie war, heut nachmittag, dort droben bei der Pulvermühle – Pulvermühle? Wieso Pulvermühle?

Bojan springt auf. Dabei stößt er das Glas vom Tisch, es plumpst in die Nesseln und kollert weiter, unzerbrochen, so was zerbricht nicht, dickes scheußliches Wirtshausglas, Groschenware von der schlechtesten Sorte. Plötzlich empfindet der Mann Haß gegen das Glas, er stößt es mit dem Fuß ein Stück weiter, er empfindet Haß auch gegen den groben spänigen Tisch, an dem er gesessen, gegen die wackligen Stühle, gegen den schiefen Zaun, gegen den ganzen Garten, gegen das Haus mit seinem räudigen, unten feuchtdurchschwärten Verputz.

Weg von hier, denkt der Mann. Weg von hier, warum bin ich nicht längst – der Teufel hole dieses Lajon, ich könnte schon in Verona sein, Piazza Arena oder in Venedig, statt dessen noch immer dieses Lajon. Schluß damit, ich laß mir die Rechnung geben und hau ab.

Wenn ich nur noch mit Julia reden könnte. Sie wird auf ihrem Zimmer sein ...

Aber das Zimmer ist leer.

Julia blickte auf ihre Armbanduhr und erschrak. »Schon halb neun, ich muß mich beeilen, mein Mann wartet.«

Der Pfarrer sah sie an.

»Natürlich –« Sie lachte nervös und stopfte das naßgeweinte Tuch in ihre Tasche. »Wir lassen uns zwar scheiden, aber so steht es auch wieder nicht zwischen uns, daß er nicht warten würde. Er weiß nicht, wo ich bin, und wird sicher schon sehr ungeduldig sein.«

»Soll ich Sie nicht begleiten, July?«

»Nein, nein, das möcht ich nicht. Und ich muß wirklich laufen.«

»Dann leben Sie wohl – bis morgen – oder wann immer Sie wollen. Kommen Sie einfach her, ich werde mich frei machen. Behüt Sie Gott und: Gute Nacht.«

»Gute Nacht, Hochwürden, und einen Gruß an Schwester Anna.«

Schon huschte die helle Gestalt den Weg zum Dorfplatz

hinab. Der Pfarrer blickte ihr von der Schwelle nach. »Arme Haut«, murmelte er. »Arme Seele.«

Dann kehrte er in das Widum zurück.

Schwester Anna stand im Flur, breitbeinig, mit vorgeschobenem Bauch. Sie trocknete sich die Hände in einem Tuch ab. »Na?« fragte sie zu ihrem Bruder hin.

»Ja Anna, sie ist fort.«

»Kommt sie wieder?«

»Ich hoffe.«

»Ich hätt sie fei nimmer erkannt. Wie alt sie aussieht –«

»Findest du?«

»– genau wie die Hedwig damals, wie sie den Wagenseil eingelocht haben. Weißt es noch?«

»Schon gut.«

»Da ist sie plötzlich zusammengegangen –«

»Sie war nicht mehr sie selbst, Anna.«

»Hm ja. – Und alles wegen dem verfluchten Heiden.«

»Du meinst den Mohammedaner?«

»So ein verdammter Hund. Hätt er denn nicht das Maul halten können? Na, ist doch wahr! Wenn er den Lebandowski schon einmal umgebracht hat – war doch schließlich seine Sache, wie? Was hat er den Wagenseil mit hineintauchen müssen, der Kerl. So hat er alles zerstört.«

»Lieber Himmel, Schwester ...«

»Sie hätten endlich glücklich sein können miteinander, der Hans und die Hedwig.«

»Glücklich?«

»Waren sie nicht ein schönes Paar?«

»Was ist schon Schönheit?«

»Hm. Ich weiß, was du meinst. Sie haben kein reines Gewissen gehabt. Aber wenn alle, die kein reines Gewissen haben, so draufzahlen müßten – du liebe Zeit! Nur der Islamit war wirklich schuld.«

»Der Islamit, wie du ihn nennst, Anna, war vielleicht der beste von ihnen allen.«

»Was – was sagst du da?«

»Ja, das sag ich. Er hat sich zwar mit Blut befleckt. Aber bei seinesgleichen ist das etwas anderes als bei uns. Er hat dem Lebandowski treu gedient und kam sich dann betrogen und verraten vor. Und so glaubte er wohl, er müsse sich rächen. – Uns Christen ist Rache verboten, mit gutem Grund. Aber Neilbeg stammte aus einem Land, wo der Mann nicht nur das

Recht, sondern die Pflicht hat zu töten, wenn er beleidigt wird.«

»Und war's dann auch Recht und Pflicht hinzugehen und den Wagenseil zu erpressen – und dann, als nichts mehr zu holen war, ihn hinzuhängen und zu sagen: er hat's gewußt und mich dafür bezahlt?«

Der Pfarrer senkte den Kopf. »Ich weiß nicht«, sagte er dann. »Ich kann es dir auch nicht genau erklären. In Neilbeg muß etwas gesessen sein – etwas wie eine Wunde, eine Wunde, die nicht heilen kann. Er hat sein Volk verlassen, sein Dorf, seine Familie, seine Glaubensbrüder – und damit auch seinen Glauben, einfach alles ... Und dann war er hier und war gemieden, niemand wollte etwas mit ihm zu schaffen haben. Und als ihn dann auch Lebandowski fallenlassen wollte – du weißt ja. Dann hat er sich an den Wagenseil geklammert, er *wollte* einen Herren haben. *Und* einen Mitwisser. Ganz allein kann der Mensch nicht leben. Aber was hat Wagenseil getan? Er hat ihn bezahlt. Bezahlt. Immer wieder bezahlt – verstehst du denn nicht, Anna, so wollte er sich loskaufen, wollte Neilbeg abschieben. Aber ein Mensch wie Neilbeg ist nicht abzuschieben. Geld tut ihm nicht genug.«

»Och –«

»Nicht genug«, wiederholte der Pfarrer. »Ich weiß nicht, was ihm genug getan hätte. Und dann war noch etwas – und daran habe ich Mitschuld getragen.«

»Du!« rief die Schwester. »Jetzt hör auf.«

»Ja, ich!« fuhr der Pfarrer fort. »*Ich* habe Wagenseil dazu gebracht, Hedwig zu heiraten ... Ich dachte, das soll nun endlich in Ordnung kommen mit den beiden. (Ich Narr!) Ich habe vorgeschlagen, daß Wagenseil in den Gemeinderat kommt; ich habe ihm immer und überall die Stange gehalten, ich war's, nicht Pfarrer Lamprecht. Er mochte den Wagenseil nicht und auch nicht die Hedwig, *er* hatte ein Gespür dafür, daß hier etwas nicht sauber war. Und so hab ich's dann auch gegen Pfarrer Lamprecht durchgesetzt, daß Wagenseil mit dem Himmel ging –.«

»Na, und?«

»Das hat Neilbeg gesehen. Er hat gesehen: der andere ist geachtet und geehrt, er darf sogar –. Und da lief es in ihm über.«

»Ach –«

»Und so war's auch meine Schuld.«

»Sei still! Ich möchte wissen, was hier in Lajon passieren

kann, ohne daß du dir einbildest, du hättest Schuld daran! Jesus, Maria! Du hast doch nichts ahnen können von dem ganzen Stunk!«

»Sagst du, sagst du ... Aber wenn es so gewesen wäre, daß ich nichts ahnen *wollte*? Und ist es nicht schließlich Pflicht des Seelsorgers, seine Pfarrkinder besser zu kennen als irgendwer anderer? Ich habe Wagenseil und Hedwig ...« Er verstummte, biß sich auf die Lippen, dann sagte er leise – mit einem etwas schiefen, verzerrten Lächeln: »Menschliche Schwäche, Anna – auch unsereiner, und gerade unsereiner. Gute Nacht.«

Damit begann er die Treppe zum Oberstock hinaufzusteigen. Die Schwester folgte ihm bis auf die erste Staffel und blickte hinter ihm her, bis er verschwunden war. Dann schüttelte sie den Kopf und murmelte: »So was ... Schuld will er haben, der Spinner!« beutelte das Handtuch aus, das sie während des Redens zu einer Wurst zusammengedreht hatte, dann kehrte sie, immer noch kopfschüttelnd und murmelnd, in ihre Küche zurück.

Jürgen Bojan sprang auf und rannte in seinem Zimmer hin und her. Genug jetzt, genug! genug gewartet. Julia beliebte nicht zu erscheinen, obwohl sie doch wußte, daß er noch heute fahren wollte, Julia beliebte keinerlei Rücksicht zu nehmen. Gut also, gut. Er konnte auch ohne Abschied fahren. Wütend zwängte er seine Koffer zu und trug sie zum Wagen hinunter.

Als er unten ankam, sah er ein Rudel Buben um sein Auto versammelt. Auch ein junger Mann stand dabei, er bückte sich eben unter die Motorhaube, um den Kindern etwas zu erklären. Jürgen trat mit einem langen Schritt hinzu: »Was gibt's da?«

»Oh, nichts Besonderes, bitt' um Entschuldigung. Die Buben haben die Type nicht gekannt.«

»Schon gut.« Jürgen klappte den Kofferraum auf, sofort war er von den Kindern umringt, sie schauten ernst, schweigend und aufmerksam zu, wie er das Gepäck in dem tiefen Fach verstaute. Auch der junge Mann spähte hinein.

Er kam Jürgen bekannt vor. Ja, richtig, gestern – der junge Mann war mit von der Partie gewesen.

»Das Auspuffrohr ist aber schlimm verbogen«, sagte er mit einem zutraulichen Lächeln. »Und der Lack hat ein paar Kratzer. Ich dachte schon, die Buben hätten, ehe ich dazukam – Sie wissen ja, wie Kinder sind. Aber« – zu den Buben gewandt – »ihr habt nichts angerührt, gelt?«

Heftiges Kopfschütteln ringsum.

»Und jetzt wollen Sie schon weg?« Das junge Gesicht zeigte Bedauern.

»Ich sollte«, murmelte Bojan düster. Er stand noch immer vor dem geöffneten Kofferraum. Vorsichtig drehte er sich um, so vorsichtig, als wollte er die Bewegung sogar vor sich selbst verbergen, und spähte die im Dämmerlicht weißleuchtende Straße gegen den Dorfplatz entlang. Julia? Immer noch nicht –

»Sie sind doch auf Urlaub, oder?«

Bojan nickte zerstreut.

»Sie hätten sich auch nichts Besseres aussuchen können als Südtirol in dieser Jahreszeit. Die Seiseralm steht in voller Blüte.«

»Ich fahre weiter«, sagte Bojan. »Nach Venedig.«

»Oh, das ist aber schade.« Der junge Mann runzelte die Stirn, aber seine Augen und Lippen fuhren fort freundlich zu lächeln. »Südtirol ist so schön. Kennen Sie es überhaupt näher?«

»Nein. Bin immer nur durchgefahren.«

»Nur durchgefahren? Das ist nichts. Was haben Sie da schon gesehen? Es ist so herrlich –«

»Schon möglich«, sagte Jürgen verdrossen.

»Ich könnte Ihnen manches sagen«, fuhr Lehrer Frischmann eifrig fort, »könnte Ihnen ein paar Tips geben. Es ist ja so traurig: die Deutschen – sie besuchen unser Land viel zu wenig. Fahren immer nur durch – und wissen gar nicht, was sie versäumen.«

Jetzt mußte Bojan lachen. »Sie sind ja ein wandelndes Werbebüro für Ihre Heimat.«

»Weil es auch wahr ist.« Lehrer Frischmann begann eine Reihe Namen herunterzurasseln, Namen von Orten, die, wenn man ihm glauben wollte, alle Herrlichkeiten der Welt bei weitem übertrafen.

Jürgen Bojan ließ es über sich ergehen. Dabei spähte er immerfort die Straße entlang, ob Julia nicht endlich käme. Es war nun schon fast dunkel, da und dort ging eine Hauslaterne an, auch die über dem Tor des Grünen Baums. Der Lichtschein lud zum Eintritt. Lehrer Frischmann wollte drin – wie täglich – sein Abendessen nehmen, und Jürgen Bojan trieb, schwankend vor Unentschlossenheit, hinter ihm drein.

Ich könnte, dachte er, doch noch eine Kleinigkeit essen. Es ist ohnehin gleich Nacht, weit komme ich nicht mehr. Vielleicht kann mir der Heini da eine Gastwirtschaft nennen in oder hinter Bozen.

In der Wirtsstube stellte Jürgen Bojan mit Erleichterung fest, daß Herr Federspiel nicht zugegen war. Frischmann fragte nach dem Alten; die Kellnerin: Der Herr Professor habe sich heut sein Essen auf das Zimmer bringen lassen, vielleicht sei ihm nicht gut. Frischmann: »Oh, das tut mir leid.«

Mir gar nicht, dachte Bojan, den Alten soll der Geier holen. Er bestellte etwas Rasches, Gulyas? – ja, seinetwegen Gulyas. Frischmann war hier in Pension und erhielt einen Schmarren.

Während des Essens entwickelte er dem fremden Herrn aus Deutschland einen Rundreiseplan durch das ganze Land: Brixen, die alte Bischofsstadt, mit dem Kloster Neustift, Klausen mit Säben, dann der Ritten und die Mendel ... Dabei skizzierte er die Route auf einer Papierserviette – bei jedem Ort, den er einzeichnete, versicherte er in fast flehendem Ton: »Da *müssen* Sie hin.«

Bojan nickte ergeben. Dabei blickte er immer wieder zur Tür. Leute kamen und gingen, Sommergäste, Bauern, der Wirt. Bojan zerkrümelte das Brot zwischen den Fingern. Endlich steckte Julia den Kopf herein – doch nur für eine Sekunde; dann schloß sich der Türspalt wieder.

Aber Bojan hatte doch gesehen: Sie war schon wieder verweint.

Er sprang auf und lief hinaus. Noch auf der Treppe holte er sie ein.

Erst in ihrem Zimmer begannen sie zu reden.

»Wo bist du denn so lange gewesen? Du wußtest doch, daß ich warte.«

Julia hatte sich sofort an das Fenster begeben, gleichsam geflüchtet: Dort stand sie in der tiefen Laibung, halb versteckt hinter dem Vorhang, und tat, als sähe sie hinaus, obwohl doch draußen nichts mehr zu sehen war.

»Es ist – sage und schreibe – gleich neun. Ich will fahren, du bist verschwunden. Ein bißchen Anstand und Rücksicht, Julia, sollten wir gegeneinander wahren, trotz allem.«

»Entschuldige bitte!«

»Mein Gepäck ist schon unten, ich bin fertig. – Brauchst du noch etwas?«

»Nein, danke.«

»Hast du auch Geld genug?«

»Geld genug, bestimmt.«

»Hm. Den Paß habe ich dir schon gegeben.«

»Ja.«

»Und falls etwas Unvorhergesehenes – ich meine, man kann nie wissen – ich lasse dir noch einen Blankoscheck hier.«

»Ist nicht nötig. Nein.«

Aber Bojan hat schon seine Brieftasche gezogen, fingert sein Scheckheft heraus, nimmt seinen Füller und setzt sich, um bequemer schreiben zu können, an den Tisch. Dann, noch während er seinen Namenszug plaziert: »Sag mir nur noch eins –! Was hat dich bewogen, mir nie von dieser Geschichte zu erzählen, die sich hier in Lajon abgespielt hat?«

Julia dreht sich jäh herum. »Welche Geschichte?« Und dann: »Woher weißt du –?«

»Schließlich und endlich – wir waren doch lange genug beisammen – und so etwas ist doch immerhin erzählenswert: Ein Mord am eigenen Schwager ...« Julia schweigt. Der Mann verwahrt seinen Füller und bläst auf den Scheck, obwohl die Tinte längst getrocknet ist. Mit einem scheuen Blick nach der Frau: »Und was spielte denn dieser Wagenseil für eine Rolle dabei?«

Julia schweigt noch immer, aber sie setzt sich in Bewegung, sie kommt näher. Der Mann sieht ihre schwarz beschuhten hellbestrumpften Füße auf sich zugehen, sieht den Saum ihres Rokkes und denkt: Jetzt bin ich verloren.

»Du fragst –«, beginnt Julias Stimme, in der, so leise sie ist, doch eine ungeheure aufgespeicherte Energie schwingt. »Du fragst, warum ich dir nie erzählte? Aber sag mir du, Jürgen, sag mir einmal, in dieser Stunde, hättest nicht auch du mir etwas zu erzählen gehabt?«

»Ich – dir?«

»Du – mir, jawohl.« Und plötzlich schlägt ihre Faust gegen seine Brust, einmal, zweimal, dreimal, einen heftigen kurzen Wirbel von Schlägen, und dabei dringt es wie ein Schrei aus ihr hervor, ein kleiner greller, wilder Gelächterschrei: »Du mir!«

Bojans Kopf fiel herab. »Ich wüßte nicht.«

»Ah!« Ihr weißes Gesicht funkelt unter dem seinen. »Du weißt nicht, das konnte ich mir ja denken. Aber glaub' nur nicht, ich meinte etwa deine – verschiedenen Affären mit Frauen, mit Maud oder Ida, diese Lächerlichkeiten. Das kam auch erst später, später, als es mit uns schon längst in den Graben ging. – Du hättest mir vorher etwas zu sagen gehabt, am Anfang, von Anfang an. Du hast zu schweigen vorgezogen. Oh, ich wartete – damals auf der Flucht, als wir beisammenblieben, weiß Gott warum, beisammenblieben auf der Straße, damals schon hättest du reden sollen. Ich dachte: Er kann es noch nicht, heute noch nicht, aber morgen. Und morgen dachte ich wieder: morgen. Und in Franken dann, jeden Tag: heute abend. Heute abend wird er es sagen, er wird nicht noch einmal den Mut haben, mit dir ins Bett zu gehen, ohne es zu sagen. Wir hockten miteinander auf dem Strohsack, zu müde, um unsere dreckigen Füße zu waschen. Wenn wir dann hinfielen nebeneinander – es reichte gerade noch, um ein bißchen Liebe zu machen – aber zum Reden reichte es nicht. Und so ging es weiter, wir heirateten, zum Reden reichte es nie – bis heute.«

Jürgen Bojan antwortete nicht. Er stand da, mit hängendem Kopf, unsicher auf den Beinen, ein großer schwerer Mensch mit an den Schläfen schon leicht angegrautem Haar. Sein Blick war umflort, so umflort, daß er unwillkürlich nach seiner Brille griff und sie abnahm als glaubte er, daß es an den Gläsern läge. Aber es lag nicht an den Gläsern, daß er nicht recht sah, es lag an seinen Augen, vielmehr an dem dumpfen Aufruhr hinter seinen Augen, in seinem Kopf: Gefühl einer kreisenden Völle und Schwere, das sein Bewußtsein schwanken machte, und wie von fern her fremdartig lallend vernahm er jetzt seine eigene Stimme: »Ich konnte nicht ahnen –«

»– daß ich damals begriffen habe, meinst du!« fiel ihm Julia schneidend ins Wort. »Ich habe sofort begriffen, sofort, als du aus dem Dunkel hinter der Tür herauskamst, ich habe dich doch gesehen. Ihn hat getroffen, was dir vermeint war, dich haben sie gejagt und ihn umgelegt, und du standest daneben, in Dekkung –«

»Julia«, sagte der Mann, er tat einen taumelnden Schritt, immer noch die Brille in der Hand und immer noch mit diesen Augen, die nichts sahen als ein helles fließendes Etwas, von dem er wußte, es war *ihr* Kleid. »Ich konnte doch nichts dafür, ich – ich war fertig.«

»Das weiß ich«, sagte die Frau. »Du bist um dein Leben gerannt, ich habe doch deine Schritte im Finstern gehört, rund um das Haus und die anderen hinter dir her. Aber du mußt es doch gemerkt haben, daß dann jemand die Treppe herunterkam und zur Tür wollte, du mußt doch erkannt haben, daß da ein Kind –« Julias Gesicht verzerrte sich, sie schlug sich mit der Faust auf den Mund, während ihr die Tränen in hellen Bächen über die Wangen liefen.

Bojan bewegte schwerfällig seine Arme, als suchte er sich

Raum zu schaffen gegen irgend etwas, was ihn bedrängte, eine zähe Masse, die an ihm hing und ihn lähmte. »Nein«, murmelte er, »ich weiß nicht mehr, was ich merkte. Ich war – war so gerannt, ich horchte nur hinaus, ob sie schon kämen, die Wlassows. – Ja, es ist richtig: ich merkte auch, daß irgendwer im Haus war. Aber in einem solchen Augenblick, in einer solchen Lage – ich hatte einfach nur Angst.«

Angst, dachte Jürgen, was denn sonst als Angst vor diesen verrückten meuternden Wlassows, Russen, die zuerst an unserer Seite gekämpft hatten und jetzt, im letzten Augenblick – die Rote Armee auf ihren Fersen – Desperados, arme Hunde. Sie wußten, was ihrer wartete, wollten sich ein Alibi verschaffen, Alibi durch Blutbad unter uns, Überfall auf uns, Feuer aus der Ortschaft auf unsere marschierende Kolonne, wildes Geschieße hin und her. Gleich darauf: Nahkampf. Einen lege ich um, einen zweiten will ich – da ist es aus, die Spritze leer. Was bleibt mir übrig als Fersengeld zu geben? – Ich renne, renne, keine Ahnung wohin, sie sind hinter mir her ...

Ein Acker, ein Zaun, eine Hecke – ein Haus. Ich renne rundum, da – die Tür. Wahnsinn, zu glauben, daß sie offen sei – doch, sie ist's, ist offen – und dahinter der Winkel: Dekkung.

Stockfinster. Ich darf nicht keuchen, darf nicht, darf nicht – die verfluchten Blasebälge. Schon sind die Wlassows heran.

Draußen im Garten Reden, Rufen, die Schritte hin und her, Knarren von Lederzeug, Klickern von Waffen. Ich muß meine Pistole laden, sie werden mich hören. Ein Kerl steht vor der Tür.

Gleich wird es aus sein, und erst heute dachte ich: Du hast es überstanden. Der Krieg zu Ende. Überstanden. Überstanden. Das kommt davon.

Im Haus wird etwas lebendig. Was geht es mich an? Der Feind steht draußen, den Finger am Abzug.

Ein Schritt auf der Treppe. Irgendwer ruft von oben – und dann, dann: Feuerstoß. Knapp neben mir geht etwas zu Boden. Gleich darauf: der Schrei einer Frau, entsetzlich.

Die Wlassows rascheln davon. Haben ihr Opfer gehabt und rascheln davon. Ich stehe noch immer in den Winkel gepreßt, die ungeladene Pistole in der Hand.

Und schon sind meine Leute heran. »Herr Hauptmann, he, Herr Hauptmann.« Und einer sagt: »Da liegt er ja –«

Lichtkegel einer Taschenlampe: »Wo?« – kreist und steht still, steht still auf einer Frau, auf einem Kind.

Das also hat sie gewußt, alles gewußt, Julia, zwölf Jahre lang, sofort gewußt, als sie dort lag auf dem blutigen – ach – und schrie, als sie sah – schrie, schrie, die Männer anschrie, die sich um sie sammelten: Hilfe! und Sanität! und: Bertram, Bertram!

Da erst kam ich aus meinem Winkel hervor und stahl mich hinein in das Durcheinander. Wie hätte ich denken sollen, daß sie merkte, wie hätte ich denken sollen, daß sie begriff ...

Nur ein einziges Mal dachte ich: sie weiß es – das war noch in derselben Nacht, nein, schon im Morgengrauen. Meine Leute kamen mich holen: »Wir haben einen LKW organisiert.«

Der tote Junge lag noch auf dem Küchentisch. Und Julia –

Ich sagte zu ihr: »Ich kann Sie nicht hierlassen. Kommen Sie mit!«

Kopfschütteln, stumm.

»Sie können nicht bleiben. Hören Sie! In zwei, drei Stunden sind die Russen da.«

Keine Antwort.

»Seien Sie doch vernünftig!«

Sie stößt meine Hand weg, klammert sich an den Toten. »Lassen Sie mich – Sie!«

Draußen schreien meine Männer nach mir. Einer drischt ans Fenster. Ich sage: »Und wenn wir ihn mitnehmen –«

»Mitnehmen?« Sie hebt den Kopf. Zum ersten Mal. Zum ersten Mal sieht sie mich an ...

So schloß man damals Bekanntschaften, mitten in der Hölle, und die Bekanntschaften konnten Liebe (oder was man damals unter Liebe verstand), konnten sogar Ehen zeitigen, Ehen wie die seine, Jürgen Bojans Ehe mit Julia.

Diese Ehe, in der Hölle geboren, das Siegel des Verschweigens vor dem Mund. Schweig, was nützt es zu reden, geschehen ist geschehen, laß dir nichts anmerken, dann kannst du es vielleicht erreichen, daß es die Hölle niemals gab.

Später: war es denn meine Schuld, das mit dem Jungen? Ein Zufall. Ein Unfall. Der Krieg – eine Kette von Unfällen dieser Art, der Falsche wird getroffen, immer der Falsche, der nicht gemeint war, auf den es nicht ankam, mit seinem Blut wird Weiterleben erkauft.

Und schließlich: *ein* Opfer. Es sind Millionen Opfer gefallen, Entsetzliches ist geschehen, noch viel Entsetzlicheres als man mit angesehen und gewußt hat. Im Kino werden Bilder gezeigt, daß man sich unter den Sitz verkriechen und in den Boden versinken möchte ..., die Illustrierten sind voll davon, Berichte über Berichte: Gaskammern, Foltertürme, Hungergruben. Der Gedanke daran betäubt den Verstand, die Vokabel Massenmord dröhnt wie ein unaufhörlicher Donner, man faßt es nicht, begreift es nicht, alles verliert seinen Sinn: Man ist auf der Flucht nach vorwärts.

Während Lehrer Frischmann unten in der Wirtsstube saß und eine Papierserviette nach der anderen (»Geah, Madl, lang mer no oane umi!«) mit kartographischen Skizzen bedeckte, mittels derer er den fremden deutschen Herrn davon zu überzeugen hoffte, daß es jammerschade wäre, aus Südtirol abzufahren, beendete Herr Federspiel droben auf seinem Zimmer Nr. 4 sein einsames Abendessen. Er hatte keine Lust gehabt, sich heute noch einmal blickenzulassen, und mißmutig beschlossen, allein zu bleiben. Die Mahlzeit tröstete ihn ein wenig; sehr sorgfältig leerte er seinen Teller und putzte dann noch die Platte mit ein paar Semmelbröckchen aus. Um die Wahrheit zu sagen – sein Appetit war beträchtlich und gar nicht so leicht zu stillen. Herr Federspiel genierte sich ein wenig dafür, daß er – trotz seines hohen Alters – immer noch ein starker Esser war. Er hätte es der Würde seiner siebzig Jahre entsprechender gefunden, genügsam wie ein Vögelchen zu sein. Jeden Tag nahm er sich vor, sich zu beherrschen und seine Wirtshausportionen nicht bis auf den letzten Happen zu verzehren. Doch immer wieder spielte ihm sein unersättlicher Magen einen Streich. Heute abend brauchte er sich wenigstens keinen Zwang anzutun. Nachdem er auch den Nachtisch verschwinden gemacht, knabberte er auch noch den Rest der Semmel auf. Dann saß er still, ließ seine zarten, an der Innenseite hochgeäderten Handgelenke auf der Tischplatte ruhen und genoß das bescheidene Wohlbehagen erster träumerischer Verdauungsruhe.

Aber bald gerieten seine Gedanken wieder in Bewegung: Er lief den heutigen Tag durch und kam zu einem unbefriedigenden Ergebnis. Das Gespräch mit dem Pfarrer: gänzlich mißglückt. Dann dieser Bojan. In Herrn Federspiel wogte ein trübes Gefühl, als habe er etwas Unverantwortlich-Unbesonnenes in die Wege geleitet. Er wollte erzählen, aber nicht intrigieren. Was hatte ihn dazu verführt, diesem Deutschen Dinge aufzutischen, die die Familie seiner Frau aufs peinlichste kompromittierten? Nun bekam die Frau womöglich Schwierigkeiten ... In

Herrn Federspiels Brust zog sich etwas zusammen: Scham und Mitleid.

Plötzlich zwinkerte er aufgeregt, drehte den Kopf und lauschte. Stimmen – er hörte Stimmen. Sie kamen von nebenan, Nummer 3.

Zweifellos: Herr und Frau Bojan hatten eine Auseinandersetzung, und sie schien sogar ziemlich heftig zu sein. Jetzt schrie es ganz deutlich auf. Herr Federspiel sprang von seinem Sitz.

Sein Herz schlug heftig. Es war nicht viel wert, dieses Herz, und registrierte jede Aufregung mit einem Trommelwirbel peinvoller Schläge. Das Schreien drüben war sofort wieder verstummt, aber aus dem stockenden Rhythmus der Antworten mußte Herr Federspiel schließen, daß die Frau weinte. Das hatte er nicht gewollt. Eine erste Regung, auf den Flur zu eilen, zu klopfen, der Dame Hilfe anzubieten, mußte er unterdrükken. Doch unaufhörlich drehte er den Kopf hin und her, spähte nach Wand und Tür, Tür und Wand –: Er verstand kein Wort von dem, was drüben geredet wurde.

Auf dem Gang würde alles weit besser vernehmlich sein.

In Herrn Federspiel entbrannte sofort ein heftiger Kampf. Sollte er – oder sollte er nicht? Die Vorstellung, den Lauscher am Schlüsselloch abzugeben, widersprach seinen Begriffen von Anstand und Würde. Andererseits –

Andererseits, so argumentierte seine Neugier (und argumentierte blitzschnell und listig wie jede Versuchung) war sie doch weit entfernt, eine *ordinäre* Neugier zu sein, eben die Neugier des Künstlers, der sein Motiv verfolgt. Hatte Herr Federspiel nicht erst neulich gelesen, daß der weithin verehrte Thomas Mann seinen eben verabschiedeten Besuchern heimlich mit dem Fernglas nachsah, daß der neuerdings weltberühmt gewordene irische Romancier wochenlang mitstenographierte, was ihm in Pariser Hotelzimmern an Gesprächen und Geräuschen durch offenkundig äußerst dünne Wände von nebenan zu Ohren kam? Wenn das erlaubt, gestattet, nicht nur gestattet, sondern sogar als notwendig, richtig und rühmlich vermerkt worden war, dann durfte schließlich auch er –

Und so, von Mann und Joyce gestärkt, ermutigt, angefeuert, war Federspiel schon auf dem Flur. Erst griff er sachte nach dem Schalter: Man konnte doch nie wissen – klick –, das Licht war aus. Dann, Fuß vor Fuß gesetzt, die Zunge zwischen die Lippen geklemmt, schob er sich vorwärts und vor Zimmer 3.

Drinnen – Stille. Ein Rascheln, ein Rücken, ein bedrängter

Atemzug. Aber kein Wort. Schon wollte sich Herr Federspiel gegen das Schlüsselloch neigen, da begannen sie endlich wieder zu reden.

Doch sie redeten nicht von Dingen, von denen zu hören er erwartet hatte. Nichts von Lebandowski, Mord und Pulvermühle. Wlassows, vernahm er, und Meuterei ... und schließlich sagte der Mann:

»Jetzt wird mir vieles klar, Julia. Du hast es mir nie verzeihen können, daß er statt meiner gefallen ist.«

»Wenn du es so nimmst –«, erwiderte die Frau heftig. »Du weißt genau, daß das nicht wahr ist.«

»Nicht wahr?«

»Wäre ich sonst bei dir geblieben?«

»Das ist es ja. Warum bist du geblieben, da du doch wußtest – Warum? Du hättest doch nur wegzugehen, einen anderen Weg einzuschlagen brauchen, ein Wort, ein Wink hätte genügt –«

»Ich weiß«, sagte die Frau. Und dann nach einer Pause: »Ich kann es dir nicht erklären.«

Und wieder trat Stille ein. In Herrn Federspiel rührte sich schon Ungeduld, da begann Bojan wieder in neuerlich erbittertem Ton:

»Wer war der Junge überhaupt?«

»Hedwigs Sohn. Aber sie war schon tot.«

»Und sein Vater, wo war der? Nun?«

»Im Gefängnis«, murmelte die Frau.

»Im –?«

»Er hatte sechs Jahre bekommen.«

»Und warum, wenn ich fragen darf?«

Die Frau antwortete nicht.

»Lebandowski?«

»Ja«, flüsterte die Frau.

»Ein feiner Knabe!«

»Er hat es nicht getan!« schrie Julia auf.

»Weshalb ist er dann verurteilt worden?«

»Wegen Mitwisserschaft.«

»Oder Anstiftung?«

»An– –«

»Ja, Anstiftung. Kommt mir recht naheliegend vor. Recht naheliegend, da er sich ja nachher die Witwe samt Vermögen unter den Nagel riß, dieser Wagenseil.« Bojan begann im Zimmer heftig hin- und herzugehen. Die Dielen schwangen unter seinen Tritten. Jedesmal, wenn er sich der Tür näherte, zuckte

Herr Federspiel zusammen und war auf dem Sprung zu flüchten. Dann aber ging es drinnen weiter: »Und deine Schwester Hedwig, hatte sie vielleicht auch die Finger im Spiel?«

Irgend etwas geschah. Ein Gegenstand fiel zu Boden, war umgestoßen oder hingeschleudert worden. Zugleich ertönte ein leiser, aber schriller Schrei: »Hedwig?« Und dann in schneidendem Ton: »Laß bloß Hedwig in Ruhe. Hedwig war ahnungslos. Ihr hat's den Verstand gekostet, als sie's erfuhr – in eine Anstalt haben sie sie bringen müssen – und dort – dort –« Das Weitere erstickte in Schluchzen.

Herr Federspiel biß sich auf die Lippen. O Gott, o Gott, das war ja – das überstieg, was er sich vorgestellt, das war ja mehr als eine *nur* interessante Geschichte.

Auch Bojan schien das Letzte genügt zu haben. Ein undeutliches Murmeln zeigte das an, es klang wie: »Verzeih –« und: »Ich konnte nicht ahnen –« und schließlich: »Beruhige dich, bitte.«

Wieder blieb es eine Weile still auf Nummer 3. Endlich war Julias Stimme, dünn und tonlos, wieder da: »Ich dachte, du wolltest heute noch fort?«

Keine Antwort.

»Ich bin müde, Jürgen.«

Keine Antwort.

»Sehr müde.«

»Ich gehe schon. Aber ich wollte dich noch etwas fragen, Julia. Lebt er noch, dieser Wagenseil?«

». . . ja.«

»Hier etwa – in Lajon?«

»Nein. Ich wäre sonst nicht hierhergekommen.« Und dann, beinahe schreiend: »Lieber sterben.«

»Lieber sterben?« wiederholte der Mann. »Wie soll ich das verstehen?«

»Lieber sterben!« schrie sie noch einmal. »Was ist da zu verstehen? Hier gibt's nichts zu verstehen. Sei froh, daß du es nicht verstehen mußt. Laß mich allein mit diesen Dingen, Jürgen, kümmere dich nicht darum, mach dich aus dem Staub. Fahr weg – nach Venedig oder sonstwohin, sei froh, daß du mich nicht mehr auf dem Halse hast. Ja, Jürgen. Du hast mich vorhin gefragt, ob Hedwig etwas gewußt hat, ob Hedwig vielleicht auch mit verwickelt war. Warum fragtest du nicht, ob ich – nicht mit verwickelt war? Ja – ich!«

»Du bist verrückt!«

»Ich habe gewußt, wo Seffo steckte, ehe sie ihn fanden. Ich habe längst gewußt, wer es getan hat und wie es dazu gekommen war ... Bei mir war Hans, als es geschah. Meinetwegen ließ er es geschehen, nicht Hedwigs wegen, wie du denkst, wie alle dachten ... denn ich stand ihm schon damals näher, viel näher als sie. Und in diesem Sinne, Jürgen, war auch ich – mit verwikkelt, wenn du willst.«

»Mit verwickelt«, dröhnte es in Herrn Federspiels Ohren und dröhnte so gewaltig, daß er überhörte, was hinter der Türe vor sich ging. Denn Herrn Bojan mußte dieses Wort ebenso getroffen haben wie den Lauscher, nur in einem persönlicheren Bezirk, in einer tieferen Schicht, wo der Mensch nicht mehr getroffen werden will, wo er sich zur Wehr setzt – und seine Abwehr ist Flucht.

Der Mann mußte sich auf dem Absatz umgedreht haben und zur Tür gestürzt sein, er riß sie auf, stieß gegen Herrn Federspiel, stolperte, ließ sich aber durch nichts aufhalten, lief durch den finsteren Flur auf die Treppe zu, die Treppe hinab und zum Tor hinaus. Herr Federspiel war zurückgefahren, mit Mühe hielt er sich auf den Beinen, so heftig war Bojan gegen ihn angerannt, aber zum Glück, zum Glück hatte er vorher das Licht ausgemacht, man konnte ihn kaum gesehen, bestimmt nicht erkannt haben. Drunten donnerte das Tor ins Schloß, hier war die Tür zu Nummer 3 wieder geschlossen. Vor Aufregung zitternd, aber berauscht von seiner Ausbeute, begab sich Herr Federspiel auf sein Zimmer.

Gleich darauf wurde vor dem Haus ein Motor gestartet. An Bojans Opel flammten die Scheinwerfer auf. Da sprang eine Gestalt aus dem Wirtshaus und auf den Wagen zu. Es war Lehrer Frischmann, er schwenkte ein paar Blätter und wollte sie dem Fahrer durch das offene Fenster hineinreichen, aber der nahm sie nicht, gab vielmehr rücksichtslos Gas, der Wagen schoß zurück, dann vor, knapp an Frischmann vorbei und stob über den spritzenden Kiesbelag der Straße davon.

Frischmann blickte ihm nach. Das trübe Licht der Schirmlampe ließ sein blondes Haar schwach erglänzen, noch immer hielt er seine Blätter vor sich hin, jetzt ließ er sie langsam und traurig sinken. Einen Augenblick sah es aus, als wollte er die Papiere auf die Erde werfen. Dann besann er sich, knüllte sie zusammen und stopfte den Wust in seine Hosentasche.

Auch Julia hörte das Auto abfahren, das wütende Brummen des Motors, das Aufquietschen der Räder in der Kurve, schließlich den talwärts versummenden Ton. Sie lauschte mit zurückgeworfenem Kopf und seitlich verdrehten Augen, ihr Mund öffnete sich dabei zu einem stummen Schrei. Dann ließ sie die Arme schlaff an ihrem Körper niederfallen: Es war geschehen, das Band war zerrissen, es war aus.

Eine Minute später sprang sie auf und ans Fenster. Da unten lief die Straße, schnitt den Abhang, war Jürgen schon vorbei? Sie beugte sich vor, so weit sie konnte. Einmal noch die Lichter sehen – nein, zu spät – der Wald, die Nacht mußten sie schon verschluckt haben.

Erst viel weiter, drunten im Tal, würden sie noch einmal zum Vorschein kommen. Aber da war schon die große Straße, waren viele Lichter, Lichterschlangen flossen dort hinauf und hinab, nordwärts, südwärts, den Eisack entlang. Ununterscheidbar der einzelne Funke, unwiedererkennbar, einer von unzähligen, namenlos. So muß es sein, dachte Julia, wenn man gestorben ist, das eigene Leben davongeflossen, mit anderen vermischt, ein immer schwächerer Schimmer, eingesickert, aufgesogen.

Lange blickte Julia hinunter. Von Zeit zu Zeit warf sie auch einen Blick auf die Uhr, aber von einem zum anderen Mal vergaß sie, wie viele Minuten unterdessen vergangen waren. Das Wandern der Lichter unten hielt an, der Strom talauf, talab. Julia gab es auf. Sie trat in das Zimmer zurück, sie fühlte sich zerschlagen, todmüde, ausgehöhlt. Dann lag sie auf ihrem Bett und brachte es nicht zuwege, die nackte grelle Deckenlampe zu löschen. Sie brannte die ganze Nacht.

Julias erinnertes Leben hatte in einem Versteck begonnen.

Sie lag in einem Dickicht, in einem Wald dunkelbrauner, glatter und knotiger Stämme, der sich über ihr zu einer dichten Decke schloß. Sie lag im Moos, bäuchlings im grünen Moos, in grüner, brauner, bergender Dämmerung. Ihr gegenüber, draußen im Hellen war ein Gesicht, es stand still, weiß auf schwärzlichem Grund, schmale Augen, zarter Mund, ein kleines Bärtchen auf der Oberlippe. Das Gesicht war ernst, aber freundlich, und wenn man lange genug darauf hinsah, begann es zu lächeln. Komm, sagte das Gesicht, komm zu mir, ich zeige dir etwas.

Man wußte schon, was das Gesicht damit meinte; denn es bewachte ein Buch, und in diesem Buch war ein Bild, das Bild eines kleinen Mädchens in Schäfertracht mit einem großen bändergeschmückten Hut auf den Locken. Das Mädchen hieß Hedwig, und es war herrlich, das Mädchen hervorzuholen aus seinem Versteck. Denn es sprang gleich hervor auf Julias Arm und von dort hinunter ins Moos. Dabei flogen die Bänder seines Hutes, blaue und rosa Bänder und seine Stimme zirpte: Fang mich! Fang mich! – Dann ging die Jagd durch den ganzen Wald, von Ast zu Ast, die Stämme hinauf und hinunter und hin und her. Endlich ließ es sich fangen, lag winzig und warm in der hohlen Hand und ließ sich küssen.

Ein herrliches Spiel, doch leider verboten. Verboten, Hedwig zu holen, sogar zu wissen, daß Hedwig da war. Es sollte Hedwig gar nicht geben. Nur das Gesicht hatte nichts dagegen und lächelte aus schmalen Augen.

Draußen rief eine Stimme: »Julia! Julia!«

Das Kind zuckte zusammen. Es lag nicht im Wald und nicht im Moos. Es lag unter dem Tisch, zwischen den Beinen des Tisches und der sechs Stühle, die an diesen Tisch gerückt waren und so dicht standen wie Baumstämme. Das Moos war der Teppich, und das Gesicht war ein Bild, es hing drüben an der Wand, goldgerahmt, in weißem Passepartout und hieß: Papa.

Jetzt flog die Tür auf, die Mutter kam herein, schwarze Schnürschuhe, langer schwarzer Rock, die Falten schlugen um die Knöchel.

»Julia! Julia!«

Das Kind rührt sich nicht. Hastig laufen die Schuhe aus dem

Zimmer, laufen den Flur entlang, immer ängstlicher wird das Rufen:

»Julia, Julia!«

Später wird das Kind gefunden. »Du läßt mich suchen und versteckst dich. Was hast du da unten getan? Was?« Ein Schlag ins Gesicht, ein harter Griff, das Kind schreit auf. Es wird in den Winkel gestellt, es weint, es trotzt und möchte weit weg sein, weit weg und jemand ganz anderer: Hedwig.

Julia hatte ihren Vater nie gekannt, er war zwei Monate vor ihrer Geburt in Galizien gefallen. Julia lebte mit Mama allein. Mama war eine große schöne Dame in Trauerkleidern, immer ernst, sehr streng und um Julia besorgt. Weil Papa tot und der Krieg verloren war und weil Brot und Milch und Gas und Kohle so viel kosteten, mußte Mama Stunden geben: Sie hatte einen Flügel und ein Pianino. Auf dem Flügel unterrichtete sie die fortgeschrittenen Schüler, auf dem Pianino die Anfänger. Tonleitern, Fingerübungen, Etüden. »Fis!« erscholl die Stimme der Mutter hinter der Tür. »Fis! Fis!« und sie schlug den Ton an, überlaut und grell.

Unterdessen saß Julia in der Küche und sollte spielen. An Spielzeug fehlte es ihr nicht: Sie hatte Puppen, Puppenbetten und Bausteine, auch einen kleinen Herd und winziges Geschirr. Manchmal trug ihr die Mutter auch eine Arbeit auf, Erbsenklauben oder Häkeln. Julia langweilte sich. Vor der Küche lag ein Balkon. Er ging auf den Hof. Dann und wann trieben sich Kinder unten herum, warfen mit Bällen oder hüpften über die Springschnur. Julia hätte gern mitgetan, aber das durfte sie nicht. Die Mutter erlaubte ihr nie, mit anderen Kindern zu spielen. Sie sah es nicht gern, wenn Julia mit anderen Menschen sprach. So hatte Julia ein schlechtes Gewissen, wenn sie auf dem Balkon stand und darauf wartete, daß Ulrike erschien.

Ulrike war das Dienstmädchen der Mietpartei schräg unten nebenan. Ulrike hatte ein rundes Gesicht, rote Wangen und dichtgekraustes Haar. Sie kam Julia sehr schön vor. Sie war auch immer lustig, sang und pfiff vor sich hin, man hörte sie, wenn man sie nicht sah. Sobald sie auf den Balkon kam, schaute sie gleich zu Julia herauf. Julia warf ihr etwas zu, Ulrike fing es in der Luft und warf es zurück. Das war ein herrliches Spiel. Julia liebte Ulrike und dachte sich aus, daß sie in Wirklichkeit kein Dienstmädchen, sondern eine verzauberte Prinzessin sei. Einmal träumte sie, daß sie mit Ulrike in einem Schlitten fuhr, es war Nacht, es schneite. Vor den Schlitten waren, statt der Pferde, Hirsche mit goldenem Geweih gespannt. Am Morgen erzählte Julia ihrer Mutter diesen Traum. Die Mutter hörte ihn nicht gern. Ihr großes, weißes, kummervolles Gesicht verfinsterte sich. »*So* also träumst du«, sagte sie. »Mit Ulrike fährst du spazieren, mit diesem leichtsinnigen Tuch – sie ist dir wohl lieber als ich?« Julia erschrak, sie wußte nicht, was sie antworten, wie sie die Mutter wieder versöhnen sollte. Von nun an durfte sie nicht mehr in der Küche, sondern sollte im Zimmer spielen. Immer öfter gab ihr die Mutter den Häkelfleck. Vor Weihnachten sollte Julia auch ein Deckchen sticken, Kreuzstichmuster, vorgedruckt. Julia bemühte sich, aber als sie damit fast fertig war, schnitt sie ein Loch hinein, das Deckchen war verdorben.

Jeden Abend kam die Mutter an Julias Bett, setzte sich zu ihr und fragte: »Nun?«

Julia errötete und biß sich auf die Lippen. Sie wußte genau, was diese Frage bedeutete: Sie sollte eingestehen. Hatte sie heute genascht oder gar gelogen? – Die Mutter wußte viel, sie wußte beinahe alles, beinahe alles mußte man ihr gestehen. Und schließlich fragte sie: »Und sonst?«

Julia errötete noch mehr und bohrte sich noch tiefer in die Kissen. Diese Frage fürchtete sie am meisten, sie wurde ihr täglich gestellt, täglich, seit – Julia zuckte zusammen, wenn sie daran dachte: das *Böse* – »Wenn du es noch einmal tust«, hatte die Mutter damals gesagt, »wächst dir ein großer schwarzer Vogel auf dem Bauch.« – Der schwarze Vogel – er wuchs immer noch nicht. Julia vergewisserte sich täglich, wenn sie allein war, aber auch das gehörte schon zum Bösen, das Böse lauerte überall, es war einfach allgegenwärtig. Es mußte in Ulrike sitzen, darum hatte die Mutter sie ein leichtfertiges Tuch genannt. Den ballspielenden Kindern im Hof war ebenfalls nicht zu trauen, sie gebrauchten grobe häßliche Wörter. Auch auf Spaziergängen konnte es unvermutet auftauchen – da saß zum Beispiel ein alter Herr auf einer Anlagenbank und fütterte Vögel; man blieb dabei stehen, um den Piepmätzen zuzusehen, da winkte der Herr, stellte Fragen, bot einen Apfel an ... In diesem Augenblick rief die Mutter, es klang überlaut, grell (beinahe wie das hohe Fis). Wenn die Mutter so rief, war es rätlich, sofort zu gehorchen. »Komm weg von hier, Julia, schau dich nicht um!«

Im Sommer – auf dem Land war es dasselbe, nur daß das Böse jetzt auch in Tiergestalt erschien: »Die Kuh kann treten – das

Pferd kann schlagen – Julia, laß den Hund in Ruh, er hat Würmer, er wird beißen, man rührt ein fremdes Tier nicht an.«

Manchmal ist die Mutter krank. Dann kommt der Onkel Doktor, ein Schwarzbärtig-Bleicher, Melone, Zwicker, steifes Hemd. Er kommt mit besorgter Miene, hat es eilig, in Mutters Schlafzimmer einzutreten; dann bleibt er lange drinnen, man hört ihn murmeln, Geräte klirren. Wenn er endlich herauskommt, blickt er düster. »Wie alt bist du, Kleine?« – »Fünf Jahre.« – »Fünf? Lieber Himmel!«

Die Hausmeisterin kehrt aus und kocht, solange die Mutter liegt. Für die Schüler wird eine Tafel an die Tür gehängt: Krankheitshalber kein Unterricht. Bitte nicht läuten!

Dann und wann geht die Klingel doch. Es ist der Gasmann oder der Kohlenhändler. Die Hausmeisterin: »Schscht!« – und will sie hinausbugsieren. Aber sie wollen nicht: »Erst die Rechnung!« Die Mutter ruft: »Wer ist denn da?« – Julia flüchtet sich in einen Winkel.

Wo ist Hilfe? Papa – nur ein Bild und ein großes steifes schwarzumrandetes Blatt Papier, Julia lernt an seiner Schrift das Buchstabieren: Innigst geliebter Gatte – auf dem Feld der Ehre – für Kaiser und Vaterland.

Die Zeit vergeht. Die Mutter wird wieder gesund. Aber sie gibt keine Stunden mehr, der Arzt hat es ihr verboten. Eines Tages wird das Pianino verkauft, der Flügel wird ins Wohnzimmer geschoben, das Zimmer wird vermietet. Dann verschwindet ein Teppich, eine Silberschale, wieder ein Teppich. Aus einem alten Rock näht die Mutter für Julia das erste Schulkleid.

Sie bringt das Kind zur Schule und holt es wieder ab. Einmal läuft Julia knapp vor einem Wagen über die Straße. Sie wird gestreift, kommt zu Fall, das Rad dreht sich knapp an ihrem Kopf vorbei. Julia steht auf, mehr verdutzt als erschrocken. O weh, sie ist voll Schmutz! Aber – was ist das? Dort drüben – die Leute laufen zusammen, heben etwas auf, Julia kann nicht sehen, was. Doch da rollt ein Hut, schrecklich bekannt: Mama!

Am Abend danach – der Arzt und die Hausmeisterin sind gegangen, auch die Damen von nebenan – ist es still und dunkel, nur das Nachtlicht brennt, eine kleine gelbe Lampe, deren Schein auf den Polsterzipfel fällt. Spitzen malen krause Schatten auf der Mutter Arm. Ihr Gesicht ist verborgen, sie liegt ganz ruhig da, sie kommt heute nicht an Julias Bett, sie stellt heute keine Fragen. Sie hat auch, als sie heute mittag aus der Ohnmacht erwachte, keine Fragen gestellt, keinen Vorwurf erhoben, hat Julia nur angesehen – und dann die Augen mit der Hand bedeckt.

»Kind«, sagt jetzt die Mutter, »schläfst du schon?«

Julia setzt sich auf. »Nein, Mama.«

»Ich möchte dir nämlich etwas sagen. Ich werde vielleicht nicht mehr lange leben, Julia. Ich weiß das schon eine ganze Zeit, seit du auf der Welt bist. Verstehst du mich, Julia?«

»Ja, aber –«

»Der Arzt sagt, ich darf mich nicht anstrengen. Er sagt auch, ich darf mich nicht erschrecken. Heute – es hätte leicht sein können, daß ich heute vor Schreck gestorben wäre.«

»Ach, Mama –«

»Es ist nichts geschehen. Danken wir Gott! Aber ein anderes Mal ... Hast du nicht bemerkt: meine Füße sind immer geschwollen. Das ist die Krankheit. Das Herz. Der Doktor sagt: mein Herz ist nicht dreißig, es ist achtzig Jahre alt. Und darum möchte ich dir heute etwas erzählen, was ich dir noch nie – ich dachte immer: das hat Zeit. Aber du sollst es nicht von fremden Leuten hören. – Dein Papa hat vor mir eine andere Frau gehabt.«

»Oh –!«

»Lange vor dem Krieg«, fährt die Mutter fort, und jetzt schwankt ihre Stimme ein wenig. »Er war noch sehr jung. Die Frau ist gestorben. Aber sie hatten ein Kind, ein Mädchen ...«

Julia weiß nicht, warum sie: Hedwig denkt.

Da spricht es die Mutter schon aus: »Hedwig heißt sie. Sie ist also deine Schwester, deine Halbschwester. – Hörst du mich, Julia?«

Lautlos flüstert das Kind: »Ja.«

»Du hast ihren Namen sicher schon gehört, wenn Besuch kam. Die Leute konnten es ja nicht lassen, mich nach ihr zu fragen. Sie lebt bei ihren Großeltern, weit weg von hier. In Lajon.«

Bei diesem Namen steigt in Julia etwas Glühendes auf. Er ist ihr nicht so unbekannt, wie die Mutter meint. Sie weiß: Lajon liegt irgendwo in den Bergen, in Tirol. Unter alten Ansichtskarten, die ihr die Mutter manchmal überläßt, hat sie auch eine von Lajon gefunden, einen Buntdruck: eine kleine weiße Kirche auf einem Hügel, dahinter rote Berge, rosenrote. Gibt es das: rosenrote Berge? Märchenland. Julia hat sich oft auf diese grünen Wiesen, unter diese blühenden Bäume geträumt. Und das goldbraune Pferd, das da weidet, war das Pferd einer Königin ...

Dort also ist die Schwester, Hedwig, das kleine Mädchen im Schäferkleid, mit dem großen Hut, mit den Bändern und Lokken ... Schwester! Wie süß das Wort klingt! Wie ein winziger zitternder Vogel schlüpft es ins Herz ...

»Du sagst ja gar nichts?« fragt die Mutter aus ihrem Bett herüber.

Julia wirft die Decke zurück und tut, was sie schon lange nicht getan, sie kriecht zur Mutter, schlingt die Arme um ihren Hals und schmiegt sich an sie. Sie ist zu glücklich, um allein zu bleiben.

Eines Tages, Jahre später, kommt diese Schwester sie holen. Der Mutter geht es wieder schlecht. Das Wort Sanatorium ist gefallen und fällt seit Wochen immer öfter. Die Mutter hat zuerst abgelehnt, jetzt ist sie mürb. »Aber was tu ich mit dir, Julia?«

Die Eltern der Mutter sind gestorben. Sie hat niemanden auf der Welt, den sie mit gutem Gewissen bitten könnte, das Kind zu sich zu nehmen. Da trifft ein Brief aus Lajon ein. Immer schon kamen Briefe aus Lajon: zu Weihnachten, zu Ostern – die Mutter hat sie gelesen und weggesteckt. Diesen aber liest sie Julia vor.

»Wenn du eine Erholung brauchst, liebe Mama – du könntest mir Julia ruhig anvertrauen. Ich käme sie holen –«

Julia wagt kaum zu atmen: Lajon! Die liebe kleine Schwester mit dem bebänderten Hut. Aber sie wagt auch nicht, ihre Freude zu zeigen. Die Mutter blickt so furchtbar ernst, ihr Gesicht ist schneeweiß, um ihre Lippen zuckt es: »Was sagst du dazu?«

Julia versteckt ihr Gesicht im Schoß der Mutter.

»Es ist so weit weg«, sagt die Mutter. »Und diese Leute – ich kenne sie gar nicht ... Aber ich muß wohl. Die Ärzte sagen: eine Hoffnung. Und ich möchte doch noch so gerne leben, Julia. Für dich.«

Vorher geschieht noch mancherlei. Das Sanatorium ist teuer, so läßt die Mutter das Silber abholen, noch einen Teppich, zuletzt den Flügel. Von ihm trennt sie sich am schwersten. Sie hat gerne gespielt, früher oft, in letzter Zeit selten. Jetzt schlägt sie zum letztenmal Chopins Nocturne auf. Dann erscheinen riesige Männer mit nackten blaubemalten Armen und schleppen das Instrument hinaus. Aus seinen Saiten wimmern verworrene Töne. Die Mutter hält sich die Ohren zu.

Morgen soll Hedwig kommen.

Seltsam verloren irrt Julia durch die verödete Wohnung. Alles, was schön war, scheint die Flucht ergriffen zu haben. Auch das Gemälde mit dem Segelschiff ist verschwunden, nur mehr ein graues Viereck auf der Tapete. Die Mutter packt Julias Koffer und den eigenen.

Zum letztenmal sitzt die Mutter an Julias Bettrand. Sie wiederholt alles, was sie schon tausendmal gesagt hat: »Geh nie allein in den Wald. Gib acht auf dich. Geh nie in die Ställe, klettre auf keinen Baum. Spiel nie mit Buben, hörst du, Julia, versprich mir das. Sei artig – und schreib mir, schreib mir, so oft du kannst.«

Als Julia am nächsten Morgen erwachte, stand eine fremde, schöne junge Dame vor ihr. Sie mußte eben von draußen hereingekommen sein, denn sie hatte noch ihre Mütze auf, eine Mütze aus Marderfell, und in den feinen braunen Stichelhaaren hingen noch schmelzende Schneekristalle. Mit der behandschuhten Hand tippte sie Julia an die Wange. »Du also bist Julia? Ich bin Hedwig. Komm, steh auf!«

In der Droschke fuhren sie zu dritt zum Bahnhof. Es regnete und die Scheiben des Wagens waren von blanken Tropfen schräg gestriemt. »Bei uns blühen schon die Narzissen«, sagte Hedwig, »und in der Raschötz blüht der Seidelbast.«

Die Mutter schwieg.

»Seffo hat zwei schöne Pferde«, fuhr Hedwig fort. »Er gibt mir Reitunterricht. Vielleicht darfst auch du –? Möchtest du reiten lernen, Julia?«

Die Mutter schüttelte heftig den Kopf.

Julia schlug die Augen nieder.

Die Droschke hielt: Da war der Bahnhof. Der Kutscher schnallte das Gepäck los. Hedwig reichte ihm das Geld. Die Mutter wollte selbst zahlen, aber Hedwig lachte nur: »Laß doch, Mama! Darauf kommt es mir wirklich nicht an!« Die Mutter knüllte ihren schwarzen Pompadour. Julia verstand: Sie wäre am liebsten wieder eingestiegen, hätte sie, Julia, mitgenommen und Hedwig allein fortfahren lassen. Ihre Lippen waren blau, als sie die Treppe zum Bahnsteig erstieg. Mühsam schob sie Fuß vor Fuß: Sie wollte nicht, wollte nicht, sie war voll Angst.

Noch war der Zug nicht eingefahren. Irgendwer sprach von Verspätung. Leise ächzend drückte die Mutter Julias Hand.

Unterdessen sprach Hedwig lächelnd weiter: »Sei unbesorgt.

Wir werden uns vertragen, nicht wahr, July? Du schläfst in meinem Zimmer, willst du das? Aber du kannst auch ein eigenes haben, wir haben Platz. Mayregg ist groß: ein Riesenfuchsbau, sagt Seffo immer.«

»Wer ist Seffo?« fragte Julia.

In Hedwigs Zügen erschien eine leise Verschmitztheit. »Sollen wir es ihr sagen?« fragte sie die Mutter. Und, statt eine Antwort abzuwarten: »Ein Herr, der mich zu heiraten wünscht.«

»Und du?« fragte Julia.

Hedwig lachte blinzelnd: »Du willst viel wissen, Kleine.«

Julia sah, wie ihre Mutter die Lippen zusammenpreßte. »Ich bitte dich –«, sagte sie ungeduldig.

»Natürlich werde ich ihn heiraten.« Jetzt sprach Hedwig leise und schnell. »Ömchen ist auch begeistert: eine so gute Partie ... Er hat sie auch schon richtig um die Finger gewickelt. Seffo kann das, Seffo setzt alles durch, was er will.«

»Ist er denn nett?« wollte Julia wissen.

»Frag nicht so viel!« sagte die Mutter.

»Sehr nett!« antwortete Hedwig und zupfte an Julias Haubenbändern. »Sehr nett und unterhaltsam und lustig. Du wirst ja sehen ...«

Nun schwiegen sie. Julia begriff, daß, was Hedwig gesagt hatte, der Mutter nicht gefiel, warum, war ihr dunkel. Vielleicht gefiel ihr auch Hedwig nicht, sie witterte etwas wie Haß gegen das Mädchen. Warum nur? Hedwig war lieb und schön.

Jetzt fuhr der Zug ein. Alles lief durcheinander, stieß sich und schrie. Julia blieb neben der Mutter stehen, während Hedwig ein Abteil suchte. Jetzt winkte sie aus dem Fenster: Hier –

Julia fühlte die Arme der Mutter um sich geschlungen, das große weiße tränennasse Gesicht an ihr Gesicht gedrückt, die schwere, weiche Brust, den keuchenden Atem: »Bleib brav, Julia, Kind, bleib mir nur brav.«

Die Tür klappt zu. Langsam setzt sich der Zug in Bewegung. Unter dem Fenster rollt das Pflaster vorbei, ein Eisenpfeiler läuft vorüber, ein zweiter hintennach. Jetzt blendet Licht, die Halle bleibt zurück, ein dunkles Tunnel, tiefe dämmergraue Höhle, in der hinten ein weißes Flämmchen zuckt, auf- und niederzuckt: Mamas Taschentuch.

Sechs Wochen später lauscht Julia vor einer Tür. Irgend etwas ist geschehen, sie begreift nur nicht was, nun sitzen sie drinnen beisammen, Onkel Seffo, Ömchen und Hedwig, und halten Rat.

Hedwig: »Laß uns doch fahren, Seffo. Wenn wir sofort fahren, kommen wir gerade noch rechtzeitig an.«

»Ganz zwecklos, meine Liebe. Das Begräbnis findet auch ohne euch statt.«

»Ich bitte dich –«

»Wozu die Aufregung? Ich muß nächstens ohnehin nach Wien. Da kann ich alles erledigen: den Haushalt auflösen und so weiter.«

»Mein Gott, es ist furchtbar.«

»Nichts zu ändern, Spätzchen. Wir haben die Welt nicht erschaffen. Also –« Und nach einer kleinen Pause: »Laß nur mich machen. Ich schlage noch das Beste für die Kleine heraus.«

Tatsächlich – er schlug noch das Beste heraus: Die Überweisung der Vormundschaft an das Amtsgericht Brixen und eine kleine Waisenrente, die der österreichische Staat monatlich auf Verrechnungswege einzahlte. Zwei der versetzten Teppiche löste er im Dorotheum aus (»Die anderen waren ohnehin nichts wert«) und brachte sie Julia mit (»für deine künftige Aussteuer«). Auch den Flügel hatte er ausgelöst, ihn betrachtete er als sein Eigentum und schenkte ihn Hedwig (»wenn du Lust hast, ein bißchen zu klimpern«). Er war ein tüchtiger Mann, Franz Joseph Lebandowski, wendig, geschickt und zäh. Er hielt Hedwig für Wachs in seinen Händen. Es war, nachdem er sie kennengelernt hatte, seine erste Tat gewesen, Ömchen, der alten Frau Infeld, eine größere Summe zur Tilgung ihrer Schulden anzubieten. Ömchen griff zu, ihr stand das Wasser wohl bis zum Halse. Von nun an betrachtete sie Franz Joseph Lebandowski als ihren Retter. Ömchen war immer schon etwas einfältig gewesen, seit einem kleinen Schlaganfall war sie zeitweise ganz verdunkelt. Sie sprach ihr wohlbekannte Personen mit anderen Namen an, beklagte sich, daß längst Verstorbene nie mehr etwas von sich hören ließen. Es dauerte eine ganze Weile, bis sie begriff, wer das kleine Mädchen Julia war, das nun plötzlich mit im Hause lebte: Hedwigs Schwester. Aber wieso denn? Hedwig war doch ihre einzige Enkelin ... Trotzdem war Ömchen immer gütig zu dem fremden Kind. Es durfte zu ihr kommen, so oft es wollte, durfte neben ihr auf dem Schemel sitzen und in ihren Sachen kramen: in Schatullen, die mit Muscheln, Korallen, Kettchen, Medaillons, uralten Cottillon-Orden und allem möglichen

Kram gefüllt waren. Dann erzählte Ömchen von Reisen, Bällen, von ihrem seligen Mann, von längst verstorbenen Vettern, Cousinen und Pensionatsfreundinnen. Obwohl sie sich nicht mehr erinnern konnte, was gestern geschehen war – die alten Geschichten lagen unangebrochen und wohlkonserviert auf dem Brunnengrund ihrer Erinnerung und hatten nichts von ihrem sanften wohlpolierten Glanz eingebüßt. Manchmal nahm sie Julia bei der Hand und führte sie vor die Bilderwand ihres Zimmers, vor die – zum Teil – schon schwärzlich nachgedunkelten Porträts der alten Infeld, deren Eltern und wieder deren Eltern: eine lange Galerie ernstblickender und ehrfurchterwekkender Herrschaften, die Männer in Uniformen, mit Orden besternt, die Frauen in Spitzen und Seidenkleidern. Zuletzt wies Ömchen auf eine goldgerahmte Miniatur, die ein junges liebliches Mädchen mit schmachtendem Augenaufschlag zeigte, Ömchens einzige Tochter Annunziata, Hedwigs Mutter. »Der liebe Gott hat sie so jung zu sich genommen, warum nur?« Kein Wort von Annunziatas Mann, der doch auch Julias Vater war. Ihn schien die alte Frau aus ihrem Gedächtnis ausgestrichen zu haben. Obwohl sie ihn nie erwähnte, begriff Julia, daß da vor Jahren ein bitterer Groll gewaltet hatte: Dieser fremde Mann hatte die Eltern nicht nur ihres Kindes beraubt, er hatte sich nach Annunziatas Tod sogar wieder eine andere Frau genommen, Julias Mutter, das konnte ihm nie vergeben werden. Und nun war Julia da; die alte Frau erfaßte die Zusammenhänge nicht mehr. Immer wieder kam es vor, daß sie in ihren Erklärungen innehielt und das Kind mit fragendem Staunen betrachtete, ihre blanken, kirschschwarzen Vogelaugen glänzten vor Verwunderung: Wer bist du eigentlich? Wie kommst du hierher? Aber Ömchen sprach die Frage nicht aus. In den tausend winzigen Knitterfältchen ihres elfenbeinweißen Greisengesichts erschien ein kleines, unsicher zitterndes Lächeln: Nun, nun, wer du auch seist – es ist schon gut.

Der Infeldsche Ansitz Mayregg war ein großer Gebäudekomplex, düster und ziemlich verfallen. Als Hedwig mit Julia ankam, war es Nacht, es regnete mit Schnee vermischt, Eiskörner peitschten ihre Gesichter, als sie steifgefroren und durchgeschüttelt aus der Kutsche krochen. Am nächsten Tag regnete es immer noch, am dritten lag der Schnee fußhoch auf den Narzissenwiesen. Aber die Sonne schälte sich aus dem Gewölk, eine Sonne, so hell, wie Julia sie noch nie zu sehen vermeint hatte, und mit einem Schlag war die Welt verändert: Die großen niederen Stuben, die gestern noch unter ihren schweren Balkendecken wie Sargschächte erschienen waren, sie waren von Licht überschwemmt. Es blühte in den tiefen Fensterlaibungen der ellendicken Mauern, lag golden auf den krummen Planken der Estriche, es rieselte und tropfte, spielte und funkelte: In diamantblau durchschatteten Wogen zog es draußen die Hänge hinab, es sprühte von Bäumen und Dächern, es wärmte und leckte und begann zu glucksen. In den Dachtraufen kicherte es, patschte von Ästen, sammelte sich zu Bächen und trieb das Grüne aus dem Weißen hervor. Zu Mittag war der Schnee geschmolzen, ein Netz von funkelnden Rinnsalen spann sich vom Wald herab.

»Willst du nicht ins Freie?« fragte Hedwig die kleine Schwester.

»Darf ich?« fragte Julia.

»Freilich darfst du. Warum denn nicht?«

Julia durfte alles. *Hier* durfte sie alles. Das hatte sie eigentlich schon am ersten Tag bemerkt, als sie die jungen Kätzchen in der Holzkiste entdeckte, einen ganzen Wurf süßer, rot und weiß getigerter, wonnigwarmer, wonnigschmiegsamer Tierchen. Niemand hatte es ihr verwehrt, sie sich zu greifen, mit ihnen zu spielen, sich Wangen und Hals von den Pelzchen kitzeln zu lassen. Die Alte hatte ein bißchen gepfaucht, aber niemand hatte dieses Pfauchen ernst genommen, niemand verbot Julia, platt auf dem Boden zu liegen und die Kätzchen lieb zu haben.

Niemand warnte sie vor dem Hund, einem alten fetten triefäugigen Bernhardiner, niemand fand etwas dabei, wenn sie zu den Ställen ging und in die Ställe hinein. Noch fürchtete sie sich vor den mächtigen Leibern der Kühe, noch wagte sie kaum in die Koben zu spähen, in denen die Schweine quiekten. In respektvoller Entfernung sah sie zu, wie der Pächter das Vieh versorgte. Aber als er ihr anbot, mit ihm auf die Tenne zu gehen, tat sie es mit Entzücken, sie durfte ihm sogar helfen, Heu durch das Futterloch zu werfen – ein herrliches Spiel, die duftenden Fuder zu fassen, das Gesicht in das dürre Geknister zu vergraben.

Alles hier in Mayregg war wunderbar, aufregend, abenteuerlich. Ein Gang in den Keller war beinahe wie eine Fahrt durch die Grottenbahn. Wie kalt es aus der Tiefe wehte, wenn man die Treppe betrat! Krumm war diese Treppe, die Staffeln bröcklig, man mußte sich in acht nehmen, daß man nicht hinfiel. Hier gab es kein elektrisches Licht. Im ganzen Haus gab es das nicht.

Man mußte mit einer Kerze leuchten. Schattenbilder zuckten über die Gewölbe, aus allen Winkeln starrte Gerümpel, ungeheure Fässer blähten ihre Bäuche. Alles leer, sagte die Magd und schlug mit der Faust dagegen. Früher, ließ sie Julia wissen, war guter Wein darin gewesen, Enteclarer. Jetzt – sie schüttelte den Kopf. Der Krieg, sagt sie, der verfluchte Krieg.

Julia versteht nicht alles, was die Magd spricht. Vieles klingt nur wie aua und waua. Julia versucht es ihr nachzusprechen. Die Magd lacht, auch Julia lacht. Sie mag die Alte gut leiden, obwohl sie häßlich ist und einen Kropf hat. Julia ist gern bei ihr in der Küche, sieht ihr zu, wie sie schürt, der Herd ist riesig, das Feuer scheint in ihm nie auszugehen. Wenn die Magd eine Pfanne daraufschiebt, reißt sie erst die Ringe aus der Platte, dann lodern die Flammen auf, und die Funken stieben.

Julia verfliegen die ersten Tage, sie weiß nicht wie. Dann und wann fragt Hedwig: »Hast du schon deiner Mutter geschrieben?« Julia errötet. Nein, noch nicht. Dann sitzt sie einen halben Nachmittag vor einem weißen Blatt Papier und quält sich ein paar Zeilen ab: Es geht mir gut, ich bin gesund, ich hoffe es geht Dir besser. – Nichts von den Kätzchen, nichts von den Kühen, nichts von dem, was Julias Tage hier ausfüllt, denn alles, was sie tut und schreibt, was ihr gefällt, sie aufregt und zu immer größeren Wagnissen verleitet, wäre Mama nicht recht, steht unter dem Signum: Verboten. Was soll sie also schreiben? Wenn sie endlich eine halbe Seite zuwege gebracht und ihre Unterschrift gesetzt hat, atmet sie auf. Hedwig fügt noch ein paar Worte hinzu, dann wandert der Brief zur Post. Julia ist froh, wenn er aus dem Haus ist.

Eines Tages sagt Hedwig: »Höre, Julia, ich denke, wir schikken dich hier in die Schule. Du kannst doch nicht den ganzen Tag nur so herumlungern. Onkel Seffo sagt es auch. Du mußt doch schließlich etwas lernen. Wie wäre es, wir fangen gleich morgen an? Fanni kann dich begleiten, sie meldet dich auch an. – Na, was ist, du scheinst ja nicht besonders entzückt zu sein?«

Nein, Julia ist nicht entzückt, sie hat die Schule schon gesehen – von weitem: ein düsterer Bau aus grauen Hausteinen. Er sieht nicht verlockend aus. Julia fürchtet sich.

Doch am anderen Tag scheint Hedwig die Schule wieder vergessen zu haben. Kein Wort mehr davon, und Julia schweigt wohlweislich.

Eines Mittags – Anfang Mai – ist Julia wieder einmal in den

Wald gelaufen. Zuerst war sie nicht allein, der Pächterbub war mit; aber dann bog er ab, war verschwunden –

Julia schlenderte vor sich hin. Sie pflückte Blumen, warf mit Tschurtschen, pflückte wieder. Es trieb sie weiter und weiter. Nach einer Weile wußte sie nicht mehr, wo sie war. Sie hatte keine Angst – oder doch nur ganz wenig, erst als der Sumpf kam und der Boden schmatzte, wenn sie darüberlief ...

Dann kam sie an den Weiher.

Er lag mitten im Wald, grüngolden, still. Julia hatte schon manches Wasser gesehen: die Donau, die Wien, den Traunsee; aber ein solches Wasser noch nie. Es war gar kein richtiges Wasser, sondern ein moosiger Schlamm. Der Rand war mit Borkenstückchen, Zweigen und Blättern bedeckt, und dazwischen wuchs und quoll es von Stengeln und Ranken, Blasen und Schaum. Julia hockte sich nieder und sah über die Fläche hin, weiter draußen glitzerte sie, und etwas Blaues, durchsichtig Geflügeltes schoß darüber hin. Plötzlich erschrak Julia, denn zwischen den Stengeln und Ranken saß etwas Lebendiges und glotzte sie aus schwarzen Stecknadelköpfen an; es saß unbeweglich, breit und flach und furchtbar häßlich, aber das Unheimlichste war, daß etwas daraus hervorquoll, weißliche Blasen ... Und dann sah Julia, daß die ganze Bucht mit solchen schleimquellenden Wesen besetzt war, unter jedem Stengel, unter jedem Blatt: das Böse ...

Julia hielt den Atem an. Sie begriff und begriff auch nicht, es grauste sie und war doch wieder wie ein längst erahntes, endlich erobertes Geheimnis, das sie festhielt. Sie wollte sich ihm nähern, aber sie hätte sich geekelt, in den Schlamm hineinzuwaten, so sah sie sich um – da lag ein Ast, sie ergriff ihn und wollte ihn nach den Tieren werfen.

»Laß das!« sagte eine Stimme hinter ihr. Sie fuhr herum. »Komm lieber her«, fuhr die Stimme fort, »ich zeige dir etwas.«

Zuerst sah Julia niemanden. Doch rechts von ihr zog sich ein Felsen empor und den Weiher entlang, er fiel senkrecht zum Wasser ab, auf seinem höchsten Punkt war eine Mulde, und in der Mulde lag ein Mann. Sie sah zuerst nur seinen Kopf und seine Schultern. Als sie sich näherte, streckte er ihr die Hand entgegen und zog sie zu sich herauf. »Schau dorthin«, sagte der Mann. »Schau dorthin!« Er zeigte in das Wasser, das hier unter dem Steilufer tief und klar war. Goldene Lichter spielten darin. »Da, siehst du nicht?«

Nein, Julia sah nichts, bis sie begriff, was der Mann meinte. In der stillen Flut lag ein dunkler Prügel, regungslos.

»Ein Hecht«, flüsterte ihr der Mann ins Ohr. »Er steht auf Beute.«

In diesem Augenblick schoß der Prügel los und zuckte durch das Wasser. Es schnalzte und schlug, dann liefen zitternde Ringe nach allen Seiten. Julia fragte: »Was war das?« Der Mann sah sie an. Zum erstenmal begegnete ihr sein Blick. Er lächelte. »Weißt du das nicht? Der Hecht hat einen Fisch gefangen.« – »Und gefressen?« – »Und gefressen.« – »Armer Fisch«, sagte Julia. Der Mann lächelte noch mehr. »Du bist nicht von hier«, sagte er. – »Nein.«

Nach einer Weile: »Wir werden jetzt nach Hause gehen. Vielleicht sucht man dich schon.«

Sie gingen durch den Wald; als sie auf die Mähder hinaustraten und das erste Dach hinter einer Hügelschwelle auftauchte, sagte der Mann: »Jetzt kannst du dich schon allein zurechtfinden – oder?«

Julia nickte.

Aber dann begleitete er sie doch noch bis Mayregg.

Als sie sich trennten, wußte sie, daß er der Lehrer von Lajon war, und am übernächsten Tag ging sie zur Schule.

Zur Schule – oder dem, was von der deutschen Schule in Lajon übriggeblieben war. Denn im Jahr zuvor war eine italienische Lehrerin eingerückt und hatte die erste Klasse übernommen. Nun hatte sie schon deren zwei. Mit ihnen besetzte sie den einzigen großen Schulraum. Die übrigen fünf Jahrgänge waren in ein kleines Loch gepfercht: der Rest des deutschen Unterrichts, der nun – von Herbst zu Herbst reduziert – langsam ausrollen sollte ... (Später stellte sich heraus, daß den Faschisten auch dieses Ausrollen noch zuviel war.)

Hans Wagenseil war noch nicht lange in Lajon. Er wohnte in einem abgelegenen Haus zwischen dem Dorf und Mayregg. Die Leute verstanden nicht, daß er sich gerade dort eingenistet hatte. Da die Italienerin die Lehrerwohnung besetzt hielt, waren andere Angebote an ihn ergangen: vom Pfarrer, auch von einigen Bauern; er hatte alles abgelehnt und dort Quartier genommen.

Das Haus war eigentlich gar kein Haus, sondern nur eine Hütte, etwas abseits vom Weg, in einem dürftig begrasten Anger gelegen. Wenn man sich ihr näherte, wurde ein seltsames

Geräusch vernehmlich, ein metallisches Wispern, ein hastiges Flüstern, unaufhörlich, fieberhaft, gehetzt. Warf man einen Blick durch eins der Fenster, wurde die Herkunft des Geräusches klar: die Stube war voll von Uhren. Uhren hingen an den Wänden, standen auf Brettern und Kommoden. Ein alter Mann in einem speckigen Winterrock und Schlapfen zog schlurfenden Schrittes dazwischen umher oder hockte, eine Lupe vors Auge geklemmt, über einem zerlegten Werk. – Nun begann eine Pendule zu schlagen, und sofort fielen andere Schlagwerke ein – in sanftem Geläut, mit dröhnenden Schlägen, schnarrenden Kukkucksrufen, hohem Gezirp. Auch eine Spieluhr zinkte eine Melodie.

Alle Uhren, die da standen und hingen, zeigten dieselbe Stunde und nahezu alle dieselbe Minute an. Der Mann lauschte – befriedigt, wenn sie zusammenklangen. Meldete sich eine vorwitzig zu früh oder zögerte als Nachzügler hinterdrein, schüttelte er ärgerlich den Kopf. Der alte Uhrmacher Mors war, was seine Werke betraf, ein Fanatiker der Pünktlichkeit.

Er war ein kleiner dicker Mensch mit einem schwammigen und mehlweißen Gesicht. Noch hatte er – mit seinen bald achtzig Jahren – einen dichten schwarzen Schopf und kaum ein graues Haar. Das war sein Stolz und seine einzige Eitelkeit, ansonsten war er vernachlässigt, schmutzig, ein schrulliger Junggeselle. Früher hatte er einen gut renommierten Laden in Bozen besessen. Jetzt vegetierte er dahin, ein Sonderling, der sein Haus so selten wie möglich verließ und seine Wirtschaft selbst führte; in einem verbeulten Blechtopf kochte er sich seine tägliche Polenta.

Zu diesem Mann war Hans Wagenseil gezogen – wieso und warum, blieb den Lajonern ein Rätsel. Er hatte zwei Kammern unter Dach, die er selbst in Ordnung hielt. Anfangs ärgerten sich die Leute: Hätte sich der Lehrer nicht was Besseres aussuchen können? Die ganze Hütte vibrierte von dem Getick, das mußte einen doch närrisch machen, und wenn dann etwa nachts das Gebimmel losging – wer konnte das aushalten? Wagenseil hielt es aus. Er sagte: Mir macht es nichts.

Das entsprach – genaugenommen – nicht der Wahrheit. Aber wie hätte er es den Leuten erklären sollen, daß ihn das ruhelose Wispern zugleich störte und anzog? Er hörte es durch die dünnen Dielen, durch die geschlossene Tür, manchmal ließ er die Tür auch offen. Dann lag er auf seinem Bett und lauschte, und in der Finsternis der Nacht überfiel ihn jedesmal dieselbe Vision. Was da raschelte, waren keine Uhren: Es war ein riesiger gefräßiger Heuschreckenschwarm, der heranzog, einbrach, sich über Schwelle und Estrich ergoß, Wände und Staffeln bedeckte, Millionen starrer Insektenaugen, Millionen knisternder Flügel, mahlender Kiefer: die sinnlos beeilte, unersättlich verschlingende Sekundenzeit.

Wenn dann die Schläge erschollen, das Dröhnen, Läuten, Zirpen, Schnarren, zerflatterte das Bild. Hans Wagenseil wußte: Der alte Mors horchte jetzt auf – gespannt, ob seine Werke auch pünktlich seien. Für ihn war die Zeit eine eherne Ordnung, vielleicht die einzige, die für ihn galt. – Als ihm Wagenseil einmal zu erklären versuchte, daß die Gleichstellung der Uhren einer Fiktion entspreche, daß zwölf Uhr nur auf einem bestimmten Breitengrad zwölf Uhr sei und sonst nirgends auf der Welt, daß andere Länder und Erdteile eine andere Zeit zählten, sah ihn der Alte erbost und betroffen an; Hans Wagenseil glaubte, in seinen Augen etwas wie Haß aufblinken zu sehen. So schwieg er. Er wollte Mors nicht ärgern.

Die Leute von Lajon fanden bald einen neuen Anlaß, sich über den jungen Lehrer zu wundern. Er war der erste Skifahrer in der Gegend. Man hatte zwar schon von diesem neuen Sport gehört, der etwa auf dem Arlberg von einer wachsenden Schar Verrückter betrieben wurde. Doch hier in Lajon hatte sich's noch niemand einfallen lassen, so etwas zu versuchen. Der junge Lehrer aber war, wie es schien, ganz versessen darauf. Jeden Winter-Sonntag schulterte er seine Bretter und zog, statt zur Kirche zu gehen, damit los. Er stapfte durch den Wald, auf die Raschötz oder fuhr ins Tal ab, um jenseits des Grödenbaches auf den Puflatsch zu steigen. Die Leute murrten. Solche Zicken hatten sie nicht gern: Sie konnten – ihrer Meinung nach – auch kein gutes Ende nehmen. Wenn sich der Lehrer den Haxen brach oder unter eine Lahn geriet, dann würde er ja sehen ...

Einen dritten Grund zum Mißvergnügen gab Wagenseil, indem er seit einiger Zeit häufiger Gast ihres Pfarrherrn war. Dieser Pfarrherr – Wilhelm Lamprecht – war für die Gemeinde von Lajon ein besonderes Kapitel. Er war schon lange hier und residierte im Widum, viel weniger wie ein gewöhnlicher Dorfpfarrer, sondern eher wie ein großer Herr. Nicht, daß man ihm Schlimmes nachsagen konnte, das nicht ... Und als der Krieg zu Ende ging und die marodierenden Truppen das Barackenlager ansteckten, da hatte Pfarrer Lamprecht dem Gesindel die Zähne gezeigt, hatte es gezwungen, den Brand zu löschen und alles herzugeben, was es zuletzt gestohlen ... Ja, damals war Pfarrer Lamprecht ein großer Mann gewesen. Aber zuvor und danach konnten die Einwohner von Lajon wenig mit ihm anfangen. Er war ein gelehrter Herr, leider viel zu gelehrt. Er las lieber in seinen Büchern als Kranke zu besuchen und Ställe auszusegnen, wenn wieder einmal eine Viehseuche umging. Er schrieb auch Bücher, Bücher über komische Gegenstände wie heidnische Tempel und Figuren, und unverständlich waren auch seine Predigten und, wenn nicht unverständlich, so doch aus der Weise. Man war's gewohnt, bei der Predigt zu eifrigem Kirchenbesuch und häufiger Kommunion ermahnt, doch im übrigen in Ruhe gelassen zu werden. Aber Lamprecht wetterte gegen Ehestreit und Erbschleicherei, gegen üble Nachrede und Zank zwischen Nachbarn, und jedesmal wußte das ganze Dorf, wen er dabei aufs Korn nahm. Das war ungehörig, fand man, und man behalf sich dagegen, indem man während der Predigt vor der Kirchentür stehen blieb.

Auch daß Pfarrer Lamprecht so oft auf Reisen ging, paßte den Leuten nicht. Zwar: Reisen nach Deutschland – die zu verzeihen, fand man sich allenfalls bereit; auch für Lourdes und Assisi hatte man noch Verständnis. Aber was suchte er in Paris, in Neapel oder gar in Griechenland?

In letzter Zeit allerdings war's aus mit dem Allweil-Herumkutschieren. Pfarrer Lamprecht war krank. Er hatte ein offenes Bein und humpelte erbärmlich. Seine Laune hatte sich dadurch noch verschlechtert, aber er mußte doch wenigstens *dableiben*, die Leute stellten das mit einer gewissen Befriedigung fest. Dableiben – ja, das sollte er. Der Pfarrer war doch Eigentum der Gemeinde – oder etwa nicht?

Doch kaum war das eine Ärgernis vorbei, fanden die Leute einen neuen Grund zum Mißvergnügen. Da war dieser junge Lehrer, der – statt sonntags seine Christenpflicht zu erfüllen – lieber auf seinen Brettern herumzog und dann doch jeden Abend, den Gott gab, beim Pfarrer hockte. Was trieb er dort, außer den teuren Meßwein austrinken? Er trank nicht schlecht, sagte die Häuserin – betrunken hatte ihn allerdings noch niemand gesehen.

Die Häuserin erzählte, der Pfarrer lese dem Lehrer aus seinen Büchern vor, sogar lateinisch oder griechisch, sie höre es durch die Tür, und wenn er nicht mehr vorlese, dann redeten die beiden über Tod und Teufel, endlos ...

Leider besaß Herr Pfarrer Lamprecht keineswegs nur heilige Bücher. Etliche hielt er unter strengem Verschluß. Trotzdem war einmal so ein Ding doch liegengeblieben, und die Häuserin hatte einen Blick hineingeworfen. Gleich darauf lief ein Geflüster und Getuschel durch die ganze Gemeinde: Bilder waren in diesem Buch gewesen, Bilder – Heilige Mutter Gottes! Die Häuserin hatte sich geweigert zu sagen, was für Bilder. Und so was besah sich der Pfarrer, besah sich auch der junge Lehrer... Antike Fresken.

Aber dann war es von heut auf morgen mit den Besuchen aus...

Die beiden mußten sich zerstritten haben.

Nächsten Winter gab der Lehrer auch das Skifahren auf.

Im übernächsten Jahr verlor er seine Stellung. Die Schwarzhemden holten ihn und sperrten ihn für drei Monate ein. Sie warfen ihm vor, einem Burschen Villnöß geholfen zu haben, über die Grenze zu entkommen. Jetzt waren alle Lajoner für Wagenseil. Und obwohl es längst ruchbar geworden war, daß er es mit der Hedwig Infeld, jetzt Frau Lebandowski, hatte, fanden es doch die meisten ganz in Ordnung, daß er in der Gemeinde blieb.

Das war Lehrer Wagenseil im Spiegel der dörflichen Meinung. Bleibt hier nur zu ergänzen, wie er den Kindern erschien, die er unterrichtete – solange er unterrichtete.

Bei den Kindern war er beliebt. Beliebt – und auch ein wenig gefürchtet, denn er war den Kindern undurchschaubar. Zwar ist jeder Erwachsene für Kinder undurchschaubar und mehr oder minder rätselhaft. Bei Hans Wagenseil war das in ungewöhnlichem Maße der Fall. Die Ruhe, die er fast immer zutage legte, trug nur dazu bei. Er schrie nie und schlug höchst selten. Sogar die allgemein üblichen Tatzen (Schläge mit dem Stäbchen auf die flache Hand) verschmähte er auszuteilen. Wenn er aber einmal wütend wurde, lief sein Gesicht gleichsam schwarz an; er verließ das Klassenzimmer, schmetterte die Tür hinter sich zu und ließ sich für diesen Tag nicht mehr blicken. Die Kinder blieben betreten zurück, mucksmäuschenstill.

Auch seine Lehrmethode war merkwürdig. Er fragte mehr als er vortrug und hatte es gern, wenn die Kinder selbst redeten. Aber sein Zuhören war oft seltsam zerstreut, so als hörte er und hörte auch nicht oder hörte vielmehr hinter jedem Wort noch etwas anderes heraus. Manchmal ging ein rasches Lächeln über seine Züge, man wußte nicht, wie es gemeint war. Wenn sich irgendein Spaß ereignete und die ganze Klasse vor Lachen brüllte, blieb der Lehrer zumeist ganz ernst. Zwischen seinen Brauen zuckte Unmut – das Lachen verstummte. Und er wechselte rasch das Thema.

Obwohl er sich offenkundig um Gerechtigkeit bemühte, hatte er doch einige ganz bestimmte Lieblinge. Mit ihnen gab er sich manchmal noch nach der Schule ab: ein Junge, der gut zeichnen konnte; ein anderer, der – daheim vernachlässigt – alle möglichen Streiche aufführte und immerfort das Blaue vom Himmel log. Ja, und dann kam Julia Basalla in die Klasse.

In den Augen der Lajoner Jugend war Julia eine merkwürdige Mischung von Miracel und Scandalum: ein fremder Stadtfratz mit kurzen Röcken, kurzen Haaren. Man hatte sie schon etliche Male bemerkt, wenn sie mit dem Fräulein von Mayregg oder auch mit der alten gnädigen Frau im Dorf auftauchte, und hatte ihr neugierig, verwundert, wohl auch ein wenig neidisch nachgefeixt. Aber nun stand sie plötzlich da in der Schule und kam in die Klasse hereingestolpert – und wollte ganz offenkundig mit dazu gehören.

Das kam überraschend und forderte sofort Angriffslust heraus.

»Hat dir wer die Haare abgebrannt?« rief ein Bub.

Und ein Mädchen: »Schämst dich nicht für deinen kurzen Kittel, du Fack?« – Unbändiges Gelächter.

Aber dann kommt der Lehrer herein. Er macht sofort ein böses Gesicht. Alles spritzt an die Plätze. Zuerst tut er, als sähe er die Neue nicht. Erst nach einer Weile ruft er sie auf und zu sich an die Tafel. Dort steht sie, feuerrot im Gesicht, als hätte sie was gestohlen. Dreimal muß sie der Lehrer auffordern: »Du mußt lauter reden, Julia.« Dann kommt es heraus: sie hat nicht Vater noch Mutter mehr, die Mutter ist erst vor ein paar Tagen gestorben, sie wird jetzt hier in Lajon zur Schule gehen ...

Ehe der Lehrer sie in die Bank zurückschickt, dreht er sie zur Klasse hin und sagt: »Ihr habt es gehört: sie ist eine Waise und soll jetzt bei uns daheim sein. Wir wollen es ihr nicht schwermachen – seid nett zu ihr!«

Die Kinder ducken sich, sie haben's zur Kenntnis genommen, und es ist auch gar nicht so, daß sie zu der Neuen *nicht* nett sein wollten. Aber sie bleibt eben doch die Neue, die Fremde. Sie ist auch wirklich zu komisch, schon wie sie redet – ganz nach der Schrift – und immer »bitte« und »danke« – so was Gespreiztes. Andernteils ist sie furchtbar dumm, weiß nicht einmal, was

Langes, Pfinsti und hal ist, dann fragt sie immerfort: »Was meinst du?« »Was heißt das?« Zum Kugeln.

Still sitzt sie in der Bank – wie eine Docke. Treibt niemals Unfug, hat nie einen Klecks im Heft. In der Pause spielt sie nicht mit und schaut nur zu; und wenn sie mal mittut, taugt es nichts: beim Tempelhüpfen springt sie ins falsche Feld und beim Ballspielen kommt ihr der Ball aus – ein rechter Torschen.

Noch etwas ist komisch an ihr – es ist vielleicht das Komischste: Obwohl sie doch immer alles weiß und auf jede Frage des Lehrers die Antwort nur so runterschnurren kann, wird sie dabei immer ganz feuerrot, genau wie das erste Mal, und steckt den Kopf hinein, obwohl sie doch jetzt schon wissen muß, daß sie des Lehrers Herzbatzl ist.

So also erschien Julia ihren neuen Kameraden. Sie wußte, daß sie die Fremde, die Neue war, hoffnungslos anders als die anderen – und ihnen ein Anstoß aus tausenderlei Gründen. Sie wünschte leidenschaftlich, sich ihnen anzugleichen; aber das konnte nicht gelingen, jedenfalls endlose Zeit nicht. Wann würde sie so lange Zöpfe haben wie die anderen kleinen Mädchen, wann würde sie auch so lange Kleider tragen dürfen? Allmählich lernte sie die Mundart verstehen und auch selbst sprechen, aber die Kluft blieb und würde wohl bleiben. Trotzdem ging Julia gern zur Schule, und jeder Tag, an dem die Schule aussetzte, war für sie ein verlorener Tag. Wenn sie am Morgen erwachte, glühte in ihr die Vorfreude auf, und wie ein Funken leichtentzündlichen Stoff in Brand setzt, versetzte sie die Vorfreude sofort auch in größte Aufregung. Wie spät war es wohl? Sie sprang aus dem Bett, machte sich hastig fertig, sah wohl auch noch ihre Aufgaben durch. Dann flog sie aus dem Haus.

Ihr Weg führte an der Hütte des Uhrmachers vorbei. Da wohnte der Herr Lehrer. Aber Julia wünschte ihm nicht zu begegnen. Sie scheute sich, *mit* ihm zur Schule zu gehen. So verhoffte sie manchmal vor der letzten Wegbiegung und spähte über den Zaun. Trat er dann aus der Tür, ging sie ihm nach; doch sie hütete sich, den Abstand zwischen ihm und sich zu verringern. Blieb er stehen, blieb sie gleichfalls stehen. Sie merkte sich, in welcher Spur er ging – und ging in derselben.

Auf dem Heimweg war es dasselbe. Sie beeilte sich, von der Schule wegzukommen. Meist blieb er auch noch für eine Weile zurück, um die Klasse in Ordnung zu bringen oder die Nachsitzer zu beaufsichtigen. In diesem Falle hatte Julia Zeit. Sie trieb sich langsam den umzäunten Weg hinauf und blieb vor der wispernden Hütte stehen. Sie lauschte. Das Geräusch der Uhren übte einen geheimnisvollen Zauber auf sie aus, so als wäre in dem Geflüster ein Raunen von Stimmen, eine unendliche Nachricht – oder auch nur ein Name: Hans Wagenseil, Hans Wagenseil ...

Der Name begleitete sie nach Hause. Er summte in ihren Ohren. Er mischte sich in alle ihre Gedanken. Wenn sie dann bei ihren Schulsachen saß, fand sich bestimmt ein Zettel, auf den er sich niederschreiben ließ. Sie kritzelte ihn – wieder und wieder. Manchmal versuchte sie dabei seine Unterschrift nachzuahmen. Sie gewöhnte sich an, die einzelnen Buchstaben zu formen, wie er sie formte.

Aber wenn dann jemand ins Zimmer trat – welch ein Schreck. Sie klappte ein Buch über das verschmierte Blatt Papier und beugte sich tief darüber, als wäre sie eifrig beim Lernen. Später ließ sie den Zettel verschwinden, zerriß ihn in tausend Fetzen, warf sie in den Ofen, zündete an. Die Flämmchen tanzten darüber hin und leckten mit ihren Zungen das Geheimnis auf.

Geheimnis. Aber *warum* Geheimnis? Warum muß man sich dafür schämen, daß man doch nur des Lehrers wegen so gern zur Schule geht, daß Eifer, Fleiß und gutes Betragen nur dem Eifer entspringen, ihm zu gefallen, und daß man es als ganz unerträglich empfände, von ihm gerügt oder gar bestraft zu werden?

Woher das ängstliche Sich-Bemühen, die Verzauberung zu verleugnen, die sich schon bei der ersten Begegnung dort am Weiher ereignete und sich Tag für Tag verdichtet? In die noch namenlose Empfindung des Kindes ist das Bewußtsein einer Schuld verwoben – obwohl es rätselhaft ist, worin diese Schuld besteht –, doch sie scheint unterirdisch mit dem zusammenzuhängen, was die verstorbene Mutter das Böse nannte; es ist, als träumte man jetzt wieder jenen Traum, in dem man mit der leichtfertigen Ulrike im Schlitten fuhr, durch fallenden Schnee, zwei goldgeweihtragende Hirsche vorgespannt, nur daß dieser neue Traum nicht vergeht, daß er Wirklichkeit ist und sich jeden Tag erneuert.

Zu diesem Traum gehörten der Weg zur Schule und das wispernde Haus; aber auch jede Stunde in der viel zu engen überfüllten Schulstube, in der häßlichen knarrenden Bank, solange nur *er*, Hans Wagenseil, am Katheder steht, sprechend, schweigend oder an die Tafel schreibend; jede seiner Bewegungen wird registriert, jede Schwankung seiner Laune wahrgenommen, mitgefühlt und nachvollzogen. Wenn er Geduld und Milde übt, fließt ein Strom von Glück in das eigene Herz; wird er aber ungeduldig, ärgerlich oder gar zornig, wirkt sein Zorn vernichtend und man versänke am liebsten mit dem Gerügten, ja, mit der ganzen Welt zusammen in den Boden.

Julia begreift nicht, wieso die anderen Kinder sie hänseln, daß sie dem Lehrer schön tue und daß sie sein »Herzbatzl« sei. Das vulgäre Wort verletzt sie, und wenn es ihr auf der Straße nachgerufen wird, schlägt es sie in die Flucht. Ihr scheint, der Lehrer verhalte sich zu ihr wie zu allen anderen Kindern; manchmal kommt es ihr sogar vor, er setze sie zurück: er ruft sie seltener auf; er übersieht ihre erhobene Hand, wenn sie sich meldet; in der Pause spricht er sie nie an; er lädt sie auch nie wie andere Kinder zu sich ein, sich bei ihm – als Lohn für gute Leistung – ein Bildchen abzuholen. Julia kränkt sich darüber und verdoppelt ihre Anstrengungen, ein Lob zu ernten.

Nur manchmal, wenn sie unversehens von einer Schreibarbeit aufblickt, sieht sie seine Augen nachdenklich-forschend auf sich ruhen ... und so, als schaute er sie schon lange an. Ein Lächeln, kaum merklich, verengt seine Lider, fast so wie dort am Weiher, als er vom Felsen auf sie hinuntersah und sie zu sich hinaufrief, um ihr den Hecht zu zeigen ... Jetzt ruft er sie nicht mehr – oder doch?

Seit Julia da ist, hat sich in dem Verhältnis zwischen dem Lehrer und seiner Klasse etwas verändert. Die Veränderung ist vielleicht nur minimal, eine Art atmosphärischer Druckverschiebung, aber die Bauernkinder wittern sofort, daß sie mit der Neuen, der Fremden zu tun hat.

Der Lehrer erzählt jetzt Geschichten: das und jenes aus seinem Leben, er schweift vom Stoff ab, er kommt auf Dinge zu sprechen, von denen er früher niemals sprach. Und immer wendet er sich damit an die Neue. Sie kommt aus Wien. Wien war bisher nur ein Punkt auf der Landkarte, es genügte, den Namen zu wissen. Jetzt heißt es plötzlich: Stephansdom, Burg und Schönbrunn. Und: »Warst du einmal in der Kapuzinergruft? Sag, was du dort gesehen hast? Die Särge der Kaiser – ja, dort sind sie bestattet.«

Dann entrollt er die Karte Europas und zeigt, wo überall

noch vor wenigen Jahren Krieg geführt worden ist. »Auch dein Vater ist gefallen, Julia. Weißt du, an welcher Front?« – »In Galizien, bei Gorlice.« Der Zeigestab sucht und bleibt deutend auf einem Fleck. »Hier ist Gorlice.«

»Auch mir ist ein Bruder gefallen«, erzählt der Lehrer, »mein einziger Bruder, er war älter als ich. Meine Mutter hat es in der Nacht zuvor geträumt: sie sah ihn auf einem Felsband klettern, da kam die Kugel und riß ihn herunter – und als sie am Morgen erwachte, wußte sie schon: So wird es geschehen.

Und so geschah es dann auch – ein Kamerad hat es uns erzählt. Ich war noch auf der Schule – drunten in Brixen. Als ich hörte, daß mein Bruder gefallen sei, wollte ich eigentlich nicht mehr leben. Aber ich war noch zu jung, ich durfte nicht einrücken.

Als der Krieg zu Ende war, machte ich mich auf und fuhr nach Innichen. Von dort wanderte ich über Sexten in das Bacherntal hinein. Zwischen Zwölfer und Paternkogel, soviel wußte ich, war es gewesen.

Das Gebiet war noch gesperrt, niemand durfte hinein. Alle Wege waren mit Stacheldraht verrammelt, und am Eingang der Schlucht stand ein Posten. Ich umging ihn.

Als ich am Bachernjoch ankam und mich umsah – es war ein Herbsttag, sonnenlos, grau, aber windstill – wußte ich: Jetzt war ich allein, vor und hinter mir viele Stunden weit keine Menschenseele. Nur die Berge standen da, schweigend wie immer, riesige Türme ...

Ich sah die Gräben, die Kavernen, das rostige Gestrüpp aus Stacheldraht. Ich wußte, da lagen überall noch Minen vergraben; auch Kanonen waren noch da – und alte Maschinengewehre. Nur die Toten waren verschwunden.

Ich setzte mich hin und dachte an meinen Bruder und all die anderen, die hier gestorben waren, und die ganze Welt kam mir vor wie ein großes steinernes Grab.

Später kroch ich in eine Kaverne hinein. Da standen noch die Bettgestelle mit Resten von faulendem Stroh, da lag noch ein Mantel, in Fetzen und morsch geworden, daß er wie Zunder unter meinen Händen zerfiel ... ein Kochkessel war noch da ... ein Löffel ... ein Schuh ... und dann – ein Buch. Auch das Buch war schon halb vermodert, doch als ich es aufschlug, sah ich, es waren Gedichte, ich kannte sie, sie waren von einem großen Dichter, der vor fast hundert Jahren gelebt hat ... auch in unserem Lesebuch steht etwas von ihm. Ich konnte das Buch nicht mitnehmen, aber ein Blatt riß ich mir heraus, und darauf stand dieses Gedicht:

›Kaiserkron und Päonie rot ...‹

»Das war eine schöne Geschichte, Hans, die du uns damals erzähltest.«

»Aber leider nur erfunden. Ich war nie auf dem Bachernjoch, wo mein Bruder gefallen ist. Ich habe es mir zwar gewünscht und vorgestellt, das ja – dazugekommen bin ich nie. Und sicher hätte ich auch kein Buch in einer Kaverne gefunden, sondern nur Wegwurf und Dreck.«

»So hast du uns angelogen.«

»*Dich* habe ich angelogen, Julia. Denn nur für dich habe ich das alles erzählt: einsame Bergfahrt und große Trauer und schließlich das Gedicht: ... Vater und Mutter sind lange tot ... Das paßte genau. So habe ich dich angesprochen, Julia. So habe ich zu dir geredet ... Verstehst du? Ich konnte damals doch noch nicht anders zu dir reden, Julia.«

Nein, er konnte damals noch nicht anders zu mir reden, dachte Julia. Sie lag, immer noch halb ausgekleidet, auf ihrem Bett unter der noch immer brennenden grellen Deckenlampe; sie brachte es nicht fertig aufzustehen und das Licht zu löschen. Durch das offene Fenster kamen die Nachtschwärmer herein, Scharen von Schwärmern und Motten, von weither angelockt, surrend, taumelnd und flügelschlagend. Das kreiste unter der Decke und kreuzte umher, samtige Leiber mit Fühlern, Hörnern und Kronen, prallte gegen die glühende Birne, stürzte ab, saß dann zitternd auf Laken und Wänden, ehe es zu neuem Tanz aufstieg, zu neuem torkelnden Todesreigen. – Nein, dachte Julia, er konnte damals noch nicht anders zu mir reden, ich war ein Kind, er ein Mann, also hieß es: Kaiserkron und Päonie rot, die müssen verzaubert sein. Hieß dies und das: große Trauer und Nicht-mehr-leben-Mögen, hieß auch König Laurins Rosengarten und Schöne Lau; und war Gesang, sich mir ins Herz zu singen, argloses Kinderherz.

Arglos? Wer weiß? So arglos wieder auch nicht, denn da war der Schatten der Mutter, der durch die Träume geisterte, unaufhörlich derselbe Schatten in denselben Träumen: das große weiße Gesicht, von Finsternis umflossen oder, noch schlimmer, die starre Hand, die sich aus dem Hügel hervorgrub, und der schwarze Vogel pickte an ihr ...

Dann kam Hedwig gelaufen, im Nachthemd, von nebenan

und rüttelte mich: »Was hast du, July, was schreist du wieder, drückt dich die Trud?«

Hedwig. Ja, Hedwig. Mit ihr begann es damals – in jenem Juni, als schon die ersten Pelargonien aufgeblüht waren, sie standen in unserer Schule im Flur auf dem Fensterbrett, eine doppelte Reihe in zwei hölzernen Kästen. Das Fenster ging nach Westen und wenn die Sonne kam, nachmittags, da leuchteten sie grün und purpurn, die fetten Blätter und die roten Blüten, und in der Luft tanzte der Staub. Dort vor den Pelargonien stand sie in der Wolke aus Goldstaub, zuerst allein, und wartete auf den Lehrer. Sie hatte mir versprochen zu kommen und nach mir zu fragen. Ich sprang auf sie zu: »Da bist du ja ...«

Gleich darauf kam Hans aus der Klasse. Er sah flüchtig herüber und sagte: »Ich komme sofort«, und ging noch einmal hinein.

Hedwig schob mich von sich. »Warte draußen«, sagte sie. »Hörst du nicht? Du sollst draußen warten.«

Ich ging zum Schultor, die anderen Kinder waren schon hinausgestürmt. Eine Weile wartete ich wirklich vor der Schwelle. Aber dann stach mich die Ungeduld und durch den Türspalt spähte ich hinein. Nun standen sie beide dort am Fenster, dicht nebeneinander, vor dem flimmernden Licht und dem Gewirr aus Purpur, Gold und Grün. Hedwig hatte den Kopf gesenkt, sie schien auf ihre Hände niederzuschauen, in denen sie etwas zerknüllte. Hans neigte sich zu ihr und sprach leise auf sie ein. Ich konnte kein Wort verstehen. Einmal machte sie eine verneinende Gebärde, dann hörte ich sie leise lachen ... Später sah ich noch einmal hinein. Da kam Hedwig schon auf mich zu – mit beinah fliegenden Schritten, sie faßte mich an der Schulter und riß mich mit sich. So liefen wir mehr als wir gingen, die Straße hinauf.

»Was hat er gesagt?« wollte ich wissen.

Hedwig antwortete nicht. Erst weiter oben, wo der Weg in den Hügel einschnitt, blieb sie stehen. »Laß dich anschauen«, sagte sie und griff mir unter das Kinn, »ob du mir wirklich so ähnlich bist.«

Sie musterte mich, und dabei lachte sie wieder.

»Hat er das gesagt?« fragte ich.

»Ja, Schwesterchen.«

»Und sonst?«

»Oh, dies und das. Ich kann dir doch nicht alles auf die Nase binden.«

»Ist er denn nicht zufrieden mit mir?«

»Ach so – du meinst ... Doch, er ist zufrieden, er hatte keine Klage.«

»O ja, ich weiß noch: Sie stand dort bei den Pelargonien – ein ordinäres Kraut, ich hab es nie gemocht – und wartete auf mich. Vielleicht sage ich jetzt etwas Gemeines, Julia. Aber ich war mir sofort im klaren, was mit ihr los war, vom ersten Augenblick an, und wenn ein Mann das spürt und – er *ist* ein Mann, dann setzt er seine Mittel ein, zwangsläufig.«

»Zwangsläufig?«

»Gewissermaßen, ja. Es war – ja, es war wie in einem Ritual und hatte eigentlich gar nichts mit meiner Person zu tun. Aufforderung zum Tanz, verstehst du? Sie forderte mich auf, nicht mit Worten natürlich, auch nicht einmal mit Bewußtsein, sondern viel nachdrücklicher: mit ihrem ganzen Wesen.«

»Dabei war Hedwig doch verlobt!«

»Gewiß. Das war's ja, was mich ermutigte. Ich dachte, mit der Hochzeit wird sowieso alles zu Ende sein. Und diese kurze Zeit –«

»Dachtest du das wirklich?«

»Ja.«

»Und hast du dir nie überlegt, wie es für sie sein mußte –«

»Möglicherweise. – Doch, ich glaube schon: ich habe es mir überlegt. Aber es war mir wohl gleichgültig.«

Gleichgültig, Hedwig, es war ihm gleichgültig, was dich zugrunde richtete, woran du dein Leben gesetzt hast, ihm war es ein Tanz; ein Ritual, Gebärde als ob, und seine Person gar nicht im Spiel.

Für dich war er das einzige auf der Welt, das einzige, was dich wirklich anging. Für ihn hast du gelogen, betrogen, dich verstellt, warst herzlos, leichtfertig, tollkühn und bereit, jede Demütigung hinzunehmen.

Hätte er in jener Zeit ein einziges Wort zu dir gesagt: du sollst Seffo lassen und mit ihm gehen, ich bin sicher, du hättest alles hingeworfen, Seffos Geld, Mayregg und Ömchen, und wärest mit fliegenden Fahnen übergelaufen; aber er sagte das Wort nicht – und ließ dich ziehen.

Was blieb dir übrig, Hedwig, als tapfer zu sein? Tapferkeit war deine größte Tugend. Alles was du tun konntest: stillhalten, lächeln, nicken, schweigen.

So saß sie auch jedesmal da, Hedwig, lächelnd, nickend, schweigend, wenn Seffo zu Besuch kam, damals in ihrer Verlobungszeit, zum Mittag- oder Abendessen, mindestens dreimal die Woche. Der Tisch war im großen Erker gedeckt, runder Barocktisch mit weißem Seidendamast (aber der Damast war geflickt und hatte zerfranste Säume); Kristall und Porzellan mit medaillonierten Monogrammen (aber die Teller gesprungen und abgestoßen), zu viert saßen wir da, Ömchen, Seffo, Hedwig und ich, und er bestritt die Unterhaltung fast ganz allein. Er war im Reitdreß gekommen, immer kam er im Reitdreß, sandgelb, mit rötlichen Stiefeln, gespornt und gewichst. Doch dann machte er sich's bequem, legte die Jacke ab und zog den Hausrock an, den er in Mayregg deponiert hatte – türkisches Muster mit Husarenverschnürung. Er liebte es, sich leger zu geben, als sei er hier schon zu Hause, er hatte ja auch ein Recht darauf erworben, hier wie zu Hause zu sein. Denn es war sein Verdienst, daß der alte Kasten Mayregg nicht schon unter den Hammer gekommen war – das hatte ihn ein gutes Stück Geld gekostet. Auch daß ein Braten in der Schüssel lag – sein Verdienst; der französische Käse zum Nachtisch, der Wein, der Cognac, der Mokka nachher – alles sein Verdienst. Unmöglich es zu vergessen, er sorgte dafür, daß wir es nicht vergaßen, denn ohne ihn hätten wir sicher nur Kartoffeln gehabt, wir armen Schlucker. Ömchen sah etwas verquält drein, aber Hedwig lächelte unentwegt, schwieg, nickte und lächelte, und wenn sie etwas sagte, war es nicht mehr als: »Ja, gewiß, Seffo, du hast recht, Seffo –« und manchmal sagte sie: »Herzchen«.

Nach dem Essen steckte sich Onkel Seffo eine Papirossi an und setzte sich in den Schaukelstuhl, er schlug seine Beine übereinander, die Beine in den hohen Reitstiefeln aus rötlichem Leder, so wippte er hin und her und sprach von Geschäften. Zumeist wandte er sich an Ömchen und hielt ihr lange Vorträge, was sie und ihr verstorbener Mann, aber auch schon ihre Eltern und das ganze Südtiroler Patriziat bei der Verwaltung ihres Vermögens versiebt und verschleudert hätten. Statt Industrien aufzubauen, habe man sich auf die Landwirtschaft festgelegt und diese noch dazu auf mittelalterliche Weise betrieben. Die ökonomische Autonomie der Güter – eine lächerliche Idee!

Und dann diese Höfe – bis hoch hinauf unter die Waldgrenze – hoffnungslos! Da wuchs doch nichts mehr, da konnte sich nichts mehr rentieren. Abbrennen sollte man die Buden und die Leute zwingen, in die Stadt zu gehen, dort konnten sie vernünftige Arbeit leisten.

»Vernünftig«, das war nun einmal Onkel Seffos Lieblingswort. *Er* war vernünftig, offenkundig nur er allein in diesem komischen Land, wo alles nach Altertum roch und anno Tobak; ganz hübsch und romantisch, sicher. Aber sonst? – Wenn *er* hier etwas zu sagen hätte, er, Franz Joseph Lebandowski, er würde Fahrt hineinbringen, er würde es den Leuten schon zeigen ...

Ömchen und Hedwig hörten zu. Ömchen wagte manchmal ein Wort einzuwerfen, vermutlich weniger um ihm zu widersprechen als aus dem Pflichtgefühl der Dame, die Konversation zu machen hat; oder auch aus Schrecken, wenn sich Seffo allzu gewagt äußerte – seine Ansichten waren ja ganz unglaublich ... Doch dann legte er erst recht los und schien sich daran zu weiden, wenn Ömchen immer verlegener auf ihrem Platz hin- und herzuwetzen begann, kopfschüttelnd, händeringend, ein kleines törichtes Lachen aufschlug: »Ach, Seffo, Sie sind köstlich.«

Ich verstand von alledem nichts. Vokabeln wie Geschäftsgebarung, Produktion, Bankzinsen waren für mich Chinesisch. Aber ich horchte auf, sobald sich Onkel Seffo in Politik erging: Der Krieg war verloren, die Italiener waren im Land, man müßte sich damit abfinden ... In mir stieg etwas auf, Widerspruch, Empörung. Ich sprang von meinem Sessel auf: »Das ist nicht recht, was du da sagst, Onkel Seffo. Das ist Verrat.«

Hedwig und Ömchen wie aus einem Munde: »Aber Julia!«

Auch Onkel Seffo stutzte. Er hörte auf in seinem Schaukelstuhl zu wippen, nahm seine Papirossi aus dem Mund.

»Geh zu deiner Aufgabe!« sagte Hedwig hinter mir.

Er winkte ab. »Laß sie doch. Sie soll sagen, was sie denkt.«

»Verrat«, wiederholte ich verwirrt, aber immer noch angriffslustig.

»Verrat – woran?«

»An unserem Volk.«

»Du bist Österreicherin«, sagte er. »Willst also sagen: Verrat an Österreich?«

Ich nickte.

»Aber du weißt doch, was Österreich war«, fuhr er fort. »Ein

Vielvölkerstaat: Tschechen, Magyaren, Polen, auch Deutsche ... Dieser Staat hat vier Jahre Krieg geführt und alle diese Völker gezwungen, für ihn zu kämpfen, obwohl viele nicht mehr wollten. Man könnte sagen: auch das war Verrat, Verrat der einzelnen Soldaten an ihren Nationen. Auch ich habe an diesem Krieg teilgenommen, obwohl meine Muttersprache Polnisch war – ja, Polnisch. Aber ich dachte: Österreich hat so lange bestanden; es wird schon seine Richtigkeit haben mit der Monarchie. Dann sah ich: Der Krieg ging verloren. Ich habe also vier Jahre lang auf der falschen Seite gekämpft. Es wäre leicht möglich gewesen, daß ich dabei ins Gras gebissen hätte, ich habe so viele ins Gras beißen sehen. Ach, liebes Kind ... Auch dein Vater ist für nichts gestorben. – Als die Sache zu Ende war, habe ich mir geschworen: nie mehr wieder. Nie mehr will ich etwas für richtig halten, weil es schon lange bestanden hat. Nie mehr stecke ich mein Kapital in das falsche Geschäft. Ich mache keine Dummheiten mehr.«

Seine Papirossi war ausgegangen. Er klemmte sich eine neue zwischen die Lippen und begann wieder zu schaukeln. Indessen war Hedwig herangekommen. Er wandte sich ihr zu: Ein verschmitzter Zug erschien auf seinem hageren und spitznäsigen Gesicht. Er tat, als dehnte er sich, und streckte dabei die Arme zur Seite. So erwischte er Hedwig am Rock. »Ich mache keine Dummheiten mehr«, wiederholte er. »Es sei denn, die eine – dich zu heiraten, Tschitschi (sein Kosename für Hedwig). Das ist bestimmt eine Dummheit!« Er zog sie so stark am Rock, daß sie stolperte und auf seinen Schoß fiel. »Wenn du nur nicht so goldig wärest, du –!«

Auch Ömchen war hinter dem Tisch hervorgekommen; eine Sekunde lang starrte sie schreckhaft-ängstlich aus ihren schwarzen Vogelaugen. Dann lief ein zitternd-betulicher Zug um ihren zerknitterten Mund. »Komm«, sagte sie, »Julchen, komm – wir gehen«, und trippelte vor mir her, hinaus.

Die Lampe in Julias Zimmer war nicht das einzige Licht, das diese Nacht in Lajon bis zum frühen Morgen brannte. Auch im Widum waren drei Fenster erhellt, wenn auch nicht stechend grell wie dort, sondern gelblich gedämpft durch die dahinter geschlossenen Vorhänge. Auch stand kein Fensterflügel offen und ließ das Geziefer ein; was anflog, prallte von der Scheibe ab, surrte ein wenig hin und her und fiel dann ins Dunkle zurück.

Der Pfarrer saß in seiner Stube und hatte ein altes Kirchenbuch aufgeschlagen. Zu seiner Rechten stand die Stehlampe: Bronzefuß und Fransenschirm. Zu seiner Linken hing der große Kruzifixus an der weißen Wand. Darunter stand ein Betschemel. Hier pflegte Pfarrer Perwög sein Nachtgebet zu verrichten – es zog sich manchmal Stunden hin. Heute vermochte er nicht zu beten, noch nicht. Später, dachte er immer wieder. Später!

Julias Besuch hatte ihn bewegt, zuvor das Gespräch mit Federspiel, nachher das mit Anna. Dreimal hatte die Glocke angeschlagen, vielmehr: Dreimal Hedwig, Wagenseil, Dragenowitsch und die Pulvermühle. Jahrelang hatte ihn niemand mehr auf diese Dinge angesprochen. Und nun – auf einmal ...

Der Pfarrer blätterte in seinem Kirchenbuch. Warum hatte er sich die alte Scharteke herausgeholt? Er wußte ja, was darinnen stand. Er kannte die hier vermerkten Daten: Hedwigs erste, Hedwigs zweite Trauung, Bertrams Taufe, Begräbnis der alten Infeld und so fort. Er brauchte keine Erinnerungsstütze. Und trotzdem: das Kirchenbuch – so als wäre es ein alter Freund, mit dem sich reden ließe, der alles weiß, vor dem man nichts zu verbergen braucht. Ein Priester muß seine Zunge hüten. Das Beichtgeheimnis. Alles, was ein Priester von anderen Menschen erfährt, im Grunde: Beichtgeheimnis. (Denn immer, auch im normalen Gespräch, schwingt etwas von Gewissensnot und Sich-anvertrauen-Wollen mit.) Also Vorsicht. Besser: Verstummen. Kein Freund, zu dem du reden kannst, wie auch ein Mann manchmal reden möchte. Kein lösendes Gespräch – eine Nacht hindurch – bei einem Glas Wein. Nicht einmal die eigene Beichte. Nur vor dem Kreuz darfst du alles niederlegen, unter den durchbohrten Füßen deines Herrn: Du weißt, mein Gott, Du weißt alles.

Aber heute? Heute das alte Kirchenbuch und nicht der Gekreuzigte. Heute – das eigene Leben und nicht das Gebet. Warum?

Liegt hier ein letzter ungelöster Rest, der noch nicht eingemündet dargebracht und aufgelöst werden will?

17. August 25:

Rotgebrannter, braungebrannter sonnengerösteter Stein unter grünem Akaziengefieder. Weißliche Schatten auf dem weißen Weg, der dunstige Mittagshimmel drückt zwischen den Bergen herein. Langsam steigt die kleine schwarze Gestalt von Kehre zu Kehre. Die Rucksackriemen schneiden in die Schultern, die

Füße brennen, das Collare scheuert. Kooperator Perwög blinzelt gegen die Sonne: Gleich wird es Mittag sein, gleich wird er die Glocken von Lajon zum erstenmal vernehmen.

Statt dessen steigt ein dünner langgezogener Klagelaut aus dem Tal empor. Was kann das sein, denkt Perwög und bleibt stehen. Der Ton klingt ab. Zwei Minuten später folgt ein Donnerschlag. Eine gelbe Garbe fährt über den Fichtenwald hoch, dem harten Krachen folgt ein schweres Bersten, ein dumpfes Poltern, dann ein langes, sich allmählich verstreuendes Kollern. Die gelbe Garbe wölkt als Säule auf, wird zum Pilz, fließt auseinander. Noch einmal läßt die Sirene ihre dünne Klage vernehmen. Sprengung aus.

Ein Steinbruch, denkt der Kooperator. Ich wußte nicht, daß in Lajon ein Steinbruch ist. Ich weiß noch gar nichts von Lajon.

Man hat ihn von seiner ersten Stelle abberufen, nach Brixen beordert: Versetzung. In der bischöflichen Administratur hat er erfahren, wohin. Man hat ihm auch einiges mitgeteilt: die Größe des Gemeindegebietes, Zahl der Einwohner, Zahl der Fraktionen, auch den Namen des amtierenden Pfarrers, Wilhelm Lamprecht. Ein älterer Herr, kränklich – und überhaupt –. Der Ton, in dem hier informiert wird, ist so allgemein, so schonend wie möglich. Ein leichtes Zögern, ein leises Hüsteln, wer Ohren hat, der höre. –

Dann die rhetorische Frage: »Sie sind doch bereit?«

Kooperator Perwög ist bereit, und es stünde nicht gut um ihn, wenn er nur im Sinne jener Frage bereit wäre, nämlich pflichtgemäß einverstanden. Er ist um einiges mehr bereit oder will es doch sein. Obwohl es ihm blutig schwerfällt, die Gemeinde zu verlassen, in der er bis jetzt geseelsorgt hat, und obwohl er noch bis heute morgen glaubte, er werde diese Trennung nicht verwinden können – seit er sich auf den Weg gemacht hat, bewegt sich etwas Neues in ihm. Er hat das Dorf noch nicht gesehen, das links drüben hinter dem Wald liegen muß, und keine seiner Fraktionen. Er ist auch noch keinem Menschen begegnet hier auf dem kleinen Steig, der sich durch die Halde windet. Aber er denkt sich schon voraus, zu den Häusern und Höfen und zu denen, die dort wohnen: Alte, Junge, Kinder; er wird sie kennenlernen, die Armen, die Reichen, die Herren, die Knechte, kennenlernen nicht nur nach Name, Gestalt und Stand, Charakter und Gewohnheiten, wie Menschen einander eben zu kennen pflegen. Er wird sie anders und genauer kennen müssen – bis in ihr Innerstes hinein. Er wird sich um sie kümmern müssen, als wäre ihm jedes verwandt oder ein Stück seiner selbst. Er wird trösten müssen, raten, helfen – das richtige Wort am richtigen Platz in der richtigen Stunde – Gott helfe mir!

Ich muß Augen und Ohren offenhalten, denkt Perwög, warten, beten, geduldig sein. Muß meinen Zorn zügeln, meinen Zorn, der mich manchmal so schrecklich anfällt – dann bin ich maßlos, maßlos. Muß zur Vernunft mahnen, wenn der Haß gegen die Welschen aufschießt, dieser Haß, der die Herzen verwüstet – auch ich bin nicht frei davon. Mir darf kein Weg zu weit, keine Abweisung zu barsch, keine dumpfe Seele zu dumpf und keine Verirrung zu groß sein. Wo Streit ist, muß ich zur Versöhnung reden, muß auch zu denen gelangen, die sich in altem Ehe-Elend verzehren; aber am meisten muß ich mich um die Jungen kümmern ... Die Jungen, die ein neues Leben gründen: auf sie kommt es an ..., daß sie nicht in die Irre gehen und verderben; daß sie, wo sie lieben, nicht danebengreifen, daß sie sich rein bewahren und ein Glück aufbauen, das Gott gefällt.

Auf des Kooperators Gesicht erscheint ein Lächeln. Er denkt an ein paar junge Leute, die er in seiner letzten Gemeinde zu einer Singschar zusammengeführt hat: Brave Burschen, nette brave Mädchen. Schon haben sich Fäden hin- und hergesponnen; schon hieß es: Wir sparen nur noch auf den Hausstand – oder: Sobald der Vater übergibt ... Der junge Priester nickt vor sich hin. Er kennt das Mißtrauen seiner Kirche gegen das, was die Menschen Liebe nennen, als Sinnenreiz und böse Lust verschrien von Augustinus an bis heute. Der große Afrikaner in Ehren, ein gewaltiger Gottesmann. Aber in diesem Punkt hat ihm der weise Thomas immer viel mehr – und herzerwärmend – eingeleuchtet: »Alle Liebe von Gott.«

Jetzt tritt der Pfad aus dem Wald hinaus auf die nackte Felshalde: Das muß die Raschötz sein, einer der größten Bergstürze in diesem von Bergstürzen tausendfach gestriemten Land. Aber so groß und wild hat sie sich Perwög doch nicht vorgestellt. Über dem Trümmerstrom siedet das Licht. Kein Lufthauch, kein Vogelruf. Durch den Kopf des jungen Priesters zuckt Lukas 12,2: in desertis incubi – in der Wüste hausen die Dämonen.

Er schupft den Rucksack höher und schiebt die Daumen unter die Riemen. Der Aufstieg beginnt ihm mühsam zu werden. Käme doch ein Mensch des Weges – und spränge nur ein Kind mit einem Gruß an ihm vorbei. Es wäre ein freundliches Vorzeichen. (In einem Winkel auch der christlichen Seele sitzt noch ein Stückchen heidnischen Aberglaubens.)

Die Hitze wird unleidlich. Perwög sieht sich nach einem Rastplatz um. Dort über ihm, am Rand der Halde, siedelt ein Haselstrauch.

Perwög schwingt den Rucksack ab und setzt sich in den lichten Schatten. Hier ist es gut. Er nimmt das Collare ab und trocknet sich Hals und Nacken. Da hört er etwas hinter sich, hoch oben in der Halde: Tappen und Klappern. Er späht hinauf.

Es könnte ein Rudel Wild sein. Nein, es sind Menschen: Er hört sie rufen und reden. Ein Mann, eine Frau. Etwas Weißes blitzt auf, dann helles Lila – ein wehender Rock. Ein junges Mädchen. Der Mann dahinter in dunklem Loden.

Sie kommen weglos die steile Halde herab, im Zickzack von Platte zu Platte. Das Mädchen springt voran, springt wie ein Reh, schwerelos, kühn und federnd über die Klüfte. Der Mann bemüht sie zu haschen, vergeblich. Ihre zwitschernde Flucht wirbelt vor ihm hinab.

Einmal nur gelingt es ihm, sie einzuholen, die Springende aufzufangen. Mit einem hellen Gelächterschrei fliegt sie an seine Brust.

Perwög wendet die Augen ab.

Näher kommen die beiden und immer näher. Sie sehen ihn nicht, der unter dem Haselstrauch sitzt, schwärzlicher Schattenfleck. Gleich werden sie auf ihn stoßen, erschrecken, flüchten. Perwög duckt sich noch tiefer.

Einmal versteht er einen Namen: Hedwig. Der Mann hat das Mädchen Hedwig genannt.

Im letzten Augenblick biegen sie ab, springen an Perwög vorbei, queren den Pfad, laufen dem Wald zu, dem Dickicht. Die Zweige schlagen hinter ihnen zusammen. Da und dort bezeichnet noch ein wippender Ast ihren Weg. Dann haben sich ihre Stimmen und Schritte in der Tiefe verloren.

Eine Stunde später betritt Perwög das Widum von Lajon. Pfarrer Lamprecht empfängt ihn auf seinem Zimmer. Hinter seinem Schreibtisch sitzend streckt er dem Gast die Hand entgegen: »Sie entschuldigen, daß ich nicht aufstehe, aber Sie sehen wohl ...« Sein rechtes Bein ist auf einem Hocker hochgelagert und dick verbunden. »Schön, daß Sie einen Krüppel besuchen. Machen Sie sich's bequem! – Was kann ich für Sie tun?«

Perwög nennt seinen Namen. Sofort verfinstert sich Lamprechts Gesicht. »Ach so – der neue Hilfskooperator. Sie sind also schon da. Kommen wohl geradenwegs aus Brixen? Haha.

Man wird dort nicht schlecht über mich hergezogen sein. Heiße bei denen drunten nur ›der Heide‹. Weiß Gott, daß ich lieber ein Heide wäre als Pfarrer in diesem Nest – wissen Sie, wie lange? Fünfzehn Jahre. Fünfzehn Jahre läßt man mich hier versauern. Das ist die Strafe dafür, daß ich anders bin als meine Brüder in Christo, daß ich's gewagt hab, aus der Reihe zu tanzen. Aber ich habe mich nicht brechen lassen. Jetzt freilich« – ein düsterer Blick auf das weiß vermummte Bein – »hat's mich eingetaucht, das Miststück da tut nicht, wie es soll. Und schon hat man die erste Gelegenheit ergriffen, um mir zu zeigen, daß ich zum alten Eisen geworfen werden soll.«

Pfarrer Lamprecht ist ein großer starker Mann, dunkeläugig, sein dichter Haarschopf ist schlohweiß. Er beginnt in den Papieren herumzuwühlen, die seinen Schreibtisch bedecken, ein wildes Durcheinander von Zetteln, Briefen, Büchern, zieht endlich ein Bündel Blätter aus dem Wust: »Sehen Sie das hier! Mein letztes Buch, mein letztes Werk: ›Christliche Wallfahrtsorte auf den Fundamenten antiker Tempel.‹ Drei Jahre hab ich daran gearbeitet – und die erstaunlichsten Dinge gefunden. Man hat mir das Imprimatur verweigert, hat mich wissen lassen, ich rücke die Gnadenerweise unserer Religion in bedenkliche Nähe zu Pan- und Venuskult. Jaja, schon möglich. Schauen Sie sich um: meine Bücher, nicht nur Kirchenväter und Heiligenlegenden. Da steht mein Platon, dort der Properz, Vergil, Ovid ... Und wissen Sie, was ich jetzt wieder lese? Catull. Römisches Rokoko. Ach, was konnte der Mensch damals singen und sagen!«

Er schlägt ein kleines ledergebundenes Bändchen auf und beginnt daraus zu rezitieren. Doch schon nach wenigen Versen läßt er es sinken, als spürte er, daß ihm der andere nicht folgen kann. »Ach so, kann-nit-verstahn, wie?«

Perwög gibt zu, nie ein guter Lateiner gewesen zu sein.

Er ist betreten über den Empfang – und in gewisser Weise doch erleichtert. Er hat nach dem Besuch in Brixen bezüglich Pfarrer Lamprecht alles Mögliche vermutet und befürchtet. Doch schon jetzt weiß er, daß es möglich sein wird, diesen Mann gern zu haben: eine starke und reiche Natur, die, nun durch Krankheit beschädigt, löwenhaft gegen diese Krankheit kämpft.

Pfarrer Lamprecht hat eine Tischglocke in Bewegung gesetzt. »Sie haben sicher noch nichts gegessen, Kooperator?« Ungeduldig läutet er zum zweiten- und drittenmal. Die Häuserin stürzt herbei. »Bring Sie eine Marende – eine Flasche Wein und zwei Gedecke!«

»Zwei?«

»Ich sage: zwei.« Dann: »Haben Sie gesehen, wie das Weibsstück geglotzt hat? Man hat mich nämlich auf Hungerkost gesetzt: Grießmus und Haferschleim – wie ein Fatschenkind. Mich kotzt das Zeug schon an, aber der Doktor geht nicht davon ab. Und das Weib – ich sag's ja immer: Weiber und Doktoren, wenn man sich denen ausgeliefert hat ...«

Die Häuserin bringt eine Platte Wurst, Speck und Käse. Dazu Wein. »Missianer, Jahrgang 13. – Verstehen Sie was davon? Nicht? Schade. Ein guter Tropfen – die holdeste Gabe, die Mutter Erde uns armen Würmern anzubieten hat.«

Ängstlich lurt die Häuserin, wie sich der Pfarrer bedient. Er scheucht sie weg. »Schau, daß Sie fortkommt, Neidige!«

Aber dann – Perwög nimmt es mit Erleichterung wahr – schenkt er sich doch nur einen Schluck ein und legt sich, nachdem er Perwögs Teller angefüllt, nur eine Schnitte vor. »Und nun«, beginnt er, »wollen Sie wohl über meine Pfarre Bescheid wissen, was hier in Lajon in kirchlicher Hinsicht los ist? Die Antwort ist einfach: das Übliche. Die Religion ist eine Form, die man erfüllt, weil es den Leuten noch nicht eingefallen ist, daß sie auch anders könnten. Was sie *wirklich* glauben, danach habe ich sie lieber nie gefragt. Ein paar tanzen natürlich aus der Reihe, sind nicht die schlechtesten. Kirchenrat und Marienkongregation – Tratschvereine wie überall. Und was die Moral betrifft – prost, Herr Kooperator –: ich sagte Ihnen schon – das Übliche. Wenn ich etwas gelernt habe in meinem langen Priesterleben, so das eine: den Menschen ist nicht zu helfen. Wir werden immer scheitern. Der alte Adam ist nicht umzubringen.«

Perwög bleibt der Bissen im Halse stecken. Er schnappt nach Luft. *So* spricht ein Priester? Schrecken und Empörung schießen in ihm zusammen zu etwas Heiß-Aufglühendem: sein Zorn – sein Zorn. Er kennt das. Wenn er ihm freien Lauf läßt, dann –! Nicht jetzt, in dieser ersten Stunde, um Himmels willen, nur nicht jetzt!

Er kriecht in sich zusammen, beißt sich auf die Lippen, starrt finster vor sich hin. Nur in seinem Innern formiert sich die Antwort, ein Schwall von Antworten, die einander überstürzen. »Der alte Adam ist nicht umzubringen.« – Wer sagt dir, daß wir ihn umzubringen haben? – »Wir werden immer scheitern.« –

Wer sagt, daß wir nicht scheitern müssen, *müssen!* Zu diesem Scheitern sind wir berufen, auserwählt, ausgeschickt, täglich, stündlich, immer von neuem, unablässig bis zum letzten Atemzug. Das Unmögliche ist unser Beruf, *weil* es unmöglich ist, credo quia absurdum, voco quia absurdum, ich rufe, weil ich nicht gehört werde, nicht gehört werden kann in Adams Welt. Ja, diese Welt ist taub und dennoch erlöst, unbegreifliches Geheimnis, dem wir zu dienen haben, aller Vernunft und jedem Augenschein entgegen, weil dieser selbe Adam, der uns nicht hört, darauf wartet, nackt und bloß wie er ist, bresthaft und unheilbar, vielleicht nur für einen Augenblick, vielleicht nur eine Minute lang (aber auf diese Minute hin ist er erschaffen) seine Blöße und sein Elend der Barmherzigkeit Gottes zu unterbreiten ...

Der Zorn ist verraucht, der Schmerz ist geblieben, scharfer stechender Schmerz, der sich nicht mildert, sondern nur stechender wird, da der Kranke jetzt darauf besteht, dem Ankömmling die Kirche zu zeigen, obwohl es ihm, wie er selbst zugibt, heute schlechter als sonst geht. »Ich werd ein Hundsfott sein und Sie alleine gehen lassen? Nichts da! Meine Stöcke – so!«

Jämmerlich hinkend schleppt er sich vor dem Jungen her den Kirchenhügel hinauf.

»Pracht hab ich ja keine anzubieten: die richtige Vaterunserscheune. Mag vor vierhundert Jahren ganz präsentabel gewesen sein. Die Fundamente – zwölftes Jahrhundert. Dann sind die Barockleute darüber gerückt, und was die verschonten, hat das Neunzehnte zugrunde gerichtet. Da haben Sie's.«

Sie sind eingetreten. Die Kirche ist leer. Perwög kniet nieder und bekreuzigt sich. Lamprechts Krücken poltern auf den Fliesen. »Na, kommen Sie schon!« Und dann: »Sehen Sie sich nur mal das Machwerk von Kanzel an, Schreinerarbeit dritten Ranges. Ich wollt sie schon oft kassieren, aber meinen Sie, man hätte mir das gestattet? Justament mußte ich sie behalten, obwohl mir bei ihrem Anblick jedesmal die Galle hochsteigt.«

Perwög murmelt verlegen, er finde die Kanzel auch nicht gerade schön, aber ...

Lamprecht lacht barsch: »Verstehe, verstehe. ›Nicht gerade schön‹ – aber stört Sie nicht weiter.« Er schleppt Perwög vor den Altar. »Dann wird Sie auch der Michael da nicht stören, wie? der niedliche Nazarenerknabe mit der Ringelnatter – und die Katharina mit dem Rädchen – sieht doch wie eine Sodalin aus, die vor jeder Maus auf den Tisch springt. So haben sich die Herrschaften die Heiligen vorgestellt – pah! Und vor so was soll unsereiner zelebrieren!«

Perwög weiß nicht, was er antworten soll. Ihm ist – um die Wahrheit zu sagen – ein Altar wie der andere, ein Bild wie das andere. Er hat keinen Blick dafür.

Später in der Sakristei: hier sind ein paar Dinge, die auch Pfarrer Lamprecht gelten läßt: ein altes Meßbuch, der Traghimmel, den er – auf eigene Kosten – nach barocken Mustern anfertigen ließ, und das Beste: eine gotische Kreuzigungsgruppe, ruinös, aber gute Bozner Schule. »Vor der läßt sich's wirklich beten.«

Lamprecht fährt fort: »Hab sie den Infelds abgeluchst. Sie wissen nicht, wer die Infelds sind? Unser Lajoner Patriziat. Alte Familie, aber total verarmt. Zwei Söhne sind gefallen, jetzt ist nur mehr die Mutter da und eine adoptierte Enkelin, hübsches Mädel, leider verdreht erzogen, die richtige höhere Tochter. – Ja, es ist ein Jammer mit diesen alten Familien. Früher hatten sie ihre Aufgaben in der Verwaltung, im Heer; noch früher als Bauherren, Gerichtsherren; sie haben das Gesicht des Landes bestimmt. Jetzt sind sie abgeschnitten von jeder Aufgabe, doppelt abgeschnitten, seit die Welschen im Land sind – bin neugierig, wie das weitergeht.«

Lamprecht hat die Krücken beiseite gestellt und sich ächzend niedergelassen. »Jetzt haben wir ja auch noch diese Faschisten auf dem Hals, die wollen kurzen Prozeß machen mit uns deutschen Tirolern. Wir werden uns zwar zu wehren wissen. Aber diese Abwehr wird alles in uns beschäftigen. Wozu werden wir sonst noch Kraft haben und imstande sein? Ich sehe schwarz.«

Gott wird uns helfen, denkt Perwög.

Aber Lamprecht: »Sehe schwarz – und nicht nur für uns Südtiroler. Ich sehe schwarz für ganz Deutschland. Die Weltgeschichte hat es schließlich erwiesen: Gott kann ganze Völker vergessen. Und ich fürchte: Er hat gerade damit angefangen, uns zu vergessen.«

Nun *muß* ich entgegnen, denkt Perwög. Und er sagt: »Aber Herr Pfarrer, Gott vergißt nicht *eine* Seele.«

Lamprecht lächelt düster: »Meinen Sie? Ja. So heißt es. Aber ich – ich weiß nicht. Kennen Sie Griechenland? Nein. Ich war ein paarmal dort. Man könnte nur heulen.«

Griechenland. Und immer wieder: Griechenland. Pfarrer Lamprecht spricht von nichts lieber als vom alten Hellas. Es ist ihm etwas wie das Gelobte Land, das glückselige Paradies, das einst – wie an goldenen Ketten vom Himmel herabgelassen – für kurze Zeit aufleuchtete und verging: Göttliches geschah, Vollkommenheit ereignete sich.

»Ich war in Olympia«, erzählt er, »da steht die Ruine des alten Zeustempels. Ich sage Ihnen, Perwög, ich habe sie nur mit Zittern und Zagen betreten. Ich ließ mir zeigen, wo die Zeusfigur des Phidias gestanden hat. Und an der Stelle – da bin ich wohl niedergekniet und habe sie geküßt.«

Für Perwög beginnt jetzt eine harte Zeit. Sie ist hart – nicht weil Pfarrer Lamprecht krank ist (sein Bein wird immer nur schlimmer) und alle Arbeit auf den jungen Kooperator fällt; nicht weil er immer unterwegs sein muß, bergauf, bergab zu den Fraktionen Tanürz, St. Peter und Albions und zu den verstreuten Höfen, die einen fast auf der Talsohle des Eisack, die anderen bis knapp unter der Almregion (wer nicht gut zu Fuß und ein flinker Steiger ist, darf weder Arzt noch Priester noch Postbote werden in Tirol), und auch nicht deshalb ist die Zeit hart, weil er, nachts zu Versehgängen und Nottaufen gerufen, Tag für Tag die Frühmesse zu lesen hat und nie recht ausgeschlafen ist; er muß Bettlägrige besuchen, predigen, Beichte hören, begraben, muß immer wieder Menschen kennenlernen und sich mit ihren Verhältnissen vertraut machen – das alles ist ihm nur recht, er hat es nicht anders erwartet und möchte es nicht anders haben. Hart wird ihm die Zeit aus einem anderen Grund, und dieser Grund ist Pfarrer Lamprecht.

Der Alte ist voll Mißtrauen, und seine Krankheit quält ihn. Er hat sein Amt hier in Lajon seit fünfzehn Jahren mehr widerwillig als freudig versehen. Er hat sich nach dem ersten mißglückten Anlauf, das Vertrauen der Gemeinde zu gewinnen, hinter seinen Büchern, in seiner Wissenschaft verschanzt. Er ist auch oft genug ausgebrochen zu großen Reisen; von Haus aus vermögend, konnte er sich's leisten, Rom, Athen, Paris und sogar Madrid zu besuchen. Er ist korrespondierendes Mitglied kulturhistorischer Vereine und Mitarbeiter wissenschaftlicher Zeitschriften. Das alles hat sein Leben ausgefüllt, erweitert, bereichert.

Doch seine kirchliche Obrigkeit war damit nicht einverstanden. Es fehlte zwar nicht an Plänen, ihn seinen Fähigkeiten entsprechend einzusetzen. Aber diese Pläne scheiterten jedesmal; hatte er seine Gönner jeweils im letzten Augenblick irgendwie vor den Kopf gestoßen? – Er blieb Pfarrer von Lajon. Er tobte wie ein Löwe in einem viel zu engen Käfig und legte sich schließlich grollend zur Ruhe.

Und nun war dieser Perwög gekommen, ein junger Putz, ahnungslos, übereifrig ... In Lamprecht zog sich Mißtrauen zu einem schmerzhaften Knoten zusammen. Sollte dieser Übereifer vielleicht nur dazu da sein, um ihm, dem amtierenden Pfarrer, vorzuführen, wie schlecht er sein Amt versehen? Wozu diese Unrast Tag und Nacht? Wozu diese zahllosen Besuche in allen Häusern? Wozu diese übertriebene Leutseligkeit, mit der der Kooperator jedes Kind und jeden alten Schnapsbruder anredete, der auf unsicheren Beinen vom Wirt nach Hause schlurfte?

Und dann: seine Predigten. Jeden Sonntag eine geschlagene halbe Stunde – und trotzdem kamen die Leute; erst wenige, dann mehr, nicht einmal die Männer hielt es mehr draußen vor der Kirchentür: sie füllten die Bänke, und am Tor drängte sich eine Traube, und er, Pfarrer Lamprecht, saß dabei im Gestühl neben dem Altar, und manchmal warf er einen Blick hinunter in das Kirchenschiff: wie sie horchten!

Das also war's, was sie hören wollten, seine Lajoner: von Gottes Barmherzigkeit – und immer wieder nur von Gottes Barmherzigkeit. Der Mensch ist schwach, auch wir Priester sind schwach, und wäre Seine Liebe nicht ... Nichts vom Fluch der Sünde und menschlicher Niedertracht, geschweige denn von Strafe und Verdammung. Kein Donnerwort. Chamade. – –

Perwög wußte, was Lamprecht von ihm dachte. Bei jedem Sonntag-Mittagessen dieselben Sticheleien: Na, Kooperator, zufrieden? Mucksmäuschenstill war's ja heut wieder und die ganze Kirche voll. Sie sind ihnen auch schön um den Bart gestrichen, meinen Lajonern, ganz schön um den Bart ... Na, meinetwegen. Sie werden schon sehen, wohin Sie kommen mit christlicher Milde. Am Schluß tanzt man Ihnen auf der Nase rum.«

Perwög schweigt. Die Gabel zittert in seiner Hand.

Ja, und dann geschah jenes – vier oder fünf Wochen, nachdem er unter seinem Rucksack schwitzend durch die Raschötz aufgestiegen, die beiden jungen Leute gesichtet hat, das blonde Mädchen im lila Dirndlkleid, den Burschen in dunklem Loden, Gelächter und Küsse und Sprünge von Fels zu Fels (freundliches Omen für den Ankömmling).

Perwög kehrt soeben von einem Versehgang zurück. Vor dem Widum hält eine Kutsche. Hat Pfarrer Lamprecht Besuch bekommen? Wäre nur gut: Der Alte fühlt sich ohnehin von der Welt vergessen.

Perwög tritt in das Haus. Da kommen ihm über die Treppe hinten im Flur zwei Fremde entgegen: ein Herr, eine Frau; sie kommen Arm in Arm, eiligen Schrittes – er in dunklem Anzug, sie in schwarzem Stadtkostüm mit weißem Florentinerhut. Er hält ein Stöckchen in der Hand und läßt es zwischen den Fingern wirbeln.

Perwög tritt zur Seite, um die beiden vorbeizulassen. Da wippt die Krempe des Hutes zurück, und Perwög erkennt das Mädchen aus der Raschötz.

Schon sind die beiden vorüber und durch den Flur zum Tor und durch das Tor hinaus. Langsam dreht sich der Flügel in den Angeln, fällt zu, schnappt ein.

Perwög hört aus dem Oberstock polterndes Rumoren. »He, Kooperator, sind Sie's?«

Perwög eilt hinauf. Lamprecht hinkt ihm aus seinem Zimmer entgegen. »Jetzt haben Sie was versäumt. Wir kriegen eine große Hochzeit. – Die beiden haben eben ihr Aufgebot bestellt.«

»Aufgebot?« fragt Perwög entgeistert.

»Allerdings. Die Infeld Hedwig und der polnische Schubiak, der Lebandowski. In vier Wochen ist Trauung. Heissadudeldei. Achtzehn ist *sie*, er bald vierzig. Jaja, der Mammon.«

Nicht möglich, denkt Perwög.

»Das sind sie, die *guten* Familien. Die Herren Väter haben lustig gelebt, die Töchter und Enkelinnen werden verkauft. Oder verkaufen sich selbst. Ich hab ja die alte Infeld gewarnt, Geld von dem Kerl anzunehmen. Ich wußte doch gleich: eine faule Sache. Aber ich habe gegen eine Wand geredet. Jetzt kassiert er die Rechnung.«

Nicht möglich, denkt Perwög wieder. O Gott, laß es nicht möglich sein.

»Sie schauen ja ganz verdattert drein. Kennen Sie den Lebandowski?«

»Nein.«

»Oder die Hedwig?«

»Nein. Nur ...« Perwög beißt sich auf die Zunge.

»Ich könnte sie ja verhauen, das Mädel, so dumm, so instinktlos zu sein! Was gibt es Dümmeres als ein instinktloses Weib?«

Den ganzen Tag grübelt Perwög hin und her. Soll er reden, soll er schweigen? Am Abend ist er schließlich so weit, daß er bei Lamprecht anklopft.

Keine Antwort.

Er klopft wieder und ein drittes Mal.

»Was ist denn los?«

»Ich bin es.«

Drinnen wird ein Fluch gemurmelt. Endlich ertönt ein barsches: »Na, kommen Sie schon!«

Lamprechts Studierstube ist leer, aber hinten steht die Tür zu seinem Schlafzimmer offen. Er sitzt auf seinem Bett und ist offenbar gerade damit fertig geworden, den Verband an seinem Bein zu wechseln. »Warten Sie noch!« schreit er dem Eintretenden entgegen. Er rafft etwas Weißes vom Boden auf, knüllt es zusammen, hinkt zum Ofen, schiebt es ein, zündet es an. Sein Gesicht ist vor Ekel verzerrt. Erst als er das Feuer knistern hört, kehrt er zu seinem Bett zurück.

»Öffnen Sie das Fenster!«

Perwög gehorcht. Er weiß, Pfarrer Lamprecht leidet unter der fixen Idee, daß sein eitrig nässendes Bein schon zu riechen begonnen hat.

»Na, was soll's?«

Perwög beginnt zu berichten, stockend, denn jetzt, wo er in Worte fassen soll, was er in der Raschötz gesehen hat, kommt es ihm irgendwie nichtig vor. Das Wesentliche läßt sich nicht aussprechen, das Wesentliche, das darin besteht, daß diese beiden jungen Menschen Liebende waren, Liebende sind, von Gott füreinander geschaffen ...

Pfarrer Lamprecht hat ihm schweigend zugehört. Er sitzt in die Kissen seines Bettes gelehnt, den Arm auf den Nachttisch gestützt, die schwarzen Augen auf den Jüngeren geheftet. Von Zeit zu Zeit trommeln seine Finger einen kurzen Wirbel.

Perwög verstummt.

»Was weiter?«

»Nichts. Das war alles.«

»Und Sie sind einfach stillgesessen, Kooperator?«

»Ja –«

»Und haben sich nicht bemerkbar gemacht?«

»N – nein.«

»Und warum nicht, wenn ich fragen darf?«

Perwög blickt auf und erstarrt vor Entsetzen. (Niemals, auch in späteren Jahren nicht, kann sich Perwög dieses Augenblicks erinnern, ohne innerlich zusammenzuzucken.) Dieser Verdacht! Dieser Verdacht! Er leuchtet so unergründlich tief in das Herz dessen, der ihn faßte, leuchtet in die Bitterkeit, nicht nur des Menschenverächters, sondern – schlimmer noch – in das grimmige Mißtrauen des Priesters gegen seinesgleichen. Perwög weiß nicht mehr, was er geantwortet hat. Gar nichts, wahrscheinlich gar nichts, denn Pfarrer Lamprecht zieht sofort zurück, sein Gesicht verändert sich, er wischt mit der Hand darüber hin und läßt dann die Hand, zur Faust geballt, auf das Knie des kranken Beines niederfallen. »Verzeihen Sie – ich bin – ich habe – Kehren Sie sich nicht daran! Reden Sie weiter!«

Perwög schweigt. Vor seinen Augen ist Finsternis.

Lamprecht: »Und sind Sie sicher, daß die Frauensperson Hedwig war?«

»Ganz sicher.«

»Und daß der Mann nicht Lebandowski –?« Plötzlich lacht Lamprecht auf: »Diese Hedwig – so ein Luader!«

Luder ist ein Schimpfwort, aber in der Mundart als »Luader« hat es noch eine andere Bedeutung. Ein Luader wird genannt, wer es versteht, heimlich seiner Wege zu gehen, sein Schäfchen ins trockene zu bringen; Luader heißt: der hat es faustdick hinter den Ohren, ein Ton der Anerkennung schwingt mit, und wenn jetzt Pfarrer Lamprecht Hedwig ein Luader nannte, will das nichts anderes besagen als: Sieh da, die Kleine ist doch nicht so dumm.

Schon wieder regt sich in Perwög der Zorn.

Doch Pfarrer Lamprecht ist ernst geworden: »Wenn ich Sie recht verstehe, Perwög, sind Sie der Meinung, daß irgend etwas geschehen muß.«

»Allerdings.«

»Aber was?«

»Das müßten Sie wissen, Herr Pfarrer.«

Lamprecht schweigt.

»In vier Wochen«, beginnt Perwög, »soll dieses Mädchen einen Mann heiraten, den sie nicht liebt, den sie nicht lieben kann. Das wird nicht gut gehen.«

»Nicht gut? Miserabel.«

»Eben darum. Sie können nicht zusehen ...«

»Das Aufgebot ist bestellt.«

»Trotzdem –«

»Das heißt: Die Sache ist im Rollen. Soll ich vielleicht hingehen und zur Hedwig sagen: Was fällt dir ein – du hast doch einen anderen. Und wenn ich's täte? Was würde es mir nützen? Die Hochzeit wird schon vorbereitet, die Gäste sind geladen, die Karten in Druck gegeben, der weiße Plunder bestellt, das Nest ist hergerichtet ... In dieser Phase springt keine mehr raus, da läuft der Mechanismus ab, klipp – klapp und bis zum Ende.«

»Aber ihre Seele ist in Gefahr.«

»Sicherlich. Doch das wäre sie in jedem Fall – und vielleicht noch mehr ohne diese Liebschaft.«

»Ich verstehe nicht.«

»Mit einem Mann zu leben wie mit diesem Lebandowski – lieber Freund! Ein Schinder ist er, das sagen alle. Seine Arbeiter nutzt er aus, mit den Welschen steckt er unter einer Decke. Weiß Gott, womit er sein Geld gemacht hat.«

»Um so weniger dürfen Sie zugeben, Herr Pfarrer –«

»Zugeben! Zugeben! Ach, Perwög, Sie sind ahnungslos. Was müssen wir nicht alles zugeben? Wir dürfen Ratschläge erteilen, aber das ist so, als spuckte man gegen den Wind. Und nachher trösten, wenn das Malheur geschehen ist. Das dürfen wir. Einzugreifen aber ist uns verboten. Mutter Kirche bindet uns die Hände. Was nicht ausdrücklich gegen formale Vorschriften verstößt, das haben wir geschehen zu lassen, dagegen dürfen wir nicht aufmucken, auch wenn der Unfug zum Himmel schreit. Im Gegenteil, mein Bester, ganz im Gegenteil: Wir müssen, wie in diesem Fall, noch segnen.«

»Aber –«

»Freiheit!« fährt Lamprecht fort, »›Willensfreiheit‹. ›Alle Menschen sind gleich und jeder ist frei.‹ Diese Devise haben wir auf unsere Fahnen geschrieben, und ihr zuliebe müssen wir tatenlos zuschauen, wie sich die Menschen zugrunde richten.«

Pfarrer Lamprecht ist in seine Kissen zurückgesunken. Leise ächzend zieht er sein krankes Bein an und versucht, während sich sein Gesicht schmerzhaft verzieht, das geschwollene Knie zu drehen.

»Was soll ich Ihnen erzählen, Perwög? Ich habe in meinem Leben schon Hunderte von Ehen eingesegnet. Ich will nicht undankbar sein, es waren welche darunter, da konnte ich meine helle Freude haben. Aber andere, so manche andere ... Da fragt sich unsereins, wie er dazu kommt, sich an solchen Händeln mitschuldig zu machen. Verlotterte Trunkenbolde und alte Huren sind noch die leichteren Fälle. Die sind einander wenigstens gewachsen. Aber wenn du siehst, wie ein armes Hascherl einem brutalen Burschen ausgeliefert wird, wie ein anständiger Junge einer habgierigen Biskurn zum Ofer fällt, oder ein lendenlahmer Zittergreis mit einem Weibsbild, dem die Lebenslust aus den Augen sprüht – – ja, Perwög, da stehen Sie vor den beiden, stellen Ihre Fragen, reichen die Ringe und denken nur: Gnade euch Gott!«

Lamprecht schweigt. Auch Perwög sitzt schweigend da. Er sucht nach einer Erwiderung. Er findet keine. Er spürt, wie ungeheuer die Last der Erfahrung sein muß, die Lamprecht im Laufe seines Lebens eingesammelt und auf sich geladen hat; er ahnt, daß auch ihm noch viel bevorsteht, mehr, als er bis heute für möglich gehalten, eine Kette von Prüfungen, die ihn bis an den Rand der Verzweiflung treiben könnten, aber, so hofft er doch (in te, Domine, spero) nur an den Rand ...

Am nächsten Morgen ruft Lamprecht Perwög zu sich.

»Ich hab's mir überlegt. Ich werde doch noch einmal mit der Hedwig reden. Jetzt ist nur die Frage: Wer war der junge Mann, mit dem Sie sie gesehen haben? Keine Ahnung?«

Perwög versucht ihn zu beschreiben, so gut er kann. Aber es kommt nicht viel dabei heraus, und ihm gelangt zu Bewußtsein, daß er damals in der Raschötz eigentlich nur das Mädchen gesehen hat.

Der nächste Tag ist ein Sonntag und er, Perwög, hält die Predigt. Er sucht, während er spricht, die Männerbänke mit den Augen ab. Da ist niemand, der ihn auch nur im entferntesten an den Burschen erinnert. Auf der Frauenseite: ein großer weißer Florentinerhut, neben ihm ein haselnußbrauner Kinderkopf, in dessen hochgenommenem Haar eine schwarze Schleife sitzt. Die beiden gehören, scheint es, zusammen. Perwög wartet die ganze Predigt darauf, daß sich der weiße Hut einmal hebt, daß das Gesicht darunter sichtbar wird. Es geschieht nicht. Er spricht mühsam, verhaspelt sich dreimal, daß er kaum weiter weiß. In Schweiß gebadet verläßt er die Kanzel.

Nach dem Nachmittagsrosenkranz ist er allein in der Sakristei. Der Küster und die Ministranten sind schon weggegangen. Der stille Raum ist dämmrig kühl, obwohl durch die beiden hochsitzenden und mit Draht vergitterten Fenster ein schräger Sonnenstrahl einfällt; er spielt über den braunen Wandschrank, über die violetten und goldenen Meßgewänder. Perwög ordnet die eingesammelten Liederheftchen zu einem Stoß.

Da hört er hinter sich ein Geräusch, es ist sehr leise – wie der Atem eines Kindes, und da er sich umdreht, steht in der halboffenen Tür zur Apsis richtig ein kleines Mädchen, zwölfjährig etwa, in schwarzem Kreppkleid, die schwarze Schleife im Haar.

»Nun? Suchst du jemand?«

Das Kind nickt und hält ihm ein Gebetbuch entgegen: weißer Einband, Messingspange. »Ich habe es gefunden, es lag in meiner Bank.«

»Danke«, sagt Perwög freundlich. »Warst du auch im Rosenkranz?«

Das Kind bejaht. Zum Beweis zieht es die Perlenkette aus der Tasche seines Kleides, läßt sie aber sofort wieder verschwinden. Seine Augen irren ehrfürchtig scheu an Perwög vorbei und im Raum umher.

Perwög lächelt die Kleine an. Sie ist ein sehr hübsches Kind, ihre Schüchternheit rührt ihn. – Sie könnte Hedwigs Schwester sein – ja, sicher ist sie Hedwigs Schwester: derselbe ein wenig eulenhafte Augenschnitt, dasselbe zarte Wangenrund, dasselbe tiefe Lippenrot. Und er denkt: ich muß mit ihr reden, muß sie hier festhalten, vielleicht geht ein Weg über dieses Kind ...

»Wie heißt du denn?« fragt er und verbirgt seine Erregung.

»July.«

»Und weiter?«

»July Basalla.«

»So so. Du bist aber nicht hier zu Hause?«

In die Augen des Kindes tritt ein Schatten, etwas irrlichternd Dunkles. »Früher nicht. Jetzt schon.«

»Du trägst Schwarz. Ist dir jemand gestorben?«

»Ja. Die Mutter. Auch mein Vater ist tot.«

Perwög will dem Kind eine Wort der Anteilnahme sagen. Aber der zerstreute Ausdruck seines Gesichts läßt ihn zögern. Es möchte sich offenbar in der Sakristei umsehen.

»Warst du noch nie hier herinnen?«

»Nein.«

»Dann komm herein!«

Das Mädchen tritt näher. Zu seiner Überraschung bemerkt Perwög, daß es die Hände faltet: es hat Kelch, Patene und Monstranz entdeckt, die in einem Glasschrank verwahrt sind. Die Lippen des Kindes teilen sich, so andächtig staunt es das geweihte Gerät an.

»Soll ich da aufsperren?«

»O bitte!«

Perwög öffnet das Schränkchen. Das kleine Mädchen macht eine Bewegung, als wollte es sein Knie beugen.

»Die Gefäße sind jetzt leer«, sagt Perwög. »Du brauchst nicht niederzuknien.«

Das Mädchen macht einen kleinen Schritt nach vorn. Der Kooperator rückt ihr die Monstranz vor. »Sie ist schön, nicht wahr?«

»Sehr schön!« haucht das Kind. Aber seine Blicke haften an dem Ziborium, dem Speisekelch mit dem weißen Mäntelchen. Und plötzlich wirft es den Kopf zurück und sagt: »Ich habe noch nie kommunizieren dürfen.«

Perwög ist überrascht. »Noch nie?« Das Kind ist längst in dem Alter. Schon seit einiger Zeit werden Sieben- und Achtjährige zugelassen. »Du bist doch katholisch, oder?«

»Das schon. Aber meine Mutter wollte nicht. Sie sagte, ich verstünde es noch nicht, ich sollte erst älter werden.«

»Ach so.«

»Sie erlaubte mir auch nicht, zur Beichte zu gehen. Sie sagte –« das Kind verstummt. Es trippelt verlegen. Dann – in aufbegehrendem Ton: » Sie sagte: Der Priester ist ein Fremder für dich. Was gehen ihn deine Sünden an? Es ist besser, du sagst sie mir.«

»Soso.« Perwög ist verblüfft. Eine solche Ansicht ist ihm noch nie untergekommen. Er weiß nicht, was er antworten soll. Endlich fällt es ihm ein. »Du wirst sicher noch viel jünger gewesen sein, damals –«

Das Mädchen schüttelt den Kopf. »Es war erst vor einem Jahr.«

»Nun, ein Jahr«, sagt Perwög erleichtert, »ein Jahr ist ja eine recht lange Zeit – in deinem Alter Und ich bin sicher, wenn deine Mutter noch lebte, jetzt hätte sie nichts mehr dagegen.«

Das Kind wirft ihm einen Blick zu. Um seine Lippen zuckt etwas wie schmerzliches Besserwissen. Dann senkt es den Kopf und murmelt: »Schon möglich.«

In Perwögs Kopf formt sich ein rascher Plan. Er will mit den Verwandten des Kindes sprechen, das heißt: mit Hedwig. Er will den Umstand nützen, der sich ihm bietet. Hier ist die Möglichkeit ... Hastig beginnt er: »Aber du willst doch die Sakramente empfangen, nicht wahr? Es ist ja auch höchste Zeit. Ich könnte mit deinen Leuten reden, vielleicht sogar noch heute. Sofort.«

Aus dem Gesicht des Kindes leuchtet Freude: »Ja, bitte! bitte!«

Eilig stellt Perwög die Monstranz zurück und verschließt das

Fach, verschließt die Sakristei, steckt die Schlüssel ein und macht sich mit Julia auf den Weg.

Sie gehen durch das Dorf und den Hügel hinauf und zwischen den Zäunen dahin, die durch Mähder und Lärchenhaine gegen Mayregg leiten. Einmal kommen sie an einem kleinen Haus vorbei. Drinnen erhebt sich ein verworrener Lärm: ein Klingeln, Schnarren, Durcheinandertönen. »Die Uhren des Herrn Mors«, erklärt das Kind. »Er hat hundert Uhren.«

»Hundert?«

»Und alle gehen auf die Minute gleich. Herr Mors richtet sie so lange, bis sie alle auf einmal schlagen. Und wenn er hört, daß eine zurückbleibt, dann richtet er sie sofort. Sogar in der Nacht.«

»Woher weißt du denn das?«

»Der Herr Lehrer hat es erzählt.« Julia wird dunkelrot. »Er wohnt bei Herrn Mors.«

Perwög stutzt. Irgend etwas an Julias Ton, ihr tiefes Erröten – wäre es möglich, daß der Lehrer – und daß das Kind etwas ahnt?

Doch Julia fährt schon fort: »Jetzt ist der Herr Lehrer nicht hier. Er ist zu Hause, bei seiner Mutter in Proveis. Es sind ja Ferien. Aber«, die Kleine leuchtet auf, »in zehn Tagen fängt die Schule wieder an.«

»Du freust dich wohl?«

»Sehr.« Das Mädchen beginnt zu hüpfen. Nach ein paar Schritten gibt sie es wieder auf. Plötzlich ist seine Stirn umwölkt. »Aber Onkel Seffo sagt –«

»Wer ist Onkel Seffo?«

»Hedwigs Verlobter. Eigentlich ist er mein Schwager, aber ich muß ihn doch Onkel Seffo nennen, weil er doch schon so alt ist, viel älter als Hedwig und fast schon zu alt für sie, das sagt sie selbst.«

Perwög hält den Atem an. Dann – leise: »Du wolltest mir eben etwas anderes erzählen.«

»Ach ja. Onkel Seffo meint, eine Dorfschule sei nichts für mich. Da würde ich dumm bleiben. Eine Dorfschule sei nur etwas für Bauernkinder. Das ist bestimmt nicht wahr. Bei Herrn Lehrer Wa- –«, sie verschluckt den Namen und fährt fort: »Darum will mich Onkel Seffo in eine Klosterschule schicken, in dieselbe, wo Hedwig war. In ein, zwei Jahren, sagt er, dann ist es höchste Zeit.«

So so, denkt Perwög. Dieser »Onkel Seffo« scheint ja alles zu bestimmen, alles im voraus schon geplant zu haben. Sogar über dich hat er schon entschieden.

Dann sind sie in Mayregg. Julia ist vorausgelaufen, um Kooperator Perwög anzumelden. Aber Hedwig ist nicht zu Hause. Hedwig ist mit ihrem Verlobten nach Brixen gefahren: Tournee bei der Verwandtschaft, sie laden zur Hochzeit.

Nur Ömchen ist da, sie sitzt in ihrem Ohrenstuhl, ist eingenickt.

Julia zupft sie: »Du, du, wach auf!«

Ömchen braucht eine ganze Weile, um sich zurechtzufinden. Und auch dann begreift sie nicht ganz, wer der junge Geistliche Herr ist, der da plötzlich hereinschneite. Aber sie weiß natürlich, was sich einem solchen Gast gegenüber gehört. »Hochwürden trinken doch sicher ein Täßchen Schokolade? – Julia, spring in die Küche, sag der Fanny –«

Dann sitzt Perwög bei der alten Frau und bringt sein Anliegen vor. Zuerst, was Julia betrifft – sie habe noch nicht die Sakramente empfangen. Es sei doch an der Zeit.

»Aber freilich, Hochwürden, höchste Zeit! Wieso denn noch nicht –? Ich hatte keine Ahnung.«

Perwög läßt etwas von dem seltsamen Wunsch verlauten, den Julias Mutter geäußert habe.

Über die Züge der alten Frau huscht Ratlosigkeit, Erschrekken. »Julias Mutter«, murmelt sie und tastet nach ihrer Stirn. »Ich kenne die Dame gar nicht. Warum macht sie uns auch nie einen Besuch –? Das gehörte sich doch, nicht wahr?«

»Sie ist gestorben«, mahnt Perwög leise.

»Gestorben? Wieso –? Ach richtig! Darum trägt die Kleine schwarze Kleider. Und ich wollte schon neulich fragen, was das zu bedeuten hat.«

Die Magd bringt ein Tablett: goldgeränderte Tassen, mit Blümchen bemalt.

Vorsichtig lenkt Perwög das Gespräch von Julia auf Hedwig.

Ömchens Gesicht blüht augenblicklich auf. »Hedwig – ja, meine kleine Hedwig. Hat das Kind nicht ein Glück? Herr Lebandowski ist ein Kavalier, vom Scheitel bis zur Sohle. Ja, er hat Geld, ist reich – aber das ist nicht die Hauptsache, glauben Sie mir, Hochwürden, das würde uns Infelds nie imponieren.« Und dann, sich vorneigend, in geheimnisvollem Ton: »Ich will Ihnen etwas anvertrauen. Herr Lebandowski will nicht, daß darüber gesprochen wird – Sie verstehen, Hochwürden. Aber

Herr Lebandowski war k. u. k. Major und hatte ein ganz wichtiges Amt im Krieg.« Sie schließt die Augen und flüstert hinter der vorgehaltenen Hand Perwög ins Ohr: »Spionagebekämpfung.«

»Ach.«

Ömchen Infeld lehnt sich zurück in ihren Ohrenstuhl. Aus ihren Augen blitzt Triumph. »Und er hat auch«, fügt sie jetzt mit erhobener Stimme hinzu, »einen hohen Orden dafür bekommen. Seine Majestät, der Kaiser, hat ihm den Orden selbst an die Brust geheftet.«

Die Schokolade wird gebracht und getrunken. Da Perwög geht, hat er ihren Geschmack noch im Mund. Er ist bitter.

Zwei oder drei Tage später nimmt Lamprecht Perwög zur Seite. »Daß Sie es nur wissen: ich habe die Hedwig holen lassen und mit ihr geredet.«

»Und?«

»Sie streitet ab. Sie war nie in der Raschötz. Sie kennt keinen jungen Mann. Sie behauptet sogar, den Polacken zu lieben. Die Hochzeit findet statt.«

Die Hochzeit fand statt, und ich war dabei, als Brautjungfer herausgeputzt, obwohl Hedwig fand, ich sei noch viel zu klein, um eine Brautjungfer abzugeben. »Grünes Gemüse«, sagte Hedwig, »was bist du doch für ein grünes Gemüse, Julia!« Sie war sehr schön in ihrem weißen langen Taftkleid mit dem langen Schleier; aber auch ich gefiel mir, auch ich hatte einen Schleier, wenn auch nur eine kleine Kräuselspitze, die aus dem Kränzchen auf meine Schultern fiel. Stundenlang stand ich vor dem Spiegel und staunte mich an, drehte mich hin und her und träumte.

Die Trauung gefiel mir. Sie war sehr feierlich. Danach erfolgte die Abfahrt der Gäste in sieben Automobilen. Beim großen Dinner in Bozen schlief ich ein. Ich hatte wohl zuviel Champagner erwischt.

Als Hedwig und Seffo von der Hochzeitsreise zurückkehrten zog ich zu ihnen hinunter in die Raschötz. Seffo fand, ich könnte nicht allein bei Ömchen bleiben. »Sie ist doch nur mehr eine alte Närrin. Das Mädel verkommt noch bei ihr.«

Das Haus in der Raschötz war neu, vielmehr, es galt für neu. In Wirklichkeit war es nur um- und ausgebaut und »verschönert«. »Für dich, Tschitschi«, sagte Seffo, »hab ich's mir auch was kosten lassen.«

Was an dem Haus »schön« war, darauf habe ich freilich nie kommen können. Die überhohen Räume, die hohen schmalen Fenster, die dunklen und geschnitzten Türen – das alles erinnerte mich peinlich an unsere alte Wiener Wohnung. Auch hier waren die Böden aus Parkett, die Wände tapeziert. Mamas Flügel stand im Salon, ich habe Hedwig kaum jemals darauf spielen gehört. Zwei unserer Teppiche prangten im Herrenzimmer, und zu meinem Erstaunen stellte ich fest, daß auch das Bild mit dem Segelschiff da war. Onkel Seffo mußte es ebenfalls im Dorotheum ausgelöst haben.

Die einschneidendste Veränderung in meinem täglichen Leben ergab sich aus dem Umstand, daß ich jetzt einen weiten Schulweg hatte, eine volle Stunde, auch wenn ich mich beeilte. Im Winter war es noch stockfinster, wenn ich aufbrach, und schon wieder finster, wenn ich zurückkehrte. Über Mittag blieb ich in Lajon.

Auf diese Weise blieb es mir zumeist erspart, an Seffos und Hedwigs gemeinsamem Leben teilzunehmen.

Es war kein gutes Leben. Ich spürte das – und ich litt Qualen, wenn ich mit ihnen beiden zusammen war. Nicht gerade, daß sie sich offen stritten – es war auch nicht leicht, sich mit Hedwig zu streiten, sie wich zurück, wo immer sie konnte, soweit sie konnte, schwieg, lächelte, nickte, aber ihre Lider zitterten und klappten auf und nieder, und wenn sie den Mund auftat und ihre Antworten mit Liebling und Herzchen begann, klang es peinlich verlogen.

Seffo war immer gereizt (warum – begriff ich erst später). Und ihm war kein Anlaß zu gering und schäbig, daß er dieser Gereiztheit nicht die Zügel schießen ließ. Ich fühlte das jedesmal kommen, und nicht immer konnte ich mich aus dem Staube machen.

Die gemeinsamen Mahlzeiten wurden ein ständiger Grund zum Verdruß. Hedwig konnte nie pünktlich fertig werden. Sie war keine gute Hausfrau – in Mayregg hatte sie nie auch nur das Geringste anrühren müssen. Auch jetzt war eine Köchin im Haus, und es wäre besser gewesen, das Mädchen allein wirtschaften zu lassen. Doch Seffo verlangte, daß sich Hedwig um alles kümmerte. Sie sollte den Speisezettel festlegen und die Zubereitung überwachen. Das führte nur dazu, daß Hedwig das Mädchen mit widersprechenden Befehlen durcheinanderbrachte. Die Küche verwandelte sich jeden Vormittag in ein Chaos. Man hatte schon mit einem Menü begonnen, wenn sich Hedwig plötzlich für ein anderes entschied.

Pünktlich um zwölf erscholl ein rhythmisches Geklapper aus dem Speisezimmer.

Seffo hatte sich zum schon gedeckten Tisch gesetzt und klopfte mit seinem Besteck einen Marsch auf dem Teller.

Hedwig stürzte herein und versicherte, es sei gleich soweit.

»Na schön. Wir werden ja sehen.«

Zwei Minuten später trommelte er von neuem.

Ich konnte nie begreifen, warum Seffo jede kleinste Verspätung mit so viel Ungeduld notierte. Er lag doch täglich bis neun im Bett und trödelte dann noch endlos im Badezimmer herum. Dann endlich begab er sich in sein Büro, er arbeitete täglich nur zwei bis drei Stunden. »Wer länger arbeitet«, pflegte er zu sagen, »ist ein Trottel. Ich bin Unternehmer und kein Baraber. Nur der Dumme muß sich schinden.«

Endlich war es soweit. Hedwig kam, erhitzt, mit strähnig gelöstem Haar. Die Köchin trug auf.

Seffo kostete. Hedwig beobachtete ihn mit angehaltenem Atem. Oft folgte eine spitze Bemerkung oder – schlimmer noch – ein Vortrag über rationelle Kochkunst: Das Gebotene müsse in einem proportionalen Verhältnis zu den Kosten stehen; wer viel verbrauche, müsse auch viel bieten ...

Hedwigs Lider flatterten auf und ab. »Gewiß, mein Herzchen.«

Mit mir sprach Seffo freundlich. Wenn er gut gelaunt war, zog er mich sogar in ein regelrechtes Gespräch. Er kümmerte sich um mich, vielleicht nur, um Hedwig zu zeigen, daß sie sich zu wenig kümmerte. Er schimpfte, wenn ich im Winter keine Handschuhe nahm und Frostbeulen kriegte. Wenn ich abends aus der Schule heimkehrte und nasse Füße hatte, bestand er darauf, daß ich Strümpfe und Schuhwerk wechselte. Er sorgte auch dafür, daß ich nach Bozen zum Zahnarzt kam. Er hatte eine Schwäche für mich und fühlte auch sicher etwas wie Verantwortung für das, was aus mir werden sollte.

Es gab Augenblicke, in denen er mir nahekam, in denen ich ihn mochte. Ich wußte doch, daß er verhaßt war, daß auch Hedwig ihn haßte; irgend etwas in mir ergriff für ihn Partei. Aber diese Augenblicke waren selten, und dann erschreckte er mich – gerade in solchen Momenten – mit etwas mir Unbegreiflichem, Dunklem.

Einmal – es war wieder nach einer dieser peinlich spannungsgeladenen gemeinsamen Mahlzeiten, die kupferne Mokkakanne stand auf dem Tisch – fehlte der Zucker.

Seffo suchte die Dose oder er tat vielmehr, als ob er sie suchte, er sah hinter die Kanne, er rückte an der Vase. Hedwig merkte nichts. Schließlich begann er: »Ich darf dich daran erinnern, meine Liebe, daß ich noch nicht soweit bin, *alle* meine Gewohnheiten den deinen anzugleichen. Du liebst es, den Kaffee bitter zu trinken. Ich dagegen –«

Hedwig, rasch: »Julia, hole den Zucker!« Ich war schon unterwegs.

»Julia bleibt sitzen! *Du* sollst ihn holen ...«

»Seffo –«

» ... und zwar aus einem ganz bestimmten Grund: um dein Gedächtnis daran zu gewöhnen, daß ich gewisse Rechte habe, auf deine Aufmerksamkeit zum Beispiel oder ...«

Hedwig erblaßte. Ihre Lider klappten auf und zu.

Ich hatte unterdessen die ominöse Dose herbeigebracht.

»Stell sie zurück!« Ich zögerte. »Stell sie zurück, sage ich. Deine Schwester wird sie holen.«

Ich sah von Hedwig zu Seffo und wieder zu Hedwig. Auf einmal erfaßte mich die Wut. Ich packte die Dose mit beiden Händen und kippte sie vor ihnen auf den Tisch.

Hedwig stieß einen Schrei aus und rannte hinaus. Seffo starrte mich an.

»Ich will das nicht«, rief ich. »Ich halte das nicht aus, eure ewige Streiterei.«

Jetzt ging etwas Merkwürdiges vor. Ich erwartete, daß Seffo mich anschreien, mich vielleicht sogar ohrfeigen würde. Nichts davon. Sein Gesicht schien zu verfallen. Er zog den Kopf zwischen die Schultern ein und räusperte sich. Dann holte er sich ein Stück Zucker aus dem verstreuten Haufen, warf ihn in seine Tasse. Rührte um. Seine Hände zitterten. »Ja, Kleine«, sagte er. »So ist das. So ist das also.« Dann nahm er die Tasse, doch statt zu trinken, goß er sie aus, er goß sie gezielt auf seine Hose. Die schwarze Brühe malte einen großen dunklen Fleck. Er starrte darauf nieder, rieb seine Schenkel (ich sah zum erstenmal, wie dünn sie waren, fast wie entfleischt), dann stand er wortlos auf und ging hinaus.

Ich war jetzt zwölfeinhalb Jahre alt und liebte einen Mann, ohne zu wissen, daß mein Gefühl für ihn Liebe war. Obwohl ich unausgesetzt an ihn dachte, ihn fast täglich sah und sprach, dachte ich doch nicht an ihn wie ein Wesen aus Fleisch und Blut. Ich scheute seine Nähe, seinen Blick; das einzige Mal, wo ich ihm ohne Scheu begegnet war: damals am Weiher.

Doch das war lange vorbei und kam nicht wieder.

Manchmal ging ich hin zu jenem Platz und stieg auf den Felsen und lag in der Mulde, in der er damals gelegen hatte und ich neben ihm. Ich spähte nach dem Hecht und nach den Kröten, aber es zeigte sich kein Hecht mehr und auch die Kröten waren verschwunden und das Blasig-Schaumige am Uferrand. Manchmal fuhr ich zusammen und lauschte. Ich stellte mir vor, daß er jetzt käme, Hans Wagenseil – das wollte ich nicht, nein, nein, ich wollte hier nicht gefunden werden von ihm, nicht an dieser Stelle, wo ich ihn suchte; er würde wissen, daß ich ihn suchte, und ich wäre vor ihm wie nackt.

Obwohl das Wort Liebe in meinen Gedanken noch nicht vorkam, wußte ich doch, daß in dem, was ich für Hans empfand, etwas war, was ich verbergen mußte: eine Schande oder ein Makel, irgend etwas, was meinem Alter noch nicht zustand und was, wenn es bekannt würde, nur Spott und Gelächter hervorrufen würde. Ich schämte mich für meine frühreife Liebe, ohne zu ahnen, wofür ich mich zu schämen hatte.

Ansonsten wußte ich schon dies und das. Die Zärtlichkeiten, mit denen Seffo Hedwig in ihrer Verlobungszeit zusetzte, die Vorgänge im Stall, bei der Beschälung der Pferde, die Spiele der Katzen und Hunde, das alles kam mir als etwas Schreckliches, Verworrenes und Wildes vor, die Bilder suchten mich heim, verfolgten mich, ich konnte mir nicht denken, daß ich jemals damit zu tun haben könnte, und am wenigsten dachte ich dabei an Hans.

Allmählich begriff ich, was meine Mutter befürchtet hatte, als sie mir verbot, mit Buben in den Wald zu laufen; als sie mir untersagte, mit Ulrike zu scherzen und mit den fremden Herren im Park zu sprechen: Das *Böse* –

Darum ihre Angst mich fortzugeben, darum ihre verzweifelte Beschwörung im letzten Augenblick: Bleib brav! Das Böse.

Hatte sie mich für so anfällig gehalten? Hatte sie mich so gut gekannt? Oder so schlecht? Oder war die Furcht, die sie mir einhämmerte mit ihren Bitten, Beschwörungen, Drohungen, zuletzt noch meine Rettung? Alles möglich. Alles denkbar.

Meine arme Mutter. Ich träumte noch immer von ihr, sie sei lebendig begraben, ich sah sie im Sarg auf dem Gesicht liegen, verkrümmt, aber wenn ich jetzt im Traum schrie, kam niemand mehr zu mir. Hedwig schlief nicht mehr nebenan.

Sie schlief hinter zwei Türen – dazwischen der lange Gang, gewinkelt dazu. Wenn ich nachts im Dunkeln erwachte (es war möglicherweise schon lang nach Mitternacht, zwischen zwei und drei, denn früher ging ja Seffo nicht zu Bett), wenn ich also im Dunkeln erwachte – im Dunkeln, das, wer weiß es nicht, jedes Geräusch verstärkt, jeden Laut vervielfacht, auch das Entfernte, Leise, am Tag kaum Vernehmliche zu erschreckender Stärke anschwellen läßt: Geflüster, Gekicher, so nah, als wär es vor meiner Tür, näher, immer noch näher, gurrend und halb erstickt und schließlich hell und grell: Hedwigs Lachen! Es wälzt sich in den Kissen, wälzt sich hin und her, bricht ab, bricht wieder los – und dazwischen Seffos hechelnde Stimme: »Hör auf, Hedwig, hör doch auf, hör endlich auf!«

Erst später, viel später erfuhr ich, was dieses Lachen bedeutet hatte:

> »Ich konnte einfach nicht anders, Julia, verstehst du? Es hat mich gepackt und hin- und hergeschüttelt. Seffo mußte ja glauben, ich sei verrückt. Er sprang herum und suchte mich festzuhalten – die Quasten an seinem Schlafrock flogen – und da, da mußte ich noch viel mehr lachen.«
>
> »Und warum?«
>
> »Ich weiß es nicht. Vielleicht wollte ich bloß nicht schreien. Und so lachte ich.«
>
> »Ach, Hedwig –«
>
> »Aber eines Tages war es aus damit. Ich war geheilt. Ja geheilt. Ich konnte jetzt stillhalten und alles ertragen.«
>
> Ich weiß, was sie geheilt hat, ich will nicht fragen, aber dann frag ich doch und Hedwig bricht los:
>
> »Hans und ich – wir hatten uns getrennt, wir dachten, es müsse aus sein, und es war auch aus, monatelang. Aber dann – ach July, July – du warst es, du! du hast uns wieder zusammengebracht.«
>
> »Ich?«
>
> »Du gingst ja jeden Tag zu ihm hinauf, in die Schule; kamst jeden Abend wieder zurück, von ihm. Ich schickte ihm einen Brief – durch dich. Er schrieb mir wieder – durch dich. Nun ging es erst richtig an; er wußte durch dich über alles Bescheid: wann Seffo wegfuhr, wann ich allein war. Wie oft hast du mir ein Buch von ihm gebracht – und ihm

von mir, kannst du dich nicht erinnern, fiel dir nichts auf? die Bücher waren verpackt, die Hüllen verklebt, so warst du unser Postillon d'amour.

Mit der Zeit sind wir noch schlauer geworden, wir lernten uns auch so verständigen, ohne Briefe, ohne Worte. Du hattest zum Beispiel zwei Jäckchen, Julia. Ein rotes, ein blaues. Das eine hieß ja, das andere nein. Du trugst meine Botschaft am Leib.«

Und noch einmal, viel später:

»Sag, Hans, habt ihr euch denn nicht geschämt, so mit mir zu spielen – rotes Jäckchen, blaues Jäckchen, Brief im Lesebuch?«

»Doch Julia, ich glaube wenigstens. Zeitweilig haben wir uns geschämt. Augenblicksweise. Aber das ist eben so, wenn man etwas tut, wofür man sich zu schämen hätte: man nimmt es nicht ernst. Man tut, als wäre man – in einer Kegelbahn, wo man die Würfe wiederholen kann: ein Wurf ist schlechter, ein Wurf ist besser, die Kugel kommt immer wieder zurück. Man wirft, als würfe man nicht. So tut man, als täte man nicht. Man glaubt nicht an die Bedeutung des Augenblicks. Man stellt sich, als könnte man alles wieder zurücknehmen. Erst später kommt man darauf: die Kegelbahn hat hinten keine Wand, und die Kugel rollt, wie man sie einmal geworfen hat, endlos weiter.«

Perwög blättert noch immer in seinen Pfarrannalen: Anno Domini 26, 27, 28 ... und da, zwischen Judica und Palmarum, keine Eintragung, ein unbezeichneter Tag; doch in ihm, Perwög, ist er eingetragen.

Wieder einmal lief eine Großrazzia durch das Land. In Vilnöß waren zwei Faschisten überfallen und niedergeschlagen worden. Sofort ging eine Verhaftungswelle durch die umliegenden Täler. Ein Mann setzte sich zur Wehr und entkam. Ihm war nachgeschossen worden, und offenbar hatte man ihn auch getroffen. Blutspuren verloren sich im Wald.

Nun wurde das Aufgebot verdoppelt, Dörfer und Almen durchgekämmt. Es war klar, daß der Verwundete Helfer und Helfershelfer hatte. Wahrscheinlich war er auf einer Schwaige untergetaucht. Doch der Schwaigen waren viele, und in den Bergen lag noch Schnee. Kompagnieweise und bis an die Zähne bewaffnet machten sich Carabinieri, Alpini und Schwarzhemden daran, das weitverzweigte Gebiet zu durchstöbern. Das Unternehmen verbreitete die Atmosphäre massiver Drohung.

Das ganze Land wartete mit sozusagen angehaltenem Atem auf das Ergebnis der Aktion.

Eines Nachts erwachte Perwög davon, daß kleine Steinchen an sein Fenster prallten. Dem scharfen Peng-Peng gegen die Scheiben folgte, als er hinuntersah, ein warnendes Zischen. Perwög kannte sich sofort aus. An der Hintertür empfing er einen Unbekannten, der ihm mitteilte: Der Verfolgte liege in der Proßliner Schwaige, es geht ihm schlecht, er möchte versehen werden.

Perwög erschrak. Die Proßliner Schwaige lag von Lajon mindestens vier Stunden Fußmarsch entfernt, man mußte zuerst ins Tal hinunter, jenseits wieder hinauf und die Seiser Alm in ihrer ganzen Breite queren; und gestern hatte es von neuem stark geschneit.

Er kleidete sich an, holte das viaticum und sagte Pfarrer Lamprecht Bescheid: er würde kaum vor Mittag zurück sein. Dann brach er mit dem Unbekannten auf. Sie vermieden die Wege und liefen talzu über Stock und Stein. Hinter Pufels bewegten sie sich eine Zeitlang im Bachbett, um ihre Spuren im Schnee zu verwischen. Dann kam die lange Strecke über das flachwellige Gelände der Alm. Es war schon gegen vier Uhr morgens, als der schwärzliche Block der Schwaige vor ihnen auftauchte.

Auf ihr Rufen und Pochen wurde geöffnet. Eine Ölfunzel leuchtete ihnen voran. Perwög fand den Verwundeten im Oberstock, hinter einem Verhau von Gerümpel versteckt. Er hatte einen starken Blutverlust erlitten und fieberte. Trotzdem, ließ sich eine Stimme jetzt vernehmen, gehe es schon besser.

Perwög kam die Stimme bekannt vor. Als er aufblickte, erkannte er Wagenseil.

»*Sie* sind da?« fragte er entsetzt. »Haben Sie denn nicht heute Schule? Wenn Sie fehlen, wird das sofort bemerkt.«

»Ach, die Scheißschule!« sagte Wagenseil. »Es hat ohnehin bald ein Ende damit.«

Perwög spendete dem Verwundeten die Sakramente. Er beeilte sich damit, er mußte, ehe es hell wurde, unbedingt zutal.

Als er wieder aus der Schwaige trat – die Sterne begannen eben zu verblassen –, stand Wagenseil mit seinen Brettern da. Er hatte auf Perwög gewartet.

»Sie können nicht wieder den weiten Weg nach Pufels hinüber«, sagte er. »Getrauen Sie sich mit mir abzufahren?«

»Wie das? Auf einem Paar Ski?«

»In Ratzes wartet der Frächter auf uns, er bringt uns dann bis in die Raschötz.« Und – als Perwög immer noch zögerte: »Stellen Sie sich nur hinter mich und halten Sie sich an mir fest!«

Perwög dachte: das kann nicht gut gehen. Die steile Schlucht, der tiefe Schnee – wie will er das schaffen? Aber irgend etwas hinderte ihn, Wagenseils Angebot auszuschlagen. Sie fuhren los.

Erst ging es leicht und flüssig vorwärts. Wagenseil querte in die waldlosen Hänge des Schlern hinein. Doch schon bei den Lawinenkegeln begannen die Schwierigkeiten. Und dann kam die Schlucht.

In langsamen Schwüngen versuchte sich Wagenseil die steilen Hänge hinunterzuschrauben. Tiefschnee wechselte mit eisigen Flächen. Wagenseil schwitzte und keuchte. Perwög hatte jetzt beide Arme um seinen Leib geschlungen und spürte, an ihn gepreßt, durch Jacke und Sweater Wagenseils Herzschlag toben – und die rasselnde Lunge. Sie ging wie ein Blasebalg.

Immer wieder verloren sie das Gleichgewicht. Einmal stürzten sie schwer – mit- und übereinander – in ein so tiefes Schneeloch, daß Perwög glaubte, sie würden sich nicht mehr herausarbeiten können. Aber Wagenseil schaffte es und kam wieder auf die Beine. Dann half er Perwög aus der Grube. Ihre Gesichter waren vom Harsch zerschunden, ihre Knie zitterten.

Wortlos machten sie sich wieder auf die Fahrt.

Trotzdem war es noch nicht ganz hell, als sie in Ratzes ankamen. Richtig wartete der Frächter schon. Sie schlüpften unter die Wagenplane zwischen Fässer und Säcke. Wagenseil schlief sofort ein –, noch während die Bollen schmelzenden Schnees von seinen Kleidern fielen. Perwög scharrte den Matsch zur Seite.

In der Raschötz weckte er ihn. Dann hetzten sie auf getrennten Wegen zum Dorf hinauf, Wagenseil geradenwegs zur Schule. Doch sein Ausbleiben war schon bemerkt worden. Die italienische Lehrerin stellte ihn, als er – durchnäßt, unrasiert und mit Kot bespritzt – an ihr vorüber wollte. Schon am Nachmittag wurde er verhaftet.

Als die Carabinieri auch die Proßliner Schwaige durchstöberten, war das Nest leer. Der gesuchte Mann blieb verschwunden.

Später hieß es, Helfershelfer hätten ihn über die Brennergrenze nach Österreich geschleust.

Wagenseil blieb sechs Wochen in Haft. Da ihm nichts nachzuweisen war, kam er wieder frei. Trotzdem wurde er aus dem Schuldienst entlassen. Für eine Zeit verschwand er aus Lajon. Es hieß, er habe auch sein Quartier bei Mors aufgekündigt. Aber dann zeigte er sich wieder in der Gegend.

Perwög suchte mit ihm zusammenzukommen. Seltsamerweise wich ihm Wagenseil aus. Perwög wunderte sich. Dann deutete er Wagenseils Zurückhaltung als Vorsicht; vielleicht wollte er auf die Ereignisse in der Proßliner Schwaige gar nicht mehr angesprochen werden. Perwög verstand das nicht ganz. Immerhin – so konnte es sein.

Aber dann geschah etwas anderes ...

Bei Häuslerleuten im Lajoner Ried waren seit einiger Zeit unhaltbare Zustände eingetreten. Die Frau, die bisher als anständig gegolten hatte, gab ihrem Mann mehr Grund zur Eifersucht, als dieser hinzunehmen gewillt war. Er begann sie zu schlagen, zu bedrohen; seine und ihre Familie gerieten in Streit. Die Kinder verwahrlosten.

Perwög wollte sich mit Pfarrer Lamprecht über den Skandal besprechen. Er fand, die Schuld liege bei der Frau allein; durch ihren Leichtsinn habe sie alles zerstört.

Pfarrer Lamprecht hörte seinen Kooperator an. »Was wollen Sie?« sagte er dann »Das Beispiel! Das gute Beispiel – das macht sie frech. Was die Großen treiben, machen die Kleinen nach.«

»Ich verstehe nicht«, sagte Perwög. »Was meinen Sie damit?«

»Was werde ich schon meinen?« fragte Lamprecht unwirsch zurück. »Die Hedwig –«

»Welche Hedwig?«

»Heilige Unschuld. Madame Lebandowski natürlich. Das pfeifen doch die Spatzen von den Dächern ...«

Cava periculo sparomine ogni giorno alle 12 –
Achtung, Achtung, Lebensgefahr, Sprengung täglich um 12

Die deutsche Aufschrift ist weiß übermalt, in das Weiße ein schwarzer Totenkopf gepinselt, darunter zwei gekreuzte Knochen. Der Totenkopf muß jenen als Warnung genügen, die nicht Italienisch verstehen.

Hinter der Tafel biegt die Straße zum Steinbruch ein. Hier ist das Grüne der Gräser und Büsche nicht mehr grün, sondern gelb überpudert, rotgelb wölkt der Staub unter jedem Schritt. Die Bäume stehen wie bleiche Gespenster, mit zerfetzten Rinden. Die Steine haben sie aufgerissen, die – von der Explosion geschleudert – täglich um zwölf herunterprasseln.

Hier ist der Steinbruch. Über der Halde steigt die gebänderte Wand turmhoch auf, gestuft, zernagt, tief in den Berg getrieben. Über den obersten Rand neigt sich aus entblößten Wurzeln eine schon braun verfärbte Fichte.

Hier ist es noch einmal so heiß wie weiter unten auf der Straße, das Licht verdoppelt durch den Widerschein der Porphyrwand. Ein grelles Kreischen erfüllt die Luft, es kommt aus einer offenen Baracke (drei Wände, ein Dach darüber), ein Motor surrt, Treibriemen sausen, die Sägeblätter der Steinschneidemaschinen fressen sich durch Blöcke und Platten. Fünf Männer hantieren herum, halten die Schneiden unter Wasser, unter ihnen Pfützen und roter Schlamm; sie sind von oben bestaubt, von unten durchnäßt, sie tragen vergitterte Brillen und einer eine schwarze Binde vor einem Auge: ihm hat, Perwög weiß es, ein Splitter das Lid durchschlagen.

Der Priester grüßt zu den Männern hinein. Den mit der Binde kennt er, die anderen nicht, sie sind aus dem inneren Tal, Ladiner. Lebandowski soll sie Lajonern vorziehen, er stellt auch Landfremde ein, weil er mit ihnen unbedenklicher umspringen kann.

Die Burschen winken zurück. Das Höllengekreisch der Maschinen verschlingt jedes Wort. Perwög geht den zerfahrenen Weg unter der Halde weiter. Hier knapp unter der Wand ballen sich Hitze und Licht wie in einem Hohlspiegel zu flimmernder Glut. Perwög bleibt stehen und blinzelt hinauf. Wer jetzt dort oben schaffen muß ...

Er hört es im Schotter rieseln. Die steile Halde ist in Bewegung. Mit einem dumpfen Klock-Klock nähert sich rasch ein springender Stein.

Hat sich Perwög geduckt? Irgendwoher kommt ein Lachen. Woher?

Da taucht aus einer Verschneidung der Halde ein nackter, schwärzlich sonnverbrannter Männerkörper auf, nackt bis zum Gürtel, ein riesiger Mensch mit schenkelstarken Armen und einem schwarzen Vlies auf der Brust.

Er ist's, der gelacht hat.

Jetzt wendet er sich ab und stößt eine Brechstange vor sich in den Boden, legt sich vornüber und wippt. Sein Rücken bockt, sein narbiger Nacken schwillt an. Er wippt noch immer, tiefer, tiefer ... Etwas Rotes ruckt aus der Halde, ein Porphyrklotz kantet sich auf, steht, schwankt, kippt über, überschlägt sich und fährt durch den Schotter ab. Knapp über dem Weg bleibt er liegen.

Diesmal hat sich Perwög nicht geduckt.

Der Mann oben hat den Weg des stürzenden Steines genau verfolgt und wohl auch richtig berechnet. Jetzt nickt er und läßt – befriedigt – einen roh rasselnden Kehllaut hören. Dann wischt er sich das Gesicht, schwingt die Brechstange zwischen seinen Beinen durch und steigt auf breit wiegenden Knien die Halde hinauf.

Das ist er also, denkt der Kooperator, Dragenowitsch, der Mohammedaner. Er hat ihn noch nie zu Gesicht bekommen, denn der Mann zeigt sich nicht im Dorf. Er arbeitet – auch am Sonntag, wenn der Steinbruch sonst stilliegt. Er ist ja kein Christenmensch, der einen Feiertag zu halten hat. Er hat wohl nichts als diese Plackerei und keinen anderen Umgang als den mit seinen Steinen. Kein Wunder, daß Lebandowski große Stücke auf ihn hält. Man erzählt sich, er habe sich den Mann aus dem Krieg mitgebracht und dieser sei deshalb bei ihm geblieben, weil ihm Lebandowski das Leben gerettet habe ...

Das Haus des Steinbruchbesitzers noch etwa fünfzig Meter taleinwärts, in eine Mulde zurückgeschoben, die es gegen den Lärm der Maschinen, gegen Steinschlag und sogar auch ein wenig gegen den Staub deckt. Deshalb sieht es aber hier noch nicht viel freundlicher aus. Der kahle Kastenbau mit dem flach geschrägten Dach, den schmalen hohen Fenstern und der Betontreppe vor dem Haustor erinnert unangenehm genau an die Häuser, die die Italiener jetzt überall im Lande aufführen und die, lieblos, fremd und hart, die Gegend verunzieren. An der Rückseite ist eine zweistöckige Veranda aufgeführt, daran schließen Hundezwinger, Remisen und der Stall für die beiden Reitpferde.

Innen ist das Haus nicht freundlicher als außen. Perwög kennt es, aber noch nie ist ihm die tote kalte Luft im Flur abgestandener und kälter erschienen. Die Herrschaft wohnt im Oberstock. Perwög ersteigt die mit Linoleum belegte Treppe. Er klopft an eine Tür, dann an einer zweiten, aus dem Büro hört er den trockenen Klopflaut einer Schreibmaschine – dort sitzt wohl Lebandowski und schreibt Geschäftsbriefe, sitzt in einer Wolke Zigarettenrauch, in seinen seidenen Schlafrock gehüllt, ein Handtuch um den Kopf gebunden – auf diese Weise dressiert er sein sprödes rotblondes Haar; so pflegt er zu arbeiten, seine Briefe zu schreiben, seine Kontobücher zu studieren – ein Geschäftsmann, der seine Sache versteht, der sich so leicht keinen Happen entgehen läßt, schlau und unbedenklich – trotzdem: der Betrogene. Unwillkürlich tritt Perwög leiser auf, er hat kein Verlangen ihn zu sehen, er sucht Hedwig, wo ist sie?

Der Salon steht offen.

Perwög wirft einen Blick hinein. Er kennt auch diesen Raum und mag ihn nicht, er weiß nicht, woran es liegt, daß ihm dieses Zimmer irgendwie – unanständig vorkommt: an der Musterwirrnis der zu vielen Teppiche, an dem runden Rauchtisch aus zu gelbem Metall, an den türkischen Kannen und Kissen, oder nur an dem großen Ölbild, das über dem Sofa hängt, ein sogenanntes Jagdstück: zwischen Weinlaub und toten Fasanen liegt ein geschossener Bock mit blauverglasten Lichtern.

Endlich kommt jemand die Treppe herauf. Die Köchin.

»Frau Lebandowski? – Die Gnädige ist im Garten. Sie ist ja alleweil im Garten. Ich rufe sie gleich.«

Nein, Perwög will Hedwig nicht herbeigerufen haben (der Mann im Büro!), er will sie selbst suchen gehen.

Die Köchin weist ihm den Weg.

Dieser führt hinter dem Haus herum durch einen Schopf Holunderbüsche, über zwei ausgetrocknete Wassergräben, in denen Scherben, Büchsen und Papiere liegen, der Wegwurf des Hauses, ein häßlicher Anblick. Endlich ein Zaun, aus alten Brettern zusammengepfuscht, dahinter ein schmales langes in eine Wiese eingeschnittenes Geviert: Hedwigs Garten.

Der Kooperator sucht die Gattertür, es ist nur ein Zauntritt da. Und nun sieht er auch die Frau: sie kauert bei einer Erbsenhecke und pflückt Schoten.

Dann kommt sie ihm, die halbgefüllte Schwinge gegen die Hüfte gestützt entgegen. »Ah, Herr Kooperator! Suchen Sie mich?«

Perwög reicht ihr die Hand. Sie kommt ihm verändert vor, seit er sie das letztemal sah – doch war das nicht erst neulich? Wie kann das sein in so kurzer Zeit? Oder sieht er sie heute mit anderen Augen? Sie scheint ihm stärker geworden um Brust und Hüften, nur das Gesicht ist hagerer, die Wangen gehöhlt.

»Ich störe Sie bei der Arbeit, Hedwig, oder –?«

»Ach, meine Arbeit –« Sie stellt die Schwinge weg. »Nicht der Rede wert.«

»Das ist also Ihr Garten?«

»Ja, mein Garten. Ich wollte ihn haben und hab's auch durchgesetzt. Schön ist er nicht, ein Bauerngarten. Nur die Antoniuslilien – sehen Sie, ein ganzes Beet voll Antoniuslilien –, sind sie nicht herrlich?«

Perwög nickt vage. Er mag Antoniuslilien nicht, das leere Schneeweiß der Blütenblätter, das geile Fettgelb der Staubgefäße, der süßlich fade Duft, das alles ist ihm zuwider, obwohl er natürlich weiß, daß diese Blume für das Symbol der Keuschheit gilt.

Ihm wäre lieber, in Hedwigs Garten stünden keine Lilien.

Hedwig: »Ich kann mir denken, weshalb Sie gekommen sind. Die neuen Glocken, nicht wahr? Ich habe Seffo schon gesagt, daß er was stiften muß. Haben Sie etwa schon mit ihm gesprochen?«

»Nein.«

»Er weiß wohl gar nicht, daß Sie hier sind?«

»Nein.«

»Dann ist es gut. Wir werden geben, ganz bestimmt. Ich werde das schon machen. Nur heute« – ihre Lider flattern – »heute –«

»Ich bin nicht wegen der Glocken gekommen, Frau Hedwig.«

»Nicht?«

»Ich wollte« – Perwög stockt gequält – »ich wollte nur einmal nach Ihnen sehen.«

Hedwig lacht auf, es klingt, als würde ein Zündholz angerissen. »Wie nett von Ihnen!« Und Perwög denkt: Jetzt weiß sie, warum ich hier bin.

Aber es ist schwer, davon zu beginnen. Es ist unmöglich. Sie stehen da und reden wieder über den Garten, über die Antoniuslilien und die Erbsen und den aus Brettern zusammengepfuschten Zaun.

»Seffo sagte: wozu was Besseres? wie ich dich kenne, wirst du den Garten bald überhaben. Aber da irrt er sich, wir haben doch in Mayregg auch einen Garten gehabt, ich kann ohne Garten einfach nicht leben, im Haus ist alles so öde und leer.«

»Sie sind nicht glücklich, Hedwig?«

»So war das nicht gemeint, Hochwürden, Sie sollen mich nicht falsch verstehen. Es ist nur, weil –«

»Vielleicht, weil Sie noch keine Kinder haben?«

Hedwig schlägt die Augen nieder, zuckt die Achsel. »Möglich.« Aber dann: »Nein, ich glaube, das ist es nicht.«

»Sondern?«

»Der Graben«, sagt Hedwig, »daß wir in diesem Graben leben müssen. Oben in Mayregg war es so sonnig und frei. Hier haben wir den ganzen Winter Schatten. Das ist mir schrecklich. Aber Seffo sagt, er muß neben dem Steinbruch wohnen, er glaubt, sonst gehe es nicht, die Leute treiben, was sie wollen, vertrödeln die Zeit, und er muß sie doch bezahlen. Dabei hat er doch diesen Utan im Bruch –«

»Utan?«

»Den Dragenowitsch, wir nennen ihn nur Utan, Orang Utan, den Menschenaffen. So sieht er ja auch aus.«

Perwög runzelt die Stirn.

»Ich habe mich anfangs vor ihm gefürchtet«, fährt Hedwig fort.

»Ich habe mich auch vor dem Steinbruch gefürchtet, ich hatte immer das Gefühl, eines Tages kommt die ganze Wand herunter, und wenn sie sprengten, lief ich davon. Und auch jetzt noch habe ich Angst vor dem Krach. Dumm von mir, nicht wahr?« Sie lacht, aber dabei hebt sie beide Handflächen gegen die Ohren und preßt sie dagegen, als spürte sie einen reißenden Schmerz; ihre Zähne entblößen sich.

Perwög: »Davon haben Sie mir nie etwas gesagt.«

Hedwig läßt die Hände sinken. »Gesagt? Wozu auch?« und plötzlich blinkt es aus ihren Augenwinkeln wie Spott und List: »Es ist doch keine Sünde, oder?«

»Gewiß nicht. Trotzdem« – Perwög versucht sie gerade anzusehen – »trotzdem sollten Sie versuchen, sich hier einzuleben, jetzt, da Sie hier nun einmal zu Hause sind.«

Hedwig schiebt die Unterlippe vor. Dann antwortet sie rasch mit einem Anflug von Kälte: »Ich *habe* mich eingelebt.«

Sie schicken sich an, den Garten zu verlassen. Hedwig steigt vor Perwög über den Zauntritt. Ihr Faltenrock schlägt über das Knie, der Priester schaut weg.

Auf dem Weg zum Haus kommen sie auf Julia zu sprechen. Sie ist nicht mehr in Lajon; seit einem Jahr ist sie in einer Klosterschule nördlich des Brenners, Thurnfeld in Hall, es geht ihr gut, Hedwig hat sie zu Ostern besucht. Der Ton, in dem sie von der jüngeren Schwester spricht, hat etwas Gleichgültig-Beiläufiges.

»Aber in den großen Ferien kommt sie doch wieder zu Ihnen?«

Keine Antwort. Dann: »Ich weiß nicht, ob sie will.«

»Sicher will sie. Warum sollte sie nicht wollen? Lajon ist Julia doch etwas wie eine Heimat geworden, und sie hat ja auch sonst keinen Menschen auf der Welt – nur Sie!«

Und wieder keine Antwort. Hedwig geht vor Perwög her, den Erbsenkorb gegen die Hüfte gestützt –, liegt es daran, daß ihr Gang etwas Sinnlich-Wiegendes hat? (Früher ist sie gesprungen wie ein Reh.) – »Oder haben Sie einen besonderen Grund, Hedwig, Julia von sich fernzuhalten?«

Hedwig bleibt stehen und wirft einen schrägen Blick zurück. »Grund?«

»Sie wissen, was ich meine.«

»Nein, Hochwürden. – Aber wenn Sie mich schon nach Julia fragen, dann darf ich auch etwas sagen. Julia ist jetzt bald fünfzehn. Sie ist – sehr frühreif und – lebhaft. Sie braucht Aufsicht. Und weder Seffo noch ich haben Zeit und Lust, hinter ihr herzulaufen.«

Perwög schüttelt den Kopf. »Den Eindruck«, erwidert er stokkend, »hätte ich nie, daß es nötig sei, hinter Julia herzulaufen.«

»Aber es ist so. Leider. Sie hat einen Zug zu – romantischen Extravaganzen und überdies – einen gewissen Leichtsinn. Das merkte ich schon damals, als ich sie von ihrer Mutter holte. Sie trennte sich ohne weiteres, und als dann die Nachricht eintraf, Frau Basalla sei gestorben, wissen Sie, was ihr erstes Wort war? ›Jetzt darf ich hier in Lajon bleiben, nicht wahr?‹ «

»Um so weniger dürfen Sie sie jetzt verlassen, Hedwig.«

»Wer redet von ›verlassen‹? – Julia ist bei den Schwestern in besten Händen. Sie bekommt eine Ausbildung, die sie hierzulande nicht mehr bekommen könnte. Und Seffo bezahlt es. Er sagt selbst, wir müssen uns um sie kümmern, bis sie auf eigenen Füßen stehen kann. Seffo ist in dieser Hinsicht nicht kleinlich. Er ist überhaupt nicht so, wie man von ihm spricht. Ich weiß doch, was die Leute hinter ihm herreden. Sie mögen ihn nicht, weil er kein Hiesiger ist. Weil er gut verdient. Weil er dann und wann auch mit den Italienern verhandelt. – Sie sind nun einmal die Herren im Land.«

Perwög seufzt: »Leider.«

»Seffo ist deshalb noch lange kein Verräter. Er meint nur, auf die Dauer sei es nutzlos, sich so zu stellen, als sei jeder Faschist ein Teufel. Wir müssen doch leben ...«

»Ach, Hedwig, leben! Was ist das für ein Leben für unser Volk? Jetzt werden die letzten deutschen Lehrer entlassen. Auch Wagenseil ist entlassen. Das wissen Sie doch, Hedwig, oder?«

Mit angehaltenem Atem wartet Perwög ihre Antwort ab.

Sie sind vor dem Haus angekommen. Der Trampelpfad durch die Holunderbüsche bleibt hinter ihnen zurück, sie stehen am Rand des Schattendickichts, Hedwigs Gesicht ist von Sonnenkringeln gefleckt, sie tut, als blinzelte sie gegen die Blendung. Und noch einmal sagt der Priester: »Sie wissen es doch –«

Hedwig nickt: »Ich weiß.« Und dann – im Weiterschlendern: »Aber ist es denn wirklich so schlimm, aus dem Schuldienst entlassen zu werden? Als ob es so angenehm wäre, Lehrer zu sein! Die Leute werden schon eine andere Arbeit finden, von der sie vielleicht besser leben können. Hans Wagenseil – zum Beispiel – *hat* schon eine Stelle.«

»Hat schon? Und wo?«

»Hier bei uns – in meines Mannes Betrieb.«

Nun stehen sie wieder, der Priester und die Frau, Aug in Auge jetzt, und Hedwigs Gesicht ist hart vor Trotz und Triumph. »Sie wundern sich vielleicht, Herr Kooperator. Aber Seffo hat sein Geschäft so vergrößert, daß er einen Buchhalter braucht. Er kann nicht mehr alles allein tun und hat auch keine Lust dazu. Wagenseil wird ihm helfen ... Da sehen Sie, wie Seffo ist! Es macht ihm nichts aus, daß Wagenseil verhaftet war, er fürchtet sich gar nicht so sehr vor den Faschisten, es stört ihn nicht einmal, daß Wagenseil noch nie etwas mit Buchhalterei zu tun hatte, er wird es ihm schon beibringen, sagt Seffo. Seffo kann manchmal sehr großzügig sein. Ich glaube, die beiden werden sich gut verstehen.«

Perwög bewegt nur die Lippen. Er bringt kein Wort heraus. Und wieder gehen sie weiter, auf das Haus zu.

Vorbei, denkt Perwög, vorbei. Jetzt wird sie mich verabschieden, und ich werde gehen müssen, und das Unglück wird in meinem Rücken bleiben, schlimmeres Unglück, als ich gedacht, schlimmer, viel schlimmer, ein wuchernder Baum, schwarz, giftig, triefend von tödlichem Tau ... Nein, ich darf nicht so gehen, darf nicht, darf nicht, irgend etwas muß mir einfallen, irgend etwas muß ich sagen, bitten, warnen, flehen: O liebe Seele, gib es nicht zu, daß du zugrunde gehst!

Aber Hedwig verabschiedet sich noch nicht vor dem Haus. Sie stellt nur ihren Korb ab. Dann geht sie weiter, neben ihrem

Gast her, als wollte sie ihn noch ein Stück begleiten. In Perwög rührt sich eine verzweifelte Hoffnung: Vielleicht ist sie mit sich selbst noch uneins, vielleicht wartet sie auf ein warnendes Wort, ihr Gewissen ist noch nicht verstummt ...

Doch dann geschieht etwas: Sie nähern sich der Halde und der Baracke, in denen die Steinschneidemaschinen stehen. Die Maschinen sind jetzt abgestellt. Irgendwo klöpfelt noch ein Hammer, dann hört auch das auf. Die Burschen stehen müßig, längs des Weges aufgereiht, die Hände in den Hosentaschen, sie blicken Hedwig entgegen. In ihren Gesichtern ist ein Ausdruck, der Perwög irritiert. Auch Hedwig stockt – da tritt einer der Burschen vor, er ist noch ganz jung, eine freche kleine Fratze, spitz und mausezähnig. »Besuch ist gekommen«, sagt er. »Besuch!«

Hedwig schrickt zusammen und öffnet den Mund wie zu einer Frage. Sie blickt von dem Jungen weg und von einem zum anderen und schließlich zu Dragenowitsch hinauf: er steht neben dem Weg auf der Halde, müßig auch er, auf seine Brechstange gestützt. Er nickt und weist auf das Haus.

Die Frau dreht sich um sich selbst: es ist, als zuckte ein Flammenkreis um sie auf. Hastig stößt sie Perwög die Hand entgegen. Ein überstürztes »Auf Wiedersehen!« ist alles, was sie hervorbringt. Dann fliegt sie zurück, dem Hause zu, ist verschwunden.

Die Burschen schauen ihr nach. Auch Dragenowitsch. Einer lacht schallend auf.

Dragenowitsch stößt die Brechstange in den Schotter. »Vurwertz!« schreit er. »Zu Urbeit!«

Die Hände fahren aus den Hosentaschen. Schon hat einer nach dem Anlasser des Motors gegriffen. Ein paar Sekunden später bricht das Gekreisch der Steinsägen aus. Perwög hat es noch lange im Ohr, während er zwischen den fahlgelb verstaubten Bäumen die Straße hinunterhastet, geschlagen.

Der zweite Tag

Als Julia am nächsten Morgen erwachte, stieß sich ihr erster Blick an der Deckenlampe: sie brannte noch immer. Das Licht des gekrümmten Glühfadens wirkte in der Tageshelle kümmerlich und matt, aber auch irgendwie feindselig und böse. Julia kniff die Lider zu und deckte die Stirn mit der Hand. Ihr war, als starrte da ein farb- und lidloses Wächterauge auf sie herab, es hatte die ganze Nacht auf sie niedergestarrt, erst grell und hart, dann – mit dem steigenden Tag – fahl erbleichend, genau wie ihr eigenes Bewußtsein, das die ganze Zeit, auch unter den Wellen eines unruhig verstörten Schlafes, nicht aufgehört hatte zu registrieren, zu projizieren. Das würde von nun an ihr, Julias, Leben sein: auf sich selbst hinabzuschauen und die Konkursmasse ihrer Existenz zu beleuchten.

Mit einem Laut des Überdrusses zog Julia die Decke über den Kopf. Sie fühlte sich übernächtig und zerschlagen, als habe sie überhaupt nicht geschlafen. Trotzdem konnte sie sich nach einer Weile aufraffen, das Bett zu verlassen, das Licht zu löschen und sich fertigzumachen.

Es war acht Uhr. Nun würde sie das Frühstück nehmen, dann spazierengehen, zum Mittagessen zurückkehren, wieder spazierengehen, lesen, stricken ... Der Tag lag wie eine unabsehbare Sandwüste vor ihr, jede Stunde eine Düne aus dünnrieselndem Sekundensand, mühselig jeder Schritt, kein Halt, kein Ziel, die Zeit als niederträchtig öde Fron.

Beim Frühstück erholte sich Julia ein wenig. Sie hatte es sich auf das Zimmer bringen lassen. Später klingelte sie noch einmal. »Haben Sie eine Zeitung?« Das Blatt wurde gebracht, es war so dürftig, daß Julia es nach fünf Minuten weglegte. Zum Glück fand sich ein lose gewordener Knopf an einer Bluse. Julia kramte ihr Nähzeug aus dem Schrank und befestigte ihn. Als sie den Faden abbiß, fiel ihr der Wirt ein.

Der Wirt, natürlich der Wirt! Wer anders konnte es gewesen sein, der Jürgen gestern von dieser Geschichte erzählte, von Lebandowski, Wagenseil und Hedwig? Mit niemand anderem konnte Jürgen gesprochen haben als mit ihm, diesem Dickbauch, diesem Schwammgesicht. In Julia ballte sich sofort wilde Antipathie. Ein ordinärer Mensch, wie ordinär mochte er Jürgen die ganze Sache aufgetischt haben, mit abscheulichen Kommentaren gespickt – Julia wußte, wie das gewöhnliche Volk zu schwatzen pflegt (sie glaubte es zu wissen). Ohnmächtige Wut stieg in ihr auf.

Sie warf die Bluse beiseite und sprang auf. Sie wollte etwas unternehmen, irgend etwas, sie wollte hinaus und hinunter, den Wirt zur Rede stellen – ›Was haben Sie meinem Mann erzählt? Wie kommen Sie dazu, Sie Schwätzer? Kümmern Sie sich lieber um Ihre Dinge, zum Beispiel um Ihr Wirtshaus, da fehlt es nämlich noch weit!‹ – so irgendwie (etwas wird mir schon einfallen) und dann packe ich meine Sachen und ziehe aus.

Julia verließ ihr Zimmer und lief die Treppe hinab.

Herr Federspiel hatte – im Gegensatz zu der Dame auf Zimmer 3 – eine angenehme Nacht verbracht, und als auch er munter wurde, stellte sich ihm die Erinnerung an den gestrigen, zugleich mit der Aussicht auf den heutigen Tag mit einem ganzen Schwarm erquicklicher Empfindungen ein. Er war einer Geschichte auf der Spur und hatte diese Spur mit Glück und Energie verfolgt. Mit Energie – wie einst in seinen besten Jahren –, untrügliches Zeichen von Vitalität. Nein, noch war seine Spannkraft nicht erlahmt, noch pulste der Grundwasserspiegel seiner Seele. Was verschlug es dagegen, daß er gestern zu später Stunde wie ein Kommis an einer Tür gehorcht und sein ergrautes Haupt an ein Schlüsselloch gehalten hatte? Was war auch daran gelegen, daß er diesen Herrn Bojan aufgeschreckt und in die Flucht geschlagen hatte, er war abgereist, der Herr aus Frankfurt, Hals über Kopf davon. Die Dame blieb. Die Dame ...

Herr Federspiel setzte sich hastig auf und warf einen Blick auf seine Uhr. Erst sieben. Doch seltsamerweise schien ihm sieben heute gar keine so frühe Stunde, obwohl er sich sonst kaum vor halb neun aus den Federn machte. Wie hell die Sonne schien, wie hoch sie schon am Himmel stand und wie durchdringend das Geläut einer Herde durcheinanderklingelte, die draußen vorbeigetrieben wurde.

Plötzlich hatte Herr Federspiel das Gefühl, den ganzen Tag zu versäumen, wenn er nicht augenblicklich aufstünde. Er beeilte sich. Im Nu war er in Hose und Socken, und es fiel ihm heute nicht einmal schwer, die Schnürsenkel seiner Schuhe durch die engen Löcher zu fädeln.

Wer wußte, was die Dame heute vorhatte? Vielleicht war auch sie schon auf den Beinen, war am Ende schon zum Frühstück erschienen, war, Gott bewahre, zu einem Ausflug aufgebrochen? Herr Federspiel geriet in Aufregung. Er spähte in den Flur und atmete auf: Julias Pumps standen noch vor der Tür.

Aber gleich darauf packte ihn eine neue andere Unruhe. Als er nämlich seinen Rock aus dem Schrank holte, fiel ihm ein, daß jener nicht mehr neu, sondern, genaugenommen, schon etwas schäbig sei. Gestern hatte ihm das noch gar nichts ausgemacht. Wer putzte sich denn im Urlaub schon wie ein Geck heraus? Heute aber – Herr Federspiel drehte den Rock hin und her. Zeigten sich nicht schon abgeschabte Stellen? Und die Fasson – längst aus der Mode, was heißt: aus der Mode! – vorsintflutlich veraltet. Nein, dieser Rock war unmöglich.

Also den anderen Anzug, den besseren dunkelblauen, für Sonn- und Feiertage bestimmten, aber auch er, leider, kein Glanzstück. Daß doch der Kuckuck! Daheim hat man seine wohlassortierte Garderobe – und hier nur den Ausschuß, das kommt von der Sparsamkeit und dem verdammten Tick, daß man auf ländlichem Urlaub ohnehin nie Gelegenheit hätte – nun wäre Gelegenheit da: die Dame aus Deutschland.

Aber wer hätte auch daran gedacht, daß hier in Lajon, diesem Nest, eine solche Gelegenheit auftauchen würde? Wer hätte vermuten können, daß man in die Lage geriet, durch feine Schale imponieren zu müssen? Man war schon lange nicht mehr in eine solche Lage geraten. Schon lange war die Eitelkeit abgestorben; Unruhen, Wünsche, Sehnsüchte in einen langen Winterschlaf verfallen. Jetzt aber Frühlingserwachen.

Frühlingserwachen mit aller dazugehörenden Pein, Ungeduld, Aufregung. Nicht, daß Herrn Federspiel dieses Chaos durcheinanderkreuzender Gedanken, Gefühle und Empfindungen in seiner Bedeutung ganz zu Bewußtsein gekommen wäre. Er hielt noch immer daran fest, daß eine *Geschichte* im Spiel war. Dieser Geschichte zuliebe, bildete er sich ein, müßte er sich in Parade werfen: diese sollte ihm helfen, Julias Vertrauen zu gewinnen. Julias Vertrauen, ja, das war's, worauf er zielte, was er heute oder morgen oder übermorgen – aber am besten schon heute! – schrittweise zu erringen hoffte: Annäherung durch Konversation; dann Gespräch mit zunehmend persönlichem Charakter; ein Spaziergang zu zweit – und dann und dann ...

Das Weitere verlor sich im vorläufig Unausdenkbaren.

Unterdessen hatte Herr Federspiel Toilette gemacht, so gut er konnte: drei Hemden hatte er probiert, bis er sich endlich – ungern genug – für das vierte entschloß, alle Schlipse und Fliegen gemustert und geprüft, die Nägel gefeilt, das Bärtchen beschnitten, sogar an seinen Brauen gezupft und geglättet. Dabei hielt er die Ohren gespitzt. Alle Geräusche des Hauses schienen ihm heute lauter als sonst und dadurch verschärft, daß sich nebenan immer noch nichts rühren wollte; noch immer standen die Schuhe auf dem Flur. Jetzt ging es schon gegen acht.

Die Dame schlief lange, fand Herr Federspiel – er war ja fertig! –; wollte sie denn den ganzen Tag verschlafen?

Je ungeduldiger er wurde, desto gegenwärtiger wurde ihm Julias Erscheinung, wie er sie gestern bei Frühstück und Mittagessen gesehen: die zarte Figur in Sandgelb und Flaschengrün, die blasse bräunliche Haut, das dunkle Haar mit einem Schimmer von Kastanie, ein bestechender Farbakkord. Doch was erst ihre Augen betraf, diese hellen großen, von schwarzen Wimpern umsäumten Augen – in ihnen schien etwas Geheimnisvoll-Tragisches zu flackern, etwas Gefährdet-Gefährliches zu irisieren. Kein Wunder bei einer Frau mit dieser Vergangenheit.

In Herrn Federspiel begannen die widersprechendsten Gefühle immer deutlicher zu kreisen: Sympathie und Bezauberung, aber auch Mißtrauen und Argwohn, Neugier, dazu ein Quentchen moralischer Verachtung –, genau das Amalgam, das im menschlichen Seelenleben die Rolle brisanter Stoffe zu spielen pflegt.

Zum zehnten Mal musterte Herr Federspiel sein Bild im Spiegel. Noch einmal zog er den Scheitel nach, noch einmal fingerte er an der Krawatte. Den Zwicker schob er ins Futteral. Wer ließ sich heute noch mit einem Zwicker sehen? Herr Federspiel beschloß, sich bei nächster Gelegenheit eine Brille anzuschaffen – eine moderne Brille von der Art, wie Bojan sie trug.

Als Herr Federspiel endlich nach unten ging, erwartete ihn eine bittere Enttäuschung.

Die Dame erschien nicht zum Frühstück, es wurde neun, halb zehn, zehn. Federspiel zögerte seine Morgenmahlzeit so lange als möglich hinaus und nahm sie, als er sie endlich kommen ließ, im Zeitlupentempo ein. Der Kaffee wurde lau, das Ei war kalt. Die Dame ließ sich nicht blicken. Herr Federspiel griff nach der Zeitung.

Da kam die Serviermaid herein und blieb vor seinem Tisch stehen.

»Was gibt's?«

»Ah – nix. Nur – die Frau auf Zimmer drei möcht die Zeitung. Ich hol sie später, wenn's recht ist.«

»Hier!« Herr Federspiel schlug das Blatt hastig zusammen. »Ich bin fertig.«

Die Maid dankte, griff zu und verschwand.

Herr Federspiel starrte ihr trübe nach.

So also stand es um die Dame (die Dame mit Vergangenheit) – sie frühstückte für sich allein, ließ sich Lektüre auf das Zimmer bringen, wollte wohl gar den ganzen Tag oben verbringen, einsiedlerisch menschenscheu. Hatte ihr der gestrige Ehestreit so zugesetzt? Oder verzichtete sie, blasierte Großstädterin, einfach auf jede Gesellschaft? War es nicht möglich, etwas zu unternehmen, was sie aus ihrer Klause locken würde –?

Herr Federspiel grübelte hin und her, doch ihm fiel nichts ein, was nicht zu auffallend, zu gewagt gewesen wäre.

Endlich kam er so weit, daß er Julia nur *sehen* wollte: einen Blick in ihr Fenster werfen, sich vergewissern: Sie ist da.

Er hatte eine Idee: Die Scheune – die Scheune gegenüber – das Tor stand immer offen. Vielleicht ließ sich von dort ein Auslug finden.

Fünf Minuten später wurde er mit rauher Stimme angerufen. »Höh – Sie da oben!«

Es war der Wirt. Er stand – in weißer Schürze, mit schwarzem Käppchen und vorgeschobenem Bauch – auf der Tenne und äugte mißtrauisch zu der dunklen Gestalt hinauf, die sich auf einer Sprossenleiter balancierend von der Balkenwand abhob. Ein Einbrecher oder Vagabund? Dem wollte er's zeigen. Schon wollte er die Leiter kippen, zum Glück erkannte er im letzten Augenblick: »Fixhimmellaudon – der Professor – Sie! Was tun denn Sie da oben?«

Halbtot vor Schrecken hing Federspiel in den Sprossen. Er war nahe daran gewesen, ein Astloch zu erreichen, von dem aus er hoffen konnte ...

»Man tät's nicht glauben, nicht für möglich halten, der Herr Professor, zuoberst auf der Leiter.«

Federspiel mit versagender Stimme: »Da – da war ein Tier.«

»Ein – was?«

»Ein Tier – hier auf dem Balken. Ein Wiesel – oder war's ein Marder?«

»Wird eine Katz gewesen sein.«

»Erlauben Sie, Herr Wirt, ich werde noch einen Marder von einer Katze unterscheiden können.«

»Ganz gleich, jetzt kommen's runter. So, nur langsam! Was

denken's denn, wenn Ihnen was passiert, was ich für Scherereien krieg – die alten Knochen.«

Herrn Federspiel perlt der Schweiß von der Stirn. Mühsam tastet er nach festem Tritt. Nichtsdestoweniger beharrt er: »Es war bestimmt ein Marder.«

»Na und? Ich halt eh keine Hennen.«

Endlich ist Federspiel unten, beschämt, irritiert, mit Staub bedeckt; Spinnweben häkeln an seinen Ärmeln.

Und nun der Wirt: »Das schöne Hemd ist auch voll Dreck.«

Achachherrjeh! Auch das noch.

Der Wirt beginnt ihn abzuklopfen, und während sie noch so unter dem Scheunentor stehen, schnürt die rotgefleckte, buschiggeschwänzte Katze an ihnen vorbei.

»Da haben's Ihren Marder«, sagt der Wirt und grinst.

In diesem Augenblick betritt Julia den Hof von der anderen Seite. Sie sieht die zwei Männer miteinander schwatzen. Dem Wirt wackelt der Bauch unter der Schürze. Der alte Herr ist erregt und fuchtelt mit beiden Händen. Julia hört etwas von Marder, Raubtier und Blutdurst. Dann zuckt sie die Achsel, kehrt um und auf ihr Zimmer zurück.

Was hatte sie denn gewollt? Den Wirt zur Rede stellen? Unsinn. Der jäh aufgeflammte Impuls war beim Anblick des Gesuchten sofort zusammengesunken. Was ist mir eingefallen, denkt Julia. Ich lasse mich gehen. Ich verliere die Selbstkontrolle. Wenn Jürgen wüßte, was würde er sagen? Nimm dich zusammen, Julia, nimm dich zusammen!

Aber das ist es ja: daß Jürgen fehlt. Daß er nicht da ist. Nicht mehr da, nie mehr da.

Eine Weile steht Julia regungslos und starrt vor sich hin. Dann holt sie den Briefblock aus der Lade und beginnt zu schreiben:

Lieber Jürgen,
Du wirst es wahrscheinlich lächerlich finden, daß ich Dir heute schon schreibe. Ich weiß auch gar nicht genau, wohin ich Dir schreiben soll: Du hast kein bestelltes Quartier und keine festgelegte Route. So schreibe ich Dir in das Hotel am Lido, wo wir schon einmal gewohnt haben; vielleicht steigst Du auch diesmal dort ab. Wahrscheinlich ziehst Du ein anderes Haus vor. Dann geht der Brief verloren. Ich hoffe es beinahe. Und diese Hoffnung gibt mir Mut, Dir überhaupt zu schreiben.

Du bist gestern abgefahren und hattest recht. Wozu das lange Gerede post festum, die Würfel sind gefallen. Wir gehen auseinander, wir sind schon auseinandergegangen (und trotzdem dieser Brief, blödsinnig, nicht wahr?)

Aber es war – das muß ich Dir doch sagen – so unglaublich typisch für Dich, daß Du mitten aus unserer Unterredung davongelaufen und im Karacho davongebraust bist. Ich habe Dich wohl mit meiner Eröffnung ganz tüchtig schockiert. Deine Reaktion auf Schocks war immer noch Flucht (auch Flucht ins Schweigen). Glaub nicht, daß ich Dich nicht verstünde ... aber leider ist Flucht auf die Dauer das ungeeignetste Mittel davonzukommen.

Was gestern zwischen uns passierte, war wohl etwas wie eine Art Dammbruch (ich finde kein anderes Wort dafür). Zwischen uns kamen Dinge zur Sprache, von denen ich nie gedacht hätte, daß sie noch jemals ... Aber da war ja zuerst dieses unsinnige Erlebnis mit der Pulvermühle, und dann hat Dir jemand erzählt – wahrscheinlich der Wirt, wer sonst? – was sich hier in Lajon vor zwanzig und fünfundzwanzig Jahren abgespielt hat, erzählt, wie solche Leute eben erzählen, eine scheußliche Hintertreppengeschichte: ein Mensch wird erschlagen wie ein Tier, verscharrt wie ein Tier, damit sich seine lachenden Erben vergnügen können – so ungefähr, nicht wahr? Und das, mußt Du jetzt denken, war Julias Leben.

Das ist mir schrecklich, und es empört mich. Habe ich so lange von all dem geschwiegen, damit Du es jetzt auf diese Weise erfährst? Denn leider, ja, es war mein Leben – fast von Anfang an und lange lange Zeit, ich spielte meine Rolle in den Ereignissen, als Zwischen- und Bindeglied, schon ehe ich recht begriff und begreifen konnte, ein Kind, ahnungslos-ahnungsvoll (wenn Du mir diesen Ausdruck erlaubst). Später wurde ich abgeschoben, in ein Kloster gesteckt, um mir das Schauspiel zu ersparen, das hier über die Bühne ging: Ehebruch und Dreiecksverhältnis; meine Schwester Hedwig wollte mich schonen oder redete sich ein, mich schonen zu wollen. Wahrscheinlich war ich ihr nur unbequem – oder sie witterte die Nebenbuhlerin in mir.

Meine arme Schwester Hedwig, sie hatte zu wenig Verstand, um zu begreifen, daß das alles nichts nützte und daß sie im Grunde schon verspielt hatte, als das Spiel begann. Und als es dann zu Ende und aus war, Hans Wagenseil verurteilt und im Gefängnis und Bertram bei mir, und als sie dann nur noch als

Schatten ihrer selbst herumirrte – von einer Anstalt zur anderen geschoben, von einem Arzt zum anderen gereicht, denn keiner konnte ihr helfen – da klammerte sie sich in ihren wenigen lichten Augenblicken immer noch daran, daß Hans die Tat um ihretwillen hatte geschehen lassen, aus Liebe zu ihr, um sie von Lebandowski zu erlösen – und um sie dann selbst als Frau zu haben.

Und wer wollte ihr diesen Trost nehmen?

Ja, es ist wahr. Hans trug Mitschuld an Lebandowskis Tod – Mitschuld, nicht abzuleugnen. Ach, Jürgen, Mitschuld – wo ist sie nicht?

Aber es ging nicht um Hedwig dabei und schon gar nicht um ihr Geld, um den Steinbruch und all das andere, was Seffo hinterließ. Er hat Dragenowitsch nicht angestiftet, ›um sich‹ – wie du gestern sagtest – ›die reiche Witwe unter den Nagel zu reißen‹. Ach nein, so simpel war die Sache nicht. So simpel geht es vielleicht überhaupt nie und nirgends zu. Haben wir nicht oft genug über die schrecklichen Vereinfachungen geredet, mit denen man sich heute zu behelfen pflegt?

Möglicherweise kann man sich auch gar nicht anders behelfen. Was *wirklich* geschieht, ist ja immer ganz unauslotbar.

Aber um auf Wagenseil zurückzukommen: Es ist bestimmt eine elende Sache, am Tod eines anderen Menschen Mitschuld zu tragen, auch wenn man selbst dabei keinen Finger krumm gemacht, wenn man nur gewußt, ja, auch nur geahnt hat (ich denke, diese Art Mitschuld ist in unseren Landen nicht mehr unbekannt). Doch wenn man dann, gewollt oder ungewollt, nur weil die Dinge ihren Lauf nehmen, in den Nutzgenuß jenes Todes kommt, das ist dann freilich eine niederträchtige Situation – und, es stimmt, in diese Situation hat sich Wagenseil gebracht.

Er hat Hedwig geheiratet. Warum – wieso – ist mir lange ein Rätsel geblieben, denn er hat sie nicht gewollt, nicht mehr oder niemals wirklich, nicht als seine Frau. Als die Tat geschah, war er drauf und dran, sich von ihr zu trennen, fortzugehen und ein neues Leben zu beginnen – mit mir. Ja, Jürgen, mit mir. Ich hatte sein Versprechen. Ich war damals gerade siebzehn, in Innsbruck auf der Schule ... und wartete auf ihn.

Statt seiner kam die Nachricht: Seffo sei verschwunden. Mir kam das zuerst nur komisch vor – wie ein Witz. Ein Mann verschwindet doch nicht spurlos, oder? Ich dachte zuerst, Seffo habe Hedwig einen Streich gespielt oder sich sonst etwas ausgeheckt. Und ich begriff auch gar nicht, was das mit uns zu tun haben sollte, mit Hans und mir.

Aber Seffo blieb verschwunden.

Ich las in der Zeitung davon: daß man schon die ganze Gegend abgesucht habe und daß man annehmen müsse, daß da ein Verbrechen ... Ich begriff noch immer nichts.

Und endlich hielt ich es nicht mehr aus und fuhr nach Lajon hinunter. Hedwig schien froh, daß ich kam. Sie war ganz durchgedreht von den vielen Aufregungen, aber auch irgendwie aufgekratzt, und ich merkte, sie zitterte jetzt nur mehr davor, daß Seffo doch noch eines Tages auftauchen und plötzlich dastehen würde.

So ging es ja vielen Leuten, denn niemand hatte Seffo gemocht, auch ich nicht, obwohl er mir eigentlich nur Gutes getan hatte.

Hans arbeitete im Büro und hatte einen Haufen zu tun – und immer wieder kam die Polizei, irgendwelche Erhebungen zu machen, und ich verstand, er konnte jetzt nicht fort –, und was das unsere betraf: jetzt war nicht Zeit, davon zu reden. Doch ich war mir unergründlich sicher: alles wird gutgehen.

Eigentlich waren es heitere Tage, die ich in Lajon verbrachte. Es war jetzt so viel gemütlicher im Hause, seit Seffo nicht mehr da war, es gab keinen Streit und kein Geschrei, die Dienstboten und die Arbeiter im Steinbruch waren bester Laune, und all die Leute, die uns besuchten, um Hedwig ihre Anteilnahme auszusprechen, zeigten es mehr oder minder unverhohlen: Eigentlich kamen sie, um Hedwig zu gratulieren.

Aber da geschah etwas Schreckliches.

Die alten Lebandowskis kündigten sich an.

Sie lebten noch, beide, in Wien, von einer kleinen Rente. Nie vorher waren sie in Lajon aufgetaucht, Seffo hatte es ihnen wahrscheinlich nicht gestattet, daß sie sich in der Gegend zeigten, wo er den großen Herrn gab. Nun war der Sohn verschwunden und sie kamen ...

Hedwig war außer sich. Sie wollte sie nicht empfangen, wollte abreisen, sich verstecken. Ich sah das ein: Schließlich hatte sie Seffo jahrelang betrogen, es war ihr nicht angenehm, jetzt seinen Eltern zu begegnen.

Ich redete ihr gut zu: sie müsse sich zusammennehmen. Sie versprach es mir. Aber im letzten Augenblick brachte sie es zuwege, krank zu werden. Sie bekam eine Grippe, sie hatte es schon immer fertiggebracht, krank zu werden, wenn ihr die Dinge über den Kopf stiegen.

Ich mußte die zwei Alten empfangen.

Mein Lebtag werde ich den Anblick nicht vergessen, wie sie vor unserem Haus aus dem Wagen stiegen, zwei uralte verhutzelte Leutchen, ganz klein und zusammengeschrumpft vor Gram.

Ich führte sie herein – zu Hedwig, die fieberte und kaum ein Wort sprach, und dann wollte ich ihnen Hans vorstellen, aber das Büro war leer. Später mußte ich ihnen alles zeigen: das Zimmer, in dem Seffo zuletzt gesessen hatte, den Bach und das Wehr, das man unzählige Male mit Stangen durchsucht und durchstöbert hatte, auch den Steinbruch. Nur die Pulvermühle, die zeigte ich ihnen nicht.

Die beiden sagten fast gar nichts. Sie schienen entsetzlich eingeschüchtert, sie klagten nicht, sie weinten nicht, sie stolperten nur stumm und verstört durch die Gegend, die ihren Seffo, ihren einzigen, verschluckt hatte. Sicher kam ihnen hier alles grauenhaft und gefährlich vor – das enge steile Tal, der dichte Wald, die vielen Felsen, der wilde Bach. Ich mußte ihnen immer wieder beschwören, daß man jeden Hang abgesucht, jeden Winkel durchstöbert hatte, ich weiß nicht, ob sie mir glaubten ... Ihre Augen irrten nur herum – und ihre Lippen bewegten sich lautlos.

Sie blieben zwei Tage. Hedwig fieberte weiter und rührte sich nicht aus ihrem Bett.

Aber daß auch Hans fortblieb ...

Er war nach Bozen gefahren. Ließ uns sagen: eine dringende Angelegenheit ... aber ich wußte sofort: nur ein Vorwand.

Zuerst erlaubte ich mir nicht, darüber nachzudenken, was ihn bewogen hatte, Seffos Eltern auszuweichen. Doch plötzlich traf es mich wie ein Stich: er weiß...

Und seither fühlte ich mich – wie seine Komplizin. Ich *wollte* mich wohl so fühlen. Obwohl ich mir damals noch nicht denken konnte, worin seine Mitschuld lag; aber ich spürte das Gewicht und es zog mich an, zog mich immer näher zu ihm hin, es war wie eine Kette, die mich an ihn band, und sie zerriß auch nicht, als er Hedwig zur Frau nahm.

Du wirst das nicht verstehen, Jürgen, und zuerst war es auch fürchterlich für mich, denn ich hatte doch noch immer gehofft, er würde den Absprung finden und sich losmachen können für ein neues Leben mit mir – mit mir oder ohne mich –, auch das erwog ich und wünschte es oder redete mir ein, es zu wünschen. Aber der Tote in der Pulvermühle hielt ihn fest.

Ja, das war's: das Grab im Keller und das, was dieses Grab enthielt, da kam er nicht mehr los davon. Da war er festgenagelt – er *durfte* nicht mehr gehen, hatte das Recht verwirkt zu gehen und noch einmal anzufangen. So hat er's verstanden und mir später auch erklärt ... und sagte mir einmal wörtlich: »Es war damals, als die beiden Alten kamen – ich stand am Fenster und schaute hinunter, und plötzlich war mir alles klar.«

Vielleicht wirst Du mir nicht glauben, Jürgen. Wahrscheinlich kommt Dir das alles viel zu verwickelt vor, und Du hältst Dich lieber an die Version, die Dir der Wirt gab ... und die Dir das Recht zu geben scheint, Dich moralisch zu entrüsten. Denn Du bist ein Moralist, Jürgen, auch wenn Du das nicht gern wahrhaben willst.

Lächerlicherweise war auch Wagenseil ein Moralist, ja, auch er, gerade er ... Voll Zweifel und Bedenklichkeiten und mit einer Akribie der Selbstkontrolle, die manchmal eines Heiligen würdig gewesen wäre. Aber gerade diese Akribie war sein Unglück und zerstörte seine Fähigkeit, »richtig« zu handeln und das ins Werk zu setzen, was man »Moral« nennt.

Er zog sich aus den Dingen zurück und in sich selbst hinein. Was um ihn geschah, ließ er geschehen. Er sah nur zu. Er konnte es nicht leiden, wenn Entscheidungen von ihm verlangt wurden. Dann ging er weg, verreiste, verschwand. Er hatte überall Bekannte, und die Leute rissen sich um ihn. Er hätte das ganze Jahr unterwegs sein können, er war immer eingeladen. Ich habe nie einen Menschen getroffen, der soviel Neigung erweckte – und sowenig dazu tat wie er.

Vielleicht stellst Du ihn Dir jetzt als glatten Beau vor, als Salonlöwen oder etwas Ähnliches. Das war er gar nicht. Und es war ihm ganz gleichgültig, ob er bei Bauern oder Grafen war – er konnte stundenlang schweigen, trinken, zuhören. Und wenn er dann endlich etwas sagte, war es etwas umständlich und hörte sich – im ersten Augenblick – fast langweilig an. Aber wenn man darüber nachdachte, war es voll Hintersinn und sehr genau ...

Er machte nichts aus sich, und die Leute lobten seine Bescheidenheit. Nur wer ihn genau kannte – wie ich – der wußte: In Wirklichkeit war er voll Hochmut.

– – – Wohin führt mich dieser Brief? Er ist nun schon viele Seiten lang, und ich rede darin nur von Wagenseil – und wollte doch von Dir und mir reden. Aber vielleicht kann ich jetzt nicht anders von mir reden, als indem ich von Wagenseil rede, jetzt nicht mehr. Ich habe ihn Dir verschwiegen, zwölf Jahre lang, und damit habe ich auch mich verschwiegen. Nein, Du hast wirklich nichts von mir gewußt. Ich habe neben Dir hergelebt – zuerst als Deine Geliebte, dann als Deine Frau – und habe diese Krankheit in mir herumgeschleppt. – Ja, eine Krankheit zum Tode, das war meine Liebe zu Wagenseil – von jeher –, und sie endete natürlich auch nicht damit, daß Du in mein Leben tratest, obwohl ich mir oft, das darf ich heute sagen, in Deinen Armen wie gerettet vorkam – flüchtige selige Augenblicke lang; aber Du konntest mich nicht heilen, denn das andere war zu tief in mich eingewachsen, ich konnte es nicht aus mir herausreißen – und dann war ja noch jenes Zweite da, Jürgen: Bertrams Tod...

Dein Schweigen, mein Schweigen, es stand zwischen uns wie eine Mauer, und da es endlich durchstoßen wäre, ist es zu spät. Aber da es nun einmal so ist, sollst Du alles erfahren, alles, was Dich angeht (denn *alles* werde ich Dir nie mehr sagen können): Ja, ich bin geheilt, *bin* geheilt; doch was mich heilte, warst nicht Du, sondern etwas ganz anderes. Ich habe es mir mit Lüge und Betrug von Dir erkauft.

Erinnerst Du Dich noch: es war im Jahr 47, wir waren gerade sechs Monate verheiratet, da fuhr ich einmal weg, nach München – nach München, erzählte ich Dir – zu einer Freundin, Ella Weber, Sternwartestraße 5. Aber es gab keine Ella Weber, jedenfalls nicht in meinem Leben, ich habe mir Name und Adresse aus einem alten zerfetzten Telefonbuch herausgeschrieben. Ich setzte Dir eine lange Geschichte vor von dieser Ella, der lieben guten, die mir schon oft treu und redlich behilflich gewesen sei. Und nun war Ella krank, die Ärmste, sie brauchte mich, ich mußte zu ihr fahren, ich mußte, mußte, sie hatte keinen Menschen außer mir.

Du, Jürgen, warst vorerst nicht sehr dafür. Wir hatten wenig Geld, aber das war nicht der Grund, aus dem Du mir abrietst; Du wolltest mir nur die Plage der Reise ersparen, die schlechten Verbindungen, die miserablen Züge, Du wolltest mich schonen oder einfach nur dabehalten. Aber ich gab nicht nach und setzte es durch.

Du brachtest mich noch zum Zug und zuletzt stecktest Du mir noch ein Päckchen in die Hand: »Für deine Ella« – Weißbrot und Schokolade. Ich schenkte es weg, einem Kind.

Denn ich fuhr ja nicht nach München, ich bog in Ulm ab – und wenn Du gedacht hattest, mich warnen zu müssen vor den schlechten Zügen, den ungeheizten Waggons, den Schwierigkeiten der Reise – sogar darum hattest Du Dir Sorgen gemacht, ob ich bei Ella nicht etwa frieren oder hungern müßte –, dann war das, was ich jetzt vorhatte, freilich eine ganz andere Sache. Ich wollte über die Grüne Grenze nach Österreich, und diese Grenze war gesperrt und bewacht, es war seit Kriegsende verboten, sie zu überschreiten. Die Besatzungsmacht hatte zu Anfang sogar mit Todesstrafe gedroht – das war vorbei –, doch mit drei Monaten Haft mußte man immer noch rechnen.

Diese Gefahr nahm ich in Kauf, es gab ja Schleichwege, und das Gebirge konnte doch nicht so dicht besetzt sein.

Ich fuhr bis Füssen, und dort stieg ich querwaldein hinauf und immer in die Richtung, von der ich wußte: dort liegt Österreich.

Was ich dort suchte – ich glaube, Du weißt es schon, wenn Du diese Zeilen liest, *wenn* Du sie je zu lesen bekommst ... Ich wollte mich dort mit Hans Wagenseil treffen.

Er lebte hier in Südtirol, in einem kleinen Ort des Oberen Vintschgau (ich glaube, er lebt immer noch dort), auch zwischen Südtirol und Österreich war eine Grenze, und sie zu überschreiten war gleichfalls verboten, auch er mußte heimlich über die Berge.

So wollten wir uns treffen unter gleichsam gehälftetem Risiko. Es konnte schiefgehen bei ihm wie bei mir – wir wollten es als eine Art Orakel nehmen. Aber es sollte uns nichts zu viel sein, um dieses Wiedersehen zu bekommen.

Wir haben es bekommen ...

Julia legte die Feder weg, lehnte sich zurück und starrte zur Decke empor. Noch heute stiegen ihr die Haare zu Berge, wenn sie an dieses Wiedersehen dachte.

Landeck im oberen Inntal: eine düstere Landschaft, eine kleine düstere Stadt am Zusammenfluß von Inn und Rosanna, graue Felsschroffen im Norden, da und dort der zernagte Zahn eines verfallenden Burgfrieds. Windstille, wollgrauer Himmel, Föhnluft, Novemberwärme. Auf der Landstraße wandert eine Frau, plumpes Nagelschuhwerk an den Füßen, Rucksack auf dem Rücken, Windjacke, Kopftuch.

Bin ich das, die da wandert? – Ja, ich bins's.

Neben der Straße laufen die Gleise der Eisenbahn. Einmal

rattert ein Zug vorbei. Aber ich wagte nicht mit dem Zug zu fahren. Züge – heißt es – werden kontrolliert.

Langsam rückt das Ziel näher: das Bahnhofgebäude taucht auf, unverkennbar das Giebeldreieck, die Namentafel der Station: auf weißem Grund ein schwarzer Strich. Der Strich tritt in Punkte auseinander, die Punkte werden Buchstaben: Landeck in Tirol.

Dort – dort – und gleich. Unfaßbar. Er wird nicht da sein.

Die Glastür öffnet sich. Ich trete ein.

Im ersten Augenblick: nur Düsternis, halbdunkler Raum voll schaler Stickluft, Tische, Stühle, eine Theke. Dann löst sich vor dem einen Fenstviereck hinten ein Schatten, sehr rasch, wie vorgeschnellt, biegt um den Tisch, schwenkt auf mich zu. Wie er sich zögernd beeilt, zielstrebig ausweicht, hastig und bedachtsam zugleich: daran erkenne ich ihn. Und gleich darauf: Hand in Hand, und seine Stimme, sehr dunkel, leise vibrierend: »Bist du doch gekommen?«

Dann – im Fensterlicht: das erste Anschauen. Ach, wie verändert, ach, wie gleichgeblieben, beides wahr und beides verwirrend. Wiedererkennen und Nie-Wahrgenommenes registrieren, es ist zuviel, ich kann nicht hinsehen.

Was ist, hält dem Erinnerten nicht stand. War er nicht größer gewesen? Und: er ist dick geworden. Und: sein Haar ist angegraut. Und: diese schreckliche mehlweiße Blässe, krankhaft.

Wir haben uns niedergelassen, er zur Linken, seitwärts vom Fenster, ich übereck, dem Fenster zugewandt. Zwischen uns der Tisch, rotweiß gewürfeltes Tuch, schmutzig, mit Bröseln übersät, faltig zusammengeschoben. Ich weiß nichts Besseres im ersten Augenblick als das Tischtuch glattzustreifen: mein erster Fehler.

Von hinten kommt der Kellner: »Was soll's sein?«

Ich – halb bewußtlos: »Ein Kaffee.«

»Nimm lieber ein Bier, Julia!« Er schiebt dem Kellner sein leeres Glas zu. »Ich sitze seit Mittag hier und trinke immer nur Bier, nicht wahr?« Er sieht den Kellner an und lächelt ihm zu, Einverständnis, Vertraulichkeit, Spießgesellenvertraulichkeit – ich blicke mich nach dem Kellner um: ein Galgenvogelgesicht: »Nimm ein Bier, Julia, dann spürst du meine Fahne nicht so!«

Ich zuckte zusammen und wiederholte eigensinnig (mein zweiter Fehler): »Nein, Kaffee!«

Aus seinen Augen trifft mich ein dunkel-dämmernder Blick. »Also Kaffee«, sagt er laut und lehnt sich zurück. »Wenn die

Dame durchaus will. Aber mir –« Er tippt auf das leere Glas. »Dann sind es neun.«

Ich weiß nicht, was ich denken soll. Ist er betrunken? Nein. Er hat schon immer eine Menge vertragen und sich immer schon soviel zugemutet, daß er sich knapp am Rand des Rausches hielt, je knapper desto lieber, Balanceakt auf der Kippe. Doch – daß er auch heute – Ich murmle verängstigt: »Du bist also schon lange hier?«

»Seit Mittag. Bin nachts über die Grenze.«

»Ich auch.«

»Beinahe wäre ich gar nicht gekommen.«

»Wieso? War es so schwierig?«

»Nein, gar nicht. Aber – du kennst mich ja.«

Ich kann kaum atmen. Was soll das heißen? Wäre er fähig gewesen ...?

»Ich fragte mich nämlich, was es im Grunde für einen Sinn hat, daß wir uns treffen. Ja, ich weiß, ich habe dir geschrieben, daß ich dich sehen will – und ich wollte es auch, wollte –« Er hebt die Hand, ballt sie zur Faust, schlägt sie kurz durch die Luft, doch ehe sie auftreffen kann, fängt er sie ab. »Aber ich weiß auch, ich hatte kein Recht, dich hierher zu rufen.« Plötzlich lacht er. Dieses Lachen ist mir unheimlicher als alles vorher. »Eine weite Reise für dich, Julia. Hunderte von Kilometern. Die meine dagegen ein Katzensprung.«

»Es ließ sich doch nicht anders machen.«

»Meinst du? Ich merke, du gibst mir wieder vor. Immer hast du mir vorgegeben, Julia. Das solltest du nicht.«

Der Kellner bringt den Kaffee und stellt Hans Wagenseil das neunte Bier hin. »Es ist das letzte, Herr«, sagt er leise, »mehr gibt's nicht. Einer da hinten hat sich schon aufgeregt.«

Hans kneift die Lider zu. »Abhauen!« sagt er, »wir reden später weiter.«

Ich: »Was war das?«

»Ach, nichts. Ein Geschäft. Ich habe ihm Zigaretten – Kümmere dich nicht darum. Ist mir auch ganz egal, ob ich noch Bier kriege oder nicht. Wollte nur ausprobieren, was er sich getraut, der Ganove.« Und dann – beinahe gehässig: »Na, schmeckt dir dein Kaffee?«

Mir fällt der Löffel aus der Hand.

»Entschuldige, ich bin scheußlich – scheußlich. So soll es nicht sein. Bitte verzeih!«

»Was hast du eigentlich?«

»Reden wir nicht von mir! Rede von dir. Ich möchte alles hören, alles erfahren, wie es dir geht, wie du lebst. Mein Gott, Julia, diese Stunde – ich dachte nicht, daß sie noch einmal kommen würde.«

»Ich auch nicht, Hans.«

»Du hast dich nicht verändert. Ich hatte Angst, du könntest – Gib das Tuch vom Kopf. So – ja, so – jetzt erkenne ich dich ganz. Dir hat die Zeit nichts angehabt. Du bist nur mehr du selbst geworden. Du hast nie etwas anderes als noch mehr du selbst werden können.«

Und nach einer Pause: »Geliebte –«

Wir sitzen nebeneinander, kraftlos und bleich, die Jahre sind ausgelöscht, die zwischen uns liegen, ausgelöscht sind Mord, Tod, Zuchthaus und Krieg. Für ein paar Sekunden sind wir noch einmal die, die wir früher gewesen – im Wald von Lajon, in den Felsen der Raschötz, in der Pulvermühle, für ein paar Sekunden ist nichts auf der Welt als dieses einzige Wort.

Hans hat meine Hand ergriffen und sie zu sich hinübergezogen; aber nun, nun dreht er sie um, öffnet ihre Finger und blickt auf ihre Innenfläche hinab, als habe er plötzlich Lust, ihre Linien zu lesen – wie Schriftzeichen auf einem Blatt Papier. Er fährt mit dem Nagel die Kerben entlang, sieht wohl auch Risse und Schwielen, dann nimmt er meine andere Hand, liest auch in ihr.

»Du bist doch verheiratet. Warum trägst du keinen Ring?«

Ich ziehe meine Hände zurück.

»Ist es aus der Mode gekommen, Ringe zu tragen!«

»Nein. Wir hatten nicht das Geld, um Ringe zu kaufen.«

»Aber du hattest das Geld, um hierher zu fahren?«

»Hans –«

»Schon gut. Weiß dein Mann, wo du bist?«

»Nein.«

»Was wirst du ihm sagen, wenn du nach Hause kommst?«

Ich schweige. Nach Hause kommen – ich kann es mir nicht vorstellen. Aber Hans spricht es aus:

»Du wirst ihn also belügen müssen.«

»Ich habe ihn schon belogen.«

»Wie ist er denn, dein Mann? – Was tut er eigentlich? Hat er noch immer diesen Posten bei den Amerikanern?«

»Nein. Das war nur –«

»Erste Hilfe. Ich verstehe.«

»Wir kamen in Frankfurt an und hatten nichts – gar nichts.

Kein Dach über dem Kopf, keine Zuzugsgenehmigung. Wer bei der Besatzung arbeitete –«

»Bekam beides. Selbstverständlich.«

»Der Winter stand vor der Tür, und Jürgen meinte –«

»Schön von dir, Julia, daß du ihn verteidigst. Ich fürchtete schon –«

»Was?«

»Daß du dich über ihn beklagen würdest.«

Ich schaue ihn an, Hans Wagenseil. Wie er spricht – leise und sehr artikuliert –, als habe er vor, mit jedem Wort einen unaufhebbaren Tatbestand zu setzen: jedes Wort – ein Schnitt ins Fleisch, jedes Wort – ein Messer.

»Ich wünschte ja, du könntest ihn lieben. Lieben, sofern Liebe heute möglich ist. Die Zeit der großen Passionen ist vorbei. Sie waren wie ein Brunnen, aus dem die Welt getränkt wurde, du verstehst – die großen Liebenden – sie gehören der Vergangenheit an. Der Brunnen ist ausgetrocknet. Das Pumpwerk ist stillgelegt, von dem wir einmal dachten, es bringe das Unerschöpfliche der Welt zutage. Die Welt ist nicht mehr unerschöpflich. Liebe – im Sinne der *großen* Liebe – hat keinen Platz mehr in der Zeit. Wir sind unter einen anderen Stern getreten.«

»Aber –«

»Laß mich ausreden. Julia. Wir müssen wissen, was uns zusteht, uns allen, die wir jetzt leben, uns beiden im besondern. Und ich denke, dir steht zu, deinen Mann zu lieben, so wie heute Liebe möglich ist; als brauchbare Gesinnung, Kameradschaft oder einfach: Geduld.«

»Hans –«

»Wir haben den Anspruch auf Glück verspielt. Ich, du, wir alle. Das ist der wahre Sinn der Tatsache, daß wir den Krieg verloren haben. Alles, was jetzt noch kommen kann für uns, ist Ersatz. Der Traum ist ausgeträumt. Andere Völker träumen ihn noch weiter. Sie sind noch jünger oder glauben es noch zu sein. Aber in uns ist die Erde gealtert. Sie wird nie mehr jung. Es ist etwas Endgültiges geschehen und indem es an uns geschah, haben wir den anderen ein Beispiel gegeben, zum letzten Mal.«

Ich hörte ihm zu, ich kannte dieses Reden an ihm, dieses hoffnungslose Versessensein auf Endzeit und Abbruch. Sagte ich: Nein, Hans, so sehe ich es nicht ...? sagte ich: Es muß einen Weg geben ... Wiederherstellung ...?

Denn er fiel mir ins Wort: »Natürlich. Das habe ich erwartet.

Restauration. Der Bürger will immer Restauration. Was auch geschehen sein mag: sein Kompaß zeigt auf Sicherung. Fortleben, Weitermachen. Das richtige Klima für Menschen wie dich.«

»Wie ich?«

»Freilich, Julia, kennst du dich selbst so schlecht? Du bist eine Bürgerliche. Immer noch. Ich habe es dir sofort angesehen, als du hier hereinkamst. Wie du dich hingesetzt und bestellt hast, schockiert, als ich ... Nun ja«, er lachte.

Was sollte ich antworten. Ich kam mir wie ein Insekt vor, das gefangen, ausgespreizt, aufgespießt, in einen gläsernen Kasten gesetzt –

»Beruhige dich. Was ist dabei. Die meisten Menschen sind so.«

»Du hast mir früher nie gesagt, daß ich sei wie die meisten.«

»Nein? Da verglich ich dich eben mit Hedwig. Und sie – sie allerdings war Durchschnitt.«

»Laß Hedwig in Frieden!«

»Durchschnitt des Durchschnitts. Eine Frau, nichts als eine Frau, so als hätte sich die Natur bei ihr erst gar nicht die Mühe gemacht, sie zur Person zu formen.«

»Und was nennst du eine Person?«

Er sah mich an. In seinen Augen blitzte es. Dann antwortete er: »Ich nenne eine Person, was du – beinahe geworden wärest.«

Ich bedeckte mein Gesicht mit der Hand. Dann ließ ich sie sinken und sagte: »Was soll das alles? Bin ich dazu hierhergekommen?«

Wir saßen eine Weile schweigend nebeneinander.

Dann redeten wir dies und das.

Schließlich sagte ich: »Ich habe dir etwas mitgebracht.«

Auf dem Stuhl neben mir lag der Rucksack. Ich öffnete ihn und nahm eine kleine Tasche aus Segeltuch heraus. Sie enthielt meine Ausweispapiere – und ein Bild, eine kleine Photographie. Diese legte ich auf den Tisch. »Hier!«

»Was ist das?« fragte er. Doch dann sah er wohl selbst. Das Bild zeigte keine menschliche Figur; es zeigte nur ein Stück Grasland mit zwei Bäumen im Hintergrund. Vorne steckte ein Pfahl in der Erde, an diesem Pfahl war eine schmale Tafel befestigt, so daß er aussah wie ein Kreuz. Die Schrift war kaum auszumachen. Vor dem Pfahl lag etwas auf dem Boden: es konnte ein Blumenstrauß, doch es konnte auch nur eine Handvoll welker Blätter sein.

Ich sagte: »Ich war heuer dort – am vierten Mai – seinem Todestag. Da habe ich auch das Bild gemacht. Aber jetzt kam die Nachricht: sie haben ihn auf den Dorffriedhof umgebettet, dort liegt er zwischen Soldaten und Gefangenen.«

Hans Wagenseil saß immer noch weit vorgeneigt, über das Bild gebückt. In seinem Gesicht arbeitete es, seine Schläfenmuskeln zuckten, etwas Unwetternd-Schwarzes breitete sich über seinen Zügen aus. Plötzlich griff er mit beiden Händen nach der Photographie und zerriß sie.

»Hans!«

»Ich will nicht –«

»Aber Hans!«

»– will das nicht: Bilder, Gedächtnis, Totenfeier. Dreck. Nichts als Dreck. – Bertram ... ihm ist das beste geschehen, was ihm geschehen konnte, so wie die Dinge lagen, wie sie liegen: das Ende, bevor er begriffen hat. Denkst du vielleicht, ich traure um ihn? Ach, du – ich bin froh. Ja, froh seinetwegen, daß er nie erfahren mußte ... und auch meinetwegen, denn so darf ich sein, der ich bin, das hätte ich nicht gedurft, wenn es ihn noch gäbe. Und nun, Julia, will ich dir etwas sagen: auch du bist froh!«

»Nein«, schrie ich auf.

»Still!« sagte er und nagelte meine Hand mit der Faust auf den Tisch. »Ich sage dir nur die reine Wahrheit: Bertrams Tod hat dich von mir befreit.«

»Du bist wahnsinnig.«

»Und darum bist du mit diesem Bojan gegangen, hast dich von ihm mitschleppen lassen über die Elbe und weiter, weiter. Du warst nur zu feige, es dir zuzugeben, daß dir Bertrams Ende der Neubeginn war. Warum auch nicht? Die Toten haben immer unrecht.«

»Du bist wahnsinnig«, wiederholte ich nur.

»Und nun kommst du«, fuhr er knirschend fort, »kommst mit diesem Bild – als Rückversicherung. Ja, Julia, so ist es. So wolltest du dir den Rücken decken. Wenn es zur Liebe nicht mehr langt, dann wenigstens Totenfeier. Nein. Da hast du deine Fetzen!«

Damit warf er mir die zusammengeknüllten Schnitzel zu.

Ich raffte sie zusammen und barg sie in meinen Händen. Dann stopfte ich sie in die Tasche zurück und die Tasche in den Rucksack; dabei kämpfte ich darum, nicht ohnmächtig zu werden.

Eine Weile saß ich so da, von Wagenseil abgewendet. Ich spürte, daß sich meine Lippen zu bewegen begannen ... schließlich brachte ich die Worte hervor: »Es ist genug.«

Fünf Minuten später war ich draußen, vor dem Stationsgebäude, auf dem Bahnsteig. Wieder fünf Minuten später fuhr ein Zug ein.

Wagenseil wollte nicht, daß ich ihn nehme. »Steig nicht ein«, sagte er. »Wenn eine Kontrolle kommt!«

Aber ich schlug schon die Tür hinter mir zu.

Wir erinnern uns: Jürgen Bojan hat seine letzte Mahlzeit in Lajon in Gesellschaft des jungen Lehrers Frischmann eingenommen. Dieser war ihm von der Straße in die Stube gefolgt und hatte ihm begeisternd werbende Ratschläge erteilt: der Herr wolle nach Italien und habe Südtirol noch nicht gesehen – oh, Südtirol, das schönste Land, ein wahrer Zaubergarten! –, und voll Eifer hatte der junge Mann Ortsnamen und Straßenskizzen auf Papierservietten gekritzelt (ohne zu merken, daß Bojan kaum hinsah, Bojan, von Ungeduld und Ärger zerfressen – wo blieb nur Julia?).

Selbst als der Fremde aufsprang, als habe ihn etwas gestochen, hinauslief und beinahe eine Stunde fortblieb, selbst da ebbte Frischmanns Begeisterung noch nicht ab, er bekritzelte weitere Servietten mit Handskizzen und rühmenden Ausrufezeichen. Plötzlich hörte er draußen ein Trappeln die Treppe herab und zum Tor hinaus – und gleich darauf das Anlassen des Wagens. Der Herr fuhr ab. Frischmann stürzte, die Blätter schwenkend, auf Bojan zu – zu spät. Der Wagen fuhr an, riß eine wilde Kurve und verschwand. Der Lehrer blieb zurück, verwundert, gekränkt und zornig: Da brauste er davon, der Fremde aus Deutschland, brauste sicher geradenwegs südwärts in den Stiefel hinunter. Alle Mühe vertan.

Wie verwundert und – erfreut wäre Lehrer Frischmann gewesen, hätte er die Route verfolgen können, die Bojan tatsächlich nahm; denn er fuhr keineswegs – wie doch vorgehabt – südwärts nach Verona und Venedig. Er machte schon in Bozen halt und blieb im Lande. Er besuchte zwar weder den Ritten, noch schenkte er der Mendel die geringste Beachtung. Er hatte keinen Blick für die Landschaft und scherte sich den Teufel um Kunst und Brauchtum. Er nahm in Bozen ein Zimmer, betrank sich in einer Taverne, konnte trotzdem die halbe Nacht nicht schlafen, stand zu früher Stunde auf und klopfte, als eben die Rollbalken vor den Geschäftsräumen der Zeitung ›Die Dolomiten‹ hochgezogen wurden, an die Tür der Redaktion.

Einer verdutzten Sekretärin (sie war offenbar keines so frühen Besuches gewärtig) setzte er auseinander: er wolle ins Archiv der Zeitung und in alte Jahrgänge – 1935 bis 1940 – Einblick nehmen.

Das Mädchen schüttelte den Kopf und sagte: Ein so altes Archiv gebe es gar nicht, die Italiener hätten es immer wieder ausgeräumt und alle Bestände beschlagnahmt.

Bojan starrte die Kleine aus finsteren Augen an: Es müsse doch, zum Kuckuck, noch irgend etwas vorhanden sein.

Das Mädchen, von Natur aus hilfsbereit und freundlich, dachte nach. Dann hängte sie sich ans Telephon, rief dahin und dorthin. Dazwischen ängstliche Blicke auf Bojan: er mußte, übernächtigt und in düster-entschlossener Stimmung, einen beunruhigenden Eindruck machen. Endlich schien sich ein Ausweg abzuzeichnen. Ein privater Sammler lud Bojan in sein Haus ein.

Eine Stunde später saß Jürgen in einer altertümlichen Villa mit Butzenscheiben und Spitzbogenfenstern. Man hatte ihn gefällig und urban empfangen und ihm im Bibliotheksraum des Hausherrn neben einem reichlichen Frühstück ein paar verstaubte und mit Spinnweben behängte Sammelbände zur Verfügung gestellt. Allein gelassen, begann Jürgen zu blättern.

Er blätterte, blätterte ... Obwohl er etwas Bestimmtes suchte, hastig suchte (anfangs klopfte ihm dabei sogar das Herz), und obwohl seine Augen nach einem bestimmten Text (lautete er nun »Mord in Lajon« oder »Eingemauerte Leiche«) und nach bestimmten Namen (Lebandowski, Wagenseil oder gar – Gott verhüte! – Basalla) über die Seiten jagten, konnte er doch nicht umhin, auch anderes zu lesen: Schlagzeilen, fett gedruckte Balkenüberschriften, und manchmal hält er sogar inne, um ein paar Sätze zu überfliegen: Addis Abeba gefallen, der Negus in Genf, das Rheinland von deutschen Truppen besetzt, Schnellzug entgleist, Viehmarkt in Brixen, deutsche Grabsteine umgestürzt, spielende Kinder stecken Stadel in Brand ...

Die Zeitung ist schlecht gedruckt, viele Lettern sind verwischt, man merkt: die Herausgeber mußten sich mit den armseligsten Mitteln fretten. Das Papier ist bräunlich vergilbt, stockfleckig; Risse und Eselsohren; aber Seite um Seite, Nummer für Nummer – das Sammelsurium der Ereignisse, kleiner und großer, lächerlich winziger aus dem lokalen Bereich, weltgeschichtlicher aus Berlin, Rom, London... Teil des eigenen Lebens geworden, Vorgeschichte des Krieges mit ihren immer bedrohlicheren Etappen, Herausforderung hier und dort, Säbelrasseln und große Worte, alles miterlebt, vergessen, wieder erinnert: da war ich sechsundzwanzig, ein junger Spritzer, hängte das bißchen erlernten Beruf als Geometer an den Nagel, ging zur Wehrmacht, ahnungslos, was uns bevorstand, ahnungslos, wohin die Chose lief. Zum Leutnant gemustert, Rosinen im Kopf und Mädchenbilder im Spind und, wenn auf Urlaub zu Hause: Vater und Mutter verstummt, sobald die Rede aufs Politische kam, oder starrköpfig-grämlich: »Wir werden es ja noch erleben, wohin das führt, der Pastor sagt's auch, Leichtsinn der Jugend, glaubenslos, gottlos, aber der Herr läßt seiner nicht spotten.« Ich hab sie ausgelacht, die Alten, die Dummen; Glanz der Montur, Tressen und Spiegel.

Und weitergeblättert, Jahrgang für Jahrgang, wachsende Ungeduld, die Augen ermüden, die Hand ermüdet. Tausend Titel: Blockade verhängt, Blockade gebrochen, Spanien blutet, Betrüger wurde gefaßt, Hagel vernichtet die Ernte, Diamantene Hochzeit in Gossensaß. Irgendwer ist gestorben, irgendwer wird verhaftet (verhaftet wird dauernd), irgendwo wird wieder ein neues Denkmal für Cesare Battisti errichtet. Südtirol stöhnt unter dem faschistischen Druck. Neue Verordnungen, vorsichtig formulierte Klagen, trotzdem fällt die Zeitung für Tage aus, kommt wieder, gerupft, auf ein einziges Blatt reduziert, aber siehe, auch auf ihm findet sich neben spaltenlangen, in drohendem Ton gehaltenen amtlichen Erlässen noch Raum zu Berichten: Wurstvergiftung am Weihnachtsabend, X. Y. wird achtzig, bissiger Hund fällt Kleinkind an. Dann: Österreich wird von deutschen Truppen besetzt, Jubel in Wien, der Führer und Reichskanzler versichert den Duce unwandelbarer Freundschaft.

Ja, das war damals: Anschluß und Einmarsch, ein Trubel, ein Traum, ich war dabei, zum erstenmal Salzburg, Pferdeschwemme, Mozarthaus. Nun scheint alles erreicht, was man als Deutscher zu wünschen, zu hoffen hatte; das Ausland hat den Anschluß geduldet, unter formellen Protesten, versteht sich, aber mit deutlichen Anzeichen verständnisvoller Sympathie. In Wien wird man zufälliger Zeuge wüster Szenen, zum erstenmal steigt Widerwille und Ekel auf: Haben wir so etwas nötig?

Dann sitzt man den langen Sommer über in einem kleinen

Nest an der tschechischen Grenze und grübelt: man möchte raus aus dem Verein, zurück ins zivile Leben, der Barras wird zum Leerlauf. Man wälzt Pläne, man möchte studieren, wenn möglich Architektur. Schon ist das Gesuch um Entlassung geschrieben, um Rückversetzung in die Reserve. Da fällt das Stichwort Sudetenland.

Und sieben Jahre läuft die Mühle weiter.

Juni des Jahres 39. Jürgen Bojan blättert noch immer; drei Stunden lang blättert er sich durch Welt- und Lokalgeschichte. Und immer noch nichts über Wagenseil, Lebandowski, Dragenowitsch und – Gott behüte – Basalla. Da – plötzlich – beugt er sich vor, eine Doppelzeile springt ihn an:

Lajoner Mordfall aufgeklärt.
Mitschuldiger trug Baldachin

Am frühen Nachmittag begibt sich Jürgen Bojan auf die Präfektur. Er ist entschlossen, Wagenseil ausfindig zu machen. Daß er noch lebt, weiß er von Julia, wo er lebt, will er hier erfahren. Dann will er ihn stellen.

Glurns ist eine kleine Stadt im Obersten Vintschgau. Sie hat eine ansehnliche Geschichte und eine kümmerliche Gegenwart. Auf den Resten einer römischen Siedlung als Sammelplatz der Ordensritter in den Zeiten der Kreuzzüge neubegründet, war sie noch vor einigen Jahrzehnten Sitz einer Bezirkshauptmannschaft, Sitz eines Amtsgerichts. Dann hat man jenes und dieses aufgelöst, auch die höhere Schule geschlossen. Die Beamtenstadt verbauerte. Die Geschäftslokale unter den Lauben wurden Ställe, in die Magazine zog Ackergerät ein. Bürgerwohnungen verwandelten sich in Heu- und Getreidespeicher, vor und hinter den Häusern wölben sich die Düngerhaufen.

Wenn es Abend wird, kehrt das Vieh von der Weide heim: zuerst kommen die Kühe getrottet, glockenklingend, euterschwer. Der Hirt zieht mit ihnen bis zum Stadtplatz, dort stößt er in eine Lur. Der Hornton zeigt die Rückkunft der Herde an, aber zum größten Teil löst sie sich von selber auf. Die meisten Tiere kennen ihren Weg und gehen ihn allein. Nur wenige müssen abgeholt werden. Der Platz entleert sich.

Aber bald darauf kommen die Pferde; auch bei ihnen ein Hirte, auch ihre Heimkunft wird ausgeblasen. Und wieder zerstreuen sich die Tiere und traben auseinander.

Zuletzt Schafe und Ziegen.

Nun sind die Einwohner von Glurns vollzählig zwischen den Stadtmauern versammelt.

Der alte Befestigungsring steht noch unversehrt mit seinen runden Türmen aus Haustein. Da und dort hat sich noch ein Stück Wehrgang erhalten, darunter setzt allerlei Winkelwerk an, Lauben, Schuppen, Kaninchenpferche. Alles ist klein, niedrig, puppenhaft. Das Niveau der winzigen Gärten reicht den Häusern bis an die Fenstersimse der Erdgeschosse. Bohnenhekken spinnen die Scheiben zu, Kamille, Iris und Löwenzahn wuchern und drängen einträchtig heran.

Hinter einem dieser Fenster wispert ein Dutzend Uhren. Schattseitig ist dieses Fenster, eine Luke steht nach innen aufgespreizt. Über das Brett liegt allerhand Kram verstreut: ein Bleistift, ein Bündel Papiere, eine rostige Schere. Dahinter ein Tisch, mit gewürfeltem Wachstuch bezogen. Darauf ein aufgeschlagenes Heft, ein paar zerlesene Bücher, ein dickes Lexikon: Russisch-Deutsch.

Hinten wispern die Uhren, die Uhren des alten Mors – er ist schon lange tot. Nicht alle seine Uhren wispern mehr, etliche von ihnen hängen stumm an den Wänden. Ihre Perpendikel haben ausgeschwungen. Die anderen gehen, wie sie wollen. Pünktlichkeit wird nicht mehr abverlangt: eine zeigt Mittag – oder Mitternacht –, eine viertel nach zehn, eine dreizehn nach sieben. Alle paar Minuten setzt eine zum Stundenschlag an: zirpend, schnarrend oder in dröhnendem Baß. Der Mann an dem mit Wachstuch bedeckten Tisch blickt nicht auf. Er sitzt, den dicht und grau behaarten Schädel tief geneigt, liest, schreibt, streicht aus, greift nach dem dicken Wörterbuch, schlägt auf, klappt zu, denkt nach, denkt lange nach.

Die Uhren wispern.

Es klopft.

Der Mann dreht sich auf seinem Sessel um. »Ja – Resi?«

Ein zerfranster Strohhut erscheint im Türspalt. »Was darf's denn heute sein, Herr Wagenseil?«

Der Mann steht auf. Er läßt sich Zeit dabei – vielleicht ist er schon viele Stunden an seinem Tisch gesessen und fühlt sich steif. Er greift sich ins Kreuz, sein Gesicht verzieht sich, als hätte er Schmerzen. Der Mann steckt in einer alten Kluft: zerbeulte Hose, dicker dunkelgrauer Rock, das Hemd ist nicht zugeknöpft, auch nicht mehr ganz sauber.

Die Frau ist hereingekommen, eine ältere Person, drall, wettergegerbt.

Hinten im Raum ist eine Art Küche eingerichtet: ein emaillierter Sparherd, vielfach abgestoßen, zwei Töpfe, eine Pfanne, ein Brett mit Tassen, Tellern. Eine Dose Öl. In einem Korb ein paar zerknitterte, fast leere Tüten. Die Frau nimmt diese in Augenschein.

»Ich glaube, es ist genug da«, sagt der Mann. »Sie brauchen mir nichts zu bringen.«

»Nix ist mehr da«, erwidert sie, »was wollen Sie denn morgen essen, Herr Wagenseil? Morgen ist Feiertag.«

Der Mann gähnt und streckt sich. »Was denn für ein Feiertag?«

»Das könnten Sie doch noch wissen – Fronleichnam.«

»Ach sieh da!« Der Mann läßt die gedehnten Arme sinken. »Fronleichnam.« Seine Augen verengen sich, er lächelt listig – wie über einen hintergründigen Witz.

»Jawoll, Fronleichnam«, wiederholt die Frau zornig, beinahe schreiend. »Also – was soll ich holen?«

Fünf Minuten später ist sie gegangen. Sie wird Milch und Brot, Salz und Öl bringen und, wenn das Geld reicht, ein Fetzchen Fleisch. Der Freibankmetzger gibt es billig.

Der Mann ist wieder allein. Ihn hat das nörgelnde Lamento der Alten gelangweilt, ihr Kramen und Stüren, ihre Besorgtheit sind ihm zuwider. Obwohl sie der einzige Mensch ist, der sich um ihn kümmert, ist er erleichtert, wenn sie ihn wieder verlassen hat. Er kehrt an seinen Arbeitstisch zurück, aber setzt sich nicht nieder. Stehend vorgebeugt, die Fäuste auf die Platte gestützt, überfliegt er die zuletzt geschriebenen Zeilen. Die ganze Passage scheint ihm plötzlich nichtig. Er nimmt den Stift, streicht sie aus. Dann schlurft er zu seinem Bett und legt sich nieder.

Da liegt er lange, die Arme unter dem Kopf verschränkt, die Augen zur Decke erhoben. Die Uhren wispern. Für gewöhnlich hört er sie nicht mehr, doch in solchen Augenblicken öffnen sich seine Ohren dem unaufhörlichen Getick, dem metallischen Fiebergeflüster der Werke, und eine alte Vorstellung deutet es um in Freßgeräusche, Freßgeräusche von Myriaden Tieren: sie sind in das Haus eingedrungen, bedecken Dielen und Wände, geflügelt, gepanzert, starrende Kugelaugen, mahlende Kiefer, hart wie Diamant …

Seit seiner Entlassung aus dem Gefängnis sind zwölf Jahre vergangen. Elf davon hat er in dieser Stadt, in diesem Haus, in dieser Wohnung gelebt. Er ist nicht unzufrieden, und es gibt Momente, in denen er sich glücklich fühlt. Er ist in einen Stand gelangt, der seinem Wesen zusagt: er ist nichts, hat nichts – so gut wie nichts. Die winzige Rente, die er bezieht, reicht eben aus, daß er nicht verhungert. Er lebt sein Leben, es gehört ihm und ihm allein. Niemand kann ihm was dreinreden (es sei denn wie die Alte vorhin, die für ihn einkauft und einmal im Monat seine Stuben putzt). Niemand verlangt etwas von ihm, niemand erwartet Rücksichtnahme. Er kann tun und lassen, denken und fühlen, was er will. Er ist frei.

Die erste Zeit nach seiner Entlassung war nicht so gut. Er war gezwungen, sich seinen Unterhalt selbst zu verdienen, das heißt, sich auf Angelegenheiten einzulassen, die ihn unter die Leute brachten. Er fand sich von heute auf morgen in eine Geschäftigkeit hineingezogen, auf die er weder gefaßt noch begierig war. Er kam sich überrumpelt vor.

Er hatte, im Gefängnis sitzend, die Vorstellung in sich genährt, er werde – freigekommen – in eine erloschene Welt eintreten: der Krieg werde alle Lebenskräfte gelähmt, alle Initiativen abgewürgt, ein Schattenreich des Elends und der Armut zurückgelassen haben. Zu seinem Erstaunen mußte er feststellen, daß genau das Gegenteil der Fall war. Der Film des Grauens war abgespult, das Satyrspiel begann. Da waren Trümmer. Niemand schien an den Trümmern Anstoß zu nehmen, man richtete sich in ihnen, mit ihnen ein. Man spann auch schon an Plänen, sie zu beseitigen, neuen Raum zu gewinnen und diesen neuen Raum besser, praktischer, gewinnversprechend zu nutzen. Auch der Blutzoll, den der Krieg gekostet hatte, schien die vitalen Impulse nur angeheizt und aufgeladen zu haben. Die vaterlosen Familien füllten sich mit neuen Vätern auf. Die Witwen trösteten sich schnell und wenn möglich mit den neuen Siegern. Der blitzblank aufpolierte Optimismus der überseeischen Besatzungsmacht (Wagenseil haßte sie) wirkte anstekkend. Nicht einmal der Umstand, daß Südtirol zum zweiten Mal an Italien fiel, konnte tiefere Verwirrung stiften. Das große Pathos der Empörung und des Schmerzes, das nach dem ersten Weltkrieg die Szene beherrschte, war zerbröckelt.

Auch das moralische Pathos war, zugleich mit dem nationalen, ruinös geworden, mürbe und durchlässig. Von überall her sickerten Zweifel ein. Was früher der Stolz und die Ehre des

Mannes gewesen war, die Unbeugsamkeit bestimmter Grundsätze, war mit einem Male nicht mehr gefragt. Man begann sich abzufinden, und es war erstaunlich, womit sich abzufinden man plötzlich bereit war.

Wagenseil mußte zugeben, daß er von diesem neuen Zustand profitierte. Auch in dieser Richtung sah er sich in seinen Erwartungen betrogen. Er hatte sich darauf eingerichtet, daß er, ein entlassener Strafgefangener, von nun an gemieden und verfemt sein würde. Nun sah er: Man nahm es nicht mehr so genau, woher ein Mann kam und was er getan hatte. Jeder ging mit jedem um, und jeder durfte mittanzen, sofern er nur fähig war, tüchtig mitzuspringen.

Eine kurze Zeit tat auch Wagenseil mit. Die wiedergewonnene Freiheit berauschte ihn, wie frische Luft berauscht, wenn man nach langem Aufenthalt in dumpfen Räumen ins Freie tritt. Unversehens geriet er in einen Ring von Schwarzhändlern und nahm an ihren Unternehmungen teil. Dieser Ring setzte sich freilich keineswegs aus nur dunklen Existenzen zusammen: Früher höchst achtbare Leute hatten ihre Finger im Spiel. Die Gewagtheit der Aktionen, die Kameraderie unter den Beteiligten versetzte Wagenseil eine Weile in einen Zustand der Euphorie.

Damals begann er auch persönliche Pläne zu schmieden, alte Fäden neu anzuknüpfen und davon zu träumen, daß er sich an ihnen in ein erneuertes Leben vorwärtstasten könnte.

Einer dieser Fäden führte zu Julia.

Aber da erkrankte er.

Schon im Gefängnis hatte ihn ein Nierenleiden geplagt. Der Aufenthalt in den feuchten und kalten Zellen war ihm nicht bekommen. Nun lag er wochenlang zwischen Leben und Tod.

Dieser Zufall – oder war es mehr als ein Zufall, entsprach es nicht viel eher einem tiefverwurzelt unbewußten Verlangen seiner Natur? – warf ihn auf sich selbst zurück.

Als er das Krankenhaus verließ, war der Ring zerfallen, dem er angehört hatte. Er hätte neue Verbindungen anbahnen, sich in neue Verhältnisse fügen müssen. Er dachte nicht daran oder ließ derartige Gedanken sofort an sich ablaufen.

Ein alter Bekannter riet ihm, um eine Rente einzugeben. Hatte nicht seine Gesundheit durch die menschenunwürdigen Verhältnisse in den Gefängnissen gelitten? Der Bekannte setzte für ihn auch die richtigen Hebel in Bewegung. Die Rente wurde gewährt.

Vor der äußersten Not geschützt, zog sich Hans Wagenseil in sein Höhlendasein zurück.

Am späten Nachmittag dieses Juni-Mittwochs geht er in den Garten hinaus. Er hat hier – neben den anderen Mietparteien – einige Beete angelegt. Auf ihnen zieht er Gemüse: eine Reihe Kopfsalat, zwei Zeilen gelbe Rüben, Fisolen, Petersilie. Keine Blumen.

Blumen ziehen die anderen: Rosen, Iris, Antoniuslilien. Diese sind eben dabei aufzublühen. Es muß eine zeitige Sorte sein, daß sie jetzt schon kommen, hier in Glurns, diesem hochgelegenen Platz, blüht das meiste später als sonstwo. Hans Wagenseil streift an dem hochschäftigen Schopf vorbei, tippt in einen der schon geöffneten Kelche, fettgelber Pollenstaub haftet an seinem Finger – die Lilien in der Raschötz blühten schon Ende Mai.

Hedwigs Garten. Hedwigs Lilien. Wieso sie darauf verfiel, gerade dort bei den Lilien ... ein Lager aus Heu, zehntausend Gräserleichen, knisternd und weich, erstickender Duft ... Hedwig verstand sich auf Arrangements, die Lilien ersetzten den Vorhang, Salomons Lilien, satrapische Pracht.

Der Mann wischt sich den Pollenstaub an der Hose ab.

Er schlendert zum Wasserfaß, taucht seine Kanne ein. Während er darauf wartet, daß sich die Kanne gluckernd füllt, hört er ein bellendes Rufen.

Zuerst achtet er nicht darauf. Dann begreift er: Das geht ihn an. Die Stimme kommt vom Oberstock des Nebenhauses.

»He du – Hans!«

Wagenseil zieht die Kanne aus dem Faß.

»He du, los auf!«

Der Rufer ist ein junger Bursche mit einem Wolfsrachen, Laufbursche und Schuhputzer in einem der wenigen Glurnser Gasthöfe. Er trägt eine grüne Jacke mit Messingknöpfen, sie und die grüne Mütze sind sein ganzer Stolz. Jetzt hängt er droben auf einer Altane über das Geländer und winkt.

»Bei uns in der ›Rose‹ ist ein Herr, der hat nach dir gefragt.«

»Nach mir?«

»Mit dem Auto ist er kommen, ein Deutscher.«

»Wie?«

»Ein Deutscher«, bellt der Bursche noch einmal. Dann ist er weg.

Hans Wagenseil setzt die Kanne ab. Steht da, überlegt. Schüttelt den Kopf. Dann tut er drei Schritte, als wollte er dem Grünen nach. Schließlich kehrt er zu seiner Kanne zurück und beginnt seine Beete zu begießen.

Das Zwölfuhrläuten in Lajon hat ausgeglöckelt. Der nicht ganz reine, etwas scheppernde Ton zinkt noch einmal an, dann ist hier auf dem Dorfplatz nur mehr das Nachächzen des Gebälks zu hören. Kurz darauf fegt vielstimmiges Geschrei aus dem aufgestoßenen Schultor, eine Garbe von Kindern fegt nach. Sofort entspinnt sich ein Geraufe, wie es vor Schulen üblich ist. Stöße und Schläge, von unmäßigem Gejohl begleitet, als handelte es sich um die erbittertste Fehde. In Wirklichkeit: Scheingefechte. Kein Stoß oder Schlag ist ernst gemeint. Sogar das Zu-Boden-Gehen eines Unterlegenen nur mimische Darstellung. Mit um so ausgiebigerem Wutgeschrei kann sich dieser auf seinen Überwinder stürzen.

Nach zwei Minuten ist der Überdruck der aufgestauten Kraft abgelassen. Die Raufer lassen voneinander ab und beginnen sich zu zerstreuen. Nur eine kleine Gruppe treibt sich noch herum und landet schließlich vor dem einzigen kleinen Laden: *Gemischtwarenhandlung* steht auf dem Schild. Darunter: Sale e tabacchi.

Die Kinder schauen in die Auslage. Da liegt ein Weißbrot und ein Trio von Vintschgauer Laibeln. Daneben ein Stapel Makkaroni-Kartons und Seifenpulver. Dann eine Flasche Sonnenöl – für die Fremden. Das alles interessiert die Kinder nicht. Ihre Blicke zielen nach einem Sortiment von Süßigkeiten, Gutseln und Schokolade. Die Preise sind angeschrieben.

Nun wird in den Hosentaschen gefischt. Münzen kommen zum Vorschein, sogar ein ganz zerknüllter Hundert-Lire-Fetzen. Die Beratung beginnt.

Nach einer Weile ist man soweit, in den Laden vorzustoßen. Der Laden ist klein und etwas düster, aber reichlich mit Ware versehen, die Regale bis an die Decke gefüllt. Vorne gibt es Lebensmittel, hinten Textilien. Alles ist ordentlich, sauber, adrett. In gläsernen Dosen glänzen bunte Bonbons.

Die Kinder bemerken: sie sind nicht die einzigen Kunden. Hinten sitzt ein Herr, der sich mit der Ladnerin unterhält. Die Kinder erkennen ihn: ein Fremder, er wohnt im Grünen Baum, sie sind ihm schon öfters begegnet. Immer trägt er ein Buch bei sich, und wenn er auf einer der Bänke sitzt, die im und vor dem Dorfe stehen (aufgestellt vom Verschönerungsverein Bozen und

Umgebung), liest er und schaut nie auf, wenn sie mit einem Grüßgott an ihm vorübergehen.

Da ist er nun, der fremde Bücherleser; seine Gegenwart geniert sie.

Die Ladnerin kommt heran und fragt.

Man zeigt auf die Gutseln und druckst an einer Gegenfrage herum: Was kostet dies, was kostet das, obwohl man ja die Preise in der Auslage gelesen und sie auch schon von früheren Käufen kennt.

Die Ladnerin gibt geduldig Bescheid.

Neues Zögern. Getuschel hin und her.

Schließlich einigt man sich mit der Frau auf allgemeinen Kassensturz: dann wird man ja sehen, was herausspringt.

Schon liegen die Münzen und der Hundert-Lire-Schein auf dem Tisch, da geschieht etwas Unerwartetes. Der Herr im Hintergrund meldet sich zu Wort. Er weist die Ladnerin an, vier Tüten mit Bonbons zu füllen, für jeden Buben eine Tüte. Er läßt sogar noch Schokolade zulegen, nur von Kaugummi will der alte Herr nichts wissen, Kaugummi ist Affenfraß, Kaugummi im Mund herumzuwälzen ist keines wackeren Tirolerkindes würdig.

Die Kinder starren den Alten an. Dann nehmen sie ihre Tüten in Empfang. Der Größte bringt ein gepreßtes Vergelt's Gott hervor. Die Kleineren platzen heraus: Die Vokabel Affenfraß hat sie unendlich erheitert.

Dann scheppert die Ladenglocke. Herr Federspiel bleibt mit der Frau allein.

Vor ihm liegt ein Stapel weißer oder feingestreifter Hemden – und eine offene Schachtel voll Krawatten. Seine Eitelkeit hat ihn so weit verführt, daß er hoffte, hier in dem kleinen Lajoner Laden seine Garderobe verbessern zu können; eine vage – und wie es den Anschein hat – auch ganz vergebliche Hoffnung. Sogar die Besitzerin der Gemischtwarenhandlung hat ihm abgeraten. »Das ist doch nix für Sie, Herr Professor: Bauernhemden. Da tät ich mich ja schämen, Ihnen eins zu verkaufen. Schad ums Geld, Herr Professor. Was haben Sie denn? Sie sind ja eh so fesch.«

»Ach, liebe Frau –« Federspiel fühlte sich durch das Kompliment der Ladnerin keineswegs getröstet: Was diese »fesch« findet, dürfte den Augen einer gewissen anderen Dame völlig unzureichend erscheinen.

Da stolpern die Kinder herein. –

Jetzt sind sie wieder fort. Der alte Herr ist erleichtert und zugleich etwas verlegen. Er hat sich als Wohltäter aufgespielt – wie kam das eigentlich? Er kann sich nicht erinnern, daß er sonst die Naschhaftigkeit fremder Kinder mit Geschenken traktierte. Vier Tüten Bonbons, dazu noch Schokolade, sicher an tausend Lire. Ist er vielleicht irr geworden –?

Und dabei hat er erst vorhin, in einer ersten kühnen Aufwallung (o rätselhafte Unberechenbarkeit eines aufgestörten Gemütes), seine Einkünfte prüfend überschlagen, ob sie vielleicht – für den Fall, für den Fall des Falles – unglaublich, unaussprechlich – dennoch für den Fall, daß sie für zweie reichen sollten ...

Nein, das war natürlich nur ein Hirngespinst – oder eine Blase, ja, eine Blase, die aus der tiefsten Grundwasserhöhle seiner Person aufstieg, um an der Oberfläche sofort zu zerplatzen. Aber *daß* sie überhaupt aufsteigen konnte – eine atemberaubende Situation.

Und nun die für Herrn Federspiel beinahe ebenso unerwartete eigene Freigebigkeit – alle Grundsätze durcheinandergeraten, wer weiß, vielleicht beginnt das Leben erst mit siebzig?

Unterdessen hat die Frau hinter ihrer Budel Kartons herumzuräumen begonnen. In sanftem Singsang kommentiert sie noch den Besuch der Kinder in ihrem Laden. »Ja, die Fratzen, heutzutage, die Fratzen. Die haben's gut, haben alle Tag Geld im Sack, alle Tag wird ein Geschleck gekauft, und dann kriegen sie noch was geschenkt ... So hätt's uns auch einmal gehen sollen, wie wir in dem Alter waren, Jesus Maria, da hat's nix gegeben, keine einzige Lira das ganze Jahr, wo hätten's unsere Eltern auch hergenommen? Das Geld war rar und der Zucker so teuer, wenn's an den Feiertagen ein Stückl Sacharin in den Malzkaffee geben hat, war das schon viel. Und war verboten auch noch, wie die Teufel waren die Schwarzhemden hinter dem Sacharin her, wen sie damit erwischten, der ist ins Loch gekommen. Da sind ja jetzt goldene Zeiten, goldene Zeiten, ja, aber die Kinder wissen's nicht anders – und ich sag immer: Die werden sich noch einmal umschaun, wenn's anders kommt.«

Herr Federspiel nickt zerstreut. »Ja, umschaun werden sie sich, die Jungen –«

Die Frau fährt in ihrem Singsang fort (es gehört zu ihrem Beruf, die Kundschaft zu unterhalten, sie tut es nicht ungern und ihr Wesen ist menschenfreundlich genug, um auch die Routine mit einer gewissen Wärme und Wahrheit zu erfüllen):

»Wenn ich denk, wie es bei uns war – nach dem ersten Weltkrieg. Mein Vater ist in Rußland geblieben, und meine Mutter hat keine Rente gekriegt, die arme Haut. Vier Kinder sind wir gewesen, was hat sie sich abgeschunden. Maissterz und Rüben haben wir gehabt – und kein ganzes Paar Schuh. Das beste war noch, wenn ich habe mithelfen müssen am Waschtag bei der Herrschaft in Mayregg.«

Mayregg, hört Herr Federspiel und ist ganz Ohr. »Sie haben die Herrschaft von Mayregg gekannt?«

»Na und ob!« sagt die Ladnerin. »Die hat hier doch jedermann gekannt. Die alte Frau Infeld – und die Hedwig – und dann auch noch den Herrn Lebandowski, Gott hab sie selig, sie sind ja alle längst dahin.«

»Soso«, sagt Herr Federspiel und dann (er kann nicht anders) setzt er auf *seine* Fährte an: »War da nicht noch ein Mädchen, die Schwester der Hedwig?«

»Die July«, fällt die Frau sofort und lebhaft ein, »freilich – die July, so ein kleines Dirndl, eine schmächtige Braune, die July – und ob ich sie 'kennt hab. Bin ja mit ihr in die Schul gegangen – ein Jahr oder zwei –, dann haben sie sie weggeschickt, auf Hall, in ein Kloster. Mir ist zeitlang um sie gewesen, obwohl – obwohl ich sie erst nicht einmal mögen hab: War eine gar so Feine, ganz hochdeutsch hat sie geredet und kurze Röcke getragen und kurze Haar. Was haben wir am Anfang über sie gelacht: Nix hat sie gewußt, Gerste und Haber hat sie nicht auseinander gekannt, und vom Ochs hat sie gedacht, er ist der Stier.«

»Haha, der Stier!« sekundiert Herr Federspiel und stößt ein kleines künstlich meckerndes Lachen hervor, um die Frau für ihre Erzählung zu honorieren und zu weiterem anzuregen. »Ein richtiges Stadtkind – wie?«

»Sell wohl«, nickt die Ladnerin, »aber stolz ist sie nicht gewesen, gar nicht stolz. – Was wohl aus ihr geworden ist?«

Nun begeht der alte Herr einen Fehler (doch wer hätte ihn an seiner Stelle nicht begangen?): »Nun, liebe Frau«, sagt er, »was das betrifft – jene July, an die Sie sich anscheinend so gut erinnern, ist jetzt hier, in Lajon.«

»Naa – nit möglich!« Die Ladnerin hat es ganz laut gerufen und sich dabei über den Tisch geneigt. Jetzt packt sie sogar Herrn Federspiel am Arm. »Was Sie nit sagen?!«

»Seit vorgestern schon«, antwortet er – etwas verwirrt. »Aber, meine Beste, was regt Sie denn daran so auf?«

Die Ladnerin schweigt. Sie hat Herrn Federspiel losgelassen

und sich abgewendet. So steht sie mit dem Gesicht zu den Regalen, untätig oder damit beschäftigt, ihrer Überraschung Herr zu werden. Und diese Überraschung scheint sogar mit Rührung gepaart zu sein, denn nach einer Weile hebt sie die Hand ans Gesicht, als habe sie eine Träne abzuwischen.

Herr Federspiel ist bestürzt. Was hat er angestellt? Was weiß diese Frau von Julia – was wäre von ihr noch zu erfahren gewesen? Statt sie schwatzen zu lassen, hat er selbst geschwatzt und sie damit verstummen gemacht. Und nicht nur verstummen. Denn jetzt dreht sie sich wieder zur Budel und beginnt Hemdenstapel und Krawattenkartons abzuräumen, als wäre er, Federspiel, gar nicht mehr da. Das ist ein deutlicher Wink: er ist entlassen.

Herr Federspiel erhebt sich gekränkt. Andernteils ist es auch für ihn höchste Zeit, sich zum Grünen Baum zurückzubegeben. Könnte es nicht sein, daß Julia unterdessen ihr Zimmer doch verlassen hat? Hastig zieht er die Börse – er muß ja noch die den Kindern gestifteten Süßigkeiten bezahlen.

»Ach, richtig, die Gutseln.« Die Frau hätte vergessen. »Was war's denn eigentlich?« Vier Tüten, vier Tafeln – beim Addieren verrechnet sie sich zweimal. Endlich rasselt die Kasse, das Glöckchen an der Ladentür zinkt an.

Als Julia ihren Brief beendet hatte, kuvertierte sie ihn sofort. Sofort wollte sie ihn zur Post bringen, sie kannte sich zu genau: Wenn sie den Brief an Jürgen nur noch eine Stunde bei sich behielt, würde sie ihn zerreißen – und wenn nicht zerreißen, so öffnen und neu schreiben, das Neugeschriebene nochmals verändern, nochmals und nochmals, und schließlich würde ihr erlahmtes Gefühl bestenfalls noch drei dürre Zeilen zuwege bringen.

So war es damals gewesen, als sie noch mit Hans Wagenseil im Briefwechsel stand. Eine lange, jedesmal erneuerte Qual. Nun würde dieser Zustand auch mit Jürgen beginnen, mit Jürgen, sofern sie einander noch zu schreiben hätten und nicht etwa vorzögen, nur über ihre Rechtsanwälte miteinander zu verkehren. Dieser Gedanke schlug in Julia wie ein Blitzstrahl ein. Daß er ihr nicht schon früher gekommen war? So wurde es doch üblicherweise gehalten: In Scheidung befindliche Eheleute ließen sich gegeneinander durch Juristen vertreten. »Mein Mandant«, hieß es dann und »Meine Mandantin«, der Herr Kläger und die Beklagte. »Entsetzlich!« murmelte Julia. »Unerträglich!« Vor ihrem inneren Auge erschien bereits der Briefkopf des Anwalts, zu dem ihr Jürgen geraten hatte, er sei tüchtig und nicht zu teuer, Spezialist für differenziertere Fälle, er werde sicher einen Paragraphen ausfindig machen, auf Grund dessen ... Julia zweifelte nicht daran, sie konnte sich das alles vorstellen: Briefkopf und Begründung, laut Gesetz d.b.G., laut Verordnung, insofern, bezüglich und unter Kenntnisnahme, den ganzen Wust juristischer Formulierungen. Aber eines konnte sie sich nicht vorstellen: Daß sie es ertragen würde, diese Briefe zu öffnen, zu lesen, sie zu beantworten, ohne daß Jürgen ihr dabei hülfe ... nur mit ihm gemeinsam war das durchzustehen, und sie dachte: Wir werden zusammen über den Quatsch lachen. Für ein paar Sekunden erfüllte sie diese Phantasie mit einer Art Heiterkeit: sie beide daheim in ihrer Wohnung auf dem Sofa sitzend, über die gegenseitigen Klageschriften gebeugt und sich lustig machend über die hochtrabenden Vertracktheiten ... »Was für ein Unsinn, Julia!« »Was für ein Unsinn, Jürgen ...«

Doch dieser Anflug von Heiterkeit konnte nicht dauern und stürzte in verdoppelte Verängstigung ab; diese setzte sich in Hast um: Julia lief zur Post.

Aber das Amt war schon geschlossen. Eben zog der Posthalter den Rollbalken herab. Nur eine Marke, bat die Frau. – No no, mi dispiace – Der Italiener überschüttete sie mit wort- und gestenreichen Erklärungen: – Um drei Uhr wieder – und übrigens: Marken seien auch drüben im Laden zu haben: Ecco, ecco, Sale e tabacchi.

Julia überquert den Dorfplatz in der angegebenen Richtung. Schon wieder schwankt ihr Gefühl. Die Abweisung durch den Postbeamten hat sie unsicher gemacht. Vielleicht soll sie den Brief doch nicht abschicken? Qualvoller Zustand, wenn die Kompaßnadel der eigenen Entschlüsse durch den geringsten Zufall gestört von ihrem Pol abgelenkt werden kann, wenn jeder Schatten zum Omen wird. Wie schnell sinkt der Mensch auf die Stufe animistischen Aberglaubens herab.

Der letzte Versuch, denkt Julia. Ist nun auch der Laden geschlossen, zerreiße ich den Brief. Ist er aber offen ...

Der Laden ist geschlossen. Julia hat die Klinke der Tür heruntergedrückt. Versperrt. Ihre Hand fällt herab. Es soll nicht sein ...

Aber da rührt sich etwas hinter der Scheibe in der Tiefe des Raumes, der Julia durch das eigene Spiegelbild verdunkelt wird.

Aus der schwärzlich gespiegelten Figur, die sie selbst ist, kommt etwas Helleres, Raschbewegtes auf sie zu, eine Frau, kommt heran, näher, noch näher, ihr Gesicht ist jetzt knapp hinter dem Glas. Sie sieht Julia mit dem Ausdruck freudigster Überraschung an, dabei legt sie die Hand auf die Brust, als wollte sie sagen: Wie, du kommst zu *mir?* – Und gleich darauf springt sie zurück, um den Schlüssel zu holen; es klickt im Schloß, die Tür geht auf.

Julia tritt die Staffel hinab und hinein.

Sie kann sich die freudige Aufregung der Frau nicht deuten und ist auch noch zu sehr mit sich selbst beschäftigt, um an etwas anderes zu denken. »Ich möchte nur eine Marke«, sagt sie. »Die Post hat schon geschlossen.« Sie zieht den Brief aus der Tasche. »Inlandporto.«

Die andere ist um Julia herum hinter ihren Ladentisch gegangen. Nun steht sie da – hat sie denn nicht verstanden? Julia wiederholt ihren Wunsch.

Die Frau nimmt ein schwarzes Buch und schlägt es auf. Da liegen Streifen von Marken. Die Frau fragt: »Nur eine?«

Julia schaut auf. Irgend etwas hat sie beim Klang der Stimme berührt, war es der Ton der Enttäuschung? Sie sieht zwei sehr helle fragende Augen auf sich gerichtet, aus denen Kummer und Freude zugleich blicken. Ein schüchtern keimendes Lächeln – und dann die Frage: »Kennst mich wohl nimmer, July? – Ich bin die Miedi.«

Miedi, denkt Julia, welche Miedi?

Doch die Frau hinter dem Ladentisch hilft ihr weiter. »Die Wäscherin-Miedi aus Ober-Sankt-Peter, wissen's denn nimmer? Die was in Mayregg war jeden ersten Pfinsti im Monat?«

Pfinsti heißt Donnerstag. Die lange nicht mehr gehörte Vokabel setzt in Julias Gedächtnis etwas in Bewegung. Eine Tür tut sich auf ganz hinten in einem abgelegenen, so gut wie nie betretenen Bezirk, längst vergessen, nicht mehr gewußt, verschüttet: die Tür zum Waschhaus von Mayregg. Dampf quillt heraus, dichte Schwaden, drinnen rumort's von Geplätscher und Feuergeprassel und neuen Dampfwolken aufwirbelnden Güssen. Ein Paar rote laugenaufgeschwemmte Hände rumpeln Leinen in einem Trog.

Ach Gott im Himmel, ist das möglich? Nein. Denn die Frau, zu der dieses Paar Hände gehörte, kann doch nicht diese – müßte viel älter sein.

Doch da wallen die Dampfwolken auseinander und zwischen

ihnen erscheint ein anderer Schatten, kleiner, ja, kläglich klein, ein dürres Gerippchen, aus einem verschrumpelten gelblichen Kindergesicht blinkert ein scheuer Blick.

»Ach, Sie sind's!«

»Ja, ich.« Die Ladnerin nickt, sie lächelt dabei, doch um ihren Mund zuckt es, und ihr Nicken ist schwer und bedeutungsvoll und eine wortlose, ihr ganzes Leben umfassende Aussage: denn sie bekennt sich darin zu dem elenden Geschöpfchen, das sie einst war, und zugleich zu dem, was sie jetzt ist, eine nicht mehr junge, doch ansehnliche Frau, die es – nach ihrem Maßstab – weit gebracht hat; und auch zu dem Weg von dort hierher, den nur sie überblicken kann – ein weiter Weg, mühselig, aber glückhaft.

Julia sagt: »Und Sie, Miedi, haben mich gleich wiedererkannt? Das finde ich erstaunlich.«

»Aber freilich«, antwortete diese. »Sofort – wie Sie draußen gestanden sind und herein wollten. Das ist sie, hab ich mir gedacht und hab eine so große Freude gehabt, denn ich war so dumm und hab geglaubt, Sie suchen *mich*.«

Das auch noch, denkt Julia betreten. Die Zutraulichkeit der Frau erscheint ihr nun doch leicht übertrieben. Ich sie suchen, an die ich mich doch gar nicht mehr erinnern konnte – wie kommt sie bloß darauf?

Doch die Ladnerin läßt sich nicht beirren. »Ich hätt wissen sollen, das kann nicht sein, kann nicht sein, daß Sie noch an mich denken. Was bin ich denn schon gewesen für Sie? – Und die vielen Jahr dazwischen – bald sind's dreißig. Wir waren ja Kinder, und ich so was Letzes, die Kleinste war ich – mit zwölf nicht größer als so. ›Verrecker‹ haben mir die anderen nachgeschrien, ›Verrecker, tragst deine Totentruchen schon auf'm Buckel.‹ Und war zum Umblasen bis vierzehn ... Da sind Sie schon ein Fräulein gewesen, July, wenn ich noch July sagen darf, und mit Mayregg war's aus, kein Waschtag-Pfinsti mehr, kein Gspiel im Garten, kein Essen vom Herrschaftstisch und rein kein gar nix ...«

Julia läßt den Wortschwall geduldig über sich ergehen.

»Na – na!« fährt die andere mit Nachdruck fort, »Sie haben mich nimmer kennen können und hätten auch sicher nie gedacht, daß ich jetzt ein'n Laden hab, den besten von Lajon, das darf ich schon sagen, denn der Kramer im Ried unten, na ja ... Mein Sohn hat mir den Laden eingericht't, eh er fort ist auf Bozen – als Doktor. Ja, Doktor ist er, mein Bub, da schaun Sie,

July! Drei Kinder hab ich, und aus allen ist was Ordentliches worden, die Anna ist Lehrerin – und der Maxi Schlosser. Ich hab immer gewollt, daß sie was lernen und daß sie's besser haben als ich, aber – was die Hauptsach ist: sie haben wissen sollen, daß es das gibt: Einander-Gernhaben und Gut-Sein. Ich habe mir immer gedacht: Das sollen sie kennen von klein auf. Dann werden sie später auch einmal gernhaben und gut sein können.«

Julia nickt. Sie glaubt zu verstehen, was die Frau meint, und sie glaubt ihr auch.

Doch nun legt diese die Hand auf Julias Hand und sagt: »Und wenn ich's genau nehm, July, dann hab ich das alles nur von Ihnen, ja, July, weil ich's an Ihnen zuerst gesehn hab, daß es ein Gut-Sein gibt.«

»Wie denn das?« murmelt Julia verwundert. »Ich wüßte wirklich nicht?«

Da beginnt die andere zu erzählen. Ihr ist noch gegenwärtig, was Julia verlorenging, Episoden, in denen sie sich als Kinder begegneten, und diese Begegnungen selbst, der einen als wesenlos entschwunden, der anderen noch nah, nie ausgetilgt aus ihren Gedanken, Worten und Werken, immer wirkende Gegenwart; so wird, was die Frau jetzt Julia erzählt, zur Neuigkeit für diese, so als beträfe es einen anderen Menschen, irgendein fremdes kleines Mädchen, zwischen dem und der Julia von heute keine Verbindung mehr besteht. Und doch leuchtet immer wieder auch Bekanntes auf: Wenn die Frau den Garten von Mayregg erwähnt, die Küche, den großen Bernhardiner, Ömchen und Hedwig. Und jetzt ist auch das alte Waschküchenhaus wieder da, die Dampf- und Plätscherhöhle mit dem rotglühenden Auge des Feuerlochs unter dem Kessel. Und da ist auch ein Kind, das Wäsche spült und auswringt, und eine Mutter, die es anschreit und nach ihm schlägt, wenn die spinnedünnen Ärmchen zu schwach sind, um die steifleinernen Bettücher zu winden. Das Kind zuckt zusammen und duckt sich und winselt leise Rotz und Tränen.

Und dann geschieht es: Ein anderes Kind taucht im Dampf auf, kaum älter als jenes, aber größer, vergleichsweise kräftig, gepflegt und herausgeputzt, eine Schleife im Haar. Es hat das wüste Geschimpfe und das Klatschen der Schläge draußen gehört und ist mit einem Sprung herinnen und pflanzt sich vor der Waschfrau auf: »Ich würde mich an Ihrer Stelle schämen, Frau Klotz, so böse zu der Miedi zu sein. Sehen Sie denn nicht? Sie ist doch noch viel zu schwach, und immer hauen Sie hin – das ist eine *Sünde.*«

»Unglaublich, das hab ich mich getraut?«

Und das Waschweib hält inne und schaut auf das Herrenkind und bringt den Mund nicht mehr zu vor Erstaunen. Und dann: »So bös bin ich ja gar nit, will bloß, daß die Miedi was lernt – gelt, du Miedi, he!«

Sie winkt das getretene Kind aus dem Winkel heraus. Es folgt nur zitternd. Es wäre ihm fast lieber, es müßte sich weiterduk-ken und weiter die Wäsche winden, obwohl ihm das eiskalte Schwemmwasser die Arme vereist. Nein, es muß aus der Höhle heraus und hinaus ins Freie, das Herrenkind nimmt es an der Hand und führt es ins Haus.

Dort ist es schrecklich, das erste Mal jedenfalls. Alles ist fremd und riesig und qualvoll verworren, zur Gnädigen wird man geführt und kriegt etwas Braunes, Süßes zu trinken, wovon man nicht weiß, was es ist, und die Tasse ist so dünn und hat einen Goldrand. Man wagt sie kaum anzurühren. Dazu gibt es Kuchen. Man möchte viel lieber weinen als essen, und doch muß man essen, das Herrenkind will es so und stopft einem das Zeug sogar in den Mund.

Und dann: »Du bist ja ganz naß, Miedi. Du mußt dich umziehen. Paß auf, ich geb dir ein Kleid von mir.«

Man wehrt sich, man will nicht, aber was hilft's? Man muß aus den Lumpen, man schämt sich zu Tode für das graue verflickte Hemd, für die ungewaschenen Schultern, man kriegt den Kittel des Herrenkindes über den Kopf gestreift, er brennt wie Feuer.

Und dann zu den Puppen. »Gefällt dir die Blonde? Ich schenk sie dir.« – Doch da sind nicht nur Puppen, da sind Würfel und Klötzchen und Karten – und man weiß nicht, wozu der Kram – und man kennt sich nicht aus. Nur die Puppenwiege mit dem rosa Bettzeug erweckt ein süßes verworrenes Begehren, man kann es fast nicht aushalten hinzusehen.

Schließlich ist's Abend, der Waschtag zu Ende, die Mutter ist fertig und läßt einen holen, und man geht gern mit ihr, der scheltenden schlagenden Mutter, doch an diesem Abend schlägt sie nicht.

Einen Monat später: wieder Waschtag. Und wieder das Herrenkind, wieder Kuchen, goldgeränderte Tasse und Puppenspiel. Und wieder die Wiege mit rosa Deckchen und Pölstern – ach, wenn man es haben könnte, das Deckchen, nur das Deckchen, sonst nichts. Man möchte es daheim unter den Strohsack legen, nein, besser noch unter das Hemd, auf die nackte Haut, und nachts, wenn alle schlafen, dann möchte man's hervorziehen, das Gesicht hineinvergraben, in das Rosig-Weiche, Duftig-Zarte, möchte sich hineinwühlen, hineinverstecken, geborgen sein.

Aber das Herrenkind weiß nichts davon, daß das Deckchen so schön ist. Es will immer nur mit dem anderen Spielzeug spielen, es klappert mit den Würfeln und baut mit den Klötzchen und sagt in einem fort: »So mußt du es machen – nein so! Schau mir zu, ja, hast du denn noch nie richtig gespielt?«

Doch einmal, später, an einem Waschtag - Pfinsti in der Reihe der monatlich wiederholten Pfinstige – kommt ein Augenblick des Alleinseins. Die July ist fort, und dort ist das Deckchen.

Schon ist es unter der Schürze verschwunden.

Zwei, drei Tage später wird es von der Mutter entdeckt. »Du hast's gestohlen, dreckiges Luder, Mistsau, Bankert! Heut noch tragst es zurück, vor meinen Augen gibst es der July, ich werd dich lehren zu stehlen, Bankert, Mistsau, Luder, derschlagen könnt ich dich gleich.«

Der Weg nach Mayregg unter Püffen und wüstem Geschimpf – und in Mayregg der Mutter Geschrei: »Wo ist die July? Sie soll gleich sagen, was ihr die Miedi alles gestohlen hat, das Luder bringt mich ins Grab.«

Das Deckchen wird auf den Tisch gehauen. Kopfschüttelnd nimmt es die alte Frau Infeld zur Hand: »Aber, Kind, was ist dir denn da eingefallen?«

Nun kommt die July herein. Sie zuckt zusammen, wie sie das Deckchen sieht, wird rot, immer noch röter und dann sagt sie: »Ich hab's der Miedi geschenkt, sie darf es doch haben.«

»Ach! Hab ich das wirklich gesagt?«

»Freilich. Genauso – Sie sind zu mir hergekommen und haben es mir gegeben und haben gesagt: ›Du brauchst doch nicht weinen, Miedi.‹«

»Und Ihre Mutter? Hat sie's geglaubt?«

»Ich weiß nicht. Aber sie hat's mich nehmen lassen und hat's mir nicht mehr weggenommen, auch zu Hause nicht. – Ich hab's lange gehabt, das Ding, und immer wieder angeschaut. Und hab mich geschämt und war doch glücklich dabei. Zu Ihnen nach Mayregg bin ich nimmer gekommen, das hab ich nicht fertiggebracht. Aber ich hab Sie oft gesehen, wir sind ja in dieselbe Schul gegangen. Wir haben dort selten miteinander geredet, doch irgend etwas ist in mir anders geworden seit damals. Ich hab auf Sie hingeschaut, July, und hab mich bemüht, so zu sein wie Sie – beim Lernen und auch bei der Mutter daheim, ich glaub, sie hat es gemerkt. Sie hat nicht mehr soviel geschimpft und selten geschlagen. Später hat mich eine Klosterfrau nach Brixen gebracht, in ihr Kloster. Dort hab ich nähen gelernt und kochen und hab dann auch einen guten Posten gekriegt. So ist es aufwärts gegangen. Mit zweiundzwanzig hab ich geheiratet, mein Mann war Maurer, ein ordentlicher Mensch. Dann sind die Kinder gekommen, eins nach dem andern, es war nicht leicht und oft eine richtige Plage, aber ich hab's doch gewußt, daß es ein Gut-Sein gibt, und hab daran festgehalten. Die Kinder brauchen es ja, das Gut-Sein, und wenn man als Mutter weiß, *wie* sie es brauchen, dann ist's auch nicht gar so schwer.«

Sonderbar, dachte Julia, als sie eine Stunde später den Laden verließ, sonderbar – diese Geschichte, und eigentlich sehr schön. Was sind wir doch unwissend, ahnungslos in ein Netz versponnen, das weit über uns hinausreicht in anderes Leben. Das eigene winzige Gute zieht Gutes nach sich ...

Ach, so gut bin ich gar nicht gewesen, weder als ich das keifende Waschweib zur Rede stellte (mich aufspielte hochmütig, altklug und eitel), noch als ich das verprügelte Kind mit meinen verwöhnten Launen vergewaltigte (so iß doch, so spiel doch, so sei doch lustig mit mir!), noch gar, als ich ihr das Deckchen schenkte, ich möchte wetten, ich fühlte mich mitblamiert, als sich die kleine selbstgewählte Gefährtin als Diebin entpuppte. Und darum – was lag mir schon an dem Deckchen, ich hatte einen Haufen Spielzeug und war im Grunde schon längst über Spielzeug hinaus, in mir bewegte sich schon ganz anderes.

So war ich nicht gut. Keine Spur von wirklichem Gut-Sein –, und doch hab ich die arme Miedi damit vielleicht auf einen anderen Weg gebracht. Sicher war sie auf diesen anderen Weg hin angelegt, sonst wäre sie nicht auf ihm geblieben, aber sie nahm mich als einen Lichtpunkt in das Ihre hinein. Und wieder denkt Julia: Wie fein gesponnen sind die Muster, in die wir verwoben sind.

Sie will sich nichts vormachen in bezug auf ihre Rolle und besteht sogar darauf, sich selbst in dieser Rolle herabzusetzen (die sublime Eitelkeit, nicht eitel zu sein); und doch ist gar kein

Zweifel, daß sich Julia jetzt nach dem Gespräch mit der Ladnerin in einem ganz anderen Zustand befindet als vorher. Sie ist sich dessen nicht ganz bewußt, aber ihre Haltung hat sich gestrafft; sie schreitet aus, wo sie sich vorher schleppte; Mattigkeit und der dumpfe Druck in den Schläfen – wie weggeblasen. Sie fühlt sich verjüngt, erfrischt.

Da ist das Postamt, davor der Kasten. Ohne zu zögern, schiebt Julia den Brief an Jürgen in den Schlitz.

Es ist ein Uhr vorbei. Was tut Herr Federspiel zur Stunde? Er streift umher und sucht Frau Bojan. Wo bleibt sie, wo steckt sie? Es ist längst Zeit zum Mittagessen. Sie wird doch wenigstens jetzt erscheinen?

Auf einem Erkundungsgang durch die Gastlokale hat Herr Federspiel die grüne Serviettentasche erspäht, die Julias Platz bezeichnet (sie ist ja Pensionsgast). Seine eigene, blaue, liegt auf einem anderen entfernten Tisch.

Schon überlegt er, wie er diesen Umstand ändern und, unauffällig, ein anderes Arrangement treffen könnte. Da geschieht es: ein Autobus fährt vor und speit ein halbes Hundert Touristen aus. Im Nu ist die Stube voll: Lachen, Geschwätz, Geschrei – Geschrei nach Bedienung. Herrn Federspiels Laune möchte auf den Nullpunkt sinken, da bemerkt er – seine Augen stielen sich –, daß die Kellnerin seine blaue Tasche neben die grüne legt: die Pensionsgäste sollen zusammenrücken.

Nun nimmt er sofort Platz. Ihm ist, als habe er eine Festung erobert oder sei zumindest auf das wichtigste Vorfeld gelangt.

Und wirklich: Frau Bojan erscheint. Sie sitzt Herrn Federspiel gegenüber. Der Tisch ist schmal, so schmal, daß kaum die kleine Vase Platz hat, in der ein schäbiges Sträußchen Glockenblumen steht. Herr Federspiel erlaubt sich, die Vase beiseite zu rücken. Julia quittiert mit einem winzigen Lächeln.

Schon ist ein Gespräch im Gang, übliches Urlaubsgespräch: das Wetter, das Wirtshaus, die Gegend. Dann schaltet Herr Federspiel auf Persönlicheres um: »Gnädigste leben in der Goethestadt Frankfurt?«

Julia lacht. »Goethestadt? Du lieber Himmel. Von Goethe ist nichts mehr zu merken. Ein Tohuwabohu von Autos, Baustellen und amerikanischen Soldaten. Chicago in Deutschland, das ist das neue Frankfurt.«

»Aber das Goethehaus wird doch wieder aufgebaut?«

»Schon fertig. Ein Meisterstück musealer Rekonstruktion.

Aber ganz isoliert. Ringsherum soll ein Viertel von Hochhäusern entstehen, riesige Klötze aus Glas und Beton.«

»Schauerlich!« stöhnt Herr Federspiel.

»Ja und nein; so ist es eben praktikabel. Und vielleicht wäre Goethe nicht einmal ganz unzufrieden damit. Er war doch der einzige unter unseren Klassikern, der vorausahnte, was kommen würde.«

»Gnädigste denken an Faust II.«

»Auch. Aber vor allem: ›... wenn du das nicht hast, dieses Stirb und Werde ...‹«

»Sie sind eine Kennerin!«

»O nein, gar nicht. Wenn Sie wüßten –« Julia lacht wieder.

Sie scheint gut gelaunt. Herr Federspiel wundert sich. Er hat – nach dem gestrigen Eklat – erwartet, sie werde bedrückt, wortkarg, vielleicht sogar mürrisch sein. Statt dessen – Seltsam. Höchst seltsam. Immerhin und um so besser. Herrn Federspiel kann es nur recht sein. Er blickt Julia bewundernd an: Zum erstenmal hat er Gelegenheit, sie ganz aus der Nähe zu betrachten.

Ihre Augen sind faszinierend, blaugrün mit grauen Einsprengseln, irisierend. Phänomenal der Kranz der Wimpern, dicht, dunkel, nach oben geschwungen, wie sonst nur bei jungen Menschen. Daneben – in reizvollem Gegensatz – die zarte Knitterung der Lider, winzige Krähenfüßchen, Inschrift der Jahre. Herr Federspiel nimmt sie mit speziellem Vergnügen wahr: so jung ist die Dame gar nicht – Seine Hoffnungen kreisen immer schneller.

Die Kellnerin bringt die Suppe.

»Wenn sie wüßten, wann ich zum letztenmal Goethe gelesen habe. Ich glaube, es war im Krieg. Ja, im Krieg. Als es sonst nichts mehr Gescheites zu lesen gab, da hat man sich an die Klassiker gehalten. Das war noch das einzig Gute an dieser Zeit. Aber« – sie löffelt nachdenklich – »vielleicht war nicht einmal das so gut.«

»Wieso?«

»Ich weiß nicht.« Julia hebt die Achseln. »Ich denke eben: auch der beste Trost kann schlecht sein, wenn der Augenblick so ist, daß er eigentlich gar keinen Trost erlaubte.«

Herr Federspiel schüttelt den Kopf. »Aber meine Gnädigste! Es gibt doch ewige Werte –«

»Ja?«

» – die über jede Lage erhaben sind. Wie können Sie zweifeln? Das Echte, Schöne, Wahre –«

Julia runzelt ein wenig die Stirn.

»Ich meine natürlich nicht die Moderne, diese Zertrümmerung aller Form, diese Revolution in Permanenz, die nur zur Selbstzerstörung führt: Atonale Musik, absurdes Theater und gar die Malerei – entsetzlich.«

»Moment!« sagt Julia. »Ich verstehe, was Sie meinen. Und anfangs ging es mir genauso. Ich konnte nichts damit anfangen, und wenn ich aus einer Ausstellung nach Hause kam oder aus einem Konzert mit modernem Programm, war ich wie vor den Kopf geschlagen und deprimiert.«

»Das glaube ich.«

»Aber dann geschah mir etwas Merkwürdiges. Ich hatte auf einmal die Lust verloren, Konservatives zu sehen oder zu hören. Es gefiel mir plötzlich nicht mehr, ich hatte das Gefühl: es ging mich nichts mehr an. Das haben die neuen Dinge in mir zuwege gebracht. Das war der Anfang –«

Federspiel schweigt bestürzt. Ihm schwant etwas Schreckliches: So gehört auch die Dame zu der neuen Partei, deren tolle Theorien, in gewissen Zeitungen vorgetragen, ihn, Herrn Federspiel, schon so oft verwirrt, verstört, bis an den Rand eines Kollaps gebracht haben. Vorsichtig klopft er auf den Busch.

»Ach, die ›Frankfurter Allgemeine‹ – «

Julia lacht schon wieder. »Die ist doch ganz gemäßigt.«

»Ge-mäßigt?« Herrn Federspiel fällt der Bissen beinahe aus dem Mund. »Was nennen Sie dann radikal, wenn die schon – gemäßigt –? Gemäßigt!« murmelt er verzweifelt vor sich hin. »Ach, du mein Himmel!«

In ihm stieg ein schmerzliches Gefühl auf, eine dumpfe und zugleich brennende Empfindung: er wußte von nichts, er kannte sich nicht aus, war abgeschnitten von dem, was in der Welt vor sich ging – er konnte nicht mitreden. Aber Julia kannte sich aus, ganz offenkundig; ihr war geläufig, was ihm selbst ein spanisches Dorf, ein Buch mit sieben Siegeln, sie kam von draußen, Frankfurt, Chicago in Europa, neue wilde unbegreifliche Welt.

Herrn Federspiel war der Appetit vergangen. Lustlos stocherte er an seinem Bratenstück herum. Er schwieg. Auch Julia schwieg. Der Lärm in der Gaststube schwoll wieder an. Die Leute hatten ihre Mahlzeit verzehrt, ihren Rotwein hastig hinuntergeschüttet, schon klatschte der Reiseleiter in die Hände:

»Beeilen, meine Herrschaften, beeilen! Wir müssen weiter.«

Beim Nachtisch kam das Gespräch zwischen Federspiel und Julia wieder in Gang.

Sie erzählte von ihrer Frankfurter Wohnung: »Nein, wir wohnen nicht in der City – weiter draußen, Röderbergweg, in einem ganz neuen Haus. Da ist es stiller, recht angenehm sogar. Nur in der Nacht hört man manchmal die Raubtiere brüllen.«

»Die Raubtiere?«

»Der Zoo ist in der Nähe.«

»Ach so.«

»Da werden die großen Katzen unruhig, besonders wenn das Wetter umschlägt. Die Tiger, die Löwen, die Jaguare. Anfangs fand ich das unheimlich. Dann gewöhnte ich mich daran und fand es sogar recht schön, die Urlaute zu hören – mitten in der Zivilisation, eine Art Meldung aus der Wildnis.«

»Hm ja.«

»Sie sind doch Zoologe, nicht wahr?«

Federspiel fuhr zurück. »Wie kommen Sie *darauf?*«

»Ich weiß selbst nicht. Nur eine Annahme – vielleicht, weil ich Sie heute morgen mit dem Wirt über Tiere reden hörte.«

Herrn Federspiels Stirn lief dunkel an. Das hat sie also mitgekriegt, die Dame. Wie peinlich! Und er hat es eilig, Julia von der lächerlichen Szene unter dem Scheunentor abzulenken: »Ich bin Historiker, mein Fach ist Landeskunde, Volkstum, Brauchtum – und ich darf mir schmeicheln, zu den besten Kennern Tirols zu zählen.«

»Tatsächlich? Wie schön!«

Julia hat höflich geantwortet, aber Federspiel spürt sofort: *nur* höflich; sie hat wohl kein Interesse für seine Fakultät. Das reizt ihn zu einem neuen Vorstoß: Gnädige sei vielleicht der Meinung: eine etwas angestaubte Wissenschaft, womöglich nicht einmal eine Wissenschaft im strengen Sinne, eher eine schrullige Liebhaberei. – Man kenne ja die Herablassung, mit der man heute alles behandle, was das Bodenständige betreffe; jeder Negerstamm im finstersten Afrika werde größerer Aufmerksamkeit würdig befunden als Geschichte und Substanz des eigenen Volkes – nun, etwa nicht?

Julia gibt das zu; doch ehe sie sich zu einer Erwiderung sammeln kann, fährt Herr Federspiel mit einer gewissen Rage (der Rage oft erfahrener und nun wieder erneuerter Kränkung) fort: »Aber was nützt es, die Welt zu erforschen, wenn die eigene kleine Welt in Vergessenheit gerät? Wie sollen wir Fremdes verstehen, ohne uns selbst verstehen zu können? Das deutsche Volk tut heute, als könnte es ohne seine Vergangenheit weiterleben, als wäre das alles Plunder. Aber sagen Sie mir, meine Gnädigste, sagen Sie mir, wohin kommt der Mensch, der sich seiner Personalien entledigen will, was sind wir ohne unsere eigene Geschichte?«

Geschichte – da war sie wieder: die Geschichte ... In einem weiten Bogen hatte Herr Federspiel sie wieder angesteuert – mehr aus Instinkt als aus Überlegung und selbst ein wenig überrascht darüber, daß es ihm gelungen war, aus dem Allgemeinsten zurückzulenken, wenn auch vorläufig nur in einer höchst allgemeinen Anspielung. Doch auch diese hat, offenbar, genügt, eine gewisse Wirkung hervorzurufen: durch Julias irisierende Augen wölkt ein Schatten, ihr Blick irrt zur Seite.

In Herrn Federspiel zuckt ein Flämmchen boshafter Freude auf.

Irgend etwas denkt in ihm: Warte nur! ich werde dir alles entlocken – deine ganze Geschichte ...

Unterdessen hat sich die Stube geleert. Von seinem Reiseleiter angetrieben, ist das Touristenvolk in einem Schwall Gepolter, Rufen und Gelächter abgeschwirrt. Wirt und Kellnerin lichten die hinterlassene Unordnung. Herr Federspiel und Frau Bojan bleiben allein zurück. Die plötzliche Stille und Leere wirken auf sie wie ein Signal, nun ebenfalls aufzubrechen. Aber wohin und wozu?

Federspiel denkt nicht daran, sich von Julia zu trennen. Zum Glück zeigt auch sie keinerlei Absichten in dieser Richtung. Es macht sich gleichsam ganz von selbst, daß sie miteinander in den Garten schlendern und auf demselben Bänkchen Platz nehmen, auf dem Federspiel gestern mit dem Gatten der Dame saß.

Hier im Freien ist es schwül, der Himmel bedeckt. Unter der hohen, noch immer blendend hellen Dunstschicht ballen sich dunklere Wolken. Die Farbe der entfernteren Berge gerinnt zu einem stumpfen Blaugrau.

Julia hat sich einen Espresso bestellt. In einem Anfall sträflichen Leichtsinns hat sich auch Federspiel dieser Bestellung angeschlossen, dabei ist ihm Kaffee strengstens verboten – Gift für Ihr Herz, hat der Arzt gesagt.

Aber das Gift macht Herrn Federspiel noch gesprächiger als sonst (er ist ja immer gesprächig, wenn er selbst etwas erfahren will), und Julia zeigt sich, was seine Fakultät betrifft, auch nicht mehr ganz so spröde. Er hat ihr von seinem Buch ›Märchen und Sagen‹ erzählt, und sie möchte nun ihrerseits wissen: »Woher haben Sie alle diese Geschichten genommen? Aus Büchern?«

»Aber nein, meine Gnädigste, nicht aus Büchern; so bequem ging das nicht. Ich bin selbst als junger Mann durch das Land gewandert und habe, wie Luther sagt, dem Volk aufs Maul geschaut, habe mir erzählen lassen – von Bauern, Hirten, Sennen, am liebsten von alten Frauen, uralten Mütterchen, denen sonst niemand mehr zuhören wollte ... In meiner Jugend war noch manches lebendig, was unterdessen längst vergessen und versunken ist, die ladinischen ›stories‹, die Spinnstubenmärchen, die manchmal ganze Romane darstellten, sogar Versepen, sogenannte ›cantiques‹, die halb gesprochen, halb gesungen – ein ganzer Schatz urtümlicher Traditionen –, aber auch damals schon im Aussterben begriffen, zum Teil verstümmelt, durch Mißverständnisse entstellt ...

Vor allem ging es darum, das Vertrauen der Leute zu gewinnen, sie zum Reden zu bringen; das dauerte manchmal eine ganze Weile, und ich mußte allerlei Listen anwenden. Am besten ging es, wenn man an einem Regentag auf einer Alm zukehrte und einfach sitzenblieb, so als wollte man nicht mehr in das wüste Wetter hinaus.

Wenn dann die Kleider am Feuer trockneten und der Regen auf das Dach prasselte, dann konnte es schon geschehen, daß ein Wort das andere gab, und schließlich rückten die Leute mit einer Geschichte heraus: von Dolasilla – oder dem Mondkönig – oder Partschott und der ›verheißenen Zeit‹. Dabei versicherten sie mir immer wieder, daß sie selbst nicht mehr an diese alten Geschichten glaubten, nein, für so *dumm* wollten sie nicht gehalten werden, das alles sei ihnen in ihrer Jugend nur durch Zufall einmal zu Ohren gekommen; sie entschuldigten sich geradezu dafür, daß sie noch etwas wußten.«

»Und *Sie* freuten sich –?« sagte Julia.

Federspiel nickte. »Wie ein Schneekönig. Aber nicht immer hatte ich Glück. Einmal wanderte ich viele Stunden, um eine Sennerin aufzusuchen, von der ich gehört hatte, sie kenne noch einige der alten stories. Aber als sie merkte, was ich von ihr wollte, fuhr sie mich an: Ob ich sie denn für blöde hielte, ihr Enkel sei Eisenbahner, und sie selbst sei auch schon einmal mit dem Zug gefahren.

Ein anderes Mal hetzte mir ein Waldhüter die Gendarmerie

auf den Hals: ich triebe mich in der Gegend herum, nur um die Leute auszufratscheln, ich sei gewiß ein ganz gefährliches Subjekt, vielleicht gar ein Spion.«

»Womit er ja nicht so unrecht hatte.«

Herr Federspiel räkelte sich behaglich. »Aber am übelsten erging es mir bei den rauhen Ötztalern. Ich hatte in Erfahrung gebracht, daß sich dort in den innersten Gemeinden Spuren einer alten Sage erhalten hatten, die sonst nur rings um die Fanes bekannt war. Es handelte sich um ein bestimmtes Motiv, das mich besonders anzog: das Bündnis mit den Murmeltieren.«

»Murmeltieren?« fragte Julia.

»Sie kennen doch diese scheuen Nager, die nur in den abgelegensten Gegenden hausen, in Erdlöchern, unter Steinen – possierliche Tierchen? Sie wurden in jener alten story als mächtige Erdgeister vorgestellt, weise, gerecht und treu. Ein Volk, das sich mit ihnen verbündet hatte, war unüberwindlich. Wenn man in Not geriet, mußte man nur den Mund an die Erde legen und die ›Murimankeis‹ rufen, schon waren sie da – und versagten sich nie. Aber wehe, wenn man sie vergaß, ihnen die Treue brach – das war der sichere Untergang.«

»Wie merkwürdig!«

»Nicht wahr? Ich vermutete in der Sage einen chthonischen Kern, Mutterrecht oder Totenkult – doch schon verschüttet, verstümmelt, durch jüngere Zutaten aufgelöst.«

»Und?« fragte Julia.

»Darum machte ich mich sogleich auf den Weg, als ich hörte, daß man sich auch im Ötztal von diesen ›Murimankeis‹ erzählte – ich vermutete: in einer anderen Variante und hoffte, daß sich aus dem Vergleich mit der Version in der Fanes der ursprüngliche Sinn erschließen lassen würde. Und wirklich fand ich in Zwieselstein noch einen alten Holzknecht, der auch noch von dem Bündnis wußte. Ich schrieb die Geschichte auf und veröffentlichte sie in einer Zeitschrift.

Aber da kam ich schlecht an. Die Bürgermeister von Gurgl, Vent und Zwieselstein taten sich zusammen und fuhren nach Innsbruck, um mich dort wegen Verunglimpfung ihrer Talschaft anzuzeigen: Ich hätte das Volk des Oberen Ötztals verhöhnt und beleidigt; niemand habe dort je von solchem Zeug gefaselt, ein Bündnis mit blödem Vieh – das sei schon die Höhe! Wenn sie auch einfache Bergbauern seien, das brauchten sie sich nicht gefallen zu lassen, sie seien treue Tiroler und brave Untertanen und hätten es niemals nötig gehabt, sich mit jemandem zu verbünden. «

»Die Ärmsten.«

»Leider fanden sie in Innsbruck keinen einzigen Rechtsanwalt, der ihre Sache vertreten wollte, und das scheint sie nur noch mehr erbittert zu haben, denn sie ließen mir sagen, wenn ich mich auch nur noch ein einziges Mal in ihrer Gegend blikken ließe, würde mir kein Knochen im Leibe ganz bleiben.«

»O weh!«

»Ich hütete mich natürlich – und habe seither das Ötztal gemieden, obwohl die Sache schon viele Jahre zurückliegt und ich mir fast sicher bin, daß man auch dort unterdessen etwas nachsichtiger geworden ist.«

»Das ist anzunehmen«, sagte Julia. »Aber nun sagen Sie mir: Ist es Ihnen noch gelungen den Kern der Sage herauszufinden?«

»Eigentlich nicht«, antwortete Federspiel mit einem Anflug echten Kummers. »Das Bündnis mit den Murmeltieren ist schließlich doch ein Geheimnis geblieben.«

Eine Weile sitzen sie schweigend da.

Der Himmel und die Atmosphäre sind unterdessen in Bewegung geraten. Die Wolkenballen lassen sich auf den Bergen nieder. Ein kurzer Windstoß läßt die noch ungemähten Wiesen erbleichen, das Laubdach des Kastanienbaumes erschauern. Gleich darauf ist die Luft freilich wieder still, als habe sie nicht vor, sich in Ereignisse einzumischen, die sich in größerer Höhe zwischen den Gipfeln vorbereiten.

Nun hält Federspiel das Schweigen nicht mehr aus; er beugt sich gegen Julia vor: »Darf ich Sie etwas fragen, meine Gnädigste?«

» – fragen?«

Herr Federspiel lächelt, väterlich milde, Vertrauen heischend. »Sagten Sie mir nicht, Sie hätten einmal als Kind hier in der Gegend gelebt –?«

»Gewiß.«

»Und sind wiedergekommen, Nachschau zu halten?«

Julia zögert. »Vielleicht –«

Federspiels Lächeln vertieft sich. Er beugt sich noch näher – knapp vor seinen Augen bauscht sich Julias Schal auf ihrer Schulter. Es zuckt in seinen Fingern, die flaschengrüne Seide zu berühren. »Ich glaube, jeder von uns kehrt, wenn er kann, einmal in das Land seiner Kindheit zurück –«

»Wahrscheinlich. Ja.«

»– auf der Suche nach sich selbst, auf der Suche nach seiner eigenen Geschichte.«

Federspiel hat es tatsächlich gewagt, den Schal mit seinen Fingerkuppen anzustippen. »Auch Sie sind auf der Suche.«

Julia ist errötet und sieht weg. »Wieso – was meinen Sie?«

»Ich meine«, sagt Herr Federspiel und seine Stimme wird sehr leise, »ich meine, wenn Sie nicht auf der Suche wären nach einer ganz bestimmten und ganz besonderen Geschichte, wie sollte es dann möglich gewesen sein, daß Sie sahen, was es nicht mehr gibt: die Pulvermühle?«

Julia fährt zurück. »Sie wissen –«

Herr Federspiel nickt mit fast geschlossenen Lidern. »Ich weiß. Und ich hatte auch gestern Gelegenheit, mit Ihrem Gatten –«

»Ach!« ruft Julia laut, beinahe überlaut. *»Sie waren das?!«*

Federspiel erschrickt. Er sieht jetzt die Augen der Dame weit aufgerissen und starr auf sich gerichtet. Doch dann geschieht etwas ihm Unerklärliches: Auf ihrem Gesicht breitet sich ein Lächeln aus und mit einem Seufzer der Erleichterung senkt sie den Kopf: »Gott sei Dank.«

Gott sei Dank? denkt Federspiel, was soll das wieder heißen? Doch ehe er fragen kann, kommt die Kellnerin aus dem Haus gelaufen. »Frau Bojan, Frau Bojan! Sie sollen zum Telephon!«

Julia springt auf »Wer? Ich?«

Während sie die Treppe – zwei Staffeln auf einmal – nimmt, jagen ihr Staunen, Angst und Freude kunterbunt durch den Kopf: Wer kann das sein? Wer weiß denn, wo ich bin? Das kann nur Jürgen – Jürgen – Gott im Himmel, laß es doch Jürgen sein!

Jürgen Bojan ist in Glurns angekommen. Er parkt sein Auto auf dem Stadtplatz. Ehe er aussteigt, zieht er einen Zettel aus der Brusttasche: Gloranza, 11 Viale San Giovanni. Wagenseils Adresse.

Eine Weile sitzt er so da, gedankenlos und ein wenig benommen. Dann verwahrt er den Zettel, zieht die Handschuhe aus und schiebt sie in das Fach.

Er liest den Kilometerstand ab und wirft einen Blick auf den Treibstoffmesser. Endlich steigt er aus.

Der Stadtplatz ist nicht groß. Ein paar Leute treiben sich in der Nähe herum. Er könnte sie nach der Viale San Giovanni fragen.

Da bemerkt er ein Wirtshausschild: Die Goldene Rose. Erst zögert er, aber dann tritt er ein.

Er sucht Aufschub.

Zehn Minuten später flitzt der grünberockte Laufbursche in die Johannisgasse: »He, Hans, los auf! Ein Herr aus Deutschland ...«

Aus Deutschland?

Wagenseil kennt niemanden, der in Deutschland wohnt; niemanden *mehr*. Die wenigen Leute, die sich dann und wann zu ihm verirren: Südtiroler, auch Italiener. (Sie holen ihn ab, sie laden ihn ein, meist endet die Sache mit einem Trinkgelage bis in die Morgenstunden, was er dann wochenlang zu büßen hat. Seine Nieren ...) Aber aus Deutschland? Wer kann aus Deutschland kommen und nach ihm fragen?

Für Wagenseil ist Deutschland das Land, wo Julia wohnt. Er selbst war nur ein einziges Mal jenseits der Karwendelgrenze. Das ist schon lange her. Alles, was er jetzt – und seit Jahren schon – über Deutschland liest und hört, bezieht sich ihm auf eine untergründige Weise auf Julia. Sie hat nie aufgehört, in seiner Existenz ein höchst komplexes Dasein zu führen.

Er haßt sie – so wie er sie sich jetzt vorstellt: eine jener Damen, die dann und wann auf dem Stadtplatz von Glurns aus funkelnden Autos steigen, mit Fotoapparaten behängt, mit Sonnenbrillen in den Gesichtern. Dabei ist Wagenseil überzeugt, Julia würde sich niemals dazu hergeben, diese Stadt, *seine* Stadt zu betreten. Sie würde, *wenn* sie schon durch die Gegend käme, oben auf der breiten Fernstraße bleiben, die vom Reschen herab gegen Meran führt. Er *sieht* sie geradezu vor sich, wie sie da fährt mit Mann und Kind – oder Mann und Hund, lässig zurückgelehnt, den Ellenbogen auf die heruntergekurbelte Scheibe gestützt, die Zigarette in der Hand, den Fahrtwind im Haar. Sie weiß: Das graue Häufchen Häuser da drüben ist Glurns, Glurns im windgesträhnten Grün der Malser Heide, oder sie liest es ab von der Richtungstafel: Gloranza. Ihre Mundwinkel zucken. In ihren elbischen Augen wölkt etwas auf wie eine Wolke von Schlamm in einem Weiher.

Ihre elbischen Augen: Mit ihnen begann es, mit den elbischen Augen des Kindes Julia.

Da deckte das Schicksal den Brunnen auf, und die Eimer fingen an zu sinken, zu schöpfen, zu steigen, und das Wispern fing an, Tropfengewisper in der Schicksalstiefe, ping, peng. Julia und Hedwig, Hedwig und Julia und der Klöpfelschlag der Hämmer im Steinbruch, das Klappern der Schreibmaschine in Lebandowskis Büro und Dragenowitschs Schritte rund um das Haus, ping, peng.

Ich sah das Kind kommen und am Weiher stehen, dann sich niederkauern zu dem grünen Schlamm, in dem die Kröten laichten. Bevor es den Ast schleuderte: Komm herauf, ich zeige dir etwas.

Ich dachte: Das Kind wird erschrecken und davonlaufen.

Aber es kam – zutraulich oder nur gehorsam? – kam zu mir herauf auf den moosgefleckten Stein.

Ich dachte: Wer ist dieses Kind? Woher kommt es? Wenn es seiner Mutter gleicht und wenn ich seine Mutter kennte, ich würde mich in sie verlieben.

Julias Mutter gab es nicht. Aber die Schwester, die gab es.

Noch nicht. Zwei Tage später kommt das Kind zu mir in die Schule. Da sitzt es in seinem Bänkchen, ein fremder Vogel, der sich verflogen hat, voll Neugier begafft, scheu und verschüchtert. Und wieder denke ich: Wäre sie siebzehn statt elf, ich würde mich in sie verlieben.

Zu weit vorausgedacht, gefährlich weit. Vorweggenommen, was erst werden sollte. Die ersten zarten Züge der weiblichen Natur, erst angedeutet, vorausgelesen als Klartext – mein Fehler, mein Grundübel: diese Ungeduld gegen den zögernden Vollzug des Lebens – so war das immer bei mir und in jeder Hinsicht: Wenn ich heimkam, dachte ich schon ans Weggehen; wenn ich Freundschaften schloß, dachte ich schon daran, wie sie wieder zerfallen würden; wenn ich eine Frau wollte, wie ich sie wieder verlassen kann.

Ungeduld gegen das Leben. Feindschaft gegen das Leben. Und dabei die Gier, es trotzdem zu genießen.

Und bei dir, Julia, der lange Vorgenuß der Phantasie.

Spürtest du das? Wahrscheinlich. Irgend etwas in dir fühlt sich von mir gewittert. Noch ahnst du nicht, was diese Witterung bedeutet, aber du antwortest ihr, antwortest mir.

Dein ganzes Wesen: Antwort – und ein Versprechen ohnegleichen. Noch ein paar Jahre, Julia. Jede Nacht, die vergeht, jeder Tag, der hereinbricht, bringt dich mir näher mit deinen elbischen Augen. Leise webt die Natur in dir, sanft und listig; heute noch Kind, morgen schon Mädchen, irgendeinmal schlägt uns die Stunde.

Wie schüchtern du bist – was hat dich so verängstigt? Was ist so klug in dir, daß du mir aus dem Wege gehst, wo du nur kannst, obwohl du mich doch liebst, liebst, kleine Julia?

Wenn ich dich zu mir an die Tafel rufe – ich glaube es durch deine Kleider hindurchzusehen, wie dir die Röte über den Rükken läuft. Ungeschickt vor Verwirrung stolperst du zu mir herauf. Wenn ich dir dann die Kreide reiche – »Schreib, Julia« –, du nimmst sie aus meiner Hand wie aus einer glühenden Zange. Und auf der Straße, wenn wir uns begegnen, bist du schon um die nächste Ecke – fort.

Aber nicht immer kannst du mir ausweichen.

Ich gebe eine Klassenarbeit. Festgenagelt bist du in deiner Bank.

Ich sehe deinen dunklen Schopf, deinen gebeugten Nacken. Die Feder in deinen gekrümmten Fingern. Wie eifrig du kritzelst! Ich stehe auf von meinem Pult und schlendre durch die Bänke, zu dir.

Du schaust auf: beunruhigt. Dein Blick fleht: Geh weg. Aber ich gehe nicht. Deine Schrift wird fahrig. Dein Gesicht glüht. Schweißperlen treten auf deine Oberlippe.

Du machst einen Fehler. Jetzt wieder einen. Ich strecke die Hand aus und lege den Finger auf die Stelle. Mein Rockärmel streift deine Wange. Dein Haar weht mir ins Gesicht. Ich sehe den Flaum deiner Wange, die zarte Muschel des Ohrs – und das dünne Kettchen, das du am Halse trägst, verliert sich unter dem Blüschen im Schatten.

Aber keine Angst: ich gebe acht auf dich, auf mich. Ich lege die Hand nur auf dein Heft –, und nie auf deinen Scheitel. Ich fasse dich niemals an. Ich bestelle dich auch nie in meine Wohnung wie die anderen Kinder, wenn sie eine Belobung verdienen. Ich würde mich schämen, dich mit einem der kleinen scheußlichen Buntdrucke zu beschenken, die sonst so beliebt sind. Ich lade dich nicht einmal ein, die Uhren des alten Mors zu besichtigen, obwohl ich weiß, daß du oft in seine Fenster spähst.

Ich weiß noch mehr, weiß dies und das; auch, daß du nur in der Schule, nur wenn *ich* da bin, so scheu und schüchtern bist. Die Lehrerin, bei der du Handarbeiten hast, klagt über dich: Sie gibt nie Ruhe – und selbst der milde Kooperator Perwög: Sie ist halt auch ein Kind!

Du bist ein Wildfang und eine kleine mänadische Hexe, Julia, und einmal hab ich dich auch ertappt. – Ich komme an Mayregg vorbei, Kinder spielen dort in den Mähdern: Mädchen und Buben, sie haben eine Kette gebildet und stürmen los, Hand in Hand, die letzten schleudert die Schwungkraft nach außen. Etwas Rotes zappelt im Gras.

Ist das Julia?

Ja, Julia. Sie wälzt sich, schreit, lacht, schlägt um sich. Dann spring sie auf, rennt den anderen nach, hängt sich wieder an, will wieder hinausgeschleudert, ins Gras geworfen werden.

Da sieht sie mich.

Sofort läßt sie los, duckt sich und läuft, eine rote Flamme, davon und ins Gebüsch.

Ich gehe weiter und wundere mich (oder nicht?). Den Weg entlang führt eine Hecke. Es ist Frühjahr, die Hecke ist noch nicht einmal voll belaubt.

Auf einmal weht mich Nähe an; Nähe – wovon? Atem stockt, winziges Rascheln gleitet, als bögen sich Gräser unter einem kindlichen Fuß.

Etwas Rotes dämmert aus dem Grün. Ein Paar Augen lauscht aus dem Gezweig, deine Augen, Julia, weißt du noch?

Wagenseil lehnt die Harke neben seinem Fenster an die Mauer. Durch die aufgespreizte Luke dringt das Flüstern der Uhren: Weißtdunoch, weißtdunoch, weißtdunoch.

Ich lächelte zu dir hin, in deine Augen hinein, die ich nicht sah, nur ahnte, elbische Augen; Daphnes Augen, die sich im Lorbeer verbirgt. Einmal wirst du dich nicht mehr verbergen. Keine Hecke mehr zwischen dir und mir. Dann darf die Flöte Pans ertönen.

Aber zuvor die Schwester.

Warum die Schwester? Nur, weil sie schon aufbereitet war von der Natur, fix und fertig fürs Liebesspiel? Keine Hecke, keine Schranke. Dafür die andere (schmähliche) Sicherheit: Sie ist bereits in fester Hand.

Arme Hedwig. Ihr habe ich übel mitgespielt.

Alles was ich einbrachte in dieses Spiel: Falschgeld. Nicht, daß ich das gewollt hätte, *so* gewollt hätte, daß ich nichts anderes wollte. Ich hätte oft gewü nscht, mit gleicher Münze zu zahlen, wie sie zahlte. Mit guter Münze. Vergeblich. – Arme Hedwig. Nun sind es vierzehn Jahre –, ein einziges Mal war ich an ihrem Grab.

Es war Winter, nachts. Und wir unterwegs mit einer Ladung schwarzem Zucker. Wir fuhren durch Lajon.

Einer von der Bande wußte: Dort auf dem Friedhof liegt

meine Frau. Er glaubte, er müsse mir den Gefallen tun, den Jeep anzuhalten: Zartgefühl eines Ganoven.

Er begleitete mich sogar hinauf. Wir stiegen über die Mauer, er scharrte den Schnee unter dem Grabstein weg, damit ich lesen könnte.

Ich sagte: Laß das! – aber er – so eifrig – trampelte herum. Dann griff er nach der Taschenlampe und ließ den Lichtkegel kreisen, der uns sonst bei unseren Geschäften leuchtete.

Ich sah nicht hin. Nicht hinzusehen, war die letzte Ehre, die ich ihr noch erweisen konnte.

Wenn sich ein Mann auf eine solche Expedition begibt wie die, auf der Jürgen Bojan an diesem Mittwochnachmittag unterwegs war, kann ihm nicht lustig zumute sein. Er nähert sich dem Lager seines Feindes – und hat seinen Treff schon abgekriegt: die Kugel aus dem Hinterhalt sitzt ihm zwischen den Rippen. Aber er spielt die Rolle des munteren Globetrotters, preßt die Hand auf die Wunde und hält den Rücken steif und pfeift womöglich vor sich hin ... Nun, Jürgen Bojan pfiff nicht eben vor sich hin, als er nach etlichen Kreuz- und Querwegen in die Winkelgasse San Giovanni einbog. Doch er warf übertrieben mißbilligende Blicke um sich: So ein Kaff! Diese krummen Hütten, diese Düngerhaufen! Wer es aushielt, hier zu leben, was mußte das für ein Mensch sein!

Hier Nummer elf. Ein schmalbrüstiges Haus, einstöckig, mit lädiertem Verputz neben anderen schmalbrüstigen einstöckigen und lädiert verputzten Häusern. Trotzdem kommt es Bojan besonders elend vor. Und obwohl er genau weiß, daß Gasse und Nummer stimmen, zieht er noch einmal seinen Zettel. Er schüttelt den Kopf (auch das noch Rolle), verwahrt den Zettel wieder, klinkt auf und tritt, sich tiefer als nötig bückend (letzte Rollenphase), unter dem Türbogen durch und eine Staffel hinab in den langen schmalen Flur. Jürgen Bojan tastet sich im Dunkeln die Wand entlang, bis er hinten zu einer Tür kommt, die zu einer menschlichen Behausung führen könnte. Er nimmt die dunkle Brille ab, setzt seine andere auf, dann klopft er.

Keine Antwort. Aber auch nicht Stille. Drinnen raschelt etwas, ein gleichmäßig schnelles fieberhaftes Geflüster. Die Uhren. Wagenseils Uhren. Im Wirtshaus hat man Jürgen davon erzählt.

Er klopft noch einmal, stärker. Da kommt jemand von rückwärts (woher? aus dem Hof, aus dem Keller?). Mit einem raschen langen Schritt ist er da. »Suchen Sie jemanden?« – Und da Jürgen mit der Antwort zögert: »Wen suchen Sie?«

In der Dunkelheit, die hier herrscht, kann Jürgen nur soviel wahrnehmen, daß der Mann kleiner ist als er selbst, breitschultrig, ein eher Untersetzter. Die Stimme ist tief, mit einem samtigen Timbre und, obwohl sie alles andere als freundlich klingt, irgendwie – angenehm. Vor allem, daß sie die wenigen Worte hochdeutsch artikuliert hat, ist eine Überraschung.

»Herr – Wagenseil?« fragt Bojan.

»Ja.«

»Man hat mir erzählt, daß Sie eine Sammlung alter Uhren haben. Und da ich Kunsthändler bin –«

»Ich verkaufe nichts.« Eine bündige Auskunft in scharfem Ton. Dann aber – um eine Spur verbindlicher: »An meinen Uhren ist auch nichts Besonderes, nichts, was Sie interessieren könnte.« Und schließlich – mit einem Anflug südlicher Urbanität: »Wenn Sie sie aber ansehen wollen, bitte –«

Der Mann öffnet, tritt vor Jürgen ein und hält ihm die Tür. Jürgen folgt, unsicher, beinahe stolpernd. Der Raum, in den er eintritt, ist nicht viel heller als der Flur, auch nicht viel breiter. Hinten ein grünverwuchertes Fenster, an den Wänden Zifferblätter, schwingende Perpendikel und andere, die still stehen. Bojan geht die Wände entlang, ohne etwas zu sehen, seine Blicke schwimmen; er zögert nur den Moment hinaus, da er sich umdrehen und den anderen ansehen muß.

»Wie ich Ihnen schon sagte: An meinen Uhren ist nichts dran. Sind nur alter Kram. Am besten ist vielleicht noch diese –«

Wagenseil führt Bojan weiter, in den nächsten Raum. »Ich schätze: spätes Rokoko. Aber ich verstehe nichts davon.«

Hier ist es noch einmal heller. Die Stube scheint als Wohn- und Schlafzimmer, aber auch als Küche zu dienen: ein Bett in der einen Ecke, ein Herd in der anderen, und auf einer kleinen schwärzlichen Kommode die besagte Rokoko-Uhr, eine Pendule auf gewundenen Säulen, naiv geschnitztes Schnörkelwerk mit Resten weißer Fassung und Blattvergoldung; im Aufbau – einer Art chinesischem Pavillon – vier Figürchen: eine Spieluhr.

»Sehr hübsch.« Bojan heuchelt Betrachtung. Er hat noch immer nicht gewagt, Wagenseil anzusehen.

»In einer Viertelstunde macht sie ihre Späße. Wenn Sie so lange warten mögen?«

Bojan will. Er ist ja nicht gekommen, um gleich wieder zu gehen, er will – wenn er nur im Augenblick wüßte, was er will.

Wagenseil hat ihm einen Stuhl an den Tisch gerückt: Da liegt ein aufgeschlagener Diktionär.

»Russisch? – Sie lernen Russisch? Waren Sie im Krieg da?«

»Ich war nie in Rußland und nie im Krieg. Vierzehn bis achtzehn war ich zu jung dazu. Und das zweite Mal – da hat man mich zu anderweitiger Verwendung hierbehalten.«

Natürlich, erinnert sich Bojan. Da hat er ja gesessen. – Und über die stockfleckige Schwarte gebeugt: »Eine verdammte Sprache wie? Hab's nie über ein paar Brocken hinausgebracht, obwohl ich lange genug ... Warum lernen Sie jetzt Russisch?«

»Ich *habe* es gelernt. Jetzt übersetze ich.«

»Für einen Verlag?«

»Nein. Nur für mich.«

»Und was übersetzen Sie?«

»Ich habe mit Puschkin begonnen. Jetzt habe ich mir ›Das Totenhaus‹ von Dostojewski vorgenommen. Aber eins ist so unmöglich wie das andere.«

»Und warum?«

»Weil keine Sprache übersetzt werden kann, ohne daß zerstört wird, worauf es eigentlich ankommt.«

»Oho«, sagt Bojan. »Das erzählen Sie mal draußen bei uns. Da wimmelt es von Übersetzungen.«

Er hat Wagenseil noch immer nicht angesehen. Nur seine Beine hat er, schräg nach unten schielend, erspäht: lodene Hosenröhren, verbeult, ohne die Spur einer Bügelfalte; grobes Schuhwerk – und zwischen Hosenrand und Leder der nackte Rist. Nicht einmal Socken trägt der Mensch ...

»Trotzdem. Es ist schon so.« Wagenseil wird eifrig. »Das Eigentliche einer Aussage kann nie umgesetzt werden. Ich möchte Ihnen ein Beispiel geben. Sie können nicht russisch? Aber – französisch? – Ja, gut. – Nehmen Sie eine so alltägliche Redensart wie: Il a raison. Er hat recht. Aber raison heißt im Französischen auch Grund und Vernunft, das heißt, daß der Franzose ein Rechthaben nur dem zubilligt, der Gründe dafür anzuführen hat und sie auch vernunftgemäß begründen kann; heißt weiter, daß für ihn kein Grund so tief liegt, daß er von der Vernunft nicht mehr erreichbar wäre. Im Deutschen – nichts davon. Da fallen Recht, Grund und Vernunft weit auseinander. Hier haben Sie den Unterschied, der unsere ganze Geschichte beherrscht. Wer bei uns recht hat, hat recht, weil er auf Rechte pochen kann: Der alte Feudalismus. Bei den Franzosen: Nationalversammlung, Revolution, Code Napoléon. Bei uns statt dessen: Mystizismus und Musik. – Und all das in einem einzigen kleinen Satz – das bringen Sie mal unter einen Hut!«

Was redet er da, denkt Bojan, ich verstehe kein Wort, und endlich sieht er Wagenseil an. Aber er nimmt den Blick sofort zurück, entsetzt über dessen heruntergekommenes Aussehen und – erleichtert zugleich: das ist kein gewöhnliches Gesicht, es ist ruinös, aber nicht formlos, verwittert, aber von der alles überdauernden Plastizität antiker Wasserspeier. – Und sofort beginnt Bojans Gedächtnis ein anderes Gesicht zu reproduzieren, oft gedacht, aber kaum noch vorstellbar, vom Fluß der Jahre ausgewaschen, plötzlich wieder ganz da: junges Gesicht, furchtbar jung, totenbleich, blutverschmiert, unter den klaffenden Lidern dämmert das Weiße – dasselbe Gesicht, Vatergesicht ...

Jürgen Bojan bricht der Schweiß aus.

Wagenseil ist für einen Augenblick in den Nebenraum verschwunden. Er kehrt mit einer strohumwickelten Flasche zurück, bringt auch zwei Gläser. »Wenn Sie unterdessen einen Schluck Wein mit mir trinken wollen?« Er stöpselt auf. »Es kommt nicht oft vor, daß mich jemand aufsucht. Sie – sind aus Deutschland?«

»Ja. Aus Frankfurt.«

Wagenseil runzelt die Stirn.

»Mein Name ist Bojan.«

Wagenseil fängt gerade noch die Flasche ab, ehe das Glas überschwappt. Ein Schuß ist trotzdem danebengegangen. Wagenseil wischt das Verschüttete mit der Faust über den Tischrand. Dann sagt er: »Sie sind es also – ich hab es mir gedacht.«

Eine Weile bleibt es still. Die Uhren ticken, ihr fieberhaftes Wispern erfüllt den Raum. Die Männer blicken knapp aneinander vorbei. Bojan sitzt, Wagenseil steht. Langsam stellt er die Flasche weg. Dann versenkt er die Hände in den Hosentaschen und lächelt – das Lächeln eines Menschen, der bereit ist, jede Herausforderung anzunehmen. »Warum sind Sie gekommen?«

»Das wäre eine lange Geschichte.«

»Wie geht es – Ihrer Frau?«

»Gut.«

»Weiß sie –?«

»Nein. Sie vermutet mich in Venedig. Sie – sie ist in Lajon.«

»Und was tut sie dort?«

Bojan zuckt die Achseln. »Nichts. Sie ist eben da.«

»Und warum sind Sie zu mir gekommen?«

Bojan zieht das Taschentuch und fährt sich über die Stirn. »Wenn Sie mich so fragen, Herr Wagenseil, die Antwort ist schwierig. Ich habe lange so gut wie nichts von Ihnen gewußt. Aber ich war dabei, als – Ihr Sohn fiel. Er war Ihnen sehr ähnlich.«

Wagenseil macht eine abwehrende Geste. »Wirklich?«

»Ich war nicht nur dabei, als er fiel. Ich war – gewissermaßen – auch schuld daran. Sie werden es von Julia erfahren haben. Sie wußte es ja von Anfang an, aber sie sprach nie davon. Erst neulich – in Lajon.«

»Hm.«

»Hm?« Ist das alles, was der Mann zu sagen hat: Sein Sohn, sein einziger, an meiner Stelle zerfetzt – und er hat keine Antwort darauf, als dieses Hm – und dabei lächelt er noch immer.

»Der Tod Ihres Jungen«, fährt Bojan mit Anstrengung fort, »man könnte sagen: ein Zufall, einer dieser verdammten Zufälle, aus denen der ganze Krieg bestand. – Aber er ist ja nicht das einzige, was zwischen Ihnen und mir – einen Zusammenhang herstellt, einen – höchst merkwürdigen Zusammenhang. Sie sind sich doch im klaren, was ich meine?«

»Nein.« Wagenseil stößt das Wort hervor.

»Nein?« – Da steht dieser Mensch, der alles weiß, was er, Bojan, nie wußte, dieser Mensch, durch dessen Schuld seine Ehe scheiterte, ein Mörder, ein Zuchthäusler – dessen vergiftete Existenz Julia mitvergiftete – und nun sagt er: Nein, wagt nein zu sagen, ich weiß von nichts. – Bojan möchte am liebsten aufspringen und dem Mann ins Gesicht schlagen. Statt dessen beißt er nur auf seine Lippen und zieht die Schultern hoch. Die Uhren ticken. Nebenan beginnt ein Schwarzwälder Kuckuck zu schreien. »Wie können Sie das nur aushalten, Tag und Nacht?«

Sofort geht Wagenseil und schließt die Tür. (Hier in der Stube geht nur ein einziges Werk.) Zurückkehrend scheint er sich eines Besseren besonnen zu haben. »Verzeihen Sie! Ich weiß selbstverständlich, was Sie meinen. Und ich werde Ihnen auch Rede und Antwort stehen – wenn es das ist, was Sie wollen. Es wird nur nicht leicht sein, über Dinge zu reden« – er setzt sich nun auch nieder – »über Dinge, die, wie Sie selbst sagen, merkwürdig und verwickelt –, nein, nicht einmal so merkwürdig und verwickelt als längst vorüber sind, längst vorüber –«, wiederholt er in beinahe beschwörendem Ton. »Ich kann es Ihnen versichern.«

»Vorüber ist nicht immer vorüber«, erwidert Bojan langsam.

»Mir sind die Dinge neu genug. Aber Sie mißverstehen mich, wenn Sie glauben, ich sei –«

– als eifersüchtiger Ehemann gekommen, wollte er sagen, aber er bringt das Wort nicht heraus, und übrigens ist er kein Ehemann mehr, er hat sich von Julia getrennt, eine klare Sache, in beiderseitigem Einverständnis so gut wie vollzogen, nur daß ihm Julia im letzten Augenblick – durch dieses unsinnige Erlebnis mit der Pulvermühle – in einem Nebel von Undurchschaubarkeiten verschwand. Aber wie soll er das dem anderen erklären? Wieder bricht Bojan der Schweiß aus, er wünscht sich weit weg, in der Verzweiflung geht er zum Angriff über:

»Ich möchte Ihnen nicht verschweigen, Herr Wagenseil, daß ich mich über Sie informierte. Ich habe den heutigen Vormittag damit verbracht, alte Zeitungen zu durchstöbern. Sie hatten ja einen interessanten Prozeß.«

»Finden Sie?«

»Sie etwa nicht?«

»Nein«, antwortet Wagenseil. »Das meiste war Blödsinn, was da bei der Verhandlung geredet wurde, und erst, was in der Presse stand ... Es verhielt sich alles anders. Gegen Dragenowitsch bestand ein Vorurteil, sowohl bei den Richtern als auch bei den Berichterstattern, man hat ihn ungerecht verurteilt: lebenslänglich –«

»Das sagen *Sie?* Er hat Sie doch angezeigt?«

»Mich und sich selbst.«

»Unbegreiflich.«

»So sieht es aus. Aber in Wirklichkeit hatte er seine Gründe, wenn auch keine – raisons.« Wagenseil bläst ein kleines Lachen durch die Nase. »Gute Gründe«, fährt er fort, »nur war er nicht fähig, sie darzustellen. Und wenn ich's versuchte, an seiner Statt, wurde mir jedesmal das Wort entzogen: das gehöre nicht hierher, hieß es. In Wirklichkeit gingen diese Gründe nur über das Schema hinaus, das man dem Fall unterlegte. Dragenowitsch sollte eben das Untier sein – und ich, ich schlimmstenfalls das Opfer einer Leidenschaft, meiner Leidenschaft für Frau Lebandowski, Julias Schwester.«

Bojan hat zuletzt doch – gedankenlos – nach dem Weinglas gegriffen. Jetzt zuckt er zurück.

»Und so mußte Dragenowitsch in die neapolitanischen Schwefelgruben, die haben ihn denn auch in kürzester Zeit fertiggemacht. Ich dagegen kam mit ein paar Jahren davon.«

Bojan schweigt. Dann sagt er: »Ich habe einen anderen Eindruck gewonnen. Mag sein, Sie waren an Frau Lebandowski interessiert, aber da war noch etwas anderes: ihr Vermögen, es scheint beträchtlich gewesen zu sein.«

»Ich verstehe«, sagt Wagenseil. »Und es war auch beträchtlich, dieses Vermögen –, nach damaligen Begriffen. Ich war ein armer Schlucker von Lehrer und später ein fast ebenso armer Schlucker von Buchhalter. Und da war ein Betrieb, der einiges abwarf, und da war eine Frau, die Erbin dieses Betriebes. Und da können Sie sich natürlich nichts anderes vorstellen, als daß ich mit Händen und Füßen danach strebte, in den Besitz der Frau und damit des Betriebes zu kommen. Ich verstehe, daß Sie so denken *müssen.* Aber sehen Sie sich um – wie ich hier lebe, freiwillig lebe, denn ich könnte vielleicht auch anders, glauben Sie, daß ein Mensch so lebt, wenn er auch nur das geringste Talent hat, sich um Besitz zu bemühen?«

»Ist denn das ein Talent?« fragt Bojan.

»Das will ich meinen«, antwortet Wagenseil, »und ein großartiges dazu, das einzige wahre soziale Talent, denn Besitz ist immer auf Umwelt bezogen und greift in Umwelt ein. Ich habe nie viel Spaß daran gehabt, mich auf meine Umwelt einzulassen. Im Grunde war sie mir immer nur lästig. – Endlich bin ich dazu gelangt, diese Last auf ein Minimum zu reduzieren, damit nahm ich den Ausschluß aus der menschlichen Gesellschaft in Kauf, ja, den Ausschluß, Herr Bojan, ich gebe mich in dieser Hinsicht keiner Täuschung hin. – Ich habe Sie beobachtet«, fährt er in verändertem Ton fort, dabei lehnt er sich über den Tisch und schaut dem Gast mit spöttischer Zutraulichkeit von unten her ins Gesicht, »habe Sie beobachtet, als Sie vorhin hereinkamen. Ihnen fuhr ein Schreck in die Glieder, Sie wollten es nicht zeigen, so etwas zeigt man nicht, aber Sie fanden die Bude schauderhaft, die Bude, das Haus, mich selbst –«

»Hm. Allerdings –«

»Und dann waren Sie froh, als Sie die Bücher sahen, nicht wahr –? und sich sagen konnten: Der Mann lebt doch nicht nur wie ein Vieh. Hab ich recht? Sie sahen geradezu – erleichtert aus. Die Bücher haben mich in Ihren Augen gerettet.«

»Wagenseil!«

»Schon gut. Sie brauchen sich doch nicht vor mir zu entschuldigen. Ich *habe* keinen anderen Ausweis als diesen Kram.« Er stand auf und tat ein paar Schritte, als wollte er damit beginnen, in der Stube auf- und abzugehen. Doch dann kehrte er wieder an den Tisch zurück und goß sein geleertes Glas von neuem ein.

»Aber vielleicht«, fuhr er fort, »vielleicht schmeiße ich auch die Bücher eines Tages zum Teufel. Auch sie sind nur Substitute. Alles, was von außen kommt: nur Substitute.«

»Möglicherweise«, murmelte Bojan – und, nur um irgend etwas zu antworten: »Doch wie läßt sich das Leben anders ertragen?«

»Das ist natürlich die Frage, die einzige, auf die es wirklich ankommt.« Wagenseil lächelte, und Bojan glaubte in seinen Augen für einen Husch den Ausdruck eines strahlenden Hochmuts zu bemerken. »An ihr entscheidet sich unsere Freiheit. – Prost, Herr Jürgen Bojan. Ich freue mich, daß Sie gekommen sind.«

In diesem Augenblick begann die Spieluhr zu schlagen: zuerst sechs zirpende Töne, dann setzte die Musik ein, Mozart, das Menuett aus ›Don Giovanni‹: Seht Herr, die allerlieb sten Masken ... Die Figürchen ruckten an, drehten sich. Aus einer Klappe sprang der Tod und schwang seine Sense. Die Tänzer standen still. Dafür drehte sich jetzt der Tod im Takt des Menuetts. Mit dem letzten Ton holte ihn das Federwerk zurück, die Tänzer verbeugten sich.

Federspiel war wieder allein, allein im Wirtshausgarten zurückgeblieben, auf seinem Bänkchen unter der Kastanie. Julia verschwunden, abberufen zum Telephon, wieso und von wem? War vielleicht wieder der Ehemann im Anmarsch? Oder, wer konnte es wissen, irgendein Dritter? Der alte Mann spürte einen Stich der Eifersucht – in ihm stockte sich eine schwarze Wolke düsterer Schwermut auf, und schon meldete sich auch das ihm nur zu wohlbekannte Brennen unter dem Brustbein.

Ich habe mich übernommen, dachte er, ich darf das nicht. Aufregung, nichts als Aufregung schon seit gestern, seit ich den Ärger mit dem Pfarrer hatte, nein, seit ich in der Schule war, nein, schon seit dem Mittagessen in der Stube, als die Jacke der Dame von ihrer Schulter glitt.

Ich sollte mich niederlegen, dachte er, Schonung, »Nur Schonung!« hatte der Arzt gesagt, »dann geht es noch manches Jahr, dann können Sie achtzig oder neunzig werden.«

Aber der Kaffee übte seine Wirkung aus, die schwarze Giftbrühe, die er bestellt und getrunken hatte, nur weil auch Julia bestellt und getrunken hatte. Sie kam nicht wieder. –

Einmal öffnete sich das Fenster ihres Zimmers, sie erschien im Rahmen, winkte herunter und rief etwas ..., sollte wohl freundlich klingen – ach, diese Freundlichkeit jüngerer Leute, sie hatten nie Zeit, wurden immer abgeholt, riefen etwas, was man nicht verstand, winkten und waren weg.

Herr Federspiel beschloß zu warten. Irgendwann einmal mußte ja Julia zurückkommen. Sie war es ihm schuldig zurückzukommen, schuldig, ja, schuldig ...

Die Spieluhr war abgelaufen. Mit einem leisen metallischen Klick rastete die Walze ein. Noch zitterten die Figürchen, dann standen auch sie still.

Die Männer hatten – unwillkürlich lächelnd – gelauscht. Jetzt lief das Lächeln von ihren Gesichtern ab; sie wandten sich einander wieder zu.

»Also gut«, sagte Wagenseil. »Ich werde Ihnen erzählen. Sie sind ja wohl hierhergekommen, um sich erzählen zu lassen. Aber wenn Sie glauben, daß die Geschichte von Julia handeln wird – sie wird nicht von Julia handeln. Und nicht einmal von Hedwig. Sie wird eine Männergeschichte sein. Die Frauen sind nur Motive: Sie setzen etwas in Bewegung. Aber die Bewegung vollzieht sich in einem anderen Raum. – Prost, Herr Bojan!«

Bojan sah Wagenseil prüfend an. Ihm kam vor, als habe dieser schon zuviel getrunken. Er leerte soeben sein drittes Glas, während sein eigenes noch immer unberührt stand. War es nicht an der Zeit, daß nun auch er – wenigstens einen Schluck? – symbolische Geste, da er nun einmal hier war, Wagenseils Gast? Noch immer zögernd streckte er die Hand aus, hob das Glas und nippte.

Wagenseil bemerkte es sofort, aber er blickte weg zum Fenster hinaus: »Also eine Männergeschichte. Nur, wo fang ich an? Mit mir, mit Lebandowski oder mit etwas Allgemeinerem? Das Allgemeine spielt in die Geschichte hinein: die Zeit, das Land. Ja, das Land. Ich täte mich leichter mit dem Erzählen, wenn Sie das Land kennten. Also: Tirol.

Tirol, das Land im Gebirge. Was ist's damit?

Sie müssen einmal auf einen Gipfel steigen und sich umschauen. Da sehen Sie, was es ist: ein großer Steinhaufen mit ein paar grünen Rillen drin, den Tälern. Es ist ein Wunder, daß sich Menschen fanden, hier zu leben.

Ich stamme aus Proveis, einem winzigen Nest im nördlichen Nonstal. Es liegt in einer Region, in der es für gewöhnlich nur noch Almen gibt. Dazu die letzte deutsche Gemeinde vor dem geschlossenen italienischen Siedlungsgebiet. Irgendwann einmal muß eine kleine abgesplitterte Gruppe, aus dem Ultental herübergekommen, sich südlich des Joches angesiedelt haben. Vielleicht waren sie woanders vertrieben oder ausgestoßen worden.

Mein Vater war Mesner, also Küster, er ist früh gestorben. Wir waren drei Kinder, zwei Brüder, eine Schwester. Die Mutter hat uns mühselig durchgebracht. Ich war begabt und lernte gut. Das hat der Pfarrer entdeckt. So beschloß man über mich, daß ich studieren sollte, natürlich Theologie. Auch ich sollte Pfarrer werden. Ich war damals genau acht Jahre alt. So war das damals.

Tirol. Das Heilige Land. Regnum sanctissimi cordis. Tridentinum und Gegenreformation. Hier hatten die Jesuiten ganze Arbeit geleistet, bis in die hintersten Täler hinein. So war die Katholizität das eine Element, das alles durchdrang, beherrschte, färbte – bis in die intimste Sphäre hinein.

Das andere, mehr aufgesetzte Element war der Patriotismus.

Sie haben vielleicht einmal vom Tiroler Bauernaufstand 1809 gehört? Ein Aufstand für Habsburg. Warum? Weil Habsburg katholisch war. Und gegen Napoleon und Wittelsbach. Warum? Napoleon und Wittelsbach drohten mit den Errungenschaften der Französischen Revolution.

Der Aufstand war antirevolutionär, antibürgerlich, gegen die Aufklärung gerichtet. Tirol wollte keine Aufklärung – und im Grunde zu Recht. Ja, zu Recht. Es konnte keine Aufklärung brauchen, wenn es seine Durchsiedlung aufrechterhalten wollte. Ein von der Aufklärung beleckter Bergbauer ist kein Bergbauer mehr. Er verläßt seinen Hof, zieht in die Stadt, sucht ein leichteres Leben. Es gibt Lebensformen, die kein Räsonnement vertragen ...

Also: Tirol blieb Tirol, das heißt katholisch, antirevolutionär und patriotisch – im Sinne des Aufstandes von 1809.

Waren Sie einmal in Innsbruck, Herr Bojan? – Nur auf der Durchfahrt –? Schade. Sonst hätten Sie sich vielleicht das sogenannte Rundgemälde angesehen. Ein Riesenschinken von Historienmalerei. Man hat einen eigenen Rundbau dafür aufgeführt, sieht aus wie ein steinerner Gugelhupf. Drinnen ist die Schlacht auf dem Berg Isel dargestellt, ganz realistisch: stürmende Heere im Pulverrauch, Leichen, Fahnen, Kanonen; und auf einem Hügel steht Andreas Hofer, der ungelernte Feldherr, mit seinem Freund Pater Haspinger. – Ich war auch einmal drinnen und hab's mir angesehen – und es kam mir beinah symbolisch vor, dieses Rundgemälde. Da hast du's, dachte ich:

In dieses Panorama hat sich das ganze Land eingeschlossen – seit hundert Jahren.

Aber was waren das für hundert Jahre! In der Welt ging unterdessen allerlei vor sich: Industrialisierung, Sozialismus – und das Zerbröckeln der alten Monarchie.

Was diese alte Monarchie war, läßt sich schwer sagen. Ein Überbleibsel von früher. Ein Relikt. Niemand verstand, was sie noch sollte. Und am wenigsten verstand sie der deutsche Bruder, der Verbündete, sie war ihm doch nur wie ein Kalb mit zwei Köpfen, eine Anomalie.

Man hatte ihr schon lange den Untergang geweissagt – sie bestand immer noch. Ein so langsames Sterben ist unheimlich. Ich glaube, sie starb an ihrer eigenen Verachtung, an der gegenseitigen Verachtung ihrer Völker. Die Deutschen verachteten die Tschechen, die Ungarn die Slowaken und Slowenen, die Slowenen die Kroaten. Und Tirol verachtete alle miteinander.

Tirol war immer auf Eigenständigkeit bedacht gewesen und hielt sich zugleich für das Musterkind der österreichischen Völkerfamilie. Es ehrte den Kaiser, aber es haßte Wien. In Wien saßen Juden und Polacken, Freimaurer und Liberale. Dort gab es Streiks und Krawalle. Hier hielt man urväterische Lebensweise für die einzig gottgewollte, die einzige, in der zu leben lohnte – und die überdies den Himmel versprach.

Der Einbruch kam im Jahr 15.

Italien erklärte den Krieg. Das war vielleicht schäbig, aber politisch richtig und konsequent – von ihm aus gesehen; für Österreich eine Katastrophe nach den vielen Katastrophen auf dem östlichen Kriegsschauplatz.

Man hatte keine Truppen, um die neue Front zu besetzen, so zogen die Standschützen aus, Kinder, Greise, Ungediente, und besetzten die Stellungen. Unsere Gräben waren zum Teil mit Strohpuppen besetzt: ein Mann, drei Strohpuppen. So erwartete man den Angriff, wild entschlossen, keinen Fußbreit Boden aufzugeben. Aber der Angriff blieb aus. Die Italiener konnten nicht glauben, daß nichts da war – oder sie dachten, Zeit zu haben. Nie hat sich ein Zögern schlechter bezahlt gemacht. Sie hätten den ganzen Zauber in drei Tagen wegfegen und bis zum Brenner marschieren können. Sie kamen nicht. Die Standschützen konnten die Ehre für sich buchen, sechs oder acht Wochen lang die Front gehalten zu haben. Das war der letzte große Augenblick des Landes Tirol.

Endlich war es soweit: Man brachte es fertig, Truppen aus

dem Osten abzuziehen und hierherzuwerfen. Sie lösten die Standschützen ab und rückten ihrerseits in die Stellungen ein. Das Land erlebte zum erstenmal die Invasion durch ein modernes Massenheer, den ersten Einbruch in seine Lebensform.

Ich war damals ein Bub von vierzehn und hab es mitangesehen, wie die Schützen vom Tonale zurückkamen und aus den Gletscherbrüchen des Adamello; an ihnen vorbei zogen jetzt Tschechen, Ruthenen, Ungarn hinauf mit Mörsern, Granatwerfern und Munitionskolonnen, und obwohl man vernünftigerweise froh sein mußte, daß sie kamen, war es doch auch wieder wie ein Trauertag: eine Zeit war zu Ende, eine andere kam herauf.

Jetzt war das eigene Schicksal weggegeben, in andere Hände gelegt. Das Fremde drang ein und begann sein Verheerungswerk.

Den Eisenbahnlinien entlang, in allen Städten und größeren Ortschaften gab es jetzt Einquartierungen, Barackenlager, Retablierungsplätze. Das bißchen kostbare Ackerland wurde rücksichtslos verwüstet. Es gab Offizierskasinos und Mannschaftsbordelle, Großschiebung und Gewalttat. Die Eingesessenen konnten nur staunen. Dem ganzen Land wurde der schwarze Prägestempel des Krieges aufgedrückt.

Ich war in Brixen auf dem Gymnasium, im Alumnat. Ich sagte doch schon: Ich sollte Pfarrer werden. Wir waren eingesperrt, behütet, abgeschirmt, so gut es ging. Aber es konnte nicht ausbleiben, daß das andere hereinkroch. Es drang durch Ritzen und Wände. Nachts, wenn es still war, hörten wir die Soldaten grölen, die Weiber kreischen. Dann und wann auch Schüsse, Salven von standrechtlichen Hinrichtungen. Ich begann zu zweifeln.

Ich merkte, daß es zweierlei Gesetz in der Welt gab: ein puristisches, unter dem wir Priesterzöglinge standen, und ein anderes – draußen, jenseits unserer Mauern, wo offenkundig alles erlaubt und gang und gäbe war. Und als das Schlimmste: daß zwischen den beiden ein Einverständnis bestand – und ein gegenseitiger Nutzgenuß.

Ich wußte, daß es meiner Mutter heißester Wunsch war, daß ich Priester würde. In diesem Wunsch gipfelte alles, was sie noch vom Leben erwartete. Mit ihren anderen Kindern hatte sie wenig Glück. Mein ältester Bruder fiel. Meine Schwester bekam ein lediges Kind von einem Ungarn. Er heiratete sie zwar, fiel aber dann auch. Meine Mutter nahm beide zu sich, die Witwe und das Kind. Wie sie sich durchbrachten, weiß ich nicht. Ich habe nie gewagt, genauer hinzusehen.

Nun wollte ich nicht mehr Priester werden. Meine Mutter merkte es, sie war eine kluge Frau, trotz ihrer Bigotterie. Die Enttäuschung war schrecklich für sie. Von nun lebte sie in Angst um mich; vielleicht hatte sie auch schon vorher Angst um mich gehabt und nur aus Angst den Plänen des Pfarrers zugestimmt. Sie hatte wohl schon früh gewittert, was in mir steckte. Jetzt hielt sie mich für verloren.

Verloren. Dem Teufel verfallen. ›Du führst ein Leben‹, sagte sie mir, ›als hättest du keine unsterbliche Seele.‹ Sie kannte mich – und meinen Hochmut. Wer kann schon seine Mutter betrügen? –

Ich sagte schon: Ich war begabt. Ich lernte leicht. Ich trieb daneben das und jenes: Musik und Sprachen. Ich zeichnete auch sehr gut. Es ging mir alles spielend von der Hand. Aber ich hatte von allem schnell genug. Ich verachtete meine Lehrer: Sie kamen mir wie Marionetten vor – oder Maschinen, die immer denselben Text von sich geben. Ich verachtete meine Klassenkameraden: Sie waren Klötze. Die Bemühungen, Neigungen, Leidenschaften anderer Menschen langweilten mich: Sie schienen mir immer in denselben Kreisen zu laufen. Ich hatte das Gefühl, zwischen Zugvieh zu leben – nein, nicht zwischen Zugvieh: zwischen Tieren, die einen Göpel drehen – immer rundherum.

Das machte mich manchmal rasend. Mein Hochmut machte mich rasend.

Sie wissen doch, Bojan: Hochmut ist die luziferische Sünde.

Steht alles schon in der Genesis geschrieben. Die Schlange im Baum der Erkenntnis. Und dann die Geschichte von Kain, Kain, der seinen Bruder erschlug. Er wird dafür von Jahwe verflucht, aber mit Unverletzlichkeit belohnt.

Verstehen Sie das?«

Wohin verliert er sich, dachte Bojan. Jetzt ist er wirklich betrunken. Verträgt er nichts, weil er soviel oder weil er sowenig zu trinken gewohnt ist?

Immer merkwürdiger wurde ihm dieser Mann. Als er, Bojan, hierherkam, fürchtete er sich preiszugeben. Nun wurde ihm diese Preisgabe abgenommen: statt seiner gab sich Wagenseil preis. Er saß in seinen Stuhl zurückgelehnt, die Hände in den Hosentaschen, mit gesenktem Kopf da. Obwohl es hier in dem tiefgelegenen Raum bereits dämmerte, glaubte Bojan zu sehen, daß Wagenseils Lider anschwollen, seine Schläfenadern hervortraten, daß das ganze Gesicht gleichsam schwärzlich anlief. Er sprach schon mühsam: doch gerade diese Mühe schien ihn anzufeuern weiterzusprechen und – weiter trinkend – seines Rausches Herr zu bleiben.

»Wo war ich stehengeblieben? – Ja, ich weiß schon. Ich wollte also nicht mehr Priester werden. Aber ich wollte weiterstudieren. Es ging mir jetzt nur darum, meinen Freiplatz im Alumnat zu behalten.

Also hütete ich mich, etwas von meinem Entschluß zu verlauten. Ich verstellte mich, und die Verstellung wurde mir anfangs sauer. Dann kam ich auf eine Methode, wo sie mir – gleichsam – zum Sport wurde. Wenn ich schon meine Vorgesetzten täuschen mußte, dann sollte diese Täuschung auch vollkommen sein. Ich wurde zum perfekten Musterknaben. Manchmal ging ich so weit, daß ich selbst die Unterscheidung dafür verlor, was ich nun wirklich wollte. Aber das waren nur Anwandlungen. Ich verfolgte mein Ziel und kam darauf, daß ich es am besten verfolgen konnte, indem ich mir selbst den Rückzug abschnitt.

Das konnte ich nur in den Ferien besorgen – oder doch hauptsächlich nur in den Ferien. Ich war sechzehn, als ich das erstemal mit einer Frau zusammenkam, nicht so sehr, weil ich Lust auf sie hatte, das auch ... als weil ich mich gegen den Sittenkodex impfen wollte, der im Alumnat galt. Geschlechtsverkehr rangierte unter den allerschwersten Sünden, er war – sozusagen – nicht einmal denkbar. So zog ich etwas wie eine Mauer um mich, eine Mauer, von der ich annahm, daß sie halten würde.

Sie hielt auch. Erst nach der Matura ließ ich die Katze aus dem Sack. Die Sache kam bis vor den Bischof. Seine Eminenz konnten es nicht begreifen, wie das passieren konnte, wieso der langjährige Primus und Musterknabe plötzlich Fersengeld gab ...

Ich stellte meine Verteidigung auf das Argument, daß ich mich unwürdig fühlte – ein unübertreffliches, durch nichts zu widerlegendes Argument, und in gewisser Weise traf es sogar zu.

Sonderbarerweise ließ man mich trotzdem nicht ganz fallen. Ein Domherr zahlte mir einen Schnellsiedekurs, in dem ich zum Volksschullehrer ausgebildet wurde. Das war nicht, was ich wollte, doch das Beste, was ich noch zu erwarten hatte. Jetzt konnte ich doch wenigstens mein Brot verdienen.

Zwei Jahr zuvor war der Krieg zu Ende gegangen. Die Italiener saßen im Lande, der Eindruck war vernichtend. Tirol in zwei Teile zerrissen wie ein Blatt Papier. Der eine zu Österreich geschlagen, auf dem anderen begann sich das Königreich Italien mit seinen Texten einzuschreiben. Noch waren es einigermaßen erträgliche Texte.

Ich trat meine erste Stelle im Tauferer Tal an. Eine Gegend, in der der Mensch seine ganze Kraft zusammennehmen muß, um auszuhalten. Die Berge stürzen dort dreitausend Meter tief ab, das Tal – eine Schlucht, und die Hänge so steil, daß man nicht begreift, wie der Mensch darauf verfiel, sie zu besiedeln. Und trotzdem siedelt man dort, seit tausend Jahren und vielleicht noch länger, krallt sich fest, hungert und schindet sich ab. Jeder Hof ist eine von Feinden umgebene Festung, deren Besatzung sich durch Generationen erneuert, ohne jemals eine andere Ablösung zu erfahren als durch den Tod. So eine Gegend erzeugt einen ganz eigenen Menschenschlag, der nur davon lebt, daß er nichts kennt als sich selbst und seinen Zustand. Daß es draußen eine Welt gibt mit vielen Hektar großen Weizenfeldern, auf denen jede Ähre auch noch im schlechtesten Jahr fünfmal soviel trägt wie hier im besten, eine Welt ohne Lawinen, Muren, Bergstürze – das alles wird zwar vage gewußt, aber nicht recht geglaubt. Man tut einfach so, als sei es nicht wahr.

Ich kannte das alles schon aus meiner Heimat Proveis, und trotzdem war es hier für mich noch einmal etwas anderes. Ich war für mich allein, ohne Mutter, ohne Schwester, ohne Frau überhaupt. Ich glaube, es war meine beste Zeit. Ich wurde karg, ich spürte das deutlich, karg, dürftiger, aber auch härter und redlicher. Ich lernte Holzhacken und wie man Bäume schlägert. In Proveis hatte man mir nie körperliche Arbeit zugemutet – ich war ja das Hätschelkind, der künftige Priester. Jetzt ging ich mit den Bauern mähen und das Gras auf die Harpfen hängen, ich lernte auch das Blockfahren im Winter, die Almwirtschaft im Sommer. Und zum erstenmal in meinem Leben mußte ich nicht heucheln.

Aber nach zwei Jahren erreichte mich die Nachricht, daß ich nach Lajon sollte, aushilfsweise, wie es hieß. Der deutsche Lehrer war erkrankt.

Ich wußte sofort, daß, wenn ich jetzt ginge, ich für immer gehen würde – schon deshalb, weil ich nicht mehr die Kraft haben würde zurückzukehren. Ich kannte mich zu gut. Lajon war zu verlockend.

Sie kommen von dort, haben es also gesehen. Wahrscheinlich fanden Sie es ein ziemlich armseliges Nest, ein Gebirgsdorf wie jedes andere, ganz schön, doch – von verführerisch keine Spur. Ja, Ihnen fehlt der Vergleich. Neben dem Inneren Taufterertal ist es geradezu paradiesisch. Haben Sie nicht bemerkt –? gleich unterhalb der Ortschaft setzt südliche Vegetation ein, Edelkastanie, Nußbaum und Wein. Und wo der Wein gedeiht, da ist immer auch ein Hauch von luxuria und abundantia.« Wagenseil hob das Glas und lachte. »Gott Dionysos läßt seiner nicht spotten.«

Bojan griff nach seiner Pfeife. In ihm bohrte Ungeduld. Wenn der Mann so weitersprach und weitertrank, so würde er nie imstande sein, die Geschichte zu erzählen. Flüchtete er in den Rausch, um ihr zu entgehen – oder?

»Da war ich nun – in Lajon – und dachte mir gleich: Garten der Versuchung. Hier wird es dich erwischen, mein Lieber.

Zuerst wehrte ich mich dagegen und hatte die Idee weiterzumachen wie bisher: einsiedlerisch-puritanisch. Darum schlug ich auch alle Quartiere aus, die man mir anbot, und zog in eine kleine und ziemlich erbärmliche Hütte weiter draußen – zu einem alten Sonderling. Witzigerweise hieß er Mors, also Tod, das gefiel mir. Der Mann war Uhrmacher gewesen, von ihm habe ich auch den Kram geerbt, den Sie hier sehen: die einzige Erbschaft übrigens, die ich in meinem Leben gemacht habe. Der Alte wäre sehr unzufrieden mit mir, wenn er jetzt seine Uhren sähe, bei ihm gingen sie alle auf die Sekunde, das war sein ganzer Stolz. Bei mir laufen sie wie sie wollen, etliche gar nicht mehr. Ich verstehe nichts von den Werken, ich bin kein technischer Mensch.

Nun ja, was weiter? Meine Geschichte treibt auf den Punkt zu, wo Julia auftaucht.«

Bojan hob den Kopf. Seine Zähne bissen in das Mundstück der Pfeife.

»Die kleine Julia –«, fuhr Wagenseil fort und wippte auf seinem Stuhl, doch sein Blick war plötzlich hellwach und spähte scharf herüber. – »Es tut mir leid, Herr Bojan, aber hier ist sie nicht mehr zu umgehen. Vermutlich sind Sie ja nur hierhergekommen, um von ihr zu hören – und nicht der Uhren wegen, wie Sie zuerst sagten; eine Finte, die das Gespräch eröffnete, ich habe volles Verständnis dafür. Freilich: Sie hätten auch gleich sagen können: ich bin der und der, und meine Frau hat Ihren Buben bemuttert, solange bemuttert, bis sie ihn vor lauter quasi-mütterlicher Sorge in den Tod führte. Prost, Herr Bojan!«

Bojans Herz begann heftig und qualvoll zu schlagen. Ja, er wartete darauf, daß Wagenseil über Julia sprach, obwohl es ihm widerstand, diesen Menschen über sie sprechen zu hören. Er begriff, daß ihn der andere herausfordern wollte: Selbstpreisgabe und Herausforderung wechselten miteinander ab, um so schneller, als Wagenseils Rausch überhand nahm – und jetzt war Herausforderung an der Reihe.

»Julia also – unvermeidlich, nicht mehr zu übergehen. Ich habe Ihnen zwar eine Männergeschichte versprochen, Herr Bojan, aber ganz ohne Eros geht sie doch nicht ab, irgendwo kommt die Fratze zum Vorschein. Die Fratze, sage ich, meine ganz persönliche Meinung – hat nichts mit Julia zu tun – oder nur sehr wenig. Haben Sie keine Angst, Herr Bojan, Julia schneidet ehrenvoll ab, die pure Unschuld, das reinste Osterlämmchen ... Aber Sie wissen ja, wie das so geht mit den Osterlämmchen ... Sie können noch so weiß und herzig sein, das Messer ist auch für sie schon gewetzt.«

In Bojan stieg etwas Glühendes auf, er schluckte mühsam und endlich fragte er – und war dabei wütend, daß seine Stimme heiser und schwankend war: »Wie meinen Sie das? Was sollte das für ein – Messer gewesen sein?«

»Das Messer war – «, Wagenseil kniff die Lider zusammen und blickte Bojan scharf ins Gesicht, »daß Julia sich in mich verliebte.«

Bojan machte eine Bewegung: Abwehr. »War sie denn nicht noch ein Kind?«

»Ja, eben. Das war das Erstaunliche – und Schöne daran. Ich wette, sie wußte nicht einmal, was das Wort Liebe bedeutet. Trotzdem hat sie mich geliebt. Ich glaube, nie hat mich eine Frau mehr geliebt als Julia – damals als Kind. Ich hätte nur die Hand nach ihr auszustrecken brauchen ... Aber nein, ich streckte sie nicht aus – oder doch nur, um nach Ersatz zu greifen. Hedwig. Hedwig als Ersatz für Julia. So ging es an.«

Pfarrer Perwög war an diesem Nachmittag zu einer Nottaufe nach Mayregg gerufen worden. Das alte Herrschaftshaus beherbergte das Greisen- und Armenasyl von Lajon, doch der dazugehörige Hof, seit eh und je verpachtet, wurlte von Kindern, neun Stück. Jetzt war das zehnte angekommen. Die Hebamme hatte sagen lassen, es sei recht schwach, sofortige Taufe ratsam.

Pfarrer Perwög beeilte sich; das arme Würmchen sollte sein Sakrament haben, bevor es am Ende erlosch. Zugleich vermutete er, daß die Hebamme übertrieb – sie wollte vielleicht den Eltern ein richtiges Tauffest ersparen, eine vernünftige Frau ...

Perwög fuhr seinen kleinen blauen Fiat aus dem Hofschuppen. Wie jedesmal, wenn er seine Benzinkutsche herauszog, staunte er ein wenig über sich selbst. Hatte er's doch noch in seinen alten Tagen zu einem Wagen gebracht, sogar zu einem Führerschein! – Er fuhr gern und manchmal auch zu rasch, er wußte das und versuchte dann, sein Gewissen damit zu beschwichtigen, daß er seine Hupe vor jeder Kurve heulen ließ.

Er lenkte soeben aus dem Hof, da fiel ihm Julia ein, Frau Julia – wie hieß sie denn jetzt bloß? –, die zurückgekehrt war und im Grünen Baum wohnte und die doch sicherlich auch einmal nach Mayregg hinauswollte und der es vielleicht gut tat, wenn sie diesen Weg nicht alleine ging.

Perwög hielt noch einmal an, stieg aus und lief ins Haus, um zu telephonieren.

Nach beendetem Gespräch behielt Julia die Muschel in der Hand. Sie brauchte eine Weile, um sich zu sammeln. Ach so – der Pfarrer – er forderte sie auf – wie freundlich – sie mußte dankbar sein. Und doch: Nicht Jürgen hatte angerufen. Wie war sie auf den Gedanken verfallen, daß Jürgen –? Unsinn, Julia, nimm dich zusammen.

Sie hängte ein und verließ die Zelle. Also Mayregg. In Perwögs Wagen. Eigentlich wäre sie lieber zu Fuß gegangen.

Fünf Minuten später kurvte sie in Perwögs kleinem Fiat an der Gemischtwarenhandlung vorbei: Sale e tabacchi. Sie lächelte unbewußt vor sich hin.

»Sie sehen heute schon besser aus, July«, sagte der Pfarrer. »Unsere Tiroler Bergluft tut Ihnen gut, wie?«

»Sicher«, sagte Julia.

»Aber heute kommt noch ein Wetter. Es zieht schon seit der Frühe herum. Hoffentlich geht es schnell vorbei. Wir brauchen morgen blauen Himmel: Fronleichnam.«

»Ach«, sagte Julia.

»Noch heute abend sollten die Altäre aufgebaut sein, vier Altäre – Sie wissen doch noch, July?«

»Ja, das weiß ich noch.«

Der kleine Wagen holpert über einen Hohlweg. »Wir sind

gleich da«, sagt der Pfarrer. »Erschrecken Sie nicht – das Haus sieht nicht gerade schön aus. Und der Garten ist ganz verkommen. Ich gehe zuerst zu den Pächtersleuten. Aber nachher sehen wir uns alles gemeinsam an.«

»Danke, Hochwürden.«

Der Wagen hält vor dem Hof. Der Pfarrer geht hinein. Julia wendet sich dem Herrenhaus zu.

Neun Kinder. Nun das zehnte – Mitleidig beugt sich der Pfarrer über das zwetschgenblaue und verschrumpelte Wesen, das da vor ihm in den rotgewürfelten Polstern liegt, geballte Fäustchen, zugekniffene Lider, das ganze winzige Menschlein ein einziger mürrischer Protest gegen die Zumutung, sich auf diese Welt einzulassen. – Na, warte nur, Bübl: In fünf Monaten krähst du schon vor Vergnügen und strampelst mit Armen und Beinen eben nach dieser selben Welt, und deine Mutter, die jetzt vielleicht noch ganz froh wäre, wenn du dich sachte davonmachtest (»O mei, Hochwürden, a Kindl – dös isch dechtersch ollemol a Heiwagen voll Orbet«), würde sich lieber in Stücke reißen lassen, als dich herzugeben.

Die Taufe ist vollzogen, der Got hat geantwortet, die Hebamme hat ihm souffliert (»Begehrst du den Glauben?« – »Ja, ich begehre ihn.« – »Widersagst du dem Teufel und seiner Pracht?« – »Ich widersage.«) – nun heißt es noch der Wöchnerin den Segen spenden, auch der versammelten Geschwisterschar ein Weihbrunnkreuzl und dem Vater, der verlegen abseits steht, ein geflüstertes Mahnwort (»Jetzt hast aber die Stuben voll, Ignaz, ich mein, es ist genug, mußt doch denken, was du der Frau aufladen tust damit, eine brave Frau, Ignaz, sei gut zu ihr, sie braucht's«), und dann noch schnell einen Tausend-Lire-Schein dem ältesten Dirndl in die Hand gesteckt (»Verschlecks nicht, hörst, kauf der Mutter was davon!«), dann ist der Pfarrer draußen und sucht nach Julia.

Julia hat nicht das Herz gehabt, in das alte Herrenhaus von Mayregg einzutreten. Es ist mit alten Leuten vollgestopft, Alten, Siechen, Kranken; schon haben sie die fremde Besucherin bemerkt, hinter allen Fenstern erscheinen verrunzelte Gesichter und spähen neugierig auf sie herab. Aus einer offenen Luke scheppert ein Radio Jazzmusik.

Julia drückt sich an der Toreinfahrt vorbei in den Garten.

Dort drüben steht das alte Waschhaus.

Eine halbe Stunde später taucht Perwög auf. »Da sind Sie ja, July.«

»Schon fertig, Herr Pfarrer? Und – wie war's? Ist das Kleine wirklich so schwach?«

»Ich denk, es wird ein tüchtiger Bub.«

»Das zehnte – nicht wahr? Du lieber Gott!«

»Ja, July. Das gibt es hier noch, zehn Kinder, auch mehr. Und nicht immer hab ich meine Freude dran.«

»Kann ich mir denken.«

»Eines Tages wird das auch hierzulande zu Ende sein. Die jungen Leute sind schon anders eingestellt. Es zieht etwas Neues herauf. Man nennt das geplantes Leben, Eigenverantwortlichkeit – oder wie immer. Ich denke oft, wie das wohl werden wird: der Mensch als Herr der Natur, auch als sein eigener Herr ... Das kommt, ist nicht mehr aufzuhalten und vielleicht liegt es sogar in Gottes Plan.«

Julia nickt. »Vielleicht.«

»Die Kirche«, fährt Pfarrer Perwög fort, »geht einer schweren Zeit entgegen. Sie wird sich entscheiden müssen, ob sie den neuen Menschen annehmen will oder nicht, diesen planenden, eigenverantwortlichen Menschen, den sie bis jetzt verdammt oder – wenn nicht verdammt – so doch abgelehnt hat. Sie wird lernen müssen, auf seine Gründe zu hören; nicht so, daß sie diese Gründe von vorneherein annimmt, das ist unmöglich, aber so, daß sie ihr Herz auftut und mitleidet, wo die Welt leidet, und sich mit anstrengt, wo sich die Welt anstrengt. Ich glaube, das wäre ein Weg.«

Und dann – nach einer Pause: »Ja, July, was ich sagen wollte ... ich habe gestern abend und heute nacht lange über Sie nachgedacht, über Sie und alles andere und auch darüber, was Ihnen und Ihrem Mann vorgestern geschehen ist. Die Pulvermühle – Ich glaube, ich habe Ihnen geraten, nicht mehr daran zu denken. Aber das war ein falscher Rat. Ich glaube jetzt eher: Sie müssen hindurchgehen durch dieses ... Unbegreifliche, auch wenn es Sie noch so sehr beunruhigt.«

»Beunruhigt?« wiederholte Julia. Sie war stehengeblieben und zupfte an einem abgerissenen Blatt herum. »Sie sagen: beunruhigt, Herr Pfarrer. Aber – ich – es klingt wohl merkwürdig – und doch – So tief beunruhigt bin ich gar nicht mehr. Nein. Es ist mir heute etwas begegnet – das hat manches für mich verändert, so daß mir vorkommt – « Sie verstummte.

»Nun?«

» – daß ich wieder angenommen bin.«

»Angenommen – von wem?«

»Das weiß ich nicht.« Julia setzte sich wieder in Bewegung. »Einfach angenommen. Sie wissen doch, Herr Pfarrer, es ist das Schlimmste – zu denken, daß das eigene Leben sinnlos verlaufen ist.«

»Aber, July –«

»Ja, sinnlos, Herr Pfarrer. Und das mußte ich doch denken, nachdem meine Ehe zerfiel. Gestern ist mein Mann weggefahren. Wir haben uns nicht gerade im Guten getrennt. Ich darf mir gar nicht vorstellen, in welchem Zustand er diese Reise antrat – er ist viel übler daran als ich; ihn hat das alles hier wie aus dem Hinterhalt überfallen, während ich, ich bin doch nur in das Meine zurückgekehrt.«

»Haben Sie sich ihm denn nie anvertraut?«

»Nie.«

»Das war nicht recht von Ihnen, July.«

»Nein, das war nicht recht. Wir haben nebeneinander hergelebt, weil keines von uns beiden ahnte, wie sehr es auf das andere angewiesen ist.«

»Und jetzt?« fragte Pfarrer Perwög. »Ist es denn wirklich zu spät?«

»Ja«, sagte Julia. »Zu spät. Mein Mann hat sich für die Trennung entschieden. Was bleibt mir übrig, als diese Entscheidung zu respektieren? Verstehen Sie, Herr Pfarrer, das ist das einzige, was ich jetzt noch für ihn tun kann: Respekt haben vor seiner Entscheidung.«

»Sie lieben ihn, Julia.«

Julia sah weg. Dann sagte sie nach einer Weile leise: »Ja, wahrscheinlich. Wahrscheinlich lerne ich erst jetzt, was Liebe sein kann. Aber ist das nicht auch ein Geschenk?«

»Ein großes sogar. – Nun darf ich Ihnen auch eine Frage stellen: Von wem kann es Ihnen geschenkt worden sein?«

»Ach, Herr Pfarrer«, erwiderte Julia heftig. »Denken Sie etwa, ich wüßte das nicht –?«

Nun standen sie wieder vor dem alten Waschhaus: Geborstenes Gemäuer, das morsche Schindeldach war eingesunken, aber von hinten her kletterte ein verwilderter Rosenstock um die Ecke, er stand voll Knospen. Julia streckte die Hand nach einer Ranke aus.

Und plötzlich kam ihr ein Einfall (er kam zu jäh, zu unvermittelt, um nicht *zu* jäh, zu kühn, um nicht nur Ein*fall*, sondern

Entschluß und mehr als nur ein rasch aufleuchtendes, wieder verflatterndes Wunschbild zu sein), aber schon sprach sie es aus, die Worte drängten sich ihr wie von selbst auf die Lippen: »Ich möchte einmal Ordnung machen in meinem Leben. Ja, Hochwürden. Am liebsten käme ich zu Ihnen beichten.«

Beichten, hört der alte Pfarrer, *beichten* – und er macht beinahe einen Luftsprung vor Freude.

In diesem Augenblick zuckt der erste Blitz aus dem gewittrigen Himmel. Dann bricht der Donner los, ein ungeheures Getöse, das die Räume erschüttert.

Endlich hatte Herr Federspiel erfahren, wohin Julia so plötzlich verschwunden war – die Kellnerin hatte es ihm gesteckt: Frau Bojan sei vom Herrn Pfarrer abgeholt worden.

Ei ei, so so; schon wieder der Pfarrer, der ihm, Federspiel, in die Quere kam. Höchst seltsam, dieser Umgang, höchst seltsam – für beide Seiten. Herr Federspiel rümpfte innerlich die Nase, sowohl was Julia als auch was Perwög betraf. Was konnte sie schon mit dem Dorfpfarrer anfangen, die smarte Dame aus dem deutschen Chicago, Großstadtkind, mondän und mit allen Wassern gewaschen? Was konnte *ihr* ein simpler Dorfpfarrer zu sagen haben? Andererseits – Perwög, der biedere Mann, hoffte er vielleicht in ihr ein frommes Schäfchen zu finden? Die Dame lebte in Scheidung – und ihre Vergangenheit, ziemlich bewegt und verwickelt –, er, Federspiel hätte dem Pfarrer ein Licht darüber aufstecken können.

So räsonnierte er, ironisch, wie er glaubte, in Wirklichkeit nur eifersüchtig und tief gekränkt, nahm gegen beide Partei und haderte mit beiden. Und schließlich hielt er es nicht mehr auf seinem Bänkchen aus und verließ den Wirtshausgarten.

Die Straße war leer, außer Herrn Federspiel schien niemand unterwegs. Nur eine Frau war – hinter einem Gartenzaun – damit beschäftigt, ihre aufgehängte Wäsche von der Leine zu nehmen, sie tat es ziemlich hastig. Ihre Eile hätte Herrn Federspiel warnen können, doch er sah nicht hin.

Eine schwarze Katze schnürte ihm über den Weg und verschwand in einem Loch. Alle Vögel waren verstummt, kein Blatt zitterte an den Bäumen.

Herr Federspiel erstieg den Kirchenhügel. Da war das Widum – er musterte die Reihen der kleinen blanken, mit Blumentöpfen besetzten Fenster. Sie schienen ihn spöttisch anzufunkeln.

Er bog vom Weg und in ein schmales Pfädlein ein, das unterhalb der Friedhofsmauer durch den grasigen Hang lief. Es endete beim Karner, der Totenkapelle, die hier aus der Mauer vorsprang. Neben dem Pförtchen war eine Bank aufgestellt.

Herr Federspiel wedelte sie mit seinem Taschentuch ab. Dann ließ er sich nieder. Der Himmel war noch einmal dunkler geworden, Herr Federspiel kümmerte sich nicht darum.

Die Zeit verging. War er schließlich eingenickt? Ein heftiger Knall ließ ihn auffahren, gleich darauf rumpelte der Donner los und erfüllte den Raum mit Gepolter und lange nachschauerndem Echo. Dann ein neuer Knall, blauweißes Licht, fürchterlich nah. Herr Federspiel flüchtete in die Kapelle.

Als Perwög und Julia zum Auto liefen, fielen schon die ersten Tropfen. Ehe noch der Pfarrer den Schlüssel aus seiner Tasche hervorwühlen und öffnen konnte, begann es schon zu schütten. Der kleine Wagen erzitterte unter dem Anprall einer Böe.

Perwög und Julia schlugen die Türen hinter sich zu und trockneten lachend ihre Gesichter. »Das war aber knapp.«

»Hoffentlich kommt kein Hagel.«

»Sieht nicht so aus.«

Perwög ließ den Motor an. Das Wasser strömte wie aus Kübeln gegossen über die Windschutzscheibe. Die Wischer klappten hin und her.

»Wollen wir das Wetter abwarten oder nach Hause fahren?«

»Nach Hause«, bat Julia, »wenn es geht.«

Die Blitze zuckten dicht hintereinander.

»Haben Sie keine Angst?« fragte der Pfarrer.

»Nein«, sagte Julia. »In einem Auto kann ja nichts passieren, selbst wenn es einschlüge –«

»Wirklich?«

»Mein Mann hat es mir einmal erklärt, als wir bei einem Gewitter unterwegs waren. Da *hatte* ich nämlich Angst.«

Tapfer kämpft sich der kleine Fiat den steilen Hohlweg hinauf. Jetzt läuft die Straße eben durch die Mähder.

»Nun, July«, sagt der Pfarrer.

Die Frau weiß sofort, was er meint. Die Beichte. Hat sie nicht selbst davon begonnen?

»Ich freue mich«, sagt der Pfarrer. »Sie können sich nicht denken, wie sehr ich mich freue.«

Julia preßt die Lippen zusammen. Sie denkt: Nun ist es geschehen.

»Ich möchte mir Zeit nehmen«, fährt der Pfarrer fort, »viel

Zeit, damit wir in aller Ruhe ... heute geht es schlecht. Aber morgen nachmittag – wann wird es Ihnen passen: um zwei, um drei? Ich warte auf Sie in der Kirche, in der Sakristei. Sie brauchen sich keine Sorgen machen, July, bestimmt nicht, auch wenn es schon sehr lange her ist seit dem letzten Mal. Ich werde Ihnen helfen, so gut ich kann, Sie wissen ja gar nicht, July, wie ich mich freue.«

Der Mesner von Lajon, Witwer, also unbeweibt, ist soeben dabei, seinen Festtagsanzug selbst zu bügeln. Eine saure Arbeit für ein Mannsbild. Aber sie muß getan sein. Er kann doch morgen nicht wie ein Fetzenpepi der Prozession vorausgehen.

Plötzlich gibt es ihm einen Ruck. Die Stube ist flammend hell. Tuifl, Tuifl, er muß ja Wetterläuten!

Er reißt das Bügeleisen von der dampfenden Hose und den Hut vom Nagel. Während er zur Kirche hinaufläuft, beginnt schon der Regen zu prasseln. Im Turm stellt er das Läutewerk an und läßt es eine Weile bimmeln. Dann klappt er den Kragen hoch, duckt sich unter dem Guß und will zurück in seine Mesnerwohnung. Da bemerkt er, daß die Tür zum Karner offensteht. Tuifl, Tuifl, da waren sicher wieder so Malefizbuben drinnen, treiben doch immer wieder Unfug mit Totenschädeln und -beinern. Und obwohl ihm das Wasser schon in das Hemd läuft, schlägt er noch einen Haken, springt hin und schlägt die Tür zu.

Herr Federspiel fährt auf. Was war das? Wer hat die Tür zugeworfen und dann ... Er will es nicht glauben, das kann doch nicht sein, aber dem dröhnenden Ins-Schloß-Fallen war noch ein Rassellaut gefolgt, ein widerwärtig knirschendes Kratzen, metallisch, als wäre von draußen ein Schlüssel umgedreht worden. Im Karner eingeschlossen ... Herr Federspiel weigert sich, daran zu glauben.

Trotzdem eilt er zur Tür.

Wirklich: Sie ist versperrt.

Herr Federspiel beginnt an der Klinke zu rütteln. Das ist vergeblich, wie er weiß. Vergeblich auch, daß er mit Fäusten trommelt, ruft, wieder ruft und schließlich sogar mit dem Fuß gegen die Tür stößt. Der sie verschlossen hat, ist längst davon. Niemand hört ihn. Der Donner rollt. Der Sturm braust. Vor dem kleinen hochsitzenden Fenster an der Seitenwand zucken flammende Helligkeiten.

Herr Federspiel läßt die Klinke fahren. Er sucht sich zu fassen. Ja, er ist eingeschlossen. Pech. Pech nach anderem Pech. Herr Federspiel fühlt sich von einer langen Pechsträhne erfaßt und in ein Meer scheußlicher Schwärze eingetaucht. Trotzdem bemüht er sich, seine Gedanken zu ordnen und seine Lage zu überlegen.

Der Karner ist zweistöckig. Er, Federspiel, befindet sich im unteren Stockwerk, sozusagen in der Krypta. Der Oberstock öffnet sich zum Friedhof und wird als Leichenkapelle benützt, dieses Kellergewölbe aber – kaum belichtetes dumpfes Loch (ellendicke Mauern und die Tür von unverschämter Solidität, gegen die nicht einmal ein mit einem Beil bewaffneter Berserker ankommen könnte) – diese Moderhöhle wird offenkundig zu nichts mehr gebraucht, außer – Federspiel wirft einen scheuen Blick über die Achsel zurück: Was ist dort hinten? Er hat's gesehen, als er hereinkam, aber es scherte ihn nicht, die Tür stand ja offen, jetzt ist sie zu, versperrt, versperrt, und hinten in der Nische, auf Brettern aufgeschichtet, wie in Regalen verstaut: ein Schädel neben dem anderen, beinweiß und gelblich. Der Karner.

Der Karner – letzte Station der armen Reste, die in der Erde nicht zerfielen, die sich nicht auflösten in Staub und dennoch heraus mußten aus den schmalen Gruben, um anderen Toten Platz zu machen; Ausquartierte, Obdachlosgewordene, denn der Friedhof ist zu eng, um alle zu fassen.

Herr Federspiel beginnt schwer zu atmen. Jetzt erst glaubt er den süßlichen Gestank zu spüren, der in der Luft schwebt. Ihn fröstelt. Er knöpft seinen Rock zu, er tastet unter seine Weste: sein Herz! Wenn jetzt ein Anfall käme?!

Ruhig Blut, redet er sich selbst zu, nur ruhig Blut! Das Gewitter geht vorüber, hörst du, schon haben die Donnerschläge nachgelassen, schon trommelt der Regen nicht mehr so stark, schon zwinkern nur mehr einzelne Blitze. Dann wird jemand des Weges kommen und, wenn der Karner auch abseits des Weges liegt, du wirst die Schritte hören, dann kannst du rufen, klopfen, rufen, rufen ...

Doch plötzlich ist Herr Federspiel wieder an der Tür, obwohl es draußen noch immer prasselt und der nachhallende Donner seine Stimme verschlingen muß, rüttelt er, schlägt mit Fäusten und schreit ...

Über Glurns brach die Nacht ruhig herein, kein Gewitter, kein Sturm, nicht einmal ein sanfter Sommerregen. Zwar hat sich der Himmel auch hier bedeckt, aber der Obere Vintschgau, diese tiefe Rinne zwischen dem Ortlermassiv und den Ötztaler Alpen, ist arm an Niederschlägen. Die hohen Gipfelgrate im Norden und Süden saugen die Wolken an sich oder kämmen sie ab. Dafür weht der Wind, unaufhörlich der Wind über die Malser Heide.

In Wagenseils Stube hatte sich die grüne Dämmerung längst zur Dunkelheit verdichtet. Eine Weile sprach er noch in der Finsternis weiter, bis er sich endlich bequemte, doch ein Licht zu bringen, eine alte Tischlampe, Blechschirm und Holzfuß. Die Birne war schwach. Der trübe Kegel Helligkeit beschien das zerschundene Wachstuch, den Rücken des Lexikons mit seinen verblichenen Goldlettern, Flasche, Gläser und Aschenschale. Über ihr klopfte Jürgen seine Pfeife aus.

»Und nun«, fragte er, »was war es also mit Hedwig?«

Wagenseil antwortete nicht sogleich, er ritt jetzt eine mürrische Tour. »Was soll's schon mit Hedwig gewesen sein? Sie haben es ja in der Zeitung gelesen, Herr Bojan: die alltäglichste Geschichte. Eine junge Frau, ein älterer Mann, da kann der Dritte nicht fehlen – klassisches Dreieck. Naturgesetz – wenn man bestimmten Leuten glauben will, Komödienschreibern, Novellisten, die halbe Literatur schmarotzt davon. – Soll ich mich jetzt vor Ihnen brüsten, Bojan: Ja, Hedwig war toll nach mir –? Wenn ein Mann von seinen Eroberungen erzählt, klingt das doch allemal nach Gockelschrei: triumphierendes Kikeriki vom Mist. – Zum Kotzen.«

Durch Bojan zuckte schmerzliche Wut. Aber von Julia, dachte er, hast du es doch erzählt. »Schießen Sie los«, sagte er, »und genieren Sie sich nicht. Auch Hedwig hat Sie geliebt. So war es doch, oder –?«

»Ja, es war. Aber – der Teufel hole dieses ganze Geschwätz über Liebe. Oder glauben Sie etwa an Liebe – Liebe«, Wagenseils Stimme erhob sich, »als Bewegung von Mensch zu Mensch, von *diesem* Menschen zu *jenem* als zu etwas Nicht-Auswechselbarem? Pah! Der Zufall mischt die Elemente, der Zufall bringt die Leute zusammen und würfelt, wer nun geliebt wird und wer nicht. Die sogenannte Liebe ist ein Zustand, der längst eingetreten ist, ehe der sogenannte Geliebte auf der Bildfläche erscheint, ein psychophysischer Zustand: Ungenügen an der eigenen Person, am täglichen Leben, vielleicht an der ganzen Welt. Aber weil diesem Ungenügen nichts genügen kann und weil der Mensch das ahnt und darüber verzweifelt, so kapituliert er – und verliebt sich in einen anderen.

So war es auch bei Hedwig und mir. Sie lief mir über den Weg, als ich es satt hatte, nur mit – mit meinen Phantasien zu leben. Ich lief ihr über den Weg, als sie nicht ein noch aus wußte mit ihrem Lebandowski und dem, was auf sie zukam in dieser Ehe. – Und überdies war Julia da.«

»Julia?«

»Julia ging bei mir zur Schule. So hat sie uns zusammengebracht, Hedwig und mich. Julia, die ihrerseits – ich sagte es Ihnen schon – in aller Unschuld ... sie war das Bindeglied, sie war die Brücke. Von ihr ging die Initialzündung aus, von ihren elbischen Augen.«

Elbische Augen, dachte Bojan, was heißt das wieder? Mir wäre nie eingefallen, daß an Julia etwas Elbisches sein könnte ... elbisch, das heißt doch: naturhaft, irrlichternd, ins Dickicht lockend. Ah, wenn mich etwas an Julia störte, dann war's, daß sie zu wenig naturhaft, zu ernst, zu schwer, zu – menschlich war. Nun sagt er: elbisch – »ihre elbischen Augen« –, vielleicht ist das doch nicht so falsch, vielleicht habe ich das nur nie entdeckt. Julia elbisch – geheimnisvoll ... darum die Pulvermühle ...

Bojan mußte sich zusammenreißen, um zu dem zurückzufinden, was Wagenseil erzählte, irgend etwas von Hedwig, Lebandowski, Pferden ... »Als ich sie kennenlernte, war sie schon verlobt. Täglich ritt er aus der Raschötz hinauf nach Mayregg. Ich sah ihn oft auf seinem schlanken Vollblut – er war ein Pferdenarr. Das imponierte Hedwig auch: Der Reiter ist immer eine Figur, die Frauen Eindruck macht. In Mayregg hielten sie keine Pferde mehr. Er versprach Hedwig, auch sie sollte reiten lernen. Damit hat er sie eingefangen und nicht, wie es hieß, mit dem Geld, das er der alten Infeld lieh. Ich weiß es.

Hedwig war ganz wild darauf, in den Sattel zu kommen. Aber schon nach den ersten Malen begann Lebandowski zu quengeln: Sie verderbe ihm die Gäule, mache sie bockig, lehre sie auf den Zügel bohren und so fort. Dann war es aus. Hedwig durfte nicht mehr reiten. Sie kam sich betrogen vor, um viel mehr betrogen als nur um ein Vergnügen. Ich glaube, das war der erste Fehler, den Lebandowski an Hedwig beging.

Der zweite: daß er Mayregg kaufte – den alten Kasten, der nichts wert war. Hedwig kam sich verschachert vor.

So ging sie in ihre Ehe.

Dabei – (nun sag ich es doch) dabei liebte sie mich.

Ein anderer an meiner Stelle hätte vielleicht den Mut gefunden, ihr zu sagen: Laß den Polacken laufen. Geh mit mir durch. Ich aber: nein. Ich ließ sie heiraten, ich schaute zu, wie sie sich fressen ließ von ihrem Unglück wie das Kaninchen von der Schlange.«

»Und warum – schauten Sie nur zu?«

»Ja, warum? Ich könnte Ihnen eine Menge Gründe nennen, einleuchtende Gründe. Zum Beispiel: Ich war ein armer Schlukker, hatte nichts, wohin sollte ich Hedwig bringen, etwa zu meiner Mutter nach Proveis, die selbst am Hungertuch nagte? Nein. Das alles waren meine Gründe nicht.«

»Sondern –?«

Wagenseil sah Bojan an. Dann sagte er: »Auch hier war Julia im Spiel.«

Schon wieder Julia, dachte Bojan; doch Wagenseil fuhr rasch fort: »Nun war es also geschehen: Hedwig war Lebandowskis Frau. Es ging sofort sehr schlecht mir ihnen. Schon auf der Hochzeitsreise kam es zu Szenen – Ich habe sie mir nie genau beschreiben lassen, ich wollte das nicht, es war mir widerwärtig zu erfahren, was einen anderen zur Verzweiflung brachte. Und Lebandowski *war* verzweifelt.«

»Und Hedwig?«

»Sie auch. Sicherlich. Aber die Natur der Frau ist geschmeidiger. Sie verträgt Verletzung – wie eine Pflanze. Der abgerissene Ast wächst nach, sogar der Stumpf treibt noch. Bei einem Mann ist das anders. Er leidet tiefer als die Frau. Eine schlechte Ehe spaltet ihn im Kern.«

Das ist wahr, dachte Bojan, ja, das ist wahr: im Kern.

Und wieder mußte er sich zusammennehmen, um Wagenseil zu folgen. Dann fragte er: »Was war er eigentlich für ein Mensch, dieser Lebandowski?«

Wagenseil antwortete nicht sofort! Er saß, die Ellenbogen aufgestützt, in sich zusammengekrochen da und rückte nur sein Glas auf dem Tisch herum, scheinbar im Augenblick mit nichts anderem beschäftigt, als es in das richtige Quadrat des Wachstuchmusters zu plazieren. »Ja, was war er für ein Mensch?«

wiederholte er Bojans Frage. »Sie werden sich vielleicht wundern, wenn ich Ihnen sage: Ich habe ihn nicht ungern gemocht.«

»Ach?!«

»Nicht ungern gemocht, zeitweise mindestens oder – um mich präziser auszudrücken – anfallsweise. Denn die Sympathie für ihn fiel mich an, ich wollte sie nicht und konnte mich ihrer doch nicht erwehren. Sicher war Mitleid im Spiel, das schäbige Mitleid des Betrügers mit dem Betrogenen, ein – im Grunde – niederträchtiges Gefühl.«

Bojan runzelte die Brauen, aber Wagenseil fuhr schon fort:

»Und darüber hinaus: Parteinahme für jemanden, den keiner mochte. Weil alle über ihn schimpften, schwieg ich. Weil ihn alle widerwärtig fanden, suchte ich nach Gründen, ihn weniger widerwärtig zu finden. – Und schließlich trug er mir ja seine Freundschaft an.«

»Freundschaft!« rief Bojan entsetzt. »Und Sie – Sie haben diese Freundschaft angenommen?«

Wagenseil lächelte. »Mir blieb nicht viel anderes übrig. Er drängte sich mir auf, er hatte eine Art, sich aufzudrängen, die in gewisser Weise unwiderstehlich war. Anfangs freilich ging ich ihm aus dem Weg. Ich wußte ja nie, was er schon wußte – von Hedwig und mir, obwohl mir Hedwig immer schwor, er sei ganz ahnungslos. Und er war es ja auch: ahnungslos.«

»Tatsächlich?«

»Tatsächlich. Obwohl jedermann in der ganzen Gegend Bescheid wußte, obwohl die Wahrheit mit Händen zu greifen war – er sah sie nicht, er wollte sie nicht sehen. Er hielt sie für unmöglich, sie wäre ihm zu unerträglich gewesen: er, Lebandowski, zum Hahnrei gemacht. So stellte er sich blind.«

»Armer Teufel«, murmelte Bojan.

»Armer Teufel? Nun ja – wie man's nimmt. So behielt er wenigstens sein Idol, denn Hedwig *war* sein Idol, trotz allem. Er hat sie bewundert und angebetet – als das kostbarste Stück, das er sich je erobert hat, er war so stolz auf sie, obwohl er schlecht mit ihr umging, sie quälte, piesackte und jeden Schmarren zum Anlaß nahm, um mit ihr herumzuschreien. In Wirklichkeit waren alle diese Sekkaturen nur Versuche, an sie heranzukommen, und je weniger er sie erreichte, um so verzweifelter schlug er um sich, am liebsten führte er öffentliche Szenen auf, wenn Gäste geladen waren oder wenn sie ausgingen. Es war manchmal nicht mehr anzusehen. Aber – an Hedwigs Tugend zweifeln? Nein.

Sie war für ihn das Mädchen aus guter Familie, das Blümchen Rührmichnichtan. Katholisch erzogen, in einer Klosterschule! Er setzte, von seiner Trauung abgesehen, nie den Fuß in eine Kirche. Aber zu denken, daß eine Frau, die jeden Sonntag zur Messe ging, die ein goldenes Kreuzchen am Halse trug ...? Nie.

Er verließ sich felsenfest auf Hedwigs Herkunft und Erziehung. Obwohl er bei jeder Gelegenheit über die Pfaffen spottete und sich lustig machte über Tradition, Standesdünkel und so weiter, da versagte seine Skepsis, da war er romantisch. Da waren die Grenzen seiner Vernünftelei.

Aber das lag wieder an seiner eigenen Herkunft –

Vielleicht sollte ich Ihnen auch davon etwas erzählen, obwohl ich selbst nicht allzuviel Genaues davon weiß. Das meiste mußte ich mir zusammenreimen aus dem, was Lebandowski schwatzte, wenn er getrunken hatte, *nur* wenn er getrunken hatte, denn sonst hielt er ziemlich dicht oder erging sich in Aufschneiderei. Aber der Cognac – er trank immer nur Cognac – entriß ihm manchmal etwas von dem, woraus seine Jugend und Kindheit bestanden hatte: schwarzes Elend – und funkelnde Knöpfe.«

»Knöpfe?« fragte Bojan.

Wagenseil überging die Frage.

»Sie kamen aus Polen, diese Lebandowskis, aus Galizisch-Polen – ich glaube: Neu-Sandez hieß das Nest –, kamen nach Wien, um dort ihr Glück zu machen. Der Alte begann als Lampenputzer in der Wieden, die Frau, die offenkundig die hellere war, trat in ein Knopfgeschäft ein – als Verkäuferin. Zum Glück war Franz Joseph ihr einziges Kind. Die Familie hatte sechs Jahre lang keine eigene Wohnung, sie schliefen als Bettgeher – mal da, mal dort. Dafür legten sie jeden verdienten Kreuzer zusammen, um sich später einmal – leuchtendes Fernziel – den Laden kaufen zu können, in dem die Frau arbeitete und in dem ihr Franz Joseph half.

Franz Joseph – auf ihn setzten die beiden alten Lebandowskis vermutlich ihre ganze Hoffnung. Sie hatten ihn auf den Namen des regierenden Kaisers taufen lassen, sie schickten ihn dann auch auf eine höhere Schule. Aber eine eigene Wohnung? Nein. Das hielten sie wohl für eine Verschwendung. Wenn der Junge aus der Schule kam, mußte er sich hinten zwischen den Knopfschachteln verkriechen, um seine Aufgaben hinzukritzeln. Und wenn er fertig war, bediente er die Kundschaft.

Ich kann's mir vorstellen, wie es dabei zuging, man kennt das doch: Einkauf des Zubehörs. Je winziger die Ware, desto heikler der Kunde, desto unverschämter, wenn das Richtige nicht gleich zur Hand ist ... Wegen eines Knopfes wird der ganze Laden durchstöbert, hundert Schachteln auf die Budel, noch eine, noch eine, noch eine ... vielleicht in der letzten dort oben – auf dem höchsten Regal, schieb die Leiter, steig rauf, steig runter, nein, auch da nichts – und so den ganzen Tag.

Man möchte meinen: Ein junger Mensch müßte den ganzen Kram verfluchen, hinhauen und davongehn.

Nicht Franz Joseph. Für ihn waren die Knöpfe – etwas Heiliges. Sakrosankt durch ihre Bestimmung, irgendwann einmal auf Blusen, Kleidern, Fräcken und Monturen zu landen, auf Samt, Seide, englischem Kammgarn, an schönen Damen und Herren der Gesellschaft. Er vergaffte sich in die Knöpfe. Er spielte mit ihnen, solange er ein Kind war; er hatte nie ein anderes Spielzeug gehabt.

Und später träumte er davon, daß auch er einmal in die Welt der glänzenden Knöpfe kommen würde.

All dieser Plunder aus Perlmutt, Glas, Jet und Straß faszinierte ihn, und am meisten die schönen blanken gelben Messingknöpfe für die Uniformen.

Sie waren, glaube ich, der Grund dafür, daß er zum Militär ging und Offizier wurde.«

»Du liebe Zeit!« sagte Bojan. »Ist das auch ein Grund?«

Wagenseil nickte. »Auch ein Grund. Vielleicht noch nicht einmal der schlechteste. Ich weiß nicht –, aber mir kommt immer vor, daß gerade unsere fundamentalsten Entschlüsse von Gründen gelenkt werden, von denen niemand vermutet, sie könnten irgendeinen Ausschlag geben. Ich wurde Lehrer. Warum Lehrer? Weil mir ein Domherr die Ausbildung bezahlte und ich nicht wagte, sein Angebot auszuschlagen. Und Sie haben sich einen Kunstladen angeschafft. Warum einen Kunstladen? Sie werden mir vielleicht hundert Gründe nennen können, aber wenn Sie ehrlich sind, werden Sie sich zugeben, daß gerade der allerunsinnigste Grund der wahre Grund war.«

»Möglicherweise«, erwiderte Bojan. »Jedenfalls habe ich meine Wahl noch nie bereut.«

»Um so besser«, sagte Wagenseil, »auch für Julia.« Er schenkte sich wieder ein. »Prost, Herr Bojan, auf Ihre Frau.«

Jürgen reagierte nicht. Es entstand eine Pause. Dann: »Sie wollten von Lebandowski erzählen –.«

»Richtig.« Wagenseil begann auf seinem Stuhl zu wippen.

»Franz Joseph – in seinen späteren Jahren Seffo genannt, als ›Franz Joseph‹ nicht mehr en vogue war ... Er war nun Leutnant geworden, der Sohn der Knopfmadame und des Lampenputzers von der Wieden, und trug des Kaisers Rock mit schönen Knöpfen, Stern und Portepee und durfte auf dem Kasernenhof kommandieren, wie ihm zuvor kommandiert worden war, nur daß es jetzt nicht: Leiter rauf! und: Leiter runter! hieß, sondern: Habt acht! und: Stillgestanden! Man hätte meinen können, er war an das Ziel seiner Wünsche gelangt. Ja, war er. Aber – aber! Das ist ja die Niedertracht des Lebens, daß es immer ein Aber in der Hinterbrühl hat und dieses Aber losläßt, sobald einer meint, er habe das Seine weg.

Seffo war noch gar nicht lange ausgemustert, als er merkte, daß ihn die Knöpfe doch auf einen Irrweg geblinkt hatten. Er hatte sich nämlich im Laden seiner Mutter nicht nur in Talmi vergafft, er hatte auch wirtschaftlich denken gelernt. Hatte gelernt, auf Gewinn zu schauen, und Gewinn war aus der k. u. k. Armee nun einmal nicht zu ziehen. Die Gagen waren knapp, um nicht zu sagen: miserabel, und die Herren Leutnants mußten sich entweder um eine gute Partie umsehen – oder ihre Eltern anzapfen. Mit der reichen Braut klappte es nicht – und seine Eltern ... Er war ein guter Sohn, bei allen seinen sonstigen verqueren Eigenschaften, ein guter Sohn, und es empörte ihn, daß er den beiden Alten die sauer verdienten Kreuzer aus der Tasche ziehen mußte, wenn er weiter die Ehre haben wollte, Kaisers Rock zu tragen; die blanken Knöpfe kamen zu teuer.

So wollte er aus der Armee, wollte den Dienst quittieren, in einen anderen Beruf umsteigen. Da kam der Krieg.

Der Krieg. Dreck, Mühe, Gefahr. Zuerst schien es Essig zu sein mit allen Träumen von guten Geschäften, bis – eines schönen Tages – Lebandowski darauf kam, daß man auch im Krieg Geschäfte machen kann.

Das war freilich erst 17 und 18, in Rußland, nach der Oktoberrevolution, als dort alles drüber und drunter ging und sowohl die Mittelmächte als auch die Alliierten mit den Weißen gegen die Roten zogen, dazwischen die Legionäre und immer wechselnde Fronten – ein einziges Tohuwabohu – und überall Hunger, Hunger.

Da kaufte Lebandowski – ganz legal, im Auftrag der österreichischen Regierung – einen Getreidespeicher in Odessa mit etlichen tausend Tonnen Weizen. Den gab er dann pfund- und halbpfundweise an die Bevölkerung ab. Er behauptete immer, er habe den Gewinn an die Kriegskasse in Wien abgeführt, den Gewinn, soweit er von den Herren in Wien berechnet worden war.

Aber als er im letzten Kriegsherbst an die Südfront zurückkam, führte er schweres Gepäck mit sich. Zwei Koffer, die niemand tragen konnte, so schwer waren sie. Nur Dragenowitsch brachte es fertig, sie zu schleppen. Und schleppte sie seinem Herrn und Meister nach.

Dragenowitsch –

Ihn hatte sich Lebandowski von der Balkanfront mitgebracht – als Burschen oder Diener oder Wachhund, wie Sie wollen. Er lag nachts vor seiner Tür oder auf dem Boden neben seinem Bett, putzte seine Kleider und Stiefel, servierte Cognac und Kaffee und trug, wenn es einmal wieder ins Feuer ging, Lebandowskis Gewehr. Auch die Koffer trug er. Aber was sie enthielten, wußte er nicht.

Dann ging auch hier der Krieg zu Ende, das heißt, Tschechen, Ungarn, Polen, Ruthenen verließen die Front, sie stiegen einfach aus den Kavernen und Gräben ab und rissen die paar Männchen, die noch halten wollten, Tiroler, Steirer, Salzburger mit sich. Alles strömte von den Bergen herunter, dem Brenner entgegen, Richtung Heimat.

Damals, so hat mir Lebandowski später oft erzählt, erkannte er: Das würde die Chance seines Lebens sein: zu bleiben, wo alles davonlief. Die Gefangenschaft bei den Italienern fürchtete Lebandowski nicht. Er hatte ja seine Koffer – versteckt und vergraben, vielleicht sogar eingemauert – an einem sicheren Ort. Mit einem Bruchteil ihres Inhalts würde sich alles arrangieren lassen – und er behielt recht.

Und dann kaufte er den Steinbruch in der Raschötz und dies und das, Grundstücke, Häuser – es war ja alles um einen Pappenstiel zu bekommen. Und dann geriet er an Hedwig und führte sich in Mayregg als Wohltäter ein.«

»Und Dragenowitsch«, fragte Bojan, »behielt er bei sich?«

»Selbstredend«, sagte Wagenseil. »Er brauchte ihn doch, wenn auch nicht mehr für seine persönlichen Dienste. Er schickte ihn in den Steinbruch und machte ihn zum Vorarbeiter. Von Trennung war nie die Rede zwischen ihnen. Lebandowski war es gelungen, Dragenowitsch davon zu überzeugen, daß Heimkehr für ihn niemals in Frage käme. Wieso und warum, ist eine Geschichte für sich. Ich werde sie Ihnen später erzählen. Denn zuvor kommt noch meine Geschichte.«

Zurück nach Lajon; zurück auch in diesem Tag aus der Nacht über Glurns (ruhige Nacht, bedeckt, aber regenlos, nur der Wind sirrt über der Malser Heide), in den gewitternden Nachmittag über dem Eisacktal, über Raschötz und Schlern. Sturm ist eingefallen, hat graue Regenfahnen vorbeigeschleppt, aber sie gleich darauf auch wieder zerteilt. In einzelne Wolkensäulen zerpflückt läßt er fließendes Silber ein, das sich fast augenblicklich zu Gold vertieft. Die Sonne blitzt in die noch träufelnde Luft, ein Regenbogen über dem Grödental: Morgen wird wieder schönes Wetter sein.

Der Dorfplatz von Lajon belebt sich. Blankgewaschen liegt das Steinpflaster vor den Häusern, kleine blanke Bäche spinnen ein schimmerndes Netz, blank auch sind die Dächer, und das Laub der Bäume, als wäre jedes einzelne Blatt aus Stanniol gestanzt. Ein Lastwagen voll Birken wird angefahren und abgeladen. Die Leute treten aus ihren Türen, jedem Haus werden ein paar junge Stämmchen zugeteilt – schon nach kurzer Zeit hat der ganze Platz sein Aussehen verändert. Vor jeder Fassade schwebt jetzt eine Wolke zartes feuchtfunkelndes Grün. Zugleich öffnen sich die Fenster, Teppichstücke werden herausgehängt, Blumen, Kerzen und Heiligenbilder aufgestellt, hier und da flattert auch schon eine Fahne.

Die Vorbereitungen für das morgige Fronleichnamsfest sind im Gange.

Nun ist es geschehen, denkt Julia (sie ist wieder auf ihrem Zimmer, hat das durchfeuchtete Kleid ausgezogen, das Haar gelöst), geschehen, was ich im Grunde nicht wollte, nicht dachte, woran im Ernst zu denken, ich nie gewagt hätte. Und trotzdem habe ich's ausgesprochen: »Ich möchte beichten.« – »Beichten, beichten«, murmelt Julia halblaut vor sich hin (ein ungläubiges Lächeln spielt um ihren Mund). »Wie bin ich nur darauf gekommen?«

Aber gesagt ist gesagt – und nun muß es sein.

Der gute alte Pfarrer, wie er sich freute – und mich dann beim Wort nahm (gesagt ist gesagt). Morgen nachmittag um drei. Auf Julias Gesicht erstirbt das Lächeln. O Gott, wie soll ich das zuwege bringen?

Sie legt den Kamm aus der Hand und tritt vor den Spiegel. – Verwundert blickt sie sich selbst ins Gesicht. Worauf hast du dich da eingelassen, Julia?

Aber dann erinnert sie sich:

Seit Jahren träumt sie denselben Traum, einen schrecklichen – und zugleich lächerlichen Traum, der sie mindestens alle Monate einmal aufsucht, und den sie sich nie zu deuten wußte ... Sie steht vor einer riesigen Eichentür, einer Flügeltür, hinter der eine Kommission versammelt ist, man hat sie vorgeladen, zu einer Prüfung vorgeladen, vielleicht auch zu einem Gerichtsverfahren, in dem sie Zeugenschaft ablegen soll, wofür oder wogegen – sie weiß es nicht.

Jeden Augenblick kann sie hineingerufen werden ...

Sie ist nicht allein vor dieser Flügeltür, andere warten mit ihr, andere Prüflinge oder andere Zeugen.

Aber sie alle wissen, worum es geht. Sie sind bleich und erregt, rennen herum und tuscheln miteinander, doch wenn sich Julia an sie wendet und fragt, verstummen sie und kehren ihr den Rücken.

Da öffnet sich die Flügeltür, und ein Mann tritt heraus – ein Mann in einem langen roten Talar mit einer sonderbaren gepufften Mütze auf dem Kopf –, er klopft mit einem Stab auf den Boden und ruft Julias Namen – ihren Mädchennamen: Basalla!

Halbtot vor Angst tritt Julia vor. Doch ehe sie einen Blick in den Saal erhascht, in dem die Kommission tagt – oder das Weltgericht –, ist der Traum zu Ende. Sie erwacht, zitternd, in Schweiß gebadet, und merkt, auch Jürgen ist erwacht, von ihrem Stöhnen aufgestört –, und meist knipst er dann die Leselampe an und beginnt in seinem Nachttisch zu stöbern: »Nimm doch eine Tablette, Julia –!«

Eine Tablette! – Julia senkt den Kopf und tritt vom Spiegel zurück – eine Tablette, armer Jürgen. Jetzt weiß ich, was der Traum zu bedeuten hatte: Morgen nachmittag um drei öffnet sich mir die Flügeltür.

Minuten vergehen. Das hochpathetische Bild: Flügeltür, Weltgericht – ist verblaßt. Morgen wird sie kein Rotrock aufrufen mit Klopfstab und Donnerstimme wie im Traum, und keine allwissende Kommission wird auf sie warten. Es wird alles viel einfacher sein – und deshalb sehr viel schwerer. Ein unscheinbarer, fast banaler Vorgang. Wie werde ich ihn bestehen?

Ich will die Wahrheit sagen, nimmt sich Julia vor, die ganze Wahrheit, Ordnung machen in meinem Leben (sagte ich nicht so?), Ordnung machen, was heißt das anderes als jeden Winkel durchstöbern und jedes Ding dahinstellen, wohin es gehört, den Wust lichten und sondern und das Gesonderte in Fächer legen, wo es für immer verwahrt bleiben kann.

Doch schon bei diesem Gedanken stockt etwas in Julia, Widerstand setzt ein. Ihre Frankfurter Wohnung baut sich vor ihr auf, diese saubere und gestöberte Wohnung, täglich gescheuert und blankpoliert und das Polierte noch einmal aufpoliert, täglich, stundenlang. »Warum tust du dir das bloß an?« hat Jürgen oft gefragt, und sie, Julia, hat geantwortet: »Weil es sich so gehört«, obwohl sie eine andere, ganz andere Antwort wußte: ›Weil ich damit den ohnmächtigen Versuch unternehme, mich selbst in Ordnung zu bringen‹, aber sie hütete sich, diese Antwort zu geben. Solche Antworten waren ihr – Jürgen gegenüber – längst abhanden gekommen.

Nein, so sollte es nicht sein, morgen um drei.

Nicht diese Art »Ordnung« sollte in ihrem Leben werden, eher Aufbruch und Umzug, Flucht aus diesem schrecklich starren blankpolierten Käfig, in den sie sich selbst eingeschlossen hat, Auszug ins Unbehauste. Ich will das Dach abheben, dachte Julia, abheben von meinem Haus, will die Schale knacken, in der ich sitze, will die Wahrheit sagen, die ganze Wahrheit, nur so kann ich Absolution erlangen.

»Absolution!« sprach Julia halblaut vor sich hin. »Absolution!«

Staunen erregte das Wort in ihr – und einen kurzen süßen Schauder. Welch eine ungeheure, aller irdischen Erfahrung widersprechende, alle Vorstellungen übersteigende Verheißung: »Absolution« – in einer Welt, wo sich jeder Fehler rächt, wo nichts ungeschehen gemacht werden kann, wo die geringste unserer Handlungen eine Kette mechanischer Reaktionen auslöst, die sich bis ins Unausdenkliche fortpflanzen ... Und da ist eine Institution – und ist seit zweitausend Jahren, ungebrochen, tausendfach bestätigt, Hüterin uralter Weisheiten – und was sie anbietet: *Absolution.*

Heißt doch nichts anderes als Aufhebung des Naturgesetzes, Sprung aus der Kausalität, Absage an die Mechanik unserer Welt, permanente Demonstration ungeheurer und verwegenster Hoffnung ...

Gab es das? Konnte es das geben? Eine Minute lang starrte Julia wie geblendet vor sich hin. Dann schauderte sie fröstelnd zusammen. Ihre Vorstellungen versagten vor dieser Perspektive.

Doch sie wollte nicht aufgeben.

In ihren Morgenrock gehüllt, saß sie auf ihrem Bettrand und bemühte sich, mit sich selbst zu Rande zu kommen. Flüsternd –

und immer wieder stockend – suchte sie die alten halbvergessenen Formeln zusammen, die sie als Kind gelernt hatte:

»Ich armer sündiger Mensch – bekenne vor Gott dem Herrn, daß ich gefehlt habe durch meine Schuld, durch meine Schuld, durch meine übergroße Schuld – gegen das erste Gebot: Du sollst an einen Gott glauben.« Julia schloß die Augen. Wann hatte sie denn jemals wirklich an Gott geglaubt?

Ganz winzig und fern, wie in der Linse eines umgekehrten Opernglases erschien ihr ein Bild: Die kleine Julia im weißen Kleidchen, mit Kranz und Schleier, als Erstkommunikantin, mit niedergeschlagenen Augen, bibbernd vor Erregung ... »Sie waren ein so frommes Kind«, hat Perwög gesagt, ja, ja; ein frommes Kind ... »Aber was war diese Frömmigkeit wert, Herr Pfarrer? Meine Mutter hatte sie nicht an mir gewollt, sie hielt nichts von Religion und Kirche, nichts in bezug auf mich. Ich war ihr Kind, sollte ihr Kind sein ganz und gar, nichts sollte mir etwas bedeuten neben ihr. So hat sie mir den Glauben verwehrt – oder die Glaubensübung. Oh, ihre Eifersucht war unerbittlich.

Aber dann war ich hier in Lajon, *durfte* glauben, durfte alles, was ich bei ihr nicht durfte: mit Kindern spielen, mit Hunden tollen, auf Bäume kriechen, auch Messe, Beichte und Kommunion, und war ein frommes Kind, Herr Pfarrer, so fromm, daß es Ihnen auffiel, und währenddessen lag meine Mutter im Sterben.

Jahre vergingen, bis ich aufhörte, mich vor ihr zu fürchten; Jahre verfolgten mich schreckliche Alpträume, in denen ich sie lebend begraben sah – lebend begraben durch meine Schuld. Doch als das nachließ, da verflog auch mein Glaube, verflog – oder vielmehr: versickerte, denn er bekam keinen Nachschub mehr von dort, wo seine eigentliche Quelle war.

Und dann, als ich sechzehn oder siebzehn wurde und es begann, das zwischen Hans und mir, da blieb von meinem ganzen Glauben nichts mehr übrig als die felsenfeste Überzeugung, daß ich für immer verdammt sei.

Doch dieses Gefühl ließ sich nicht lange ertragen.

Wir waren aus der Welt gefallen, in der wir lebten, wir hatten alle Gesetze hinter uns geworfen, die rings um uns galten, Hans und ich, und so machten wir uns eine andere Welt zurecht mit anderen Gesetzen, mit einem Gesetz, das uns recht gab. Eros war uns der große Gott – oder das Schicksal, eben dieses, das uns zusammengebracht hatte. Wir hielten unsere Liebe für so einzigartig, daß sie uns in eine andere Ordnung stellte.

Und dann: da war die Zeit, die Zeit knapp vor dem Krieg. Untergang lag in der Luft, überall wurde zum Tod gerüstet. Hans spürte das, er spürte ja immer voraus, er las es aus tausend Anzeichen ab, er hörte die unterirdischen Mühlen mahlen, lehrte auch mich auf sie hören, auf diese – ›Pulvermühlen‹ –

Untergang, ja, das war's, was auf uns zukam, die noch verdeckte, aber unaufhaltsame Bewegung unserer Zeit, und sie stimmte zu unserer desperaten Liebe – und gab uns noch einmal ›recht‹.

Um dieses ›Recht‹ war uns zu tun, ihm hätten wir alles geopfert, die ganze Welt, das klingt verrückt, nicht wahr? es war vermessen – und eine Art göttlicher Trunkenheit.

Wir sind einmal in der Nacht, bei Mondschein, durch wallende Nebelschwaden über die Seiser Alm gewandert. Es war zu Pfingsten, und das ganze Gelände war bleich von Blumen, Millionen Sterne breiteten sich wie ein Teppich vor uns aus. Der Nebel war in tausend winzige Schleierfetzen zerpflückt, flog vor uns her und hinterdrein, wie ein Chor von Geistern. Dann und wann tauchte der Schlern vor uns auf, eisblau funkelnd – droben lag noch Schnee. Es war, als hätten wir uns in eine ferne Welt verirrt – und doch fühlten wir, diese Welt war unser, ganz anders unser als jede andere Welt, wir kehrten heim in ein Reich, das nur auf uns gewartet hatte, das nur dazu da war, uns zu empfangen, die längst erwählten letzten Erben, von Geburt vorherbestimmt, diese Heimkehr zu vollziehen in ein Geheimnis, das nur der Tod sein konnte: Eros-Thanatos.

Wir trieben mehr dahin als wir gingen, dahin und dorthin gezogen, als schaukelten uns die Wellen des Geländes einander zu. Was wir sprachen, schien wie von Ewigkeit vorgeformt, Strophen eines Textes, der aus anderen Sphären stammte und sich jetzt wie leuchtende Flocken auf unseren Lippen niederließ. Wir klangen wie zwei Geigen, die ein Meister aufeinander abgestimmt hat, und wie Gesang, der sich selbst singt, eine sich selbst immerfort übertreffende musikalische Figur.

Manchmal verdichtete sich der Nebel, und dann schienen uns die kleinen hölzernen Heuhütten wie große Särge in dem schwimmenden Mondlicht, sie segelten heran und vorbei, und in ihnen fuhren Götter und Helden auf dem Strom der Geschichte dem Katarakt ewiger Vergessenheit entgegen. Nur wir – wir allein durften sie noch grüßen, ihnen winken, wir die letzten, die noch zu ihnen gehörten.

Auf einem mondbleichen Fleck Rasen knapp über dem

Abgrund umarmten wir einander, er, Hedwigs Mann, und ich, Hedwigs Schwester. Das war Sünde, gewiß, es war Sünde, Ehebruch, Betrug, Verstoß gegen das fünfte, das sechste, das zehnte Gebot, aber zuallererst und im Grunde gegen jenes, das da heißt: Du sollst den Namen Gottes nicht eitel nennen.«

Julia hält inne, sie kommt nicht mehr weiter.

Nein, sagt sie sich, nein, nein, so kann ich morgen nicht zu Perwög reden, so kann kein Mensch zu einem anderen reden, nie. Die Wahrheit ist nicht mitteilbar ...

Indessen werden auf dem Dorfplatz von Lajon weitere Vorbereitungen für das morgige Fest getroffen. Ein zweites Fahrzeug rollt heran, ein Karren, mit – wie es den Anschein hat – altem Gerümpel beladen. Der Mesner schiebt ihn, zwei Buben tauchen hinten an. Vor dem Brunnen wird gehalten, ein Tisch abgestellt und so lange hin und her gerückt, bis er mit allen vier Beinen fest auf dem buckligen Boden steht; dann zwei bronzierte Säulen montiert, ein Giebeldreieck daraufgepaßt, schließlich ein Bild in den Aufbau verkeilt: der Auferstandene.

Die Arbeit nimmt geraume Zeit in Anspruch und geht nicht ohne etliche Flüche von seiten des Mesners und widersätzliches Gebrumm von seiten der Buben ab. Ein Dutzend Kinder hat sich versammelt und steht gaffend im Weg. Die Mädchen tragen einen seltsamen Kopfputz: ihre Haare sind, in kleine Strähnen geteilt, mit Zuckerwasser oder Bier befeuchtet, um Maisstrohblätter aufgewickelt. Morgen werden sie ihnen in langen Ringellocken auf die Schultern fallen. Den Knaben blühen andere Prozeduren: Haarschnitt, Kopfwäsche, manchen sogar ein Vollbad im Zuber.

Fronleichnam ist eben ein hohes Fest.

Nun erscheint auch Pfarrer Perwög auf dem Dorfplatz und nimmt den Aufbau des Altars in Augenschein. Er ist zufrieden. Schon werden Körbe voll Blumen herbeigebracht. Die Kirche ist bereits ausgeschmückt. Es ist kein Garten hier in Lajon, der nicht für den morgigen Tag bis auf die letzten Blüten geplündert würde, und was nicht Platz hat in der Kirche, und auf den vier Altären im Freien, das werden die Kleinsten in ihren Körbchen tragen, aus ihren Körbchen werden sie den Weg der Prozession mit Blüten, Blättern und Gras bestreuen.

Alles wird am Schnürchen laufen, denn jeder wird sein Bestes tun: der Kirchenchor, die Dorfmusik, die Fahnenträger; auch die Männer, die die Ehre haben, mit dem Himmel zu gehen ...

Vor achtzehn Jahren, denkt Perwög, weißtdunoch, weißtdunoch, letzter Sommer vor Kriegsbeginn, heißer Juni in jenem Unglücksjahr. Drei Wochen hat es nicht mehr geregnet, die Hänge fuchsrot verbrannt, dazu die Engerlingplage, wie sie nur alle Menschenalter einmal vorkommt: Wer sich auf den Wiesen einen Grasschopf greift, behält ihn in der Hand wie einen Skalp. Die Larven haben die Wurzeln gefressen, die fetten weißen Larven in der Erde, sie liegen da und winden sich.

Aber auch in jenem Jahr: Zurüstung auf Fronleichnam.

Die Prozession an diesem Tag ist noch der letzte Restbestand aller öffentlichen Feste; *sie* haben die Faschisten nicht anzutasten gewagt. Sonst – alles verboten: Faschingstreiben und Perchtenlauf, Sonnwendfeuer und Schützenfeste; verboten jede Ansammlung auf Straßen und Plätzen; schon ein großes Begräbnis scheint verdächtig.

So ist das Eucharistiefest im Juni, zehn Tage nach Pfingsten, der letzte und einzige Tag im ganzen Jahr, an dem das Land noch sich selbst begegnen, sich noch selbst fühlen darf. Die ganze Gemeinde versammelt, die Häuser geschmückt, Fahnen und Glocken. Die Menschen in ihren Trachten, viele davon ererbt – zum einzigsten Mal im Jahr sehen sie sich beisammen, dürfen denken: Das sind *wir*, immer noch zahlreich, immer noch ungebrochen, wir *sind* wir.

Auch damals, an jenem Vortag: die Altäre aufgestellt, Birken vor die Häuser gepflanzt. Kooperator Perwög – nicht mehr ganz jung, aber immer noch Hilfspriester in Lajon – ist wie ein Jagdhund herumgesaust, damit er, ins Widum zurückgekehrt, Pfarrer Lamprecht Bericht erstatten kann; »Alles in Ordnung.«

Aber der Alte – nun schon seit Jahren im Rollstuhl – fährt ihn ungnädig an: »Gar nicht ist alles in Ordnung. Gerade war die Frau vom Gilfes da, das Pferd hat den Bauern geschlagen, das Bein ist ab. Er kann morgen nicht mit dem Himmel gehen.«

Eine schöne Bescherung! Wen soll man in letzter Minute als Ersatzmann holen?

Es ist Brauch, daß nur die Angesehensten einer Gemeinde zu diesem Ehrendienst herangezogen werden. Freilich – wer sind diese »Angesehensten«? Jeder möchte es sein, wenige können's. Das Dorf wacht mit Argusaugen über die Wahl.

Aber in Perwögs Kopf summt schon ein Name.

Noch getraut er sich nicht, ihn auszusprechen; er weiß: Pfarrer Lamprecht wird dagegen sein. Er mag den Mann nicht. Er mag auch die Frau dieses Mannes nicht. Er hegt ein unüberwindliches Mißtrauen gegen die beiden.

Also beginnt Perwög andere vorzuschlagen: diesen Namen, jenen Namen. Jedesmal knurrt der andere: Nein.

Endlich – nach langer Pause: »Und Wagenseil?«

Lamprecht fährt auf: »Wagenseil? Wie kommen Sie auf *den?*«

Ja, wie kommt Perwög auf Wagenseil?

Viele Gründe, verzweigte Gründe, sie reichen bis in die Stunde zurück, in der er zum ersten Mal durch die Raschötz heraufstieg, Rast unter dem Haselstrauch, glühendes Mittagslicht über der Porphyrhalde; dann das irrlichternde Geklapper von Schritten, Gelächter, Rufe und Sprünge von Stein zu Stein: die *Liebenden.*

Und weiter verzweigen sich die Gründe von jener ersten Stunde durch das ganze runde Jahrzehnt, das seither vergangen ist: Hedwig im Liliengarten, Hedwig im Steinbruch – und ihre unselige Leidenschaft und Perwögs Angst um diese liebe Seele; und dann die Nacht in der Proßliner Schwaige, als Wagenseil bei dem Verwundeten saß und Perwög beim Versehen assistierte, und die mörderische Fahrt zu zweit in die Schlucht von Ratzes; und dann, als Lebandowski verschwand, und er, Perwög, einen einzigen schrecklichen Tag lang denken mußte, was damals fast alle dachten: Wagenseil hat es getan ... und dann, erlösend die Nachricht: Wagenseil war außer Landes. Und dann – und dann: Tausend Gründe. Doch wie könnte er Pfarrer Lamprecht auch nur einen einzigen nennen?

So rettet er sich in den Hinweis, Wagenseil habe bei der letzten Sammlung für die Restauration des Turmes eine große Spende gegeben. »Fünfzehnhundert Lire, Herr Pfarrer, ist das vielleicht nichts?«

»Geld, *Geld!* Seit wann lassen Sie sich durch Geld imponieren, Kooperator?«

Perwög versucht Verteidigung: »Sie haben selbst gesagt, Herr Pfarrer, die fünfzehnhundert haben uns herausgerissen.«

»Stimmt. Stimmt. Aber ist das ein Grund, dem Wagenseil Avancen zu machen? Ich kenne ihn, ich kenne auch die Hedwig, das ganze Nest da unten ist mir odios.«

»Das ist ungerecht.«

»Mag sein. So nehm ich mir eben, zum Teufel heraus, ungerecht zu sein, wann ich will. Noch heute weiß kein Mensch, wohin dieser Lebandowski verschwunden ist. Aber das stört Sie wohl gar nicht, Kooperator?«

In Perwög beginnt etwas zu zittern. »Nein, Herr Pfarrer, es stört mich nicht, weil es – unsereinen auch gar nicht stören *darf*. Ja, wenn ich glauben sollte, daß die beiden, Hedwig und ihr Mann, irgend etwas mit der Sache zu tun gehabt hätten ... Aber da ich das nicht glaube, da nichts dafür spricht, nichts, auch nicht das Geringste, die Untersuchung hat es bewiesen ...«

»Pah, die Untersuchung –«

»Ich bitte Sie, Herr Pfarrer! Wir Christen haben uns an Tatsachen zu halten, denke ich, und nicht an – irgendwelche – Ahnungen. Ich weiß doch, was Sie denken, Herr Pfarrer. Sie denken: Das Haus da unten steht unter keinem guten Stern. Die beiden – sind Gezeichnete. Das denken Sie. Aber warum Gezeichnete? Wir sind nicht mehr im Altertum, wo irgendwelche Götter irgendwelche Verhängnisse – blind und taub – über Schuldige und Unschuldige verhängten. Nein, ich weiß, ich verstehe nichts davon – Aber es ist schon so: Das einzige, was Sie Hans und Hedwig wirklich vorwerfen können, ist, daß sie ihre Liebe durch Ehebruch befleckten, ehe Hedwig frei wurde. Wäre es besser gewesen, wenn sie sich getrennt hätten, wenn sie auseinandergelaufen wären, nachdem sie endlich das Recht hatten, als christliche Eheleute miteinander zu leben?«

»Mir wäre es lieber gewesen«, murrt Lamprecht.

»Aber mein Gott im Himmel, warum? Ist denn der Mensch ein Wesen, das sein Unglück bis an sein Lebensende schleppen muß? Wir glauben doch, Herr Pfarrer: Der Mensch ist frei – und darf täglich neu beginnen.«

Pfarrer Lamprecht schweigt, sitzt da und schweigt, in sich zusammengesunken, den immer noch dicht beschopften, schlohweißen Kopf gegen die Brust geneigt. Er knetet seine hager gewordenen Hände. Nach einer Weile kriecht er noch tiefer in sich zusammen. »Na, gehen Sie schon«, brummt er, »und tun Sie, was Sie nicht lassen können.«

So hetzt Perwög noch an jenem Abend hinunter in die Raschötz. Er hätte auch Botschaft schicken oder anrufen können ... nein, er geht selbst.

Er freut sich.

Morgen wird es die ganze Gemeinde wissen: Hans' und Hedwigs Vergangenheit ist nun wirklich vorbei. Noch einmal wird es Geschwätz und Getuschel geben, Gegaff und Einander-in-die-Rippen-Stoßen. Aber der Schiedsspruch ist gesprochen.

Wie die Geistlichkeit entscheidet, ist's entschieden. So ist es hierzulande. *Noch* ist es so.

Dann ist er, Perwög, unten und tritt ein. Er findet die beiden, Hans und Hedwig, in der Küche, doch nicht allein. Auch Julia ist da, die junge Schwester, auf Besuch gekommen.

Der Tisch ist für das Abendessen gedeckt, Hedwig steht am Herd und schwenkt die Krapfenpfanne über dem Feuerloch, der Flammenschein spielt ihr rötlich über Hals und Wangen.

Wagenseil, leicht erstaunt: »Was führt Sie zu uns?« und Hedwig, hastig: »Sie müssen entschuldigen, Hochwürden, daß wir heut in der Küche ... aber die Magd ist auf Urlaub ... « Und dann: »Sie essen doch mit, nicht wahr?«

Es ist alles wie immer, wenn ein unerwarteter Gast hereinschneit: die Frauen beeilen sich, schießen herum; ein frisches Tischtuch, das bessere Geschirr, das bessere Besteck. Der Gast (also Perwög): »Das ist doch nicht nötig, ich will nicht stören.« Die Hausfrau (also Hedwig): »Wieso denn stören, Sie stören nie.«

Es ist also alles wie immer. Und trotzdem. Trotzdem. Die Freude ist weg.

Woran das wohl liegt?

An Wagenseils Schweigen? – Aber er ist doch immer schweigsam.

An Hedwigs Fahrigkeit und Ungeschick? – Aber sie war nie eine tüchtige Hausfrau.

An Julia kann es nicht liegen. Ein so junges Kind ...

Irgend etwas hängt in der Luft. Jetzt wird es auch vernehmlich. Perwög hat nach Bertram gefragt. Julia hat geantwortet, der Knabe sei krank, liege mit Fieber im Bett.

»Hans hat ihn zum Baden mitgenommen«, sagt Hedwig. »Zum Baden im Grödnerbach, stellen Sie sich das vor, Hochwürden! Ins eiskalte Wasser. Ich hab's ja gleich gewußt, daß das nicht gut gehen kann.«

»Aber Hedwig!« widerspricht Julia. »Bertram war doch gar nicht im Bach. Er hat nur am Rand gespielt. Hans und ich, wir haben genau aufgepaßt, daß er draußen blieb.«

»Aber er war naß, als er nach Hause kam«, ruft Hedwig.

»Weil er in die Pfütze gefallen ist«, sagt Julia. »Deshalb war er naß.«

Wagenseil schweigt dazu. Sie setzen sich zum Essen.

Jetzt müßte ich anfangen, denkt Perwög, jetzt müßte ich es ihm sagen. Aber plötzlich fällt es ihm schwer – er zögert. Hedwigs Gesicht gefällt ihm nicht. Die Augen – wie leergeronnen. Sie ist noch einmal stärker geworden in letzter Zeit, die Dirndlbluse bauscht sich aus dem Leibchen, und die Spitze ist welk und grau.

Julia legt Wagenseil noch einmal vor. Sie ist die einzige hier am Tisch, die flink und gutgelaunt ihr Essen verzehrt, dann springt sie auf, holt Nachschub, dabei fliegt ihr Rock – ja, Julia ist jung.

Ich müßte es sagen, denkt Perwög noch einmal. Dann setzt er an.

Er beginnt mit einem Gruß von Pfarrer Lamprecht (den er nicht auszurichten hat) und endet: »So möchten wir Sie bitten, Herr Wagenseil, morgen mit den drei anderen den Himmel zu tragen.«

Es ist still geworden in der Küche, eine seltsame Stille, die noch etwas anderes ist als die einfache Abwesenheit von Geräuschen (übrigens knistert noch das Feuer im Herde und durch das offene Fenster kommt das Rauschen des Baches herein). Diese Stille ist wie Stickluft, Stickluft aus einem Schacht, auf dessen Grund etwas Faules und Giftiges gärt.

Niemand rührt sich. Auch Julia sitzt unbewegt. Nur Hedwig hat den Kopf nach ihrem Mann gedreht, sie schaut ihn an, in ihre Augen – ausgeronnene Augen – tritt ein Funkeln, wie Spott.

Da geschieht es: Wagenseil lacht auf. Er lacht nur ganz kurz – einen leisen und scharfen Prustlaut. Gleich wieder vorbei, als habe er sich auf den Mund geschlagen. Dann beugt er sich vor, seine Stirn ist dunkel, kirschrot angelaufen ... dann ist auch das vorbei. Er richtet sich auf und sagt gefaßt und nur noch verbindlich lächelnd: »Ich weiß die Ehre zu schätzen, Herr Kooperator.«

»Aber Hans!« ruft Julia.

Das Mädchen ist aufgesprungen. Wagenseil blickt sie an. Auch Perwög schaut auf. Was hat sie?

»Nun –?« fragt Wagenseil.

Julia bedeckt die Augen mit der Hand. Dann setzt sie sich wieder nieder und bleibt stumm.

Auch Hans und Hedwig reden kaum noch ein Wort.

Zwei Minuten später verläßt Perwög das Haus.

Julia: Hans und Hedwig begleiteten Perwög hinunter.

Ich war allein in der Küche geblieben, neben dem abgegessenen Tisch, auf dem noch Reste der fetten Krapfen in der Schüssel standen, neben dem Herd, in dem noch das Feuer knisterte, und hatte das Gefühl, ich müßte alles zerschlagen, die Teller in Scherben werfen, die Krapfen zertreten, meine Hände auf die glühende Herdplatte pressen.

Ich wollte nicht, daß Hans den Himmel trug ...

Da kamen sie beide zurück, er und Hedwig, und Hedwig sagte: »Sei so gut, July, und mach die Küche fertig. Ich muß für Hans den schwarzen Anzug bügeln.«

Ich sagte: »Bügle nur«, und tat, als machte ich mich an die Arbeit, aber als sie draußen war, schleuderte ich den Abwaschlumpen weg, kehrte mich zu ihm um und sagte: »Hans, du wirst es nicht tun.«

Er sah mich an und sah dann weg, und seine Augen werden hart und starr.

»Doch«, sagte er, »du hast es ja gehört, daß ich es tun werde.«

»Nein!«

»Ich habe es versprochen.«

»Versprochen! Versprochen! Du mußt selbst wissen, was du darfst.«

Und er: »Wenn du es so nimmst, Julia, dann dürfte ich gar nicht mehr leben.«

Ich rufe: »Was redest du?« und werfe mich ihm in die Arme. »Fahr weg von hier, fahr noch heut abend, irgendwohin. Du kannst es nicht tun, kannst hier nicht leben – als wärest du ein anderer Mensch und nicht du selbst; als hieltest du die Ehe, als glaubtest du, wie die anderen hier glauben; ich kann es nicht ertragen, daß du heuchelst.«

Er nimmt die Arme von meinem Hals und sagt: »Du kennst mich noch immer nicht.«

Hedwig ruft von draußen. Er geht (er geht immer sofort, wenn sie ruft). Ich sitze schluchzend auf der Küchenbank.

Später bin ich bei Bertram drüben. Der Kleine fiebert. Das Zimmer ist abgedunkelt. Ich kaure vor seinem Bett und flöße ihm Limonade ein. Da tippt mich Hans auf die Schulter – er muß ganz leise hereingekommen sein – und wie ich aufblicke, winkt er mir: Komm!

»So geht es nicht weiter«, sagte Wagenseil und stand auf. »Ich kann nicht reden, wenn ich dabei nichts zu trinken habe. Warten Sie einen Augenblick, ich bin gleich wieder da«, packte die leere Chiantiflasche am Hals – und draußen war er.

Jürgen Bojan blieb allein zurück. Ihm war unbehaglich zumute. Der Mann gab jetzt sicher seine letzten Groschen aus. Jürgen hatte gerade noch im letzten Augenblick die Regung unterdrückt, nach seiner Börse zu greifen und Wagenseil zu bitten, auf seine Kosten ... Aber nein, das ging nicht. Er mußte sich's gefallen lassen, daß Wagenseil zahlte – oder gehen. Gehen oder Gast bleiben.

Gast dieses Mannes, der von Julia sagte: Die pure Unschuld, das reinste Osterlämmchen, aber auch dafür das Messer gewetzt –

Was sollte das heißen? Es konnte nur eines heißen, und das hieß es auch. Julia. Julia. In Jürgen sträubte sich alles gegen die Vorstellung: Julia und dieser Mann.

(Doch irgendwie wußte er auch: Was sich in ihm so sträubte, betraf nicht so sehr Wagenseil selbst als die Umstände, in denen dieser lebte: Armut, Verlotterung, Höhlendasein. Warum bestand er darauf, eigensinnig, von Haß besessen, Haß gegen wen? Gegen sich selbst?)

Julia. In Jürgen jagten sich die Gedanken: Julia in dieser Höhle? Unvorstellbar. Und doch war sie da. Ja, sie war da – gedacht, gewußt, gekannt, viel genauer gekannt, als er, ihr eigener Mann, sie kannte. In diesem Raum war sie zugegen als Kind, als junges Mädchen, wie sie gewesen war in all den Jahren, ehe er, Jürgen, ihr begegnet war. Der Grundriß ihres Lebens, die Summe ihrer Herkunft, hier lagen sie unter Verschluß.

Jürgen ließ seine Blicke über die grauen Wände schweifen. Das Getick der Uhren wisperte in seinem Ohr: Verlorene Zeit, verlorene Zeit, ich habe dich verloren, Julia, ehe ich dich fand; deine Kindheit verloren, ich fragte nie nach ihr; deine Jugend verloren, ich fragte nie nach ihr. Die Stunde Null hat uns zusammengebracht.

Stunde Null über Deutschland. Illusion; Arbeitshypothese für die nächsten fünf Minuten Weltgeschichte.

Stunde Null – auch in unserem Leben, keine Frage nach dem Wieso und Woher. Lebenshilfe für den Augenblick. Aber dann –

Jürgen fuhr zusammen. Wagenseil war zurückgekommen. Mit Schwung stellte er die Doppelliterflasche auf den Tisch.

»Merken Sie was?« fragte er. »Die gibt aus, muß auch ausgeben. Die Geschichte dauert noch lang.«

Das kann ja gut werden, dachte Bojan.

»Ich weiß schon, was Sie denken«, sagte Wagenseil, »Sie denken, der Bursche säuft sich noch unter den Tisch. Mag sein. Aber ein Besuch wie der Ihre muß gefeiert werden.« Er stöpselte auf und schenkte sich ein. Dann stieß er an Bojans immer noch halbgefülltes Glas. »Trinken Sie doch endlich auch etwas! – Oder halten Sie es unter Ihrer Würde, mit mir zu trinken?«

»Hören Sie, Wagenseil –«

»Dann müßte mir Julia leid tun. Leid tun, jawoll. – Sie hielt es nie unter ihrer Würde, mit mir zu trinken – oder doch – einmal.« Wagenseil lachte. »Aber da war sie ja auch schon die Ihre.« Er leerte sein Glas, dann setzte er sich auf den Bettrand. »Lassen wir das!« fuhr er in verändertem Ton fort (ihm schien übel zu werden). »Ich habe Ihnen meine Geschichte versprochen, die sollen Sie haben, meine und des Dragenowitsch Geschichte, eine verfluchte Sache, jawoll. Und wenn Sie meinen, Bojan, ich sei zu voll, um noch zu erzählen, wie sich's gehört – nein, nein, noch lange nicht. Ich sollte nur einmal Wasser trinken gehen. Oder wären Sie so freundlich, mir eins zu bringen?«

Bojan stand auf, entsetzt und angewidert, und ging nach hinten. Dort sah er sich nach einem Leitungshahn um, vergeblich.

»Im Eimer«, deutete Wagenseil. »Im Eimer!«

Bojan goß mit einer Kelle in eine Tasse ein und brachte diese nach vorn. Wagenseil nahm sie und trank. »Danke«, sagte er dann. »Jetzt geht es wieder.«

Eine Weile blieb es still. Wagenseil hatte sich auf sein Bett gestreckt und die Arme unter dem Kopf verschränkt. Schließlich begann er wieder zu erzählen:

»Ich muß«, sagte er (und seine Stimme klang wieder erstaunlich gefestigt und klar), »noch einmal auf das Allgemeine zu sprechen kommen, damit Sie richtig verstehen, wie alles kam.«

Bojan hob die Hand: Nur zu!

»Ich nehme an: Sie kennen die Italiener, ein – in seiner Art – großartiges Volk, beweglich, begabt, mit einem gewaltigen Fond biologischer Energie.

Tausend Jahre haben sie Fremdherrschaft erduldet, tausend Jahre keinen eigenen Staat gehabt. Eine solche Geschichte erzeugt einen Charakter, der anderen Völkern undurchsichtig ist.

Ich sage: anderen Völkern, und meine damit: uns ehemaligen Österreichern und uns Tirolern vor allem, und wir behalfen uns damit, den Italiener zu verachten.

Er war für uns der Tigo, der Katzelmacher.

Wir fanden ihn lächerlich. Alles fanden wir an ihm lächerlich: seine kleine Gestalt, seine Geschmeidigkeit, seine Wendigkeit, seine gute Laune, sogar seine Fähigkeit, sich in alle Lebenslagen zu schicken.

Wir hingegen hielten uns für ernst, bedächtig und von eisernen Grundsätzen durchdrungen. Und das waren wir auch – in gewisser tragisch einseitiger Weise, die uns verletzlich machte, weil sie uns den Anschein der Unverletzlichkeit gab. Unsere Abwehr kam aus der Furcht vor dem virulenten Lebenselement in diesem südlichen Nachbarn, den wir, obwohl er – sozusagen – Tür an Tür mit uns lebte, gar nicht kannten ... Nein, wir kannten ihn nicht, außer in ein paar Barabern, Straßenarbeitern oder Kesselflickern, die in Zelten oder Baracken kampierten, Hunde und Katzen fingen, um sie zu braten, nicht einmal Igel waren vor ihnen sicher. Manchmal arbeiteten sie wie die Gäule, dann wieder lagen sie auf der faulen Haut, es schien ihnen nichts auszumachen, ohne Obdach zu sein, dann rollten sie sich in einen Sack und schmuckten sich in einen Winkel; sie konnten hungern, bis sie ausgedörrt und schrumpelig wurden wie alte Krenwurzeln, und konnten dann wieder Feste feiern, auf denen es hoch herging, die ganze Nacht hörten wir ihre Lieder und Mandolinen. Das alles kam uns verächtlich vor: die Armut in Lumpen, die Fröhlichkeit in Lumpen, der jähe Wechsel zwischen Plackerei und Nichtstun, diese Lust, sich treiben zu lassen.

Der Tiroler kann sich nicht treiben lassen – und wenn, so geht er unter. Er braucht seinen festen Platz, seinen unverrückbaren Ort. Auch er kann darben, wenn es sein muß (die Bergbauern haben seit jeher gehungert). Aber ich glaube, nichts könnte ihn dazu bringen, etwa – einen Igel zu essen. Seine Welt ist gefugt, sonst ist sie ihm keine Welt. Und – wie alle germanisch infiltrierten Völker, ist der Tiroler tapfer, das heißt: Er weiß zu sterben.

Und nichts würde ihn davon überzeugen können, daß es auch noch eine andere Tapferkeit gibt, die Tapferkeit zum Leben.«

»Ist das auch heute noch so?« fragte Bojan.

Wagenseil schwieg einen Augenblick. Dann sagte er: »Nein. Ich glaube nicht. Es hat sich auch bei uns etwas in Bewegung gesetzt, was die alten Formen erweicht. Die Charaktere der Nationen gleichen sich untereinander an. Ein globaler Vorgang.«

»Erzählen Sie weiter!« sagte Bojan.

»Sie wissen ja, was dann geschah«, sagte Wagenseil. »Tirol fiel an Italien. Zuerst – gleich nach dem Krieg – wurden uns eine Menge Versprechungen gemacht: Wir sollten unsere Autonomie behalten und dergleichen mehr. Vielleicht waren diese Versprechungen sogar aufrichtig. Nach großen Kriegen scheint ja immer eine Welle guten Willens über die Erde zu gehen. Leider versickert sie nur allzu rasch.

Damals freilich verschwand sie mit einem Schlag: Die Faschisten marschierten nach Rom.

Hierzulande war vorerst niemand, der diese Partei ernst genommen hätte. Sie gab sich sozial und militant zugleich, eine höchst ungewöhnliche Verbindung. Wie konnte sich so etwas durchsetzen? Und dazu das Geschrei von quiritischer Größe und imperialem Anspruch – man fand, das alles sei doch nur Theater.

Aber das Theater wurde bitterer Ernst.

In den Faschisten war der neue Typus heraufgekommen: Techniker der Macht, und was sich hier abspielte, war Einübung für die dreißiger und vierziger Jahre in ganz Europa. Die Deutschen haben die Sache dann perfektioniert und ins Große getrieben. So weit gingen die Italiener nicht. An physische Ausrottung war nicht gedacht. Doch im übrigen ...

Für die Schwarzhemden war dieses Land nur eine neu eroberte barbarische Provinz, deren Eigenständigkeit so schnell wie möglich ausradiert werden sollte. Etwas Stechendes ging von diesen Leuten aus. Sie ließen sich erst gar nicht auf Verhandlungen ein. Ihre wirksamste Methode war die Willkür: eine Unzahl von Erlässen überschwemmte das Land, einer widersprach dem anderen. Hielt man sich an den einen, wurde man durch den anderen ins Unrecht gesetzt, und jede Beschwerde wurde als hochverräterische Widersetzlichkeit gebrandmarkt.

Einer der ersten Schläge traf die deutschen Schulen. Dann fielen die deutschen Aufschriften. Alle Namen sollten romanisiert werden; zuletzt sogar die auf den Grabsteinen.

Kein Wunder, daß dieses Vorgehen Haß erregte.

Ja, es wurde gehaßt, inbrünstig, unaussprechlich. Haß war die allgemeinste Leidenschaft. Aber wie jede Leidenschaft – so berechtigt sie sein mag – hatte sie auch ihre demoralisierende Wirkung.

Wie weit sie demoralisieren konnte, hat sich an mir erwiesen. An mir und an dem, wie es mit uns weiterging, mit Hedwig, mir – und Lebandowski.«

Wagenseil richtete sich auf und schwang die Beine aus dem Bett. Er hatte sich offenbar so weit erholt, daß er sich wieder an den Tisch setzen konnte. Zuvor ging er noch einmal Wasser trinken. Bojan sah: Er trank aus der Kelle.

»Sehen Sie«, fuhr Wagenseil fort, indem er sich langsam, beinahe behaglich auf seinem Sessel niederließ, »sehen Sie, ich hatte mit Hedwig ein Verhältnis. Sie – eine verheiratete Frau. Wir lebten in einer Dorfgemeinde, in einem Nest ... Sie haben es ja gesehen, Bojan. Ehebruch rangierte in der öffentlichen Meinung damals noch unter den schlimmsten Ärgernissen. Er galt als das Nicht-zu-Duldende schlechthin; und *wo* er geschah, forderte er Verfemung heraus. Ein einziger Seitensprung konnte ein ganzes Leben lang nachhängen, und nicht nur der Frau, auch dem Mann.

Und nun: Hedwig und ich.

Wir trafen uns im Wald, wir drückten uns hinter dem Haus an Zäunen und in Winkeln herum. Zuerst waren wir ängstlich, aber bald wurden wir frecher und frecher, und Hedwig entwikkelte schließlich eine Manie für immer gewagtere Unternehmen. Sie lief nachts aus dem Haus, anfangs nur, wenn Lebandowski verreist war. Später auch, wenn er da war. Sie verließ sich darauf, daß er nie vor morgens zwei zu Bett ging. Ich warnte sie, malte ihr aus, was geschähe, wenn er es sich einmal einfallen ließ, früher in ihr Schlafzimmer zu kommen. Aber Hedwig bestand darauf: er kommt nicht, ich schwöre es dir, er kommt nicht.

Sie war wie versessen darauf, immer alles auf eine Karte zu setzen.

Glauben Sie, daß das unentdeckt bleiben konnte?

Vermutlich dauerte es nicht einmal vier Wochen, bis das ganze Dorf im Bilde war.

Doch da war ja das andere: Hedwigs Mann – der fremde Polack. Der Zugereiste. Er verhandelte mit Italienern, er belieferte Italiener, er machte mit dem Staat Geschäfte und ließ sich mit den Faschisten ein. So geschah es ihm recht, wenn er von seiner Frau betrogen wurde. Man freute sich und lachte sich ins Fäustchen. Und spottete hinter ihm drein.

Und niemand dachte daran, ihm ein Licht aufzustecken.

Ganz im Gegenteil. Man warnte uns, half uns, schirmte uns ab, wo immer es ging. Das spielte sich etwa folgendermaßen ab: Wir kamen Hand in Hand aus der Raschötz geschlendert. Vor wem sollten wir uns genieren? Scham hatten wir längst verlernt, und Lebandowski war nach Bozen gefahren. Aber da kommt uns jemand entgegen, ein Steinbrucharbeiter, er pfeift, pfeift, so grell er kann. Wir fahren auseinander, ich verschwinde in den Büschen, Hedwig huscht ins Haus. Der Bursche geht vorbei, sagt kein Wort. Er sieht uns nicht einmal an. Er tut, als wäre er nur zufällig vorbeigekommen. Auch sein Pfiff: nur Zufall. Er hatte eben Lust zu pfeifen. Er pfeift auch jetzt, aber nicht mehr grell –, sondern leise, ein Necklied.«

»Erstaunlich!« sagt Bojan.

»Nicht wahr?« nickt Wagenseil. »Es geht nichts über die Noblesse der Primitiven. Aber es geschah noch Erstaunlicheres. Hedwig hatte eines Tages den Einfall, mich nachts bei sich zu empfangen. Ich sollte über die Veranda in ihr Fenster einsteigen. Ich hatte, ehrlich gestanden, nicht viel Lust dazu, mit Lebandowskis Frau unter seinem Dach ... Ich hatte überhaupt nicht mehr sehr große Lust. Der erste Spaß war mir schon längst vergangen und, obwohl Hedwig eine tigerhafte Zärtlichkeit entwickelte – oder vielleicht gerade deshalb –, im Grunde wollte ich nicht mehr. Irgend etwas begann mich zu stören, der frische Reiz war abgespielt, was jetzt noch kam, konnte doch nur Wiederholung sein. In mir regte sich Ungeduld. Aber unter der Ungeduld hielt eine Neugier vor; nicht mehr Neugier auf Hedwig oder was sie als Variationen zustande brachte ... Sie verstehen: Schon die Abenteuerlichkeit der Umstände, in denen wir uns trafen, sorgte für Abwechslung; aber nein, diese Neugier war es nicht mehr. Jedesmal, wenn ich zu Hause aufbrach, glaubte ich schon zu wissen, was kam; mit welchen Worten sie mich empfangen würde; welche Antworten sie mir geben und was sie mir erzählen und vor allem, welche Vorschläge sie mir machen würde für ein nächstes Wiedersehen; davor begann ich mich schon zu fürchten. Sie versuchte über mich zu verfügen, als gehörte ich ihr – und ihr allein.

Wenn ich wegfuhr, schmollte sie, und wenn ich andere Menschen sah, wurde sie eifersüchtig.

Und trotzdem ließ ich mich von ihr bestimmen, auf alle ihre Tollheiten einzugehen.

Ich zweifelte nicht daran, daß die Bombe eines Tages doch platzen würde, eines Tages mußte Lebandowski dahinterkommen, und dann ... Eben darauf war ich neugierig.

Ich stellte mir einen großen dramatischen Auftritt vor, einen riesigen Eklat. Wie würde ich ihn bestehen? Voraussichtlich schlecht. Aber vielleicht konnte ich meiner Natur doch etwas

Widerstand abgewinnen. Noch nie in meinem Leben hatte ich mich als Mann bewähren müssen. Im Krieg war ich zu jung gewesen, und die paar Male, die ich im Gebirge in Gefahr gekommen war, beim Klettern oder im Schneesturm, die zählten nicht. Ich hatte also Angst vor diesem Auftritt mit Lebandowski und trotzdem forderte ich ihn heraus. Ich wollte nur sehen, wie ich mich dabei benehmen würde.«

»Und an Hedwig dachten Sie nicht?« fragte Bojan.

»Ehrlich gestanden, nein.«

»Aber Sie mußten doch wissen, daß es für sie –«

»Eine Katastrophe gewesen wäre. Ja. Das wußte ich.«

»Ich verstehe Sie nicht, Wagenseil. Und trotzdem –?«

»Trotzdem.«

Bojan schüttelte den Kopf. Aber er dachte dabei nicht an Hedwig. Er dachte an Julia. Julia und dieser Mann ... Unvorstellbar.

»Ich möchte«, fuhr Wagenseil fort, »zu meiner Entschuldigung anführen (obwohl ich natürlich weiß, daß es keine Entschuldigung gibt) – möchte anführen, daß Hedwig höchstwahrscheinlich ebenso auf den Eklat wartete wie ich, nur aus anderen Gründen. Sie fühlte sich schuldig – und Schuldgefühle verlangen doch allemal nach Strafe, Strafe irgendwelcher Art. Dieses Verlangen lag in ihr, ich möchte sagen, auf dem Grund ihres Wesens, unbewußt oder nur für Momente aufblitzend, und trieb sie zu immer größeren Dreistigkeiten an. Sie wollte das Schicksal herausfordern, damit es endlich zuschlüge ...

Darum ihr Drängen auf meinen nächtlichen Besuch.

Nun also – ich kam und stieg über die Veranda ein.

Ich könnte nicht behaupten, daß die darauffolgende Viertelstunde ein Vergnügen war.

Beim Rückzug hatte ich das Pech, eine Sprosse der Leiter durchzutreten. Ich konnte mich gerade noch erfangen, aber Lebandowski mußte doch etwas gehört haben.

Er stürzte auf den Balkon. Sicher dachte er zuerst: ein Dieb. Er hatte immer eine hysterische Angst davor, bestohlen oder beraubt zu werden.

Ich machte, daß ich wegkam. Doch ich sah ihn noch oben, in seinem seidenen Schlafrock, über der Balustrade hängend, und seine hohe Stimme schrie hinter mir her: »Wer da – wer da – bleib stehen, du! Ich schieße!«

Und dann rannte er zurück in sein Zimmer, um das Gewehr zu holen.

Sein Geschrei hatte natürlich das ganze Haus geweckt. In den Kammern des Personals ging das Licht an. Das konnte ich noch selbst bemerken. Was dann geschah, weiß ich nur noch vom Hörensagen.

Lebandowski hatte sein Gewehr geholt und wollte soeben wieder auf den Balkon, um dem vermeintlichen Einbrecher nachzuschießen. Hätte man ihn doch gelassen – er hätte doch nur blindlings ins Finstere gefeuert.

Aber das Mädchen kam gerannt, Hedwigs kleines Stubenmädchen, ein siebzehnjähriges Kind. Sie lief auf Lebandowski zu und fiel ihm in den Arm und schrie: ›Nicht schießen, Herr, nicht schießen!‹

Das machte ihn stutzig, und seine Wut auf den Unbekannten, der ihm ja längst schon durch die Lappen war, kehrte sich sofort gegen die Kleine – da, vor seiner Nase. Er packte das Mädchen und schüttelte sie: ›Du hast einen Schamster bei dir gehabt. Sag's nur, sag's nur – einen Schamster. Ich werd dich lehren – in meinem Haus – du Hure!‹

Ich weiß nicht, ob das Mädchen nicht doch zu widersprechen versuchte; ich kann es mir kaum anders vorstellen. Aber Hedwig behauptete immer wieder: Die Kleine habe sofort zugegeben, was ihr Lebandowski unterschob. Ehe sie, Hedwig, herankam und ein Wort einlegen konnte, sei es schon passiert. Zitternd und kreidebleich sei die Kleine in einem Winkel gestanden und habe immerfort – wie im Krampf – genickt.

Ich glaubte Hedwig nicht, glaubte ihr nie in dieser Sache. Und doch könnte es schließlich auch so gewesen sein.

Noch in derselben Nacht mußte das Mädchen ihr Bündel schnüren und aus dem Haus. Hedwig stand daneben und sah zu ...«

»Scheußliche Geschichte«, sagte Bojan. »Und was wurde dann aus der Kleinen?«

»Sie ging nach Hause zurück, zu ihren Leuten. Dort freilich nahm sie kein Blatt vor den Mund und erzählte alles, was nur zu erzählen war. Die Sache ging wie ein Lauffeuer durch das ganze Dorf, durch die ganze Gegend. Hedwig versuchte den Skandal auszubügeln. Sie überschüttete das Mädchen mit Geschenken und empfahl es weiter, in eine andere Stellung. Doch das machte alles nur noch schlimmer. Denn damit war ja der Beweis gegeben, damit bekannte sich Hedwig – nahezu öffentlich ... Das nahm man uns übel. Zum erstenmal spürten wir etwas wie Verfemung. Man begann uns zu verachten.«

Wagenseil legte eine Pause ein. Er hatte wieder zu trinken begonnen, doch diesmal nur in kleinen Schlucken. Bojan sah es mit Erleichterung. Nun war es bald zehn Uhr. Die Spieluhr schlug. Das Menuett klimperte, die Figürchen tanzten. Als der Mechanismus ausgeschnurrt hatte, erzählte Wagenseil weiter.

»Unser Verhältnis war an einen Punkt gelangt, von wo es – im Grunde – nicht weitergehen konnte. Es war zum allgemeinen Ärgernis geworden, und wir konnten uns an den Fingern abzählen, wann es platzen mußte. Nachsicht und Duldung waren aufgezehrt. Aber da kam uns die Zeit noch einmal zu Hilfe. Ich könnte auch sagen: der Haß.

Ich geriet in eine Sache hinein, eigentlich ohne mein Zutun, ohne gezielte Absicht, aus Zufall. – Ein Mann wurde von den Italienern gesucht. Er war geflohen und dabei durch einen Schuß verwundet worden. Alle, die ihm weiterhalfen – und es waren nicht wenige, die das taten –, riskierten Anklage auf Hochverrat, Kerker oder Jahre auf einer Insel.

Nun, auch ich war unter denen, die den Burschen von Alm zu Alm schleppten.

Ich möchte nicht behaupten, daß ich mich dabei besonders nützlich machte. Ich nahm nur eben teil an dem Spiel. Es war ein Abenteuer, mal etwas anderes. Ich wollte nicht darauf verzichten, diese Erfahrung zu machen. Ich sah zu – ein spannendes Schauspiel –, wenn erwachsene Männer Kopf und Kragen riskieren: Jeder einzelne kommt sich ungeheuer wichtig vor, entwirft Pläne, jeder will der Schlauere sein. Jeder von uns wollte den Faschisten das ärgere Schnippchen geschlagen haben.

Man hätte den Mann sicher auch im Tal, in irgendeinem unverdächtigen Haus verstecken können. Nein, man brachte ihn in die Berge. Das erschwerte alles, machte aber einen besonderen Reiz aus. Man traf eben in jeder Hinsicht übertriebene Maßnahmen, übertrieb auch den schlechten Zustand des Verwundeten. Er wurde sogar versehen.

Leider wurde ich – eines vagen Verdachtes wegen – angezeigt. Man holte mich und sperrte mich für einige Wochen ein. Das war kein Honiglecken, doch da ich auf keine Insel wollte, hielt ich dicht. Und schließlich ließ man mich frei.

Meinen Posten als Lehrer war ich los. Ich hätte ihn sowieso ein Jahr später verloren, denn da wurden auch die letzten deutschen Schulklassen von den Faschisten liquidiert. Aber es war etwas anderes geschehen, was ich nicht erwartet, geschweige denn bezweckt hatte: Ich war ein *Held* geworden.

Jeder, der dazumal aus einem italienischen Gefängnis kam, galt für einen Helden – und einen Märtyrer. Und ein Held und Märtyrer darf sich mancherlei erlauben.

Ich durfte mir sogar erlauben, in Lebandowskis Betrieb einzutreten.

Ich wurde Buchhalter, obwohl ich von Buchhalterei keinen blassen Schimmer hatte. Ich wundere mich noch heute, daß sich Lebandowski eine solche Niete in den Betrieb zog, er, der sonst immer so erpicht war, seine Angestellten und Arbeiter zu höherer Leistung anzutreiben. Nur mir gegenüber war er – ich kann es nicht anders sagen – geradezu väterlich.«

»Hm.« Bojan rückte auf seinem Stuhl herum. »Das auch noch.«

»Sie brauchen nicht zu glauben, Herr Bojan«, fiel ihm Wagenseil rasch ins Wort, »daß sich Lebandowski aus reiner Gutmütigkeit so verhielt. Mindestens redete er sich bestimmte Absichten dabei ein. Er glaubte ja immer alles aus Berechnung zu tun. Er *wollte* ein Vernunftsmensch sein, nichts weiter. Ja, es war manchmal beinah – rührend, mit welchem naiven Stolz er auf den plattesten Rationalismus posierte.

So hat er mir oft genug vorgeschwatzt, daß er Hedwig nur aus kühler Berechnung geheiratet habe. Durch sie war er mit dem Patriziat des ganzen Landes verschwägert – war das etwa nichts wert? – In Wirklichkeit wurde er von Hedwigs ganzer Verwandtschaft geschnitten. Aber auch das wollte er nicht wahrhaben und wandte alle möglichen Kniffe an, um seine Isolation zu verschleiern.

So hat er wohl auch mit mir seine Pläne gesponnen, damals, als er mich in seine Buchhaltung berief. Vielleicht dachte er sich damit ein Alibi zu verschaffen, ein Alibi vor der Bevölkerung. Ich war doch eben erst aus dem Kotter freigekommen, ein Held, ein von den Faschisten Verfolgter. Nun stand ich bei ihm ein. War das nicht ein prächtiger Beweis dafür, daß er den Italienern keineswegs so hörig war, wie man ihm nachsagte?

Gründe, Gründe ...

Doch der einzige Grund war wohl der: daß er die Einsamkeit nicht mehr ertragen konnte. Er brauchte mich.

Ich sollte Abend für Abend bei ihm sitzen, Cognac trinken, ihm zuhören. Abend für Abend bis lange nach Mitternacht. Er ging ja nie früher zu Bett, am liebsten erst, wenn die Hähne krähten.

Er schwatzte und schwatzte. Wie alle Schwätzer wiederholte

er immer wieder dieselben Geschichten, dieselben Anekdoten, dieselben Argumente. Natürlich kotzte mich das an. Aber da er mich geradezu zwang, immer noch länger zu bleiben (er wurde wütend, wenn ich einmal früher aufbrach), versuchte ich der Langeweile zu entkommen, so gut es ging –«

»– und hörten einfach nicht mehr zu?« warf Bojan ein.

Wagenseil lächelte. »Im Gegenteil. Ich hörte zu. Hörte genau zu, und immer genauer. Denn das meiste, was Lebandowski aus seinem Leben erzählte, das allermeiste war erlogen. Erlogen oder doch frisiert. Umgebogen, aufgeputzt. Ich kam sehr schnell dahinter, denn jedesmal, wenn er in Fahrt kam (und er war fast ständig in Fahrt), hatte er vergessen, daß ich die Geschichte schon kannte, aber anders, als er sie diesmal erzählte. Ein bißchen anders – oder ganz anders. Ich konnte vergleichen. Ich konnte zusehen, wie das Lügengewebe wuchs oder abnahm; welche Farben es spielte, welche Falten es warf. Und ich wußte bald genau, woher die einzelnen Nuancen stammten. Sie spiegelten Lebandowskis augenblickliche Laune wider. War er gut gelaunt, konnte ich damit rechnen, daß er auch der Wahrheit einige Ehre gab. Hatte er Ärger gehabt, ging das Prahlen los. War's aber Ärger mit Hedwig gewesen, dann kam er auf die Jammertour.«

»Schauderhaft«, murmelte Bojan.

»Schauderhaft?« wiederholte Wagenseil. »Ich weiß nicht recht, es konnte auch ganz lustig sein. Ich bildete mir damals ein, sehr viel über die Psychologie der Lüge erfahren zu haben. Ich wollte sogar etwas darüber schreiben.« Er lachte auf. »Aber dann überholten mich die Ereignisse – und mir verging die Lust.«

Er schwieg eine Weile, ehe er von neuem begann:

»Ich war also Buchhalter und hatte wieder mein Brot. Mein Gehalt war zwar schlecht, um nicht zu sagen, erbärmlich ... So weit ging Lebandowskis Freundschaft nicht, daß er mich anständig bezahlt hätte, und anfangs war ich ja wirklich auch ganz unbeleckt. Doch ich kam rasch dahinter, der Betrieb war ja klein –, und wäre Lebandowski nur etwas weniger bequem gewesen, er hätte den ganzen Kram auch allein erledigen können.

Nun aber war ich da, und er konnte sich seinen Geschäftsfreunden widmen, wie er sagte. In Wirklichkeit saß er nur so herum, rauchte, feilte seine Nägel, trank Cognac – oder ritt aus. Übrigens tat er das in den letzten Jahren immer seltener. Es strengte ihn an. Ich glaube, er war nicht gesund.

Ich wohnte noch immer bei dem alten Mors in Lajon. Doch da ich jeden Morgen in die Raschötz hinuntersteigen mußte und fast täglich erst nach Mitternacht heimkehrte, erwies sich dieser Zustand als unhaltbar. Lebandowski bot mir an, in seinem Haus Quartier zu nehmen. Das lehnte ich ab.«

»Begreiflicherweise.«

»Doch droben im Wald, nahe dem großen Bergsturz, stand ein altes Gemäuer, vielleicht der Rest eines verlassenen Hofes, vielleicht auch ein ehemaliges Mauthaus. Früher soll hier ein vielbegangener Weg von Lajon in das ladinische Innertal geführt haben, man nannte ihn den Heidenweg. Der Name stammte sicher noch aus der Zeit, in der das Land noch nicht voll christianisiert war. Der Weg war inzwischen verfallen, er wurde später wieder erneuert, ich weiß nicht, ob er in letzter Zeit nicht ganz verschwunden ist.«

»Er besteht noch«, sagte Bojan, »ich habe ihn gesehen.«

»Ach, wirklich –?« sagte Wagenseil lebhaft. »Sie haben ihn gesehen? Und ich dachte schon, der letzte Felssturz habe ihn ganz verlegt.«

Bojan schwieg.

»Nun gut«, fuhr Wagenseil fort, »dort zog ich also ein – in diesem Haus, es war ja kaum noch ein Haus zu nennen, ein schmaler hochgemauerter Kasten, zwei Stuben übereinander – und ein Stiegenschacht. Alles verkommen. Drunten ein Keller – oder vielmehr ein früher eingemurtes Erdgeschoß. Immer wieder kam ja Geröll von oben. – Man nannte das Ding die Pulvermühle.«

Bojan biß sich auf die Lippen.

»Ein hübscher Ort –. Ein Ort, der mir gefiel. Still, abgelegen. Nicht eigentlich idyllisch. Dazu war der Bergsturz zu nah. Über den Bäumen sah man die Wand, zerfurcht und brüchig wie ein ruinöses Gebiß; es konnte ja nur eine Frage der Zeit sein, wann der nächste Zahn ausbrach. Doch auch das gefiel mir. Dazu der Heidenweg, der da vorbeilief, ein Band aus Porphyrplatten. Reste von Mäuerchen unter Moos und Gebüsch, kaum noch ablesbare Spuren vergangenen Lebens. Wer Phantasie hat, kann sich allerlei vorstellen an solchen Plätzen, und es störte mich nicht, daß auch das Haus selbst schon beinahe nur noch das Gespenst eines Hauses war.«

»Ja«, sagte Bojan.

Wagenseil goß sich ein Glas voll. Er trank jetzt wieder rasch, in großen häufigen Schlucken, beinahe, als hätte er vor, sich von neuem zu betrinken. »Die Pulvermühle gehörte zum alten Besitz der Herren von Infeld und war jetzt über Hedwig an Lebandowski gekommen. Heute wäre es vermutlich verboten, ein so baufälliges Gebäude als Wohnung zu vergeben, aber damals scherten sich die Behörden noch nicht um solche Dinge. Und Lebandowski fand die Hütte noch recht brauchbar. Seit Jahren war sie von Dragenowitsch bewohnt.«

Bojan blickte auf.

»Ja, von Dragenowitsch«, wiederholte Wagenseil. »Neilbeg Dragenowitsch, vulgo Utan. Lebandowski hat ihm diesen niederträchtigen Spitznamen gegeben: Orang-Utan, der Menschenaffe. Und unter diesem Namen hat er in den Kriminalakten figuriert – und in der Presse. Und so haben sie ihn dann verurteilt, den Menschenaffen, und in die Schwefelgruben gebracht. Sie waren sich ja alle so wundervoll einig: Weg mit der Bestie, weg mit dem Ungeheuer –, das ich korrumpiert habe.«

»Sie?« fragte Bojan.

»Ich – ja, ich!«

Wagenseil hatte sich erhoben. Er schien – ganz plötzlich – wie außer sich. Über den Tisch geneigt, mit verzerrtem Gesicht, schrie er Jürgen an und schlug sich dabei mit der Faust gegen die Brust. »Ja, ich, ich, mein Herr, habe Dragenowitsch korrumpiert, ich habe ihn in die Schwefelgruben gebracht, nur ich. Mir paßte es nicht, daß er Orang-Utan war, das Vieh, der Troglodyt. Darum zog ich ein bei ihm in der Pulvermühle, verstehen Sie? zog bei ihm ein und tat ihm schön und machte mich an ihn heran und brachte ihn dann dorthin, wo er krepierte. Aus Humanität.«

Wagenseil fiel in seinen Sessel zurück. Seine Stirn schlug gegen die Tischkante, seine Schultern bebten.

Bojan zuckte zurück, er war erschrocken, aber auch angeekelt. Was soll das? dachte er, was hat er denn? Er wird doch nicht zu heulen beginnen. Nur das nicht! nur das nicht!

– Doch der Anfall war schon vorbei.

Wagenseil hob den Kopf, wischte sich über die Stirn und sagte: »Verzeihen Sie! Aber ich habe wohl etwas zu wenig gegessen, seit Mittag nichts, und dann – der Wein –«

»Ach so –«

»Wenn Sie erlauben –«, auf Wagenseils Gesicht erschien ein gewinnendes Lächeln, »mache ich eine Marende, Imbiß sagt man bei Ihnen.«

Wieder unterdrückte Bojan die Versuchung, nach seiner

Börse zu greifen oder Wagenseil zu bitten, mit ihm auszugehen oder etwas Ähnliches, was er sonst, unter ähnlichen Umständen auf jeden Fall ... Er wußte: Hier durfte er das nicht. Und obwohl er soeben erst vor Wagenseil angewidert zurückgewichen war, obwohl er ihn soeben noch unmöglich, erschreckend, schockierend empfunden hatte, wuchs jetzt doch – seltsamer Widerspruch – etwas wie Respekt in ihm, Respekt vor dem Elend als einer Lebensform, *auch* einer Lebensform, die für ihn, Bojan, zwar nicht in Frage kam, zu der sich aber der andere bekannte, unerschütterlich – wie es schien – und mit dem Freimut eines Menschen, der alles hinter sich geworfen hat.

Wagenseil war nach hinten geschlurft und kam nun mit einem Stück Schwarzbrot, einem Messer und einem fettigen Papier zurück, aus dem er etwas auswickelte. Bojan sah nicht hin. Eine Zeitlang hörte er nichts als das Schaben des Messers, Kauen, Schlucken und neues Schaben. Dann war Wagenseil fertig. Er fegte die Krümel vom Tisch und warf das leere Papier in den Korb.

»Fertig«, sagte er. »Sie sind sicher froh, Bojan, daß ich Ihnen nichts angeboten habe, nicht wahr? Sie hätten sich doch nur geekelt.«

»Hören Sie, Wagenseil –«

»Schon gut!« Wieder war dieses Lächeln da, gewinnend, freundlich, beinahe kindlich. »Ich bin mir doch ganz klar darüber, was zwischen uns los ist. Sie können Julia erzählen, wenn Sie sie wiedersehen, was ich für ein Schwein geworden bin.«

Bojan zuckte zusammen und zog den Kopf ein.

Wagenseil streckte sich behaglich. »Schluß damit«, sagte er dann, »wo war ich denn stehengeblieben in meiner Geschichte? – Ach ja, Dragenowitsch, mein Freund Dragenowitsch.«

»Freund?« fragte Bojan gereizt.

»Ja«, sagte Wagenseil in verändertem Ton. »Warum auch nicht? In gewisser Weise *war* er mein Freund, denn ich empfand Freundschaft für ihn, und er – sicher auch für mich. Freundschaft zwischen Männern, ist sie nicht das Beste, was es auf dieser Welt gibt? Viel besser als die Liebe, Liebe zwischen Mann und Frau, Eltern und Kindern, viel besser als dieser ganze Wust verworrener Gefühle, in ihnen erliegen wir doch nur der biologischen List.

Aber in der Freundschaft setzt die List des Geistes ein. Da beginnt die Zone der Freiheit.

Ich war schon immer anfällig für Männerfreundschaften –

nicht in dem Sinn, in dem das Wort seit einiger Zeit kursiert, in dieser Richtung habe ich nie die allergeringste Versuchung empfunden. Aber ich bin manchem anderen Mann begegnet, mit dem mich etwas verband – und wenn es auch nur ein einziger Punkt war, ein einziger Punkt vollständiger Übereinstimmung. Solche Begegnungen können eine Stunde, ein Jahr oder ein Jahrzehnt dauern. Das macht nichts aus. Die Zeit ist ausgeschaltet, wenn nur der *eine* Punkt erreicht wird.

Ein Mann kann auch für einen anderen, an Stelle eines anderen sterben. So wird im Krieg, auf Expeditionen, dann und wann auch in den Bergen gestorben. Das ist eine klare Sache und ganz in Ordnung. Für eine Frau sterben ist Unsinn. Man stirbt nicht für ein Element. Man stirbt nur für eine Gestalt.

Im Mann *ist* Gestalt. Sie kann gut oder schlecht sein. Viel oder wenig bedeuten. Sie ist immer da. Sogar in einem Menschen wie Lebandowski war sie da. Verdorben, aber da.

Und in Dragenowitsch –

Haben Sie schon einmal bei Ausgrabungen zugesehen? Nein? Da wird eine Schicht nach der anderen abgehoben. Zuoberst liegen die jüngsten Dinge, dann geht es hinab zu immer älteren. Die ältesten liegen zuunterst. Dann kommt der gewachsene Fels. Aber vielleicht findet sich auch noch auf diesem ein Zeichen –, eine Kerbe, ein Bohrloch, eine von Menschenhand gehöhlte Feuergrube.

Ja, sehen Sie, Bojan. Das war er mir: Dragenowitsch. Die unterste Feuergrube.«

Sieben schlägt die Turmuhr von Lajon.

Perwög ist in das Widum zurückgekehrt, doch immer noch dreht sich in ihm die Spindel der Erinnerungen, noch ist der Wocken Vergangenheit nicht abgesponnen, der Faden läuft:

Damals – Fronleichnam 39 – der Umzug zu Ende, die Glokken ausgeläutet, der verborgene Herr im Brot zurückgetragen, im Tabernakel verwahrt, aber Sein Segen ist Dorf und Fluren gespendet, armen verbrannten Fluren, armem gequältem Volk (ich habe Ihn in meinen Händen getragen, das weiße, durchscheinend dünne Blatt aus Weizenmehl und Wasser hinter der Glasscheibe der Monstranz, und die Monstranz war schwer, und der weite, weißgoldene Rauchmantel war schwer, und ich schwitzte unter ihm in Soutane und Rochett, die Tropfen liefen mir die Nase entlang, ich konnte sie nicht abwischen, der Baldachin schwankte über mir, vier Männer trugen ihn, und einer davon war Wagenseil, ich sah die viere nicht, auch Wagenseil nicht, ich wußte nur: er war da ... wußte auch, daß, als wir am Pfarrhof vorüberzogen, Lamprecht droben stand, mühsam auf das Fensterbrett gestützt, den Rollstuhl hinter sich, schweratmend vorgebeugt, die Prozession zu mustern, die da unter ihm vorbeizog, Prozession seiner Gemeinde, immer noch *seiner* Gemeinde, er zählt die Fahnen, inspiziert die Ordnung und wenn er einen Fehler entdeckt – und immer wird er Fehler entdecken –, er wird mir jeden ankreiden. Und ich weiß sein Herz voll Gram und Groll, Groll gegen seine schmerzenden Beine, Groll gegen mich und alle, die mit mir ziehen, Groll vielleicht sogar gegen den verborgenen Herrn in meinen Händen ...

Ihm aber, Ihm habe ich viel zu sagen auf diesem Weg, unsagbar viel und immer noch mehr, Sturzbäche von stummen Gebeten, die von meinen geschlossenen Lippen gegen das kleine strahlengesäumte Glasgehäuse fluten, hundert Bitten, tausend Anliegen: hilf dem, hilf jenem, bewahre uns, errette uns, Christe eleison ...)

Das alles war vorüber und der Mittag vorbei, Junimittag, der in einen langen heißen sonnendurchbrüteten Nachmittag absinkt, festmüde träge Stunden, die Quecksilbersäule steigt auf dreißig Grad. Kein Lüftchen regt sich, die Fahnen hängen schlaff, an den jungen Birkenbäumen wippt kein Blatt, sie sehen aus, als wollten sie schon welken, und die gestreuten Blumen und Gräser verschmachten im Staub.

Noch stehen die Altäre. Ich habe dem Mesner gesagt, er möge sich Zeit lassen mit dem Abbau, bis es kühler werde gegen Abend, er ist nicht mehr der Jüngste und tut sich schwer.

Jetzt ist's fünf herum, die Schatten werden schon länger. Ich höre Hammerschläge vom Dorfplatz, klappe mein Brevier zu und komme gerade zurecht, dem Alten zu helfen, das schwere Altarbild vom Tisch zu lupfen.

Sonst ist der Dorfplatz leer. Die Leute sitzen in den Häusern. Nur zwei, drei Kinder pirschen heran.

Auf einmal ist etwas anderes: Die Tür der Carabinieristation wird aufgerissen, vier Gelb-Berockte stürzen heraus, rennen rund um das Haus in den Hof. Gleich darauf: das Anlassen ihres Wagens ... Jetzt kommt er aus dem Torbogen gerumpelt, ein alter Kasten, verschrammt und schäbig, schießt mit brüllendem Motor vor, reißt eine Kurve und purrt taleinwärts davon.

Sofort öffnen sich Fenster und Türen an allen Häusern. Männer treten auf die Schwellen, Frauen und Kinder drängeln hinterdrein. Alle Gesichter – ernst und gespannt, in allen Augen flackert Sorge, glost Bestürzung: Was hatte das jetzt zu bedeuten?

Wenn die Carabinieri so losfahren, zu viert und in rasender Eile, denkt niemand an einen Unglücksfall oder ein Verbrechen, jeder nur an eine neue Aktion der Verfolgung. Wen wird sie diesmal treffen? Wer wird mitverwickelt sein? Und wer wird heute nacht blutig geschlagen, niedergeknüppelt und -getreten nach Bozen eingeliefert werden?

Murmeln, Mutmaßungen.

Aber die Menschen sind schon so eingeschüchtert, daß jeder auf seiner Schwelle bleibt, keiner zum Nachbarn hinüberzugehen oder gar zu rufen wagt. Die Männer drängen die Frauen ins Haus zurück, wo ein Kind entwischt, wird es barsch gerufen: Da gehst her! Denn sicherlich sitzt noch so ein Gelbrock in der Station und späht durch den Gardinenschlitz.

Der Mesner hat seine Arbeit unterbrochen. Ich sage ihm: Komm, mach weiter! Ich helfe ihm. Dabei durchlaufen meine Gedanken alle taleinwärts gelegenen Häuser, wo junge Burschen und Männer wohnen, die den Mund nicht halten können, oder Frauen, die immer noch nicht aufgegeben haben und ihre Kinder aus deutschen Fibeln lesen lehren ...

Jetzt ist der Altar abgebaut, Bild und Tisch sind auf dem Karren verladen. Doch weder der Mesner noch ich wollen weg vom Platz. Sie müssen ja einmal zurückkommen, dann werden wir sehen.

Sie kommen früher als erwartet. Schon von weitem hört man den Motor brummen, dann biegt der Wagen herein, ist da –

Statt vier Männer sitzen jetzt fünf darin. Ich kneife meine Lider zusammen, um zu erkennen: der fünfte ist Wagenseil.

Eine Minute später bin ich bei Pfarrer Lamprecht und berichte. Oh, wär ich nur nicht zu ihm, hätt ich's doch nicht so fürchterlich eilig gehabt, die Neuigkeit auszuschwatzen, hätt ich mich in ein Mauseloch verkrochen und mein Elend benagt, aber Elend, *Elend* fiel mir noch gar nicht ein. Alles, was ich zu denken vermochte in diesen Augenblicken, war Ausgeburt meiner Blindheit, meiner Liebe und Neigung: Wagenseil von den Faschisten verhaftet, schandbare Willkür, schandbare Verfolgung. Ein ehrlicher Mann, ein braver Mann – (würde er sonst verfolgt?) Nun seht ihr's alle: Ich habe mich für einen braven Mann entschieden.

Pfarrer Lamprecht hörte meinen Bericht an, auch er voll Entrüstung und Sorge. Sofort entwirft er einen Plan, wie Wagenseil zu helfen sei. Aber dann ...

Mit einem Mal zögert er. Ich seh's ihm an: ein Gedanke ist ihm eingeschossen, ein schwarzer Gedanke, ein schwarzer wüster scheußlicher Verdacht.

Und plötzlich habe ich Angst und mache mich davon.

Zehn Minuten später läutet es zum Abendrosenkranz, ich muß hinüber in die Kirche. Sie ist leer, so leer, wie ich sie noch bei keinem Gottesdienst erlebt habe, nur zwei alte taube Frauen sind da, nicht einmal der Ministrant kommt zur rechten Zeit. Ich bin schon mitten in der Lauretanischen Litanei, da ich ihn in der Sakristei rascheln höre: der Bub zieht den Chorrock an, zum Segen drückt er sich herein, schwingt das Glöckchen, murmelt sein Amen.

Beim Hinausgehen zupft er mich am Ärmel und flüstert ...

Es war unbegreiflich wieso, aber das ganze Dorf war schon hellauf davon, alle wußten es, alle: Dragenowitsch hat sich heute selbst gestellt und sich des Mordes an Lebandowski bezichtigt und hat gesagt: Einer hat mir dabei geholfen. Er hat's gewußt, gewollt und angestiftet: Wagenseil.

Um neun kommt der Polizeiwagen von Bozen herauf. Unter schwerer Bewachung werden die beiden hinuntergefahren: aneinandergefesselt, in Ketten.

Schwarze Menschentrauben säumen den Dorfplatz, dicht gedrängt, an die Häuser gepreßt. Sie schauen schweigend, ohne sich vom Platz zu rühren, dem Wagen nach. Nun ist er weg, sein Surren und Holpern verstummt. Doch auch jetzt rühren sie sich nicht – und schweigen noch immer.

Und auf einmal bemerke ich im letzten Licht, im letzten bleichen Widerschein des weißlichen Himmels, daß alle Augen nach mir zielen. Ich stehe in der Mitte des Dorfplatzes, allein, wie auf einem großen nackten Zifferblatt, von dem die Zeiger abgebrochen sind, und die Stille dauert an und meint – mich.

Ich bin zu verwirrt und viel zu verstört, um zu erfassen; aber da löst sich ein dunkler Strich aus einer Menschentraube und kommt auf mich zu, gleich darauf andere Striche, hier einer, dort einer, und ich begreife endlich: Sie kommen, um mich zur Rede zu stellen.

»Na, Herr Kooperator, was sagen Sie dazu? Eine schöne Bescherung!«

»Der Wagenseil –«

»Der Lump!«

» – hat heut den Himmel getragen.«

» – eine Schande für's ganze Dorf.«

»Ich verstehe nichts«, sage ich, »ich verstehe überhaupt nichts.«

»Ah, das ist gut, Herr Kooperator! Wenn Sie nicht verstehen, da gehen Sie doch gleich mal runter in die Raschötz – zur Hedwig, die kann's Ihnen sagen.«

»Das dreckige Mensch –«

Da schreie ich: »Aber ihr wißt doch nichts, wißt doch überhaupt nichts Gewisses. Was dieser Dragenowitsch gesagt hat, kann ja alles erlogen sein.«

Da antwortet ein Mann –, es ist der, der mich als erster angesprochen hat: »Nein, Herr Kooperator, da ist nichts erlogen. Da stimmt schon alles. Der Kerl hat auch gezeigt, wo er den Lebandowski hingebracht hat. In der Pulvermühle hat er ihn eingemauert.«

Der einzige Mensch, der mir in jenen Tagen zu Hilfe kam, war der alte Pfarrer Lamprecht. Er hielt zu mir, er deckte mich vor der ganzen Gemeinde. Er ließ es sich auch nicht nehmen, die Funeralien abzuhalten, als Lebandowskis sterbliche Überreste, aus Bozen zurückgebracht, auf dem Lajoner Friedhof bestattet wurden. Im Rollstuhl sitzend hielt er seine Predigt, zum letztenmal: »Was ihr Ehre oder Schande nennt, Leute, das, kann ich euch sagen, Leute, ist dem Herrgott egal. Und wenn einer unter euch ist, der meint, er müsse einen Stein werfen auf einen anderen – ehren- oder schandenhalber –, dem rat ich nur eins: er hebe einen Stein auf, einen richtig schweren Brocken, und schlag ihn sich selbst an den Schädel, damit er endlich mal merkt, wie hohl es da drinnen ist!«

»Ich habe Ihnen erzählt, Bojan: Lebandowski hat sich Dragenowitsch aus Bosnien mitgebracht – als eine Art Kriegsbeute. Das gab es noch, damals im ersten Weltkrieg und in der k. u. k. Armee. Ein Offizier hatte noch eine Menge persönlicher Verfügungsrechte, sie waren zwar nicht verbrieft, aber sie wurden ihm in der Praxis zugestanden. Ein Überbleibsel aus der Feudalzeit.

Ich habe Ihnen auch erzählt, daß ich nun, als Lebandowskis Buchhalter, viele Abende bei ihm verbrachte; beinahe jeden Abend und meist bis tief in die Nacht hinein. Wir saßen in seinem Salon, bei Cognac, Geschwätz und endlosen Lügengeschichten.

Unter diesen Geschichten war eine, die immer wiederkehrte; immer ein bißchen anders, aber im Kern dieselbe.

Es mußte ihr also ein bestimmtes Quantum Wahrheit zugrunde liegen. Nur bin ich nie darauf gekommen wieviel.«

»Erzählen Sie!«

»Es war im Jahr 16 – an der Balkanfront. Serbien war zum größten Teil von uns besetzt. Doch die Zivilbevölkerung war rebellisch, immer wieder flackerten Kämpfe auf, es war nicht leicht, das zerklüftete Gebiet unter Kontrolle zu halten. Man erwartete feindliche Landungen an der Küste, feindliche Vorstöße über Albanien. Soviel steht fest: Die Lage war nicht rosig.

Lebandowski behauptete: Auch die Bosniaken zeigten sich je länger desto aufsässiger. Es gab Überfälle, Verluste, Zerstörungen ... Und so gelangte er zu der Überzeugung, daß man nicht nur Exempel statuieren müsse, wie das ja längst geschah, sondern daß es unerläßlich sei, die ganze Population (sein Ausdruck!) verschwinden zu machen.

Nun aber waren, laut Lebandowski, die Herren Generäle im Oberkommando, die weit vom Schuß saßen – verkalkte Trottel (wieder sein Ausdruck) –, und die Zitterbärte am Stubenring immer noch der Meinung, man könne den Krieg mit Glacéhandschuhen führen, statt tabula rasa zu machen ..., ›nur so war dieser Krieg noch zu gewinnen‹.«

Bojan schlug mit der Hand durch die Luft: Das kennen wir.

»›Man mußte ihnen also Zunder geben – aber wie?‹ Der schlaue Lebandowski war nicht verlegen. Er hatte ja immer Ideen – und diese schien ihm besonders glänzend gewesen zu sein.

Er verfaßte Berichte, Berichte über Sabotagen, Überfälle, Grausamkeiten, die nie stattgefunden hatten oder nicht in diesem Ausmaß, er übertrieb, er bauschte auf oder erfand einfach, und diese Berichte schickte er nach Wien.

Wer sollte dort im Kriegsministerium nachprüfen, was davon stimmte? Den Zitterbärten am Stubenring fuhr der Schreck in die Glieder. Die Wirkung blieb nicht aus. In einem Armeebefehl wurde den Truppenoffizieren anheimgestellt, ›je nach Erfordernis der Lage nach eigenem Ermessen zu verfahren‹. Das hieß – was konnte es anderes heißen als: Grünes Licht für jede Art Massaker.«

»Stimmt«, sagte Bojan, »so kommen solche Dinge zustande.«

»Zustande – oder nicht zustande.« Wagenseil wiegte den Kopf. »Ich weiß es nicht – in *diesem* Falle weiß ich's nicht.

Vielleicht hat sich Lebandowski das alles nur ausgedacht, vielleicht hat er diese Berichte gar nicht geschrieben oder nicht allein geschrieben oder nur gewünscht, sie geschrieben zu haben. Das auf jeden Fall! Gewünscht hat er ja mancherlei, dieser Bursche; er hat sich immer in der Rolle des Gewissen- und Bedenkenlosen gefallen, er wollte ja immer den Abgebrühten spielen. – In Wirklichkeit konnte er nicht einmal ein Huhn umbringen, und wenn ihm ein Ohrwurm oder eine Spinne über die Zeitung lief, rannte er damit ans Fenster und schüttelte das Ding hinaus.«

»Typisch für solche Leute«, sagte Bojan.

»Hm ja, typisch?« Wagenseil hatte begonnen, auf einem Blatt Papier mäandrische Figuren zu zeichnen. »Es war alles so merkwürdig bei ihm. Auf der einen Seite kannte er keine Hemmungen, auf der anderen war er voll Ekel und Angst – Ekel vor Ungeziefer, Unrat, Schmutz, weiß Gott wovor noch allem. Keine Tasse konnte ihm sauber genug gewaschen sein, und ein klebriger Löffel rief einen häuslichen Skandal hervor ... Er wusch und putzte sich stundenlang – täglich ... Im Krieg, erzählte er mir, habe er vor allem unter Dreck und Verwahrlosung gelitten, Wanzen und Läuse haben ihn zur Verzweiflung gebracht, und vielleicht waren sein Haß und seine Ausrottungswut gegen das Volk da unten am Balkan nur etwas wie ein bis zur Manie gesteigertes pervertiertes Reinlichkeitsbedürfnis.«

»Wahrscheinlich«, sagte Bojan. »Bei uns war es dasselbe – in Polen, in Rußland, ich hab's oft genug miterlebt.«

Wagenseil zeichnete noch immer an seinen Mäandern. »So kam es dann dazu – oder kam nicht dazu, ich weiß es ja nicht, ich konnte mich ja nur an Lebandowskis Erzählungen halten, die ja, ich sagte es schon, mit Phantasie und Prahlereien durchsetzt waren. Doch nehmen wir an, er hätte die Wahrheit gesprochen – oder wenigstens zum Teil die Wahrheit, dann – «

»Dann –?«

Wagenseil stieß den Bleistift so heftig auf das Blatt Papier, daß die Spitze abbrach. Er warf den Stift weg, vergrub die Hände in den Hosentaschen und starrte zur Decke empor.

»Ich verstehe«, sagte Bojan. »Scheußlichkeiten.«

Wagenseil nahm sich zusammen. »Das Prinzip war einfach«, sagte er und versuchte seiner Stimme einen trockenen Ton zu geben, »sehr einfach, nach dem er verfuhr: er durchkämmte das Land – und wo er auf ein Dorf traf – am liebsten auf ein einsam gelegenes Dorf, wo er keinerlei Zeugen zu befürchten hatte –, ließ er es umzingeln und anstecken. Wenn es brannte, wurden die Bewohner zusammengetrieben und niedergeschossen. Zu diesem Zweck benutzten sie ein erbeutetes serbisches Maschinengewehr. Dann ließ Lebandowski serbische Zeitungen verstreuen oder eine Aufschrift in serbischer Sprache an einen Pfahl nageln: ›Tod den Verrätern‹ oder einen ähnlichen Spruch, kurzum er versuchte die Schuld auf den Feind zu schieben –«

Bojan nickte. »Bekannte Praktiken.«

»Es war Spätherbst 16«, fuhr Wagenseil fort. »Da war, Lebandowski zufolge, wieder einmal so ein Dorf an die Reihe gekommen – Filica hieß es –, ein kleines Nest im Gebirge. Serbische Kugeln – serbische Zeitungsfetzen und was dergleichen mehr. Die Trümmer rauchten noch. Lebandowski hatte es eilig weiterzukommen. Er sollte noch am selben Tag bis zur Narina vorstoßen. Die Gegend war ziemlich wüst, Karstgebirge und Schluchten und nur ein elender Weg, der sich zu einem Paß hinaufzog – und hinter dem Paß war ein zweiter und dritter –, und Lebandowski wußte, er mußte schon Glück haben, wenn er noch heute sein Ziel erreichen wollte.

Da begann es zu schneien. Es schneite zum ersten Mal in diesem Jahr, viel zu früh, aber gleich so heftig, daß sie sofort die Richtung verloren.

Da kam ihnen aus dem Gestöber ein Mann entgegen – ein Bosniak. Er kam aus dem Gebirge herunter und wollte an ihnen vorbei: nach Filica.

Lebandowski ließ ihn festnehmen. Er brauchte jetzt einen Führer, der das Gelände kannte. Aber der Mann wollte nicht. Der Dolmetscher redete auf ihn ein, aber er stand nur da und glotzte stur in eine Richtung, dorthin, wo noch die Rauchsäule von Filica aufstieg. Lebandowski schrie ihn an – er glotzte noch immer. Auch die Kolbenschläge in den Rücken nutzten nichts, der Kerl schien sie nicht zu spüren.

Da ließ ihn Lebandowski abführen – nach Filica oder was von Filica noch übrig war: er mochte selbst sehen, wer dort gehaust hatte: das serbische Räuberpack.

Als Dragenowitsch zurückkam, war er bereit, Lebandowski an die Narina zu führen.

Er führte ihn hinüber – und blieb bei ihm. Er hielt Lebandowski für seinen Lebensretter, ja, dafür hielt er ihn. Er mußte der Vorstellung verfallen sein, daß er, wenn ihn Lebandowski nicht mitgenommen hätte, den brandschatzenden Serben in die Hände gefallen wäre. Er empfand es als Rettung, daß er gezwungen worden war, an die Narina mitzukommen, und es war sicher auch etwas wie eine Rettung für ihn: daß er den Trümmerhaufen verlassen, daß er nicht all die Toten allein begraben mußte, daß Filica hinter ihm zurückblieb wie nie gewesen. Er war Lebandowski dankbar und versuchte sofort, sich ihm anzuschließen. Er folgt ihm wie ein Hund, lag nachts vor seiner Tür, schleppte ihm das Gepäck, war nicht mehr abzuweisen. Lebandowski duldete ihn – er hatte sich den Mann wohl angesehen: seine Bärenschultern, Bärenarme, den ganzen Bärenkerl und hatte wohl gedacht: Den Burschen kann ich brauchen.«

Wagenseil legte eine Pause ein. Er schenkte sich nach und begann mit einem zweiten Stift weiterzukritzeln. Dann sagte er: »Das also war die Geschichte, wie Lebandowski zu Dragenowitsch kam – die Geschichte, wie er sie mir erzählte, wohl ein dutzendmal erzählte: und ich betone: ich habe sie ihm nie ganz geglaubt. Immer war ein Wechsel im Detail: mal war Filica ein winziges Kaff, dann wieder ein ganz ansehnlicher Ort; mal kam Dragenowitsch mit einer Herde Schafe aus dem Gebirge herunter, mal allein ... Ich habe später jahrelang Zeit gehabt, darüber nachzudenken, worin wohl der wahre Kern dieser Geschichte bestand. Aber sie hatte, ob Lüge oder Wahrheit, ihre Wirkung längst getan.

Nun wohnte ich also mit Dragenowitsch in der Pulvermühle. Ich hatte die untere Stube, er die obere. Wir vertrugen uns vorzüglich – ja, vorzüglich, obwohl wir sehr wenig miteinander reden konnten, denn mindestens anfangs war Dragenowitsch so gut wie stumm.«

»Stumm – wieso das?«

»Stumm sein heißt doch: keine Sprache haben. Und Dragenowitsch hatte keine Sprache.

Er hatte in all den Jahren, die er nun im Lande war, weder Deutsch noch Italienisch erlernt, nur ein paar Brocken – Flüche, Befehle, wie er sie brauchte, um die anderen Arbeiter im Steinbruch anzubrüllen: ›Ho ruck!‹ und ›Vurwärts‹ und ›Faule Schwein!‹ Auch wenn er mit Lebandowski sprach – was hatte er denn schon mit ihm zu reden? – ging es mit ein paar aufgeschnappten unzusammenhängenden Vokabeln ab: ›Stein, Block, sprengen.‹

Nun gut, dachte ich anfangs, er kann nicht Deutsch, er kann nicht Italienisch, aber er hat doch seine Muttersprache, Bosnisch, und ich stellte es mir als serbo-kroatische Mundart vor, mit türkischen und albanischen Elementen durchsetzt.

Ich hatte Lust, diese Sprache zu lernen – und begann ihn auszufragen.

Aber – und das war etwas Erschreckendes für mich –, er hatte sie vergessen.

Ich zeigte ihm Gegenstände, damit er sie mir benenne, einfache Gegenstände: Tisch, Stuhl, Baum, Fenster; er begriff, was ich wollte, aber ich merkte: er konnte nicht – er mußte nachdenken, suchen – er hatte seine Sprache verloren. Ein Mensch, der ohne Sprache lebt, können Sie sich das vorstellen, Bojan? Er kann nichts mehr benennen, scheiden, sondern; er ist seiner menschlichen Natur beraubt.

Dabei war Dragenowitsch nicht dumm. Seine Arbeit im Steinbruch hätte ein Dummer nicht leisten können, und er leistete Meisterarbeit. Er wußte wie kein anderer, wie man die Wand anbohren, wie man die Sprenglöcher anlegen und die Ladung hochgehen lassen muß. Er wußte, wie die schweren Blöcke abzulassen und auf die Laster zu hieven waren, und wenn er einen Stein abklopfte, hörte er genau, ob ein Lager drin war oder nicht.

Nein, Dragenowitsch war nicht dumm, auch wenn ihn Lebandowski einen Orang-Utan nannte; dieser Spitzname versetzte mich in Wut, sooft ich ihn hörte, und ich beschloß, mich um Dragenowitsch zu kümmern.

Später, während des Prozesses, kam bei einigen Leuten die Meinung auf, ich hätte mich nur deshalb in der Pulvermühle einquartiert, um mich an Dragenowitsch heranzumachen; um ihn gegen Lebandowski aufzuhetzen und ihn schließlich anzustiften ... Aber nein, das war nicht der Fall. Ich hatte nie an etwas wie Anstiftung gedacht, hatte auch nie gewünscht, daß Lebandowski aus der Welt verschwände, aus vielen Gründen nicht. In einem Punkt freilich hatten jene Leute recht: Ich wollte etwas an Dragenowitsch demonstrieren, ich kann nicht genau sagen, *was* ich demonstrieren wollte. Doch sicher war diese Demonstration gegen Lebandowski gerichtet, und ebenso sicher, daß ich sie aus Eitelkeit unternahm.

Eitelkeit, ja. Es schmeichelte mir, daß Dragenowitsch begann, mir anzuhängen. Es schmeichelte mir, daß er, wenn ich heimkam, vor der Pulvermühle saß und auf mich wartete. Daß er mir – ohne von mir gebeten zu sein – Holz aus dem Wald holte, es kliebte, in meine Stube trug; daß er mir den Ofen heizte, Wasser brachte, daß er mir manchmal sogar die Wäsche wusch.

Am Sonntag, wenn die Arbeit im Steinbruch ruhte, und es

war Winter und ich wußte, er liegt oben auf seinem dreckigen Bett, und der Hauch gefriert ihm am Bart in seinem eisigen Loch, dann rief ich ihn zu mir herunter und ließ ihn bei mir sitzen. Und kochte Tee und schüttete Rum in die Tassen – und dann redete ich mit ihm.

Er hatte sein Bosnisch vergessen, jetzt lehrte ich ihn Deutsch – soviel, daß wir uns schließlich ganz gut verständigen konnten. Ich brachte ihn auch dazu, von seiner Jugend und Kinderzeit zu erzählen, wie und wovon sie dort gelebt hatten in Filica ... Ich verstand nicht alles, und wenn er dann begann, irgendwelche Späße zum besten zu geben, die sie dort getrieben hatten, verstand ich gar nichts mehr, aber ich sah, wie die Erinnerung in ihn einschoß und ihn entzündete, und da sprach er plötzlich fließend seine vergessene Sprache und gestikulierte wild, schlug auf den Tisch und sprang herum – und manchmal brach er dann in ein dröhnendes Gelächter aus, ein Gelächter, das gar nicht mehr enden wollte.

In solchen Augenblicken wurde mir unheimlich, und ich machte, daß ich wegkam.

Eines Tages geschah etwas.

Es war etwa ein Jahr nach meinem Eintritt in Lebandowskis Betrieb. Im Steinbruch wurde täglich gesprengt. Zuerst wurde die Ladung angebracht und an das elektrische Zündwerk angeschlossen. Dann ging die Sirene – die Arbeiter hatten sich in Deckung zu begeben. Die Deckung bestand aus zwei Erdgruben, die mit dicken Bohlen abgedeckt waren, und erst wenn der letzte drinnen war, wurde der Hebel umgelegt, die Ladung ging hoch.

Nun war eine der Gruben in letzter Zeit schadhaft geworden. Der Hang war nachgerutscht und hatte die Bohlen verschoben. Ich hatte Lebandowski darauf aufmerksam gemacht, auch Dragenowitsch war deshalb etliche Male bei ihm gewesen. Aber Lebandowski zeigte keine Lust, Leute zu dieser Arbeit abzustellen, er hatte soeben wieder einen großen dringlichen Auftrag: Staatsbau in Bozen. Tag und Nacht ratterten die Maschinen.

Trotzdem gingen die Lieferungen zu langsam hinaus. Lebandowski gab Anweisung, mit stärkeren Ladungen zu sprengen. Da geschah es eben: Ein großer Brocken sprang aus der Wand und schlug in die schadhafte Deckung ein. Es war ein Glück, daß er nur *einen* Mann erwischte – sein Unterschenkel war Brei.

Ich hörte schreien und wußte sofort ... Ich lief aus meinem Büro, da brachten ihn die anderen schon herbei. Wir legten ihn auf eine Bahre. Auch die Köchin kam aus dem Haus gerannt, ich sagte ihr, sie solle Lebandowski holen und um den Arzt telefonieren.

Es war Mittag um zwölf. Lebandowski war noch im Badezimmer. Nun kam er, in seinem seidenen Pyjama, in seinem türkisch gemusterten Schlafrock. Dragenowitsch versuchte ihm den Vorgang zu erklären, aber Lebandowski tobte nur. Er nannte den Verunglückten einen Idioten, der selber schuld sei –, und wenn er jetzt denke, er, der Chef, werde auch nur einen Finger rühren, um zu helfen, dann kenne man ihn schlecht, er trage keine Verantwortung ...

Die Arbeiter hatten die Bahre niedergesetzt und standen im Halbkreis um Lebandowski herum. Einer von ihnen, ein älterer Mann, widersprach: Der Verunglückte habe keine Schuld, die Deckung sei nichts mehr wert gewesen, man hätte sie längst reparieren müssen.

›Die Deckung?‹ fuhr Lebandowski gegen Dragenowitsch los, ›hab ich dir nicht gesagt, du sollst sie richten lassen, wie? Zehnmal hab ich's dir schon gesagt, und du ...‹

Ich stand dabei und hörte mir das alles an. Soviel wußte ich: Jetzt einzugreifen hatte keinen Zweck. Man mußte Lebandowski toben lassen, bis er selber – vielleicht –

Aber da nahm ich etwas wahr – an Dragenowitsch, was ich an ihm noch niemals wahrgenommen hatte: Sein Gesicht veränderte sich, die hündische Ergebenheit war verschwunden, und etwas anderes stieg darin auf. Er war kreidebleich geworden, dann dunkelrot, seine Backen bliesen sich auf, seine Adern schwollen an, und sein Blick – der Blick, mit dem er Lebandowski ansah ...

Doch da drehte er sich um, drehte sich weg von seinem Herrn und Meister und nahm die Tragbahre auf. Er wartete, bis auch die anderen faßten – so zogen sie mit dem Verletzten ab.

Ich blieb zurück und schaute ihnen nach. Auch Lebandowski. Er war außer sich. Schweißperlen standen auf seiner Stirn, in seinem rötlichen Bärtchen. Er tupfte sich das Gesicht mit dem Taschentuch ab. ›Bagage!‹ murmelte er, ›Bagage.‹

In diesem Augenblick dachte ich, daß ich mit ihm reden sollte. Irgend jemand mußte es ihm sagen: So geht es nicht, so darfst du nicht mehr weitermachen, und ich wußte, daß ich der einzige Mensch war, der ihm das sagen konnte, und ich setzte schon an –

Da kam Hedwig aus dem Haus. Sie hatte mitgekriegt, was geschehen war, Lebandowski hatte ja auch laut genug geschrien. Sie kam auf uns zu, langsam, Schritt für Schritt, mit über der Brust gekreuzten Armen, so pflanzte sie sich vor ihrem Mann auf, streckte den Kopf vor und zischte ihn an: ›Du Hundsfott!‹

Er zog aus und schlug ihr ins Gesicht. Sie schrie auf und krümmte sich weg. Ich wußte, daß er sie manchmal schlug, aber ich hatte es noch nie gesehen. Ich wollte hinspringen, sie wegreißen von ihm, da geschah etwas anderes: Lebandowski begann zu zittern und brach in Tränen aus. Er schluchzte und kreischte in sich hinein, es war ein richtiger Anfall; ich fürchtete schon, er werde sich auf die Erde werfen ...

Wir brachten ihn ins Haus. Hedwig tropfte ihm Baldrian auf einen Zuckerwürfel. Als ich hinausging und die Tür hinter mir zuzog, hatte ich das Gefühl: Hier ist nichts mehr zu retten.

Aber es ging weiter, noch einmal fast ein Jahr.

Der Winter kam, und Dragenowitsch begann zu husten. Ich hörte es durch die Dielen in meine Stube hinunter. Zuerst dachte ich mir nicht viel dabei, aber es wurde immer ärger. Er magerte ab, wurde hohläugig, fahl, er hatte Fieber. Ich sagte ihm, er solle zu arbeiten aufhören, er wollte nicht. Ich kochte ihm Tee und zwang ihn, Medizinen zu schlucken. Es nutzte wenig. Jeden Morgen schleppte er sich zum Steinbruch hinunter, er wollte nicht nachgeben. Er war noch nie krank gewesen – und er hatte Angst.

Die Saison war vorüber. Augenblicklich war im Steinbruch wenig zu tun, und Lebandowski hatte schon etliche Arbeiter entlassen. Ich versuchte Dragenowitsch zu überzeugen: Ihn werde Lebandowski niemals entlassen, auch wenn er sich krankschreiben lasse. Er dürfe ihm gar nicht kündigen, es gebe doch Gesetze ... Aber Dragenowitsch lehnte ab. ›Du ihn nicht kennen – du ihn nicht kennen – ‹, war alles, was er mir zur Antwort gab.

Wieder nahm ich mir vor, mit Lebandowski zu reden. Da wurde es besser. Das Fieber ließ nach, auch der Husten. Trotzdem war Dragenowitsch nicht mehr der alte. Seine Bärenkräfte waren geschwunden, und ein paar Monate später begann der Husten von neuem.

Er kämpfte dagegen an. Ich hörte nachts, wie er sich in seinem

Bett herumwarf und würgte – und dann das endlose Bellen bis in die Morgenstunden ... Er mußte auch Schmerzen haben, denn er hielt sich krumm, und seine Leistung im Steinbruch ließ bedenklich nach.

Eines Tages ging ich mit Lebandowski unter der Halde vorbei. Dragenowitsch stand oben, er hatte eben wieder seinen Hustenkrampf.

Lebandowski wies mit dem Daumen zu ihm hinauf. ›Was ist denn mit dem Utan los? Schickt er sich an zu krepieren – oder was?‹

Ich sagte, er sei wohl krank gewesen, aber es gehe schon wieder aufwärts mit ihm.

Dragenowitsch hustete noch immer.

›Das nennst du aufwärts?‹ fragte Lebandowski. Er ging ein paar Schritte weiter. Dann sagte er: ›Der Kerl taugt nichts mehr. Wir werden uns um einen Ersatz kümmern müssen.‹

Ich darauf: ›Du bekommst niemand, der besser ist.‹

Lebandowski lachte: ›Das werden wir noch sehen.‹

Ich sagte nichts mehr. Aber ich spürte, daß sich in mir etwas spannte, wie eine Saite gespannt wird, mit einem leisen sirrenden Ton, der die Überdehnung anzeigt, den Riß ankündigt. Später dachte ich manchmal, in diesem Augenblick hätte ich schon alles gewußt und sei entschlossen gewesen ... Doch das ist nicht wahr, bestimmt nicht wahr. Ich hatte mich nie entschlossen, nie mit Bewußtsein. Wäre ich mir darüber klargeworden, was ich wollte – ich hätte es nie getan, ich hätte Dragenowitsch nie von Filica erzählt.«

»Sie haben –«, rief Bojan.

»Noch nicht«, wehrte Wagenseil ab. »Das war ja das Seltsame an dem ganzen Vorgang, daß er sich über eine Reihe von retardierenden Momenten entwickelte – in gleichsam gebrochenen Linien – so, als zögerte sich der Vollzug hinaus – so, als wollte er sich selbst nicht. Dazu gehörte Dragenowitschs halbe Genesung, dazu gehörte auch, was jetzt geschah. Ich war am Abend wieder bei Lebandowski, und diesmal sprach ich wirklich mit ihm über Dragenowitsch – über ihn und manches andere, ich redete ihm gut zu, und er war erstaunlich zugänglich, vernünftig, geduldig. Ich erinnerte ihn daran, wie lange Neilbeg schon bei ihm war, wie er geschuftet und sich gerackert hatte – und Lebandowski gab das zu. Ihn an Filica zu erinnern, wagte ich nicht, aber ich dachte, es müßte ihm doch wohl von selbst einfallen; es könnte doch gar nicht anders sein, als daß es ihm jetzt einfiele – nicht wahr? es sei denn – es sei denn –«

»Was?« fragte Bojan.

»Es war alles geflunkert und erlogen.«

»Nicht anzunehmen«, sagte Bojan.

»Nicht anzunehmen«, wiederholte Wagenseil, und es schien, daß ihn Bojans Antwort erleichtert habe. Er saß eine Weile schweigend, in sich zusammengesunken da. »Sie hätten es also auch geglaubt?«

»Vermutlich: ja.«

Wagenseil fuhr sich über das Gesicht. »Gut«, murmelte er. »Da haben Sie mir was Gutes gesagt.

An jenem Abend ging ich getröstet hinauf in meine Pulvermühle. Es war eine schöne Nacht – mit einem kleinen dunstigen Mond am Himmel. Ich bildete mir ein, etwas Richtiges getan zu haben, ein ungewohntes Gefühl, das mich wohltätig wie Öl durchfloß. Ich hatte etwas in Ordnung gebracht, zu Einsicht und Gerechtigkeit gesprochen. Das erheiterte mich. Sogar der Gedanke an Hedwig hatte seinen Stachel verloren – wir kamen jetzt seltener zusammen, die Zeit der wilden Abenteuer war vorüber. Eines Tages, so hoffte ich, würde auch das von selbst im Sand verlaufen, ich würde frei werden, frei, um mir selbst zu gehören.

Das war die letzte Stunde meiner Jugend – und sicher die letzte, in der ich glücklich war.«

(Und dachte auch an Julia in dieser Nacht – aber das kann ich dir, Bojan, nicht sagen – und an ihre elbischen Augen, sie waren mir ein sanftes Gestirn in dieser Nacht, und ich liebte sie, Julia, nicht um sie zu besitzen, wie ich Hedwig besessen hatte, sondern um mich ihr hinzugeben und der ihre zu sein.)

»Und dann?« fragte Bojan weiter.

Wagenseil schrak auf. Er runzelte die Stirn, Bojans Drängen schien ihm plötzlich auf die Nerven zu gehen. »Nur Geduld! Das dicke Ende ist gleich da.

Ein paar Tage später fand ich eine Zeitung in meinem Büro. Ich wunderte mich. Es gehörte nicht zu Lebandowskis Gewohnheiten, mich mit Lektüre zu versorgen. Das mußte irgendeine Bedeutung haben. Ich schlug das Blatt auf – und zufällig fiel mein Blick gleich auf eine Annonce: Sprengmeister für Steinbruch gesucht.

Also doch.

Ich nahm das Blatt und ging zu Lebandowski hinüber. Er saß

auf dem Sofa und polierte seine Nägel. Ich legte ihm die Zeitung hin und fragte: ›Ist das von dir?‹ Er sagte: ›Natürlich, was hast du denn gedacht? Mein Betrieb ist doch kein Wohltätigkeitsverein.‹ und dann: ›Du kannst den Kündigungsbrief schon vorbereiten.‹

Mir blieb die Luft weg. Ich wollte sogleich hinüber in den Bruch – um Dragenowitsch zu suchen. Dann überlegte ich es mir anders. Ich hob es mir für den Abend auf. Hätte mich jemand gefragt, *was* ich mir damals aufhob, ich hätte es nicht genau sagen können. Nur *eins* dachte ich ganz klar: Heute will ich mich betrinken.

Ich kaufte mir eine Zweiliterflasche Wein – genauso eine Flasche wie diese hier – und nahm sie in die Pulvermühle mit. Und nachdem ich sie zur Hälfte ausgetrunken hatte, rief ich Dragenowitsch zu mir herunter.«

»Und dann erzählten Sie ihm von Filica«, sagte Bojan.

»Hätten Sie an meiner Stelle etwas anderes getan?«

Bojan zögerte. Dann sagte er: »Wahrscheinlich nicht.«

»Das wollte ich nur hören«, antwortete Wagenseil. »Und doch war's – Mord.«

»Sie übertreiben«, erwiderte Bojan. »Es war vielleicht Todesurteil – schlimmstenfalls Todesurteil. Zwischen Todesurteil und Mord ist ein Unterschied.«

»Meinen Sie?« Wagenseil lachte kurz auf. »Des Cäsars Daumen – Sie wissen doch, des Cäsars Daumen, bei den Zirkusspielen, er wies aufwärts oder abwärts, und wenn er abwärts wies, dann hieß das: Todesstoß. – Cäsar befleckt seine Hände nicht, vielleicht verläßt er sogar die Loge. Aber sein Daumen – sein Daumen bleibt in der Weltgeschichte stehen, wird groß und größer und schließlich ein Monstrum, das den Himmel verdunkelt ...« In Wagenseil nahm der Rausch wieder überhand.

»Und wie hat Dragenowitsch es aufgenommen?« fragte Bojan.

Wagenseil verzog den Mund. »Ich sah nicht hin – Und außerdem war es ziemlich dunkel in meinem Kabuff. Ich hatte ja nur eine Petroleumlampe, und ausgerechnet an diesem Abend ging mir das Öl aus. Schließlich leuchtete nur die Glut aus dem Ofenloch. Als ich fertig war, blieb Dragenowitsch noch eine Weile sitzen. Vollkommen regungslos. Dann stand er auf und ging hinaus. Er zog die Tür hinter sich zu – und es blieb still. Ganz still. Kein Schritt, kein Laut. Er mußte noch draußen stehen, auf dem Flur.

Auf einmal packte mich Angst ... Warum ging er nicht fort – hinauf oder hinaus, stand nur da und rührte sich nicht? Ich hatte das Gefühl, daß sich da knapp vor mir, fünf oder sechs Schritte von mir getrennt, etwas Ungeheures zusammenzog, eine Kraft, eine Wut, eine blinde gefährliche Energie. Ich wartete – ich glaube, ich habe mein ganzes Leben lang nicht so gewartet wie damals – auf seinen ersten Schritt. Endlich war es soweit, ich hörte ihn tappen, die Treppe hinauf, merkwürdig langsam und leise. Da sprang ich hin und drehte den Schlüssel um.

Das war töricht von mir – und wäre auch nutzlos gewesen. Hätte er wiederkommen wollen: ein Stoß seiner Schultern hätte genügt, die Tür zu sprengen. Das wußte ich auch. Ich rannte in meiner Stube herum wie eine Ratte und suchte nach einer Waffe, mit der ich mich wehren könnte, ich schob den Tisch vor, das und jenes – und war mir trotzdem klar: wenn er wiederkommt, bin ich verloren.

Aber er kam nicht wieder.

Ich hatte ihn unterschätzt.

Ich hatte geglaubt, er würde rasend werden, blindwütig rasend, wie ein Amokläufer, der einfach zuschlägt, wohin er trifft.

Indessen – indessen blieb es droben still, stundenlang. Ganz selten drang ein Geräusch zu mir herab, ich konnte es nicht deuten. Erst lang nach Mitternacht begann es zu rumoren. Und gleich darauf hörte ich ihn über die Treppe kommen.

Diesmal trat er laut auf, und ich sah einen Lichtschein über die Schwelle wandern. Aber er ging an meiner Tür vorbei. Ging in den Keller. Dort hörte ich ihn mit etwas klappern: Krampen und Schaufel. Und dann fing etwas anderes an: Schlag auf Schlag. Eisen gegen Stein. Eisen gegen Stein und Mörtel. Ein Rumpeln, ein Kollern, ein Scharren, mehr als eine Stunde lang.

Schließlich hielt ich es nicht mehr aus. Ich rückte den Tisch weg, drehte den Schlüssel im Schloß. Dann öffnete ich die Tür.

Da war er unten eben fertig geworden. Ich sah nur noch, wie er die Spitzhacke an die Wand lehnte und die Lampe ergriff und – hinter ihm – einen Haufen Bauschutt. Die Grube sah ich nicht.

Er kam herauf und trat bei mir ein. Er war – beinahe aufgeräumt. Und dann eröffnete er mir seinen Plan.

Dieser Plan war sehr einfach und sehr gut, von primitiver, aber stichhaltiger Logik, der Logik eines Menschen, der gewohnt ist, mit Umsicht zu arbeiten und alle Gefahren in Rechnung zu setzen.

Sein Plan konzentrierte sich darauf, mich aus der Sache herauszuhalten. Wenn Lebandowski verschwand, auf wen würde dann der erste Verdacht fallen? Auf mich, natürlich auf mich, den Liebhaber seiner Frau.

Also mußte ich verschwinden. Ich mußte ein Alibi haben, irgendwo anders gewesen sein in dieser Zeit; mußte mich dort, an diesem irgendwo anderen Ort zeigen, mit Leuten umgehen, die es mir später bestätigen konnten.

Auf ihn, Dragenowitsch, würde kaum ein Verdacht fallen; und wenn, er würde ihn zu entkräften wissen.

Auf welche Weise Lebandowski fallen sollte, darüber äußerte er sich nicht. Das war nur seine Sache. Auch über die Grube sprach er nicht – und wozu sie dienen sollte. Nur einmal sagte er: ›Ich alles machen werde glatt. Niemand merken wird. Ich – mauern gelernt habe in Filica.«

Wagenseil stockte einen Augenblick. Dann fuhr er fort: »Vielleicht denken Sie jetzt, Bojan, ich hätte in dieser Nacht Dragenowitsch zureden sollen, von seinem Vorhaben abzulassen; ich hätte ihm sagen können: Gut, du hast recht, der Lebandowski ist ein Hund, du weißt es jetzt. Aber laß ihn laufen. Eines Tages holt ihn der Teufel sowieso – oder was man in solchen Fällen vielleicht sonst noch sagen kann. Aber das war ja das Merkwürdige an dieser nächtlichen Unterredung, Bojan, daß von Lebandowski gar nicht mehr die Rede war; nichts von Dragenowitschs Entlassung; nicht einmal mehr von Filica. Es war, als wäre schon alles erledigt: das Urteil war gefällt, es war nur noch zu vollziehen.«

»Ich verstehe«, sagte Bojan. »Sie bildeten sich ein, daß Sie nur noch zu gehorchen hatten.«

Wagenseil lächelte flüchtig. »Genau. Zu gehorchen. Und mich davonzumachen. Ja, mich davonzumachen: darin bestand ja die Rolle, die mir Dragenowitsch zugewiesen hatte, mit meisterhaftem Scharfblick. Denn diese Rolle war mir wie auf den Leib geschrieben.

Nun dämmerte der Morgen: ein Freitagmorgen. Der nächste Tag war Feiertag, Allerheiligen, erster November. Da ruhte die Arbeit im Steinbruch. Da hatte auch der Buchhalter frei. Er konnte also wegfahren; schon heute abend konnte ich wegfahren.

Erstaunlich – die Eile, nicht wahr? Aber Aufschub? Nein. War nicht mehr drin.

Wohin ich fahren wollte, fragte Dragenowitsch nicht; er

nahm wohl an, nach Bozen – dort hatte ich Bekannte genug. Zu Mittag meldete ich mich bei Hedwig ab; sie nahm es ungnädig auf. Sie war immer verärgert, wenn ich losfuhr, wenn ich mich einmal absetzte, mit anderen Leuten zusammenkam. Sie hätte mich am liebsten angepflockt – zu ihren Füßen. Ihre Eifersucht war immer wach, sie fürchtete, daß ich mich mit anderen Frauen treffen könnte – und manchmal war es ja auch so.

Diesmal schien sie besonders aufgebracht, ich sah ein gefährliches Licht in ihren Augen aufflackern. Um so rascher machte ich mich aus dem Staub.

Ich fuhr mit der Kleinbahn hinunter nach Klausen, dort wollte ich in den Zug nach Bozen umsteigen. Doch wie ich dort saß, auf dem Bahnhof, vor den Geleisen, fiel es mir plötzlich siedend heiß ein: Wie – wenn Hedwig mir nachkäme nach Bozen? Sie hatte das schon etliche Male getan, teils um mir nachzuspionieren, teils um mich eine ungestörte Nacht lang ... wir hatten dort ein festes Hotel. Aber ich wollte nicht, wollte schon lange nicht; diese gefährlichen Eskapaden hingen mir längst zum Halse heraus. Und diesmal, diesmal konnte ich sie schon gar nicht brauchen. Also mußte ich umdisponieren ...«

»Und wohin?« fragte Bojan.

Wagenseil antwortete nicht. Er sah den anderen an, und seine Lider verengten sich. »Nach Proveis«, sagte er dann leise und rasch. »Zu meiner Mutter nach Proveis.«

Nicht nach Proveis, dachte Wagenseil, und nicht zu meiner Mutter, das hätte nicht einmal ich zuwege gebracht ... Aber wohin ich fuhr, das kann ich dir nicht sagen, dir nicht, Jürgen Bojan, Julias Mann, warum sollte ich auch, was geht's dich an, was kannst du dir denn auch vorstellen von dem, was wirklich war? Du hast sie jetzt, Julia, eine alternde Frau, und wenn sie dir nichts erzählt hat von dem, woraus ihre Jugend bestand, von mir wirst du's nicht erfahren, nie.

Ich fuhr zu Julia, über den Brenner, nach Innsbruck, nicht so, daß ich zu Julia fahren *wollte,* nicht so, daß ich's mir vornahm. Ich stieg eben in den erstbesten Zug, er rollte gerade ein, nach Sterzing und zur Grenze, zufällig hatte ich meinen Paß bei mir.

Es war ein schöner Abend, bräunlich und golden, letzter Oktober. Der Wagen war dicht besetzt und voll Blumen. Ja, voll Blumen, Kränze und großer Buketts, denn morgen war ja Allerheiligen, und die Leute waren unterwegs zu ihren Gräbern: weiße Astern und Chrysanthemen und buntes Herbstlaub in Tannengrün, und die Frau mir gegenüber hielt ein Gesteck mit roten Rosen. Und ich fragte sie: Darf ich riechen? – und sie sagte: Ja, und hielt sie mir hin, und ich roch an den Rosen und sagte: Sie riechen nicht nach Tod, sie riechen nach Liebe. Und die Frau errötete und sah weg und strengte sich an, ihr Lächeln zu verbergen.

Das alles stimmte mich heiter.

Der Zug kletterte zum Brenner hinauf, die Luft wurde immer leichter, kühler und leerer, draußen zogen Wasserfälle vorbei, und der Eisack rauschte, jung und weiß. Und als die große Schleife über Gossensaß genommen war, hatte ich das Gefühl: was hinter mir zurückblieb, war Chimäre; ich hatte es nur geträumt. Es würde nichts geschehen, nichts, was mich anging.

Julia: Ich war ein kleines Mädchen von siebzehn Jahren, das auf die Handelsschule ging; eine Schule, die ich haßte, aber die einzige, die mir zu zahlen Seffo bereit war, Schnellsiedekurs für kleinen Bürodienst, ich sollte ja bald auf eigenen Füßen stehen.

Ich wohnte in einer Villa im Saggen, abscheuliches Haus mit Türmchen und Stuckfassade; zwei alte Gräfinnen gaben mir Quartier. Sie waren irgendwie verwandt mit Hedwig; rührende Hutzelweiblein, verarmt, verhuscht, immer voll Angst vor neuer Inflation, Revolution und voll piepsenden Mitgefühls für mich: »Wir – ach, wir sind ja alt, aber du – armes Kind – was wirst du noch alles erleben.«

Ich habe kein eigenes Zimmer, ich schlafe mit Gräfin Agnes. Auch keinen eigenen Schrank: meine drei Fähnchen hängen bei Sidonie. Ich habe keinen einzigen Winkel, der mir allein gehörte. Aber ich habe mich selbst: einen Mund, der schweigen kann und ein Geheimnis verschweigt. Augen, die nichts verraten, wenn sie südwärts spähen, wo sich zwischen dem stumpfen Buckel des Patscherkofels und der Zackenpyramide der Serles eine Lücke öffnet: dahinter der Brenner, der Eisack – und Lajon. Ich habe meine Hefte und Bücher, über denen ich grübeln kann, so als lernte ich deutsche Grammatik, Korrespondenz und Geographie. In Wirklichkeit besteht meine ganze Syntax aus einem einzigen Anruf eines einzigen Namens, und meine ganze Geographie aus einem winzigen Dreieck auf der Landkarte, kaum mehr wahrnehmbar winzig, und für mich von drei Punkten begrenzt: Mayregg, Raschötz und Pulvermühle. Ich gehe kaum aus, wozu? Wem will ich hier schon begegnen? Aber täglich und stündlich gehe ich denselben Pfad, steinigen Pfad steil durch den Wald, glatt von Fichtennadeln, braun verdorrten, rauh und holprig von knotigem Wurzelwerk, und dann das letzte Stück – über die Porphyrplatten, die sich in Stufen hinaufziehen, ich kenne jede und denke an sie – und möchte an ihrer Stelle dort liegen – und eine Staffel sein und ein Weg für ihn. An Hedwig denke ich lieber nicht – und an Seffo wenig; und wenn mir Dragenowitsch einfällt, ist er mir nur ein Schatten; die ganze Welt ein Schatten neben dem *einen* Bild.

Feiertage. Meine Kameradinnen in der Schule schwatzen, sofern sie nicht in Innsbruck daheim sind, schon seit Tagen von der Fahrt nach Hause. Oder von Elternbesuchen, die ihnen angekündigt wurden. »Das wird fein bärig – dann wird ins Kino gegangen oder ins Katzung, bärig, bärig.«

Ich habe keinen Besuch zu erwarten, und nach Lajon zu fahren, hat mich niemand aufgefordert. Ich weiß: Hedwig wünscht es nicht, und Seffo findet es schade ums Fahrgeld. Zu Weihnachten dann – vielleicht – vielleicht –

Am Nachmittag kommt Gräfin Agnes und piepst mich an, sie auf den Friedhof zu begleiten. Wir steigen in die Trambahn und zuckeln nach Wilten, an der Pfarrkirchenmauer ist das Familiengrab. Wir kratzen in der Erde und streuen Kies. Morgen bringt der Gärtner einen Kranz. In der Kirche übt jemand auf der Orgel, eine Fuge von Bach. Hans hat sie mir einmal auf Hedwigs Flügel vorgespielt.

Wagenseil: Als ich in Innsbruck ankam, war es schon dunkel. Ich suchte sofort zwei Burschen auf, die ich kannte und von denen ich wußte, sie würden bereit sein, mit mir die Nacht hindurchzuzechen. Wir machten eine Runde durch die Altstadt. Kurz nach Mitternacht hatte ich genug davon. Der eine der Burschen nahm mich zu sich nach Hause mit: ich könnte bei ihnen schlafen. Im Wohnzimmer stand ein Sofa, ich wollte mich nur hinhauen mit einer Decke, doch er bestand darauf, so ginge es nicht. Er weckte seine Mutter, sie kam und überzog mir noch das Bett.

Ich stand dabei und sah ihr zu: wie sie die Polster

klopfte, die Falten glattzog, eine ältere Frau im Schlafrock, mit losgeringeltem grauen Zöpfchen, da geschah es: irgend etwas kehrte sich in mir um, und es begann mir schlecht zu gehen.

Ich schlief oder döste bis in den hohen Vormittag. Es graute mich aufzustehen und hinauszugehen, wo die Familie wartete. Schließlich mußte ich das Feld räumen. Ich schloff in meine Kleider; unrasiert und ungewaschen ging ich weg.

Jetzt erst fiel mir ein, daß mir Dragenowitsch nicht gesagt hatte, wann ich wiederkommen sollte. Hatte er das vergessen – oder vorgehabt, sofort – schon in der ersten Nacht –?

Ich irrte durch die Straßen wie ein Verrückter. Ich wollte nicht mehr zu den Leuten, von denen ich kam, um keinen Preis der Welt. Aber ich brauchte Zeugen, Zeugen, die mir später bestätigen sollten, daß ich hier in Innsbruck und nirgendwo anders gewesen sei. Ich setzte mich auf eine Bank und sprach einen Unbekannten an, von dem ich dachte, er würde vielleicht bereit sein, mit mir irgendwohin zu ziehen ... Aber der Mann wollte nicht und ließ mich abfahren.

Da fiel mir Julia ein.

Julia. Ich hatte seit zwei Tagen nicht mehr an sie gedacht oder nicht als an etwas Wirkliches, was da und in Beziehung zu setzen war zu dem, worin ich steckte. Elbische Augen, fernes Gestirn ...

Jetzt fiel sie mir ein. Und in meiner Angst allein zu bleiben und niemanden zu finden, der mir später bestätigen würde ..., griff ich nach ihr.

Nein, so war es nicht, oder ich gab mir nicht zu, daß es so war. Aber ich kannte Julias Adresse, kannte sogar das Haus, es trieb mich um und immer näher – von weitem erkannte ich das Türmchen, die graue Stuckfassade. Ich wollte nicht, noch immer nicht. Ich ging vorüber. Plötzlich kehrte ich um ... und als ich schon geläutet hatte, hoffte ich noch immer, daß niemand käme, mir zu öffnen. Auch diese Hoffnung war nur eingebildet.

Julia: Wir trieben durch die Stadt, der Föhnwind fegte, Staubwirbel tanzten vor unseren Füßen, jagten die Blätter. Aus allen Wipfeln stöberte das Gold.

Wir trieben dahin, als bliese uns der heiße Atem vor sich her, er blies uns an den Fluß und über die Brücke und immer weiter, den Fluß entlang. Das Wasser war grünblau und glashell bis auf den Grund. Hinter den Weiden zog eine Schotterbank das Ufer nach, in einer sandigen Bucht saßen wir, Hand in Hand.

Wagenseil: Hand in Hand. Hab ich's gewollt oder nur nicht anders gekonnt? Noch dachte ich: Hedwigs Schwester.

Langsam sank ihr Kopf an meine Schulter. Als ich sie küßte, hielt sie still wie ein erschrockenes Kind. Aber dann – mit einem langen schluchzenden Seufzer – glitt sie in meine Arme.

Julia: »Endlich«, sagte er.

»Endlich«, sagte ich.

Ich konnte noch nichts verstehen. Es war zuviel.

Dann kam der Fischer ...

Wagenseil: Er kam das Ufer entlang, ein alter Mann mit Rute und Lägel. Er kam heran und blieb bei uns stehen. Wir blickten zu ihm hin, er warf die Angel aus.

Julia: Der Strom nahm den Köder mit und spannte die Schnur. Wir standen auf und traten näher. Was war es, das uns nähertreten ließ, so als ginge auch uns es an, ob er fing oder nicht?

Wagenseil: Der Fischer hatte Geduld. Er ließ den Köder treiben. Wir standen noch immer.

Einmal sah er zu uns herüber, lächelnd, und rückte den Hut. Da zuckte die Schnur.

Julia: Er spulte sie auf. Etwas Silbriges zappelte. Er faßte es, riß es vom Haken, warf's in den Lägel hinein.

Da war etwas vorüber, ich wußte nicht wieso.

Ich sagte: »Komm, laß uns gehen, es wird Nacht.«

Wagenseil: Ich nahm ihren Arm und führte sie weg. Doch ehe wir die Straße erreichten, in der sie wohnte, blieb ich noch einmal stehen: »Julia«, sagte ich, »du weißt doch, wie das ist – zwischen Hedwig und mir.«

Sie zuckte zusammen und wandte sich weg.

»Aber es ist zu Ende, ganz zu Ende«, sagte ich, »du darfst es mir glauben.«

Sie bewegte die Lippen, stumm.

»Ich fahre jetzt noch einmal nach Lajon. Dann gehe ich fort, für immer. Wohin ich gehe, weiß ich noch nicht. Aber eines weiß ich, Julia: wenn etwas gut war in meinem Leben, diese Stunde war gut, diese – mit dir.«

»Und dann?« fragte Bojan, »was war dann?«

Wagenseil fuhr so zusammen, daß er an sein Glas stieß und der Wein überschwappte. Wieder wischte er – wie das erste Mal – das Verschüttete mit der Faust ab. »Was – dann war?« fragte er stockend und plötzlich sagte er grob: »Was fragen Sie mich? Sie haben es – zum Teufel – doch in der Zeitung gelesen!«

Bojan schwieg und wartete. Er kannte das schon. Diese Phasen gingen vorüber –, und richtig, nach einigen Minuten fing Wagenseil wieder an:

Was unterdessen in Lajon geschehen sei ...? – Oh, allerhand. Aber das blieb noch dunkel, lange Zeit. Er wolle jetzt nur von dem reden, was er sofort nach seiner Heimkehr erfuhr.

Das war es:

Als die Köchin am Morgen des Allerheiligentages aufstand und aus ihrer Kammer schlurfte, sah sie, daß im Salon noch Licht brannte. Auch das Radio spielte. Auf dem Tisch stand ein Cognacglas, halb geleert, und auf der Nickelschale lag eine abgebrannte Papirossi, zu einem Aschenstäbchen verglüht.

Die Köchin stellte das Radio ab und löschte das Licht. Cognacglas und Nickelschale ließ sie stehen. Sie hatte vorerst anderes zu tun.

Als sie in den Keller ging, die Frühstücksmilch zu holen, sah sie, daß das Haustor offenstand. Das machte sie stutzig. Wer konnte so früh ausgegangen sein? Sie lief über den Hof und hielt im Stall Nachschau. Aber die Pferde standen vollzählig in ihren Boxen, auch der Wagen war – wie immer – im Schuppen geparkt.

Indessen kam auch das Stubenmädchen aus seiner Kammer, gähnend und verschlafen. Die Köchin stellte sie zur Rede, ob sie etwa –, merkte jedoch sofort, daß hier nichts zu erfragen war. Nun schlich sie an Hedwigs Zimmer und lauschte. Sie hörte die ruhigen Atemzüge der Frau.

Vor Lebandowskis Zimmer zu lauschen, wagte sie vorerst nicht. Dort knarrten die Dielen, und wenn der Herr erwachte –

Zu zweit machten die Mädchen die Runde durch das Haus: es war alles wie immer. Erst zuletzt fiel ihr Blick auf Lebandowskis Waffenschrank. Er war geöffnet, eine Flinte fehlte.

Nun bekamen sie es mit der Angst zu tun. Sie weckten Hedwig. Aber Hedwig hörte ihnen nur widerwillig zu. Sie war noch müde und wollte weiterschlafen.

Die Köchin faßte sich ein Herz und spähte in Lebandowskis Zimmer. Es war leer.

Das Bett war unberührt.

Nun rannten die beiden zu Hedwig hinein: »Der Herr ist fort.«

Hedwig rieb sich die Augen. »Was heißt: fort?«

»Fort!« schrie die Köchin. »Fort – einfach fort.«

Jetzt sprang Hedwig aus dem Bett und stürzte hinaus. Sie lief von Tür zu Tür, von Zimmer zu Zimmer. »Und das Haustor ist offengestanden, das Licht hat gebrannt, und das Radio – das Radio hat immer noch gespielt – um sieben Uhr früh.«

Hedwig begann Lebandowskis Schränke aufzureißen und seine Kleider zu durchwühlen. Aber es fehlte nichts, nicht das geringste. Kein Anzug, kein Hemd. Im Badezimmer lagen seine Toiletteartikel, vollzählig.

Hedwig schickte die Mädchen auf den Dachboden, in den Keller, noch einmal auf den Dachboden, noch einmal in den Keller. Notdürftig bekleidet lief sie selbst in den Steinbruch. Schließlich kamen Schritte über den Hofplatz. Hedwig rannte ans Fenster und rief hinab: »Seffo, bist du's?«

Aber es war nur ein Bettler, der um ein paar Centesimi bat.

Hedwig schloß sich in ihrem Schlafzimmer ein und warf sich auf das Bett. Irgend etwas schüttelte sie: War es Grauen oder war es Gelächter? Und irgend etwas entschied sich in ihr für Gelächter.

»Als ich zurückkam«, erzählte Wagenseil weiter, »war das ganze Haus voll fremder Leute. Menschen, die ich noch nie gesehen hatte, saßen in den Zimmern herum und beratschlagten, wo Lebandowski noch zu suchen sei. Man hatte den Wald durchkämmt, Hedwigs Garten durchstöbert, den Bach mit Haken und Stangen abgesucht. Entweder hatte der Mann Selbstmord verübt irgendwo in den Bergen – oder – oder –

Ein kleiner Dicker mit blassem Schwammgesicht trat auf mich zu und bat mich in zischendem Flüsterton, ihm zu folgen.

Ich ging mit ihm nebenan. Auch hier eine Corona fremder Leute.

Als sie mich mit dem Dicken bemerkten, sprangen sie wie auf Kommando von ihren Sitzen und gingen hinaus.

Der Dicke pflanzte sich mitten auf das Sofa, schlug die Beine übereinander und wollte die Arme über der Brust kreuzen. Da legte ich ihm – mein Alibi vor.«

Bojan warf Wagenseil einen Blick zu. »Und wo war Julia in dieser Zeit?«

»Julia?« fragte Wagenseil gedehnt zurück und ließ seine Brauen noch oben steigen. »Wie kommen Sie auf Julia? Julia war längst nicht mehr in Lajon, nein, Julia war längst aus dem Spiel.«

Bojan entschlüpfte ein Seufzer der Erleichterung.

Wagenseils Mundwinkel zuckten. Dann fuhr er ernst und langsam fort: »Und was Hedwig betrifft – ich weiß fast gar nichts von ihr aus diesen Tagen. – Zwar: jene ersten Morgenstunden der Suche hat sie mir gewiß an hundertmal beschrieben; doch was dann kam, der große Wirbel, stieg ihr wohl über den Kopf. Die vielen Leute – Fragen, Ratschläge, Vermutungen, pausenlos, den ganzen Tag. Sie rannte herum, treppauf, treppab, wartete auf, schüttelte Hände, wurde umarmt, geküßt, getröstet – und zitterte davor, daß Seffo wieder käme. Es war ihr sicher eine große Anstrengung, ihre Freude zu verbergen und ihre wahnsinnige Hoffnung, daß etwas Endgültiges geschehen sei; aber dieses Endgültige ließ sich nicht feststellen, denn alle Suchaktionen verliefen vergeblich. Seffo war wie vom Erdboden verschluckt.

Das war freilich ein unverhoffter Glücksfall, nicht nur für Hedwig, auch für andere. Unter der hektischen Suche und Aufregung breitete sich etwas wie eine allgemeine Kirmesstimmung aus.

Nun war er weg, der Leuteschinder, die Arbeiter freuten sich. Weg – der fremde Polack, das Ärgernis der Gemeinde, die Bauern lachten sich ins Fäustchen. Weg der verfluchte Kerl, der mit den Faschisten paktierte: die Nationalen rieben sich die Hände. So auch die Schuldner: sie hofften auf bessere Zahlungsbedingungen; und so auch Hedwigs Verwandtschaft, denn Hedwig war die Erbin und für ihre Gutmütigkeit bekannt. In der Maskerade heuchlerischer Anteilnahme griff die Demoralisation um sich. Ein einziger war davon ausgenommen: –«

»Etwa Sie –?«

»Nein. Dragenowitsch.«

Bojan lachte auf. »Der Mörder!«

»Der Täter«, widersprach Wagenseil. »Nennen wir ihn nur den Täter! Denn er hatte ja, von seiner Seite aus gesehen, nichts anderes getan, als eine glatte Rechnung beglichen. Das wollen wir festhalten, nicht wahr? Daß ich ihm dann sehr bald darauf die Bilanz verdarb, das steht auf einem anderen Blatt.«

Wagenseil schwieg eine Weile. Dann begann er wieder, sehr leise, in verändertem Tonfall: »Sie werden mich jetzt vielleicht fragen, wie die Tat selbst geschah; wie es Dragenowitsch gelang, Lebandowski aus dem Haus zu locken, so sang- und klanglos um die Ecke zu bringen?«

»Ja.«

»Sie werden staunen, Bojan. Aber das erfuhr ich selbst erst durch den Prozeß.«

»Nicht möglich!«

»Aber wahr. – Sehen Sie, als ich damals nach Lajon zurückkehrte, da erwartete ich nichts anderes, als daß er mich sofort mit seinem Bericht überfallen würde. Und ich fürchtete mich davor, wie Sie verstehen werden. – Aber Dragenowitsch – nein. Er war nicht so. Er empfing mich, als wäre nichts geschehen. Was sich in jener Nacht abgespielt hatte, war seine Sache. Nur seine Sache. Zuerst begriff ich nicht. Doch dann bewunderte ich ihn. Erst viel später ging mir auf, daß in dieser Art Schonung auch ein Stück Verachtung steckte.«

»Verachtung?« fragte Bojan. »Wieso Verachtung? Waren Sie denn nicht gute Freunde gewesen?«

Wagenseil wischte mit der Hand durch die Luft. »Freunde – sofern zwei Leute wie Dragenowitsch und ich zu Freunden taugen. – Ja, ich habe vorhin von einer Art Freundschaft gesprochen, aber das war nur hyperbolisch gemeint. Als Annäherungswert. Wir hatten uns ja tatsächlich einander genähert: damals, als ich ihn meine Sprache lehrte, als ich mich um ihn kümmerte in seiner Krankheit; als er bereit war, in mir seinen Herrn und Meister zu sehen wie zuvor in Lebandowski. Dann aber habe ich ihm Lebandowski ausgeliefert. Das hat mich vor ihm ins Unrecht gesetzt. Denn Lebandowski und ich – wir waren in seinen Augen im Grunde eins: Angehörige ein und derselben Klasse. Zum Spießgesellen konnte er mich nicht machen, dazu stand ich für ihn zu hoch. Aber den Herrn und Meister hatte ich ebenfalls aufgegeben –. So war ich für ihn aus seiner Welt gefallen: verdächtig und verächtlich.

Ich hatte vorgehabt, Lajon sofort nach dieser Sache zu verlassen, Hedwig zu kündigen – in jeder Weise zu kündigen – und zu gehen. Nun zögerte ich ... der Betrieb hielt mich fest. Ich hatte mir nicht genau genug vorgestellt, welche Aufregung Lebandowskis Verschwinden verursachen würde. Den ganzen Tag klingelte das Telephon, liefen Anfragen ein: Was würde jetzt mit dem Steinbruch geschehen, wer würde ihn weiterführen, wer garantieren, daß die übernommenen Aufträge pünktlich ausgeführt würden? Ich ließ mich verwirren und ins Bockshorn jagen – und im Handumdrehen steckte ich drinnen ...

Ich steckte drinnen. Denn unterdessen hatte ich den größten Fehler begangen, den größten nur denkbaren Fehler. Ich hatte mir selbst die Schlinge um den Hals gelegt.«

»Hedwig?« fragte Bojan.

»Nein, nicht Hedwig. Mit Hedwig hatte es nichts zu tun. Einer Frau gegenüber kann man gar nicht so große Fehler begehen. Da kann man auch jede Schlinge zerreißen, da kann gar nichts Endgültiges passieren, bei einer Frau findet unsereiner immer noch einen Ausstieg.«

Bojan hob die Schultern, als wollte er etwas erwidern. Dann aber sagte er nur: »Also wieder Dragenowitsch?«

»Ja.

Es war am ersten Zahltag, nachdem ... und wo ich allein, als sozusagen interimistischer Leiter des Betriebes verantwortlich zeichnete.

Die Auszahlung der Löhne fand seit jeher im Büro statt. Lebandowski hatte angeordnet, daß die Leute einzeln heraufzukommen hatten – seine hysterische Furcht vor Raub und Diebstahl. Das Büro zu betreten war den Arbeitern verboten. An der Tür war ein verglaster Schuber angebracht, die Tür selbst sollte versperrt bleiben. Ich reichte den Leuten das Geld hinaus – Lohntüten erhielten sie nicht –, sie quittierten und gingen.

Das war der Vorgang. So hatte Lebandowski ihn angeordnet, so lief er auch diesmal ab.

Die Arbeiter kamen der Reihe nach. Zuletzt Dragenowitsch.

Die Leute waren allesamt schlecht bezahlt. Lebandowski hatte sich immer geweigert, auch nur eine Lira den Mindesttarifen zuzulegen. Ich fand das schändlich, aber ich hatte keinen Grund, jetzt – sofort – eine Änderung herbeizuführen.

Doch als ich jetzt Dragenowitschs Abrechnung vornahm – sein Wochenlohn belief sich, ich weiß es noch genau, auf einundzwanzig Lire sechzehn Centesimi –, da kam mir das ein solcher Bettel vor, ein so unverschämter unerträglicher Halsabschneiderlohn angesichts der vielen Jahre und seiner Leistungen, dieser unmenschlichen Plackerei und der Summen, die Lebandowski gescheffelt hatte ... und auf einmal hatte ich fünfhundert Lire in der Hand.

Im gleichen Augenblick hörte ich ihn kommen.«

»O Gott!« murmelte Bojan.

»Sein Gesicht erschien hinter dem Glas. Ich öffnete und legte ihm zuerst das Kleingeld hin. Und während er mit einem Bleistiftstummel unterschrieb, schob ich ihm die Banknoten unter den Ärmel.

Ich sah, wie er stockte. Seine Hand stockte – und der Bleistift rollte daraus hervor.

Ich fing ihn auf und wollte sagen: Da – du mußt noch fertig unterschreiben. Aber ich brachte es nicht mehr heraus.

Ich hörte ihn keuchen, schwer und rasselnd, wie – wie ein Pferd, das man in eisiges Wasser treibt. Dann – nahm er sein Geld – die einundzwanzig Lire sechzehn Centesimi, und ging.

Ich warf den Schuber zu, die fünfhundert flatterten auf den Boden. Ich taumelte rücklings und hielt mich am Schreibtisch fest. So stand ich noch da – als er zurückkam.

Denn – ja! er kam zurück. Wieder tauchte sein Kopf hinter der Scheibe auf. Er klopfte. Ich rührte mich nicht. Er klopfte noch einmal.

Ich öffnete den Schuber.

Da kam mir seine Pranke entgegen, seine riesige Pranke, verhornt und voll Schrunden, und drehte sich um – und blieb so: geöffnet.

Ich mußte mich bücken, denn die Scheine lagen ja noch über den Boden verstreut, blaue und grüne, glatte und zerknitterte, ich sehe sie heute noch vor mir, auf dem schäbigen Kokosläufer.

Und dann ...«

»Schon gut«, sagte Bojan.

Wagenseil hatte sein Gesicht in den Händen vergraben.

Bojan räusperte sich. »Ich verstehe«, sagte er nach einer Weile. »Sie wollten Dragenowitsch einen Anspruch erfüllen, von dem Sie glaubten, daß er recht und billig sei. Er aber – er *mußte* Sie mißverstehen.«

Wagenseil ließ die Hände sinken. »Ich war ein Narr«, sagte er. »Ein gottverdammter Narr. Aber das Ausmaß meiner Narrheit kam mir erst später zu Bewußtsein, denn ich machte noch weitere Fehler, immer noch weitere Fehler. Ich hatte mich –

ganz unversehens – in eine Lage gebracht, in der ich eigentlich nur noch Fehler machen konnte.«

»Sie hätten fortgehen sollen, Wagenseil«, sagte Bojan. »Das wäre noch das einzige gewesen. Was hielt Sie denn zurück?«

Wagenseil antwortete nicht. Er saß da und stierte ins Leere. Endlich hob er sein Glas und zwang Bojan, mit ihm anzustoßen. »Es lebe die Liebe«, sagte er, »und die gute Meinung der Menschen – und allen reinen Toren ein Wohlgefallen!«

Zurück nach Lajon:

Milde Dunkelheit über Matten und Feldern, zottig geballte Finsternis über Talgrund und Wald. Hie und da verstreutes Lichtgesprenkel: Stille und Frieden. Doch jetzt fächert zwischen den Lärchen unter dem Kirchenhügel ein weißer Schein auf, eine Vespa schnurrt. Lehrer Frischmann ist noch unterwegs. Er hat der Familie des Kramers im Lajoner Ried einen Besuch abgestattet, die eine Tochter hat's ihm angetan, und wenn ihn nicht alles täuscht, ist auch er nicht ungern gesehen. So pfeift und singt er vor sich hin, während sein Motorchen unter ihm weiterrattert, jetzt setzt er zur Schleife unter dem Friedhof an.

Da sieht er etwas Merkwürdiges: über den Steilhang purzelt ein helles Ding, dahinter noch eins, jetzt ist das eine weg, das andere auch; doch weiter droben ist ein drittes –

Frischmann hält an und leuchtet die Wiese ab.

»He!« ruft er, »was ist denn da?«

Irgendwo hört er wispern, kichern und rascheln.

Kinder – das sind doch Kinder – was treiben die hier jetzt mitten in der Nacht?

Er klappt den Ständer seiner Vespa auf und begibt sich auf die Suche. Nach fünf Schritten schon stößt er auf ein kleines Mädchen, das platt am Bauch im Grase liegt und halb erstickt vor Lachen sein Gesicht am Boden versteckt.

Frischmann packt es und zieht es empor. »Aber, Theres, was tust denn du da – im Nachthemd?«

Die Kleine schüttelt sich in verschämtem Gekicher.

Gleich darauf hat er zwei Buben am Wickel. Nur einer, der größte von ihnen, ist noch in Kleidern.

Er kennt sie, natürlich, alle drei: sie gehören zum nächsten Hof, Geschwister.

»Ja, Donnerwetter, jetzt möcht ich doch wissen, was ihr hier treibt?«

Keine Antwort. Selbst der Respekt vor dem Lehrer – kein allzu großer Respekt, wie Frischmann feststellen muß – kann die Heiterkeit der Kinder nicht bändigen. Endlich bringt der Große prustend hervor: »Im Karner geistert's –«

»Wo? Im Karner? Wer hat euch denn diesen Unsinn erzählt?«

Nun läßt sich auch der Kleinere vernehmen: »Er da hat's g'hört und hat uns g'holt – und ist auch wahr: da geistert's.«

Lehrer Frischmann versucht es mit Strenge. »Marsch jetzt nach Hause, wenn die Mutter merkt, daß ihr davon seid!«

Aber die Kinder weichen nicht. Plötzlich irrlichtert in ihren Augen Erregung, Spannung, und die kleine Theres drängt sich an den Lehrer und klammert sich an seinen Arm. »'s ist heilig wahr, Herr Lehrer, 's ist heilig wahr.«

Frischmann überlegt. Er merkt: die Kinder heimzuschicken hat keinen Zweck. Sie würden doch nicht gehen und wenn, womöglich später wiederkommen Er selbst muß mit ihnen zum Karner hinauf und ihnen beweisen, daß da kein Geist ist.

Während er seine Vespa den Berg hinaufschiebt, scharen sich die drei eng um ihn. Jetzt lachen sie nicht mehr. Das kleine Mädchen versucht seine schlotternde Angst in altklugen Reden zu verbergen: »I mein, es is eine arme Seel aus dem Fegfeuer. Die möcht, daß für sie bet't wird.«

Nun haben sie die Friedhofsmauer erreicht. Frischmann stellt die Vespa ab, schaltet auf Standlicht und nähert sich dem Karner. Die Kinder bleiben zurück. Dicht aneinander gedrängt beobachten sie die gefährliche Expedition, die ihr Lehrer unternimmt ... Frischmann lächelt ihnen ermutigend zu.

Aber in dem Augenblick, da er die Türschnalle des Karners niederdrückt, verschwindet sein Lächeln. Die Tür gibt nicht nach. Doch hinter ihr ertönt ein leises klägliches Wimmern.

Frischmann fährt zurück. Mit einem Seitenblick bemerkt er, daß die Kinder flüchten. Sogar ihm selbst ist nicht mehr ganz geheuer. Aber – da steckt der Schlüssel, ein schwerer Schlüssel, gotisch verschnörkelter Ring. Mit Mühe läßt er sich drehen, die Tür geht auf.

Hinter sich hört Frischmann einen gellen Entsetzensschrei.

Zuerst sieht Frischmann nichts – ein schwarzes Loch, aus dem nur Moder haucht. Sogar das Wimmern ist verstummt. Frischmann schiebt den Fuß über den Boden, um sich vorwärtszutasten, da stößt er an: ein Schuh, ein Bein, ein Mensch. Auf einem Kniebänkchen kauert, ganz in sich zusammengekrochen, ein hagerer Mann. Frischmann hat ihn an den Schultern gefaßt: »He, Sie – wer sind Sie?!«

In diesem Augenblick taucht der größere Bub auf der Schwelle auf.

Zu zweit ziehen sie das Bündel Elend ans Licht.

»Herr Professor – ja, um Himmels willen!«

Drei Minuten später sind – man weiß nicht recht wie – sowohl Widum als auch Mesnerhaus alarmiert.

Auch aus dem Hof, aus dem die Kinder stammen, kommen Leute herbei.

Eine Taschenlampe kreiselt. Jemand ruft nach einer Bahre. Die kleine Theresia und ihre Brüder sind verschwunden. Nur einem sehr scharfen Auge wäre der blasse weiße Schatten wahrnehmbar, den ein Kindernachthemd in das Dunkel zeichnet.

»Ich habe noch etwas nachzutragen«, sagte Wagenseil, »nachzutragen aus der Zeit, als Lebandowski noch lebte und Hedwig und ich unser Techtelmechtel hatten – augenscheinlich genug und ziemlich schamlos. Ich erzählte Ihnen, daß man uns das nachsah, weil man Lebandowski die Hörner vergönnte, die wir ihm aufsetzten, auch, daß man sogar so weit ging, uns zu warnen und zu decken. Ja, es ist richtig, daß sich niemand fand, der den Zuträger spielte und uns bei Lebandowski verschergte.

Aber es ist nicht richtig, daß *alle* einverstanden waren. Da war zum Beispiel die Geistlichkeit – der alte Pfarrer, ein Original, ein kluger Kopf; er konnte uns nicht schmecken, Hedwig und mich, und gab uns das zu spüren, wo es nur ging. Er mußte ja merken, daß von unserem Verhältnis eine gewisse Wirkung ausging, es war kein gutes Vorbild, und ich bin sicher, daß sich damals in Lajon mancher kleine Sünder auf uns berief.

Doch da war noch ein jüngerer Mann, Kooperator, ein Kleiner, Eifriger, der immerfort durch die Gegend wetzte. Ich hatte nicht viel mit ihm zu tun und ging ihm meistens aus dem Weg. Aber er kam zu Hedwig, immer wieder, und beunruhigte sie. Er wollte sie durchaus wieder auf den Pfad der Tugend bringen.

Ich merkte es ihr jedesmal an, wenn er dagewesen war, und ärgerte mich. Obwohl ich Hedwig nicht mehr recht mochte (*wenn* ich sie jemals wirklich gemocht hatte) und Ausschau hielt nach einer Gelegenheit, um sie los zu sein, war es mir doch auch wieder nicht recht, wenn sie sich zurückzog aus Gründen, die aus *jener* Ecke kamen. Ich konnte es nicht leiden, wenn sie in Gewissensbissen machte, Schuldgefühlen und christlichem

Sittenkodex. Ich gab dann jedesmal vor, ihr nicht zu glauben; in Wirklichkeit glaubte ich ihr nur zu sehr, aber ich war eifersüchtig und vergönnte es ihr nicht, daß noch ein anderes in ihrem Leben war und Macht hatte. Ich wollte, daß, wenn es zu einem Ende kam mit uns beiden, dieses Ende von mir ausging – als ein von mir frei gesetzter Akt. Verstehen Sie das?«

»Nicht ganz«, sagte Bojan. »Und ehrlich gestanden, es kommt mir auch ziemlich schäbig vor.«

Wagenseil blies ein Lachen durch die Nase. »Sie haben recht. Natürlich haben Sie recht. Aber so ist es nun einmal mit einem Menschen, der immer nur mit Falschgeld spielt.«

»Mit Falschgeld?«

»Bildlich gesprochen, versteht sich.« Wagenseil lachte wieder. Doch gleich darauf fuhr er mit erbitterter Stimme fort: »Das war mein Los – oder mein Fluch, wenn Sie wollen. Von allem Anfang an. Ich konnte mir vornehmen, was ich wollte. Ich konnte die beste Absicht haben – sobald das Spiel begann, war es aus. Mich ritt der Teufel, ich konnte nicht anders. Ich muß unter meinen Vorfahren Falschmünzer gehabt haben oder Leute, die von gezinkten Karten lebten.«

Bojan runzelte die Stirn. Von neuem nahm der Widerwillen in ihm überhand. Falschmünzer, Kartenzinker ... seine Gedanken irrten um Julia. In ihm zog sich alles zusammen wie ein sich immer mehr verengender Ring, schließlich blieb nur noch ein einziger Punkt – bohrender Schmerz.

Indessen hatte sich Wagenseil wieder zusammengerissen. Er fuhr in seiner Geschichte fort: »Gut, also, dieser Kooperator – Sie sagen wohl: Kaplan oder Vikar – der war nun da in Lajon und immer noch da, auch als Lebandowski verschwunden war. Und er kam ins Haus und konferierte mit Hedwig, immer öfter.

Es fiel mir zuerst nicht auf. Aber mit der Zeit merkte ich, wohin der Hase lief. Wenn er ihr vorher zugeredet hatte, Schluß zu machen mit mir aus christlichem Schuldbewußtsein, jetzt redete er ihr zu, mich festzuhalten – aus demselben Grund. Er redete ihr zu, die Ehe mit mir anzusteuern.

Ich bin sicher: Er tat das in braver Absicht, aus purer Nächstenliebe. Er glaubte sicher, auch mir einen Gefallen zu erweisen, der Ärmste. Er konnte sich wohl gar nicht vorstellen, daß ein Mann wie ich mit einer Frau wie Hedwig ins Bett ging, ohne sie zu lieben. Und das hieß natürlich für ihn auch: sie zum Eheweib begehren.

Ich weiß nicht, ob Hedwig ohne ihn so schnell auf den Gedanken verfallen wäre, Lebandowskis Todeserklärung zu betreiben.

Daß Lebandowski tot war, daran konnte allerdings kein Zweifel mehr bestehen.

Man hatte auf der Suche nach ihm nicht nur alle Möglichkeiten ausgeschöpft; es war drei Wochen nach seinem Verschwinden noch etwas passiert, was keine andere Deutung zuließ:

Man fand in der Nähe der Raschötz, nicht einmal hundert Meter vom Haus entfernt, Lebandowskis seidenen Schlafrock im Wald. Er hing an einem Ast, säuberlich aufgehängt wie auf einem Haken – in der Tasche steckte die goldene Uhr.

Kragen und Revers waren mit Blut befleckt.

Dieser Fund galt als eindeutiger Beweis dafür, daß Lebandowski ermordet worden war und daß sich der Täter noch in der Nähe aufhielt. Der Schlafrock konnte erst vor kurzer Zeit an den Platz gebracht worden sein. Daß die Uhr in der Tasche steckte, wies darauf hin, daß Raubmord als Motiv ausschied. Nun bekamen jene Oberwasser, für die es von Anfang an eine ausgemachte Sache gewesen war, daß ein Politicum dahintersteckte, vor allem die Italiener waren davon überzeugt, sie witterten ein ganzes Komplott, und ihre Maßnahmen waren dementsprechend.

Auf Hedwig hatte der Fund wie ein Paukenschlag gewirkt.

Zuvor – ich sagte es schon – war ihr Lebandowskis Verschwinden eher wie ein toller Streich erschienen, ein Glücksfall, den ihr das Schicksal zuwarf, ein Treffer, der ihr vom Himmel fiel. Sie ließ ihn zwar suchen und jagte die Mannschaften immer wieder zu neuen Streifen hinaus, aber schon in der ersten Stunde, schon als sie Seffos Bett unberührt, seine Kleider vollzählig im Schrank, seine Koffer, sein Geld, seine Papiere unberührt fand, war sie von der wahnsinnigen Hoffnung angesprungen worden, daß er für immer verschwunden sei. Und je länger die Suche währte, desto berechtigter schien diese Hoffnung, desto geringer wurde ihre Angst – und jetzt, jetzt konnte sie ja sicher sein.

Doch genau in diesem Augenblick kehrte sich etwas in ihr um.

Als man ihr den Schlafrock brachte, schrie sie auf und rannte aus dem Zimmer. Sie schrie und schrie. Es war ein totaler Zusammenbruch. Der Arzt mußte kommen und ihr ein Mittel geben. Endlich wurde sie ruhig.

Aber der Alptraum blieb.

Ihr war – mit einem Schlag – das Grausige des Vorgangs zu Bewußtsein gekommen: Ein Mann verschwindet wie ein Streichholz aus der Welt. Nur seine Hülle kommt zurück – und seine Uhr. Jetzt war er nirgends, also überall.

Von nun an weigerte sich Hedwig, allein in einem Raum zu schlafen. Die Köchin mußt zu ihr ziehen. Sie wollte auch nicht mehr in der Raschötz wohnen, wollte nach Mayregg zurück. Ich redete ihr zu, eine Reise zu unternehmen, sich zu zerstreuen. Vergeblich. Wenn sie schon reisen sollte, dann nur mit mir.

Das lehnte ich ab. Jetzt mir ihr reisen – das wäre das letzte gewesen, was ich gemocht hätte.

In diesem Zustand schloß sie sich an Perwög an. Es war ja nur zu begreiflich, daß sie auf seinen Zuspruch hörte ..., und war von seiner Seite auch ganz in Ordnung, daß er sich ihrer annahm. Er kam ihr, versteht sich, mit Gottes Barmherzigkeit und unerforschlichem Ratschluß, wohl auch mit mehr oder deutlichem Hinweis auf ihre eigenen Sünden. Sie hatte etwas gutzumachen – »*gut*zumachen« – ich kann mir denken, wie sie aufhorchte. Da kam ihr etwas Vertrautes entgegen, vertraut von Kindheit an, die unentwegte Bereitschaft der Kirche, Bekehrte aufzunehmen und in die Arme zu schließen. Da lockte Zukunft, neues Leben – und vor allem Legalität.

Hedwig wollte zurück in die Legalität.«

»Verständlicherweise«, warf Bojan ein.

»So kamen die beiden, Hedwig und Perwög, überein, Lebandowskis Todeserklärung zu beantragen. Ich wollte das nicht, aber der erste Schritt war schon getan, als ich davon erfuhr. Der Kooperator in seinem Übereifer – Gott schütze uns vor den reinen Toren.

Perwög kam dann auch zu mir, fest überzeugt davon, daß er mir eine herrliche Nachricht brachte. Seine Augen leuchteten förmlich – nun war ich ja bald am Ziel meiner Wünsche, nicht wahr? Vorbei die unglückselige Zeit sündiger Leidenschaft. Ein kurzes Jahr noch – anstandshalber und um der armen Seele willen, die so jäh, unvorbereitet, durch einen schrecklichen Tod –, ›ihrer dürfen wir auch nicht vergessen‹, und was uns etwa noch auferlegt werde, Hedwig und mir, in unserem ferneren Leben, Krankheit, Unglück, Prüfungen aller Art, das sollte jener Seele zugute kommen.

Und dann, zum Abschied, ein gleichsam kollegiales Wort: ›Sie werden mich doch verstehen, Herr Wagenseil, Sie wollten doch auch einmal Priester werden ...‹

So war das, Bojan, ja, so war das. Da steht ein Mensch vor Ihnen, er vertritt eine Welt, die ohne Lücke ist. Sie möchten ihm widersprechen, Sie haben *Ihre* Wahrheit und sollten sie vertreten. Aber irgend etwas verschließt Ihnen den Mund. Denn alles, was Sie vorzubringen hätten, sind nur Sie selbst, nichts weiter: ein System von Lücken – bestenfalls.«

Bojan verstand nicht recht. Wagenseil schien schon wieder zuviel getrunken zu haben.

»Und so haben Sie dann Hedwig geheiratet?«

»Allerdings.«

Wieder entstand eine Pause. Bojan scharrte in seinem Tabakbeutel die letzten Krümel zusammen, es reichte eben noch für einen halben Pfeifenkopf.

»Und Ihre Frau blieb ahnungslos? Waren Sie denn nie versucht, ihr die Wahrheit zu sagen?«

Wagenseil lachte. »Nie. Was fängt auch eine Frau mit der Wahrheit an?«

Wieder ballten sich in Bojan Abwehr und Widerwillen, aber dann fiel ihm Julia ein und, daß er selbst – ja, auch er hatte verschwiegen, und das Verschweigen war ihm nicht gut bekommen, nicht ihm, nicht ihr, obwohl sie wußte, weil sie wußte ... die Ehe war verletzt, bevor sie begann. Doch wieso verletzt, kann denn Schweigen Verletzung sein, ja, es kann, ja, es ist, Schweigen ist immer wie eine geballte Faust: in ihr das Pfand, das eigene Selbst – ich geb's nicht her ...

Indessen fuhr Wagenseil fort:

»Noch war es nicht soweit. Noch wohnte ich droben in der Pulvermühle. Der Winter kam, der erste Winter nach Lebandowskis Tod. Sie können sich denken, daß es mir kein Vergnügen war, über dem Grab zu hausen.

Dragenowitsch hatte es übrigens vorzüglich angelegt. Als ich zurückkam, konnte ich keine Spur davon entdecken. Das Loch in der Kellerwand war verschwunden, der Bauschutt bis zum letzten Bröcklein abgeräumt. Lediglich eine Stelle im Mörtel fühlte sich etwas feuchter an. Dragenowitsch hatte nicht gelogen, als er sagte, er habe in Filica mauern gelernt. Er war eben in jeder Hinsicht ein Meister.

Leider hatte sich unser Verhältnis grundlegend gewandelt. Ich spürte es sofort, fast schon im Augenblick meiner Rückkehr. Wie ich Ihnen schon sagte: Er verschonte mich mit einem Bericht. Diese Schonung war für mich – nun, sagen wir – erleichternd. Aber sie zog eine Mauer zwischen uns auf. Und diese Mauer wuchs von Tag zu Tag.

Jetzt war es ja nur zu klar, was unsere Annäherung zuvor, was diese – merkwürdige Freundschaft bedeutet hatte: eine Intrige gegen Lebandowski, eine Demonstration. Nun gab es nichts mehr zu demonstrieren. Das ganze Brimborium von Menschlichkeit und Sympathie wie weggeblasen. Die Kluft sprang auf und war unüberbrückbar.

Ich scheute mich nun, Dragenowitsch zu begegnen. Dabei wohnten wir doch unter demselben Dach, hatten denselben Weg zur Arbeit, benutzten denselben Brunnen, denselben Abort. Früher hatten wir soviel zusammengesteckt. Jetzt schlug jeder um den anderen einen Bogen ...

Wenn ich heimging, war es meist Mitternacht. Wie oft hatte ich früher Lebandowski verflucht, wenn er mich festnagelte und immer noch weiterschwatzte und schwatzte und mich nicht fort ließ! Jetzt saß ich freiwillig unten, meist im Büro, obwohl ich längst nichts mehr zu tun hatte, und vertrödelte die Stunden, weil es mir graute, in die Pulvermühle hinaufzusteigen, und ich zitterte davor, Dragenowitsch noch wach zu finden.

Am Morgen war es dasselbe: erst wenn er fort war, kam ich aus meinem Kabuff hervor, und wenn er einmal klopfte, stellte ich mich taub.

Auch er veränderte sein Betragen. Er brachte mir kein Holz mehr – gerade noch, daß er es kliebte. Meine Schuhe warf er ungeputzt ins Eck. Das Wasser holte ich mir jetzt selbst vom Brunnen, und meine Wäsche ließ ich auswärts waschen.

So konnte es nicht weitergehen. Ich dachte daran, mir ein anderes Quartier zu suchen, beim alten Mors, wo ich in meinen ersten Lajoner Jahren gewohnt hatte – oder im Wirtshaus, wo auch immer. Aber ich hatte Bedenken, irgend etwas an meinen Lebensgewohnheiten zu verändern. Ich bildete mir ein, das könnte auffallen. Man könnte fragen, was mich denn plötzlich aus der Pulvermühle vertriebe. So hielt ich noch den Winter aus.

Im Frühjahr mietete ich mir dann doch ein Zimmer in Sankt Peter. Kein Mensch wunderte sich darüber. Ich hörte nur immer denselben Refrain: Na endlich, daß Sie das nicht schon längst getan haben ...

Trotzdem war es ein Fehler. Denn Dragenowitsch wußte genau, weshalb ich gezogen war.

Und nun begann er mich zu erpressen.

Ich weiß genau, daß die ersten Erpressungen nicht aus Geldgier erfolgten, sondern aus Rachsucht. Er rächte sich für etwas, von dem er selbst nicht begriff, was es war. Die ersten Fünfhundert – die waren's. Die saßen wie ein Stachel in ihm.

Er hatte einen Mann erschlagen, weil er glaubte, ihn erschlagen zu *müssen.* Das war eine, von ihm aus gesehen, gute, saubere Sache. Aber daß ich ihn dann honorierte – wie einen Bravo (und er konnte nichts anderes glauben, nicht wahr – er konnte nicht?) – das hat ihn erst zum Mörder gemacht.«

»Vielleicht«, sagte Bojan. »Aber haben Sie sich denn nie zu erklären versucht?«

Wagenseil starrte ihn an. »Doch«, sagte er dann, beinahe lallend. »Ich habe – aber in dem Augenblick, da ich damit anfing, glaubte ich mir selbst nicht mehr.«

»Ach –«

Eine Weile blieb es still zwischen ihnen. Wagenseil kämpfte mit seinem Rausch. Er wiegte sich auf seinem Sessel hin und her, verlangte nach Wasser, Bojan brachte es. Schon nach dem ersten Schluck hatte er sich wieder in der Gewalt:

»Also – Dragenowitsch erpreßte mich.

Er arbeitete noch immer im Steinbruch, nicht mehr so eifrig wie in Lebandowskis Zeiten, immerhin ... Er ließ mich spüren, daß der ganze Betrieb nur von dem abhing, was er schaffte. Ich verstand ja nichts davon. Er legte die Bohrungen an, wo er wollte. Er suchte das Material aus, wenn ein Auftrag einlief. Er ließ mich Bestellungen schreiben für Maschinen, Motoren, Ersatzteile; er wußte alles am besten. Er bestimmte auch, wer von den Arbeitern zu entlassen und wer aufzunehmen war. Er teilte die Schichten ein. So weit, so gut. Ich war ein Hampelmann in seiner Hand, das scherte mich nicht.

Aber dann kam er, immer wieder, kam zu mir ins Büro; er blieb nicht mehr draußen hinter der Tür, hinter dem Schuber. Er kam herein, den schmierigen Filz auf dem Kopf (ich hatte ihn nie zuvor in meiner Gegenwart bedeckt gesehen), und pflanzte sich vor meinem Schreibtisch auf. Er brauchte nicht viel zu sagen, ich wußte Bescheid. Denn ein Auftrag war erledigt, eine Ladung hinausgegangen, Blöcke, Platten oder sogar teure polierte Ware – und von allem verlangte er seinen Obolus.

Jenen ersten Fünfhundert folgten viele Fünfhundert, in großen und kleinen Raten.

Ich schwitzte Blut und Wasser. Ich hatte doch Bücher zu führen und mich auszuweisen – nicht vor Hedwig, Hedwig fürchtete ich nicht; aber Lebandowski war für tot erklärt worden, die Hinterlassenschaftsverhandlung stand bevor. Die ersten Fünfhundert hatte ich von meinem eigenen Ersparten draufgelegt. Doch das Weitere – ich wußte mir nicht anders zu helfen, als daß ich Hedwig bestahl; ich nahm ihr einfach das Geld aus der Tasche, sie merkte nichts oder wollte nichts merken.

Sie merkte nie etwas.

Später, als wir verheiratet waren und Dragenowitsch Tausende wegtrug und der Betrieb zu wanken begann, auch da schob sie alles auf schlechte Preise und hohe Unkosten. Sie klagte auch nicht, als wir uns einschränken mußten, und war mit allem zufrieden.«

»Aber was tat denn Dragenowitsch mit dem vielen Geld?«

»Ja, was er tat ... ich kam nicht dahinter. Er lebte wie zuvor – in der Pulvermühle – armselig. Er hatte wohl auch noch nicht gelernt, Geld auszugeben. Er wollte es nur haben. Er hortete es. Noch nach seiner Verhaftung wurde in seiner Matratze ein ganzes Bündel Banknoten gefunden, die schon aus dem Umlauf gezogen waren.

Doch mit der Zeit kam er auf den Geschmack, er ging fort, fuhr nach Bozen, dahin, dorthin. Ließ sich Anzüge machen, brachte allerhand Jahrmarktskram mit. Aber dann ließ er das wieder bleiben, und ich begann bestimmte Hoffnungen zu schöpfen.

Ich redete mir ein, er würde in sein Land zurückkehren – heim nach Filica. Das Dorf war niedergebrannt, ein Großteil der Bevölkerung ausgerottet worden. Aber es mußte dort doch wieder etwas gewachsen sein, eine neue Siedlung. Vielleicht hatte Zuzug von außen stattgefunden. Vielleicht war auch von seiner Familie noch jemand am Leben.

Mit der Zeit befestigte sich in mir die Überzeugung: ja, das war's, worauf Dragenowitsch zielte. Er wollte heimkehren – und begreiflicherweise nicht ohne Geld. Je dicker seine Brieftasche, um so lieber, um so früher. Diese Vorstellung belebte mich – und eine Zeitlang war ich beinahe glücklich.

Unwillkürlich mußte sich mein Betragen gegen ihn geändert haben. Ich kam ihm freundlicher entgegen, und wenn er wieder erschien, hab ich mich vielleicht nicht einmal entblödet, ihm zuzuzwinkern.«

Bojan wischte sich über die Stirn.

»Aber er – in der unerbittlichen Logik des Primitiven – folgerte nur daraus, daß ich ihm ausgeliefert sei, und er dachte nicht nach Hause zurückzukehren in sein Filica – o nein. Er hatte andere Pläne gesponnen, eines Tages rückte er damit heraus – und kündigte.«

»Gott sei Dank«, sagte Bojan.

»Das dachte ich auch, im ersten Augenblick: Gott sei Dank – sofern man Gott noch Dank weiß in einer solchen Lage. In einer solchen Lage, Bojan, hört der Mensch auf menschlich zu denken. Er ist gehetzt und in den Winkel gedrängt und kämpft mit dem Rücken gegen die Wand. Er ist ein Tier, das sich fürchtet, und dann erspäht er ein Loch – oder glaubt, es erspäht zu haben – und setzt zum Sprung an, hinaus ... Da ist keine Vorsicht mehr und keine Scham, nichts, was dich erinnert oder warnt.

Es war an einem Sonntagnachmittag. Ich war mit Hedwig im ›Salon‹, demselben, aus dem Lebandowski verschwunden war vor nun bald drei Jahren. Dragenowitsch kam herein, ich hatte ihn nicht kommen gehört, auch nicht sein Klopfen. Er stand plötzlich da. Es fiel mir auf, daß er den Hut abnahm, das tat er doch sonst nicht – nicht vor mir.

Dann begann er mit seinem Sprüchlein: er wolle sich nicht mehr schinden, er sei doch auch nicht mehr der Jüngste. Und dann – mit einem kleinen schiefen Grinsen: Schließlich habe er sich auch etwas erspart ... Und darum mache er Schluß.

Ich traute meinen Ohren nicht, aber schon sprang ich auf – viel zu eilig, viel zu eilig – und stürzte nebenan zum Aktenschrank.

Ich holte seine Papiere. Die Blätter flogen unter meinen Händen. Ich mußte mich zusammennehmen, daß ich sie nicht aus den Klammern fetzte.

Ich kam in das Zimmer zurück. Hedwig saß da in ihrem Schaukelstuhl und wippte. Sie hatte gestrickt, jetzt ließ sie das Strickzeug ruhen und sprach mit Dragenowitsch; er stand vor ihr, sie sprach zu ihm hinauf, langsam und etwas träge, wie es ihre Art war, mit Fremden zu reden, vage lächelnd, mit halbgeschlossenen Augen.

Ich erfaßte sofort, daß sie Dragenowitsch zuredete, seine Absicht aufzugeben und zu bleiben. ›Wieso denn plötzlich – du bist doch noch ganz rüstig ...‹ und so fort.

Ich trat hinter sie, faßte den Schaukelstuhl an und sagte: ›Laß das! Ich habe die Kündigung angenommen.‹

Dragenowitsch drehte den Kopf und blickte mich an; dann sagte er: ›Hast du gehört, Frau? Dein Mann ist froh, wenn ich gehe.‹ Dann beugte er sich vor und sagte: ›Aber ich gehe nicht weit von hier – gar nicht weit – und komme wieder zurück zu ihm – und zu dir.‹

Ich wollte aufschreien: Zurück? Gehst du denn nicht endlich zur Hölle? –

Aber dann sah ich etwas anderes: Er nahm das Wollknäuel, das auf ihrem Schoß lag, vielmehr auf ihrem Knie balancierte, so als wollte er verhindern, daß es zu Boden fiel, das Knäuel verschwand in seiner Pranke, er ballte sie zur Faust und führte die Faust an den Mund. Dabei verzerrte sich sein Gesicht – *verzerrte* sich, ich kann's nicht anders sagen – zu einer Grimasse von Wut, Bitterkeit, Verlangen ... Demut ... Liebe ...«

Wagenseil ließ den Kopf in die aufgestützte Hand fallen. Sein Kinn zitterte.

Auch Bojan schwieg. Erst nach einer Weile wagte er zu fragen: »Liebe – Sie sagten: Liebe?«

Wagenseil, mühsam: »Ich weiß nicht, *weiß* nicht Es kann ja sein, daß ich mich täuschte, daß ich in meinem Zustand ... Es genügt ja ein Nichts, ein Schatten, ein Staubkorn im eigenen Auge – oder die eigene Verrücktheit, um etwas vorzuspiegeln, was gar nicht ist. Aber ich *sah* es eben. Und schließlich: warum nicht? Warum sollte sich Dragenowitsch nicht in Hedwig vergafft haben? Warum sollte er nicht ihr Anbeter sein? – Absurd? Vielleicht. Aber doch möglich. Und von dem Augenblick an, da ich das Absurde für möglich hielt, erklärte sich alles.

Alles – oder doch das meiste. Rasende Eifersucht, erst auf Lebandowski, dann auf mich, halb unbewußt, in immer neue Motive verpackt: eine lange schreckliche Tragödie hoffnungsloser Leidenschaft.«

»Ich möchte Ihnen zustimmen«, sagte Bojan langsam. »Ja wirklich. Wir ahnen ja nichts von dem, was in dem anderen vorgeht, nicht einmal in unserem Nächsten –, bis sich auf einmal ein Spalt öffnet, ein Blick ins – Bodenlose.« Er stockte. Dann – wie zu sich selbst gewendet – fuhr er fort: »Aber was sollen wir da – im Bodenlosen?«

Wagenseil hob den Kopf. In seine schmalen Augen trat ein Blitzen. »Was wir da sollen?« fragte er, »– im Bodenlosen? Leben, einfach weiterleben.«

»Auch wir lebten weiter, Hedwig und ich, und nun dauerte es nicht mehr lange, bis alles zu Ende war.

Die Pulvermühle stand leer, denn auch Dragenowitsch war ausgezogen. Er wohnte jetzt drinnen im Grödental und hatte sich eine Bodega gekauft, eine kleine häßliche Bude, Beton und Butzenscheiben und ein paar Tische vor der Tür. Baraber verkehrten dort, Handlanger, Maurer, Zimmerleute; es wurde viel gebaut in Sankt Ulrich, und das Geschäft ging gut.

Trotzdem kam er alle drei oder vier Monate herunter in die Raschötz. Der Tanz ging eben weiter ...

Sie dürfen nicht glauben, Bojan, ich hätte mich nie zur Wehr gesetzt. O doch, etliche Male und so weit es meine Natur hergab. Widerstand zu leisten, hatte ich nie gelernt – so, wie ein Mann Widerstand leisten sollte mit hartem Nein und für ein und allemal. Vielleicht hätte ich mich öfter zwingen müssen zu schreien und auf den Tisch zu schlagen. Aber jedesmal, wenn ich das versuchte, kam ich mir unglaubwürdig vor; so ließ ich ihn weiter saugen – und schließlich kamen wir überein, daß ich ihm jeden Ersten des Monats eine Summe hinterlegte, sie war nicht sehr hoch, immerhin spürbar, und ich kam in Schwierigkeiten – nicht nur seinetwegen, doch ich war kein Geschäftsmann, wie Lebandowski einer gewesen war, hinterher und immer auf Draht.

Ein paar alte Kunden verliefen sich, und das Material im Bruch verlor an Qualität. Es kamen allerlei Lager zum Vorschein, Schichten von Sand und Mergel, eine Verwerfung zeigte sich an. Ich mußte Dragenowitsch bitten, mir zu stunden – und da drohte er zum erstenmal.

Ich nahm die Drohung nicht ernst, wie sollte ich auch! Er war der Täter, nicht ich. Wollte er hingehen und sich anzeigen? Ein solcher Narr konnte er nicht sein. Einen solchen Narren gab es nicht. Ich sagte ihm das. Zum erstenmal schrie ich mit ihm. Er trollte sich weg, gab offenkundig klein bei.

Ich triumphierte.

Ich hatte etwas zugelernt, sagte ich mir, ich hatte gelernt, mich meiner Haut zu wehren. Sieh da, so redete ich mir zu, du kannst es, wenn du mußt. Bis jetzt hast du dich selbst nicht gekannt und hast deshalb stillgehalten. Du hast es nicht mehr nötig stillzuhalten, du hast eine neue Erfahrung gemacht.

Mich ergriff eine Art Euphorie.

Aber diese Euphorie – das war nun wieder meine Natur – wandte sich nicht dem tätigen Leben zu. Nicht dem, was mir das Schicksal – oder der Zufall – als Beruf zugespielt hatte: dem Steinbruch, dem Betrieb. Auch nicht dem Kind, dem Sohn, den wir unterdessen bekommen hatten. Noch weniger meiner Frau ...

Ich spann Pläne, die nur mich selbst betrafen und« – Wagenseil zögerte eine Sekunde – »nur mich selbst. Noch einmal« – er zögerte wieder – »schwebte mir etwas wie Glück und Hoffnung vor. Es war, als wäre die Uhr meines Lebens, die seit Lebandowskis Tod immer nur auf die *eine* Stunde, seine Todesstunde, wies, wieder in Gang gekommen. Das Werk tickte wieder, die Zeiger ruckten an ...«

Bojan runzelte die Brauen. Von neuem dachte er rasch und empfindlich: Julia. Jetzt spricht er von Julia.

Aber Wagenseil, als hätte er Bojans Verdacht gespürt: »In Wirklichkeit geschah etwas ganz anderes. Ich hatte mich nur gerüstet, den Schlag zu empfangen. Es war ja meine letzte Galgenfrist. Dragenowitsch machte ernst mit seiner Drohung. Mein Kopf hatte sich geweigert zu glauben, was meine Natur wußte ...

Es war genau vor achtzehn Jahren, am Vorabend vor Fronleichnam wie heute ...«

Wagenseil: Perwög bei uns, Familienidyll in der Küche. Und dann sein stotternder Antrag. Ich konnte nur lachen. Warum ich trotzdem annahm? Aus Feigheit und eingefleischter Heuchelei? Viel eher, weil es mich reizte die Rolle zu spielen und weil mich Julias Entsetzen dazu trieb. Das war's, das war's: Julias unverhohlenes Entsetzen, es brachte mich auf, ihr ahnungsloses Reden: Du darfst nicht, kannst nicht, sollst nicht ...Was ging sie's an, was ich tat, was ich ließ, ob ich den Himmel trug, ob ich zur Hölle fuhr?

Sie kannte mich nicht.

Nein, sie kannte mich nicht. Sie wußte nichts von mir, und was sie ihre Liebe nannte – immer noch Kinderliebe, Backfischliebe, rosenrote Romantik.

Ich hielt es nicht mehr aus. Meine Geduld war erschöpft. Sie sollte *einmal* in meine Wahrheit blicken.

Julia: Er kam zu mir, wie ich dort kauerte bei dem fiebernden Kind, im verdunkelten Zimmer, er tippte mir auf die Schulter und flüsterte: Komm mit.

Ich drauf: Das Kind! Fühl doch, wie heiß es ist!

Er nur: Komm mit. Er riß mich weg von Bertram und hinaus.

Der Junge rief mir nach. Vergeblich.

Die Treppe hinunter. Da hing das Schlüsselbrett. Hans griff danach, nahm einen Schlüssel, schob ihn ein.

Ich konnte mir nicht denken, was er wollte.

Er trieb mich zur Pulvermühle hinauf. Warum zur Pulvermühle?

Sie stand leer. Eine wüste Höhle. Ich fürchtete sie.

Wagenseil: Sie fürchtete sich. Sie konnte nicht begreifen, was ich wollte. Wozu die Eile? Wozu der Schlüssel? Der Wald war finster. Sie stolperte hinter mir drein.

Julia: Endlich waren wir droben und traten ins Helle hinaus. Ja, hier war es noch hell, wo der Hang zurückfiel, die Fichten hinten blieben, nur Büsche und Gras, ein Nesselpolster, ein Haselstrauch. Und droben das weiße Gemäuer, krumm und brüchig. Hans führte mich vor die Tür.

Wagenseil: Da stand sie jetzt, auf den schiefen Staffeln an mich gelehnt und atemlos, aber schon wieder lächelnd, Liebe, Vertrauen, Kinderliebe, Backfischvertrauen und einen Schimmer Verschämtheit: Was willst du da drinnen mit mir?

Julia: Seine Augen liefen an mir hinauf und hinab, und plötzlich griff er in seine Tasche und sagte: Hier – sperr auf!

Ich hatte nicht mehr an den Schlüssel gedacht. Nun lag er in meiner Hand, ein großer gewöhnlicher Schlüssel, von Rost gefleckt. Ich drehte ihn hin und her, ich wunderte mich: Warum sollte denn ich –? Aber ich war schon dabei mich hinzuwenden zur Tür, zum Schloß. Was mich dann zögern ließ, war, daß er's noch einmal sagte: Sperr auf!

Ich blickte ihn an. Er stand vor dem Licht, vor dem weißen Schein, der den Himmel bedeckte, dem gelben Band, das im Westen lag. Sein Gesicht war dunkel. Und als er's zum dritten Mal sagte, war seine Stimme herrisch, mit einem drohenden Unterton.

Wagenseil: Sie merkte auf. Ich spürte es sofort – und wollte sie zwingen. Doch es war schon zu spät.

Julia: Was in der nächsten Minute geschah, habe ich nie

begriffen. Es war verworren, beschämend, ein Ausbruch von unten.

Hans hatte meine Hand ergriffen. Ich dachte, er wolle mir den Schlüssel entreißen, aber er preßte nur meine Finger über dem Eisen zusammen. Ich schrie vor Schmerz. Da ließ er los. Der Schlüssel fiel zu Boden.

Hans bückte sich. Ich auch – und ich war schneller.

In weitem Bogen warf ich den Schlüssel von mir.

Wagenseil: Ich hörte ihn im Schotter klirren.

Julia taumelte. Auch ich stand nicht mehr fest auf den Beinen. So – sagte ich, jetzt ist er weg.

Weg, sagte ich, und meinte damit viel mehr als den Schlüssel.

Weg war ich selbst, weggeworfen, weggeschleudert, nicht angenommen, abgelegt. Sie hatte die Tür nicht aufgesperrt, diese Tür, die verschlossen war, meine Tür, *meine* Tür in den Keller meines Lebens, in das Grab, in die Gruft, in das schwarze verfluchte Loch, in dem ich selbst eingemauert und gefangen war.

Julia: Plötzlich war alles anders. Ich schämte mich. Was hatte ich getan?

Hans war böse. Ich griff nach seinem Arm. Er machte sich los. Er ging – ich lief ihm nach. Ich bat, ich flehte. Er hörte nicht.

Wagenseil: Ich hörte gut, aber ich ließ sie rufen, ließ sie da oben stehen und rufen und machte, daß ich wegkam.

Endlich hörte das Rufen auf. Ich stand still, horchte zurück: Nein, sie kam mir nicht nach.

Es war zu Ende. Irgend etwas war zu Ende für mich. Ich hatte Julia erniedrigen wollen. Sie hatte sich nicht erniedrigen lassen. Ich hatte sie zwingen wollen, aber sie hatte den Angriff gewittert. Und ehe sie wußte, was sie tat, hatte sie das für sie Richtige getan. Ich erreichte sie nicht. Ich würde sie nie erreichen. Eines Tages wird sie für mich verloren sein.

Julia: Ich stand noch immer droben bei der Pulvermühle. Alles in mir war verwirrt, zerrissen, in Aufruhr. Ich hatte geglaubt, Hans zu lieben, und hatte nicht einmal eine Tür für ihn aufzusperren vermocht.

Ich warf mich auf die Staffeln und weinte.

Dann begann ich den Schlüssel zu suchen.

Es war schon finster, ich kroch den Hang hinab und hinauf, scharrte im Schotter, zwängte die Hand zwischen Steine. Nesseln brannten mich, Dornen stachen.

Den Schlüssel fand ich nicht mehr. Niemand fand ihn, soviel ich weiß.

Wagenseil: Wir kamen dann doch zusammen nach Hause. Streit unter Liebenden, das geht so hin und her, auf und ab: Mühlstein und Knetmaschine: die Scham zerquetscht, der Stolz zermalmt, sogar die Verzweiflung zu Mehl zerrieben und in den Brotteig des täglichen Lebens gemanscht.

Als wir den Hof überquerten, knarrte ein Schritt über uns auf dem Balkon. Julia fuhr zusammen: Hedwig!

Aber das Schicksal war nicht so gnädig. Aus der Küche rief mir die Frau entgegen: »Hans bist du endlich da? Dragenowitsch wartet schon lange.«

Die letzte Unterredung in der Feuergrube:

»Nun, was gibt's?«

»Morgen ist Feiertag.«

»So gescheit bin ich auch.«

»Herr trägt den Himmel, wie –?«

»Was weißt denn du davon?«

»Hat mir die Frau erzählt. Hohe Ehre für Herrn. Herr trägt den Himmel. Aber heute im Wald – kleines Mädchen zum Vögeln –«

»Halt deine Schnauze!«

»Gib mir fünfhundert!«

»Schon wieder? Nein!«

»Also tausend –«

»Bist du verrückt? Wozu zum Teufel brauchst du das Geld?«

»Herr, du mich fragen, wozu ich brauchen das Geld? Ich dich fragen, wozu du brauchen Steinbruch, Haus, Feld, Wald, alles, *auch* Frau, wenn du doch gehen mit kleinem Schwesterlein?«

»Hol dich der Satan!«

»Holt mich bestimmt. Aber dich auch.«

Am nächsten Morgen trug ich den Himmel. Drei redliche ehrbare Männer trugen mit mir. Perwög zwischen uns im goldenen Rauchmantel. Umgang durchs Dorf, von Altar zu Altar, Fahnen, Weihrauch, Geläut. Johannes 1: Im Anfang war das Wort. Matthäus 1: Der Stammbaum Christi.

Das alles war für mich nichts weiter als Nachklang und Echo eines großen Gesanges, der längst verstummt, hinabgesunken und in der Erde verstummt ist. Die Toten wissen und halten ihr Gericht. Wir tragen den Himmel, den Fetzen Seide, auf Stangen gezogen, bestickt, befranst und bequastet, letzter Versuch eines Abbilds, letzte chimärische Geste, die den Abschied verzögert oder – besiegelt.

Daß ich hier gehe: Frevel, ein Femder, entfremdet, unbehaust, ausgebürgert, allein.

Heute wird es geschehen, ich weiß es, spätestens morgen: der letzte Schnitt. Dann ist der Faden durchtrennt. Ich werde frei.

Julia hatte fast den ganzen Abend auf ihrem Zimmer verbracht. Nur einmal war sie rasch hinuntergegangen in die Wirtsstube, um etwas zu trinken. Das Abendmenü lehnte sie ab, ein Tee genüge.

Dabei hatte sie nach dem alten Herrn gefragt, dem Professor (der Name war ihr schon wieder entfallen). Das Mädchen sagte: Sie habe ihn noch nicht gesehen. Auch gut. Julia war's zufrieden. Sie blieb gerne allein.

Auf ihr Zimmer zurückgekehrt, spann sie weiter an ihrer prospektiven Beichte. Aber es fiel ihr immer schwerer, aus der aufgestockten Masse ihrer Erinnerungen den Faden herauszufinden, auf dem sie morgen vor Pfarrer Perwög ihre Verfehlungen und Sünden auffädeln sollte. Und schließlich kam sie sich nur mehr wie die freche Müllerstochter aus dem Märchen vor, die keck behauptet hatte, sie könne eine ganze Kammer voll Flachs in einer einzigen Nacht von der Spindel drehen. Nun stand sie da – der Wust stieg bis zur Decke –, es war unmöglich, mit ihm fertig zu werden.

Julia dachte nach, wie das Märchen weiterging. Sie konnte sich nicht erinnern. Kam ein böser Zwerg – oder eine gute Fee, die den Flachs bewältigte? Es gab wohl mehrere Versionen. Sicher war nur eins: Irgendwoher kam Hilfe und spann den ganzen Wust zu glattem Faden auf.

Julia lächelte bei diesem Gedanken vor sich hin. Sie war müde geworden – müde und etwas gleichgültig. Sie schob ihre Sorgen von sich.

Doch ehe sie zu Bett ging, trat sie noch einmal an das Fenster. Sie atmete tief: ach, diese köstliche Luft! Jetzt in der Nacht, vom Gewitter gereinigt, roch sie nur mehr nach Wasser, Stein und Harz.

Mit der Zeit gewöhnten sich Julias Augen an die Dunkelheit draußen. Hier stach ein kleines Licht aus der Nacht, dort eines –, und drunten im Tal floß wie gestern ein schwacher Strom Helligkeit den Fluß entlang; und schließlich bemerkte Julia auch die Sterne.

Die Sterne – Sie beugte sich weiter vor und drehte den Kopf, so daß ihr über, zwischen und unter den laubigen Ästen der Kastanie immer mehr Sterne sichtbar wurden. Einige leuchteten hell, andere ganz schwach.

Julia kannte etliche Sternbilder, aber es fiel ihr schwer, sie in dem verstreuten Gefunkel zusammenzulesen; sie gab es auf.

Sie dachte an Jürgen ... zwar nicht an etwas Bestimmtes an ihm oder an etwas, was er gesagt, getan oder was sie miteinander erlebt hatten; sie dachte auch nicht, wo er jetzt wohl sei oder ob er ihren Brief erhalten und ob und wann und wie er ihr antworten werde. Das alles beunruhigte sie nicht in dieser Stunde, obwohl sie wußte, eines Tages, vielleicht schon morgen, werde Beunruhigung wiederkommen.

Etwas Mildes und Sanftes breitete sich in ihr aus; ein Gefühl der Befriedigung, eine Art Geduld. Irgendwo, dachte sie, sind wir doch aufgehoben, Jürgen und ich. Wir haben einander verfehlt, in dem, was wir einander sagen, mitteilen, erklären konnten. Aber in dem unendlichen Raum, den das Gefunkel der Sterne wie mit zitternden Linien einer fragmentarischen Zeichnung beschreibt, in der Tiefe der Zeiten, wo sich Zukunft und Vergangenheit zu immerwährender Gegenwart ergießen, schwebt eine winzige Zelle – nicht größer als eine Nuß oder ein Samenkorn oder auch nur ein Atom – dort sind wir einander *mitgeteilt*, dort ist das *Unzerstörbare*.

Da fuhr Julia zusammen und lauschte. Im Haus war plötzlich ein großes Rumoren im Gange. Stimmen, Schritte, ein heftiges Gepolter. Es hörte sich an, als würde etwas Schweres die Treppe heraufgeschleppt.

Der Wirt krakeelte, und jemand fiel ihm heftig ins Wort: »So laß ihn doch in Ruh! Du siehst doch, wie er dran ist!«

Als Julia auf den Flur kommt, sieht sie nur noch, daß die Tür zum Nebenzimmer offensteht. Fünf Männer, darunter Pfarrer Perwög, umstehen das Bett. Ein hageres, noch dunkel behostes

Bein hängt herunter. Jemand legt es hinauf und beginnt, das Schuhband aufzunesteln. Dann wird die Tür geschlossen.

Julia kehrt in ihr Zimmer zurück.

Erst als auch der letzte seiner Retter, Lehrer Frischmann, Herrn Federspiel verlassen hatte (nicht ohne ihm noch einmal einen Löffel heißer Limonade eingeflößt, ihm noch einmal das Deckbett bis zu den Ohren hinaufgezogen zu haben), erst, als Herr Federspiel sicher war, allein zu sein, öffnete er langsam seine Augen. Das Nachtlicht brannte, man hatte es auf den Boden, unter einen Sessel gestellt, damit es nicht störe. Sein Schein lag, von großen Schattenkegeln unterbrochen, auf Möbeln und Wänden. Die Decke war dunkel, auch das Fenster, und das Bild des Gemsenjägers, das einzige, das dieses Zimmer schmückte, war ein schwarzer Fleck.

Herr Federspiel erkannte das alles, nicht sofort und etwas mühsam, denn vor seinen Augen schwamm ein Nebel, aber er las es doch ab, wie sich ein buchstabierendes Kind ein Wort zusammenliest; dann schloß er wieder die Augen.

Er war dem Karner entronnen, soviel war sicher, dem schrecklichen Loch, der eisigen Kälte, dem herzdurchbohrenden Alleinsein, in das ihn menschliche Bosheit eingeschlossen hatte, menschliche Bosheit, ja, davon war Herr Federspiel überzeugt.

Was hatte man ihm angetan? Ach, und warum?

Wieder öffnete Herr Federspiel die Augen. Er fühlte, wie ihn ein heftiges Zittern ergriff, ein Zittern, das vom Rückenmark ausging und sich allmählich ausbreitete, bis es ihn schlottern ließ. Er vergrub sein Gesicht in den Kissen und begann zu weinen.

Der Anfall erleichterte ihn, und nach einer Weile schlief er ein oder war doch nahe daran einzuschlafen. Da spürte er einen Stich in der Seite, dieser Stich war nicht stark, aber stark genug, daß Herr Federspiel hellwach wurde. Er betastete seine Rippen. Bald kam ihm vor, daß ihn friere, bald, daß fliegende Hitzen durch seine Glieder liefen. Sein Puls fing an zu jagen.

Ach – ach – ach –, dachte Herr Federspiel in sprachlosem Jammer, er fühlte sich sinken, wie eine kleine nackte Schnecke ins Finstere trudeln, in einen tiefen engen Brunnenschacht, während sich seine eigenen Empfindungen riesig über ihm verzweigten, diese alarmierenden Symptome: Frost, Hitze, Zerschlagenheit und die Stiche – die Stiche unter den Rippen.

Ja, er war krank, schwerkrank, vielleicht auf den Tod.

Die Krankheit mußte schon in ihm gesteckt haben, gewiß, schon gesteckt haben, als er in den Karner eingeschlossen wurde; als er dort saß und sich ängstigte, schrie und tobte und mit den Fäusten gegen die Tür trommelte. Als die feuchte Kälte in ihn kroch, der kalte Moderhauch, das Grauen. Die Nähe des Todes bleckte ihn an, die hohlen Schädel dort an der Mauer – das hatte man ihm angetan, einem alten kranken Mann; man hatte ihn umgebracht.

Umgebracht, ja, wie jenen Polen Lebandowski in der Pulvermühle, umgebracht und eingemauert, ein Gerippe mit der Mützen, husch, schon fällt die Asche ab ...

Federspiels Gedanken verwirrten sich für einen Augenblick, aber dann klärten sie sich soweit, daß sie den Vorwurf weiter verfolgen konnten, Vorwurf gegen alle Welt, und sein Groll schaufelte sich weiter wie ein Maulwurf in seinem Erdgang.

Alle waren schuld: der Spitzbube, der ihn eingeschlossen, der Pfarrer, der sein verzweifeltes Rufen nicht gehört, das Kindergesindel, das vor der Tür nur gewispert und gelacht und hin- und hergeraschelt war, und die Dame aus Deutschland.

Die Dame aus Deutschland – Julia – Julia Bojan. (Der schaufelnde Maulwurf hielt eine Sekunde verblüfft inne, um dann mit doppelter Kraft loszulegen.) Ah, diese Julia ...

Er hatte sie in den letzten Stunden vergessen, total vergessen, aber jetzt war sie wieder da, eulenäugig, rätselhaft, ihr Lachen, ihr Plaudern, ihr irisierender Blick ...

Ihr war er nachgegangen, als ihn das Gewitter in den Karner trieb. Ihretwegen war er heute umhergekreuzt, heute und gestern; sie hatte ihn um seine Ruhe gebracht, sie und ihre Geschichte ...

Unterdessen war das Fieber gestiegen. Die Phase des Schüttelfrosts war vorüber, Federspiels Körper glühte jetzt gleichmäßig, und das entsetzliche Mißbehagen von vorhin wich einem Gefühl langsam wachsender Spannung. Der Schmerz zwischen den Rippen war zwar noch da, und die Augen brannten, und die Zunge schmeckte wie Stroh, trotzdem war das alles jetzt nicht mehr so wichtig. Aus der Dunkelheit tauchten Bilder auf – erst nur einzelne, wie schwebende Luftballons auf einem Jahrmarkt –, sie zerplatzten gleich wieder und vergingen. Doch mit der Zeit kamen sie rascher und rascher, hatten Gesichter und Namen, Stimmen und Gesten, sie kamen in Ketten gezogen – wie Wolkenzüge – und waren doch Menschen: Figuren ...

Federspiel lag nun nicht mehr in seinem Bett – etwas von ihm lag noch da, das mochte wohl sein, irgendein anderer Federspiel, der alt und krank und erledigt war –, aber er, der einzig wahre wirkliche Federspiel, *er*, er *selbst*, er hatte einen Wagen bestiegen, ein Luftschiff, einen Vogel, den Vogel Phönix oder den Vogel Rock, und segelte in den Wolkenkranz seiner Figuren hinein.

Es war ein wunderbarer Augenblick, als er den Stab hob, und alle standen still und sahen ihn an. Und ihre Augen glänzten wie Diamanten und ihre Münder öffneten sich, und er wußte: Beim ersten Taktschlag würden sie alle singen, jeder sein Geheimnis, jeder sein Schicksal: das große Oratorium von der Geschichte der Welt.

»Ich bin am Ende«, sagte Hans Wagenseil, »das Weitere wissen Sie ja: Dragenowitsch zeigte mich an, mich und sich selbst. Auf die Frage, warum er sich stelle, konnte er keine rechte Antwort geben. Ich sagte Ihnen ja: er war ein Stummer ... auch wenn er sich jetzt notdürftig zu verständigen vermochte. Er hatte Gründe, aber keine raisons.«

Jürgen Bojan schwieg. Er drehte seine kalte Pfeife hin und her, schließlich schob er das Mundstück wieder zwischen die Lippen und sog daran. Dann sagte er: »Ich danke Ihnen, Wagenseil. Sie haben viel erzählt, Sie haben gut erzählt. Sie sind mehr oder minder schuldlos in eine verfluchte Sache hineingeraten. Um Lebandowski dürfte es nicht schade gewesen sein – sofern man das von einem Menschen sagen darf. Und dieser Dragenowitsch – nun ja ein Troglodyt. Aber« – Bojan stockte – »eins habe ich doch in Ihrer Erzählung vermißt, Herr Wagenseil: die Rolle, die Julia spielte.«

»Ach –«

»Ja, Julia. Sie haben sie kaum erwähnt, nur anfangs einmal –«

»Ich sagte Ihnen doch: Ich würde Ihnen eine Männergeschichte erzählen.«

»Aber von Ihrer Frau haben Sie doch gesprochen.«

»Hedwig war wohl nicht auszuklammern.«

»Nicht auszuklammern. Soll das heißen: Julia hingegen –?«

Wagenseil richtete sich auf. »Sie irren sich, Bojan, wenn Sie denken, Julia habe mit dieser Sache zu tun gehabt. Nein, nein. Sie war ja meist auch gar nicht da.«

»Mag sein«, erwiderte Bojan. »Aber irgend etwas muß doch gewesen sein – zwischen Ihnen und ihr. Sie hat sich auch Ihres

Sohnes angenommen. Sie hat selbst gesagt: Er war ihr wie ein eigenes Kind.«

»Das sagen Frauen sehr leicht. Und überhaupt war Bertram ja nicht nur mein, er war auch Hedwigs Sohn, Julias leiblicher Neffe.«

»Ich verstehe. Sie wollen Julias Rolle auf dieses Geleise abschieben, daß sie Hedwigs Schwester, *nur* Hedwigs Schwester war. – Sie wollen Julia schonen, so ist es doch, nicht wahr?«

Wagenseil antwortete nicht.

»Aber Sie können sich diese Mühe sparen.« Bojan sprach mit erhobener Stimme. »Julia braucht Ihre Schonung nicht – nicht mehr! Und ich – noch weniger. Julia und ich sind entschlossen auseinanderzugehen.«

»Nein?« Wagenseil war aufgesprungen.

Bojan biß die Zähne zusammen. Dann sagte er: »Das haben Sie nicht erwartet? – Sie sehen : Auch ich kann mit Überraschungen aufwarten.«

»Aber warum denn?« rief Wagenseil. »Warum wollen Sie denn auseinander?«

»Warum?« wiederholte Bojan. »Eine lange Geschichte – und nicht einmal sehr interessant. Wir haben die Entscheidung nach reiflicher Überlegung getroffen. Die Scheidung ist so gut wie im Gange.«

Wagenseil schwieg, er atmete heftig. Dann fragte er: »Und Julia – ist sie einverstanden?«

Bojan überhörte die Frage. »Sie brauchen sich keinerlei Sorgen machen, daß – etwa *Sie* der Grund seien. Schon längst, ehe ich von Ihnen mehr wußte als nur den Namen, war alles klar. Wenn sich zwei Menschen nicht vertragen, dann – möchte ich meinen – ist es das beste ... Wir sind zu verschieden –«

»Aber *gar* nicht«, rief Wagenseil, »gar nicht verschieden. Den ganzen Abend dachte ich, wie ähnlich Sie einander sind, und wie gut Sie zueinander passen.«

»So so?« Bojan lächelte schief. »Dann darf ich Ihnen wohl sagen, daß Sie sich gründlich irren. Es lief von allem Anfang fehl, der Anfang selbst war schon ein Fehler.«

»Sie meinen: Bertram –?«

»Ja«, sagte Bojan, »Bertram –« Und nun mußte er sich zusammennehmen, daß seine Lippen nicht zu zittern begannen. »Julia hat es mir nie vergeben, daß er – statt meiner –. Ach, darüber haben wir schon gesprochen.«

»Aber nicht genug«, fiel Wagenseil rasch ein, »nicht genau

genug. Hören Sie, Bojan, gerade – *weil* Bertram an Ihrer Stelle ... Schon dadurch war alles klar.«

»Klar?«

»Ganz klar. – Als mir Julia schrieb, damals, vor zwölf Jahren, sie sei bei Ihnen geblieben, mit Ihnen weitergefahren, weitergegangen, habe sich dann von Ihnen nach Frankfurt mitnehmen lassen, gerade von Ihnen, demselben Mann, an dessen Statt Bertram erschossen worden war, da wußte ich Bescheid.«

»Worüber?«

Wagenseil begann den Raum mit heftigen Schritten zu durchqueren. Er holte aus: »Sie fragten mich vorhin, Bojan, was zwischen Julia und mir gewesen sei. Ich wollte es nicht sagen. Jetzt aber – da ich weiß: Sie wollen sich von Julia trennen, wollen den Wahnsinn begehen, sich von Julia zu trennen – Ja, Bojan. Zwischen mir und Julia war allerhand gewesen, allerhand. Jahre zog es sich hin, es war – es war – ich möchte sagen – das Wunder meines Lebens, sofern es in einem Leben wie dem meinen Wunder geben kann ... Als ich im Zuchthaus saß, lieber Herr, da war mir Julia das einzige, woran ich denken konnte, ohne daß ich die ganze Welt am liebsten – wie eine Wanze zerquetscht hätte. – Ach, lassen wir das! Aber dann – dann schrieb sie mir diesen Brief, einen langen Brief, ich habe ihn heute noch. Sie erklärte mir alles, ganz genau. Wie sie Bertram aus der Schule holte, wie sie in jenes Haus kam, wie Ihre Schritte – und die Schritte der Wlassows – und dann der Schuß ... Sie erklärte mir auch, was später kam, die Fahrt mit der Leiche, und daß nur Sie da waren unter all den Muschkoten, der in Frage kam. Sie ließ nichts aus in ihrem Bericht und schonte sich auch nicht. Sich nicht zu schonen, das hat sie von mir gelernt. Aber eins war ihr doch entgangen, dem guten Mädchen –, dafür war es mir um so klarer, um so klarer.«

»Und zwar?« fragte Bojan verstört.

»Daß sie mir den Abschied gab, den Abschied, Herr Bojan, verstehen Sie, indem sie bei Ihnen blieb, gerade bei Ihnen.«

»Aber –«

»Glauben Sie, ich hätte es Julia übelgenommen, wenn sie sich mit irgendeinem anderen, einem x-beliebigen zusammengetan hätte – mit ihm gezogen wäre –, so war das doch üblich in jener Zeit – ach, lieber Himmel, das hätte doch für uns beide keine Bedeutung gehabt.«

»Nein?«

»Nein!« Wagenseil schrie es beinahe. Dann aber besann er

sich und fuhr mit leiserer Stimme fort: »Oh, ich kann es mir denken, in welchem Zustand sie war, als Bertram dort lag auf der Schwelle; ich kann's mir denken: Sie schrie. Sie warf sich hin – sie flennte, sie fiel vielleicht sogar in Ohnmacht. Sie nahm ihn zu guter Letzt noch mit auf den Wagen. Aber dann – als er begraben war – Birkenkreuz auf grüner Heide – da war sie froh.«

»Wagenseil –«

»Froh und befreit. Ja, befreit. Befreit von dem lebendigen Andenken an mich, befreit von dem Zwang, mit mir zu rechnen. Befreit von der Vergangenheit und all der nutzlosen und verworrenen Quälerei. *Sie* waren da, Bojan, und fingen Julia auf: das neue Leben. Der andere Mann. Der – bessere Mann.«

Bojan zuckte zusammen. Dann starrte er vor sich hin. »So«, murmelte er, »habe ich es noch nie gesehen.«

»Jetzt sehen Sie es.«

»Ist Julia denn nie mehr mit Ihnen zusammengetroffen?«

Wagenseil zögerte. Er blickte den anderen an, prüfend. »Doch. Einmal.« Dann lachte er auf. »Es langte uns beiden.«

Bojans Herz begann zu klopfen. Er nahm – wie gestern abend – seine Brille ab, weil ihm – wie gestern abend – Nebel vor den Augen schwammen. »Darf ich Sie fragen, wann –«

»Ist das so wichtig? – Bald nach dem Krieg. Sie kam von Frankfurt heruntergefahren, es war gefährlich, sie mußte über die grüne Grenze; aber sie hatte es sich in den Kopf gesetzt, glaubte sich's schuldig zu sein: Konfrontation mit dem Gewesenen. Vielleicht bildete sie sich auch noch in einem Winkel ihres Kopfes ein, daß sie mich immer noch liebte. Die Tugend einer Frau besteht ja nur im Tick der Treue ... Aber als sie dann hereinkam in das Lokal, in dem wir uns trafen – eine elende Gastwirtschaft – Sie hätten den Blick sehen sollen, mit dem sie mich erkannte: starr vor Entsetzen. Ich war ihr einfach widerlich geworden.«

Bojan machte eine abwehrende Bewegung.

»Und ich – ich –«, fuhr Wagenseil in einer Art Raserei fort, »ich machte mich ihr noch viel widerlicher. Ich benahm mich wie ein Schwein. Ich rächte mich für Bertram. Ich roch den fremden Mann an ihr: Sie, Bojan. Sie!«

»Hören Sie auf«, sagte Jürgen.

Es blieb eine Weile still zwischen den Männern. Wagenseil war wieder nach hinten gegangen, um Wasser zu trinken. Er schöpfte mit der Kelle aus dem Eimer.

Als er wieder zurückkehrte, setzte die Spieluhr soeben an, zwölf zu schlagen. Wagenseil hieb nach dem Hebel, der das Spielwerk abstellte. »Kusch, allerliebste Masken!«

Bojan hatte das Gefühl, daß Wagenseil erwartete, er werde nun gehen. Trotzdem blieb er noch sitzen. Irgend etwas in ihm war in Bewegung geraten: Hoffnung, daß noch nicht alles gesagt sei; Ahnung, daß eine Entscheidung noch ausstünde. Das Spiel war weit gediehen. Aber die letzte Runde hatte noch nicht stattgefunden.

Wagenseil räumte die Gläser vom Tisch und stieß die geleerte Flasche um. »Aus«, murrte er, »aus und gar.«

Bojan blickte auf. »Trotzdem. Ich möchte Ihnen noch etwas sagen. – Sie sind zwar der Meinung, daß man nur so lange reden könne, als man zu trinken hat –«

»Nur zu!« sagte Wagenseil.

»Es ist da«, begann Bojan in verändertem Ton, aber immer noch bemüht, leichthin zu sprechen, »es ist da eine seltsame Sache passiert, vorgestern nacht, in Lajon, vielmehr – nicht in Lajon, sondern weiter hinten im Tal, in der Raschötz. – Wir hatten uns verfahren, Julia und ich, hatten die Straße verfehlt, kamen auf einen Weg, der – das war uns bald klar – nicht der richtige Weg sein konnte. Aber umkehren – das ging nicht, so fuhren wir weiter und weiter, bis zu einem Haus.

Wir sahen es beide, Julia und ich, ein altes Haus mit krummen Mauern. Ich hupte. Niemand rührte sich.

Schließlich kam ein Mann, *kam* ist vielleicht nicht der richtige Ausdruck, er tauchte auf. Ich rief ihn an, er drückte sich davon. Ich rief ihn noch einmal an – er war ein großer Kerl, aber ganz gebückt und krumm.

Schließlich schwenkte er die Arme und wies uns den Weg nach Lajon, wir stiegen ein und fuhren weiter, eine elende Straße, und endlich kamen wir an.

Wir waren müde, beide. Julia ging auf ihr Zimmer. Ich ging noch in die Stube nach unten, um etwas zu essen. Da saßen ein paar Leute beisammen, und, wie es schon kommt, ich redete mit ihnen. Da erfuhr ich ...«

»Was erfuhren Sie?« Wagenseil stand noch immer da, die beiden Hände auf den Tisch gestützt – neben ihm die Lampe.

»Ich erfuhr«, sagte Bojan, »daß es kein Haus da oben gebe.«

»Und –?«

»Ich wollte es nicht glauben. Ich hatte das Ding doch selber gesehen. Auch Julia hatte es gesehen. Ich lachte die Leute aus und hielt sie für Idioten.«

»Und?« fragte Wagenseil wieder.

»Am nächsten Tag ging ich selbst hinauf, zuerst allein, dann mit Julia. Wir kamen an den Ort, aber es war kein Haus mehr da.«

»Kein – – –?«

Und mit einem beinahe hilflosen Ausdruck vollendete Bojan: »Es muß die Pulvermühle gewesen sein.«

»Die – *Pulvermühle?*« schrie Wagenseil und noch einmal: »Die Pul-ver-müh-le?«

Bojan sprang auf, denn der andere hatte die Lampe ergriffen und schwang sie hoch. Es sah aus, als ob –

Aber da schmetterte er sie nur zu Boden. Es krachte, klirrte, scherbte. Zugleich wurde es stockfinster. Bojan hörte ein polterndes Geräusch, wie wenn ein Stuhl herangerissen würde, dann ein kurzes Ächzen im Holz, als hätte sich ein Mensch über die Lehne geworfen und verharrte so.

Bojan stand in Abwehrstellung, bereit, sich zu verteidigen. Doch es erfolgte nichts. Erst nach längerer Zeit, vielleicht einer Minute, hörte er Wagenseils entstellte Stimme nahe vor sich, von unten her: »Gehen Sie weg. Gehen Sie, bitte, sofort!«

Bojan zögerte noch einen Augenblick. Dann löste er sich von seinem Platz, tat einen Schritt, einen zweiten, dritten. Er streckte die Arme vor, griff an die Mauer, griff noch einmal –. So tastete er sich weiter bis zur Tür.

Am anderen Morgen fuhr Jürgen Bojan von Glurns durch den Vintschgau hinaus gegen Meran. Er hatte es eilig. Trotzdem kam er nur langsam vorwärts. Jedesmal, wenn er ein Dorf passierte, wurde er aufgehalten. Die Straße war gesperrt, Menschenmassen bildeten Spaliere, dahinter sah man etwas Flimmernd-Buntes, eine Prozession.

Die Häuser waren geschmückt. Nicht nur, daß Fahnen wehten, es war auch grünes Laubgewölk vorhanden, junge Birkenbäume, deren Wipfel längs der ersten Stockwerke luftige Girlanden bildeten. Von allen Türmen läuteten die Glocken, und die Klänge getragener Marschmusik wehten heran.

Zuerst war Jürgen Bojan ärgerlich und spähte nach einer Umleitung aus. Doch nach dem dritten oder vierten Mal begann er sich mit den Aufenthalten abzufinden. Er parkte das Auto und stieg sogar aus, um sich das Schauspiel selbst anzusehen.

Er lugte über eine Doppelreihe von Zuschauern nach dem Umzug – doch er hatte offenbar nur noch das Ende erwischt: Trachtengruppen, Musik und Fahnen waren schon vorüber. Jetzt hastete bloß noch ein Rudel Frauen hinterher. Einige führten kleine Kinder mit sich. Den Schluß bildeten ein paar krumme Uralte.

Nun löste sich das Spalier auf. Carabinieri winkten die wartenden Wagen ein und gaben das Zeichen: Bahn frei.

Auch Jürgen fuhr weiter. Hinter Naturns hörte die Behinderung auf. Die Straße war zwar noch ungewöhnlich belebt, doch Sperren gab es keine mehr. Kurz vor Mittag kam Jürgen in das Weichbild von Bozen, wo die große Rollbahn gegen Süden abzweigt. Er sah das Schild: Trento, Verona.

Er lenkte nordwärts, in das Eisacktal, gegen Lajon.

Am Nachmittag, fünf vor drei, fand sich Pfarrer Perwög in der Sakristei seiner Kirche ein. Er war freudig erregt. Für einen Beichtiger ist es immer ein großer Augenblick, wenn er ein Beichtkind erwarten darf, das nach vielen Jahren zum erstenmal wieder bereit ist, seinen Frieden mit Gott zu machen.

Das ist ein Augenblick der Bewährung – auch für ihn: denn wie leicht kann hier etwas verdorben werden. Wie zart ist die Pflanze des Vertrauens, die sich eben erst entfalten will. Wie schrecklich gebrechlich ist die Brücke, über die ein solcher Mensch zur Gnade des Vaters gelangen soll.

Güte und Verständnis ist das erste Gebot, ja, und auch Fassung, unerschütterliche Fassung, was auch das Ohr zu hören bekomme ... Nichts, auch nicht das Schlimmste, darf eine Regung des Schreckens verursachen. Nichts darf die Freude an der Rückkehr verstören, denn wie soll es sonst gelingen, dem Zurückgekehrten die unumstößliche Gewißheit einzupflanzen, daß er gerettet ist und daß sich alle Engel des Himmels über ihn freuen?

Nun – was Julia betraf (Perwög lächelte leise vor sich hin), da war es wohl nicht so gefährlich; über *ihre* Sünden würde er kaum erschrecken müssen. Sie hatte sich wohl ein wenig verirrt, hatte sich wohl den Lockungen dieser Welt ergeben, es war gut, daß sie jetzt zur Besinnung kam. Aber ganz ernst konnte der alte sacratus ihre Sündhaftigkeit nicht nehmen, nein. (Im Grunde war sie für ihn immer noch das Kind, das er gekannt hatte, Hedwigs kleines schuldloses Schwesterchen.)

Das einzige, was ihm in diesem Fall ernstlichen Kummer bereitete, war der Umstand, daß sie sich scheiden lassen wollte. Das war übel und sicher eine große Gefahr für ihr Seelenheil. Aber – (und schon dachte Perwög wieder parteiisch) es war wohl gar nicht *ihr* Wille, sondern der ihres Mannes. Wußte der Himmel, was der für ein Bursche war! Was fand er an Julia auszusetzen? War sie ihm etwa nicht mehr jung genug? Wollte sich eine Jüngere beibiegen? (Klischeevorstellungen eines alten Priesters, aus vielen Erfahrungen gefiltert.)

Indessen vergingen die Minuten. Perwög blickte auf seine Uhr. Zehn nach drei.

Ihn durchzuckte ein winziger Stich Enttäuschung. Sie könnte schon hier sein, dachte er. Er hatte fest erwartet, daß sie pünktlich käme.

Er zog sein Brevier.

Nach drei Minuten sah er wieder auf die Uhr.

Vielleicht war sie in der Kirche. Ja, sicher war sie dort.

Er lief in die Apsis.

Die Kirche war leer.

Er kehrte in die Sakristei zurück. Vom Turm schlug es Viertel nach drei.

Perwög klappte sein Brevier zu, er hatte keine Ruhe, konnte sich nicht sammeln. Wartete Julia vielleicht auf dem Friedhof?

Hinaus und rund um die Kirche. Hinter jedem Eck glaubte er

sie zu sehen: helle schmale Figur, an die Umfassungsmauer gelehnt, in die Landschaft hinausblickend.

Niemand war da.

Zum erstenmal dachte Perwög: Hat sie sich's anders überlegt?

In ihm stieg eine mächtige Traurigkeit auf, mächtiger als eine nur persönliche Trübsal: die bittere Wehmut des Priesters, so alt wie der Priesterstand selbst – vor allem der Priester Christi; Wehmut über der Menschen Wankelmut, Stumpfheit, Leichtsinn, der uralte Schmerz: ich rief, aber sie hörten nicht, sie gelobten, aber sie hielten nicht.

Freude und Hochgestimmtheit waren von Perwög abgefallen. Vor einer kleinen Viertelstunde hatte er sich noch so sicher gefühlt, hatte sich voll Glück und auch in einer Aufwallung liebevollen Stolzes eingebildet, er werde diese Seele in das Reich Gottes einführen dürfen. Er kam sich wie der Sendling eines Königs vor, der seinem Herrn versichert hatte, er werde ihm einen köstlichen Schatz herbeischaffen. Nun steht er da und wartet.

Nichts als Steine ...

Perwög schleicht in die Sakristei zurück. Er läßt die Tür weit offenstehen. Wenn sie jetzt noch käme, Julia ... Aber sie kommt nicht.

Niemand kommt.

Perwög kniet nieder und flüchtet sich ins Gebet.

Erst nach fünf kehrt er ins Widum zurück. Er ist mürrisch, müde und erschöpft. Er tritt leise auf, will nicht gehört werden – –

Doch Schwester Anna muß ihn doch gespannt haben. Sie segelt aus der Küche hervor und ruft ihm über die Treppe nach: »Oben liegt ein Brief für dich.«

Der Brief:

Lieber Herr Pfarrer, ich schreibe in Eile. Ganz unerwartet ist mein Mann zurückgekommen. Ich habe mich entschlossen, mit ihm zu fahren. Wir wollen abends schon in Venedig sein. Leben Sie wohl, sehr vielen Dank.

Julia Bojan

N.S.: Hoffentlich haben Sie nicht auf mich gewartet. Es täte mir leid.

Einfacher Epilog einer komplizierten Geschichte

Vier Tage später, Montag, fuhr Perwög nach Bozen. Er hatte einige Besorgungen zu machen und wollte auch Herrn Federspiel besuchen. Herr Federspiel war zu Fronleichnam mit dem Rettungswagen ins Krankenhaus eingeliefert worden.

Perwög erfuhr schon in der Portiersloge, was es mit dem alten Professor auf sich hatte: Lungenentzündung und Exsudat. Es stand nicht gut. Aber mit Gottes Hilfe und Penizillin könne er vielleicht noch über den Berg kommen.

Ob ein Besuch erlaubt sei, fragte Perwög.

O ja, erlaubt.

Perwög suchte das Zimmer. Herr Federspiel lag Erster Klasse, allein in einem hübschen hellen Raum.

»Nun, Herr Professor, kennen Sie mich?«

Federspiel runzelte die Stirn und öffnete langsam die Lider. Er starrte Perwög an, dann belebte sich sein Blick. »Ach – Sie!«

Seine hagere gelbe Hand machte Anstalten, sich vom Deckbett zu erheben, um Perwögs Hand entgegenzukommen. Perwög ergriff sie und stellte mit Befriedigung fest, daß sie zwar warm und matt, aber nicht mehr heiß und fiebrig war.

Er zog einen Schemel heran. »Nun sagen Sie mir, mein Lieber, was führen Sie für Sachen auf – krank zu werden, mitten im schönsten Sommer?!«

Herr Federspiel rückte in seinen Kissen, deutete auf sein Herz und tat, als wollte er sprechen, könnte aber nicht. (In Wirklichkeit konnte er sehr wohl, aber er wollte Perwög ein wenig erschrecken, schließlich war er, Federspiel, ja in *seinem* Karner eingeschlossen worden.)

»Krank werden – mitten in der besten Zeit«, fuhr Perwög in leichtem Sing-Sang fort, den sich alle Leute angewöhnen, zu deren Geschäft es gehört, Schwerkranke zu besuchen. »Nein, sprechen Sie nicht, mein lieber Professor! Seien Sie nur ganz stad. Ich wollte nur sehen, wie es geht, ... besser natürlich, die Fieberkurve ist ja schon unten. Sie werden bald wieder gesund sein.«

Herr Federspiel schüttelte nachdrücklich den Kopf. Dann sagte er mit nahezu brechender Stimme: »Diese Krankheit, Hochwürden, diese Krankheit hat mich um zehn Jahre älter gemacht.«

»Das denken Sie nur –«

»O nein, das *ist* so.« Federspiels Miene drückte tiefste Kränkung aus. Doch dann veränderte sich etwas darin, er faßte Perwög fester ins Auge und fragte: »Wie geht's? Was macht Lajon?«

Was sollte Lajon machen? Es briet in der Sommerhitze. Aber Perwög verstand sofort, worauf die Frage zielte; sie zielte auf *die Geschichte*.

Der Pfarrer zögerte mit der Antwort Er wollte Herrn Federspiel nicht allzu deutlich zeigen, daß er begriffen hatte. So sagte er: »In Lajon ist so ziemlich alles beim alten. Nur im Grünen Baum sind neue Sommergäste.«

»Neue? – Tatsächlich – neue?«

»Gewiß. Auch die eine Dame aus Frankfurt – wie hieß sie doch? ist abgereist.«

»Abgereist?«

»Schon am Fronleichnamstag«, sagte Perwög. »Ich hörte, ihr Mann habe sie geholt.«

»Ihr Mann«, murmelte Herr Federspiel. Seine zahnlosen Bakken mahlten. »Das ist schade. Ich hätte gehofft – – hmm –«

»Etwas von ihrer Geschichte zu erfahren«, vollendete Perwög so leise und schonend, als er nur konnte. »Nicht wahr, Herr Federspiel?«

»Ja«, gab der Alte zu.

»Und jetzt ist sie Ihnen entkommen«, sagte Perwög. »Die Dame, die Geschichte. Schade. Ja schade, wo Sie doch ein so guter Geschichtenerzähler sind.« Auch mir ist etwas entkommen, wollte er hinzufügen, Julias Beichte. Die Freude, sie loszusprechen, die schönste herrlichste unbezahlbarste Freude, auf die wir Priester in unserem Dasein zu rechnen haben. – Aber Perwög verschluckte diesen Nachsatz und damit die Versuchung, auch nur das geringste Geheimnis eines dritten auszuplaudern.

Er sah, daß der Alte betrübt war. Hatte er denn im Ernst gehofft, Julia nach seiner Genesung (*wenn* er genas) in Lajon noch anzutreffen?

Perwög kramte in seinem Gedächtnis nach einem tröstenden Wort. Doch ihm fiel nur eine Geschichte ein, eine kleine und sehr bescheidene Geschichte, die Herr Federspiel sicher nie für wert gehalten hätte, sie in sein episches Repertoire einzuverleiben.

»Ich war ein junger Kooperator«, begann er, »in meiner ersten Gemeinde – und wie man eben so ist als junger Tupf, da hat man noch Flausen im Kopf, man wünscht sich dies und das. – Ich wünschte mir einen Vogel. Der sollte mir auf meinem Zimmer Gesellschaft leisten, herumfliegen, singen, auf meinem Finger sitzen ... Etwas Lebendiges ...

Zuerst getraute ich mich nicht recht, mit diesem Wunsch herauszurücken. Aber eines Tages kam ich zufällig in ein Haus, da hielten sie eine ganze Menge Vögel ... Ein Rotkehlchen war dabei, das gefiel mir, und ich fragte, ob ich es haben könnte.

Damals waren die Leute noch anders als heutzutage. Heute darf auch unsereiner, wenn er was wünscht und braucht, schon zehnmal hinpecken. Aber damals – man mußte nur den Mund auftun –

Nun, als der Mann hörte, was ich wollte, kam er ganz in Eifer. ›Sie können das Rotkehlchen haben, Hochwürden‹, sagte er, ›Sie können jeden Vogel haben, den Sie wollen, oder auch alle miteinander. Aber ich weiß Ihnen noch was anderes. Drinnen im Tal hat einer einen Pirol gefangen, was Herrliches, sage ich Ihnen, was Herrliches! Zahm ist er wie eine Haselmaus und singen kann er – wie eine Glocke. Den bring ich Ihnen, Hochwürden, ja, den bring ich Ihnen – gleich morgen.‹

Ich sagte, das müsse nicht sein; ich sei auch mit einem Rotkehlchen zufrieden – oder mit einem Zeisig.

Aber der Mann blieb dabei: den Pirol – oder keinen.

Gut also, ich ging weg und freute mich sehr. Den ganzen Abend verbrachte ich damit, einen Käfig aufzutreiben, und als ich ihn endlich hatte, in Ordnung zu bringen. – Das Brevier hudelte ich gerade nur so herunter.

Am nächsten Abend: richtig, der Mann kam an. Er trug einen kleinen Käfig. Darüber ein Tuch. ›Ich hab ihn‹, rief er mir schon von weitem entgegen, ›Ein Vogerl, Hochwürden, ein Vogerl – das gibt's nicht noch einmal.‹

Er kam zu mir auf die Bude und stellte den Käfig auf den Tisch. Dann nahm er das Tuch herunter ... aber der Käfig war leer. Das Türl stand offen.

Der Mann machte ein Gesicht, wie vom Donner gerührt.

Ich habe selten mehr so lachen müssen wie über dieses Gesicht.

Aber irgendwie war dieses Lachen auch noch etwas anderes.

Ich hatte mich doch auch schon so gefreut.

Der Mann versprach mir dann noch einen anderen Vogel.

Aber ich sagte ihm: ›Ich brauche keinen mehr. Es ist genug mit dem einen.‹ Mit dem Pirol. Und dabei blieb es.

Den Käfig ließ ich noch eine Weile bei mir stehen. Dann gab ich ihn auch fort.

Ich habe nie mehr einen Vogel gehalten.«

Perwög hatte leise gesprochen und immer leiser, weil er merkte, daß Herr Federspiel einzuschlummern begann. Das letzte sprach er nur noch im Flüsterton – und das Ende stumm, nur in sich selbst.

Jetzt beugte er sich vor: Ja, der Alte schlief.

Perwög wartete noch eine Minute oder zwei. Dann stand er auf, stellte den Schemel vorsichtig zurück und gab sich Mühe, lautlos hinauszugehen.